唐代诗序及其文化意蕴研究

A Study on the Preface of Tang Dynasty
Poetry and Its Cultural Implication

吴振华 著

图书在版编目(CIP)数据

唐代诗序及其文化意蕴研究/吴振华著.—北京:北京大学出版社,2018.11
(国家社科基金后期资助项目)
ISBN 978-7-301-29985-2

Ⅰ.①唐… Ⅱ.①吴… Ⅲ.①唐诗—诗歌研究 Ⅳ.①I207.227.42

中国版本图书馆 CIP 数据核字(2018)第 238468 号

书　　　名	唐代诗序及其文化意蕴研究 TANGDAI SHIXU JIQI WENHUA YIYUN YANJIU
著作责任者	吴振华　著
责 任 编 辑	徐　迈　蒲南溪
标 准 书 号	ISBN 978-7-301-29985-2
出 版 发 行	北京大学出版社
地　　　址	北京市海淀区成府路 205 号　100871
网　　　址	http://www.pup.cn　新浪微博 @北京大学出版社
电 子 信 箱	pkuwsz@126.com
电　　　话	邮购部 010-62752015　发行部 010-62750672 编辑部 010-62752022
印 刷 者	北京宏伟双华印刷有限公司
经 销 者	新华书店
	730 毫米×1020 毫米　16 开本　28.5 印张　496 千字 2018 年 11 月第 1 版　2018 年 11 月第 1 次印刷
定　　　价	78.00 元

未经许可,不得以任何方式复制或抄袭本书之部分或全部内容。
版权所有,侵权必究
举报电话:010-62752024　电子信箱:fd@pup.pku.edu.cn
图书如有印装质量问题,请与出版部联系,电话:010-62756370

国家社科基金后期资助项目
出版说明

后期资助项目是国家社科基金设立的一类重要项目,旨在鼓励广大社科研究者潜心治学,支持基础研究多出优秀成果。它是经过严格评审,从接近完成的科研成果中遴选立项的。为扩大后期资助项目的影响,更好地推动学术发展,促进成果转化,全国哲学社会科学工作办公室按照"统一设计、统一标识、统一版式、形成系列"的总体要求,组织出版国家社科基金后期资助项目成果。

全国哲学社会科学工作办公室

序

吴振华教授大作新成，将由北京大学出版社出版，索序于我，我本不愿为人作序，但考虑到与振华近三十年的学术情谊，还是决定勉力为之，写上一段文字，聊以塞责。

1985年秋天，经过四年大学、三年研究生的学习之后，我由安徽师范大学中文系毕业，分配到安徽教育学院中文系任教，这所学校建立于20世纪50年代，是一所老牌的成人本科院校，历史悠久，师资雄厚，特别是招进来的学生，大都是家境贫寒、好学上进、为改变命运而来读书的有志青年，他们之中的佼佼者已经成为中国科学院的院士，中文系的学生也有中国社科院、复旦、武大等名校的博导。振华于1989年考入这所学校，次年，我为他们讲授唐宋文学，振华就是在那时与我有较多的交流。后来，我又担任了他的毕业论文指导教师，交往更加密切，振华当时就志存高远，积极准备考研，有时找我聊聊、借借书之类，记得他投考中国艺术研究院，初试过关，复试去北京，只买到站票，从我家拿了一只小板凳坐到北京，后来因缘分未到，振华未被录取。但他并未放弃，愈挫愈勇，连续多次报考，直到1998年，经过我向余恕诚师推荐介绍，振华转志愿被安徽师范大学的唐宋文学专业录取，硕士毕业后留校任教，我又担任了他的硕士论文答辩委员会主席。后来，我应刘学锴、余恕诚师及谢昭新老师之邀，回到母校工作，和振华成为同事，振华在余老师门下读博，我当时也忝列博导，在余老师倡导的集体指导的模式下，也曾对振华的学业提供过一些宏观的意见。

振华是一位相当勤奋的学者，已经在《文学遗产》《学术月刊》《文艺理论研究》《北京大学学报》等重要刊物上发表论文数十篇，出版过《李商隐诗歌艺术研究》《唐诗品读》等著作多种，在韩愈研究等方面也卓有建树，是一位前途光明的中青年学者。但是，我认为，相比振华已有的成果，这部《唐代诗序及其文化意蕴研究》在学术上又上了一个新的台阶，代表着他本人最新的学术高度。

这部著作从流变历程、文体特征到文化意蕴等方面，由浅入深地论述了唐代诗序的文化内涵和文学史意义，对促进唐代文学研究进一步深化有一定的贡献。其中，梳理先唐诗序的流变历程并论述其文学史意义是一项拓荒的工作,对中唐诗序的分析也相当出彩;全书将唐代诗序划分为"赠序""游宴序""追忆之序""独特经历之序""独特诗歌观念之序"等五类,有一定开创性;对王勃诗序创作的时间地点进行考述,并概括其诗序的三个成就;首次将帝王诗序作为一个独特的文化现象进行研究;将中唐诗序的散文化与中唐古文运动联系起来,并揭示其成就与特点,深化了对古文运动的认识;对唐代诗序的文化意蕴进行概括及对唐代诗序文体演变的论述,也从文化与文体的视角提出了新的观点。这部书的出版,必将对唐代诗序乃至中国古代诗序研究的进展,起到有力的推动作用。

振华学术成果丰富,殷切希望能以本书为新的学术起点,潜心钻研,扎实工作,精益求精,取得更多、更好的成绩,为唐代文学研究事业做出应有的贡献。

丁　放
2017年10月序于庐阳之雨花塘畔

目 录

绪 论 ··· 1

第一章 "序"体溯源及先唐诗序的流变 ···································· 6
- 第一节 "序"的含义 ··· 6
- 第二节 "序"体的源流及其类别 ·· 10
- 第三节 先唐诗序的作用和意义 ·· 25

第二章 唐代诗序的流变及其文学史意义 ··································· 28
- 第一节 唐代诗序的总量分布及其价值 ······························· 28
- 第二节 唐代诗序的基本类型及其流变 ······························· 31
- 第三节 唐代诗序的文学史意义 ·· 103

第三章 唐代帝王诗序研究 ··· 107
- 第一节 道德高于文艺
  ——唐太宗的诗序 ··· 109
- 第二节 雍熙和乐的情调
  ——武则天、中宗的诗序 ·· 113
- 第三节 雄壮开阔的气象
  ——唐玄宗的诗序 ··· 117
- 第四节 追求中和之美
  ——唐德宗的诗序 ··· 123

第四章 初唐诗序研究 ··· 127
- 第一节 初唐诗序的概况 ··· 127
- 第二节 台阁风流,书卷气重
  ——杨炯的诗序 ·· 128
- 第三节 沉沦不遇,悲怆抑郁
  ——骆宾王的诗序 ··· 136

第四节 际遇酸楚，文采秀发
　　——卢照邻的诗序 …………………………………… 146
第五节 气凌霄汉，字挟风霜
　　——王勃的诗序 ……………………………………… 152
第六节 锐意革新，由骈入散
　　——陈子昂的诗序 …………………………………… 175
第七节 初唐骈体诗序的艺术成就及缺陷 ………………… 189

第五章　盛唐诗序研究 ……………………………………… 197
第一节 盛唐诗序的概况 …………………………………… 197
第二节 气象高华，雍容典雅
　　——王维的诗序 ……………………………………… 198
第三节 雄奇奔放，英特越逸
　　——陶翰、李白的诗序 ……………………………… 209
第四节 沉郁顿挫，悲怆深沉
　　——杜甫、元结的诗序 ……………………………… 225
第五节 盛唐诗序的文体特征与"盛唐气象" …………… 243

第六章　中唐诗序研究 ……………………………………… 249
第一节 中唐诗序的概况 …………………………………… 249
第二节 变革文体，力追古道
　　——萧颖士、李华的诗序 …………………………… 252
第三节 弘扬道德，文采斐然
　　——独孤及、梁肃的诗序 …………………………… 266
第四节 谦谦君子，敦厚醇正
　　——权德舆、于邵的诗序 …………………………… 287
第五节 凌跨百代，姿态横生
　　——韩愈、柳宗元的诗序 …………………………… 309
第六节 通脱简易，常境出奇
　　——元稹、白居易的诗序 …………………………… 321
第七节 寻求超越，尊道向佛
　　——刘禹锡的诗序 …………………………………… 353
第八节 中唐诗序的散文化与"古文运动" ……………… 366

第七章 晚唐诗序研究 ········· 371
第一节 晚唐诗序的概况 ········· 371
第二节 风流蕴藉，寄托遥深
——杜牧、李商隐的诗序 ········· 373
第三节 崇尚隐逸，萧散自然
——许浑的诗序 ········· 381
第四节 愤世嫉俗，啸傲江湖
——皮日休、陆龟蒙的诗序 ········· 393
第五节 晚唐诗序与传奇小说 ········· 418

附录1 试论元稹的文学思想
——以《故工部员外郎杜君墓系铭并序》为中心 ········· 421

附录2 读《津阳门诗并序》 ········· 431

主要参考文献 ········· 440

后　记 ········· 447

绪　　论

一、本选题国内外研究现状述评及研究意义

（一）本选题的研究现状

文体研究是当前学术研究的热点。"序"是一种古老的文体，产生于文献整理编辑的过程中，表现了中国古人在重礼制的文化背景下，对自然和社会秩序的理性追求，具有深广的文化内涵。"序"萌芽于先秦，形成于两汉，在魏晋南北朝时期体制大备，到唐代达到全面繁荣。从《文选》开始，到《文苑英华》《唐文粹》《宋文鉴》《元文类》《文章辨体》《明文衡》《文体明辨》《古文辞类纂》等大型选本，都将"序"体作为重要文类选录。一些重要的学术专著如郭预衡的《中国散文史》、褚斌杰的《中国古代文体概论》都用一定的篇幅对序体作了论述，许多文学史、文学批评史类著作也曾大量引用诗序、赋序和文集序的材料，但是作为一种文体发展历史的专门研究，还不够充分。就唐代诗序来说，中国知网的统计结果显示，仅有一篇关于"唐代诗序"的博士论文，即张红运《唐代诗序研究》（陕西师范大学2007年）。涉及本课题的还有一些硕士论文，但都未对唐代诗序作全面探讨，如黄爱平《唐代诗序研究》（武汉大学2004年）未涉及《全唐文》中大量的诗序；薛峰《序体研究》（中国社会科学院研究生院2004年）虽探讨了序体的源流及其传播功能，但不是以唐代诗序作为考察对象；李志广《唐代序文体概述》（辽宁师范大学2004年），由于是概述，更未能展现唐代诗序的流变历程。单篇论文方面，陈兼与的《论诗的制题、小序和自注》（陈迩冬主编《艺文志》第二辑，1983年10月版）算是较早论及诗序问题，王辉斌的《题序合一——全唐诗序鸟瞰》（《西南师范大学学报》1995年2期），揭示了唐诗中"序题合一"的现象，但没有作进一步的探讨；吴承学的论文《诗题和诗序》（《文学遗产》1996年5期）从理论上揭示了诗序产生的原因，但没有涉及整个唐代诗序的创作情况。国外方面，有日本大阪大学的浅见洋二的《标题的诗学》论文（载日本汲古书院平成十二年七月十八日刊行的《中国文人的思考和表现》一书），研究中国诗学中有关诗题与正文关系的理论源流，与诗序有一定的联系。从这些论文看来，诗序研究还存在以下不足：未能对唐代诗序作全面考察；未能深入到文本内

部作具体细致的分析;未能揭示唐代诗序与诗人、诗歌、诗论之间的关系;未能对典型作家作深入的个案研究。因此本选题还有进一步深入挖掘的空间,能够在上述成果的基础上展现唐代诗序真实的生态景观,推动序体研究的深化。

(二) 本选题的研究意义

1. "诗序"最早见于《毛诗》。明代吴讷《文章辨体序说》:"《尔雅》云:'序,绪也。'序之体,始于《诗》之《大序》,首言六义,次言《风雅》之变,又次言二《南》王化之自。其言次第有序,故谓之序也。"即是说文体"序"是由《毛诗》序演变而来。历代研究《诗大序》者,除宋代疑古派郑樵、朱熹认为这些序是"村野妄人所作"外,从郑玄到清代四库馆臣均倾向于认为是孔子或儒家宗师及经师、门徒所作,由于《诗经》是乐歌,故在最初创作出来时,虽有其本事,但因不立题,故难详端绪。"大序""小序"是后来研读传习《诗经》的学者在接受过程中做出的理解,其说由于师徒相传,大致在孔子到毛亨这一段时间内最终定型,形成今天所见到的文本。这种为诗作序的解诗方法,到后来渐成格式,并演变成一种创作体式,为了让作诗之旨明晰,避免产生误解歧义,作者亲自作序,或请在场的某一名人作序。这样诗歌创作的背景、氛围及主旨在序中有所交代,而诗则可以更充分地抒情言志。在唐代的诸文体中,"序"是最富有活力和文采的一种。它既没有赋那样的板滞,也没有格律的束缚;它既不像"制""诏""册""奏""疏""章""表"等王言或臣言文体那样典雅,有严格的程式,也不像"碑""铭""传""祭文"等文体那样要刻石传世。它是一种文人能自由表达思想、驰骋才华的文体,在唐代诸文体中比较具有诗化色彩,更重要的是"序"这种文体经常性地与诗紧密相连,成为诗不可分割的部分。诗一旦脱离了题和序,可能就会导致理解上的纷纭复杂(如李商隐的无题诗)。因此,诗有序,是诗歌主旨明晰的标志之一。诗序能够勾连上自帝王下至庶民及僧侣的广泛群体,又与文人之间的交往酬唱相联系,还涉及诗艺的评论和诗史演进的探讨,因而具有重要的研究价值。

2. 唐代是一个全社会都重诗、爱好诗并尊重诗人的时代,达到了政治、经济、文化、军事、外交等方面的全面繁荣。诗的运用范围很广,其艺术触角伸进了社会的每一个角落,诗性文化精神渗透到社会生活的各个层面。诗人们在从事诗歌艺术创作活动时,往往喜欢描述写诗时的背景、原因,这就是诗"序"。唐诗发生的文化背景,被诗序比较清晰地记录了下来。我们通过对诗及其序的研究,一方面可以考察文人创作的真切情境,另一方面则可以加深对诗歌内涵的认识,进而可以考察文人的写作心态,甚至可以进一步探究唐代社会生活的文化底蕴。

3. 唐诗的繁荣是一个重要的诗史现象,其原因相当复杂,除了历代研究者已经深入探讨过的社会历史文化、文人心态、地域民族等方面因素之外,还有文体之间的相互借鉴和影响。通过研究与"诗"关系最紧密的"序"这种文体,就可以从一个新的视角透视诗与文之间血肉相连的关系,从而揭示出诗歌繁荣的一个重要方面。

4. 本选题清理唐代诗序发展的基本线索,研究重要作家的诗序创作,力图揭示出唐代诗序的艺术特征和演变轨迹。并通过具体文本的研究,探讨诗文交融并进共荣的艺术规律。

二、本选题的基本内容

本选题主要内容安排如下章节:

第一章:"'序'体溯源及先唐诗序的流变",主要探讨"序"体的起源,论述序体的基本类型和发展情况,并以"诗序"为例,详细论述先唐诗序的流变历程,进而揭示诗序的文学史意义,为后面章节的论述打下坚实的基础。

第二章:"唐代诗序的流变及其文学史意义",主要从宏观的角度对整个唐代诗序作概括性的扫描。首先运用统计表格,考察唐代诗序的总量分布情况;在此基础上确定唐代诗序的五种基本类型——赠序、游宴序、追忆之序、独特经历之序、独特诗歌观念之序。其次,对每一类诗序先作统计,再分小类依次按时间流程进行综述,并概括相关类别诗序的基本特征和流变规律。最后,在整个唐代诗序综述的基础上,揭示唐代诗序流变的基本特征和所具有的文学史意义。

第三章:"唐代帝王诗序研究",主要研究唐代帝王群体诗序及其诗歌创作的特征。首先考察历代帝王诗歌创作的基本情况,突出唐代帝王诗序的历史地位;其次,按照历史的演变顺序,对唐太宗、武则天、中宗、玄宗、德宗的诗序作个案研究;最后概括出唐代帝王诗序及其诗歌创作对文学史的影响。

第四章:"初唐诗序研究",以初唐时期五位重要作家杨炯、骆宾王、卢照邻、王勃、陈子昂为例,对他们的全部诗序作较详细的个案研究,运用图表分析,对比研究,概括出初唐诗序的艺术特征,总结其艺术成就,指出其艺术上的缺陷,最后揭示初唐诗序的文学史地位及其对后代的影响。

第五章:"盛唐诗序研究",以盛唐时期五位重要作家王维、陶翰、李白、杜甫、元结为代表,对他们的全部诗序作详细的个案研究,运用统计图表分析,对作家的生平履历作一些适当的考证,主要探讨诗序及其诗歌产生的历史背景,研究诗序与诗歌的关系,最后从整体上揭示盛唐诗序的艺术特征和艺术成就。

第六章:"中唐诗序研究",本章除继续采用图表分析外,还运用考证与艺术分析相结合的方法,对重要作家萧颖士、李华、独孤及、梁肃、权德舆、于邵、韩愈、柳宗元、元稹、白居易、刘禹锡等进行个案研究,一方面考证作家的生平经历,揭示诗序创作的历史背景,另一方面对他们的代表作品进行细致的分析,最后概括出他们诗序的艺术特征,总结其艺术成就,并论述这些作家与中唐古文运动的关系。

第七章:"晚唐诗序研究",本章仍然采用前面的方法,对晚唐时期五位重要诗人杜牧、李商隐、许浑、皮日休、陆龟蒙的诗序作详细的个案研究,一方面考证作家的生平履历,另一方面分析他们典型的作品,揭示每一位作家独特的个性及其对文学史的贡献,并特别关注诗序及其诗歌与晚唐传奇小说的关系,最后概括晚唐诗序的基本特征和成就。

三、基本思路和方法

本书采用综合研究的方法,将考证分析与诗文交叉研究相结合。避免单一视角,即不仅仅从"诗序"角度看问题,而是将"诗"与"序"结合起来,既研究"诗"也研究"序",并以此为基础,透视诗序背后的唐代社会文化生活、文人生存状况及精神面貌,探讨文体演变的规律及其基本艺术特征。将文本的文学研究和文学发展史结合起来,试图作通观考察,尽可能达到一定的学术深度。

四、重点和难点及主要观点和创新之处

(一) 重点和难点

1. 唐代诗序在继承先唐诗序成就基础上的艺术贡献;
2. 唐代诗序流变过程的描述;
3. 唐代诗序的基本类型及其创作特征;
4. 重点作家如王勃、独孤及、权德舆等人的诗序研究。

(二) 主要观点

1. 诗序的形成及其意义:诗序产生于文献编辑整理的过程中;诗序与诗歌具有相互依存、不可偏废的关系;诗序揭示诗歌的创作背景和文人的精神状态;诗序具有文学史及文学批评史意义。

2. 唐代诗序创作具有阶段性特征:初唐时期骈文处于绝对统治地位,诗

序骈化,用典丰富,藻饰华丽,韵律优美,对仗工整,达到骈体诗序的艺术高峰,同时也成为诗序发展的重要障碍;中唐时期古文运动发展,诗序完全散文化,创作达到高潮,取得了重要的艺术成就,奠定了诗序发展的基本格局;盛唐文学创作处于由骈入散的过渡阶段,诗序也呈现出过渡性特征;晚唐时期骈文复炽,但是诗序受到传奇小说的影响,继续保持散体形式,说明诗序具有很强的艺术包容性。

3. 唐代诗序的文体变迁与诗文交融:诗序是唐代的一种重要文体,发展总趋势是由骈文向散文发展,与古文运动的形成和发展基本相对应;诗文交融,即以文为诗和以诗为文,文的异质因素移入诗中,诗的圆融韵律渗入文中,形成互进共荣的现象,证明唐诗的繁荣不是一枝独秀,而是各种文体相互影响的结果。

4. 唐代诗序的文化内涵及其诗性文化精神:唐代诗序具有丰富复杂的多重文化内涵,体现了唐代浪漫奔放、情韵兼重的诗性文化精神。

(三) 创新之处

本文运用考证分析与诗文交叉研究的方法,首次对唐代诗序进行全面彻底的梳理,选题具有开创性,具有一定的学术价值。对唐代帝王诗序首次进行全面考察,对王勃、陈子昂、陶翰、李华、萧颖士、独孤及、于邵、梁肃、权德舆、许浑、皮日休、陆龟蒙等人的诗序首次进行全面研究,从一个较独特的角度填补了文学史研究的空白。

第一章 "序"体溯源及先唐诗序的流变

第一节 "序"的含义

"序"本指古代建筑物(房屋)的组成部分。《尔雅·释宫第五》:"东西墙谓之序。"①《说文解字》也说:"序,东西墙也。"②《中文大辞典》则更明确地说:"序,堂之东西墙也。"③此后,《辞源》④《汉语大辞典》⑤等大型工具书均采用了这一释义。"序"的含义由"东西墙"又引申为"东西厢(墙边)"。如《尚书·顾命》:"西序东向,敷重底席,缀纯,文贝仍几。东序西向,敷重丰席,画纯,雕玉仍几。"郑玄注:"东西厢谓之序。"在东西厢陈列了饰以"文贝""雕玉"的"几"(座位),用于"旦夕听事"和"养国老飨群臣"。⑥ 显然,古人对"东""西"两个方位是非常看重的。这是因为"东""西"方向建构了古人的"秩序"观念。我们的祖先居住在位于北半球温带的黄河中游流域,这里四季分明,冷暖交替,季风时至,春生夏长秋收冬藏的农作物生长规律,早晚的日出东岭和日落西山,形成了时间的概念。这种有规律的时间流变、季节播迁影响到古人的空间建筑观念。如清代戴震的《考工记图》绘有周代定制(周前已经如此,周代更为完善)的"王城""世室""明堂""宗庙"等四种最重要的建筑物体制的平面图,都是按南北向中轴线对称建筑的(即俗称"坐北朝南"),并以东西为"序",其中"宗庙"的核心部"(祭)堂"正好处于两"楹"和"东西序"之间。⑦ 中国古人的宇宙概念与庐舍有关,"宇"是屋宇,"宙"是由"宇"中出入往来。他们从屋宇中得到空间观念,从"日出而作,日落而息"(《击壤歌》),由宇中出入而得到时间观念。"空间、时间合成他的宇宙而安

---

① 胡奇光、方环海《尔雅译注》第204页,上海古籍出版社,1999年版。
② [东汉]许慎《说文解字》第192页,天津古籍出版社,1991年6月版。
③ 林尹、高明主编《中文大辞典》第十一册第375页,"中国文化研究所"刊行,据1967年台湾《中文大辞典》编纂的原版,于1982年北京重印本。
④ 《辞源》(一卷本)第543页,商务印书馆出版,1988年7月第1版。
⑤ 《汉语大词典》(缩印本)上册第1955页,汉语大词典出版社,1997年4月版。
⑥ 李学勤主编《十三经注疏·尚书正义》卷十八《顾命》第502页,北京大学出版社,1999年12月第1版。下引此书只注篇名、页码。
⑦ [清]戴震《考工记图》第110—113页,商务印书馆,1955年11月初版。

顿着他的生活。"①因此,古人在建筑房屋时,首先要确定的是"东西"方位。《考工记》说:"为规,识日出之景(影),与日入之景(影)。昼参诸日中之景(影),夜考之极星(北辰),以正朝夕。"②这里"正朝夕"就是定"东西"方位,只有这样才能"南北正"。

　　中国古代是最重"礼乐"制度的,而"礼乐"的核心就是"秩序"。《礼记·中庸》说:"宗庙之礼,所以序昭穆也。序爵,所以辨贵贱也;序事,所以辨贤也。旅酬下为上,所以逮贱也。燕毛,所以序齿也。"故《礼记·乐记》:"乐者,天地之和也。礼者,天地之序也。和故百物皆化,序故群物皆别。乐由天作,礼以地制。过制则乱,过作则暴。明于天地,然后能兴礼乐也。"又说:"乐著大始,而礼居成物。著不息者,天也。著不动者,地也。一动一静者,天地之间也。故圣人曰'礼乐'云。"③作为"天地之序"的"礼"具有排列等级、建构社会和谐秩序的意义。正如《旧唐书·礼仪志》所概括的:(由于)"欲无限极,祸乱生焉。圣人惧其邪放,于是作乐以和其性,制礼以检其情,俾俯仰有容,周旋中矩。故肆觐之礼立,则朝廷尊;郊庙之礼立,则人情肃;冠婚之礼立,则长幼序;丧祭之礼立,则孝慈著;搜狩之礼立,则军旅振;享宴之礼立,则君臣笃。是知礼者,品汇之璇衡,人伦之绳墨,失之者辱,得之者荣,造物已还,不可须臾离也。"④这种"不可须臾离"的"礼"其实与古人的日常生活紧密相关,即融于"六礼""七教""八政"之中⑤。其中很多重要活动都是在"序"这个地点"有秩序""按次序"举行的。如:

　　　　主人升,立于序端,西面;宾西序,东面。
　　　　　　　　　　　　　　——(《仪礼注疏·士冠礼》,页31)

这是主人与宾客相向而立,位定,将行冠礼的情景。地点在两"序"之间,而且注重东西向的站位。仪式结束后,"宾降,直西序,东面,主人降,复初位"(同上,页37)。

　　　　主人坐奠爵于筵,兴对。宾复位,当西序,东面……宾降,主人辞,宾

---

① 宗白华:《中国美学史论集》第73—74页,安徽教育出版社,2000年10月版。
② 《周礼注疏·冬官考工记第六》卷四十一,第1148—1149页。
③ 《十三经注疏·礼记正义·乐记第十九》卷三十七、五十二,第1090页、1097页;《十三经注疏·礼记正义·中庸》卷五十二,第1439页。
④ 刘昫等:《旧唐书》等三册,第815页,中华书局,1975年5月第1版。
⑤ 《礼记正义·王制第五》卷十三。"六礼:'冠、昏、表、祭、乡、相见'。""七教:'父子、兄弟、夫妇、君臣、长幼、朋友、宾客'。""八政:'饮食、衣服、事为、异别、度、量、数、制'。"见上册第435页。

对,复位,当西序。

——(《仪礼注疏·乡饮酒礼第四》,页134—135)

乡饮酒礼是很重要的礼仪,非常重视长幼尊卑的序次排列。故《卷九》说:"揖让升。宾厌介升,介厌众长,众宾序升,即席。"(同上,页144)郑玄注曰:"众宾序升者,谓三宾堂上有席者,以年长为首,以次即席也。"这里描写出乡饮酒礼仪上彬彬有礼、揖让有序、秩序井然的场面。"序"已经由本义"东西墙"引申出了"次序,按次序排列"这一重要意义。

　　宾降,立于西阶西。射人升宾,立于序内,东面。……序进,盥,洗角,升自西阶;序进,酌敬,交于楹兆。

——(《仪礼注疏·燕礼第六》,页259—262)

这里的"序进"也是按照规定的次序进行的意思。

　　敦弓既坚,四鍭既均。舍矢既均,序宾以贤。

——(《毛诗正义》卷十七,页1083)

郑注后孔颖达"正义"曰:"言序宾以贤者,谓次序为宾,以此择之而皆贤也。然则非贤不得为宾,故言宾客次序皆贤也。"(同上,页1085)这四句是说:彩绘雕弓坚劲,四支利箭击中靶心,然后按照射箭胜负来安排座次。这首诗描写周天子与族人宴饮、比射,最后以敬老结束,宣扬"周家忠厚"的本旨。而"宾序以贤"突出了按次序排列贤才的礼制观念。

由此可见,"序"由本义"东西墙"引申出了"次序""排列次序"的含义。这个新义与古代礼乐制度紧密相关,不妨说是古代礼乐制度对"秩序"的追求赋予了"序"以新的含义。按"次序"排列座次,是古人非常重视的,并深深影响后代。如:

　　席南乡(向)北乡,以西方为上;东乡(向)西乡(向),以南方为上。

——(《礼记正义·典礼上》卷二,页43)

宴席上的座次以"坐西朝东"为尊,这种观念在后代产生了很深的影响。较典型的如《史记·项羽本纪》:"项王、项伯东向坐。……沛公北向坐,张良西向侍。"①《史记·魏其武安侯列传》:"(田蚡)尝招客饮,坐其兄盖侯(按:即王信)南向,自坐东向,以汉为相尊,不可以兄故私挠。"②可见周代的"西序东向"为尊在西汉是普遍的观念,这一观念一直延续到现在(安徽黟县西递宏村的明清建筑及乡俗还是如此,即可证明)。

周代还有一项重要的"庠(序)"制度,如:

> 司徒修六礼以节民性,明七教以兴民德,齐八政以防淫,一道德以同俗,养耆老以致孝,恤孤独以逮不足,上贤以崇德,简不肖以绌恶。

> 耆老皆朝于庠,元日习射上功,习乡(郑注谓饮酒,乡礼,春秋射,国蜡,而饮酒养老)。

> 有虞氏养庶老于西序。殷人养国老于右学,养庶老于左学。周人养国老于东胶,养庶老于虞庠。虞庠在国之西郊。

——(《礼记正义·王制第五》卷十三,第403—425页)

郑玄注曰:"上庠、右学,大学也,在西郊;下庠、左学,小学也,在国中王宫之东;东序、东胶,亦大学,在国中王宫之东;西序、虞庠亦小学也,西序在西郊,周立小学于西郊。"(同上)由此可见,周代"序"具有"学校"的意义,其设置大致在王宫之"东""西"郊。学校设置的目的在于"养国老",推行礼制,故《孟子·滕文公》说:"设为庠序以教之。庠者,养也;校者,教也;序者,射也。(王念孙认为"序"即"射",是教导之名——引者按)夏曰校,殷曰序,周曰庠;学则三代共之,皆所以明人伦也。"③

由此可见,"序"又具有"学校"(大学、小学)的含义,后来"序"又衍生出"文体"名称的含义,即介绍、评述作品内容的一种文体。这是因为"序"与"叙""绪"音同义通。如王逸《离骚经序》说:"故上述唐、虞三后之别;下序桀、纣、羿、浇之败。"④这个"序"与"叙(述)"是同义的。据《尔雅》"序"又与"绪"通,具有"端绪"之义。如《汉书·韦贤(玄成附)传》:"今皇帝有疾不豫,乃梦祖宗戒以备,楚王梦亦有其序。"颜师古注曰:"序,绪也,谓端绪也。"⑤这种文体名称来由,应该如明代吴讷所云:"其次第有序,故谓之

---

① 《史记》第一册,第312页,中华书局1959年9月第1版。
② 《史记》第九册,第2844页。
③ 杨伯峻:《孟子译注》(上)第122页,中华书局,1960年1月版。
④ 见洪兴祖《楚辞补注》第2页,中华书局,1983年3月第1版。
⑤ 《汉书》第十册,第3121页,中华书局,1962年6月第1版。

序也。"①

如果我们将上述考索联系起来,就会得出这样的认识:中国古人由于东西方位建立了时间有序交替的概念,逐渐形成了"秩序"的观念,因而非常重视东西方位的意义,故建筑房屋时首先确定东西方位,并将房屋最重要的"东西墙"命名为"序"。由于"序"是古代礼制施行场所"堂"的重要组成部分,许多重要的礼仪活动如冠婚、宴饮、祭祀等都在这里举行,因此"序"引申出"次序""排序"的含义,而且以"西序东向"为尊。推行礼仪制度的重要场所是学校,故"序"又获得了"学校"的含义。最后,演化出叙述"端绪井然""叙述次第有序"的文体名称。"序"的含义显示了中国古人在重礼治的文化背景下,对自然和人类社会秩序的形而上的理性追求,具有深厚而广泛的文化内涵。

第二节 "序"体的源流及其类别

(一) "序"的源流及其基本类型

作为文体的"序"到底是什么时候产生的? 最早的序是谁制作的呢?

文献记载中有几种比较典型的说法:

《史记·孔子世家》:"孔子(前511—前479)晚而喜《易》,序《彖》《系》《象》《说卦》《文言》。"②

《周易正义》:"《序卦》者,文王既繇六十四卦。分为上下二篇。其先后之次,其理不见,故孔子就上下二《经》,各序其相次之义,故谓之《序卦》焉。"

《陔余丛考·序》:"孙炎云:序,端绪也。孔子作《序卦》及《尚书序》,子夏作《诗序》,其来尚已。"③

从司马迁,到郑玄,经孙炎到孔颖达,再到赵翼,他们都认为"序"体产生于春秋末期,第一篇"序"是孔子作的《序卦传》。

这一说法有人反对。如明代吴讷《文章辨体序说》:"《尔雅》云:'序,绪也。'序之体,始于《诗》之《大序》,首言六义,次言《风雅》之变,又次言二《南》王化之自。其言次第有序,故谓之序也。"④他认为最早的"序"不是《序

---

① [明]吴讷《文章辨体序说》,于北山点校,第42页,人民文学出版社,1962年8月第1版。
② 《史记》第六册,第1937页。按:唐张守节《史记正义》注曰:"序,《易序卦》也。夫子作"十翼",谓《上彖》《下彖》《上象》《下象》《上系》《下系》《文言》《序卦》《说卦》《杂卦》也。"《十三经注疏·周易正义》卷九第334页。
③ [清]赵翼《陔余丛考》第403页,河北人民出版社,1990年11月版。
④ [明]吴讷《文章辨体序说》,于北山点校,第42页。

卦》而是《诗大序》,至于作者是谁,吴氏未说明。而欧阳修《童子问易》卷三说:"童子问曰:'《系辞》非圣人之作乎?'曰:'何独《系辞》焉,《文言》《说卦》而下,皆非圣人之作。而众说淆乱,亦非一人之言也。"①又《序问》说:"或问:'《诗》之《序》,卜商作乎?卫宏作乎?非二人之作,则作者其谁乎?'应之曰:'《书》《春秋》皆有《序》,而著其名氏,故可知作者。《诗》之序不著名氏,安得而知之乎?虽然,非子夏之作,则可知也。'"②这里欧阳修否定了《诗序》为子夏所作,认为最早的"序"不产生于春秋战国时期。

这种解说经传而相互矛盾的说法相当普遍,因为经学在流传过程中存在"尊经"和"疑经"两大派别,尊经者往往要推圣人扛大旗,而疑经者却坚决反对前者主张。由此而考索"序"体的产生,困难较大。但我们可以从经典产生的先后,大致推断哪个"序"最先产生。

《史记·太史公自序》言其父司马谈《论六家要旨》首列《易大传》。《旧唐书·经籍上》"甲部经录十二家的顺序是:'《易》类一,《书》类二,《诗》类三,《礼》类四,《乐》类五,《春秋》类六……小学类十二。'"③

据此可以断定,《周易》是最早形成的典籍,且没有受秦"焚书坑儒"的影响,其传承从未中断过,故应以《序卦》为诸"序"中最早者,至少在司马迁之前就流传了很长时间并定型,其产生时间应在春秋至战国晚期。那《序卦》一定是孔子所作吗?如果不是为什么又会附会于孔子呢?我认为这应该考察经典形成及文集产生的历史过程。

儒家六经之首是《周易》,其经传的创作过程经历了远古时代至春秋战国之间的漫长过程,是先民以集体智慧探索宇宙、社会、人生大秩序的结晶,成为经典后,则推为圣人所作。《系辞下传》说:"古者包羲氏之王天下也,仰则观象于天,俯则观法于地,观鸟兽之文,与地之宜,近取诸身,远取诸物,于是始作八卦,以通神明之德,以类万物之情。"④指出其运用"观物取象"的方法,通过从上到下、由近及远的观察,对客观自然进行由表及里、从现象到本质的概括,达到"通神明之德,以类万物之情"的境界。《周易》中到处可见宇宙世界"秩序"的认识。如"天尊地卑,乾坤定矣。卑高以陈,贵贱位矣",这是乾坤和人类的大序。"日来则月往,月往则日来,日月相推而明生焉;寒往则暑来,暑往则寒来,寒暑相推而岁成焉",这是阴阳、四时相互推演之序。"圣人立象以尽意,设卦以尽情伪,系辞以尽其言。……彰往而察来,显微阐

---

① 见《欧阳修全集》卷七八,第1119页,中华书局2001年3月版。
② 见《欧阳修全集》卷六一,第900页。
③ 《旧唐书》卷四六,中华书局1975年5月版。
④ 见黄寿祺、张善文《周易译注》第572页,上海古籍出版社,1989年5月版。

幽……其称名也小,其取类也大,其旨远,其辞文,其言曲而中,其事肆而隐",这是表达之序。故《周易》涵天道、地道、人道而"广大悉备",是一部"原始要终"而"言之有序"的著作。正因为如此,故在整理《周易》时,撰《序卦传》的作者(尽管可能不是孔子,但肯定是《周易》的整理者,也许出自众手,其形成定本必有一个较长的历史过程)能在分析《周易》六十四卦的编排次序基础上,揭示诸卦前后相承的意义。从这个意义上讲,由于诸史记载孔子确实整理过《周易》,所以孔颖达《周易正义》说孔子"就上下二经,各序其相次之义"也有一定的可信度。《序卦传》含有排列卦序,指明各卦依次相承的意义,含有事物向正反方面发展变化的辩证思想,其"序"为动词,符合先秦时代文体以动词命名的通例①,具备后代文体"序"的基本特征,但还未脱离"传"(解释经义)的胎壳。后来司马迁作《太史公自序》解释《史记》各篇作意及各篇先后次序,显然受到《序卦传》的影响。

《周易》这种"言之有序"的创作模式,对后代影响深远。如:

《史记·孟子荀卿列传》述孟子生活在天下务"合从连横,以攻伐为贤"的战国纷争时期,而他却"述唐虞三代之德",当然是不合时宜的"迂阔之论",因此只得"退而与万章之徒,序《诗》《书》述仲尼之意,作《孟子》七篇"。荀卿则"嫉浊世之政,亡国乱君相属,不遂大道而营于巫祝,信祺祥……于是推儒、墨、道德之行事兴坏,序列著作数万言而卒"②。

《史记·屈原贾生列传》评述屈原创作离骚时说:"上称帝喾,下道齐桓,中述汤武,以刺世事。明道德之广崇,治乱之条贯,靡不毕见,其文约,其辞微,其志洁,其行廉,其称文小而其指极大,举类迩而见义远。"③而他自己在创作《史记》是在受宫刑后"论次其文"的基础上"发愤著书",故"述往事,思来者"。这里司马迁评述屈原《离骚》的创作方法,及自己的"论次其文"和"述往思来",其实就是创作过程中的"(次)序"。正是由于司马迁对创作过程中的"序"有理性认识,故而他写出了《太史公自序》。一方面叙述自己的家世和写作《史记》的过程,总括全书旨要及创作的精神动力,可以看成是自传;另一方面又"序次其文",按"本纪""表""书""世家""列传"的顺序,"叙"每一篇的大意。实际上这篇《自序》可以看作《史记》一百三十篇的总序和每一篇小序的总汇,其体例显然与《诗大序》《诗小序》具有相同特点,可以

---

① 参郭英德《中国古代文体学论稿》第42页,"当一种'言说'方式被人们约定俗成地确认为某一'类名'以后,与这种'言说'方式相对应的言辞样式就形成特定的文本方式,而这种'言说'方式的行为特征同时脱胎换骨地成为特定文本方式的文本形态特征",如"诰""誓""命"等文体。北京大学出版社,2005年9月版。
② 见《史记》第七册,第2343页,第2348页。
③ 《史记》第八册,第2481页。

看作是"序"体正式确立的标志。它置于全书的末尾,具有总括归纳的特点,同时又起清晰条目、明确意旨的作用,这显然与司马迁编辑"天下放佚旧闻"的创作背景相关。后来这样的"序"一般放在书前,具有开门见山、纲举目张的作用。

随着历史的发展,文化成果不断积累,文章体类繁多,自然由经书、史传而衍生出杂类各体文章的文集。由集体撰述向个体著述演进。清代章学诚《文史通义·文集》这样说:"集之兴也,其当文章升降乎?古者朝有典谟,官阶存法令,风诗采之闾里,敷奏登之庙堂,未有人自为书,家存一说者也。自治学分途,百家风起,周、秦诸子之学,不胜纷纷;识者已病道术之裂矣。两汉文章繁矣……而文集之名犹未立也。自挚虞创为《文章流别》,学者便之,于是别聚古人之作,标为别集;则文集之名,实仿于晋代。"①

虽然章氏论述文集目的在于批评"言行殊而文集兴,诚伪之判"的现象,但他所述的文集形成过程具有历史真实性。其中一个最为关键性的甚至具有标志性意义的事件是西汉末期的刘向校录群书,这是有文献可考、规模宏大的整理古代文献工作。

《汉书·楚元王传(后附刘向传)》:"成帝即位,向以故九卿召拜为中郎,使领护三辅都水。……而上方精于《诗》《书》,观古文,诏向领校中《五经》秘书。"②《汉书·艺文志》说:"至成帝时,以书颇散亡,使谒者陈农求遗书于天下。诏光禄大夫刘向校录经传诸子诗赋……每一书已,向辄条其篇目,撮其指意,录而奏之。会向卒,哀帝复使向子侍中奉车都尉歆卒父业。"③

刘向典校秘书的义例有一项比较重要的是"条别篇章,定著目次",由于古书每篇独立为册卷,不相联系,或无篇目,也无一定之序,故刘向将不分类的零篇各标以篇目,并编定其先后次序。如成帝河平年间,因为赵飞燕姊妹得宠幸,"向以为王教由内及外,自近者始。故采取《诗》《书》所载贤妃贞妇,兴国显家可法则,及孽嬖乱亡者,序次为《列女传》,凡八篇,以戒天子。及采传记行事,著《新序》《说苑》凡五十篇奏之"④。《新序》是可考知的最早以"序"命名的书籍,编成于汉成帝河平三年至阳朔元年(即前26至前24年)之间,是一本辑录的历史故事集,与《列女传》《说苑》为同一类型的书,目的都是为了向君王"陈法戒,以助观览,补遗阙"。刘向由编辑整理文献而编撰《新序》等书籍,并为古籍撰写"叙录"的事实说明:"序"应该产生于编辑整理

---

① 章学诚《文史通义》第296页,叶瑛校注,中华书局,1985年5月版。
② 《汉书》第七册第1950页。
③ 《汉书》第六册第1701页。
④ 《汉书》第七册第1958页。

文献的过程中。这样我们就有理由说,刘向是"序"体形成过程中的关键人物。由此可以推知最早的"序"要附会在孔子身上的原因,就是因为相传孔子对上古文献有编辑整理之功。①

单篇作品的"序",似乎应该产生于书籍序之后。《诗小序》可能保留了一些比较古老的"序",尽管标示了作者(如许穆夫人作《载驰》前的"序"等),但这些所谓的"序"多是后代研习诗经者以诗史互证方法追索诗歌的本事而成,具有"以史说诗"的倾向,可以认为是单篇诗序的滥觞。像东汉王逸所述屈原作《天问》的"序",我认为也只能算推测,故后代怀疑者不少。而比较可靠的应该算汉初贾谊的《鹏鸟赋》前面的一段文字:"贾生为长沙王太傅三年,有鸮飞入生舍,止于坐隅。楚人命鸮曰'服'。贾生既以适居长沙,长沙卑湿,自以为寿不得长,伤悼之,乃为赋以自广。"②这虽然是司马迁根据赋文第一段内容而撮述的"序",但它与赋文关系是相互补充的,故后来《文选》收录时将其当成"并序"。③ 但这足以说明贾谊此赋的前面一节文字具有"序"的特征,正因为此赋的范式作用,后来汉赋带"并序"的相当普遍。④ 诗歌的单篇"序"可考的是东汉张衡的《四愁诗并序》和《怨诗并序》。⑤ 但可以肯定的是单篇作品的"序"出现在书籍序之后,是先有"赋序"后有"诗序"。

综上所述,我们得出这样的认识:"序"体产生于整理编辑文献的过程中。从传说中的孔子整理而作《序卦传》等到西汉刘向校理群书而作"叙录",标志"序"体的确立。司马迁的《自序》是最早可考的文集(史传)序,刘向的《新序》则是第一本以"序"命名文集的书。司马迁、刘向为"序"体的确立做出了重要贡献。由宇宙本来就存在的"序(秩序)"到解释、表达这种"序"而要求"言之有序",形成古人的"次序"概念。文献散乱或积累到丰富的程度,于是产生整理文献的现实需求。孔子为讲学传经而整理,刘向受皇命而校理,则是两次重要的标志性活动。司马迁接受《序卦传》影响,创作《史记》而作《自序》,标志"序"体的正式产生;刘向作《新序》标志"序"以文集形式出现;而贾谊的《鹏鸟赋》则为单篇文序的产生提供了范式。由此可

---

① 《史记·孔子世家》载:"古者《诗》三千多篇,及至孔子,去其重,取可施礼义。……三百五篇,孔子皆弦歌之,以求合《韶》《武》《雅》《颂》之音。礼乐自此可得而述,以备王道,成六艺。"第六册第1936页。
② 《史记》第八册,第2496页。
③ 萧统选、李善注《昭明文选》,上册,第365页,作《鹏鸟赋并序》,京华出版社,2000年5月版。笔者认为,朱东润主编《历代文学作品选》(一)中,将"序"放入题解更为妥当,上海古籍出版社,1980年11月版。
④ 据严可均《全上古三代秦汉三国六朝文》统计,录汉赋中有"并序"者24篇。此据新版横排本,河北教育出版社,1997年10月版。
⑤ 张震泽取逯钦说,认为"序"为伪托。见《张衡诗文集校注》第1页,上海古籍出版社,1986年6月版。

见,"序"体产生后的流变是先有文集序,再有单篇的序。

"序"体在两汉产生之后到魏晋南北朝时基本定型,体类大备,标志性事件是萧统编《文选》时,除录入单篇赋序、诗序外,还专录一卷"序"(第四十六卷,一部分在第四十五卷)。"序"体的分类,赵翼分为"经传序、史传自序、校书序、赋序"等,《陔余丛考·序》中说:"何休、杜预之序《左氏》《公羊》,乃传经者之自为序也。史迁、班固之《序传》,乃作史者之身为序也。刘向之《叙录》诸书,乃校书者之自为序也。其假手于他人以重于世者,自皇甫谧之序左思《三都》始。"(页403)我认为分为"文集序""单篇作品序""宴会序""赠序"四类比较妥当。"文集序",包括赵翼说的传经者、解传者的自为序,如郑玄《尚书大传叙》《诗谱序》①、高诱《吕氏春秋序》《淮南子序》②,也有别集序和总集序,如萧统《陶渊明集序》和《文选序》③,还有作史者、校书者序,还有释氏佛经序,如释僧祐的《释迦谱序》《法苑杂缘原始集序》④等。"单篇作品序",文类比较多,"文序"如刘歆《移书让太常博士并序》⑤、萧琛《难范缜〈神灭论〉序》⑥等;"赋序"如扬雄《甘泉赋并序》⑦、左思《三都赋序》⑧、陆机《文赋序》⑨、庾信《哀江南赋序》⑩等;"诗序"如王羲之《三月三日兰亭诗序》⑪、湛方生《庐山神仙诗序》⑫;赞、铭、诔、颂等韵文均有序,不备举⑬。这类序最为丰富,见后附录。"宴会序",如石崇的《金谷诗序》⑭。"赠序"在唐代以后大盛。

(二) 诗序的形成过程

1.《诗序》作者及制作年代的评述:《四库全书总目》中说:"诗有四家,毛诗独传。唐前无异论,宋以后则众说争矣。"⑮从宋代欧阳修经郑樵到朱熹

---

① 严可均《全上古三代秦汉三国六朝文·全汉文》第84卷,第787页。
② 同上,第87卷,第820页。
③ 同上,《全梁文》第20卷,第215、216页。
④ 同上,《全梁文》第72卷,第754、755页。
⑤ 同上,《全汉文》第40卷,第625页。
⑥ 同上,《全梁文》第24卷,第253页。
⑦ 同上,《全汉文》第51卷,第720页。
⑧ 同上,《全晋文》第74卷,第766页。
⑨ 同上,《全晋文》第97卷,第991页。
⑩ 同上,《全后周文》第8卷,第184页。
⑪ 同上,《全晋文》第26卷,第273页。
⑫ 同上,《全晋文》第140卷,第1459页。
⑬ 如曹植《画赞》并序(《全三国文》第17卷页179);傅玄《华岳铭并序》(《全晋文》第46卷页478);颜延之《陶征士诔并序》(《全晋文》第38卷页368);释慧远《襄阳丈六金像颂并序》(《全晋文》第162卷页1703)。
⑭ 同上,《全晋文》第33卷,第346页。
⑮ 《钦定四库全书总目》(整理本)上册第186页,中华书局,1997年1月版。

的疑经风气形成后,围绕《诗经》研究的各种问题,尊经派和疑经派展开了激烈的争辩。其中《诗序》的作者问题是焦点,自元、明、清至现在,仍然聚讼纷纭,成为"说经之家第一争诉之端"。

《四库全书总目·诗序》说:

>《诗序》之说,纷如聚讼。以为《大序》子夏作,《小序》子夏、毛公合作者,郑元《诗谱》也。以为子夏所序诗,即今《毛诗》序者,王肃《家语注》也。以为卫宏受学谢曼卿,作《诗序》者,《后汉书·儒林传》也。以为子夏所创,毛公及卫宏又加润益者,《隋书·经籍志》也。以为子夏不序诗者,韩愈也。① 以为子夏惟裁初句,以下出自毛公者,成伯玙也。以为诗人所自制者,王安石也。以《小序》为国史旧文,以《大序》为孔子作者,明道程子也。以首句即为孔子所题者,王得臣也。认为《毛传》初行,尚未有序,其后门人互相传授,各记其师说者,曹粹中也。以为村野妄人所作,昌言排击而不顾者,则倡之者郑樵、王质,和之者朱子也。……朱子同时如吕祖谦、陈傅良、叶适以同志之交,各持异议。……马端临作《经籍考》,于他书无所考辨,惟《诗序》一事,反复攻诘,至数千言。②

争讼正如四库馆臣所说:"攻汉学者,意不尽在于经义,务胜汉儒而已;伸汉学者,意亦不尽在于经义,愤宋儒之诋汉儒而已。"③所以为了"消融数百年之门户",馆臣"参稽众说,务协其平",得出这样的结论:"定序首二句为毛苌以前经师所传;以下续申之词,为毛苌以下弟子所附,仍录冠诗部之首,明渊源之有自。"④

这个结论能调和诸家异说,但将诗序的制作时间推到毛苌之前,还是引起了后人的进一步争论。

程俊英《历代〈诗经〉研究评述》中将《诗序》作者概括出比较有根据而有影响的三说:子夏作;子夏、毛公、卫宏合作;卫宏作。她认为:"东汉卫宏作《诗序》的话,是比较可信的。"⑤

---

① 范处义《诗补传·篇目》:唐人之议《诗序》也,韩愈曰:"子夏不序《诗》有三焉:知不及,一也;暴扬中冓之私,《春秋》所不道,二也;诸侯犹世,不敢云,三也。……汉之学者欲显其传,因藉之子夏。"按:这可能是韩愈逸文,今《韩昌黎文集》无此。也有可能是范氏自撰韩愈言来论诗经汉学之非。
② 《钦定四库全书总目》(整理本)上册,第187页。
③ 同上书,第186页。
④ 同上书,第187页。
⑤ 《程俊英教授纪念文集》,第151—152页,华东师范大学出版社,2004年12月第1版。

而蒋凡《中国文学批评史·先前两汉卷》却认为卫宏作序的说法大可怀疑,并列举四点理由。最后他得出结论:"《毛诗序》不是一人一时之作,其中包含了先秦旧说,保存了古时的许多思想资料,也可能有东汉毛诗家加以润益的成分;但就其总体来说,它大约完成于西汉中期以前的学者之手。"①

冯浩菲《历代〈诗经〉论说述评》搜罗历史上有关《诗序》的形成及作者的十七种说法并将其分为三类:《诗序》作于毛亨之前,即先秦时代;古序(篇序开头一句话,即单部序)作于先秦,古序之后,即双部序之后部序,为汉儒申说增补;《诗序》为汉儒所作。冯著认为后两说不可取,而列出八条理由证明《诗序》作于先秦。②

这里我不想对三位学者的观点作出评判,因为上古史实记载本身就存在相互矛盾的情况,各据一辞均可成说。我只想从文体学的角度提出一点浅见,来观察这个纷繁难解的问题。我在前文详细考察了"序"这一文体产生的历史过程,得出的基本结论是:"序"产生于编辑整理文献的过程中。而"序"体的成型显然经过"序卦"到"自序",才最终向单篇作品序演变的历程。如果《诗序》这样成熟而标准的体制产生于先秦,而到东汉张衡时期才出现第一篇"诗序"。这中间相隔了六百余年,六百年中诗人并不算少,竟不作一篇诗序,显然是不可思议的。另外,我在前文考察单篇作品序的产生过程时,已指出单篇最早的"序"不是"诗序"而是"赋序",这里存在一条"书籍序"到"赋序"再到"诗序"和其他文体序的演变线索。考逯钦立《先秦汉魏晋南北朝诗》和严可均《全上古三代秦汉三国六朝文》,这两书是搜罗先唐诗文资料最完备的著作,笔者仔细索检,得到如下数据:先唐文献中,除《诗序》外,书籍序299篇,赋序252篇,诗序102篇,其他文体序95篇(见后附表)。这也从一个侧面说明:如果早在先秦诗人们就创作出305篇"诗序",而此后一千多年才存留了102篇诗序,令人怀疑。因此,我认为将《诗序》定为东汉以前所作是比较稳妥的,符合这一文体产生的历史条件。我大致同意蒋凡的意见,认为《诗序》出于众手,但不同意将其推到西汉中期(司马迁作《自序》)之前。如果我们承认《诗经》于500年间不同历史阶段不断积累而生成,那么就应该承认对它的接受不是一次性完成的。自传说中的孔子整理《诗经》到汉初的四家传诗,不管是立于学官还是私家传授,汉前的诗经研究并不是将其作为文学来研究的,而是诗史互证以明美刺风雅政教之旨。正如朱自清所说,《诗序》的以诗证史是将"'以诗合意'的结果就当作'知人论世',以为作

---

① 王运熙、顾易生主编《中国文学批评通史·先秦两汉卷》(汉代部分由蒋凡撰写),第399—400页,上海古籍出版社,1996年12月版。
② 冯浩菲《历代诗经论说述评》,第152—168页,中华书局,2003年10月第1版。

诗的'人''世'果然如此,作诗的'志'果然如此,将理想当作事实,将主观当作客观","《毛诗》《郑笺》跟着孟子注重全篇的说解,自是正路。但他们曲解'知人论世',并死守着'思无邪'一义胶柱鼓瑟的'以意逆志',于是乎就不是说诗而是证史了"①。由于《诗经》是乐歌,故在最初创作出来时,虽有其本事,但因不立题,故难详端绪。有一点是可以肯定的:最初作者是没有作"序"和"题"的。"大序""小序"是后来研读传习《诗经》的学者在接受过程中做出的"以意逆志"的理解,其说由于师徒相传,逐渐有所增删,大致在孔子到卫宏这一段时间内最终形成今天所见到的文本。因为诗序可以将创作背景及作者之意交代清楚,是为一种记录,所以为诗人所认可,逐渐形成一种文体。诗序与其他文体序的形成应该在大致相同的时期和相同的文化背景上。只有这种创作观念为作家所接受,才有可能形成序诗合体的风尚。这样就有必要以"诗序"为例考察一下先唐诗序演变的历史过程。

2. 先唐诗序的流变历程:中国古代很早就形成"诗史互证"的传统。《诗经》中就有一些诗如《硕人》《载驰》《清人》《黄鸟》等都可以与《左传》相印证,连朱自清也说"这几篇与《左传》所记都相合,似乎不是向壁虚造。"②这里以《鄘风·载驰》为例。《毛序》说:"许穆夫人闵卫之亡,伤许之小,力不能救,思归唁其兄,又义不得,故赋是诗也。"③《左传·闵公二年》:"冬十二月,狄人伐卫。卫懿公好鹤。鹤有乘轩者。将战,国人受甲者皆曰:'使鹤! 鹤实有禄位,余焉能战?'……及狄人战于荥泽,卫师败绩。遂灭卫。……立戴公以庐于曹,许穆夫人赋《载驰》。齐侯使公子无亏帅车三百乘,甲士三千人以戍曹。"④《毛序》可能是对《左传》所叙史实进行撮述,再加以整合而成。尽管能诗史互证,但这"序"不一定是许穆夫人所作。不过这序可以启发后来作诗者,诗序可以交代写作背景和寓意,这样读者欣赏、理解诗歌时,容易明白作者的旨趣所在。从文体学角度看,不能将它作为最早的"诗序"来看,因为"作者之意"是后人附上去的,作诗者本人尚没有这一意识。

先唐"诗序"的形成过程大致经历了"先秦的萌芽期""两汉的生成期""两晋的成熟期"和"南北朝(含隋)的衰落期"四个阶段。下面按逯钦立《先秦汉魏晋南北朝诗》收录的诗歌顺序,列叙"诗序"的流变情况。

(1) 先秦诗共七卷。收"歌""谣""杂辞",大都录自史书、经传。如《弹歌》见《吴越春秋》,《击壤集》见《尚书传》,《南风歌》见《孔子家语》,《涂山

---

① 见《朱自清说诗》第26、74页,上海古籍出版社,1998年12月版。
② 同上书,第15页。
③ 《十三经注疏·毛诗正义》(七)第210页,北京大学出版社,1999年12月版。
④ 《十三经注疏·春秋左传正义》(上)第310—312页。

歌》见《吕氏春秋》,《五子歌》见《夏书》,《夏人歌》见《韩诗外传》等,每一篇歌辞都有一产生过程的说明,虽荒古邈远,然文献所征,后人也只能姑妄听之。《史记》中的有些记载于后代流传很广,值得重视和注意。如《麦秀歌》,《史记·宋微子世家》载:"箕子朝周,过故殷墟,感宫室毁坏,生禾黍,箕子伤之,欲哭则不可,欲泣为其近妇人,乃作《麦秀之诗》以歌咏之。其诗曰:'麦秀渐渐兮,禾黍油油。彼狡僮兮,不与我好兮!'"①此歌在古代典籍中记载或转引很多②,有一定的可信度,对箕子创作心态,背景的推测、描述,有一定的依据,那种睹景兴悲,物是人非的易代之感当是真情的流露,在古代易代之际有相当的典型性,为后代怀古诗的滥觞,也成为伤感昔盛今衰诗歌的最早艺术原型。此外如《史记》中的《邺民歌》,载于《论语》的《楚狂接舆歌》,见于《孟子》的《孺子歌》,载于刘向《列女传》的《黄鹄歌》、《说苑》的《越人歌》、《新序》的《徐人歌》等,都有依托的本事,虽然诗人此时还没有作"序"的意识,但这些史传类著作在收集、编辑时的撮述和作意之推测,可以算作"诗序"的初始形态。这种对本事索解的探求意识,直指诗歌意旨的内核,是诗序产生的史传文化背景和依据。

(2) 汉诗十二卷。如《史记》中的《郑白渠歌》,《汉书》中的《安世房中歌》和《后汉书》中的《五噫歌》之类,还承继先秦的传统,录歌时附上本事的考索。而东汉张衡的《怨诗序》和《四愁诗序》可算作是作者有意识的诗序。

《四愁诗序》:"张衡不乐久处机密,阳嘉中,出为河间相,时国王骄奢,不遵法度,又多豪右并兼之家,衡下车,治威严,能内察属县,奸猾行巧劫,皆密知名,下吏收捕。尽服禽,诸豪侠游客,悉惶惧逃出境。郡中大治。争讼息,狱无系囚。时天下渐弊,郁郁不得志。为《四愁诗》,效屈原以美人为君子,以珍宝为仁义,以水深雪雾为小人,思以道术为报。贻于时君,而惧谗邪不得以通。先辞曰……"③

逯钦立按语说:"此序乃后人伪托,而非衡所作,王观国《学林》辨之甚详。"今查宋代王观国的《学林》,王氏认为此序伪托有两个理由:张衡为相,不会斥言国王骄奢不遵法度,也不会自称下吏,郡中大治;此序内容与《后汉书·张衡传》多同,故序是史辞,为编集张衡诗文者增损而成。④ 我认为序言

---

① 《史记》第五册,第1620—1621页,中华书局,1959年9月第1版。
② 据逯钦立《先秦汉魏晋南北朝诗》先秦诗卷一,此诗见于《尚书大传》,《文选·思旧赋》注引《尚书大传》;《御览》五百七十引史记,《乐府诗集》作《伤殷操》诗纪前集一。见逯著该歌条后记,中华书局,1983年9月第1版。
③ 《先秦汉魏晋南北朝诗》汉诗卷六,第180页。
④ 见《钦定四库全书·子部·杂家类·学林》卷七,第851册,第171页,台湾商务印书馆,1986年版。下引《四库全书》皆据此本。

一般不会自称姓名,此序不是自述口吻,王氏所论极是,唯编者不易断定。但后来校注张衡文集者,明知伪托,却依然当作诗序收录,因为"所言事实,大致尚与本传符合"①。

而《怨诗序》则是比较可靠的介绍作意的"序",文曰:"秋兰,咏嘉美人也。嘉而不获,用故作是诗也。"诗曰:"猗猗秋兰,植彼中阿。有馥其香,有黄其葩。虽曰幽深,厥美弥嘉。之子之远,我劳何如!"诗写秋兰种在深山,香气馥郁,开着金黄的花朵,具有美好幽丽的品质,可惜远在深山,我徒劳心思念,不能亲自去采摘。诗中充满了咏叹嗟赏之情,且情思幽渺。而"序"则揭示诗中隐含的象征意义。这样,序直抒揭主旨,诗婉娈发幽思,诗与序相互补充,相互发明。通过这样的诗文联姻,获得一种新的体制,更能充分地抒情言志。

(3) 魏诗十二卷。只有曹植的三首诗有序,分别是:《献诗并疏》(按:以疏代序)、《赠白马王彪并序》《离友诗并序》。② 前者是献给皇帝的诗,故以庄重的"疏"体代说作诗之意;后两首都为离别诗,《赠白马王彪》以抒写个人的愤懑为中心,兄弟离别之情是在此基础上产生的,具有特殊的创作背景,愤激之情不可遏止。《离友诗并序》则稍不同,具有一般性的应酬性质,说"乡人有夏侯威者,少有成人之风,余尚其为人,与之昵好。王师振振,送余于魏邦,心有眷然,为之陨涕,乃作《离友之诗》",显然感慨身世已退居其次,主要写朋友之间的深情厚谊。

综观晋前诗,可考的诗序只有六篇,比较确凿的只有四篇(按:除《四愁诗序》外,《孔雀东南飞序》也系后人伪托),可见晋前诗人还没有普遍明确的诗序合一意识。虽然大部分诗都有创作本事,但明确将本事入序还未成为风尚。这大约由于:一方面,汉儒治诗,以序解诗追索本事的观念还没有为诗人普遍接受;另一方面,那是一个乐府创作风行的时代,诗人写诗抒情言志,诗文功能尚有区别。曹植是诗文兼擅的重要作家,其作诗序仅三篇,或颂诗献忠,或悲愤难抑,或惜别依依。诗题序化,或序化为题成为风尚后,诗序才趋向繁荣。

(4) 晋诗二十卷,共存序三十篇,其中东晋末期大诗人陶渊明存诗序十二篇,数量最多。③

首先是傅玄的《拟四愁诗并序》:"张平子作四愁诗,体小而俗,七言类

---

① 萧统《文选》按序收录。今人张震泽《张衡诗文校注》也将序全录。张著,上海古籍出版社,1986年6月版。
② 三诗序见《全魏诗》卷七《曹植二》,第 445、452、460 页。
③ 30 篇,是按《先秦汉魏晋南北朝诗》统计的,如果加上严可均《全上古三代秦汉三国六朝文》的统计,去重后得 58 篇。严著仿《全唐文》体例,收入了诗总集中未收诗序。见后附表。

也。聊拟而作之。名曰《拟四愁诗》。"①此"序"诗揭示拟作之意的,表现了晋朝开始形成一种新的创作风气。接着产生了纪实性的诗序,沿着曹植的作风而加以发展。如应亨《赠四王冠诗并序》说"永平年四月,外弟王景系兄弟四人并冠,贻四王子诗曰……"就明确标有时间、因由,纪实性很突出。类似的有傅咸(239—294)的《答潘尼诗并序》《答栾弘诗并序》《赠何劭王济诗并序》《诗并序》《赠郭泰机诗并序》等等。② 这些诗序都是为酬赠应答而作,表现了文人之间唱酬风尚进入了诗序,并开始有意识地"作序明意"。而《答潘尼诗序》和《答栾弘诗并序》这两篇序已经带有很强的自传性,不仅将酬答之因由叙述得很清楚,而且将自己的际遇、感慨也交代出来了,是文学史研究中考察诗人生平的重要参考资料。傅咸是晋初重要的赋家,他的诗序开始注意文采的修饰。如《赠郭泰机诗并序》因诗佚序存而更显珍贵:

> 河南郭泰机,寒素后门之士,不知余无能为益。以诗见激切可施用之才,而况沉沦不能自拔于世。余虽心知之而未如之何。此屈非复文辞所了。故直戏以答其诗云。

序中对当时士族制度笼罩下的时代氛围有一定的揭示,对"英俊沉下僚"的寒门才子沉沦不能自拔之"屈",深寓悲悯同情之意,因"此屈非复文辞所了",故想以戏谑来化解友人之悲愁,"有意作序"的意识加强了,其诗在《文选》的注文中仅存"素丝岂不挈,寒女难为客""贫寒犹手拙,操杼安能工"两联,可见诗、序是相得益彰的。

与傅咸同时稍后的石崇也留下了三首诗序③,《楚妃叹并序》《王明君辞并序》是分别咏楚之贤妃(樊姬)"能立德著勋,垂名后世"和咏王昭君远嫁乌孙的"哀怨",带有咏史怀古之情。而《思归引并序》比较重要,全引如下:

> 余少有大志,夸迈流俗,弱冠登朝,历位二十五,年五十以事去官,晚节更乐放逸,笃好林薮。遂肥遁于河阳别业。其制宅也。却阻长堤,前临清渠。柏林几于万株,江水周于舍下,有观客池沼,多养鱼鸟,家素习技,颇有秦赵之声。出则以游目弋钓为事,入则有琴书之娱,又好服食咽气,志在不朽。傲然有凌云之操,歘复见牵羁,婆娑于九列,困于人间烦

---

① 《先秦汉魏晋南北朝诗》晋诗卷一,第573页。此诗序又见徐陵编《玉台新咏》卷九,第404页。中华书局,1985年版。
② 《先秦汉魏晋南北朝诗》晋诗卷三,第606、607、608、609页。
③ 石崇有《金谷园诗序》,因是诗集序,与王羲之《兰亭集序》一样,故在此处不论,而在第十章中有专论,详后。

默,常思归而咏叹。寻览乐篇有《思归引》,傥古人之心有同于今,故制此曲。此曲有弦无歌,今为作歌辞以述余怀。恨时无知音者,令造新声而播于丝竹也。①

此序除自叙生平志向外,又描写了自家别业的优美景色和罢官之后林泉游观、琴书弋钓、听伎弦歌之乐,带有文人倦于官场、退引思归的旨趣,对后来的归隐之作、山水游赏之作影响很大,开创了归隐全真的新题材领域。石崇的经济条件和这种归思之志及文人雅士的兴怀是此后《金谷园诗序》产生的基础,《思归引并序》对后来王羲之的《兰亭集序》和陶渊明《归去来兮辞并序》有直接影响,余波一致沿及此后的一千多年的诗坛。

与石崇的归隐别业享受"制宅"美景和声色娱乐不同,湛方生的《庐山神仙诗并序》则展现了另一种归隐崇尚自然之乐:

浔阳有庐山者,盘基彭蠡之西,其崇标峻极,辰光隔辉,幽涧澄深,积清百仞,若乃绝阻重险,非人迹之所游,窈窕冲深。常含霞而贮气,真可谓神明之区域,列真之苑囿矣。太元十一年,有樵采其阳者,于时鲜霞裹林,倾晖映岫,见一沙门,披法服独在岩中,俄顷振裳挥锡,凌崖直上,排丹霞而轻举,起九折而一指,既白云之可乘,何帝乡之足远哉。穷目苍苍,翳然灭迹。诗曰:"吸风玄圃,饮露丹霄。室宅五岳,宾友松乔。"②

《庐山神仙诗》颂列仙之趣,诗非常短,仅四句,无甚味道,序倒是写得非常优美,对庐山美景和神仙动态的描写堪称绝诣,引人入胜,富有诗情画意,是比较典型的"序重诗轻",对后来山水诗影响较大。如东晋支遁的《游石门诗并序》也是序长诗短,序美于诗,艺术的灵光偏照于序文,诗则干枯槁悴,似乎是流于形式,虽固守诗为正宗的观念,但实际上诗情画意却在序文中暗度陈仓。这说明序与诗之关系如果处理不当就会产生轻重失衡的问题。

将诗与序比较完美地交融在一起当推晋宋之交的大诗人陶渊明。《晋诗》卷十六、卷十七录存陶诗序 12 篇。③ 陶渊明的诗序大致可分为四类:一是酬赠应答。如《赠长沙公并序》《答庞参军并序》《与殷晋安别并序》《赠羊长史并序》。这类序很短,一般只交代酬赠对象的一些情况和作意,虽简明

---

① 《先秦汉魏晋南北朝诗》晋诗卷四,第 643 页。
② 《先秦汉魏晋南北朝诗》晋诗卷一五,第 943 页。
③ 《先秦汉魏晋南北朝诗》收诗序 12 篇,将《桃花源记辞并诗》《归去来兮辞并序》都入诗类,第 985、986 页。而逯钦立《陶渊明集校注》却将《归去来兮辞并序》归入"辞赋"卷;《桃花源记并诗》归入"记传赞述"卷。前后矛盾,此处从前说,视为诗序。

扼要,但没有独到之处。二是闲居咏怀。如《停云并序》《时运并序》《九日闲居并序》《有会而作并序》《形影神并序》等,这类序多半与饮酒有关,有珍惜生命而追求自然的哲理思考,用笔凝练,带有思辨色彩,是序中精华。三是山水游览。如《游斜川并序》就写得很美,用散句叙事抒怀,用偶句描写景物,如"鲂鲤"二句写鱼鸟自得其乐,富有生命乐趣,"傍无"四句写"曾城"的独秀风采和诗人的钦慕之情。句皆凝练而富于表现力,将人与自然的和谐融洽表现出来了。四是综合类。最具代表性的是《桃花源记并诗》,以优美的带有传奇色彩的笔调,虚构了一个独立于人世的理想世界,其序具有浓郁的诗意,历代传美,其价值远远超过该诗。至此,散文的优美融于诗意,序的艺术境界得以提升。

清代刘熙载论述诗文之别时提出"诗醉文醒"之说①,指出诗歌艺术意象、意境具有想象性、朦胧性、暗示性的特征,而散文则明晰准确,但二者区别并不绝对。如陶渊明《饮酒二十首》,均是诗人酒醉后信笔涂抹而成的,但观诗意又不像是醉后所作,他非常清醒,应是借酒抒怀。陶诗与陶文消息相通,《饮酒》及序亦可证此。《序》云:

  余闲居寡欢,兼比夜已长,偶有名酒,无夕不饮,顾影独尽,忽焉复醉。既醉之后,辄题数句自娱,纸墨遂多。

序文介绍、描述了这组诗的写作情况,展示了作者长夜寂寥的落寞情怀,而酒醉后的诗歌更是含有深沉的感慨。陶渊明的诗与序往往相互映衬、补充,是诗文交融的最佳范例之一。陶渊明不仅扩大了诗序的表现范围,而且丰富了诗序的表现方式。他把散体、骈体的一些技巧引入了序中,精心结撰,诗与序交映生辉,浑然一体。陶渊明为后来诗序的制作既提供了范式,又指示了发展的方向,打开了诗文交融的艺术通道。

(5) 南北朝时期,文化中心继续南移,北方文坛比较寂寞,文采风流钟聚于南土。骈文占文章主流,诗歌渐渐局限于宫廷应制、酬唱娱情、游历宴饮的范围,诗题比较具体,且出现了长题诗作,因此诗序又渐渐失去了作用②;另一方面评论诗歌的风气渐起,部分诗人借诗序评论诗歌,尽管作品不多,但给诗序带来新的内容。如谢灵运的《拟魏太子邺中集诗八首》之序:

---

① 《艺概》卷二:"文所不能言者,诗或能言之。大抵文善醒,诗善醉。醉中语亦有醒时道不到者。"见《刘熙载文集》第 117 页,江苏古籍出版社,2001 年 10 月版。
② 以逯著《先秦汉魏晋南北朝诗》宋诗卷二为例,收谢灵运大量的山水诗,制题新颖,但没有诗序。

> 建安末,余时在邺宫,朝游夕讌,究欢愉之极。天下良辰、美景、赏心、乐事,四者难并。今昆弟友朋,二三诸彦,共尽之矣。古来此娱,书籍未见,何者?楚襄王时,有宋玉、唐、景。梁孝王时,有邹、枚、严、马,游者美矣,而其主不文。汉武帝时,徐、乐诸才,备应对之能,而雄猜多忌,岂获晤言之适,不诬方将,庶必贤于今日尔。岁月如流,零落将尽,撰文怀之,感往增怆。①

这篇序文拟魏太子曹丕的口气来抒发"四美难并"的感慨,历叙楚襄王、梁孝王、汉武帝与文士酬唱的情景及缺陷,写"岁月如流""感往增怆"之怀,显然是精心结撰的借他人酒杯浇自己胸中块垒之作。其中七首诗前还有一小序,就是对所怀之人的评价,如《曹植》:"公子不及世事,但美遨游,然颇有忧生之嗟。"这是对曹植其人及作品的一种评价。这种评论风气在梁朝江淹的《杂体三十首》序中发展为对诗史的叙述:②

> 夫楚谣汉风,既非一骨;魏制晋造,固亦二体。譬犹蓝朱成彩,杂错之变无穷;宫角为音,靡曼之态不极。蛾眉讵同貌,而俱动于魄;芳草宁共气,而皆悦于魂。不其然欤?至于世之诸贤,各滞所迷,莫不论甘而忌辛,好丹而非素。岂所谓通方广恕,好远兼爱者哉。乃及公幹、仲宣之论,家有曲直,安仁、士衡之评,人立矫抗。况复殊于此者乎?又贵远贱近,人之常情;重耳轻目,俗之恒蔽。是以邯郸托曲于李奇,士季假论于嗣宗。此其效也。然五言之兴,谅非变古。但关西邺下,既已罕同;河外江南,颇为异法。故玄黄经纬之辨,金碧浮沉之殊,仆以为亦各具美兼善而已。今作三十首诗,学其文体。虽不足品藻渊流,庶亦无乖商榷云尔。

此序可以作为南朝大量拟作诗的理论依据,他从否定"是古非今""贵远贱近""重耳轻目"等俗见出发,肯定了近代五言诗的意义和地位,并大力主张模拟。江淹的拟作中含有一定的"品藻渊流"的意味。尽管他的拟作诗学到了所拟对象的特点,但终因缺乏创新,不为文学史家认可。不过,从文体学角度出发,此序亦别具意义。一方面,追索文学源头,批评时风时弊,肯定模仿追拟,有一定的理论批评价值;另一方面,用骈体为序,显然是感染时风所致,序精致工整,对后来初唐四杰的骈体诗序有一定影响。此序标志着诗序由先秦两汉而来的散体向骈体的转变。散体近于口语,由散体变为骈体是诗序文

---

① 《先秦汉魏晋南北朝诗》,宋诗卷三,第 1181 页。
② 同上书,梁诗卷四,第 1569 页。

体一次重要的转变,诗序由朴拙粗糙渐趋华赡靡丽。这是骈文发展兴盛后向诗序渗透的结果,也成为诗序发展的一大障碍。初唐骈序发展到高峰后,再向散体回归,才能有新的推进。这则是中唐以后的事了。

骈文诗序还运用于宴会赋诗的场合。如萧纲《三日侍皇太子曲水宴诗序》:

> 窃以周城洛邑,自流水以祓除;晋集华林,同文轨而高宴,莫不礼具义举,杳矩重规,昭动神明,雍熙钟石者也。皇太子生知上德,英明在躬;智湛灵珠,辩均河注。腾茂实于三善,振嘉声于八区。是节也,上已属辰。余萌达壤,仓庚应律,女夷司候。尔乃分阶树羽,疏泉泛爵,兰舫沿泝,蕙肴来往。宾仪式序,盛德有容,吹发孙枝,声流嶰谷。舞艳七盘,歌新六变,游云驻彩,仙鹤来仪。都人野老,云集雾会,结轸方衢,飞轩照日。①

这显然是一篇带有颂敬色彩,充满夸饰并且炫耀词藻的骈文,描写宴会前的场面,引典庄重,藻饰华丽,声慨非凡,虽非完璧,但对后来的四杰诗序影响是非常明显的。南朝诗序仅留存七篇,这两篇骈序比较典型地反映了这个时代的风尚。而北朝却无一首诗序留存,像王褒、庾信这样由南入北的辞赋家,竟不作一首诗序,这一现象值得深思。隋代国祚短暂,只留下王胄的《卧疾闽越述净名意诗并序》②,带有佛教的味道,没有新意。诗序的创作,历经两晋的一个小高潮后,在南北朝(含隋)时期,趋向低迷。但先唐的诗序,已具备了后代诗序的基本体格和文体特征,在另一个诗歌高潮到来之后,随着散文的同步推进,必将趋向新的繁荣。

第三节　先唐诗序的作用和意义

序与诗之间有着相互依存不可偏废的关系。古人对《毛诗序》的看法颇能说明"序"的作用。如宋代程颐认为:"学《诗》而不求《序》,犹欲入室而不由户也。"③程大昌也说:"序也者,其《诗》之喉襟也欤!"④都将"序"看成理解诗的门户和关键。马端临更进一步说:"《诗》不可无《序》,而《序》有功于

---

① 《先秦汉魏晋南北朝诗》梁诗卷二十一,第1929页。
② 同上书,隋诗卷五,第2701页。
③ [宋]程颐《程氏经说》卷三,《四库全书》本。
④ [宋]程大昌《考古编·诗论十三》,《丛书集成初编》本。

《诗》也。"①这"功"就是因为诗多讽谕,反复咏叹,偏重兴象,而序则"序作之之意",这样就能相互发明,相得益彰。郝敬这样解释说:"序即是诗人之志,诗辞明显,则《序》不及,但道诗所未言,后人所不知者,故《序》不可废也。……若《诗》无古序,则似夜行。"②陈启源更说:"执(序)以读其诗,譬犹秉烛而求物于暗室中,百不失一矣。故有诗必不可以无序也。"③

当然也有反对的声音。如朱鉴强烈表示:"《诗》本易明,只被前面《序》作梗。《序》出于汉儒,反乱《诗》本意。"④章如愚态度更坚决,说:"《诗序》之坏《诗》无异三《传》之坏《春秋》。然三《传》之坏《春秋》而《春秋》存,《诗序》之坏《诗》而《诗》亡。"⑤

这两派的意见或许有其尊经、疑经的学术背景,各有主张。总体说来,诗与序的相互发明还是应该承认的。冯浩菲将《毛诗序》的内容概括成九类:括举大意,揭明大义,意义兼明,揭明编诗者之意或说诗者之意,说明背景,补序作者,补为解题,统序诗意,揭明美刺。⑥ 这种概括比较全面,对研究《毛诗序》来说是符合实际的,但与其他诗序创作的真实情况仍有区别。

通过前文对先唐诗序流变的考察,笔者认为诗序有下面几个作用:

诗序中作者叙述的具体创作背景情况,是第一手原始资料,可以用来考察作者及相关人物的生平经历、创作心境、精神状态,通过诗序可以更好地研究作家、理解诗意乃至感受时代氛围和考察社会风尚;

诗序往往揭示作诗主旨,或暗示作意,因此,由诗序可以明晰诗歌主旨;

诗歌的发展不是一枝独秀,在发展过程中必然会与同时代的其他文体产生联系,也会吸收其他文体的特点融入自己的血肉之中。诗序正好成为一个样本,是诗歌与其他文体交融的重要范本;

诗序中往往评诗论艺,追索文学的本源,因而诗序常具有总结诗学思想发展历程的文学批评史意义。

表1 先唐时代各体"序"统计表

时　代	赋　序		诗　序		集　序		其他文体序	
上古三代(含秦)17卷	0		0		1	0.3%	0	0

① [元]马端临《文献通考·经籍考·诗·诗序》,浙江古籍出版社,1988年版。
② [明]郝敬《毛诗原解序》,《丛书集成初编》本。
③ [清]陈启源《毛诗稽古编·总诂·举要》,《清经解》庚申补刊本。
④ [宋]朱鉴《诗传遗说》,《四库全书》本。
⑤ [宋]章如愚《群书考索·别集》卷七,《四库全书》本。
⑥ 冯浩菲《历代诗经论说述评》第161—162页。

(续表)

时代	赋序		诗序		集序		其他文体序		
全汉文 63 卷	10	4%	1	1%	15	5%	书序 1	1	1%
全后汉文 106 卷	21	8.3%	2	1.96%	27	9%	赞序 1、颂序 2、铭序 2	5	5%
全三国文 75 卷	38	15%	4	3.92%	13	4.3%	颂序 3、碑序 1、赞序 1、铭序 1	6	6.3%
全晋文 167 卷	130	51.6%	58	56.86%	90	30.1%	铭序 6、颂序 3、连珠序 1、箴序 5、吊文序 2、诔序 4、辞序 1、记序 1、赞序 5	28	29.5%
全宋文 64 卷	13	5.2%	18	17.65%	14	4.7	书序 1、颂序 3、赞序 2、铭序 2、诔序 9、祭文序 1	18	19%
全齐文 26 卷	4	2%	4	3.92%	9	3%	碑序 1、论序 1、诔序 1	3	3.2%
全梁文 24 卷	20	8%	7	6.86%	77	25.8%	颂序 6、铭序 8、哀序 1、论序 2、赞序 3	20	21%
全陈文 18 卷	1	0.4%	2	1.96%	10	3.3%	论序 1、记序 1	2	2.2%
全后魏文 60 卷	4	1.6%	1	1%	11	3.7%	颂序 1	1	1%
全后周文 24 卷	3	1.2%	0		4	1.3%	铭序 1、碑序 1、颂序 2、论序 1、赞序 1	5	5.3%
全隋文（含 1 卷先唐文）37 卷	7	2.8%	5	4.9%	28	9.4%		6	6.3%
合计 731 卷	251		102		299			95	

第二章 唐代诗序的流变及其文学史意义

第一节 唐代诗序的总量分布及其价值

"序"是一种文人应用文体,由编辑整理文献作序到诗赋创作立序,再到游宴记兴和文人之间相互赠序,这种文体的包涵性及艺术表现力逐步增强,在唐代达到空前繁荣。清代严可均辑《全上古三代秦汉三国六朝文》一书,共收录先唐文类71种,其中"序"排在第48位。一般总集的编排次序都是:先列诗赋类,次列诏、制、敕之类的"王言",再是策、章、表、奏、启之类的"臣言",接着是文人之间自由表达情感的文体,"序"位于这个系列,最后是表达"饰终之典"的哀辞、碑铭、墓志、祭文及其他杂文。这种分类排列的顺序,反映了古人对文体类别及其价值的认识,具有比较强烈的"次序"观念,因此从萧统编《文选》开始,到清代姚鼐编《古文辞类纂》,这种顺序递相沿袭,基本上没有多大的变化。如表2所示:①

表2

文选类著作	文类总数	"序"体位置	文体性质及其特征
《文选》	39	23	有文有笔 文人应用文体
《文苑英华》	39	20	无韵之笔(同上)
《唐文粹》	26	25	无韵之笔(同上)
《宋文鉴》	60	30	无韵之笔(同上)
《元文类》	43	26	无韵之笔(同上)
《文章辨体》	59	22	无韵之笔(同上)
《明文衡》	41	28	有文有笔(同上)
《文体明辨》	127	59,60	无韵之笔(同上)
《古文辞类纂》	13	2	无韵之笔(同上)

(按:《唐文粹》将"序"类放在末尾,而《古文辞类纂》则放在开头,其他著作则是按照前述的一般总集的次序排列。)当然,作为文选类著作,不可能照顾到

---

① 此表参郭英德《中国古代文体学论稿》第172—176页统计表。北京大学出版社,2005年9月版。

每一种文体的所有特征,每一种实用性的文体,由于当时的用途不同,具有不同的使用价值。如"王言""臣言"在当时具有很高的政治价值,文类地位高,相对来说审美价值较低,而"序"类文体的审美价值高于思想道德价值。上列诸书简单地将其划分为"有韵之文"和"无韵之笔"两种,对考察这种文体的发展演变就失之过简,不能反映唐代此体丰富复杂的生态景观。实际上,"序"体自先唐诞生、定型以后,在唐代受到诗歌、散文艺术成就的影响,加上特定的时代因素,成为一种表现力非常强,可以与其他众多文类相互联结、相互交融的文体,具有丰富的文化内涵和鲜明的艺术特征。唐人对"序"体情有独钟,除在诗、赋前冠以"序"之外,大量的墓志铭前均有"序",还创造出了诗化特征鲜明的宴序、赠序。笔者据清代董诰主编《全唐文》(含陆心源《拾遗》及《续拾遗》)进行统计,将唐人创作的"序"分为14种,得到这样的一组数据(参见本章后附表一):赋序172篇、集序443篇、诗序123篇、赠序455篇、宴序54篇①、碑序180篇、铭序411篇②、赞序97篇、颂序52篇③、箴序8篇、诔序3篇、祭吊序7篇、记传序15篇、其他杂序62篇。各项总计:2082篇。其中"诗序""赠序""宴序"与诗歌关系密切,这三项合计为632篇,占全部总数的30%强,仅次于碑铭祭吊类序(758篇)所占的比例(36.3%),而高于集序(443篇)所占的比例(21.3%)。再说,集序与碑铭序中也有许多与诗歌关系密切的作品,如杜牧的《李贺集序》就是一篇精彩的评论李贺诗歌艺术特征的诗论;元稹的《故工部员外郎杜君墓系铭并序》实际上也是一篇价值极高的诗论文献。

据《全唐文》的体例,"诗序已见于《全唐诗》者,虽鸿章巨制,不更复登。其诗佚序存,为《全唐诗》所未收者,仍复甄采。"④则上一段"诗序"一项的统计不是唐代诗序的总数。因此,我又将清编《全唐诗》(含今人陈尚君《补编》)作统计表(参见本章附表二),得到的数据是514篇。如果加上《全唐文》中的"诗序"合计为637篇,再加上赠序、宴序中赋诗的部分,则总数在800篇以上,在唐代诸"序"中数量最多。⑤ 如果我们将《全唐诗》《全唐文》中序体数量相加,总量为2596篇,而创作留存8篇以上的具有代表性作家共45人(参见本章附表三),这45人创作的"序"体总数为1497篇,占总数的

---

① "宴序"指纯粹的文人记兴之序,其中大部分宴会是饯别性的,归入了"赠序"之中。
② "铭序"的统计是将纯"碑文序"独立统计,而将"碑铭""志铭"两类中有"序"的统计在一起,并将其他"铭"归入此类。
③ 唐人"颂赞"往往连体,此处统计按单独的"颂序"和"赞序"分开统计,若"颂赞"连体,则取前面的一种。
④ [清]董诰主编《全唐文·凡例》,第15页。中华书局,1983年11月第一版。
⑤ 这一统计不计新近发现的碑文墓志序。因为唐诗的佚遗数量也相当大,其遗失的部分没有碑文石刻那样幸运,能在一千多年后重见天日。

57.7%。可见"序"体创作比较集中在重点作家身上。这与第四章表9《唐代诗序分阶段统计表》的结果基本对应。有些作家如权德舆、于邵、独孤及等都是当时文坛的显赫人物,写有大量的赠序而赋诗之序较少,这可能由于他们恪守"赠人以言"或不擅作诗的缘故。而中唐诗人群体中以诗见长的,其诗序也相对较多。

关于"序"的佚失情况,现在基本上是没有办法搞清楚的,但可以做些基本的估计。以帝王赋诗为例,皇帝与群臣宴饮、游赏,命群臣赋诗抒怀献颂,这在当时应该都是非常轰动的事件,而流传下来的诗歌并不多,诗序则更少。明人胡震亨在《唐音癸签》卷二十七中对帝王赋诗活动有这样的统计:高祖2次、太宗12次、中宗37次、玄宗20次、肃宗1次、德宗8次、文宗3次、宣宗2次。① 而现存的帝王诗序和诗歌则很少(参阅第三章"唐代帝王诗序")。帝王的诗序遗失都这样严重,那一般诗人的作品就可想而知了。今人陈尚君先生花费巨大精力搜辑《全唐诗》外的逸诗和《全唐文》外的逸文,收获颇丰。《全唐诗补编》在王重民、孙望、童养年三位先生的辑遗之后,又辑录了60卷,"收作者逾千人,逸诗4300余首,残句千余则,另移正、重录、补题、补序、存目、附录之诗二百余首"②。其中诗序32篇,重点作家如李白、唐玄宗、柳宗元等已入统计表。《全唐文补编》搜辑《全唐文》之外的大量遗文,其中带有"序"的数量如下表:

表3

名称	赋序	集序	诗序	赠序	宴序	碑序	铭序	赞序	颂序	记传序	杂序	合计
数量	1	357	14	12	12	36	367	51	14	12	25	901

其中墓志碑铭序最多,共468篇,占该书所收总"序"数的51%强;其次为大量的佛经序,共357篇,占总数的40%,而与诗歌有关的诗序及赠序、宴序共38篇,只占4.2%。除几个重点作家外,其他作家或仅一见,或与《全唐文》中的收录重复。故从总体上看,对唐代诗序的总量分析影响不大,也不影响对唐代诗序流变历程的总体判断。

吴钢先生主编的《全唐文补遗》③主要收录唐代的碑碣,包括石刻诏书、书札、碑记、神道碑、墓志、经幢,按《文苑英华》体例分类排列,据检索共有墓志文并序的数量如下:

---

① [明]胡震亨《唐音统签·癸签》卷二七,第661—665页,上海古籍出版社,2003年4月第1版。
② 见陈尚君《全唐诗补编·前言》第36页,中华书局,1992年10月版。
③ 吴钢主编《全唐文补遗》,三秦出版社,2006年版。

表4

辑数	第一辑	第二辑	第三辑	第四辑	第五辑	第六辑	第七辑	合计
"序"数量	446	728	500	546	501	539	365	3625

这些"序"或有编者"析出"之嫌,当然绝大部分是原文本身带有的。如果加上这个数字,则唐代创作的序体总数将超过6200多篇①,更可见唐人对"序"体的重视和创作应用之广泛。

据此,我们认为:研究唐代"序"体具有比较重要的学术价值,而其中与诗歌关系密切的"诗序",由于能够勾连上自帝王下至庶民及僧侣的广泛群体,又与文人之间的相互交往、酬唱相联系,还涉及诗歌的艺术特征评论及诗史演进探讨,因而更加具有研究价值。本章将在上述统计的基础上,以诗史发展为纲,以重点作家为纬,交织以其他文体的相互影响,全面梳理唐代诗序的发展演变历程,揭示出诗序的文学史意义,并在后面的章节对重点作家作比较详细的个案研究。

第二节 唐代诗序的基本类型及其流变

古人非常重视文章的体制。如明代吴讷曾说:"文辞以体制为先。"②徐师曾也说:"夫文章之有体裁,犹宫室之有制度,器皿之有法式也。"③就"序"这种文体来说,吴讷将其分为单篇序、集序、赠序三种类型,认为"序事之文,以次第其语、善叙事理为上"④。对于赠序之文,则要求取法韩愈,才能得"古人赠言之义"⑤。其分类是比较含混和粗放的。徐师曾稍微细致些,他从表达方式上立论,认为"序"体有二:"一曰议论,二曰叙事。"⑥但又析出"名序""字序""他类之文有序者""序略""小序""集序"等类目,与吴讷一样,还是含糊不清的。由此可见,明人的所谓"体制",实际上是指一种文体表达上的特征,是与其他文体相区别的标志。本文研究唐代诗序,则不从表达方式上进行分类,因为唐代诗序基本上都是叙述、描写、抒情、议论的统一体。通过对唐代诗序的整体考察,我们会发现每一篇诗序都表述了一首(或一组)诗

---

① 周绍良主编《唐代墓志汇编》(上海古籍出版社,1992年版)及《唐代墓志汇编续集》(上海古籍出版社,2000年版),前书收录3676篇,后书收录1564篇(只收到1996年止)。因陈尚君的《全唐文补编》已经吸收了周书的成果,故未对周书进行统计。
② [明]吴讷《文章辨体·凡例》,第9页,人民文学出版社,1962年8月第1版。
③ [明]徐师曾《文体明辨序说》,第77页,人民文学出版社,1962年8月第1版。
④ 同注②,第42页。
⑤ 同注③,第42页。
⑥ 同注③,第135页。

产生的具体情境,展现了唐人诗歌创作的真实背景,再现了作家当时情境下的精神状态,因此按诗歌功能用途和创作情境来对诗序进行分类,这样便于对具体的作品进行细致分析。我认为可以分为"赠序""游宴序""追忆之序""独特经历之序""独特诗歌观念之序"等五类。下面逐一缕述。

(一) 赠序

"赠序",即送别友人或相互酬赠赋诗之序。这是唐代诗序中最为流行、用途最广泛的一种诗序。又可以细分为"帝王赐序""赠别友人(友人离别而去)""留别友人(自己离别而去)""酬赠友人"四个小类。

唐代疆域辽阔,鼎盛时期,单于、安北、安西、北庭、安南六大都护府分属"关内""陇右""河北""岭南"四道,均置于唐王朝的直接统治之下,其疆域所及,"东至海,西逾葱岭,南尽林州(即林邑),北被大漠"[1],大约相当于今天东至库页岛,西达咸海,北极东西伯利亚,南抵越南中部,超过了西汉极盛时期的版图。至于唐朝的声威所及,则东臣新罗、日本,北服西伯利亚的流鬼国,南震南海,在国际上享有很高的威望。[2] 在幅员广阔的版图上,唐代国内的交通路线在继承秦汉的基础上又有新的拓展。据唐李吉甫《元和郡县志》所载,上都长安与各州之间都有通道,其主要路线有六条:上都西北行至陇右道鄯州(今青海乐都)驿站,可达凉州、甘州、伊州(今新疆哈密)、安西都护府(今库车);上都西行至剑南道松州(今四川松潘)驿站,可至剑南道文州(今文县);上都西南行至剑南道益州(今四川成都)驿站,可远达姚州(今云南姚安);上都东北行至河东道河中府驿路,可达单于都护府(今内蒙古和林格尔北)和天德军(今乌拉特前旗北);上都东行至东都洛阳驿站,可到温州、漳州(今福建漳浦);上都东南行至山南东道襄州(今湖北襄阳)驿路,最远可达梧州、广州。[3] 不仅驿路畅通四达,而且邮驿制度更趋完备,它承袭汉代"三十里一置",全国共设驿站1639所。陆驿备马,水驿供船,以便官员往还和政府文书的传递,因而兼具汉代"驿""邮"两种性质。驿站除设供来往官员止宿的官方馆舍外,也允许私人开设店肆,这些私人客栈不仅出卖酒食,还提供租赁工具,杜佑说盛唐时期可以"远适数千里,不持寸刃"[4]。水路交通方面,除黄河、长江、淮河等著名的大江大河之外,还有著名的京杭大运河,江南更是河道稠密,船运迅捷,唐人舟行诗众多即说明了这一点。另外,唐代与朝鲜、

---

[1] 《读史方舆纪要》卷五《历代州域形势》五。
[2] 参王育民《中国历史地理概论》(下)第247—248页,人民教育出版社,1988年9月第1版。
[3] 参王育民《中国历史地理概论》(上)第405—408页,人民教育出版社,1987年11月第1版。
[4] 杜佑《通典》卷七《食货·历代盛衰户口》。

日本的海上交通也比较发达,有"新罗道""南岛路""大洋路"三条直航的海上路线;从广州出发的印度洋上的南海航路则直接将唐朝与大食帝国联系起来,形成著名的"海上丝绸之路"。① 唐代鼎盛时期的著名诗人如孟浩然、王维、李白、杜甫等,都有"行万里路"的漫游经历,就是在上述历史地理背景下。诗人们在恢宏广阔、如诗如画的大唐王朝,以都城为中心,或使往四方,或自四方云集京师,为求学、从宦、赴军、游历而不断奔忙,在金碧辉煌的皇宫大殿,通都大邑的客栈酒肆,达官要人的别墅山庄,风景秀美的山川胜地,空旷苍莽的边塞军营,甚至淳朴简陋的农家村舍,举行宴会,有人离别而去,也不断地有人路过或赶到这些宴会中。唐代赠别、留别、酬赠诗就大部分产生于这样的背景或氛围。

1. 帝王赐序。唐代是一个政治、经济、文化全面繁荣发展的社会。马克思在《政治经济学批判》导言中曾提出"物质生产的发展同艺术生产存在不平衡性"这一论断,认为"它(艺术)的一定的繁盛时期决不是同社会的一般发展成比例的,因而也决不是同仿佛是社会组织的骨骼的物质基础的一般发展成比例的。……当艺术生产一旦作为艺术生产出现,它们就再不能以那种在世界史上划时代的、古典的形式创造出来;因此,在艺术本身的领域内,某些有重大意义的艺术形式只有在艺术发展的不发达阶段上才是可能的。"② 唐代似乎是世界文化艺术发展史上的一个例外,唐诗作为唐代艺术的杰出代表,却与当时繁盛的政治、经济、军事、外交是同步的。最鼎盛的盛唐恰巧也是诗歌的盛唐。仅从帝王赋诗来看,似乎就能说明这一点。

中国历史上帝王能诗首先要推唐朝,而帝王赠诗并序,应该是诗序中规格最高的一种。如唐玄宗的《送贺知章归四明并序》就体现出一种盛世情怀:

> 天宝三年,太子宾客贺知章,鉴止足之分,抗归老之疏,解组辞荣,志期入道。朕以其年在迟暮,用循挂冠之事,俾遂赤松之游。正月五日,将归会稽,遂饯东路,乃命六卿庶尹大夫,供帐青门,宠行迈也。岂惟崇德尚齿,抑亦励俗劝人,无令二疏,独光汉册,乃赋诗赠行。

> 遗荣期入道,辞老竟抽簪。岂不惜贤达,其如高尚心。
> 寰中得秘要,方外散幽襟。独有青门饯,群僚怅别深。③

---

① 参王育民《中国历史地理概论》(上)第 440—443 页。
② 《马克思恩格斯选集》第二卷,第 710 页,人民出版社,2012 年 9 月第 1 版。
③ 《全唐诗》卷三,第 31 页,中华书局,1960 年 4 月版。

序文先写对年已迟暮的贺知章辞官归道的理解和应允,接着写命百官"供帐青门"饯别以"宠行迈",其目的是既"崇德尚齿"(表彰德行品行高尚又年迈的贤者),又"励俗劝人"。玄宗满怀着自信,要"无令二疏①,独光汉册",说明他有明确的盛世意识。可以想象玄宗当年的这首诗及诗序产生了多么巨大的社会影响,赐诗者的自信和诚意,受诗者的感激和荣宠,旁观者的艳羡与憧憬,也许真的达到励俗劝人的效果。诗结尾的"独有青门饯,群僚怅别深"不仅仅是门面话,也绝不是假装的诚恳,确实是一种盛世情怀的展露。②

帝王赐序并诗在当年应该是一种重要的赏赐。如果说赏赐金银珠宝是一种物质上的褒奖,可以带来经济方面的利益的话,那么赐诗赐序则是一种比金银更贵重的精神鼓励,可以流传不朽。可惜留存下来的并不多,除上引诗序外,唐玄宗还有《为赵法师别造精院过院赋诗并序》《鹡鸰颂并序俯同魏光乘作》(《全唐诗》卷三),《送李含光赴金坛诗序》《送李含光还广陵诗序》《送李含光还广陵诗序》(《全唐文》卷四一)等。再如唐德宗贞元四年(789)九月,赐宴曲江亭,特制诗序,赐群臣35人,在当时也是轰动一时的大事(详见第三章)。还有南唐后主李煜也曾留下《送郑王二十六弟从益牧宣城并序》(《全唐文》卷一二八)。

2. 赠别友人。"离别"是人生中经常会发生的事情,江淹《别赋》③中曾说:"黯然销魂者,唯别而已矣。"指出"伤感"是离别的情感特征。唐人的离别也以伤感为主要内容,多充满对旅途风景的悬想,慰藉心灵的真挚相思,或是充满激情的鼓励,并期待再次相逢。江淹还说:"别虽一绪,事乃万类。"由于人们所处的具体环境、条件不同,离别的心态也不同。笔者根据《全唐文》和《全唐诗》所收赠别诗序,对唐人赠别诗序作了分析统计,拟分为以下几种情况。

(1) 从京城赴边塞、异域或外国。主要作品有:骆宾王《秋日饯麦录事使西州序》(《全唐文》卷一九九);陈子昂《送麦郎将使默啜序》《饯陈少府从军序》(《全唐文》卷二一四),《送著作佐郎崔融等从梁王东征并序》(《全唐诗》卷八十四);张说《送田郎中从魏大夫北征篇序》《和戎篇送桓侍郎序》(《全

---

① 二疏,指汉宣帝时的疏广和疏受,东海兰陵人,受为广之侄。疏广时任太子太傅,疏受任太子少傅,人称其荣。二疏功成名就便退归乡里。辞官时天子、太子赐金,公卿大夫设宴相送,送者之车达到数百辆。见《汉书·疏广传》。
② 《会稽掇英总集》卷二载玄宗此诗并序,其后载所和应制诗,有李适之、李林甫、席豫、宋鼎、郭虚已等36人和作。其中也不乏精品,如李白《送贺监归四明应制》:"久辞荣禄遂初衣,曾向长生说息机。真诀自从茅氏得,恩波宁阻洞庭归。瑶台含雾星辰满,仙桥浮空岛屿微。借问欲栖珠树鹤,何年却向帝城飞。"转引自傅璇琮主编《唐才子传校笺》第一册,第458—459页,中华书局,1987年5月版。
③ [南朝·梁]萧统编,[唐]李善注,《昭明文选》,第452页,京华出版社,2000年5月版。

唐文》卷二二五);陶翰《送王侍御赴剑南序》《送封判官摄监察御史之碛西序》《送萧少府之幽州序》(《全唐文》卷三三四);张九龄《送幽州王长史赴军序》(《全唐文》卷二九〇);孙逖《送蒋胄曹充陇右营田判官序》(《全唐文》卷三一二);王维《送高判官从军赴河西序》《送李补阙充河西支度营田判官序》(《全唐文》卷三二五),《送秘书晁监还日本国并序》(《全唐诗》卷一二七);任华《送祖评事赴黔府李中丞使幕序》(《全唐文》卷三七六),独孤及《送归中丞使新罗吊祭册立序》(《全唐文》卷三八四);权德舆《奉送裴二十一兄阁老中丞赴黔中序》(《全唐文》卷四九〇),《送袁中丞持节册回鹘序》《送张阁老中丞持节册吊新罗序》《奉送韦中丞使新罗序》《送崔十七叔胄曹判官赴义武军序》《送李十兄判官赴黔中序》《送许协律判官赴西川序》《送主客仲员外充黔中选补使序》(《全唐文》卷四九一);于邵《送房判官巡南海序》(《全唐文》卷四二三);朱千乘(德宗时人,元和元年春于越州作诗送日僧空海归国)《送日本国三藏空海上人朝宗我唐兼贡方物而归海东诗并序》。①

这类赠序多由朝廷的著名文人撰写,带有鲜明的朝廷特征,文体上多用骈体,说明朝廷趣尚如此。如骆宾王《秋日饯麦录事使西州序》②:

> 曲录事务切皇华,指轮台而凤举;群公等情敦素赏,临别馆而凫分。促樽酒而邀欢,望山川而起恨。于时露团龙隰,云敛雁天。落叶响而庭树寒,残花疏而兰皋晚。闻秋声之乱水,已怆分沟;对零雨之飘风,倍伤歧路。五日之趣,未淹兰藉之娱;二星之辉,行照葱河之境。清飙朗月,我则相思;陇水秦川,君方呜咽。行歌不驻,遽惊班马之嘶;赠言可申,聊振飞鱼之藻。人探一字,一韵一篇。

序文中"指轮台而凤举"点明友人前往的目的地。"促樽酒而邀欢,望山川而起恨"写置酒送别并引起离情别绪,接着描写秋天特有的萧瑟苍茫景象,情由景生,既而又转为想象友人远行途中的情景:"二星之辉,行照葱河之境。清飙朗月,我则相思;陇水秦川,君方呜咽。"景象壮阔,情景交融,极富藻思。最后是探字拈韵赋诗赠别,虽然其诗已佚,但骆宾王等人送别的情景还是真切如画。诗序中展现的边塞景象有骆宾王当年从军西域的体验,带着一股悲凉之气,没有盛唐时期王维出使西域时观赏"大漠孤烟直,长河落日圆"的那种潇洒情怀。

---

① 增补新注《全唐诗》第五册,第1078页。
② 按:"西州"属陇右道。原属高昌,贞观十四年侯君集灭高昌,列其地为"西州",并置安西都护府以统之。

又如宋之问的《送怀州皇甫使君序》(《全唐文》卷二四一):

> 甸服三百里,共京都参化;良吏二千石,与天子分忧。覃怀奥区,必寄能者。皇甫使君,累司宠职,凤著香名,威惠历刺于外台,风流载款于京国。议者应南宫之象,实谓光朝;使乎奏西河之能,更劳为郡。襜帷即路,供帐出郊,宿雨碧滋,浮汉城之气色;朝阳红景,入太山之草树。新丰美酒,不换离心;函谷重关,能摇别恨?河内未理,暂借寇恂,颍川既辑,伫归黄霸。庙堂侧席,群公以尚义相高;川陆分途,我辈以赠言为贵。况筵开灞岸,路指太行,请居人赠王粲之诗,去者留阮公之作。

此序带有典型的朝廷气象。先写天子选吏的目的,接着颂扬皇甫使君的才能德行,堪称良选,再展现饯别的场景,景色雄奇而秀润,并含有壮丽的想象,最后是期待和赋诗。可惜"王粲"式的送别诗和"阮籍"式的咏怀之作已佚。从此序可以看出宋之问的诗序还保持着王勃的作风,整饬藻丽,喜欢用典,有文采之美,但缺乏深挚的情感。这是御用文人立足于朝廷、赢得声誉的资本,也是他们不能尽用其才的不幸。

再如张说《送工部尚书弟赴定州诗序》(《全唐文》卷二四一):

> 《宵旰》,天子送冬卿之诗也。河朔愆岁,恒阳俟牧,借威六官,导俗千里,俾乎列城迁仰止之化,邻境蒙波及之泽,不然者,岂一小郡而劳大贤哉?尚书河东侯,朝廷之旧宰也。操法度于掌握,运陶钧于方寸。是将敷皇惠,寒谷挟纩而知暄;畅君恩,疲人饮德而自饱。苏其槁瘵,乐我阳和,亢宗殿国,亦望于此。于时春带余寒,野衔残雪,太官重味,御酒百壶。供帐临岐,假丝竹以留宴;倾城出饯,会文章以宠行:三台厚常寮之意,八座深联事之瞩。既而离人遽起,班马争嘶,寻太行之连山,想邯郸之长陌。虽仰瞻鸿雁,来往易于前期;而相对桑榆,迟暮难于远别。送归之地,欢怅如何?应制华篇,凡若干首,骞翔鸾凤,欲挂千金之木;纠合蛟龙,附藏群玉之府。置之怀袖,以慰遐心云尔。

这是一篇庄重而稍带真情的赠别诗序,因为"河朔愆岁,恒阳俟牧,借威六官,导俗千里",所以赴任定州责任重大,虽然"尚书弟"是朝廷旧宰,但毕竟此行是要宣皇恩而惠边民,虽是一般性的客套话,但写得庄重而稳健,尽管语带夸饰,却甚切情境。接下来照例是离别情景:"于时春带余寒,野衔残雪,太官重味,御酒百壶。……既而离人遽起,班马争嘶,寻太行之连山,想邯郸之长陌。"何以表达这样的情怀呢？只有将"应制华篇""置之怀袖，以慰遐心"了。这篇诗序，显然比宋之问站得更高，笔力雄壮，公务性、应酬性、抒情性都比较突出，但未达到藻思纷纭、兴酣情逸的状态。

中唐时期这方面的诗序以权德舆为代表，如他的《奉送裴二十一兄阁老中丞赴黔中序》：

> 裴兄居谏大夫五年，休问籍甚，其于匪躬据古，切劘献替，掖垣众君子徒见其拜章伏阁，而莫知其所以言者。然则发舒纯诚，宏大聪明，以贡于穆清者，可胜道耶？每汉廷大僚与六官贰职之缺，群情属目，俟其授受久矣。壬子诏书有黔巫长帅之拜，秩于清宪，褒以命服，周行诸公以为一方之幸，且惜其去而未喻也。及夫别殿前席，沃心交感，重藩符之所付，虑安集之不称，凡所以缀近臣惠远人之旨，纤悉备厚。上许周月之代，兄求三岁之理，又以见首公急病，而忘其僻远淹恤，然后诸公知惜别为细，而感恩为大。在此行矣，自牂牁通道夜郎，置吏以示绥怀，以安剽轻。失其理则萧然愁扰，得其和则欢然感悦。方略招徕，系于官师，以兄之慈惠直信，粹清廉白，为仁由己，不改其度。使大化淳流，在明诚洞开，推人情以赋政，便习俗而不扰。彼四封之内，如热得濯，如水走下。史臣操简以传循吏，使者急宣以将征命，虽欲复三岁之言，其可得乎？未间则褰赤帷，饮醇酒，宴宴言笑，中无町畦。虽郁蒸雾雨之候，无自而入矣。大丈夫被荐绅，彰华缨，宏宣职业，无有远迩。则向之玉堂清禁，论思侍从，与今日龙节前导，金龟映组，皆所以事君也，岂有中外之异耶？祖载沾醉，宣言相勉，在加餐寓书而已。至若山川风物，与骚离瞻望之叹，皆备于诗人所赋，故不再书。①

这篇赠别诗序中有所谓"缀近臣惠远人""牂牁通道夜郎，置吏以示绥怀"之类的朝廷策略，又有希望裴兄"使大化淳流，在明诚洞开，推人情以赋政，便习俗而不扰"之类的祝愿和"宣言相勉，在加餐寓书""山川风物，与骚离瞻望之叹，皆备于诗人所赋"之类的慰藉旅程的话。由此可见，权德舆的诗序重视叙述完整的离别过程，且赋诗是叙情，赠序则是宣理。虽诗与序还是连接在

---

① 按：此序中提到"壬子诏书有黔巫长帅之拜"，与题中"赴黔中"相应，则此序当作于"壬子"年。然考权德舆一生只有大历七年（772）为壬子年，后一"壬子"为唐文宗大和六年（832），此时权德舆已经去世15年了。而大历七年权德舆才十四岁（如果按吴汝煜先生考证，则只有十二岁）。权德舆三十岁之前未离开过江南，而此序所叙及的"别殿前席，沃心交感"，"今日龙节前导，金龟映组，皆所以事君也"等，显然离别地点在京城。故此序存在问题，要么"壬子"有误，要么是伪作，俟再考。

一起,但主旨已经有所区别,重在"赠言"。议论成分增加,这也是中唐时代诗序的总体特征。

再如权德舆还有《送袁中丞持节册回鹘序》,先叙"国家用文教明德,怀来外区"的大政方针,然后叙回鹘君长"纳忠内附,译吉语于象胥,复古地于职方",因此天子派袁中丞持节册回鹘。再叙中丞的品德和才干,及朝廷缙绅的宴会赠别,照例要一番慰勉和赋诗。值得注意的是,权德舆写下这样一段话:"近臣主文,乃类歌诗;鄙人不腆,忝记言之职。故西南之册命,使臣之优诏,皆得书之,授于史官。"这可以解释权德舆的"序"体文章"诗少文多"的原因,他重视记叙之文,稍轻咏怀之诗,且他的记叙忠于史实,要"授于史官",而离别抒怀的诗歌属于个人情感。故凡是有关国家大政典章制度的庄重场合,权德舆都表现得稳重端庄,能够控制情感。像这篇序文的受赠者,与权德舆"同为江西从事",是老相识,但文中绝对看不到激情洋溢的文辞,而是显得含蓄内敛,持重有故。这大约也是他为几代皇帝看重的原因。因诗人人品的持重而文风敦厚稳健,是中唐时期这类赠别诗序的一种艺术特征。权德舆的赠别诗序有时也以悬想旅途情景慰勉友人,如《送主客仲员外充黔中选补使序》:"昔司马长卿以驷马车归故里,有郊劳负弩之荣,今君道剑门,抵左绵,铜梁玉垒,乔木可辨,昼锦星轺,其乐何如? 又想夫归自涪陵,出于南荆,沿巴峡之风水,冒阳台之云雨,昏旦万状,发于歌诗。"虽描摹悬想虚境,却如历实景,平实而真切,又与歌诗相互映发,也很好地表达了依依惜别的情怀。

由以上几个比较典型的例子,可以看出这类诗序具有这样两个特征:一是都站在朝廷的角度立论,具有宣声威和恩惠于边鄙四夷的政治用意,因此庄重稳健是主要风格特征;二是都有对宴会场景和旅途风景的描述,将送别与慰勉相结合,表现双方的真挚情怀,由于对诗和文持不完全相同的看法,有从初唐的尚丽、盛唐的尚气到中唐尚理的变化,诗的因素逐渐被淡化,而文的因素逐渐加强,这可从一个侧面看出时代风气对文风的影响。

总体上看,由于安史之乱以后朝廷对边疆的控制力减弱,晚唐时期基本上就丧失了这些领土。因此,送人赴边塞从军或出使外国就逐渐减少,甚至绝迹。考察这些诗序可以感受到诗歌与朝代一样兴衰起伏,盛唐时期诗歌中雄视四方的气象在中唐之后逐渐消失。

(2) 从京城调任地方官。以送别官员赴任地方为书写内容的诗序是唐代赠别诗序中较多的一种。一般包括这样一些内容:任职的意义及其原因,宴会送别的情景,对行者的鼓励和期待,悬想一路风景以慰藉相思,最后引出赋诗道别。主要作品有:杨炯《送徐录事诗序》《送东海孙尉诗序》(《全唐文》卷一九一),骆宾王《饯宋三之丰城序》《初夏邪岭送益府窦参军宴诗序》(《全唐文》卷一九九),张说《送严少府赴万安诗序》《送毛明府诗序》(《全唐文》卷二二五),宋之问《送怀州皇甫使君序》《袁侍御席饯永昌独孤少府序》(《全唐文》卷二四一),陈子昂《送吉州杜司户审言序》《偶遇巴西姜主簿序》(《全唐文》卷二一四),张九龄《饯宋司马序》(《全唐文》卷二九〇),孙逖《送张补阙归邺序》《送裴参军充大税使序》《送遂州纪参军序》《送康若虚赴任金乡序》《禹庙别韦士曹序》(《全唐文》卷三一二),李华《送薄九自牧往义兴序》《送张十五往吴中序》(《全唐文》卷三一五),王维《送郓州须昌冯少府赴任序》《送郑五赴任新都序》(《全唐文》卷三二五),陶翰《送史判官之河南序》《送李参军水运序》《送李参军序》(《全唐文》卷三三四),任华《送李侍御充汝州李中丞副使序》(《全唐文》卷三七六),独孤及《奉送元城主簿兄赴任序》《送广陵许户曹充召募判官赴淮南序》《送宇文协律赴西江序》《送韦员外充副元帅判官之东都序》《送孙侍御赴凤翔幕府序》《送泽州李使君兼侍御史充泽潞陈郑节度副使赴本道序》《送成都成少尹赴蜀序》《送吏部杜郎中兵部杨郎中入蜀序》《送商州郑司马之任序》《送洪州李别驾还任序》《送韦司直还福州序》《送颖州李使君赴任序》《送渭南刘少府执经赴东都觐省序》《送蒋员外奏事毕还扬州序》(《全唐文》卷三八七),于邵《送王郎中赴蕲州序》《送峡州刘使君忠州李使君序》《送赵评事之东都序》《送蔺舍人兼武州长史序》《送前凤翔杨司马赴节度序》《送张中丞归魏博序》《送高侍御还凤翔序》《送崔判官赴容州序》《送康兵曹入蜀序》(《全唐文》卷四二七),《送穆司法赴剑州序二首》《初夏陆万年大楼送奉化陆长官之任序》《送冷秀才东归序》(《全唐文》卷四二八),权德舆《奉陪李大夫送王侍御史往淮南浙西序》《送水部许员外出守郢州序》《送循州贾使君赴任序》《送崔端公赴江陵度支院序》(《全唐文》卷四九〇),《送张仆射朝觐毕归徐州序》《送司门殷员外出守均州序》《送袁尚书相公赴襄阳序》《奉送韦十二丈长官赴任王屋序》《送杜少尹阁老赴东都序》《送许校书赴江西使府序》《送张校书归湖南序》(《全唐文》卷四九一),《送李十二弟侍御赴成都序》《送台州崔录事二十一太赴官序》《送义兴袁少府赴官序》《送再从弟少清赴润州参军序》《奉送从叔赴任鄱阳序》《送三从弟况赴义兴尉序》(《全唐文》卷四九二),梁肃《贺苏常二孙使君邻郡诗序》《送前长安裴少府归海陵序》《送皇甫七赴广州序》(《全唐文》卷五一八),韩愈《送水陆运使韩侍御归治所序》《送郑尚书序》(《全唐文》卷五五六),柳宗元《送杨凝郎中使还汴宋诗后序》(《全唐文》卷五七八),符载《送薛评事还晋州序》《送崔副使归洪州幕府序》《送卢端公归恒州序》《送卢侍御史赴王令公幕序》(《全唐文》卷六八八)。

这类赠别诗序经历了初唐骈体,盛唐骈散交织,中唐完全散体的流变历程。如杨炯《送徐录事诗序》:

> 徐学士风流蔼蔼,容貌堂堂,汝南则颜子更生,洛阳则神人重出。书有万,览之者实符于郑元(玄);州有九,游之者颇类于班固。怀岐嶷之旧迹,想江汉之遗风。粤在于永淳元年,孟夏四月,始以内率府录事出摄苍溪县主簿。同彼漆园之庄周,聊居贱职;异乎安平之梁竦,不惮劳人。骈骖而欲行,纷纭而戒道。
>
> 是日也,鹤鸣于野,龙升于天。《诗》成流火之文,《易》占清风之卦。圣主以协时同律,义在于省方;皇储以守器承祧,任隆于监国。留台务静,博望时闲。于是久敬之善交,平生之故友,临御沟而帐饮,就离亭而出宿。居成别易,坐觉悲来。平原二客,追子高而已远;河上诸公,饯林宗而有慕。两乡风月,万里江山。修路为下泣之思,长天非寄愁之所。何以处我?戒之必轼;何以赠行?上路不拜。孙子荆倾国之送,岂若是乎?潘安仁金谷之篇,尽于斯矣。

这篇序中有"皇储以守器承祧,任隆于监国"之句,当作于永淳元年(682)李显监国时,杨炯在弘文馆任职。开头夸赞徐录事的才能,并对他"摄苍溪县主簿"表示祝贺,杨炯曾说"宁为百夫长,胜作一书生",对担任地方官职是表示认同的;但另一方面又对"职贱""劳人"表示不满,流露出一种怀才不遇之感。尽管如此,杨炯还是以"庄周""梁竦"为喻劝勉友人安居贱职。接着就是叙宴别场面:"临御沟而帐饮,就离亭而出宿",但离别真正来临时,又顿生悲感,"两乡风月,万里江山。修路为下泣之思,长天非寄愁之所",于是效古人赋诗赠别。杨炯的诗序带有浓厚的书生气息,可能与他长期侍制弘文馆有关。序文中大量用典,有些典故是比较恰当的,如写友人的遭际方面;有的典故则无味,如"《诗》成流火之文"无非是说"七月流火",来点明时间。这种作风虽增加了文章的深度,但也导致晦涩难懂,骈体诗序最终由散体所代替,也是情感表达的必然需求。

又如张说《送毛明府诗序》:

> 昔之谓良宰者,讲道议行,训俗式人,出自郎官,迁登郡守,不以才限流品,位迁宠赂,圣历之际,任贤稽古。毛明府执德不回,发言无择,雍容文雅,罢曲江之曳裾;樽酒弦歌,即平乡之制锦。甲朝辞洛,宴别嘉宾;孟夏涉河,路践芳草。眷彼燕赵,顷雁戎寇,金革毒三北之师,杼轴丑二东

之赋。毛公将胜苟居简,止浊徐清,不下堂而为理,有入境而先叹。朋知坐闲,弦望保时?益赋金谷之诗,远送邯郸之陌。爱而不见,同夫树萱。

相比之下,张说的这篇赠别序写得平实许多,没有像杨炯那样处处用典,而是多用整齐的四字句,显得肃穆庄重,也比较真切地表达了对友人的热情劝勉和殷切期待,已经没有任职下僚的屈辱之感,只有对"毛公将胜苟居简,止浊徐清,不下堂而为理,有入境而先叹"的赞誉和自己"爱而不见,同夫树萱"的惜别之情。这篇序可能作于开元年间(713—742),尽管还是运用骈体形式,文章却显得气清调逸,似乎摆脱了初唐的滞重。

盛唐之后孙逖的诗序出现了重要的变化,如他的《送康若虚赴任金乡序》:

> 昔太史公涉汶泗,登邹峰,以观孔氏之遗风。康子之吏于是邦,有以见古人之心矣。况大君出豫,将事升中之礼;有司择人,俾佐奉高之邑。利在求旧,急于使能,位卑才难,亦可宗也。夫强学业者义之用,工文者艺之本,明识者智之府,令名者德之舆。子曰:"(疑)士四德以待百事,如农之既勤,若射之有志。行无越思,往无不利,彼游刃于理剧,固恢恢乎有馀地矣!"初余以朋友之故,谪居荒服,憔悴湘滨缙云,不调明时,殆将十载。是举也,所谓理旧污,续常职,信有国之令典,知若人之晚成。五月鸣蜩,载驱翘翘,赠之维何?折彼柔条,饯之维何?席彼秀荛。炎云在天,景风拂野,时燠方炽,吾子勉之。请各赋诗,以无忘平生之好。

孙逖的这篇赠序可以说融合了上举杨炯、张说两篇诗序的特点,开始显出通脱流畅的笔调。开篇用司马迁、康子的典故来显示"古人之心",为友人的远赴金乡作铺垫,然后运用"强学业者义之用,工文者艺之本,明识者智之府,令名者德之舆"的排比句,强调"学""艺""智""德"的重要性,并以孔子的话劝勉友人克服职位卑下的屈辱感,要"游刃于理剧,固恢恢乎有馀"地做出成绩。再结合自己"谪居荒服,憔悴湘滨缙云,不调明时,殆将十载"的经历,鼓励友人终成大业。最后是"请各赋诗,以无忘平生之好"。此序显然在文体上已经摆脱了骈体的局限,大量运用散文句法,对真切地表情达意有重要帮助,少了一些做作,多了一些真率,成为中唐散体诗序的先声。

中唐时期,独孤及的赠别诗序完全运用散文来写作,成为"古文运动"的先驱者。如《送宇文协律赴西江序》:

复周正之年,天子以润州刺史张公林(本集作休)为豫章太守。豫章之人,既庶且富,部从事、县大夫缺而不补。先以檄征协律于会稽,时人皆贺豫章之得贤、协律之遭遇君子。则曰:"夫子刃有余地,不啻切玉。割小鲜而用其铗,无乃不可乎?"夫子曰:"不然。盖其不患秩卑,而患已素餐;不患国士之不我遇,患遇之而不答。苟有用我者,吾其为执射乎?"于是举帆西陵,是日于迈,然后知大丈夫之感义而不私其身也。于越长路,江皋暮春,沉吟秦山,凄怆镜水,岂不知今日斗酒,明旦不共?顾怀安败名,无勇也;怨别伤离,非丈夫也。苟将申其道而成其务,则万里咫尺,少别何有?二三子其咏歌之,以代杂佩。

这篇序是赠别由会稽调任豫章太守的宇文协律的,很巧合的是独孤及也用到了上引孙逖赠序中的孔子话语。在赞美协律的治理才华之后,突接对话来表白:"盖其不患秩卑,而患已素餐;不患国士之不我遇,患遇之而不答。苟有用我者,吾其为执射乎?"表达了对知遇之恩的理解,体现了大丈夫"感义而不私其身"的品质。主旨已明,就转入送别,"于越长路,江皋暮春,沉吟秦山,凄怆镜水"。景物已经引起了别离的伤感,而作者却偏说"怨别伤离,非丈夫也。苟将申其道而成其务,则万里咫尺,少别何有?"于是"咏歌以代杂佩"。将大丈夫重义气、轻离别,重事业、轻私利,重名节、轻其身的豪气表现得淋漓尽致。文体上完全运用平实晓畅的散文,对后来的韩、柳有重要影响。

又如《送商州郑司马之任序》:

往岁司马宰湖,而湖人安辑,是德政之孚也。大驾东狩之往复也,其供帐职办,无不整具,因是天子以为能,故宠之以两绶,劳勤也。今兹佐商,增秩也。人谓使人任器之道,当处司马以剧,而观其利用。司马曰:"与其徇名以利人,宁勤身以安亲?况佐郡之逸乎?"于是五采其衣,是日南迈。流火戒节,寒蝉嘹唳,峣阙白云,片片秋色。二三子之感时伤离者,斯可以言诗矣。

这篇诗序很短,内容却非常丰富,先叙郑司马的政绩和得到皇帝信任的原因,为下文增势。核心部分通过设问和司马的对答表现人物的精神境界,突出"与其徇名以利人,宁勤身以安亲"的仕宦之道。独孤及的这类诗序贯穿了一个主旨:勉励行者修德敬业,建立名节和勋绩,很好地在劝勉中体现了朝廷的意愿,在中唐时代具有重要的意义。

再如《送洪州李别驾还任序》:

> 别驾昔尝宰三县,佐四郡,未始不以廉直为己任,亦未始以廉直为己名。仕有余力,则寄傲于琴,趣远是以曲高,意精是以声全。得于心而形于手,故非外奖所及。当其操弦,如操政焉。时人知其琴,不知其政,善而无伐,光而不耀故也。今也来思,上台解榻,卿大夫士从之如不及,时因观操缦之妙,可以见从政之道。是行也,吾子其懋修乃德,恪徽尔位。夫亦将抑与不暇,求于何有?维汤汤郢音,明旦将远。庐峰溢水,大江间之风景可同,而听不可共,由是众君子赋诗以壮别。且曰:"备《折杨》、《皇华》之韵,用抒他年之相思。"

这篇诗序除强调"以廉直为己任""以廉直为己名"外,还用"操弦"比喻"操政",突出李别驾"善而无伐、光而不耀"的品质和对其"懋修乃德,恪徽尔位"的勉励。最后以赋诗壮别,表达对"庐峰溢水,大江间之风景可同,而听不可共"的相思深情。文笔轻灵秀脱,文气通畅,具有议论、描写、抒情相结合的特色。

中唐时期另一位赠别诗序的重要作家是年龄稍小于独孤及的权德舆(他的诗序特征请参阅后面相关章节)。独孤及的儿子独孤郁是权德舆的女婿,两家关系很深。独孤及和权德舆都非常重视这类赠序对士人精神状态的影响,他们的为政理念、为官思想和做人之道都在这些文章中有所表现。由于他们在当时文坛上的地位显赫,所以对中唐时期古文运动的开展也影响深远。

综合来看,送人由京城赴地方任职的诗序,明显在中唐时期达到繁盛高潮,上列权德舆、于邵、独孤及等人除所录的这些赋诗之序外,还有大量的未提赋诗而只赠文的"序",这一现象说明中唐时期的赠别诗序有这样一些特征:官员赴任多由当时文坛地位和官职较高者撰序;官员赴任的地点多在内地,往边塞的较少,且多入幕之作。由此可见方镇在广泛吸纳仕宦文人,这与中唐中央弱、地方强的总体政治形势密切相关。著名文人如李白、韩愈、柳宗元等在京任职时间短,因而没有这样的机会。中唐时期这类诗序具有群体赋诗的特色,既缺少初唐的文采,又没有盛唐的豪兴,而以议论为主,总体上趋于理性、追求敦厚平正。这说明代表性文人的作品风格引导甚至决定了一个时期某种文体创作的总体格调。

(3) 从地方入京为官、赴选或朝觐。送友人入京为官、赴选或朝觐的人本在地方或方镇幕府,远行者对前途充满信心,对未来充满期待,送行者尽管出于各种原因,但都有一个共同的愿望,就是真诚祝愿友人远赴京城取得成功。主要作品有:骆宾王《秋日送尹大赴京》(《全唐诗》卷七八);陈子昂《登蓟城西北楼送崔著作融入都并序》(《全唐诗》卷八四);宋之问《送尹补阙入京序》《送裴五司法赴都序》(《全唐文》卷二四一);孙逖《送李郎中赴京序》(《全唐文》卷三一二);李白《暮春于江夏送张祖监丞之东都序》《秋日于太原南栅饯阳曲王赞公贾少公石艾尹少公应举赴上都序》《秋夜于安府送孟赞府兄还都序》(《全唐文》卷三四九);任华《桂林送前使判官苏侍御归上都序》(《全唐文》卷三七六);独孤及《送贺若员外巡按毕归朝序》《送余杭薛郡守入朝序》《崔中丞城南池送徐侍郎还京序》《送六合林明府清白名闻上都赴选序》《送崔詹事中丞赴上都序》《送李副使充贺正使赴上都序》《送开封李少府勉自江南还赴京序》《送韦评事赴河南召募毕还京序》(《全唐文》卷三八七),《送陈留张少府勋东京赴选序》《送孟评事赴上都序》《送柳员外赴上都序》《送陈赞府兼应辟赴京序》(《全唐文》卷三八八);于邵《送李员外入朝序》《初冬饯崔司直赴京都选集序》《送朱秀才归上都序》(《全唐文》卷四二八);权德舆《招隐寺上方送马典设归上都序》《送郑秀才入京觐兄序》(《全唐文》卷四九一);梁肃《送谢舍人赴朝廷序》(《全唐文》卷五一八),《送朱拾遗赴朝廷序》《送窦拾遗赴朝廷序》《奉送刘侍御赴上都序》(《全唐文》卷四九二);韩愈《送汴州监军俱文珍序》(《全唐文》卷五五六);刘禹锡《送裴处士应制举诗并引》(《全唐诗》卷三五六);符载《送袁校书归秘书省序》(《全唐文》卷六八八)。

这类诗序虽然叙写的内容大体相同,但明显存在文风格调方面的区别,总体上看,初唐时期骈文居多,当然也有陈子昂《登蓟城西北楼送崔著作融入都并序》等少数接近散文的诗序;盛唐时期骈散交织,很注重气象,但也有王维那样的持重骈文;中唐以后就都运用通畅流利的散文,注重文气疏畅。

如骆宾王《秋日送尹大赴京》:

尹大官三冬道畅,指兰台而拾青;薛六郎四海情深,飞桂尊而举白。于时兔华东上,龙火西流。剑彩沉波,碎楚莲于秋水;金辉照岸,秀陶菊于寒堤。既切送归之情,弥轸穷途之感。重以清江带地,闻吴会于星津;白云在天,望长安于日路。人之情也,能不悲乎?虽道术相望,协神交于灵府;而风烟悬隔,贵申心于翰林。请振词锋,用开笔海,人为四韵,用慰九秋。

挂瓢余隐舜,负鼎尔干汤。竹叶离樽满,桃花别路长。
低河耿秋色,落月抱寒光。素书如可嗣,幽谷伫宾行。

这篇诗序中"三冬道畅,指兰台而拾青"是对尹大的祝愿,而"四海情深,飞桂尊而举白"则表达惜别的情感。然后大量运用典故和景物描写,就这两个方面进行渲染,"重以清江带地,闻吴会于星津;白云在天,望长安于日路"绾结客我双方,最后赋诗"人为四韵,用慰九秋"。诗与序有一种对应关系,序中所涉及的内容,在诗中也有交代:诗首联概括客我双方,友人赴京"干汤"即"指兰台而拾青",我则"隐舜"即"剑彩沉波,碎琼莲于秋水";第二联写离别,是对序中描写的精练概括;第三联写景衬托气氛,是对序文写景部分的补充;末联与序文末尾相映照,是对友人旅途辛劳的慰藉。无论序还是诗,都追求情景交融,凝练整饬。

再看孙逖的《送李郎中赴京序》:

> 今上有天下之十载。銮辂在丰。而大夫师长,庶士御事,分曹成周,俾赞居守。岁八月,诏下东都,召水部员外郎李公拜工部郎中,崇德也。李公主善秉哲,敏才虑行,葆光能明,冥枢自达。始以茂才擢第,与今中书舍人许公俱补广陵掾。相与沿达淮泗,啸歌云物,《雅》《颂》允铄,东南有光。官匪慢而趣成,道不行而乐在。自时厥后,盖四三年,或翰飞禁垣,或鹰腾仙阙,接武轩陛,迭耀冠剑。夫岂求之欤?皆温良恭俭让以得之也,所谓谦受益,德必闻。昆仑琅玕,南国橘柚,无远不届,彼何言哉!传置具车,候亭出饯,西颢沉砀,北阴肃杀,风落峭淈,霜飞河渍,金羁载驰,紫亭何远?夫居四民,时地利,周所以贵冬官;草奏议,应列宿,汉所以宠郎署。之人也,之德也,必能简乎乃职,克休厥声,天秩虚求,明庭仄席矣!凡今作者,赋诗赠行。

此序应作于开元九年孙逖在洛阳任秘书正字时,因为开元十年他应制举登文藻鸿丽科,在朝廷任左拾遗了。诗序用大量的篇幅颂扬"李郎中"的"温良恭俭让"品性,与骆宾王诗序不同之处在于加强了人物履历的叙述,李郎中的从官经历、政绩和品德正是皇帝召他入京的重要理由;相同的是描写部分仍然采用了工整的骈体格式,但句式变化较多,呈现出骈散交杂的状态。这种格调在稍后时期的李白诗序中还可以看到。如李白《秋日于太原南栅饯阳曲王赞公贾少公石艾尹少公应举赴上都序》:

> 天王三京,北都居一,其风俗远,盖陶唐氏之人欤!襟四塞之要冲,控五原之都邑,雄藩剧镇,非贤莫居。则阳曲丞王公神仙之胄也。尔其学镜千古,知周万殊。又若少府贾公,以述作之雄也,鳌弄笔海,虎攫辞

场。又若石艾尹少公,廊庙之器,口折黄马,手挥青萍。咸道贯于人伦,名飞于日下,实难沉屈,永怀青霄。剑有隐而气冲七星,珠虽潜而光照万壑。今年春,皇帝有事千亩,湛恩八埏,大搜群才,以缉邦政。而王公以令宰见举,贾公以王霸升闻。海激仁乎三千,天飞期于六月,必有以也,岂徒然哉?有从兄太原主簿舒,才华动时,规谋匠物。乃馺翠幕,筵虹梁,琼羞霞开,羽觞电举,然后抗目远览,凭轩高吟。汾河镜开,涨蓝都之气色;晋山屏列,横朔塞之郊原。屏俗事于烦襟,结浮欢于落景。俄而皓月生海,来窥醉容;黄云出关,半起秋色。数君乃辍酌慷慨,摇心促装,望丹阙而非远,挥玉鞭而且去。白也不敏,先鸣翰林,幸叨玳瑁之筵,敢竭麒麟之笔。请各探韵,赋诗宠行。

诗序结构和孙逖序文几乎一样,也是以散文文体叙述远行者的履历、品德与才华;不同的是李白文笔更加雄壮,诗人的气质、飞扬的才气更加突出,尤其描写景物最富于诗意:"汾河镜开,涨蓝都之气色;晋山屏列,横朔塞之郊原。屏俗事于烦襟,结浮欢于落景。俄而皓月生海,来窥醉容;黄云出关,半起秋色。"令人想起他的"明月出天山,苍茫云海间。长风几万里,飞度玉门关""登高壮观天地间,大江茫茫去不还。黄云万里动秋色,白波九到流雪山"等雄浑壮健的诗句。李白的诗序与他激情飞越、意境壮阔的诗歌息息相通。

中唐时期,总体上偏于理性,一些像盛唐时代那样空阔虚泛的诗序,为沉稳着实的风格所代替,独孤及就是典型代表。如《送贺若员外巡按毕归朝序》:

今年春,上以富人侯为丞相,百揆时叙,九州赋错。方欲齐职贡之法,崇厎慎之典,使六府修,九叙成。谓尚书吏部郎贺若公贞明直躬,特达公器,才足以茂功藏事,政足以宏道救物。故俾绣衣持斧,巡抚江介,分王命也。公电发神机,霜淬智刃。其始至也,问谣俗,省疾苦,命司书示年数之上下,削郡县之版图,且为之实其多与寡,以差等井赋焉。然后劳之来之,安之集之,俾其有宁宇而族聚,以宣天子之宏恩而煦之。于是乎民之乐矣,如饥者之得以食也,寒者之获以纩也。乃使苞茅之贡必叙,而杼轴之诗亦不作。冬十一月,爰命郡吏致事,言旋于京师,且将捧府檄于南陵,侍版舆以西上。事有成而功不伐,以是觐扬天子,以尽考绩之事,礼也。夫其由家以及于国,资事亲以事君,甘旨之未遑,勤于王家;奔走之不暇,以显亲身。斯真能奉慈训不废陈力,将君命不违色养,忠孝之大者,又人子人臣之所难及也。而况奸宄已弭,干戈将戢。天子方以律令章程,责成三府。然则操六辔,骤四骆,周爰咨询,以成天下之务,在是行乎?翰飞方骋,瞻望何及?唯献酬东阁,弼成大猷,使烝人粒海水静,农夫高枕。及亦预焉,凡执手于路者,请偕赋《鸿雁》,取"之子于征,劬劳于野,爰及矜人,哀此鳏寡",以为善颂。

内容仍然以颂扬入京者的政绩、品德为主,但着重强调的是"贞明直躬""茂功藏事""宏道救物"等方面的从政才能和"问谣俗""省疾苦""差等井赋""宣天子之宏恩"等具体的牧民政绩,于颂扬中可以看出评价标准的变化,与此相适应,文章也变成了通畅的散体。当然为了显示庄重,结尾的赋诗是《诗经·小雅·鸿雁》一类的四言颂体诗歌,这是中唐时代复古文化思潮的一种反映。

(4) 入京应举或落第还乡。唐代文士,业精艺成,率多入京,交游明公巨卿,借其揄扬,以求登科第、入仕途。在这种历史背景下,唐代送人入京应试或安慰友人落第还乡的诗歌也很多。但是这类诗歌题目很具体,作序的情况亦并不多见。主要诗序有这些:陶翰《送王大拔萃不第归睢阳序》《送卢涓落第东还序》《送谢氏昆季下第归南阳序》《送田八落第东归序》(《全唐文》卷三三四),任华《夏夜对雨饯李玕擢第还郑州序》(《全唐文》卷三七六),独孤及《送弟恂之京序》《送张泳赴举入关序》(《全唐文》卷三八八),权德舆《送刘秀才登科后侍从赴东京觐省序》《送从史南仲登科后归汝州旧居序》(《全唐文》卷四九一),梁肃《送韦十六进士及第后东归序》《送元锡赴举序》(《全唐文》卷四九二),柳宗元《送苑论登第后归觐诗序》《送严公贶下第归兴元觐省诗序》《送崔子符罢举诗序》《送从兄再罢选归江淮诗序》(《全唐文》卷五七八),沈亚之《送李胶秀才诗序》(《全唐文》卷七三四)。

送人应举一般是以勉励为主,用壮气来助行色。如独孤及《送张泳赴举入关序》:

> 彼驰骛乎士林者,鲜不争九流之胜负,徇三川之声利,而张侯独以善闭关。乃知纯白内充,天机外朗,则尘垢糠秕,所不能入。癸巳岁六月,始以出处之道,问仕于余。予洒然曰:"今四表文明,八纮屡顿,此志士所当登秀造而取青紫。不奋不跃,如休明何?"由是罢琴高台,投竿旧浦,单车匹马,是日西上,君子以为知几。吾见垂天之云,不复顾北溟矣,盍使居者歌吾子乎?

这篇短序赞美张泳"纯白内充,天机外朗",内秀与外美兼备,鼓励他"今四表文明,八纮屡顿,此志士所当登秀造而取青紫。不奋不跃,如休明何?"并期待他如鲲鹏奋飞,大展宏图。由此可见这类诗序的基本特征。

送人及第的诗序以真诚祝贺为主要内容,如任华《夏夜对雨饯李玕擢第还郑州序》:

> 今年东都秀才登第者,凡十数人,陇西李玕为之称首。且宗伯方以拔淹滞、愍勤旧为务,而玕则年甫二十余,岂张公意耶?其如考旧文则上等,试文策又上等,欲以年少弃,可乎?不可也。朝廷由是翕然,谓张公之用心也,周选才也,当不胶柱于一途耳。夏五月,李玕将归于郑。我中司李公,惜明晨东郊之别,成此夜西园之会。桐叶滴其疏雨,竹枝鸣其夕风,夜酒既醉,俾我小为之序。

任华是盛唐名士,以任诞放逸著称,他的诗歌写得像散文,散文写得更随意通脱。这篇小序虽以赞美李玕为主,却从座主张公下笔,笔笔陪衬突出李玕的文采隽秀,最后以"桐叶滴其疏雨,竹枝鸣其夕风"的诗意境界渲染饯别宴会情景,颇能引人回味遐想。

相比之下,中唐权德舆的诗序就平实得多。如《送刘秀才登科后侍从赴东京觐省序》:

> 每岁仪曹献贤能之书于王,然后列于禄仕,宣其绩用耳。小司徒以楚金余刃,受诏兼领,彭城刘禹锡实首是科。始予见其卯,已习诗书,佩觿鞢,恭敬详雅,异乎其伦。及今见夫君子之文,所以观化成,立宪度。末学者为之,则角逐舛驰,多方而前,子独居易以逊业,立诚以待问,秉是谦悳,退然若虚。况侍御兄以文章行实,著休问于仁义,义方善庆,君子多之。春服既成,五彩其色,去奉严训,归承慈欢,与侍御游久者,贺而祝之曰:"太邱之德,万石之训。"亦将奉膳羞于公府,敬杖履于上庠。公卿无惭,龟组交映,不待异日而前知矣。鄙夫既识其幼,乃序夫群言耳。

这是权德舆送刘禹锡的诗序,从"序夫群言"来看,是应该赋诗的。序文以平实的笔调回忆了少年时期刘禹锡的"恭敬详雅,异乎其伦",并赞赏他的"君子之文"和中举高第后"秉是谦悳,退然若虚"的品德,最后是长者对风华正茂、前途无量的年轻人的期待和鼓励。

与及第的荣耀相比,落第则是人生的重大挫折,因此送人落第还乡诗序以安慰为主,如陶翰《送田八落第东归序》:

> 田子行于古而志于文,雅多清调,将有新律,锋镝甚锐,将来者其惮之。勿以三年未鸣、六翮小挫,则遂有清溪白云之意。夫才也者,命在其中矣;屈也者,伸在其中矣。将子少安,吾以是观德。灞亭柳绿,昆池草青,于何送归?无易咏歌。

陶翰是盛唐著名文士,他的诗序大多充满高度的自信,因而特别具有鼓舞人心的力量。在这篇诗序中,既赞美田八"雅多清调""锋镝甚锐",又劝他不要因小小的挫折就隐居清溪白云,还用屈伸之道宽慰友人。在"灞亭柳绿,昆池草青"时节,怀揣这样的诗序及诗歌返回故乡,得到这样的慰藉,也应该是人生的一件幸事。

中唐时期,考生人数增加,落第者也相对更多。柳宗元因为"永贞改革"而远贬南方,他与这些落第士人多有交往,因此他有很多安慰落第者的诗序。如《送严公贶下第归兴元觐省诗序》:

> 严氏之子有公贶者,退自有司,踵门而告柳子曰:"吾献艺,不售于仪曹之贾,货不中度,敢逃其咎!洁朝将行,愿闻所以去我者,其可乎哉?"予谕之曰:"吾子以冲退之志,端其趋向;以淬砺之诚,修其文雅。行当承教戒于独立之下,濬发清源,激扬洪音。沛哉!铿铿乎充于四体之不暇,吾何敢去子!"恭惟相国冯翊公,有大勋力盈于旂常。极人臣之尊,分天子之忧。殿邦坤隅,柄是文武。若子者,生而有黼黻粱肉之美,不知耕农之勤劳,物役之艰难。趋其庭,有魏绛之金石焉;候其门,有亚夫之棨戟焉。中人处之,不能无傲。而子之伯仲,皆脱略贵美,服勤儒素,退托于布衣韦带之任,如少习然。故继登上科,以及于子。是可举严氏之教,诵乎他门,使有秩式也。而吾子又引愆内讼,执谦如此,其何患乎贾之不售而自薄哉!于是文行之达若高阳齐据者,偕赋命予序引。予朴不晓文,故书严子之嘉言,编于右简,窃褒贬之义以赠。

这篇诗序通过问答方式申述自己对人生的看法,多少带有传道明志的目的,他在慰勉中展现自己独立不欹的人格魅力,具有鼓舞友人自信向善的力量。文体方面,融骈文的整饬于散文的流美之中,取得了较高的艺术成就。

(5) 赠别道人、僧人诗序。在唐代诗人中有一群人特别值得关注,就是僧道诗人。他们占据青山白云的风景胜地,不需要为朝廷负租庸调的赋税,以诵经祈福、修身养性为主业,过着自由自在、闲云野鹤般的生活。而道观和佛寺往往是文人习业、游览的场所,文人和僧道之间关系密切,加上僧道善诗者不在少数,因此唐诗中赠别僧道的诗歌也很多。其中与本课题相关的诗序主要有:杨炯《送并州旻上人诗序》(《全唐文》卷一九一);张说《送张先生还姑射山序》(《全唐文》卷二二五);陶翰《送惠上人还江东序》(《全唐文》卷三三四);王维《同崔兴宗送衡岳瑗公南归并序》(《全唐诗》卷一二六);李白《冬夜于随州紫阳先生餐霞楼送烟子元演隐仙城山序》《奉饯十七翁二十四翁寻桃花源序》《江夏送林公上人游衡岳序》《江夏送倩公归汉东序》(《全唐文》卷三四九);独孤及《送张徵君寅游江南序》《送少微上人之天台国清寺序》(《全唐文》卷三八七),权德舆《送灵澈上人庐山回归沃洲序》(《全唐文》卷四九一);梁肃《送灵沼上人游寿阳序》《送沙门鉴虚上人归越序》(《全唐文》卷四九二);韩愈《送张道士序》《送浮屠令纵西游序》(《全唐文》卷五五六);柳宗元《送贾山人南游序》《送文畅上人登五台遂游河朔序》(《全唐文》卷五七八);刘禹锡《送僧方及南谒柳员外并序》《送惟良上人并引》(《全唐诗》卷三五四),《送鸿举游江南并引》(《全唐诗》卷三五六),《赠别君素上人诗并引》《赠别约师并引》《秋日过鸿举法师寺院便道送归江陵并引》(《全唐诗》卷三五七),《送慧则法师归上都因呈广宣上人并引》《送义舟师却还黔南并引》《送景玄师东归并引》《送僧元暠东游并序》(《全唐诗》卷三五九),《海阳湖别浩初师并引》(《全唐诗》卷三六二);元稹《赠毛仙翁并序》(《全唐诗》卷四一九)。

由上列篇名就可以看出,撰写这类诗歌及诗序者,或有佛、道信仰,且与僧人、道士交往较多。盛唐之前,道教为国教,赠隐居入道者诗序较多,这与盛唐人好隐居修道获得名声的人生方式有关;中唐之后,佛教渐渐占上风,文人与僧人交往比较频繁,特别是刘禹锡、柳宗元等作家,他们以佛门的空静化解内心难排的苦闷,以求得精神的慰藉。

总体上看,赠别僧人、道士诗歌在唐代各个时期的内容有所不同。初唐时代,道观、佛寺成为文人甚至帝王、勋贵游宴之所,故多表现为文人拜访僧人、道士,在寺庙道观赋诗;中唐之后变成了僧人、道士拜访文人,云游四方,到京城、方镇(尤其南方贬臣所在地)求名人赠诗赠序。中晚唐僧人成为重要的诗人群体,甚至形成一些诗歌流派,由此也可以看出世风的变化。这些僧人有的就是因找不到政治出路而出家的,故中晚唐时代文人与僧人交往频繁。

(6)文人之间交游及其赠别诗序。文人流动性较大,唐代诗人多喜欢漫游,因此在游历过程中,尤其中唐之后,文人穿行于方镇之间,因公因私,多有"客中送客"、参加各种送别的情况,也有幕府任职的文士送别来往友人的情况。这类诗序主要作品有:王勃有大量的这方面诗序(参看第四章);杨炯

《李舍人山亭诗序》(《全唐文》卷一九一);骆宾王《夏日游德州赠高四并序》(《全唐诗》卷七七);卢照邻《七日绵州泛舟诗序》《杨明府过访诗序》(《全唐文》卷一六六);陈子昂《忠州江亭喜重遇吴参军牛司仓序》《晖上人房饯齐少府入京府序》(《全唐文》卷二一四),《夏日晖上人房别李参军崇嗣并序》(《全唐诗》卷七七);张九龄《岁除陪王司马登薛公逍遥台序》(《全唐文》卷二九〇);李华《江州卧疾送李侍御诗序》《送十三舅适越序》《送房七西游梁宋序》《送薛九远游序》《卧疾舟中相里范二侍御先行赠别序》(《全唐文》卷三一五);陶翰《送孟大入蜀序》《仲春群公游田司直城东别业序》(《全唐文》卷三三四);李白《早春于江夏送蔡十还家云梦序》《早夏于将军叔宅与诸昆季送傅八之江南序》《夏日诸从弟登汝州龙兴阁序》《秋于敬亭送从侄耑游庐山序》《冬日于龙门送从弟京兆参军令问之淮南觐省序》《金陵与诸贤送权十一昭夷序》《送黄钟之鄱阳谒张使君序》(《全唐文》卷三四九),《送张秀才谒高中丞并序》《与诸公送陈郎将归衡阳并序》(《全唐诗》卷一七七),《送王屋山人魏万还王屋并序》(《全唐诗》卷一七五),《泛沔州城南郎官湖并序》(《全唐诗》卷一七九);独孤及《送长洲刘少府贬南巴使牒留洪州序》《送王判官赴福州序》《送薛处士业游庐山序》《送武康颜明府之鄂州序》《送李白之曹南序》《宋州送姚旷之江东刘冉之河北序》《送崔员外还鄂州序》《送司华自陈留移华阴赴任序》(《全唐文》卷三八七);于邵《送蔺侍御使还序》《送卢判官之梧州郑判官之昭州序》《送杨兵曹太祝兄弟序》《送家令祁丞序》《送贾九归鸣水序》《送从叔南游序》(《全唐文》卷四二八);权德舆《萧侍御喜陛太祝自信州移居洪州玉芝观诗序》(《全唐文》卷四九〇),《送韦起居老舅假满归嵩阳旧居序》《奉送崔二十三丈谕德承恩致仕东归旧山序》《送前溧阳路丞东归便赴滑州谒李尚书序》《月夜泛舟重送许校书联句序》《送从兄颖游江西序》《送张评事赴襄阳觐省序》《送王仲舒侍从赴衢州觐叔父序》(《全唐文》卷四九一);梁肃《送李补阙归少室养疾序》《送韦拾遗归嵩阳旧居序》《送周司直赴太原序》(《全唐文》卷四九二);韩愈《送陆歙州诗序》《送孟东野序》《送窦从事序》《送李愿归盘谷序》《送杨支使序》《送殷员外序》(《全唐文》卷五五五),《送权秀才序》《送湖南李正字序》《送石处士序》《送温处士赴河阳军序》《送郑十校理序》(《全唐文》卷五五六);柳宗元《同吴武陵送前桂州杜留后诗序》《送宁国范明府诗序》《送豆卢膺秀才南游诗序》《同吴武陵赠李睦州诗序》《送从弟谋归江陵序》《送韩丰群公诗后序》(《全唐文》卷五七八);符载《送卢端公归巴陵兼往江夏谒何大夫序》《夏日卢大夫席送敬侍御之南海序》《钟陵夏中送裴判官归浙西序》(《全唐文》卷六九〇);欧阳詹《题华十二判官汝州宅内亭并序》(《全唐诗》卷三四九);李贺《送沈亚之歌并序》

(《全唐诗》卷三九〇);沈亚之《送杜憪序》《送受降城使序》《送叔父归觐序》《送韩北渚赴江西序》(《全唐文》卷七三四)。

这类诗序多表现文人的性情,公务性、应酬性因素较弱,抒情性因素较强。如卢照邻《七日绵州泛舟诗序》:

> 诸公迹寓市朝,心游江海。访奇交于千里,惜良辰于寸阴。常恐辜负琴书,荒凉山水,于是脱屣人事,鸣棹川隅,言追挂犊之才,用卜牵牛之赏。边生经笥,送炎气以濯缨;郝氏书囊,临秋光而曝背。似遇缑山之客,还疑星汉之游。愿驻景于高天,想乘霓于缩地。繁丝乱响,凉酎时斟。戏翔羽于平沙,钓潜鳞于曲浦。乘流则逝,不觉忘归。咸可赋诗,探韵成作。

卢照邻是初唐时期沉沦下僚的诗人,且中年以后为痼疾所苦,他作诗序不多,大致和王勃一样,严格遵守四六规范,用精心组织的锦绣骈文显示自己的才华。像这篇短序就是大量用典,词藻华美。最突出的成就在景物描写方面,如"繁丝乱响,凉酎时斟。戏翔羽于平沙,钓潜鳞于曲浦。乘流则逝,不觉忘归",把绵州泛舟的景象和流连忘归的感受表现得非常充分,富于诗情画意。

李白这方面的诗序更加充满诗人的激情,完全展现他豪爽真率的性格,壮丽奔腾的想象,淋漓彪举的兴会。如《秋于敬亭送从侄耑游庐山序》:

> 余少时,大人令诵《子虚赋》,私心慕之。及长,南游云梦,览七泽之壮观,酒隐安陆,蹉跎十年。初,嘉兴季父谪长沙西还,时子拜见,预饮林下,耑乃稚子,嬉游在傍。今来有成,郁负秀气。吾衰久矣,见尔慰心,申悲道旧,破涕为笑。方告我远涉,西登香炉。长山横蹙,九江却转,瀑布天落,半与银河争流,腾虹奔电,众射万壑,此宇宙之奇诡也。其上有方湖、石井,不可得而窥焉。羡君此行,抚鹤长啸,恨丹液未就,白龙来迟。使秦人著鞭,先往桃花之水。孤负夙愿,惭归名山。终期后来,携手五岳。情以送远,诗宁阙乎?

这篇诗序作于李白晚年旅居宣城之时,序中通过对李耑今昔境况的描述,勾勒出他一生经历的曲折。"一生好入名山游"的李白,听说李耑要前往庐山,马上勾起了他的豪兴,于是悬想:"长山横蹙,九江却转,瀑布天落,半与银河争流,腾虹奔电,众射万壑,此宇宙之奇诡也。"深深遗憾未能畅游,"孤负夙愿,惭归名山",并相约"终期后来,携手五岳"。李白并没有因为长期流放夜郎而改变他性格的天真底色。诗歌已佚,但序中对庐山的描述还是令人想起他的《庐山瀑布二首》中的名句:"欻如飞电来,隐若白虹起。初惊河汉落,半洒云天里。……海风吹不断,江月照还空。……空中乱潈射,左右洗青壁。飞珠散轻霞,流沫沸穹石。""日照香炉生紫烟,遥看瀑布挂前川。飞流直下三千尺,疑是银河落九天。"这两首诗和此篇诗序可以相互发明,诗与序中的那股浩然之气与激情是相通的。

再如李白作于流放夜郎途中的《泛沔州城南郎官湖并序》:

> 乾元岁秋八月,白迁于夜郎,遇故人尚书郎张谓出使夏口,沔州牧杜公、汉阳宰王公觞于江城之南湖,乐天下之再平也。方夜,水月如练,清光可掇。张公殊有胜概,四望超然,乃顾白曰:"此湖古来贤豪游者非一,而枉践佳景,寂寥无闻。夫子可为我标之嘉名,以传不朽。"白因举酒酹水,号之曰"郎官湖",亦犹郑圃之有"仆射陂"也。席上文士辅翼、岑静以为知言,乃命赋诗纪事,刻石湖侧,将与大别山共相磨灭焉。

> 张公多逸兴,共泛沔城隅。当时秋月好,不减武昌都。
> 四坐醉清光,为欢古来无。郎官爱此水,因号郎官湖。
> 风流若未减,名与此山俱。

诗与序都没有丝毫的悲感,李白完全为"水月如练,清光可掇"的景象和友人张谓的"胜概""逸兴"所感染,呈现出表里通透清澈的精神境界,"四坐醉清光,为欢古来无"的风流胜慨也极为精彩。

李白的性格与才华也见于独孤及的赠别诗序里。如《送李白之曹南序》:

> 曩子之入秦也,上方览《子虚》之赋,喜相如同时,由是朝诣公车,夕挥宸翰。一旦幞被金马,蓬累而行,出入燕、宋,与白云为伍。然则适来时行也,适去时止也。彼碌碌者,徒见三河之游倦、百镒之金尽,乃议子于得失亏成之间,曾不知才全者无亏成,志全者无得失。进与退,于道德乎何有?是日也,出车桐门,将驾于曹,仙药满囊,道书盈箧,异乎庄舄之辞越、仲尼之去鲁矣。送子何所?平台之隅。短歌薄酒,击筑相和。大丈夫各乘风波,未始有极,哀乐且不足累上士之心,况小别乎?请偕赋诗,以见交态。

这篇诗序是独孤及文集中非常罕见的骈散交织之作,一方面可以看到李白与独孤及有交往,另一方面可以知道李白天宝三年(745)"蹼被金马,蓬累而行"之后,有燕、宋游历,并访道求仙于曹南。① 序中李白的经历是可信的,独孤及对李白的评价也很高,认为李白是"才全者无亏成,志全者无得失",同时也可以看出时人对李白多有议论和不理解。序文整饬凝练,同时表现出独孤及诗序重议论的特点。

韩愈无疑是中唐时代赠别序的重要作家,他的诗和序一般是分开的。即他一方面继承独孤及、权德舆等人赠文为别的做法,改造文体,创立了后代以为规范的"赠序"体散文;另一方面,作为文人他也未能免俗,在群集宴别的场合,也赋诗赠序。如《送陆歙州诗序》:

> 贞元十八年二月十八日,祠部员外郎陆君出刺歙州,朝廷夙夜之贤,都邑游居之良,赍咨涕洟,咸以为不当去。歙,大州也;刺史,尊官也。由郎官而往者,前后相望也。当今赋出于天下,江南居十九。宣使之所察,歙为富州。宰臣之所荐闻,天子之所选用,其不轻而重也较然矣。如是而赍咨涕洟以为不当去者,陆君之道,行乎朝廷,则天下望其赐;刺一州,则专而不能咸。谓先一州而后天下,岂吾君与吾相之心哉?于是昌黎韩愈道愿留者之心而泄其思,作诗曰:"我衣之华兮,我佩之光。陆君之去兮,谁与翱翔。敛此大惠兮,施于一州。今其去矣,胡不为留。我作此诗,歌于逵道。无疾其驱,天子有诏。"

这篇诗序的特殊性在于诗和序连在一起,以致《全唐文》编者也无法将它们分开。诗与序在韩愈看来都是赠别、抒怀、纪兴的方式,表现了韩愈的泛文学观念。值得注意的是这首诗是模仿《诗经》的古体诗,充满浓厚的复古情调,说明复古文化思潮深刻地影响文体、文风的改革。

3. 留别友人。"留别诗序"一定是"赠别序",其独特之处在于作序诗人是留下诗序赠送设宴招待自己的友人,自己离别而去。② 著名的作品有:王勃《还冀州别洛下知己序》《春日桑泉别王少府序》《秋日登洪府滕王阁饯别序》《江宁吴少府宅饯宴序》(《全唐文》卷一八二),《秋日楚州郝司户宅饯崔使君序》《秋日饯别序》(《全唐文》卷一八一),骆宾王《于紫云观赠道士并

---

① 按:独孤及生于725年,比李白小二十五岁。此文当作于天宝三年之后,当是独孤及早年作品。如果情况属实,则独孤及青年时期的诗序也应该有学习王勃的倾向。但李白集中未见与独孤及的交往,故此文甚为可疑。俟考。
② 参吴承学《中国古代文体形态研究》(增订本)第六章"留别诗与赠别诗",第131—135页。中山大学出版社,2002年5月新1版。

序》(《全唐诗》卷七八),陈子昂《赠别冀侍御崔司议并序》(《全唐诗》卷八四),韦嗣立《自汤还都经龙门北溪赠张左丞、崔礼部光禄并序》(《全唐诗》卷九一),苏源明《秋夜小洞庭离燕诗并序》(《全唐诗》卷二五五),李贺《金铜仙人辞汉歌并序》(《全唐诗》卷三九一)。

许浑是明确在诗序中注明"留别"二字的,如他的《访别韦隐居不值并序》(《全唐诗》卷五三四):"余行至双岩溪访元隐居,已榜舟诣开元寺水阁,见送棹回,已晚,因题是诗留别。"又如《留别赵端公并序》(《全唐诗》卷五三五):"余行次钟陵,府中诸公宴饯赵端公。晓赴郡斋,一约余来,且整棹,因留别。"序文都点明留别的情况,到后来宋代诗人作诗,一般就将本可作为序文的文字当作诗的题目,因而长题诗歌普遍起来。

下面以具体作品为例分析离别诗序的特点。如苏源明《秋夜小洞庭离燕诗并序》:

> 源明从东平太守征国子司业,须昌外尉袁广载酒于洄源亭,明日遂行。及夜留宴,会庄子若讷过归莒,相里子同祎过如魏,阳穀管城、青阳权衡二主簿在坐,皆故人也。彻馔新尊,移方舟中,有宿鼓,有汶篁,济上嫣然能歌者五六人共载,止洄源东柳门。入小洞庭,迟夷彷徨,眇缅旷漾,流商杂徵,与长言者啾焉合引。潜鱼惊或跃,宿鸟飞复下,真嬉游之择耳。源明歌云云。曲阕,袁子曰:"君公行当挥翰右垣,岂止典青米廪耶?广不敢受赐,独不念四三贤?"源明醉曰:"所不与君子及四三贤同恐惧安乐,有如秋水。"晨前而归。及醒,或说向之陈事,源明局局然笑曰:"狂夫之言不足罪也。"乃志为序。

> 浮涨湖兮莽迢遥,川后礼兮扈予桡。横增沃兮蓬仙延,川后福兮易予舫。月澄凝兮明空波,星磊落兮耿秋河。夜既良兮酒且多,乐方作兮奈别何!

这篇诗并序当作于天宝十三载秋苏源明自东平太守召为国子司业时,诗序详细记叙了须昌外尉袁广载酒于洄源亭宴别的场面,同宴者还有苏源明的朋友四人,"入小洞庭,迟夷彷徨,眇缅旷漾,流商杂徵,与长言者啾焉合引。潜鱼惊或跃,宿鸟飞复下,真嬉游之择耳",非常富于诗意。酒醉之后,朋友之间相互祝愿,并立下"所不与君子及四三贤同恐惧安乐,有如秋水"的誓言。诗歌运用骚体形式,描写了月夜泛舟小洞庭宴乐兴会空前的离别深情。留别诗序的特点在于表现离别者也是作诗者自己的心境与情感,与赠别之作相比,情感更为独特,对送别者充满感激,往往以誓言来抒发感情。

下面再从赠别诗序发生的地点及唐代赠别诗序的数量两个方面来综论这类诗序的特点。

表5　唐代主要作家赠别诗序发生地点统计表①

序号	作家	送别或留别地点
1	王勃	京城、洛阳、冀州、绵州、梓州、益州、江宁、越州、洪州
2	骆宾王	京城、洛阳、益州
3	杨炯	京城
4	卢照邻	京城
5	宋之问	京城、洛阳
6	陈子昂	京城、洛阳、梓州
7	张说	京城、洛阳
8	张九龄	京城
9	陶翰	京城
10	王维	京城
11	李白	江夏、金陵、随州、洛阳、宣城、太原、汝州、姑苏
12	李华	江洲
13	萧颖士	开封
14	元结	道州
15	独孤及	京城、常州、润州、宋州
16	于邵	京城、杭州、巴州
17	权德舆	京城
18	梁肃	京城、广陵
19	韩愈	京城、洛阳、潮州、江陵
20	柳宗元	京城、永州、柳州
21	刘禹锡	京城、朗州、连州
22	符载	京城、江陵、江夏、钟陵
23	沈亚之	京城

由表5可以看出"赠别诗序"发生的地点主要有五个地方：京城，长安是百官荟萃之地，官员调选、赴任、述职、朝觐都在京城聚集，举子应试考中或落选，都发生在京城，因而这里社交圈子尤密，文人聚会亦多；洛阳，又称"东都"，那里有分司的官员，有时洛阳亦考察进士，而且洛阳本身是天下的交通枢纽，多有文士在此聚集；蜀中，益州、梓州、绵州、剑南等地，也是官员赴任、文人游历常去的地方，可能也与此地向称"天府之国"，地理环境宜人有关；江南地

---

① 此表只能是大概的情况统计，因为有些诗序创作时间、地点难以确定。另，本表只对代表性作家作统计。

区,江陵、扬州、会稽、姑苏、杭州、越州、温州等地,风景秀美,富庶安康,是文士最喜欢的游历处所,也是重要的游宦之地,因而多有文人聚会;永州、柳州、连州、潮州等落后的边鄙之地,中唐之后,由于文人南贬也留下一些赠别诗序。

赠别诗序的产生需要一些重要条件,也形成了一些规律性的现象。比如"两京现象",由表5可以看出,唐代重要诗人几乎都有在京城送别并留下诗序的经历。而另一个赠别诗序写作最多的地方是洛阳,在唐代这两个城市称"上都"和"东都",简称"两京"。其中长安固不必说,洛阳也是"天地交会,北有太行之险,南有宛叶之饶;东压江淮,食湖海之利;西驰崤渑,据关河之宝"①。洛阳不仅地理位置优越,而且高宗武后时期曾大规模建设,特别是武则天时期,朝廷在洛阳制备官员,玄宗也经常行幸东都;中唐以后,洛阳成为闲置官员的分司之地,文人既有充裕的时间,洛阳又有丰厚的物质条件,再加上留守或镇守洛阳的官员多是重臣或文雅之士,这些都为文士之间的频繁酬唱提供了条件。

赠别诗序的产生还需要相对安静稳定的政治局面。中唐之后,衣冠南渡,"两京蹂于胡骑,士君子多以家渡江东"②,南方经历过永王之乱和刘展之乱,其余虽不时有边夷的侵扰,但整体上看,长江流域中下游地区及浙东、浙西地区还是相对稳定的,适合游宦,故文人流寓盘旋相对较多。

"赠别"是一种古老的文化传统,在友人离别之际相互劝勉、安慰、祝愿成为人们表达宣泄情感的重要方式,符合古人"有德者赠人以言"的寓意。以优美的风景和能够充分开张性情的宴会为触媒,酒酣耳热之际,文士们情难自已,自然会赋诗抒怀,并用序文记录宴会的场面以作为别后相思的资料。

唐代是一个崇尚诗歌的朝代,这种风气终唐之世不衰,在宴会上推举文采超众者作序或向名人求取赠序,成为一种时尚。

表6 唐代重要作家赠别诗序数量统计表

序 号	作 家	《全唐文》	《全唐诗》	合 计
1	王勃	13	0	13
2	骆宾王	2	3	5
3	杨炯	3	0	3
4	宋之问	3	0	3
5	陈子昂	6	3	9

---

① 陈子昂《谏灵驾入京书》,《全唐文》卷二一二,第2147页。
② 《旧唐书》卷一四八《权德舆传》,第4002页。

(续表)

序号	作家	《全唐文》	《全唐诗》	合计
6	张说	6	0	6
7	张九龄	2	0	2
8	陶翰	13	0	13
9	王维	6	2	8
10	李白	12	2	14
11	李华	2	0	2
12	独孤及	38	0	38
13	萧颖士	1	0	1
14	于邵	18	0	18
15	任华	3	0	3
16	元结	3	0	3
17	权德舆	34	0	34
18	梁肃	11	0	11
19	韩愈	13	1	14
20	柳宗元	14	0	14
21	刘禹锡	0	16	16
22	符载	8	0	8
23	沈亚之	5	0	5
总计	23	256	27	283

从赠别诗序的数量来分析，初唐时期除了四杰及陈子昂外，赠序赋诗并不多。盛唐时期赋诗赠序现象就普遍了，作家、作品的数量都有上升趋势，出现了李白、王维、陶翰这样一些优秀作家，诗序具有典型的盛世风采。中唐时期由于方镇崛起，文人活动有几个相对稳定的中心，出现了相当繁盛的诗序作家群，并产生了如权德舆、于邵、独孤及、韩愈、柳宗元、刘禹锡这样的轴心人物，诗序内容更加丰富多彩，而且群体赋诗、相互酬唱成为一时风尚。到晚唐则星落雨散，不仅没有这样的中心，也缺乏轴心作家，文人之间的交流变换为其他方式。这种群体性宴集条件一旦丧失，文人之间的酬唱切磋必然会减少，但晚唐时代具有独特经历和传奇色彩的诗序却展现了风采。晚唐作家孤芳自赏的追忆之序代替了中唐盛极一时的群体赋诗赠序。

4. 酬赠友人。文人之间相互酬赠诗歌，在唐代是普遍的现象，《全唐诗》中至少有三分之一的诗作是文人间相互酬唱、赠送的作品。诗人的情绪或感触用诗歌表达出来后，往往是寄给最亲密的朋友来欣赏、分享。中唐时期元白唱和就是最典型的代表，酬赠成为原唱与和作产生的艺术触媒，从某种意义上讲，酬赠是唐诗产生的主要动力和重要方式，因而诗序也特别多。很多诗人名气并不大，有些诗人甚至仅凭一首诗序留名史册。据笔者搜检，《全唐诗》收录的主要作品有：陈子昂《蓟丘览古赠卢居士藏用七首并序》(《全唐诗》卷八三)；张说《会诸友诗序》；陶翰《送崔司户过陇迎大夫序》；韦嗣立《奉和张岳州王潭州别诗二首并序》《酬崔光禄冬日述怀赠答并序》(《全唐诗》卷九一)；崔泰之《同光禄弟冬日述怀并序》(《全唐诗》卷九一)；宋鼎(开元时人)《赠张丞相并序》(《全唐诗》卷一一三)；王维《谒璿上人并序》(《全唐诗》卷一二五)；苑咸《酬王维并序》(《全唐诗》卷一二九)；储光羲《秋庭贻马九并序》(《全唐诗》卷一三七)；李华《寄赵七侍御并序》(《全唐诗》卷一五三)；韦丹《思归寄东林澈上人并序》(增订注释《全唐诗》第一册)；李白《历阳壮士勤将军名思齐歌并序》(增订注释《全唐诗》第一册)，《赠武十七谔并序》(《全唐诗》卷一七〇)(增订注释《全唐诗》第一册)，《赠黄山胡公求白鹇并序》(《全唐诗》卷一七一)，《题元丹丘颍阳山居并序》《题嵩山逸人元丹丘山居并序》(《全唐诗》卷一八四)；岑参《上嘉州青衣山中峰题惠净上人幽居寄兵部杨郎中并序》(《全唐诗》卷一九八)(增订注释《全唐诗》第一册)；高适《酬秘书弟兼寄幕下诸公并序》(《全唐诗》卷二一〇)，《奉寄平原颜太守并序》(增订注释《全唐诗》第一册)；钱起《白石枕并序》(《全唐诗》卷二三六)；元结《寄源休并序》《与党评事并序》《与党侍御并序》《招孟武昌并序》《漫酬贾沔州并序》(《全唐诗》卷二四一)；皇甫冉《酬张继并序》(《全唐诗》卷二五〇)；秦系《献薛仆射并序》(《全唐诗》卷二六〇)；李端《书志赠畅当并序》(《全唐诗》卷二八五)；皇甫澈《赋四相诗并序》(《全唐诗》卷三一三)；武元衡《奉酬淮南中书相公见寄并序》(《全唐诗》卷三一七)；权德舆《酬李二十二兄主簿马迹山见寄并序》(《全唐诗》卷三二二)；柳宗元《酬韶州裴曹长使君寄道州吕八大使因以见示二十韵一首并序》(《全唐诗》卷三五一)；刘禹锡《马大夫见示浙西王侍御赠答诗因命同作并序》《答东阳于令寒碧图诗并引》(《全唐诗》卷三六一)；卢仝《萧宅二三子赠答诗二十首》(增订注释《全唐诗》第二册)；元稹《答姨兄胡灵之见寄五十韵并序》(《全唐诗》卷四〇六)，《酬卢秘书并序》《酬乐天东南行诗一百韵并序》(《全唐诗》卷四〇七)；白居易《赠友五首并序》(《全唐诗》卷四二五)，《琵琶行并序》(《全唐诗》卷四三五)，《寄献北都留守裴令公并序今本以序为题此从英华本增》(《全唐诗》卷四五七)；许浑《题勤尊师历阳山居并序》(《全唐诗》卷五三三)，《听歌鹧鸪辞并序》(《全唐诗》卷五三四)，《贺少师相公致政并序》《酬钱汝州并序》《酬邢杜二员外并序》(《全唐诗》卷五三五)，《酬和杜侍御并序》《寄献三川守刘公并序》(《全唐诗》卷五三六)，《和李相国并序》(增补新注《全唐诗》第三册)；温庭筠《病中书怀呈友人并序》(《全唐诗》卷五八〇)(增补新注《全唐诗》第四册)；段成式《观山灯献徐尚书并序》(《全唐诗》卷五八四)；陆龟蒙

《丁隐君歌并序》(《全唐诗》卷六二一),《二遗诗并序》(《全唐诗》卷六二四);吴融《赠李长史歌并序》(《全唐诗》卷六八七);皎然《早春书怀寄李少府仲宣并序》(增补新注《全唐诗》第五册)。

这类诗序大致可以分成以下几种情况:
(1) 偶有所感,赠(寄)赠友人。如李华《寄赵七侍御并序》:

> 自余干溪行,经弋阳至上饶,山川幽丽,思与云卿同游,邈不可得。因叙畴昔之素,寄怀于篇云。

这篇诗序交代创作之由是"山川幽丽"引起了与朋友同游的愿望,但"邈不可得",因而寄怀友人(具体详情参后面李华诗序研究)。这种情况具有普遍性,如韦丹《思归寄东林澈上人并序》:

> 澈公近以《匡庐七咏》见寄。及吟咏之,皆丽绝于文圃也。此《七咏》者,俾予益发归欤之兴。且芳时胜侣,卜游于三二道人,必当攀跻千仞之峰,观九江之派。是时也,飘然而去,不希京口之顾;默然而游,不假东门之送。天地为一朝,万物任陶铸。夫二林翼翼,松径幽邃,则何必措足于丹霄,驰心于太古矣。偶为《思归》绝句诗一首,以寄上人法友,幸先达其深趣矣。

> 王事纷纷无暇日,浮生冉冉只如云。
> 已为平子归休计,五老岩前必共闻。

澈公寄赠的庐山诗,引发了作者的思归之兴,因而想象将来共游匡庐的情景:"芳时胜侣,卜游于三二道人,必当攀跻千仞之峰,观九江之派。"那种"天地为一朝,万物任陶铸"的自由自在与眼下的"王事纷纷"形成鲜明对照,于是产生了"浮生冉冉只如云"的感慨,进而通过预想的约会来冲淡世事繁杂带来的种种烦恼。

又如岑参《上嘉州青衣山中峰题惠净上人幽居寄兵部杨郎中并序》:

> 青衣之山,在大江之中,屹然迥绝,崖壁苍峭,周广七里,长波四匝。有惠净上人庐于其颠,唯绳床竹杖而已。恒持《莲花经》,十年不下山。予自公浮舟,聊一登眺。友人夏官弘农杨侯,清谈之士也。素工为文,独立于世,与余有方外之约,每多独往之意。今者幽蹈胜概,叹不得与此公

俱。爰命小吏刮磨石壁,以识其事,乃诗以达杨友尔。

这首诗产生的过程稍异于前一首。青衣山"在大江之中,屹然迥绝,崖壁苍峭,周广七里,长波四匝"的奇丽景色引起了作者的游兴,因而题诗于山巅惠净上人幽居,寄赠友人杨郎中分享自己的这一份"幽躅胜概",这样的诗歌既是独抒性灵的结晶,又是联系朋友情感的纽带,在唐诗中别具风采。

"诗人多感"是最普遍的规律,而引起感慨的触媒则千差万别,既可以是独特的游历,江山风景引发的胜概,也可以是友人寄赠的诗作,甚至可以是一件珍爱的物品。如钱起《白石枕并序》:

起与监察御史毕公耀交之厚矣。顷于蓝水得片石,皎然霜明,如其德也。许为枕赠之。及琢磨将成,炎暑已谢。俗曰:"犹班女之扇,可退也。"君子曰:"不然,此真毕公之佳赏也。"故珍而赋之。

赋诗的感触来自一块"皎然霜明"蓝水片石,因为美石"如其德",具有警戒象征意义,成为毕公的"佳赏",故而珍藏此石,作诗抒发感慨。

有时这种感慨来自独特的遭遇。如白居易《琵琶行并序》:

元和十年,予左迁九江郡司马。明年秋,送客湓浦口,闻舟中夜弹琵琶者。听其音,铮铮然有京都声。问其人,本长安倡女,尝学琵琶于穆、曹二善才,年长色衰,委身为贾人妇。遂命酒,使快弹数曲。曲罢,悯然。自叙少小时欢乐事,今漂沦憔悴,转徙于江湖间。予出官二年,恬然自安;感斯人言,是夕始觉有迁谪意。因为长句,歌以赠之,凡六百一十二言,命曰《琵琶行》。

白居易将自己的贬官遭遇和琵琶歌女的人生遭际绾结在一起,发出"同是天涯沦落人,相逢何必曾相识"的深沉感慨,成为那个时代乃至整个人类共有的感伤情怀。那种困境中相互慰勉的精神上的沟通,永远温暖着在艰难困苦中渴求慰藉的心灵。这篇诗序犹如一个巧妙的入口,引导读者去品味诗歌的艺术意蕴,诗与序相互辉映,令人回味无穷。

再如晚唐诗人吴融的《赠李长史歌并序》:

余客武康县既旬日,将去,邑长相饯于溪亭。座中有李长史,袖出芦管,自请声以送客,且言:"我业此二十年。年少时,五陵豪侠无不与之游。梨园新声一闻之,明日皆出我下。泊巢贼腥秽宫阙,逃难于东江。淮间非吾土,又无知音。敝衣旅食,双鬓雪然。然风月好时,或亭皋送别,必引满自劝,不能忘情。一曲未终,泫然承睫。越鸟胡马之戚,感动傍人。罗进士隐初遇金陵,有赠诗,尚能成诵在口。"余悯李之流落,仰罗之所感,故赠之。时光启戊申岁清明月之八日。

诗序中的"李长史"是与白居易诗中"琵琶女"命运相同的人物,由于已经处于末世,命运更加凄凉:"泊巢贼腥秽宫阙,逃难于东江。淮间非吾土,又无知音。敝衣旅食,双鬓雪然。"如果说白诗中琵琶女"夜深忽梦少年事,梦啼妆泪红阑干"多少还带着人生自然的"年长色衰"因素的话,那么李长史的"风月好时,或亭皋送别,必引满自劝,不能忘情。一曲未终,泫然承睫。越鸟胡马之戚,感动傍人"则是时代巨变带来的心灵悸痛,是个人无法抗拒的时代悲剧所致。因此其喟叹甚至超越了杜甫"正是江南好风景,落花时节又逢君"那样的沧桑之感。

(2) 因思念友人或亲人而作。思念是人在孤独境况中寻求精神慰藉的一种心理现象,也是诗歌创作的原动力之一,唐诗中许多杰作就是思念的结晶。如元结《寄源休并序》:

> 辛丑中,元结与族弟源休皆为尚书郎,在荆南府幕。休以曾任湖南,久理长沙;结以曾游江州,将兵镇九江,自春及秋,不得相见,故抒所怀以寄之。

元结是安史之乱前后重要的现实主义诗人,也是关怀民瘼的良吏,从这篇诗序可以看出他对族弟的相思情怀,表现出诗人心系民生之外的另一面。再如《招孟武昌并序》:

> 漫叟作《退谷铭》,指曰:"干进之客,不能游之。"作《栖湖铭》,指曰:"为人厌者,勿泛栖湖。"孟士源尝黜官,无情干进。在武昌不为人厌,可游退谷,可泛栖湖,故作诗招之。

因为友人"孟士源尝黜官,无情干进。在武昌不为人厌,可游退谷,可泛栖湖",故作诗招友人游赏,实际抒发的是对友人深切的思念之情。

他还有一篇《漫酬贾沔州并序》:

> 贾德方与漫叟者,惧漫叟不能甘穷独,惧漫叟又须为官,故作诗相喻,其指曰:"劝尔莫作官,作官不益身。"因德方之意,遂漫酬之。

则因为深感友人的"作诗相喻",认为做官"不益身",故酬赠以见己意。在朋友情谊之外,颇见彼此真率自然的性情。

(3) 酬答友人寄赠之作。如武元衡《奉酬淮南中书相公见寄并序》:

> 皇帝改元之二年,余与赵公同制入辅,并为黄门侍郎。夏五月,连拜弘文、崇文大学士。冬十月,诏授检校吏部尚书兼门下侍郎,彤弓玈矢,出镇西蜀。后九月,赵公加大司马之秩,右弼如故,龙旗虎符,出制淮海。时号扬、益,俱为重藩。左右皇都,万里何远?公手提兵柄,心匠化源;芳词况余,情勤靡极;质文相映,金玉锵然。蜀道之阻长,楚郊之风物,襟灵所属,尽在斯矣。永怀赵公岁寒交好之情,因成诗人不可方思之义,聊书匪报,以欸遐心。

此诗及序作于唐宪宗元和初期,赵公,指赵国公李吉甫。武元衡的这篇诗序颇能见出朝廷重臣之间的趣尚,一方面表现出对出镇重藩的自豪得意,另一方面又深感责任的重大而不敢怠慢,再者因"蜀道之阻长,楚郊之风物,襟灵所属",又不得不托诗"以欸遐心"。虽然敦厚肃穆,而"芳词况余,情勤靡极;质文相映,金玉锵然"又见雅意情深,值得珍重,是达者心声的真切流露。

互相酬赠最著名的诗人是中唐时代的元稹和白居易。元稹《酬乐天东南行诗一百韵并序》:

> 元和十年三月二十五日,予司马通州,二十九日与乐天于鄂东蒲池村别,各赋一绝。到通州后,予又寄一篇,寻而乐天既予八首。予时疟病将死,一见外不复记忆。十三年,予以赦当迁,简省书籍,得是八篇。吟叹方极,适崔果州使至,为予致乐天去年十二月二日书。书中寄予百韵至两韵凡二十四章,属李景信校书自忠州访予,连床递饮之间,悲咤使酒,不三两日,尽和去年已来三十二章皆毕,李生视草而去。四月十三日,予手写为上、下卷,仍依次重用本韵,亦不知何时得见乐天,因人或寄去。通之人莫可与言诗者,唯妻淑在旁知。(其本卷寻时于峡州面付乐天。别本都在唱和卷中。此卷唯五言大律诗二首而已。)

这篇诗序可以看出元稹在贬官的寂寞途中寄诗白居易,寻找乐趣和精神寄托。元白往返酬唱的创作方式影响很大,直接催生出"元和体"的长篇排律,成为一时风尚。

(4) 献敬赠诗并序。由于某种原因或目的向地位高的官员献诗也是赠酬诗产生的方式。如段成式《观山灯献徐尚书并序》:

> 尚书东苑公镇襄之三年,四维具举,而仍岁谷熟。及上元日,百姓请事山灯,以报穰祈祉也。时从事及上客从公登城南楼观之。初烁空焌谷,漫若朝炬,忽惊狂烧卷风,扑绿一峰,如尘烘斾色,如波残鲸鬣,如霞驳,如珊瑚露,如丹蛇蚖离,如朱草丛丛,如芝之曲,如莲之擎,布字而疾抵电书,写塔而争同蜃构,亦天下一绝也。成式辞多嗤累,学未该悉,策山灯事,唯记陈后主《宴光壁殿遥咏山灯诗》云:"杂桂还如月,依柳更疑星。"辄成三首,以纪壮观。

> 其一:
> 风杪影凌乱,露轻光陆离。如霞散仙掌,似烧上峨眉。
> 道树千花发,扶桑九日移。因山成众像,不复藉蟠螭。
> 其二:
> 涌出多宝塔,往来飞锡僧。分明三五夜,传照百千灯。
> 驯狖移高柱,庆云遮半层。夜深寒焰白,犹自缀金绳。
> 其三:
> 磊落风初定,轻明云乍妨。疏中摇月彩,繁处杂星芒。
> 火树枝柯密,烛龙鳞甲张。穷愁读书者,应得假余光。

段成式是晚唐前期的著名文人,这篇向徐尚书敬献的颂体诗序及诗歌,记录了当时上元节观山灯的民俗,巧妙地歌颂了徐尚书因连年丰收而与民同乐的政绩,生动描述了"报穰祈祉"灯会的"天下绝景",宛然如画:"初烁空焌谷,漫若朝炬,忽惊狂烧卷风,扑绿一峰,如尘烘斾色,如波残鲸鬣,如霞驳,如珊瑚露,如丹蛇蚖离,如朱草丛丛,如芝之曲,如莲之擎,布字而疾抵电书,写塔而争同蜃构。"同时,诗人巧妙地表达了"穷愁读书者,应得假余光"的愿望。

综上所述,诗序由"赠别"向"酬赠"变化,实际上体现了由群体行为向个体行为的转变。中唐以前赠别诗序远远多于酬赠诗序,中唐之后则相反,这说明产生诗歌的情境空间逐渐缩小。当完全缩小到个人单独空间之后,于寂寞中独自品味心灵的诗歌就会大量产生。晚唐时代由于各种群聚条件的丧失,独抒性灵的诗歌占绝对优势,是诗史中的重要一环。

(二) 游宴序

公宴之风始于先秦,《诗经》中就有大量宴饮诗,《左传》《国语》有宴享时赋诗的记载。从汉武帝"柏梁台"联句以来,由皇帝组织的朝廷宴会赋诗逐渐形成风气,到魏晋南北朝时期达到兴盛局面,萧统《文选》就收入《公宴》诗14首。进入唐代之后,总体上和平兴盛局面形成,唐代宴会诗歌更加发达。宴会的数量、规模空前,赋诗场面更加壮观,留下很多记叙宴会赋诗的诗序,大致可以分成以下几类。

(1) 朝享宴会。皇帝赐宴亲自制序,如唐玄宗《春中兴庆宫酺宴序》(《全唐诗》卷三):

> 夫抱器怀才,含仁蓄德,可以坐而论道者,我于是乎辟重门以纳之。作扞四方,折冲万里,可运筹帷幄者,我于是乎悬重禄以待之。是故外无金革之虞,朝有搢绅之盛;所以岩廊多暇,垂拱无为,不言而海外知归,不教而寰中自肃,元亨之道,其在兹乎。况乎天地交而万物通,阴阳和而四时序。所宝者粟,所贵者贤,故以宵旰为怀,黎元在念。尽力沟洫,不知宫室之已卑;致敬鬼神,不知饮食之斯薄。往以仲冬建子,南至初阳,爰诏司存,式陈郊祀。挹夷夏之诚请,答人神之厚眷。烟归太乙,礼备上玄。足以申昭报之情,足以极严铧之道。然心融万类,归雷雨之先春;庆洽百僚,象云天而高宴。岁二月,地三秦,水泛泛而龙池满,日迟迟而凤楼曙。青门左右,轩庭映梅柳之春;紫陌东西,帘幕动烟霞之色。撞钟伐鼓,云起雪飞。歌一声而酒一杯,舞一曲而人一醉。诗以言志,思吟湛露之篇;乐以忘忧,惭运临汾之笔。

兴庆宫在长安皇城东南兴庆坊,是唐玄宗发迹的地方,这篇宴会诗序当作于开元后期或天宝初期,序中说"岩廊多暇,垂拱无为,不言而海外知归,不教而寰中自肃,元亨之道,其在兹乎",这是大唐稳定繁荣的表现。唐玄宗是一代雄主,诗序表现了他的治国方略,如辟崇门接纳"抱器怀才,含仁蓄德,可以坐而论道"的贤士,悬重禄接待"作扞四方,折冲万里,可运筹帷幄"的将帅,然后重视礼乐教化。既"以宵旰为怀,黎元在念",又"致敬鬼神""式陈郊祀"。诗序也表现了玄宗的儒雅风流、文采俊逸,"心融万类,归雷雨之先春;庆洽百僚,象云天而高宴"表现的是他踌躇满志的博大胸怀,"撞钟伐鼓,云起雪飞。歌一声而酒一杯,舞一曲而人一醉。诗以言志,思吟湛露之篇;乐以忘忧,惭运临汾之笔"显示的是他兴酣赋诗的才华,而"岁二月,地三秦,水泛泛而龙池满,日迟迟而凤楼曙。青门左右,轩庭映梅柳之春;紫陌东西,帘幕动烟霞之色"的皇城景色描写,更显示出一种辉煌壮丽的盛世气象。

皇帝赐宴往往选择某个重要节日,如唐德宗设立"中和节"。如他的《中春麟德殿会百僚观新乐诗一章章十六句并序》(增订注释《全唐诗》第一册):

> 朕闻天地之德莫大于和,万物以生,九功乃叙。是以中春之首,纪为令节。布阳和之政,畅亭育之功,式宴且欢,顺时而举,盖取象于交泰之义也。今岁华载阳,嘉雪呈庆,君臣同乐,实获我心。近以听政之余,参比音律,播于丝竹,韵于歌诗,象中和之容,作中和之乐,教习甫就,毕陈于兹。于是辟广庭,临内殿,张大会,示群臣,千载成文,威仪有序,礼洽欢浃,中心是嘉。上下之志通,乾坤之理得,善固未尽,和莫甚焉。聊复成篇,以言其志。

> 芳岁肇佳节,物花当仲春。乾坤既昭泰,烟景含氤氲。
> 德浅荷玄贶,乐成思治人。前庭列钟鼓,广殿延群臣。
> 八卦随舞意,五音转曲新。顾非咸池奏,庶协南风薰。
> 式宴礼所重,浃欢情必均。同和谅在兹,万国希可亲。

与唐玄宗宴会诗序相比,德宗的气象远远不及,但他的诗序追求一种"中和"之美,比较典型地表现了中唐时期的状况。序中先说明"天地之德莫大于和,万物以生,九功乃叙"的大道理,再叙述今年风调雨顺的年景和君臣同乐的景象,说"张大会,示群臣,千载成文,威仪有序,礼洽欢浃,中心是嘉",并期望"上下之志通,乾坤之理得",因此要赋诗言志。他的诗中描写了"乾坤既昭泰,烟景含氤氲"的景象和"前庭列钟鼓,广殿延群臣。八卦随舞意,五音转曲新"的宴会场景,表现的是"同和谅在兹,万国希可亲"政治愿望。

朝廷酺宴盛况有时展现在大臣撰写的诗序中,如张说《东都酺宴四首并序》(增订注释《全唐诗》第一册):

> 先天元巳孟冬十月,东都留守韦公(韦安石),禽奉圣朝,述宣嘉旨。乃合洛京之五省,招河伊之二县,将吏咸集,佩章有序,锵锵济济,侃侃闾闾,供张于兴教之门,式酺宴也。原夫乐生于心,非因结风之奏;和达于气,无待阳春之节。盖泽之所及也深,则情之所感者远。国家天地一统,君臣百年,朝荣旧德之序,野赖先畴之业。玄化渐渍,洪恩既久。太上功德不宰,夏后命子之初。皇帝孝理无为,汉祖事亲之日。生尧舜于天属,

见文武于同时。前古未逢,斯人何幸?是日六乐振作,万舞莘弱。鸟兽徘徊,士女踊跃,则知众庶观德之所乐也。旨酒络绎,大庖燔炙。芳溢风烟,醉流阡陌,又知衣冠之所适也。由近而视远,万国之庆皆然;自明而察幽,三灵之欣可接。若夫吟咏德泽,播越人声,斯固雅颂之余波,政教之遗美。凡我词客,安敢阙如?赋诗展事,垂列于后。

> 重华升宝历,轩帝眇闲居。政成天子孝,俗返上皇初。
> 忘味因观乐,欢心寄合酺。自怜疲马意,恋恋主恩余。

> 朱城尘暗灭,翠幕景情开。震震灵鼍起,翔翔舞凤来。
> 雕盘装草树,绮乘结楼台。共喜光华日,酣歌捧玉杯。

> 晓月调金阙,朝暾对玉盘。争驰群鸟散,斗伎百花团。
> 遇圣人知幸,承恩物自欢。洛桥将举烛,醉舞拂归鞍。

> 恺宴惟今席,余欢殊未穷。入云歌袅袅,向日伎丛丛。
> 驶管催酣兴,留关待曲终。长安若为乐,应与万方同。

这篇诗序叙写先天元年(712)十月,东都留守韦安石奉旨召集洛京五省及河伊二县官员酺宴的情景,阵势庞大,场面热烈,正是玄宗立为太子将执掌大权的时候,因此这些与宴大臣赋诗献颂以博其欢心。诗序充满庄重典雅的氛围,非常适合当年的情况,而诗歌也是颂圣的敦厚雍穆格调,"欢心寄合酺""酣歌捧玉杯""承恩物自欢""长安若为乐,应与万方同"就是典型的表现。

张九龄《集贤殿书院奉敕送学士张说上赐燕序》(《全唐文》卷二九〇)是张九龄等奉旨送张说上任赐宴之序。开元十三年唐玄宗改"集仙殿"为"集贤殿",并任命张说为大学士,序中可见玄宗重视经术,重视"鸿生硕儒,博闻多识之士",也可以看出张九龄等文臣要"润色鸿业"的心态,其中宴会场面有一种皇室气派:"降圣酒之曩,颁御厨之膳,食以乐侑,人斯德饱。时有侍中安阳公等承恩预焉,学士右散骑常侍东海公等摄职在焉。或嵩稷大贤,或泉云诸彦,文王多士,周室以宁;武帝得人,汉家为盛。而高视前古,独不在于今乎!咸可赋诗,以光鸿烈。"

再如,开元十八年唐玄宗赐宴宰相及百官的情景记载于孙逖《宰相及百官定昆明池旬宴序》(《全唐文》卷三一二)中,描述了三月上巳昆明池朝宴的场面:"秉钧宗公,执事庶尹,元衮赤舄,黼衣绣裳,奉璋峨峨。佩玉锵锵,仰丹阙而拜命,俯清川而乐饮。大庖孔硕,尹京为致饩之司;旨酒思柔,柱史为佐樽之政。既锡之以高会,又悦之以备乐。修妓罗舞,名倡间歌,含姑洗于钟鼓,动阳春于羽籥。陟则设帟,降则具舟,榜文鹢以溯涧,与飞鸥而狎玩。鲂鲔甫甫,凫鹥翼翼,薰风敷散于草木,喜气宛延于郊甸。"在醉乐之后,宰相们认为"以为正国风、美王化者,莫近于诗",本来"诗以展事"是古老的传统,因此"乃命革划浮靡,导扬《雅》《颂》,斩雕为朴,取实弃华,亲题首章,以倡在位。皇矣上帝,式歌文王之德;穆如清风,方闻吉甫之颂。请问其目,列之于左"。

这些宴会诗序大致代表了朝廷宴会赋诗的基本面貌和艺术风格,总体上看,以歌功颂德为主,表现一种君臣之间相互沟通感情、协调关系的交际功能,也体现了儒家"诗可以群"的诗学观念。

(2) 文人游乐宴会。此类诗序最多。如王勃《秋日宴季处士宅序》《秋日宴洛阳序》《宇文德阳宅秋夜山亭宴序》《越州秋日宴山亭序》《春日孙学士宅宴序》《夏日宴张二林亭序》(《全唐文》卷一八一),《秋晚入洛于毕公宅别道王宴序》《江宁吴少府宅饯宴序》(《全唐文》卷一八二);杨炯《崇文馆宴集诗序》《宴皇甫兵曹宅诗序》《宴族人杨八宅序》(《全唐文》卷一九一);骆宾王《秋日于益州李长史宅宴序》《晦日楚国寺宴序》《秋日与群公宴序》(《全唐文》卷一九九);卢照邻《宴梓州南亭诗序》《宴凤泉石翁神祠诗序》(《全唐文》卷一六六);张说《季春下旬诏宴薛王山池序》《南省就窦尚书山亭寻花柳宴序》《邺公园池饯韦侍郎神都留守序》(《全唐文》卷二二五),《岳州宴姚绍之并序》(《全唐诗》卷八八);宋之问《早秋上阳宫侍宴序》《奉敕从太平公主游九龙潭寻安平王宴别序》《奉陪武驸马宴唐卿山亭序》《三月三日奉使凉宫雨中禊饮序》《上巳泛舟昆明池宴宗主簿席序》《宴龙泓诗序》《春游宴兵部韦员外韦曲庄序》《三月三日于灞水曲饯豫州杜长史别昆季序》(《全唐文》卷二四一);陈子昂《梁王池亭宴序》《擘大夫山亭宴序》《冬夜宴临邛李录事宅序》(《全唐文》卷二一四);王维《暮春太师左右丞相诸公于韦氏逍遥谷宴集序》《洛阳郑少府与两省遗补宴韦司户南亭序》(《全唐文》卷三二五);孙逖《湖中宴王使君序》《赵六宅浴后宴序》(《全唐文》卷三一二);李白《夏日陪司马武公与群贤宴姑熟亭序》《饯副大使李藏用移军广陵序》(《全唐文》卷三四九);独孤及《仲春裴胄先宅宴集联句赋诗序》《郑县刘少府兄宅月夜登台宴集序》《华山黄神谷谶临汝裴明府序》《建丑月十五日虎邱山夜宴序》《冬夜裴员外薛侍御置酒宴集序》《清明日司封元员外宅登台设宴集序》(《全唐文》卷三八七),《扬州崔行军水亭泛舟望月宴集赋诗序》(《全唐文》卷三八八);于邵《九日陪廉使卢端公宴东楼序》《春宴萧侍郎林亭序》(《全唐文》卷四二六),《春宵饯卢司马文归沣阳序》(《全唐文》卷四二七);权德舆《韦宾客宅宴集诗序》《腊日与诸公龙沙宴集序》(《全唐文》卷四九〇);梁肃《中和节奉陪杜尚书宴集序》《晚春崔中丞林亭会集诗序》(《全唐文》卷五一八);顾况《江西观察宴度支张侍郎南亭花林序》《宴韦庶子宅序》(《全唐文》卷五二九);韩愈《上巳日燕太学听弹琴诗序》(《全唐文》卷五五六);柳宗元《陪永州崔使君游宴南池序》《法华寺西亭夜饮赋诗序》(《全唐文》卷五七八);符载《上巳日陪刘尚书宴集北池序》《九日陪刘中丞贾常侍宴合江亭序》《中和节陪何大夫会宴序》《鄂州何大夫创制夏亭诗序》(《全唐文》卷六九〇)。

初唐四杰等重要诗人的宴会诗序因为后面有专节论述,这里仅以不设专章的作家为例。如张说《南省就窦尚书山亭寻花柳宴序》:

> 寻花柳者,上赐群臣之宴也。大哉春气!同夫圣心,无物不荣,有情咸达。况乃五教敷洽,万邦怀和,尉候警而莫犯,刑法存而不用。历观近古,此遇良难。诸公入金门,侍瑶殿,窈窕云阁,葳蕤华馆,不亦泰乎!然王事靡盬,夙夜在公,接良会于恺泽,散烦襟于清旷,不亦优乎!尔其嘉宾爰集,胜赏斯备,召丝竹于伶官,借池亭于贵里,雕俎在席,金羁驻门。远山片云,隔层城而助兴;繁莺芳树,绕高台而共乐。旨酒未缺,芳塘半阴,盍陈既醉之诗,以永太平之日?

张说是初盛唐之交的重要文人和大臣,他的文章被称为朝廷"大手笔",与上面引用的那篇诗序相比,此篇虽然仍是敦厚庄重的格调,但是文人气息有所展现,如"远山片云,隔层城而助兴;繁莺芳树,绕高台而共乐。旨酒未缺,芳塘半阴,盍陈既醉之诗,以永太平之日",就是典型的朝廷大臣在忧劳王事之余,"散烦襟于清旷"的诗酒风流的表现。

再如宋之问《宴龙泓诗序》:

> 玉树凉台之侧,丹溪洞壑之傍,灵圣之所往还,蛟螭之所潜伏。飞泉鹤挂,蹑江隅之七里;曲磴龙盘,架彭门之九折。潭如月映,狎之者无从;石似霞开,陟之者莫晓。斜驰洛邑,径路接于风烟;却枕寒郊,年代成乎今昔。群公以乘星戾止,纳言以捧日来游,虽复八舍七车,情每存于野托;貂冠鹖印,志弥尚于幽寻:探胜迹而忘疲,对良朋而不倦。于是藉织草,挹清樽,咀芝术,浮兰桂,同谢客之山行,类渊明之野酌。时临夏首,绣羽啭而添歌;序属春余,丹花舒而助笑。相趋动色,纵赏飞谈,睹轩盖而为轻,悦薜萝而是重。兀然而醉,心已合于大道;悦尔而醒,迹暂均于

> 小隐。物外之兴致斯远,俗中之嚣尘自隔。此之嘉会,今日难逢,曹子建七步之才,论情实愧;江文通五色之管,岂宜虚掷?

这篇诗序模仿王勃笔法的迹象很明显,是比较典型的骈文,运用典故较多,描写景色多用凝缩的对称句法,在宋之问显示文采的诗序中比较有代表性。

而柳宗元《法华寺西亭夜饮赋诗序》展现的则是另类文人的生存状态:

> 予既谪永州,以法华浮图之西临陂池丘陵,大江连山,其高可以上,其远可以望,遂伐木为亭,以临风雨,观物初。而游乎颢气之始。间岁,元克己由柱下史亦谪焉而来。无几何,以文从予者多萃焉。是夜,会兹亭者凡八人。既醉,克己欲志是会,以贻于后,咸命为诗,而授予序。昔赵孟至于郑,赋七子以观郑志,克己其慕赵者欤?卜子夏为《诗序》,使后世知风雅之道,予其慕卜者欤?诚使斯文也而传于世,庶乎其近于古矣。

柳宗元的这篇诗序描述了一群聚集在永州法华寺西亭宴会的贬谪文人的心态。他们一方面耽玩风景,以散胸中忧郁,另一方面又想通过诗歌来抒发志趣,希望在将来的时空中找到知音。因此他们追寻古代风雅传统,既赋诗又撰序,期望"诚使斯文也而传于世,庶乎其近于古矣"。

符载是晚唐时代写序体较多的作家,其中一篇《江陵陆侍御宅宴集观张员外画松石图》表现了文人宴聚观画的情趣,比较特别。序中描述唐朝著名画家张璪在宴会上挥毫作画的情景:"员外居中箕坐鼓气,神机始发,其骇人也,若流电激空,惊飙戾天,摧挫斡掣,抚霍瞥列,毫飞墨喷,捽掌如裂,离合惝恍,忽生怪状。及其终也,则松鳞皴,石巉岩,水湛湛,云窈眇。投笔而起,为之四顾,若雷雨之澄霁,见万物之情性。"真是非常神妙的高超绝技。符载说"张公之艺,非画也,真道也",并揭示了艺术创造的灵感状态及其艺术规律:"遗去机巧,意冥元化,而物在灵府,不在耳目。故得于心,应于手,孤姿绝状,触毫而出,气交冲漠,与神为徒。"因而符载等人的观画赋诗就具有超越"兰亭、金谷"的文化内涵,可以流传后世。

(3) 群聚赋诗宴会。此类主要出现在初唐时期,如崔知贤《上元夜效小庾体同用春字并序》①:

---

① 按:崔知贤,高宗时人,生卒年不详。曾与陈子昂、席元明、韩仲宣、周彦昭、高球、弓嗣初、高瑾、王茂时、徐皓、长孙正隐、高绍、郎余令、陈嘉言、周彦晖、高峤、刘有贤、周思钧等参加高正臣家的一次"晦日高氏亭林宴会",陈子昂亦作诗序。崔知贤的这篇诗序是长孙正隐作序,《全唐诗》的小传将诗与序分属两人,而增订注释《全唐诗》则将此诗属长孙正隐名下。《三月三日宴王明府山亭》情况与此同。

夫执烛夜游,古人之意,岂不重光阴而好娱乐哉。且星度如环,暮才周而已袭;月华犹镜,魄哉生而遽圆。忽兮遇春,俄兮临望重。城之扉四辟,车马轰阗;五剧之灯九华,绮罗纷错。兹夕何夕,而遨之多趣乎!且九谷帝畿,三川奥域。交风均露,上分朱鸟之躔;溯洛背河,下镇苍龙之阙。多近臣之第宅,即瞰铜街;有贵戚之楼台,自连金穴。美人竞出,锦障如霞;公子交驰,琱鞍似月。同游洛浦,疑寻税马之津;争渡河桥,似向牵牛之渚。实昌年之乐事,令节之佳游者焉。而戒晓严钟,俄喧绮陌;分空落宿,已半朱城。盖陈良夜之欢,共发乘春之藻。仍为庾体,四韵成章,同以春为韵。

　　薄晚啸游人,车马乱驱尘。月光三五夜,灯焰一重春。
　　烟云迷北阙,箫管识南邻。洛城终不闭,更出小平津。

《三月三宴王明府山亭得鱼字》(同赋六人,孙慎行为之序。增订注释《全唐诗》第一册):

调露二年(680),暮春三月,同集于王令公之林亭,申交契也。夫尚平远迹,寻五药于西山;仲莲高蹈,让千金于东海。遗形却立,终须独善之资;排患解纷,未洽随时之义。岂若天地交泰,朝野欢娱,元巳迫辰,季阳司月,列芳林而荐赏,控清洛以开筵。追李郭之佳游,嗣裴王之故事。远近送春日,表里状皇居。曾干霞骞,烛城阴于翠鹢;浮梁雾绝,写川态于文虹。树密如鳞,花繁似霰。鱼纵相忘之乐,莺迁求友之声。景物载华,心神已至。于是恺佳宴,涤烦襟。沿杯曲水,折巾幽径。流波度曲,自谐中散之弦;舞蝶成行,无忝季伦之伎。而岁不我与,人生若浮。挥鲁阳之戈,奔曦可驻;骋山公之骑,余兴方道。度诗陈志,式记良会。仍探一字,六韵成章。

　　京洛皇居,芳禊春余。影媚元巳,和风上除。
　　云开翠帟,水鹜鲜居。林渚萦映,烟霞卷舒。
　　花飘粉蝶,藻跃文鱼。沿波式宴,其乐只且。

初唐时期,尤其是高宗武后朝,由于贞观年间扫平了内乱外患,开创了比较和平安祥的周边环境,并积累了大量财富,因此奢华宴乐之风兴盛,调露二年所产生的《高氏三宴诗集》便是这一时代风气的产物。通过上面两篇诗序可以看到,在宫廷范围的文学圈子里,皇亲国戚提供了歌舞宴乐的创作环境,并且以文雅风流自赏,以颂圣歌德为主旨,吸引了大量的文学之士。实际上他们创作出来的还是六朝以来的"小庾体"式的雅歌,弥漫着纸醉金迷的气息。但另一方面,文士群宴赋诗,想重现或超越魏晋风流,着力讴歌当代的繁盛气象,并运用骈文来记录赋诗的情形,诗人之间形成了一种竞赛的氛围,客观上也促进了诗歌的繁荣。文士将当时社会一些欣欣向荣的景象记录在诗文中,展现了当时的历史情境,尤其诗序充满了一种华丽壮大的气象,这是值得肯定的。

(4)家宴。如李白《春夜宴从弟桃花园序》等。这里仅以权德舆《秋夜侍姑叔宴会序》(《全唐文》卷四九〇)为例,以见唐代家庭宴会的特点:

> 叔父至自东周,第如新定,就长子桐庐尉之养也。途出云阳,德舆之侨居在焉。拜庆之后,式展宴饯,掇蔬焚枯,以实圆方。叔父诸姑既就坐,群从伯仲,或冠或丱,中外稚孺,凡四五十人,差其长幼,为侍坐之列。畅之以旨酒,既醉不喧;侑之以清弦,中奏弥静。天天申申,其乐无垠,发之于恬旷,得之于名教。稍间,则圆魄照坐,微风入林,残暑尽销,清光交映。歌诗类事,举节应觞,觉听视之内,无非和乐。虽谢庭羯末之盛,雪花柳絮之兴,及夫情适于中,率礼无违,亦一时也。乃命编次其文,且书其时,时建中四年之七月,德舆操觚以序。

这篇诗序是权德舆年轻时期的作品,地点在他的故乡丹阳。文中说叔父从洛阳去桐庐,"途出云阳(即丹阳)"。此序的最大特色是叙述了一次气氛和睦的家庭宴会情景:"叔父诸姑既就坐,群从伯仲,或冠或丱,中外稚孺,凡四五十人,差其长幼,为侍坐之列。"这是一次人员众多的家宴,宴席上既旨酒交错,还有清弦佐欢,接着是"圆魄照坐,微风入林,残暑尽销,清光交映",乘此良宵,于是"歌诗类事,举节应觞,觉听视之内,无非和乐",这种情绪是有强烈的感染力的,以致"虽谢庭羯末之盛,雪花柳絮之兴,及夫情适于中,率礼无违"。通过此序,既可以看到权德舆一家人丁之盛,又见一片和睦融洽的氛围,长幼有序,文雅中正,纯朴陶然,简直有一种盛世气象。其实,此序作于建中四年(783),德宗正遭遇"建中之难",中原叛乱刚告一段落。可见德舆之文多着眼于平和雍睦的气象,选材与立意都具有这样的特点。不过从另一面也可以看出:即使是中原战乱时代,江南的家宴仍然是一派祥和安静。这也可以从一个侧面说明中原衣冠贵族举家南迁的原因。

表7 唐代重要作家宴会诗序情况统计表

序号	作者	数量	宴会地点
1	武则天	1	嵩山石淙
2	唐中宗	1	长安
3	唐玄宗	6	长安
4	唐德宗	2	长安
5	王勃	13	长安、洛阳、梓州、绵州、益州、冀州、江宁、楚州、宣城、越州、洪州
6	杨炯	4	长安
7	骆宾王	4	长安、洛阳、益州
8	卢照邻	2	长安、梓州
9	张说	3	长安、洛阳
10	张易之	1	嵩山石淙
11	宋之问	10	长安、洛阳
12	陈子昂	6	洛阳、江陵、梓州
13	崔知贤	1	洛阳
14	张九龄	5	长安、洛阳
15	孙逖	3	长安、洛阳、常州
16	李华	1	江夏
17	王维	2	长安、洛阳
18	李白	4	安陆、姑熟、江陵
19	独孤及	4	长安、常州、苏州
20	权德舆	3	长安、丹阳
21	于邵	3	长安、杭州、巴州
22	萧颖士	2	开封、南皮
23	顾况	1	洛阳
24	韩愈	1	长安
25	柳宗元	2	永州
26	欧阳詹	1	泉州
27	符载	4	长安、江陵
合计	27	89	

由表7可以看出,宴会举行的地点主要有这样几个重要地方:长安、洛阳及其附近的风景胜地或王公贵族的山亭、山池。侍宴陪游、文人聚会、休暇览胜是直接动因,交际应酬、以风雅自赏是宴会常见的特点;蜀中的益州、梓州等地,是官员及文士常去的地方,故多文人游历宴会;江陵是南北方向官员上下必经之地,因此多盘旋游历的文人,地方官迎送、接待来往官员多要文人参

加宴会;江南的杭州、苏州、越州等地也是文人游览胜地,当地官员也喜欢邀约文人宴集。

"安史之乱"以前,宴会主要在两京地区举行,蜀中也是重要地区;中唐以后,除两京外,主要在江南地区,与中唐时代的政治形势和文化重心南移有关。通过考察宴会诗序的情况,可以观察世风的变化是如何影响诗歌风格的变化,或者说宴会诗序成为时代风向的一种标志。

(三) 追忆诗序

之所以设立诗序中的这个类别,是考虑到唐诗中存在一种重要的"追忆"现象,唐代诗歌除了在宴会、离别或游历、唱和的当下情境中即兴产生之外,还有许多是在独特经历之后,诗人带着感伤,饱含缅怀之情,噙着泪花,于今昔对比中写作完成的。在诗人经历了许多人生挫折之后,进入中晚年时,常常在某一场景的触动下,展开追怀往事的联想,写出感慨深沉而沧桑的作品。尤其在中晚唐时期,当一个好容易建构起来的辉煌盛世突然消失后,盛唐人那特有的激情澎湃的炽热火焰仿佛被冰水浇灭,变成了由冷峻思考带来的沉静与肃穆,好像进入了中晚年。诗人们往往追怀那往昔的故事,追忆自己个人的经历和历史成为最普遍的现象。所以咏史、咏物诗大量涌现,诗中的人生感慨特别鲜明,甚至出现了李商隐那样的感伤主义诗人,专门在开掘心灵世界方面努力。许多诗序就记载了这类诗歌产生的过程,其中有很多细节值得回味和探索。

宇文所安先生写了一本饶有意味的小书,名字就叫《追忆》。他在该书导论中说:"记忆的文学是追溯既往的文学,它目不转睛地凝视往事,尽力要扩展自身,填补围绕在残存碎片四周的空白。中国古典诗歌始终对往事这个更为广阔的世界敞开怀抱:这个世界为诗歌提供养料,作为报答,已经物故的过去像幽灵似的通过艺术回到眼前。"①他的论述揭示了追忆文学的魅力,就在于艺术地再现往事。如果没有杜甫的《忆昔》,我们对"开元全盛日"的印象就会贫乏许多,比起史书的枯燥记载,诗歌的追忆要生动形象、集中完美、珍贵高雅得多,由于"追忆"往往是个人独特的心理行为,当这种私人心理活动展现出巨大的历史概括性和普遍性时,将产生同样巨大的艺术感染力。我们看重的"史诗",往往就是在这些情境下创作出来的。

唐代的追忆诗序主要有几下几种情况:

(1) 追怀往事。据索检,初唐时期还没有这方面的作品,盛唐以后,尤其

---

① 〔美〕宇文所安《追忆》,郑学勤译,第 3 页,生活·读书·新知三联出版社,2002 年 12 月版。

安史之乱后,才出现追忆的诗序。如赵冬曦《灉湖作并序》(《全唐诗》卷九八):

> 巴丘南灉湖者,盖沅湘澧汩之余波焉。兹水也,沦汇洞庭,澹澹千里。夏潦奔注,则汱为此湖;冬霜既零,则涸为平野。按《尔雅》云:"水反入为灉。"斯名之作有由焉尔。而此乡炎暑,子月草生。弥望青青,相与游藉,岂盈虚之可叹,亦风景之多伤。感物增怀,因书其事。

> 三湖返入两山间,畜作灉湖弯复弯。暑雨奔流潭正满,微霜及潦水初还。水还波卷溪潭涸,绿草芊芊岸崭崭。适来飞棹共回旋,已复扬鞭恣行乐。道旁耆老步跐跐,楚言兹事不知年。试就湖边披草径,莫疑东海变桑田。君讶今时尽陵陆,我看明旻更沦涟。来今自昔无终始,人事回环常若是。应思阙下声华日,谁谓江潭旅游子。初贞正喜固当然,往蹇来誉宜可俟。盈虚用舍轮舆旋,勿学灵均远问天。

此诗作于开元四年作者贬官流放岳州之时,他经常与张说登楼游湖,这首诗是原唱,张说有和作。在赵冬曦与张说的唱和诗中,唯有这一首是七言歌行体,继承了初唐四杰歌行抒发今昔感慨的传统,序中交代了灉湖命名的来由,描述了冬夏景象的变化,产生盈虚变化的感伤之情,因"感物增怀"而作诗歌。诗中通过对灉湖冬夏景色的描写,表达了"来今自昔无终始,人事回环常若是""盈虚用舍轮舆旋,勿学灵均远问天"的人生感慨。此年,作者正好四十岁,追忆当年的"阙下声华日",对比今天的"江潭旅游子",产生感慨似乎是一种必然,诗与序不仅互相呼应,而且序成为理解诗歌的一把钥匙。

追忆往事成为中唐诗人比较突出的心理结构,他们的很多诗歌都是追忆往昔的结晶。如元稹《黄明府诗并序》:

> 小年曾于解县连月饮酒,予常为觥录事。曾于窦少府厅中,有一人后至,频犯语令,连飞十二觥,不胜其困,逃席而去。醒后问人,前虞乡黄丞也。此后绝不复知。元和四年三月,予奉使东川,十六日至褒城东数里,遥望驿亭,前有大池,楼榭甚盛。逡巡,有黄明府见迎。瞻其形容,仿佛似识。问其前衔,即曩时之时逃席黄丞也。说向前事,黄生惘然而寤,因馈酒一槽,舣舟请予同载。予不违其意,与之尽欢。遍问座隅山川,则曰:又褒次其右。感今怀古,作《黄明府诗》云。①

---

① 《元稹集》卷上,中华书局,1982年版。"遍问……其右",《唐诗纪事》作"遍问褒阳山水,则褒姒所奔之城在其左,诸葛所征之路,在其右"。

这篇诗序说明《黄明府诗》是在"感今怀古"的背景下创作的,而动因就是黄明府过去的一段往事。今日的突然相逢又勾起往昔的记忆,这种今昔之感由于包含了一个跨度较大的历史空间,人事的变化又容易产生沧桑感慨,形成颇富诗意的审美境界。同时,过去的"逃席",今日又相迎,并樽酒尽欢,也是难得的人生快意之事,对多感的才子诗人来说,是最好不过的诗料了。又如他的《桐孙诗并序此后元和十年诏召入京及通判司马以后作》(《全唐诗》卷四一四)作于"元和十年(811)正月",六年前元稹贬掾江陵。于三月二十四日,宿曾峰馆。当"山月晓时,见桐花满地,因有八韵寄白翰林诗"。由于时间仓促,没有纪题。现在诏许西归,"去时桐树上孙枝已拱矣,予亦白须两茎而苍然斑鬓",因此"感念前事,因题旧诗,仍赋《桐孙诗》一绝"。诗序说明这首小诗包含了一段并不算短暂的充满无限感慨的生命历程,因而拓展了诗歌的艺术空间,产生令人回味的意蕴。

白居易是元稹的密友,一生经历了代宗、德宗、顺宗、宪宗、敬宗、文宗、武宗七朝,是唐代少见的高寿诗人,他除了大量写唱和酬赠诗作外,还常常回忆自己的过去。如《想东游五十韵并序》(《全唐诗》卷四五〇):

> 大和三年春,予病免官后,忆游浙右数郡;兼思到越,一访微之。故两浙之间,一物以上,想皆在目,吟且成篇,不能自休,盈五百字,亦犹孙兴公想天台山而赋之也。

这篇诗序可以说明他晚年心态的特点,"忆游浙右数郡;兼思到越,一访微之",甚至到了"一物以上,想皆在目,吟且成篇,不能自休"的地步。因此想模仿当年孙绰想天台山而作《天台山赋》,作《想东游》来表达对过去游历生活的深深眷恋,颇似画家在年迈力衰的时候,挥毫写出曾经游历的山川来安慰自己饥渴的心灵。值得注意的是,这不是个别现象,在李白、杜甫等诗人的作品中,都有这样的回忆之作。这种抽取记忆珍藏的表现方法,进入了诗歌的想象空间,将人带进一个深邃的境界里,获得心灵安慰和美妙的艺术享受。

又如他的《香山居士写真诗并序》(《全唐诗》卷四五九):"元和五年,予为左拾遗、翰林学士,奉诏写真于集贤殿御书院,时年三十七。会昌二年,罢太子少傅,为白衣居士,又写真于香山寺藏经堂,时年七十一。前后相望,殆将三纪。观今照昔,慨然自叹者久之。形容非一,世事几变,因题六十字,以写所怀。"将36年的人生沧桑浓缩在60字的诗歌中,确令人感怀。再如他的《感旧并序》(《全唐诗》卷四五九)也是因为李建、元稹、崔韶、刘禹锡四位好友相继谢世,"二十年间,凋零共尽。唯予衰病,至今独存","因咏悲怀,题为《感旧》"。这种感慨真实而深沉,是白居易诗歌感人的力量源泉。

追怀往事有时也让人产生命运无常的慨叹。如刘禹锡的《再游玄都观并引》(《全唐诗》卷三六五):

> 余贞元二十一年为屯田员外郎时,此观未有花。是岁出牧连州,寻贬朗州司马。居十年,召至京师。人人皆言,有道士手植仙桃,满观如红霞,遂有前篇以志一时之事。旋又出牧。今十有四年,复为主客郎中,重游玄都观,荡然无复一树,唯兔葵燕麦动摇于春风耳。因再题二十八字,以俟后游。时大和二年三月。

刘禹锡因参加王叔文领导的永贞革新,而贬朗州司马,十年后"召至京师",据说就是因为写作了《元和十年自朗州至京,戏赠看花诸君子》:"紫陌红尘拂面来,无人不道看花回。玄都观里桃千树,尽是刘郎去后栽。"竟然再次远贬连州刺史。14 年后,他又回来了,再写下这首著名的绝句:"百亩庭中半是苔,桃花净尽菜花开。种桃道士今何在,前度刘郎今又来。"24 年命运无常,朝代更替,物是人非,都浓缩在"玄都观,荡然无复一树,唯兔葵燕麦动摇于春风"的景象里,真是令人感慨万千。四句诗浓缩的是将近四分之一个世纪的历史,也表现出作者顽强、兀傲的个性。

也有诗人运用组诗的方式追忆往事,容纳更多的内容。如李绅《新楼诗二十首》(增补新注《全唐诗》第三册):

> 到越州日,初引家累登新楼,望镜湖,见元相微之题壁诗云:"我是玉京天上客,谪居犹得小蓬莱。四面寻常对屏障,一家终日在楼台。"微之与乐天,此时只隔江津,日有酬和相答。时余移官九江,各乖音问。顷在越之日,荏苒多故,未能书壁,今追思为新楼诗二十首。

这组诗是开成二至三年(837—838)秋李绅任宣武节度使时所作。创作的动力来自当年与元、白唱和的往事,因"荏苒多故,未能书壁",故追思而赋诗。这组诗中《杜鹃楼》《满桂楼》《龙宫寺》《晏安寺》《龟山》《寒林寺》《琪树》《祭禹庙回降雪五言二十韵》都有序。值得注意的是李绅诗多追忆的序文,其创作呈现一种追忆状态,如《渡西陵十六韵》《悲善才》《别连理树》《虎不食人》《忆过润州》《忆万岁楼望金山》《上家山》《忆放鹤》(增补新注《全唐诗》第三册)、《题法华寺无言二十韵》《宿越州天王寺》《却到浙西》《姑苏台杂句》《开元寺》《真娘墓》《重到惠山》《别石泉》《别双温树》《重别西湖》《建元寺》《望鹤林寺》《入扬州郭》《拜三川守》《庆云见》《灵蛇见少林寺》《拜宣武军节度使》《到宣武三十韵》都有序。

(2) 追怀历史遗迹。中唐之后咏史、怀古诗大量涌现。如储光羲《临江亭五咏并序》(《全唐诗》卷一三九):

> 建业为都旧矣。晋主来此,而礼物尽备。虽云在德,亦云在险,京口其地也。呜呼! 有邦国者,有兴亡焉。自晋及陈,五世而灭。以今怀古,五篇为咏。临江亭得其胜概,寄以兴言,虽未及乎辩士,亦其志也。

> 晋家南作帝,京镇北为关。江水中分地,城楼下带山。
> 金陵事已往,青盖理无还。落日空亭上,愁看龙尾湾。

> 山横小苑前,路尽大江边。此地兴王业,无如宋主贤。
> 潮生建业水,风散广陵烟。直望清波里,只言别有天。

> 城头落暮晖,城外捣秋衣。江水青云挹,芦花白雪飞。
> 南州王气歇,东国海风微。借问商歌客,年年何处归。

> 古木啸寒禽,层城带夕阴。梁园多绿柳,楚岸尽枫林。
> 山际空为险,江流长自深。平生何以恨,天地本无心。

> 京山千里过,孤愤望中来。江势将天合,城门向水开。
> 落霞明楚岸,夕露湿吴台。去去无相识,陈皇安在哉。

诗序中点明赋诗主旨是"寄以兴言",即通过比兴手法,表现对王朝兴衰"虽云在德,亦云在险"的看法,而诗歌依次展开具体描述,通过今夕景象的对比,抒发感慨,序与诗相互依存,相互补充,组成一个艺术整体。其目的显然是想通过怀古总结历史教训,在大乱之后应该有现实指向,作者的"补衮"意识,在中晚唐时期成为一种时代主潮。

追怀历史事迹的诗歌在中晚唐达到高潮,出现许多著名作品。如郑嵎《津阳门诗并序》(《全唐诗》卷五六七):

> 津阳门者,华清宫之外阙,南局禁闱,北走京道。开成中,嵎常得群书,下帷于石瓮僧院,而甚闻宫中陈迹焉。今年冬,自虢而来,暮及山下,因解鞍谋餐,求客旅邸。而主翁年且艾,自言世事明皇,夜阑酒余,复为嵎道承平故实。翌日,于马上辄裁刻俚叟之话,为长句七言诗,凡一千四

百字,成一百韵止,以门题为之目云耳。

《津阳门诗》是一首长篇怀古诗,类似白居易的《长恨歌》,规模更加宏大,白诗关注的是爱情悲剧背后的原因,郑诗更多的是将这段宫中生活的历史面貌通过"裁刻俚叟之话"表现出来,其中寓含了作者的身世之感,包含了历史的辉煌和苍凉结局的对比,令人深思。晚唐时代以这段历史为题材的咏史、怀古诗特别多,值得探究。

晚唐诗人追怀历史遗迹的目光有时还回溯到更遥远的历史空间,如陆龟蒙《庆封宅古井行并序》(《全唐诗》卷六二一):

> 《春秋左氏传》云:襄二十八年,齐庆封乱而来奔。既而齐人来让,奔吴。吴句余与之朱方,聚族而居之,富于其旧。后七年,荆人使屈申围朱方,执庆封而尽灭其族。按《图经》,润之城南一里,则封所居之地。询诸故老,井尚存焉。因览其遗甓,故歌之以志其恶。

这篇诗序的写作目的比较奇特,是"歌之以志其恶"。这"恶"也许有几重含义,一方面是"齐(国)庆封"的内乱导致庆封举族南奔;另一方面是"荆人使屈申围朱方,执庆封而尽灭其族"的残酷屠杀的罪恶。一个"聚族而居之,富于其旧"的家族整体的覆灭,总是让人难以释怀的。这两者(内乱和外屠)在陆龟蒙所处的晚唐都有代表性,因此他的感慨具有惊悚视听的作用,也表现了作者悲叹之余的怨愤情怀。

(3)追怀古人。诗人追怀古迹,自然会转向追怀古人,因为人是事的行为主体,由于今人与古人之间往往会产生异代同感,或者古人的品行、故事具有深厚的文化意蕴,因而会引起诗人的无限缅怀。如权德舆《徐孺亭马上口号并序》(《全唐诗》卷三二六):

> 钟陵东湖之南有亭,亭中有二碑:一则故曲江张公所制《徐征君碣》,一则北海李公所制《放生池碑》。戏夫!二君子久随化往,而二文之盛,传于天下。贞元初,余为是邦从事,每将迎郊劳,多经是间。且以其尚贤好生,皆醇仁之首也。因叹不得与二贤同时,论文变损益。亭址圮坏,苔篆磷跌,古风如在,感旧依然,而通馗在侧,平湖在下,波流毂击,日月无穷。因于马上口号绝句诗一首,以寄慨怆。
> 湖上荒亭临水开,龟文篆字积莓苔。曲江北海今何处,尽逐东流去不回。

这篇诗序中包含了三重内涵：一是张九龄《徐征君碣》记载了汉代名儒徐孺子的高风亮节；二是张九龄、李邕的两篇鸿文流传天下，增添了钟陵的文化意蕴；三是"亭址圮坏，苔篆磷跌，古风如在，感旧依然"与"通馗在侧，平湖在下，波流縠击，日月无穷"形成了鲜明对比。因此他的"愀怆"之情就特别深刻，同时也表现了他追慕先贤"尚贤好生"的醇仁品格的人生境界。

同样一个张九龄，在刘禹锡看来却是另一番感受，他在《读张曲江集作并引》(《全唐诗》卷三五四)中说：

> 世称张曲江为相，建言放臣不宜与善地，多徙五溪不毛之乡。及今读其文，自内职牧始安，有瘴疠之叹；自退相守荆门，有拘囚之思。托讽禽鸟，寄词草树，郁然有骚人风。嗟夫！身出于遐陬，一失意而不能堪，矧华人士族而必致丑地，然后快意哉？议者以曲江为良臣，识胡雏有反相，羞凡器与同列，密启廷争，虽古哲人不及。而燕翼无似，终为馁魂，岂忮心失恕，阴谪最大，虽二美莫赎邪？不然，何袁公一言明楚狱而钟祉四叶？以是相较，神可诬乎？予读其文，因为诗以吊。

> 圣言贵忠恕，至道重观身。法在何所恨，色伤斯为仁。
> 良时难久恃，阴谪岂无因。寂寞韶阳庙，魂归不见人。

刘禹锡作为元和时期著名的贬谪诗人，对南方边鄙瘴疠之乡的痛苦生活有切肤感受，因此对张九龄当年的建议"放臣不宜与善地，多徙五溪不毛之乡"感触很深。而张九龄自己贬官时也有"瘴疠之叹"和"拘囚之思"，并运用"托讽禽鸟，寄词草树"的方式，表达内心深处的牢骚和苦痛。刘禹锡虽然也赞同世人对九龄"为良臣"的看法，但认为他的这条建议"阴谪最大"，是"色伤斯为仁"，并认为张九龄后来的"终为馁魂"是神明的惩罚。诗中慨叹"寂寞韶阳庙，魂归不见人"也显示出一种揶揄的嘲讽语调。实际上，将"放臣"逐于不毛之地并不始于张九龄的建议，早在初唐时期就已经如此。显然，刘禹锡的诗序和诗歌通过咏叹张九龄的建言和人生际遇，表达了朝廷重臣至死都不肯原谅永贞贬臣的怨愤，是有所寄托的，并不是对张九龄个人的怨恨。

也有因追慕古人而模仿其文体风格的情况，如白居易《访陶公旧宅并序》(《全唐诗》卷四二八)："余凤慕陶渊明为人，往岁渭上闲居，尝有《效陶体诗十六首》。今游庐山，经柴桑，过栗里，思其人，访其宅，不能默默，又题此诗云。"白居易是陶渊明诗歌接受史上重要的一环，他因为"凤慕陶渊明为人"而作"效陶体诗"，他的创作从"讽谕"转向"闲适"，陶氏人格及其诗歌风格的影响非常重要,白诗的平易通达、冲淡闲适之美在这些诗中均有表现。

与白居易的追慕古人不同,欧阳詹则追袭古人赋诗的情事和寓意而作诗,如他的《玩月并序》(《全唐诗》卷三四九):

> 月可玩。玩月,古也。谢赋、鲍诗、朓之庭前、亮之楼中,皆玩月也。贞元十二年,瓯闽君子陈可封游在秦,寓于永崇里华阳观,予与乡人安阳邵楚长、济南林蕴、颖川陈诩亦旅长安。秋八月十五夜,诣陈之居,修厥玩事。月之为玩,冬则繁霜大寒,夏则蒸云大热。云蔽月,霜侵人,蔽与侵,俱害乎玩。秋之于时,后夏先冬;八月于秋,季始孟终;十五于夜,又月之中:稽于天道,则寒暑均;取于月数,则蟾兔圆。况埃壒不流,太空悠悠。婵娟裴回,桂华上浮。升东林,入西楼,肌骨与之疏凉,神气与之清冷。四君子悦而相谓曰:"斯古人所以为玩也。"既得古人所玩之意,宜袭古人所玩之事,作玩月诗云。

这篇诗序具有一种文人雅士特有的韵味,有一种追慕先贤的历史深邃感。抓住中秋之夜玩月的独特情境,通过描写"埃壒不流,太空悠悠。婵娟裴回,桂华上浮"的景象和"肌骨与之疏凉,神气与之清冷"的感受,在这样的氛围和背景下创作的诗歌应该具有一种清丽幽渺、雅洁隽永的意境。

(4) 追怀友人。追忆诗歌中最多的还是追怀自己的友人。如楼颖《东郊纳凉忆左威卫李录事收昆季太原崔参军三首并序》:

> 仆三伏于通化门东北数里避暑之地,地即故倅天官顾公之旧林,今贰宰君李公之别业。右抵禁御,斜界沁园。空水相辉,步虹桥而下视;竹木交映,弄仙棹而傍窥。足涤烦襟,陶蒸暑。独往成兴,恨不与数公共之,率然有作,因以见意。

> 竹水谁家宅,幽庭向苑门。今之季伦沼,旧是辟疆园。
> 饥鹭窥鱼静,鸣鸦带子喧。兴成只自适,欲白返忘言。

诗序交代创作的缘由是因在"故倅天官顾公之旧林,今贰宰君李公之别业"避暑时,面对"空水相辉,步虹桥而下视;竹木交映,弄仙棹而傍窥"的景致,"独往成兴,恨不与数公共之",因此作诗记兴,"兴成只自适,欲白返忘言"只能产生在这样的情境中,而追怀几位友人是这首诗产生的真正原因。

又如"大历十才子"之一李端的《慈恩寺怀旧并序》(《全唐诗》卷二八

四）：

> 余去夏五月，与耿湋、司空文明、吉中孚，同陪故考功王员外来游此寺。员外，相国之子，雅有才称。遂赋五物，俾君子射而歌之。其一曰凌霄花，公实赋焉，因次诸屋壁以识其会。今夏，又与二三子游集于斯，流涕语旧。既而携手入院，值凌霄更花。遗文在目，良友逝矣，伤心如何。陆机所谓同宴一室，盖痛此也。观者必不以秩位不侔，则契分甚厚；词理不至，则悲哀在中。因赋首篇，故书之。

诗序中追怀的王员外是代宗时宰相王缙之子，官终考工员外郎，他"雅有才称"，曾与李端一起游慈恩寺并赋《凌霄花》诗。如今李端与友人重游旧地，又适逢五月的凌霄花盛开，而王员外已故，情景依旧而物是人非啊！"流涕语旧"因而"伤心如何"，对友人的深情怀念化作诗句："去者不可忆，旧游相见时。凌霄徒更发，非是看花期。……孔席亡颜子，僧堂失谢公。……始聚终成散，朝欢暮不同。春霞方照日，夜烛忽迎风。……问天应默默，归宅太匆匆。凄其履还路，莽苍云林暮。九陌似无人，五陵空有雾。缅怀山阳笛，永恨平原赋。……唯应抚灵运，暂是忆嘉宾。存信松犹小，缄哀草尚新。鲤庭埋玉树，那忍见门人。"唐诗中这类诗歌都因情感的真挚而千载之后依然保持鲜活的魅力，这些诗歌已经成为诗人生命的一部分。

类似的例子很多，如刘禹锡《重至衡阳伤柳仪曹》（增订注释《全唐诗》第二册）：

> 元和乙未岁，与故人柳子厚临湘水为别，柳浮舟适柳州，余登陆赴连州。后五年，余从故道出桂岭，至前别处，而君没于南中，因赋诗以投吊。

> 忆昨与故人，湘江岸头别。我马映林嘶，君帆转山灭。
> 马嘶循故道，帆灭如流电。千里江蓠春，故人今不见。

元和十五年（821）春刘禹锡丁母忧北返途次衡阳作。五年前，作者与柳宗元共同被贬，在湘江岸边分别，"我马映林嘶，君帆转山灭。马嘶循故道，帆灭如流电"就是当时情景的生动再现。如今"千里江蓠春，故人今不见"，投诗悼念故人，自然情不能堪。长庆二年（823），刘禹锡到夔州任刺史，又作《伤愚溪三首并引》（《全唐诗》卷三六五）：

故人柳子厚之谪永州,得胜地,结茅树蔬,为沼沚,为台榭,目曰愚溪。柳子没三年,有僧游零陵,告余曰:"愚溪无复曩时矣!"一闻僧言,悲不能自胜,遂以所闻为七言以寄恨。

溪水悠悠春自来,草堂无主燕飞回。
隔帘唯见中庭草,一树山榴依旧开。

草圣数行留坏壁,木奴千树属邻家。
唯见里门通德榜,残阳寂寞出樵车。

柳门竹巷依依在,野草青苔日日多。
纵有邻人解吹笛,山阳旧侣更谁过?

诗序中游零陵的僧人的一句话,勾起了作者对故人的深刻记忆,以致"悲不能自胜"。这三首被称为"即事睹景,怀古思旧,感慨悲吟,情不能已"的佳作,甚至被认为古今这类诗歌中"最工者"。[①]

再如皮日休《伤进士严子重诗并序》(《全唐诗》卷六一四):

余为童在乡校时,简上抄杜舍人牧之集,见有与进士严恽诗。后至吴,一日,有客曰严某,余志其名久矣,遽怀文见造,于是乐得礼而观之。其所为,工于七字,往往有清便柔媚,时可轶骇于常轨。其佳者曰:"春光冉冉归何处,更向花前把一杯。尽日问花花不语,为谁零落为谁开?"余美之,讽而未尝怠。生举进士,亦十余计偕。余方冤之,谓乎竟有得于时也。未几,归吴兴,后两月,咸通十一年也。雪人至,云:"生以疾亡于所居矣。"噫! 生徒以词闻于士大夫,竟不名而逝,岂止此而湮没耶? 江湖间多美材,士君子苟乐退而有文者死,无不为时惜,可胜言耶? 于是哭而为诗。鲁望,生之友也,当为我同作。

十哭都门榜上尘,盖棺终是五湖人。
生前有敌唯丹桂,没后无家只白蘋。
箸下斩新醒处月,江南依旧咏来春。
知君精爽应无尽,必在丰都颂帝晨。

[①] 《吴氏诗话》卷下,引吴子良语。转引自陶敏《刘禹锡全集编年校注》(上)第282页"集评"部分,岳麓书社,2003年11月第1版。

诗序中的严子重就是晚唐诗人严恽,皮日休为童子时就知道他的名字,后来又读到他的很多诗歌,对他很是敬佩。然而严恽竟然十次考进士不中,于咸通十一年(871)病逝。这是晚唐时代典型的"一生襟抱未曾开"诗人。"生徒以词闻于士大夫,竟不名而逝,岂止此而湮没耶?"说明了这一现象的普遍性,因此皮日休要为这些江湖间美才的不幸命运一洒同情之泪。诗中"知君精爽应无尽,必在丰都颂帝晨"两句说人间不能尽其才,在阴间一定可以有所作为,这样的安慰更让人感到透骨的凄凉,一种悲惨的绝望之情弥漫全诗,是晚唐时代整体上悲伤格调的代表之作。

(5)追和故人或古人之作。追忆诗序中还有一种更为特别的创作现象,就是诗人在日后的某个特别情境下,追和自己以前的作品或者追和故人的前作。如杜甫《追酬故高蜀州人日见寄并序》(《全唐诗》卷二二三):

> 开文书帙中,检所遗忘,因得故高常侍适往居在成都时高任蜀州刺史人日相忆见寄诗。泪洒行间,读终篇末。自栏诗,已十余年;莫记存殁,又六七年矣。老病怀旧,生意可知。今海内忘形故人,独汉中王瑀与昭州敬使君超先在。爱而不见,情见乎辞。大历五年正月二十一日,却追酬高公此作,因寄王及敬弟。

> 自蒙蜀州人日作,不意清诗久零落。今晨散帙眼忽开,迸泪幽吟事如昨。
> 呜呼壮士多慷慨,合沓高名动寥廓。叹我凄凄求友篇,感时郁郁匡君略。
> 锦里春光空烂漫,瑶墀侍臣已冥莫。潇湘水国傍鼋鼍,鄠杜秋天失雕鹗。
> 东西南北更谁论,白首扁舟病独存。遥拱北辰缠寇盗,欲倾东海洗乾坤。
> 边塞西蕃最充斥,衣冠南渡多崩奔。鼓瑟至今悲帝子,曳裾何处觅王门。
> 文章曹植波澜阔,服食刘安德业尊。长笛谁能乱愁思,昭州词翰与招魂。

这是杜甫生命最后时期的一篇心思浩茫、意境浑厚的作品。高适既是作者的朋友,又是支撑岌岌之朝纲的重臣,曾经作《人日寄杜二拾遗》赠杜甫。如今杜甫重睹故人旧作,人已逝,因而"泪洒行间,读终篇末",加上自己老病怀旧,海内仅存的"忘形故人"又"爱而不见",所以情不自禁要追酬高适十年前的赠诗。诗中充满对高适的无限追忆和惋惜,既赞美他的"合沓高名动寥廓"和"感时郁郁匡君略",又惋惜他在"边塞西蕃最充斥,衣冠南渡多崩奔"的严峻时刻竟然"瑶墀侍臣已冥莫"导致"鄠杜秋天失雕鹗"。对高适的一生杜甫这样高度评价:"文章曹植波澜阔,服食刘安德业尊。"自己则只有在老病扁舟的情境下满怀浩渺愁思,为故人招魂了。诗序与诗歌相比,序显得平实简明,诗则意境浑茫,感慨雄深,诗的咏叹、凝重远远超出诗序;而诗序则记载了追和故人旧作的特殊情境,为文学史研究提供了重要文献。

又如白居易的《题裴晋公女几山刻石诗后并序》(《全唐诗》卷四五三):

> 裴侍中晋公出讨淮西时,过女几山下,刻石题诗,末句云:"待平贼垒报天子,莫指仙山示武夫。"果如所言,克期平贼。由是淮蔡迄今底宁,殆二十年,人安生业。夫嗟叹不足则咏歌之,故居易作诗二百言,继题公之篇末,欲使采诗者、修史者、后之往来观者,知公之功德本末前后也。

这篇诗序所写情事与杜甫相同,但写作目的不同,不是抒发自己与裴度的深情厚谊,而是"欲使采诗者、修史者、后之往来观者,知公之功德本末前后也",白居易嗟叹、咏歌的是裴度讨平淮西藩镇带来的二十年"人安生业"的丰功伟绩。

再如皮日休《追和虎丘寺清远道士诗并序》(《全唐诗》卷六○九):

> 圣人为《春秋》,凡诸侯有告则书,无告则不书,盖所以惩其伪而敦其实也。夫怪之与神,虽曰不言,在传则书之者,亦摭其实而为之也。若然者,神之与怪果安邪?噫!圣贤有不得其志者,则必垂之于言也。大则为经诰,小则为歌咏。盖不信于当时,则取诉于后世。抑鬼神有生不得其志者,死亦然邪?若凭而宣之,则石言乎晋,物叫于宋是也。若梦而辩之,则良夫有昆吾之歌,声伯有琼瑰之谣是也。自兹以后,人伦不修,神藻益炽。在君人者,悟之则为瑞,逆之则为妖;其冥讽昧刺,时出于世者,则与骚人狎客,往往敌于忽微焉。虎丘山有清远道士诗一首,其所称自殷周而历秦汉,迄于近代,抑二千年,末以鬼神自谓,亦神怪之甚者。格之以清健,饰之以俊丽,一句一字,若奋若搏,彼建安词人傥在,不得居其右矣。颜太师鲁公爱之不暇,遂刻于岩际,并有继作。李太尉卫公,钦清远之高致,慕鲁公之素尚,又次而和之,颜之叙事也典,李之属思也丽,并一时之寡和。又幽独君诗二首,亦甚奇恺。予嗜古者,观而乐之,因继而为和答。幽独君一篇,不知孰氏之作,其词古而悲,亦存于篇末。《太玄》曰:大无方,易无时,然后为鬼神也。噫!清远道士果鬼神乎?抑道家者流乎?抑隐君子乎?词则已矣,人则吾不知也。

> 成道自衰周,避世穷炎汉。荆杞虽云梗,烟霞尚容窜。
> 兹岑信灵异,吾怀惬流玩。石涩古铁鋑,岚重轻埃漫。
> 松膏腻幽径,蕨沫著孤岸。诸萝幄幕暗,众鸟陶匏乱。
> 岩罅地中心,海光天一半。玄猿行列归,白云次第散。
> 蟾蜍生夕景,沆瀁余清旦。风日采幽什,墨客学灵翰。
> 嗟予慕斯文,一咏复三叹。显晦虽不同,兹吟粗堪赞。

这篇诗序和诗歌当作于咸通十年,皮日休为苏州刺史从事时。他是一个具有强烈复古思想的现实主义诗人,虎丘清远道士的这首自称神怪的"清健""俊丽"的诗歌,由于年代久远,引起了他强烈的兴趣,加上颜真卿的刻石,李德裕的继和,还有"幽独君"的二诗,更激起皮日休要追和前人的创作欲望,实际上皮日休在序文中所说的"盖不信于当时,则取诉于后世。抑鬼神有生不得其志者,死亦然邪"是包含深沉的人生感慨的。诗中"风日采幽什,墨客学灵翰"之句,则表现了追慕古代乐府诗传统、反映现实的社会责任感。

总体上看,追忆类的诗序和诗歌,中晚唐时期最多。中唐时期比较多的作品集中在对往事追怀或对故人的思念,晚唐的作品则较多地转向追怀更为遥远的古人或历史遗迹。从感情深度来看,中唐时期诗人,尤其元和贬臣的诗歌情感更真切,因为是自己生命的独特经历凝结的感慨,而晚唐人则相对较弱;从篇幅来看,中唐时期诗序较短,主要提示作诗的背景情况,诗歌用力较深厚,而晚唐人追求趣味、追求奇特,因而诗序篇幅加长,往往带有传奇色彩;从反映现实生活的角度看,这类诗序都有记载史实的作用,中唐时期,多与诗人自己有关,而晚唐则注意揭示社会现实。尤其唐末皮日休的诗序,除了表达复古情绪之外,还广泛揭露具普遍性的可悲可叹的社会现象,具有较强的现实批判意义。

(四) 独特经历诗序

从某种意义上讲,"独特经历诗序"与"追忆诗序"有相似之处。尤其杜甫的一些作品,往往现实境况和往事交织在一起,很难区别。但是对当下情境及经历的记录也是这类诗歌的特点,即使含有追忆成分也是为了表现当下情怀,因此这里将这些诗歌及诗序单列一类。从总体上看,这类诗序在唐代不同时期具有明显区别,主要表现如下:

1. 初唐时期:诗序数量少,纪实性强,一般是作者生平的亲身经历。主要作品有:卢照邻《失群雁并序》(增订注释《全唐诗》第一册);李峤《晚秋喜雨并序》(《全唐诗》卷六一);骆宾王《在狱咏蝉并序》(《全唐诗》卷七八);陈子昂《观荆玉篇并序》(《全唐诗》卷八三);吴少微《哭富嘉谟并序》(《全唐诗》卷九四);沈佺期《伤王学士并序》(《全唐诗》卷九五)、《七夕曝衣篇并序》《从崇山向越常并序》(增订注释《全唐诗》第一册)。

如骆宾王《在狱咏蝉并序》:

  余禁所禁垣西,是法厅事也,有古槐数株焉。虽生意可知,同殷仲文之古树;而听讼斯在,即周召伯之甘棠。每至夕照低阴,秋蝉疏引,发声幽息,有切尝闻。岂人心异于曩时,将虫响悲于前听?嗟乎!声以动容,德以象贤。故洁其身也,禀君子达人之高行;蜕其皮也,有仙都羽化之灵姿。候时而来,顺阴阳之数;应节为变,审藏用之机。有目斯开,不以道昏而昧其视;有翼自薄,不以俗厚而易其真。吟乔树之微风,韵资天纵;饮高秋之坠露,清畏人知。仆失路艰虞,遭时徽纆。不哀伤而自怨,未摇落而先衰。闻蟪蛄之流声,悟平反之已奏;见螳螂之抱影,怯危机之未安。感而缀诗,贻诸知己。庶情沿物应,哀弱羽之飘零,道寄人知,悯余声之寂寞。非谓文墨,取代幽忧云尔。

  西陆蝉声唱,南冠客思侵。那堪玄鬓影,来对白头吟。
  露重飞难进,风多响易沉。无人信高洁,谁为表予心。

这篇诗序和诗歌作于高宗仪凤三年(678),当时骆宾王任侍御史,因上疏论事触怒武后,遭人诬陷,以贪赃罪名下狱。序中描述了"每至夕照低阴,秋蝉疏引,发声幽息"的独特感受,用汉赋的铺排笔法,从洁身、蜕皮、候时、应节等方面写蝉的"声以动容,德以象贤",表现它"有目斯开,不以道昏而昧其视;有翼自薄,不以俗厚而易其真"的高尚品质。虽然它"吟乔树之微风,韵资天纵",但是"饮高秋之坠露,清畏人知",还要担心螳螂的威胁。然后联想到自己品行高洁却身遭徽纆,于是托兴抒发自己独特的人生感慨,这样物我同一,哀蝉即怜己,达到了水乳交融的境界。序中"哀弱羽之飘零""悯余声之寂寞"与诗中"无人信高洁,谁为表予心"有相得益彰之妙。这是骆宾王写得非常成功且诗、序照应交融的代表作品。

  有时朋友的遭遇也成为诗人创作的重要情感资源。如吴少微的《哭富嘉谟并序》,写挚友富嘉谟卒后,自己强撑病体"投枕而起,泪沾乎衽席,匍匐于寝门之外,病不能哭,仰天而呼曰:'天乎天乎!俾予曷所朋,曷有律,曷可得而见?抑斯文也以存乎哀!'"并"赋诗以宠亡",诗序中的情意真挚感人。又如沈佺期的《伤王学士并序》,写少年时代就同游洛阳的朋友王敹,尽管

"家贫倦道"却"岁常晏如",他文才出众,"属文豪翰,吟讽所得,时会绝境"。后"余遭浮议下狱。他日,子至来,知君物化",想到"昔同为人,今先鬼录",于是"退而赋诗以哀命"。

2. 盛唐时期:诗序一方面仍然注重个人经历的记叙,另一方面也关注社会现实,尤其安史之乱后,这类经历往往带有时代风云气息。如李昂《驯鸽篇并序》《塞上听胡笳作并序》(增订注释《全唐诗》第一册);李华《云母泉诗并序》(《全唐诗》卷一五三);萧颖士《江有归舟三章并序》(《全唐诗》卷一五四);李白《答族侄僧中孚赠玉泉仙人掌茶并序》(《全唐诗》卷一七八);岑参《太白胡僧歌》(增订注释《全唐诗》第一册)、《优钵罗花歌并序》(《全唐诗》卷一九九);高适《燕歌行并序》(《全唐诗》卷二一三);杜甫《八哀诗并序》《观公孙大娘弟子舞剑器行并序》(《全唐诗》卷二二二);元结《舂陵行并序》(《全唐诗》卷二四一)、《贼退示官吏》(增订注释《全唐诗》第二册);独孤及《垂花坞醉后戏题赋得俱字韵并序》(增订注释《全唐诗》第二册);皇甫冉《杂言迎神词二首并序》(《全唐诗》卷二四九);赵居贞《云门山投龙诗并序》(《全唐诗》卷二五八)。

如李白《答族侄僧中孚赠玉泉仙人掌茶并序》:

> 余闻荆州玉泉寺近清溪诸山,山洞往往有乳窟,窟中多玉泉交流。其中有白蝙蝠,大如鸦。按《山经》:蝙蝠一名仙鼠,千岁之后,体白如雪,栖则倒悬,盖饮乳水而长生也。其水边处处有茗草罗生,枝叶如碧玉。唯玉泉真公常采而饮之,年八十余岁,颜色如桃李。而此茗清香滑熟,异于他者,所以能还童振枯,扶人寿也。余游金陵,见宗僧中孚,示余茶数十片,拳然重叠,其状如手,号为仙人掌茶。盖新出乎玉泉之山,旷古未觌,因持之见遗,兼赠诗,要余答之,遂有此作。后之高僧大隐,知仙人掌茶发乎中孚禅子及青莲居士李白也。

> 常闻玉泉山,山洞多乳窟。仙鼠如白鸦,倒悬清溪月。
> 茗生此中石,玉泉流不歇。根柯洒芳津,采服润肌骨。
> 丛老卷绿叶,枝枝相接连。曝成仙人掌,似拍洪崖肩。
> 举世未见之,其名定谁传。宗英乃禅伯,投赠有佳篇。
> 清镜烛无盐,顾惭西子妍。朝坐有余兴,长吟播诸天。

这篇诗序记录了"仙人掌茶"命名的来历,也表现了李白崇仙慕长生的佛道观念。"空""寂"虽为佛教宗旨,但此序中的"族侄僧中孚"却是一个善于养生扶寿的人,李白对他的得道与赠茶非常感兴趣。诗序先描述荆州玉泉寺附近山洞有乳窟、玉泉、白鼠的奇观,而这白鼠正是饮玉泉才得以长生的,"水边处处茗草罗生,枝叶如碧玉。唯玉泉真公常采而饮之",虽八十多岁,而"颜色如桃李",其秘诀就在于"此茗清香滑熟",能"还童振枯,扶人寿也"。李白得到中孚的数十片赠品,欣然命名为"仙人掌茶"。中孚还赠诗并要求李白赠答,因此,李白写了这首诗和序,要让"后之高僧大隐,知仙人掌茶发乎中孚禅子及青莲居士李白也"。诗歌基本上是对仙茶生长环境、功用的描述,及赠诗方面的情事,表达了自己不能得道的遗憾和向往之情。诗与序相互补充,相互发明,共同记录了李白的一次独特经历,带有传奇色彩。

"好奇"是岑参诗歌的特点,从军西域的经历给他的诗歌带来许多独特的题材。如《优钵罗花歌并序》:

> 参尝读佛经,闻有优钵罗花,目所未见。天宝庚申岁,参忝大理评事,摄监察御史,领伊西北庭度支副使。自公多暇,乃于府庭内栽树种药,为山凿池,婆娑乎其间,足以寄傲。交河小吏有献此花者,云得之于天山之南。其状异于众草,势虬嵸如冠弁,嶷然上耸,生不傍引;攒花中拆,骈叶外包,异香腾风,秀色媚景。因赏而叹曰:"尔不生于中土,僻在遐裔,使牡丹价重,芙蓉誉高,惜哉!"夫天地无私,阴阳无偏,各遂其生,自物厥性。岂以偏地而不生乎?岂以无人而不芳乎?适此花不遭小吏,终委诸山谷,亦何异怀才之士,未会明主,摈于林薮邪!因感而为歌。

歌曰:

> 白山南,赤山北。其间有花人不识,绿茎碧叶好颜色。
> 叶六瓣,花九房。夜掩朝开多异香,何不生彼中国兮生西方。
> 移根在庭,媚我公堂。耻与众草之为伍,何亭亭而独芳。
> 何不为人之所赏兮,深山穷谷委严霜。
> 吾窃悲阳关道路长,曾不得献于君王。

这篇诗序主要突出"优钵罗花"的奇特:"势虬嵸如冠弁,嶷然上耸,生不傍引;攒花中拆,骈叶外包,异香腾风,秀色媚景",借此抒发"怀才之士,未会明主,摈于林薮"的感慨;而诗歌则运用骚体形式歌咏这种不遇之叹,"窃悲阳关道路长,曾不得献于君王"是希望君王能够垂怜那些亭亭独芳却"深山穷谷委严霜"的奇士。序注重叙事的完整性,诗则着重抒发感慨,相得益彰。

安史之乱后,盛世的毁灭给诗人和诗歌题材带来许多重大的变化,抚今思昔的感慨增多了,对社会民生的关注增强了,这也成为诗歌的两大主题。如杜甫《观公孙大娘弟子舞剑器行并序》:

> 大历二年十月十九日,夔府别驾元持宅,见临颍李十二娘舞剑器,壮其蔚跂。问其所师,曰:"余公孙大娘弟子也。"开元五载,余尚童稚,记于郾城观公孙氏舞剑器浑脱,浏漓顿挫,独出冠时。自高头宜春梨园二伎坊内人,洎外供奉,晓是舞者,圣文神武皇帝初,公孙一人而已。玉貌锦衣,况余白首;今兹弟子,亦匪盛颜。既辨其由来,知波澜莫二。抚事慷慨,聊为《剑器行》。往者吴人张旭,善草书帖,数常于邺县见公孙大娘舞西河剑器,自此草书长进,豪荡感激,即公孙可知矣。

> 昔有佳人公孙氏,一舞剑气动四方。观者如山色沮丧,天地为之久低昂。
> 㸌如羿射九日落,矫如群帝骖龙翔。来如雷霆收震怒,罢如江海凝清光。
> 绛唇珠袖两寂寞,况有弟子传芬芳。临颍美人在白帝,妙舞此曲神扬扬。
> 与余问答既有以,感时抚事增惋伤。先帝侍女八千人,公孙剑器初第一。
> 五十年间似反掌,风尘倾动昏王室。梨园子弟散如烟,女乐余姿映寒日。
> 金粟堆南木已拱,瞿唐石城草萧瑟。玳筵急管曲复终,乐极哀来月东出。
> 老夫不知其所往,足茧荒山转愁疾。

这篇诗序叙述了诗人大历二年在夔府观看了公孙大娘弟子表演剑器舞,因而回忆起小时候在郾城曾亲见公孙大娘的舞蹈。通过说明唐玄宗时期教坊内外公孙大娘剑器舞独享盛名的情况,将一个消失了的盛世和当下的衰败现状勾连起来,将巨大的时代感慨包融在其中,形成沉郁顿挫的艺术风格。廖仲安先生认为杜甫这篇诗序"正是以诗为文,不仅主语虚词大半省略,而且在感慨转折之处,还用跳跃跌宕的笔法"①。非常有见地。而我认为诗序的好处在于牵引,一方面引出公孙大娘两代艺术家遭遇历史沧桑巨变的经历,另一方面引出自己独特的时代感慨,表现自己对那个消逝的伟大时代的无限追忆,为诗歌置入一个厚重苍凉的背景。而诗歌的主要笔墨则通过描摹往昔的表演盛况,表达"五十年间似反掌,风尘倾动昏王室"的感慨。虽然公孙大娘的绝技还有传人,但已经是"梨园子弟散如烟,女乐余姿映寒日"。因此杜甫说:"老夫不知其所往,足茧荒山转愁疾。"

---

① 《唐诗鉴赏辞典》第588页,上海辞书出版社,1983年12月版。

安史之乱对盛世的毁灭还表现在对社会民生的摧残,导致社会动荡,盗贼纵横,民生凋敝。如元结《舂陵行并序》:

> 癸卯岁,漫叟授道州刺史。道州旧四万余户,经贼已来,不满四千,大半不胜赋税。到官未五十日,承诸使征求符牒二百余封。皆曰:失其限者,罪至贬削。於戏!若悉应其命,则州县破乱,刺史欲焉逃罪?若不应命,又即获罪戾,必不免也。吾将守官,静以安人,待罪而已。此州是舂陵故地,故作《舂陵行》以达下情。

> 军国多所需,切责在有司。有司临郡县,刑法竞欲施。
> 供给岂不忧,征敛又可悲。州小经乱亡,遗人实困疲。
> 大乡无十家,大族命单羸。朝餐是草根,暮食仍木皮。
> 出言气欲绝,意速行步迟。追呼尚不忍,况乃鞭扑之。
> 郭亭传急符,来往迹相追。更无宽大恩,但有迫促期。
> 欲令鬻儿女,言发恐乱随。悉使索其家,而又无生资。
> 听彼道路言,怨伤谁复知。去冬山贼来,杀夺几无遗。
> 所愿见王官,抚养以惠慈。奈何重驱逐,不使存活为。
> 安人天子命,符节我所持。州县忽乱亡,得罪复是谁。
> 逋缓违诏令,蒙责固其宜。前贤重守分,恶以祸福移。
> 亦云贵守官,不爱能适时。顾惟孱弱者,正直当不亏。
> 何人采国风,吾欲献此辞。

从这篇诗序可以看出安史之乱刚刚平息时社会百孔千疮的局面,以及"诸使征求",大肆勒索导致"州县破乱"的严峻状况。作者在"应王命"和"守官安人"的心理矛盾挣扎中,最终还是决定违命待罪,作诗"以达下情",体现出那个时代以民生为己任的官员的可贵品质。直抒其事,不加任何掩饰,发扬汉乐府"缘事而发"的现实主义精神,追求径直气健的风格,此诗靠诗歌本身的力量征服读者,感染时代。此诗亦得到杜甫的高度评价,或许是因为它也具有"史诗"性质。

3. 中唐时期:诗人多关注人生经历中令人感伤的遭遇,诗序并带有猎奇的因素,出现了一些重要作家。主要作品有:耿湋《甘泉诗并序》(《全唐诗》卷二六九);杨志坚《送妻并序》(增订注释《全唐诗》第一册);王武陵《宿慧山寺并序》(增订注释《全唐诗》第二册);韩愈《孟东野失子并序》(《全唐诗》卷三三九);欧阳詹《题华十二判官汝州宅内亭并序》(《全唐诗》卷三四九);

刘禹锡《泰娘歌并引》《伤秦珠行有序》(《全唐诗》卷三五六)、《伤丘中丞并引》《鹤叹二首并引》(《全唐诗》卷三五七)、《代靖安佳人怨二首并引》(《全唐诗》卷三六五);孟郊《杏殇并序》(《全唐诗》卷三八一);李贺《申胡子觱篥歌并序》(《全唐诗》卷三九一);元稹《刘颇诗并序》(《全唐诗》卷四〇九)、《卢头陀诗并序》(《全唐诗》卷四一三);白居易《浔阳三题并序》(《全唐诗》卷四二四)、《长恨歌并传》(《全唐诗》卷四三五)、《燕子楼三首并序》(《全唐诗》卷四三八)、《病中诗十五首并序》(《全唐诗》卷四五八)、《开龙门八节石滩诗二首并序》(《全唐诗》卷四六〇);孟简《咏欧阳行周事并序》(《全唐诗》卷四七三)。

如孟简《咏欧阳行周事并序》:

> 闽越之英,惟欧阳生。以能文擢第,爰始一命。食太学之禄,助成均之教,有庸绩矣。我唐贞元年己卯岁,曾献书相府,论大事。风韵清雅,词旨切直。会东方军兴,府县未暇慰荐。久之,倦游太原,还来帝京,卒官灵台,悲夫。生于单贫,以狥名故,心专勤俭,不识声色。及兹筮仕,未知洞房纤腰之为蛊惑。初抵太原,居大将军宴,席上有妓,北方之尤者,屡目于生,生感悦之。留赏累月,以为燕婉之乐,尽在是矣。既而南辕,妓请同行。生曰:"十目所视,不可不畏。"辞焉。请待至都而来迎。许之,乃去。生竟以寒连不克如约,过期,命甲遣乘,密往迎妓。妓因积望成疾,不可为也。先死之夕,剪其云髻,谓侍儿曰:"所欢应访我,当以髻为贽。"甲至,得之,以乘空归。授髻于生,生为之恸怨,涉旬而生亦殁。则韩退之作《何蕃书》所谓欧阳詹生者也。河南穆玄道访予,常叹息其事。呜呼,钟爱于男女,素期效死,夫亦不蔽也。大凡以断割,不为丽色所泪,岂若是乎?古乐府诗有《华山畿》,《玉台新咏》有《庐江小吏》,相死或类于此。暇日偶作诗以继之云。

这篇诗序记录了闽越才子欧阳詹的一段生死爱情故事,情节富于传奇色彩。如果与元稹的《莺莺传》相比,我们不难发现孟简对爱情的态度与元有所不同,虽然他也认为"钟爱于男女,素期效死,夫亦不蔽也。大凡以断割,不为丽色所泪,岂若是乎?"但是他还是同情欧阳生的,并将他的爱情故事与乐府古诗相提并论。中唐时代对这类传奇题材的关注,表现了诗歌观念的某些变化,显然其背景与当时迅速崛起的传奇小说有关,即传奇小说题裁、体裁影响诗歌的取材和表现方法。我们再次看到诗序在发展过程中受到其他文体的横向影响。

又如刘禹锡《泰娘歌并引》：

> 泰娘本韦尚书家主讴者，初尚书为吴郡，得之，命乐工诲之琵琶，使之歌且舞。无几何，尽得其术。居一二岁，携之以归京师。京师多新声善工，于是又捐去故技，以新声度曲，而泰娘名字，往往见称于贵游之间。元和初，尚书薨于东京，泰娘出居民间。久之，为蕲州刺史张愻所得。其后愻坐事，谪居武陵郡。愻卒，泰娘无所归，地荒且远，无有能知其容与艺者，故日抱乐器而哭，其音焦杀以悲。雒客闻之，为歌其事以续于乐府云。

这也是一个歌伎的不幸爱情故事，泰娘是韦尚书家的歌女，能歌善舞，尤精琵琶，并能"以新声度曲"，在贵游之间很有名气。后来尚书去世，泰娘流落民间，为蕲州刺史张愻所得，又随张谪居武陵郡。不幸张愻也去世了，泰娘在荒僻的远郡过着没有爱也没有知音的悲苦生活，只得"日抱乐器而哭"。那"焦杀以悲"的琵琶乐曲声，使刘禹锡大有"同是天涯沦落人"之感，故为泰娘作歌，有意识地继承汉乐府的传统。类似泰娘的女子的遭遇也许中唐之前就有，为什么在这时才大受关注呢？可能与中唐时代一批著名贬臣的独特人生遭遇有关。刘禹锡有这样的题材诗序多篇，长期的贬官生活让他有机会了解民间的苦难，因而他将同情和关注多倾注在这类对象上。

再如白居易《燕子楼三首并序》：

> 徐州故张尚书有爱妓曰盼盼，善歌舞，雅多风态。予为校书郎时，游徐、泗间。张尚书宴予，酒酣，出盼盼以佐欢，欢甚。予因赠诗云："醉娇胜不得，风袅牡丹花。"尽欢而去，尔后绝不相闻，迨兹仅一纪矣。昨日，司勋员外郎张仲素绩之访予，因吟新诗，有《燕子楼》三首，词甚婉丽。诘其由，为盼盼作也。绩之从事武宁军累年，颇知盼盼始末，云："尚书既殁，归葬东洛。而彭城有张氏旧第，第中有小楼，名燕子。盼盼念旧爱而不嫁，居是楼十余年，幽独块然，于今尚在。"予爱绩之新咏，感彭城旧游，因同其题，作三绝句。

> 满窗明月满帘霜，被冷灯残拂卧床。
> 燕子楼中霜月夜，秋来只为一人长。

> 钿晕罗衫色似烟，几回欲著即潸然。
> 自从不舞霓裳曲，叠在空箱十一年。

> 今春有客洛阳回,曾到尚书墓上来。
> 见说白杨堪作柱,争叫红粉不成灰。

这篇诗序叙写的是徐州故尚书张建封爱伎盼盼的故事。作者年轻时游徐州、泗州,酒席上盼盼曾歌舞佐欢。十二年后,作者再次听说盼盼的情况,张尚书逝世后,"盼盼念旧爱而不嫁,居是楼十余年,幽独块然,于今尚在",白居易因此作诗抒发感慨。其中"燕子楼中霜月夜,秋来只为一人长""自从不舞霓裳曲,叠在空箱十一年""见说白杨堪作柱,争叫红粉不成灰"等情感细腻的诗句已经具有词化色彩。这类故事因为缠绵感伤、凄厉哀怨,在宋代成为词的重要题材。

有时诗人的独特经历与侠客有关,因而更具传奇色彩。如李贺《申胡子觱篥歌并序》:

> 申胡子,朔客之苍头也。朔客李氏,本亦世家子,得祀江夏王庙。当年践履失序,遂奉官北郡。自称学长调短调,久未知名。今年四月,吾与对舍于长安崇义里,遂将衣质酒,命予合饮。气热杯阑,因谓吾曰:"李长吉,尔徒能长调,不能作五字歌诗,直强回笔端,与陶谢诗势相远几里。"吾对:"后请撰申胡子觱篥歌,以五字断句。"歌成,左右人合噪相唱,朔客大喜,擎觞起立,命花娘出幕,徘徊拜客。吾问所宜,称善平弄,于是以弊辞配声,与予为寿。

申胡子是一位没落的世家子弟,因为"践履失序,遂奉官北郡",他"自称学长调短调",但没有名气。一天与李贺相遇,豪气大发,将衣质酒,两人对饮。于是在申胡子的激将法引导下,李贺即席作这首歌行,并当场配乐演唱。这篇诗序揭示的诗歌创作情境值得关注,显示了中唐时代诗歌与音乐的关系,这实际上已经是词的先声了,李贺诗歌对宋词亦有影响。

4. 晚唐时期:诗序受到传奇小说的影响,更加注重故事的传奇性,多以爱情为主题。主要作品有:沈亚之《梦挽秦弄玉》《湘中怨并序》(《全唐诗》卷四九三);张祜《孟才人叹并序》(《全唐诗》卷五一一);杜牧《杜秋娘诗并序》《张好好诗并序》(《全唐诗》卷五二〇);李商隐《柳枝五首并序》(《全唐诗》卷五四一);郑薰《赠巩畴并序》(《全唐诗》卷五四七);李玖《喷玉泉冥会诗八首》(增补新注《全唐诗》第四册);陆龟蒙《句曲山朝真词二首》(增补新注《全唐诗》第四册)、**鸂鶒诗并序**》(《全唐诗》卷六二四)、《白鸥诗并序》(《全唐诗》卷六五五);罗虬《比红儿诗并序》(《全唐诗》卷六六六);若耶溪女子《题三乡诗》(增补新注《全唐诗》第五册)。

如张祜《孟才人叹并序》：

> 武宗皇帝疾笃,迁便殿。孟才人,以歌笙获宠者,密侍其右。上目之曰:"吾当不讳,尔何为哉？"指笙囊泣曰:"请以此就缢。"上悯然。复曰:"妾尝艺歌,请对上歌一曲,以泄其愤。"上以恳许之。乃歌一声河满子,气亟立殒。上令医候之,曰:"脉尚温而肠已绝。"及帝崩,柩重不可举。议者曰:"非俟才人乎？"爰命其榇,榇至乃举。嗟夫！才人以诚死,上以诚命。虽古之义激,无以过也。进士高璩登第年宴,传于禁伶。明年秋,贡士文多以为之目。大中三年,遇高于由拳,哀话于余,聊为兴叹。

> 偶因歌态咏娇颦,传唱宫中十二春。
> 却为一声何满子,下泉须吊旧才人。

这篇诗序叙述了一个为皇帝殉葬的贞烈女子故事,"才人以诚死,上以诚命。虽古之义激,无以过也"。女才人死前所歌的正是张祜的《何满子》,因此作者在感叹之余,自然要赋诗抒怀。传奇故事与作者的独特经历相结合成为这首诗歌产生的原因,也是整个晚唐时代诗人创作这类诗歌的心理动力。

又如杜牧的《杜秋娘诗并序》:"杜秋,金陵女也。年十五为李锜妾,后锜叛灭,籍之入宫,有宠于景陵,穆宗即位,命秋为皇子傅姆,皇子壮,封漳王。郑注用事,诬丞相欲去已者,指王为根。王被罪废削,秋因赐归故乡。予过金陵,感其穷且老,为之赋诗。"及《张好好诗并序》:"牧太和三年,佐故吏部沈公江西幕。好好年十三,始以善歌来乐籍中。后一岁,公移镇宣城,复置好好于宣城籍中。后二岁,为沉着作述师以双鬟纳之。后二岁,于洛阳东城,重睹好好,感旧伤怀,故题诗赠之。"两篇诗序都是杜牧叙述的他人的感伤故事,杜秋娘和张好好的沧桑经历引起了杜牧的共鸣。

再如罗虬《比红儿诗并序》：

> 比红者,为雕阴官妓杜红儿作也。美貌年少,机智慧悟,不与群辈妓女等。余知红者,乃择古之美色灼然于史传三数十辈,优劣于章句间,遂题比红诗。广明中,虬为李孝恭从事,籍中有善歌者,虬令之歌,赠以彩,孝恭以红儿为副戎所盼,不令受。虬怒,手刃红儿,既而追其冤,作比红诗。

罗虬,台州人,词藻富赡,与同宗人罗邺、罗隐齐名,世称"三罗"。这篇诗序后来为《唐诗纪事》所采录①,而《唐诗纪事》或《本事诗》之类的著作对这类题材诗歌的注意,又扩大了诗歌的影响,并刺激了后来诗歌追求惊悚刺激效果的艺术趣味。

而郑薰《赠巩畴并序》则叙述了另一类独特经历的故事:

> 九华处士巩畴,擅玄言之要,通《易》《老》。其于净名、僧肇尤精达。余在句溪时,重其能,车币而致之。及到官舍,再说《易》,一说老氏。将儿侄辈执卷列坐而传之。老氏毕,而寇难作,与巩各散去。不知其何如,存耶亡耶?余既休居洛师,锁扉独静。巳卯冬十一月半,雪中有客叩柴门,樵童视之,走复曰:"巩处士。"遽下榻开关,执手话艰苦。巩背篸笈,草履、杖灵寿、下笠,且哈笑曰:"闻公恬养澹逸,不屑于荣悴,故以玄成来助成之。"升榻屇笈,散四书,即《易》《老》《净》《肇》也。明日,讲《肇论》。阶前多偃松高桂,冰栋堕落,有琴瑟金石声,理致明妙,神骨超爽。自谓一时之遇。曰:"与故人为徒,又意此乐之难偕也。"遂成二十韵赠之。

郑薰,字子溥,晚号"七松处士",大和二年进士及第。诗序中九华处士巩畴的经历是晚唐时代在"寇难"时作情况下读书人命运的缩影,本身就具有史诗价值,当巩畴与作者第二次相遇时,作者感慨良深,"与故人为徒,又意此乐之难偕也"是发自肺腑的情感。

与故人相隔甚远难以相遇时,诗人只好到大自然中去追寻知音。陆龟蒙《白鸥诗并序》为诗史提供了这种样本:

> 乐安任君,尝为泾尉。居吴城中,地才数亩,而不佩俗物。有池,池中有岛屿。池之南西北边合三亭,修篁嘉木,掩隐隈陬,处其一,不见其二也。君好奇乐异,喜文学名理之士,所得皆清散凝莹。袭美知而偕诣。既坐,有白鸥翩然,驯于砌下,因请浮而玩之。主人曰:"池中之族老矣,每以豪健据有,鸥之始浮,辄逐而害之,今畏不敢入。"吁,昔人之心蓄机事,犹或舞而不下,况害之哉?且羽族丽于水者多矣,独鸥为闲暇,其致

---

① 按:[宋]计有功《唐诗纪事》卷六九"罗虬"载:"红儿者,善歌,常为副戎属意。副戎聘邻道,虬请红儿歌而赠之增彩。孝恭以副戎所盼,不令受所觊。虬怒,拂衣而起;诘旦,手刃红儿。既而思之,乃作绝句百篇,以追其冤,号《比红诗》,盛行于时。"上海古籍出版社,2008年版,下册,第1031页。

不高耶？一旦水有鲸鲵之患,陆有狐狸之忧,俦侣不得命啸,尘埃不得澡刷,虽蒙人之流赏,亦天地之穷鸟也。感而为诗,邀袭美同作。

惯向溪头漾浅沙,薄烟微雨是生涯。时时失伴沉山影,往往争飞杂浪花。晚树清凉还鶒鶒,旧巢零落寄蒹葭。池塘信美应难忘,针在鱼唇剑在虾。

诗序中"天地之穷鸟"实际上是当时诗人们的象征,感慨白鸥就是感慨自己的命运。闲情逸致中掩盖不住对末世的绝望,诗歌中有一种时代将要谢幕的凄凉。

(五) 独特诗歌观念诗序

最早的诗序,主要是用散体文介绍诗歌的创作背景及主旨,由于汉儒对《诗经》的研究,产生了《诗大序》《诗小序》等重要文本,形成了最早的诗歌理论。由经师传诗作序到文人创作立序有一个比较复杂而漫长的过程,但是最早运用诗序论述诗歌理论的是南朝梁代江淹的《拟杂体诗三十首并序》。进入唐代以后,诗人更加自觉地在诗序中评诗论艺,追溯诗歌发展的历程,表达自己的创作价值取向或憧憬的诗歌境界,表述对诗歌审美特征的认识,因而形成终唐之世不衰的传统,使唐代诗序具有文学批评史意义。概括起来,主要有以下几个方面。

1. 诗歌发展历史方面,晚唐诗人皮日休《杂体诗并序》(《全唐诗》卷六一六)可为代表,皮日休认为"由古至律,由律至杂,诗之道尽乎此也",从体裁变迁角度勾勒诗歌发展史,自有真理性的一面。但它理解的"诗之道尽乎此(即杂体)"却不是真正的"尽",而是接近文字体式的"末路",不是诗歌的最高境界。正是由于晚唐诗人在实践这样的诗歌观念,才导致那种波澜壮阔的诗歌消失,代之而起的是小结裹式雕虫篆刻的作品大量产生。但是这篇诗序的另一个特点却应该受到关注,就是在序中详细考证某种体裁诗歌的文献依据,为后来的诗歌肌理说埋下伏笔。

2. 诗歌美学理想方面,陈子昂的《与东方左史虬修竹篇并序》中有经典表述,陈子昂在简单回顾诗歌五百年发展历程之后,得出"文章道弊"的症结在于"汉魏风骨,晋宋莫传"。因为大量的诗歌文献表明:"齐梁间诗,彩丽竞繁,而兴寄都绝。"因此要弘扬《诗经》以来的"风雅"之道。他进而提出理想中的诗歌风貌应该是"骨气端翔,音情顿挫,光英朗练,有金石声"。这篇短小的诗序历来被认为是吹响了唐诗风格和体裁改革的时代号角,端正了唐诗未来发展的方向,具有重大的理论价值。

李世民《帝京篇十首并序》(《全唐诗》卷一)以历史上一些帝王"穷极奢丽"最终导致"覆亡颠沛"为借鉴,提出"节之于中和,不系之于淫放"的诗歌创作理念,反对"释实求华,以人从欲",对初唐诗歌创作有一定的导向作用。实际上李世民的诗歌还是继续着六朝宫体传统,其理论和创作之间存在不协调、不统一的问题。而李适(德宗)《中春麟德殿会百僚观新乐诗一章章十六句并序》(增订注释《全唐诗》第一册)提出"中和"是诗歌的最高审美境界:"参比音律,播于丝竹,韵于歌诗,象中和之容,作中和之乐。"这样就能够达到"上下之志通,乾坤之理得"的政治目的。

与帝王追求"中和"出于政治教化不同,白居易《效陶潜体诗十六首并序》(《全唐诗》卷四二八)追求的是另一种自娱自得的"适与意会"的内心境界的"和"。这种"和"要求"返乎真,归乎实"。白居易的诗歌美学理想还非常重视"情"的因素,如《不能忘情吟并序》(《全唐诗》卷四六一)中说:"乐天既老,又病风……予非圣达,不能忘情,又不至于不及情者。事来搅情,情动不可泥。"

与白居易的仕途通达相反,柳宗元则是命途多蹇,《愚溪诗序》(《全唐文》卷五七八)通过对"善鉴万类,清莹秀澈,锵鸣金石"的愚溪描述,实际上表现了他的诗歌理想是追求"漱涤万物,牢笼百态"的包容性和"茫然而不违;昏然而同归,超鸿蒙,混希夷,寂寥而莫我知"的浑融境界。

3. 诗歌创作方法方面,唐代诗人自觉继承《诗经》的比兴传统,在他们的诗序中有丰富的表述。如骆宾王《浮槎并序》(《全唐诗》卷七九)通过"浮槎"生前"垂荫万亩,悬映九霄"和死后"万里飘沦,与波浮沉"的对比,得出"万物之相应感者,亦必同声同气"的结论,表述了他"感而赋诗"的创作方法。他在《伤祝阿王明府并序》(《全唐诗》卷七九)中进一步说:"夫心之悲矣,非关春秋之气;声之哀也,岂移金石之音。何则?事感则万绪兴端,情应则百忧交轸。"因此"触目多怀,周增流恸"。骆宾王的诗歌寓意深刻,感慨深沉,应与他的这种创作方式相关。

张说在《五君咏五首并序》(《全唐诗》卷八五)中提出"达志,美类,刺异,感义,哀事"的诗歌观念,在《玄武门侍射并序》(增订注释《全唐诗》第一册)中又主张"赋诗颂义",强调诗歌的颂美功能。而杜甫《同元使君春陵行有序》(增订注释《全唐诗》第二册)则主张运用"比兴体制"和"微婉顿挫之词"反映民生疾苦。柳宗元在《凌助教蓬屋题诗序》(《全唐文》卷五七九)中也提出"夫厚人伦,怀旧俗,固六义之本"的诗歌创作方法。

4. 乐府诗的理论方面,唐代诗人有很多阐述。如卢照邻《乐府杂诗序》回顾了乐府诗的发展历程(《全唐文》卷一六六):

闻夫歌以永言，庭坚有歌虞之曲；颂以纪德，奚斯有颂鲁之篇。四始六义，存亡播矣；八音九阕，哀乐生焉。是以叔誉闻诗，验同盟之成败；延陵听乐，知列国之典彝。王泽竭而颂声寝，伯功衰而诗道缺。秦皇灭学，星琯千年；汉武崇文，市朝八变。通儒作相，征博士于诸侯；中使驱车，访遗编于四海。发诏东观，缝掖成阴；献书南宫，丹铅踵武。王风国咏，共骊翰而升沉；里颂途歌，随质文而沿革。以少卿长别，起高唱于河梁；平子多愁，寄遥情于垅坂。南浦动关山之役，作者悲离；东京兴党锢之诛，词人哀怨。后人鼓吹乐府，新声起于邺中；山水风云，逸韵生于江左。言古兴者多以西汉为宗，议今文者或用东朝为美。落梅芳树，共体千篇；陇水巫山，殊名一意。亦犹负日于珍狐之下，沉萤于烛龙之前。辛勤逐影，更似悲狂；罕见凿空，曾未先觉。潘、陆、颜、谢，蹈迷津而不归；任、沈、江、刘，来乱辙而弥远。

中唐之后，诗人从关怀现实人生和社会民瘼的角度，要求发扬乐府"饥者歌其食，劳者歌其事""缘事而发"的精神，形成了著名的"新乐府"创作高潮，相应地，其诗歌理论在一些重要的乐府诗序中有所表述。如元结有《补乐歌十首》(增订注释《全唐诗》第二册)、《二风诗并序》《系乐府十二首并序》《漫歌八曲并序》《引极三首并序》(《全唐诗》卷二四〇)等作品，强调乐府诗"贱士不忘尽臣之分"的讽谏作用，既要求乐歌"犹乙乙冥冥，有纯古之声"，又肯定"尽欢怨之声者，可以上感于上，下化于下"，并运用"引兴极喻"的方法，创作了大量批判现实、关心民生的作品。顾况进一步肯定悲歌的意义，他在《悲歌序》(增订注释《全唐诗》第二册)中说："情思发动，圣人所不免也。故师乙陈其宜，延陵审其音，理乱之所经，王化之所兴，信无逃于声教，岂徒文彩之丽耶？遂作歌以悲之。"

白居易是中唐新乐府诗歌创作的集大成者，提出了"文章合为时而著，歌诗合为事而作"(《与元九书》)的著名论点，他的《新乐府序》(《白居易集》卷三)说："凡九千二百五十二言，断为五十篇。篇无定句，句无定字；系于意，不系于文。首句标其目，卒章显其志，诗三百之义也。其辞质而径，欲见之者易谕也；其言直而切，欲闻之者深诫也；其事核而实，使采之者传信也；其体顺而肆，可以播于乐章歌曲也。总而言之，为君、为臣、为民、为物、为事而作，不为文而作也。"白居易的主张得到元稹、张籍、王建、李绅等的广泛赞同，蓬勃兴起了"新乐府运动"这股讽喻诗潮，其流风直接影响至晚唐的皮日休、陆龟蒙等人。

如皮日休《正乐府十篇并序》(《全唐诗》卷六〇八)：

乐府,盖古圣王采天下之诗,欲以知国之利病,民之休戚者也。得之者,命司乐氏入之于埙篪,和之以管钥。诗之美也,闻之足以劝乎功;诗之刺也,闻之足以戒乎政。故《周礼》太师之职,掌教六诗。小师之职,掌讽诵诗。由是观之,乐府之道大矣。今之所谓乐府者,唯以魏晋之侈丽,陈梁之浮艳,谓之乐府诗,真不然矣。故尝有可悲可惧者,时宣于咏歌。总十篇,故命曰正乐府诗。

这篇诗序直接继承了白居易的理论,强调乐府的"美""刺"功能,反对"魏晋之侈丽,陈梁之浮艳",要求雅正传统,将"有可悲可惧者,时宣于咏歌"。因此他还写作《补周礼九夏系文并序》《三羞诗三首并序》《七爱诗并序》(《全唐诗》卷六〇八)(增补新注《全唐诗》第四册)等颂美和刺上的诗歌,丰富了他的乐府理论。

另外,沈亚之《湘中怨并序》将"事本怪媚"的"湘中怨"改造成"著诚"的乐府诗;《文祝延二阕并序》(《全唐诗》卷四九三)又将"祷词"改成"变风从律,善阐物志"的颂政之作。刘驾《唐乐府十首并序》(《全唐诗》卷五八五)中说这组诗"自《送征夫》至《献贺觞》歌河湟之事也","虽不足贡声宗庙,形容盛德,而愿与耕稼陶渔者歌田野江湖间,亦足自快",表现出一种情不自禁的颂圣心态。曹邺《四怨三愁五情诗十二首》(增补新注《全唐诗》第四册)中说:"郁于内者,怨也;阻于外者,愁也;犯于性者,情也。三者有一贼于前,必为颠、为沴、为蛊死人。邺,专仁谊久矣。有举不得用心,恐中斯物殒天命,幸未死间作《四怨三愁五情》,以望诗人救。"强调倾泻内心忧郁。丘光庭《补新宫并序解》(《全唐诗》卷七六八)中说:"新宫,成室也。宫室毕,乃祭而落之,又与群臣宾客燕饮,谓之成也。……其诗有风焉,周、召南是也;有小雅焉,鹿鸣、南陔之类是也;有大雅焉,大明、棫朴之类是也;有颂焉,清庙、我将之类是也。四始之中,皆有诗者,以其国为诸侯,身行王道,薨后追尊故也。新宫既为小雅,今依其体,以补之云尔。"《补茅鸱并序解》又说:"茅鸱,刺食禄而无礼也。……茅鸱为风乎,为雅乎? 非雅也,风也。何以言之? 以叔孙大夫所赋,多是国风故也。今之所补,亦体风焉。"则要求填补颂诗的缺陷,等等,都补充完整了乐府诗歌创作的理论。

5. 唱和诗歌理论方面,诗人之间相互酬唱是中唐时期非常独特的现象,与中唐时期方镇相对安静,德宗朝姑息方镇的整体环境有关。很多唱和诗序(按:唱和诗往往是以诗集的形式出现)表述了唱和诗歌理论。如权德舆《唐使君盛山唱和集序》(《全唐文》卷四九〇)这样论述唱和的历史渊源:"古者采诗成声,以观风俗,士君子以文会友,缘情放言。言必类而思无邪,悼《谷风》而嘉《伐木》,同其声气,则有唱和,乐在名教,而相博约,此北海唐君文编盛山集之所由作也。"说明"唱和"必须具备这样两个条件:以文会友;同其声气。唐使君在盛山12年,与其部属创作了大量唱和诗,内容非常丰富:"营合道志,咏言比事,有久敬之义焉。暌携寤叹,惆怅感发,有离群之思焉。班春悲秋,行部迟客,有记事之敏焉。烟云草木,比兴形似,有寓物之丽焉。方言善谑,离合变化,引而伸之,以极其致。"属和多达23人,足见唱和之盛,一个长达12年聚集几十人的唱和诗集,是中唐特有的现象,而序中还流露出今昔之感,有一种自觉记录史实的用意。

再如《秦征君校书与刘随州唱和诗序》(《全唐文》卷四九〇):

> 儒有秦公绪者,当天宝理平之世,兴丽则鼓盛名于当时。遭多故,道进身退,越部山水,佐其清机,圆冠野服,翛然自放。宅退心于事外,得佳句于物表,不知华缨丹毂之为贵者几四十年。方帅时贤,轼闾悬榻。昔郑公通德,有乡门之号;秦君丽句,创里亭之名。慕风骚者,多所向仰。贞元中,天下无事,大君好文,公绪旧游,多在显列。伯喈文举之徒,争为荐首,而寿阳大夫公之章先闻,故有书府典校之拜,时动静不滞于一方矣。七年春,始与子遇于南徐。白头初命,色无愠怍,知名岁久,故其相得甚欢。因谓予曰:"今业六义以著称者,必当唱酬往复,亦所以极其思虑,较其胜败,而文以时之,闻人序而申之。"悉索笥中,得数十编,皆文场之重名强敌,且见校以故。随州刘君长卿赠答之卷,惜其长往,谓余宜叙。嗟夫彼汉东守,尝自以为五言长城,而公绪用偏伍奇师,攻坚击众,虽老益壮,未尝顿锋。词或约而旨深,类乍近而致远,若珩珮之清越相激,类组绣之元黄相发,奇采逸响,争为前驱。至于室家离合之义,朋友切磋之道,咏言其伤,折之以正,凡若干首,各见于词云。

诗序叙述了秦公绪(按:当为秦系)、刘随州(长卿)与权德舆父亲权皋之间的唱和情况,酬唱原因是:"今业六义以著称者,必当唱酬往复,亦所以极其思虑,较其胜败,而文以时之,闻人序而申之。"酬唱方式是:"自以为五言长城,而公绪用偏伍奇师,攻坚击众,虽老益壮,未尝顿锋。词或约而旨深,类乍近而致远,若珩珮之清越相激,类组绣之元黄相发,奇采逸响,争为前驱。"此序的主要价值在于真实地记录了中唐时期文人之间相互酬唱风气形成的原因及其内涵,为唱和诗研究提供了最直接的材料。

还有韩愈《荆潭唱和诗序》(《全唐文》卷五五六):

> 从事有示愈以《荆潭唱和诗》者,愈既受以卒业,因仰而言曰:夫和平之音淡薄,而愁思之声要妙;欢愉之辞难工,而穷苦之言易好也。是故文章之作,恒发于羁旅草野;至若王公贵人,气满志得,非性能而好之,则不暇以为。今仆射裴公开镇蛮荆,统郡惟九;常侍杨公领湖之南,壤地二千里。德刑之政并勤,爵禄之报两崇。乃能存志乎诗书,寓辞乎咏歌,往复循环,有唱斯和,搜奇抉怪,雕镂文字,与韦布里间憔悴专一之士,较其毫厘分寸,铿锵发金石,幽眇感鬼神,信所谓材全而能巨者也。两府之从事与部属之吏,属而和之,苟在编者,咸可观也,宜乎施之乐章,纪诸册书。从事曰:子之言是也。告于公,书以为《荆潭唱和诗序》。

韩愈这篇诗序提出了著名的论断:"夫和平之音淡薄,而愁思之声要妙;欢愉之辞难工,而穷苦之言易好也。是故文章之作,恒发于羁旅草野;至若王公贵人,气满志得,非性能而好之,则不暇以为。"成为他那"不平则鸣"诗学理论的重要支撑,虽然他认为"愁思之声""穷苦之言"优于"和平之音""欢愉之辞",但他同时也肯定了王公大臣如果真心喜爱文学,也能写出好的作品,就像他肯定"鸣国家之盛"和"鸣自己内心的不平"同样能产生好的有价值的作品一样。这篇诗序也显示了韩愈诗学理论的完整性。这是他创作唱和诗的理论基础。

柳宗元《王氏伯仲唱和诗序》(《全唐文》卷五七七):

> 仆闻之,世其家业不陨者,虽古犹今也,求之于今,而有获焉。王氏子某,与予通家,代为文儒。自先天以来,策名闻达,秉毫翰而践文昌。登禁掖者,纷纶华耀,继武而起。士大夫掉鞅于文囿者,咸不得攀而伦之。乙亥岁,某自南徐来,执文贶予,词有远致。又著论非班超不能续父兄之书,而乃徼狂疾之功以为名。吾知其奉儒素之道专矣。间以兄弟嗣来京师,会于旧里。若璩、场在魏,机、云入洛。由是正声迭奏,雅引更和,播埙箎之音韵,调律吕之气候,穆然清风,发在简素。非文章之胄,曷能及兹?况宗兄握炳然之文,以赞关石,鹰冠银章,荣映江湖。则向时之美谈,必复其始。某也谓予传卜氏之学,宜叙于首章。操斧于班、郢之门,斯强颜耳。诗凡若干首。

与韩愈的唱和诗理论强调真性情相似,柳宗元的唱和诗序主张酬唱者的"道同",要求"正声迭奏,雅引更和,播埙箎之音韵,调律吕之气候,穆然清风,发在简素",与他"文以明道""归本大中"的观念一致。他在《送辛南容归使联句诗序》(《全唐文》卷五七七)中提出文人之间的酬唱或联句既要"求达其道",又要"比词联韵,奇藻递发,烂若编贝,粲如贯珠,琅琅清响,交动左右",即强调"道"与"艺"的完美结合。

晚唐时期陆龟蒙与皮日休的唱和也是令人瞩目的诗学现象,他们除在反映现实、针砭时弊方面有共同的诗歌观念外,还十分重视日常生活情趣。如《渔具诗并序》(《全唐诗》卷六二〇):

> 天随子渔于海山之颜有年矣。矢鱼之具,莫不穷极其趣。大凡结绳持纲者,总谓之网罟。网罟之流曰罛、曰䍐、曰罺。圆而纵舍曰罩,挟而升降曰罾。緢而竿者总谓之筌。筌之流曰筒、曰车。横川曰梁,承虚曰笱。编而沈之曰箄,矛而卓之曰猎。棘而中之曰叉,鏦而纶之曰射,扣而骇之曰桹,以薄板置瓦器上,击之以驰鱼。鲤鱼满三百六十岁,蛟龙辄率而飞去。置一神守之,则不能去矣。神,龟也。列竹于海澨曰沪,吴之沪渎是也。错薪于水中曰椮。所载之舟曰舴艋,所贮之器曰笭箵。其他或术以招之,或药而尽之。皆出于《诗》《书》杂传及今之闻见,可考而验之,不诬也。今择其任咏者,作十五题以讽。噫,矢鱼之具也如此,予既歌之矣;矢民之具也如彼,谁其嗣之?鹿门子有高洒之才,必为我同作。

陆龟蒙隐居鱼钓于海山之颜,但未能忘却人世,因此结合自己的隐居生活以咏"矢鱼之具"来比兴"矢民之具",并邀皮日休同作。这实际上是乐府诗歌精神的一种独特表现。此外陆龟蒙还有《樵人十咏并序》《添酒中六咏并序》(《全唐诗》卷六二〇)等"补沮阙漏"和追求"物古而词丽,旨高而性真"的作品,为晚唐诗增添了现实主义光彩。

第三节　唐代诗序的文学史意义

通过前面两节的综述,我们认为唐代诗序具有重要的文学史意义,具体表现在以下几个重要方面。

从诗序与诗人关系来看,唐代诗序具有重要的史料价值。唐代诗序记录了上自帝王、大臣,下到地方官吏、文士,甚至僧、道、尼姑、妓女、外国人等空前广泛的诗人群体在各种场合赋诗的珍贵史料。许多诗人仅凭这些诗序在《全唐诗》中占一席之地;有些诗人(如王勃)的生平考证主要建立在他的诗序提供的材料上;有些诗序记录了诗人的一段独特经历,保存了他和其他诗人交游的记录;有的诗序则记录了诗人在某一特定历史背景下的独特心境;

有的诗序甚至更直接地描述了自己或友人的生动形象;有的诗序记载了一个带有传奇色彩的故事,成为后来诗话类著作的素材。这些都充分说明:来自诗人的第一手材料具有重要的文献价值,从某种角度讲,唐代诗序就是一个唐代诗人生活的资料库,展现了唐诗发展的历史。

从诗序与诗歌关系来看,唐代诗序与诗歌具有相互补充、相得益彰的不可分割也不可偏废的关系。首先,每一篇诗序都是每一首(或一组)诗歌产生背景的介绍,都是进入诗歌艺术意境的引子或线索。诗序一般重在叙事,所叙述的经历或曲折故事往往成为诗歌抒情或讽谏的基础,也是诗歌艺术感染力量的源泉。其次,诗序对诗歌的表述产生强大的制约作用,既限定了诗歌的表达范围,又奠定了诗歌的感情基调,有的诗歌其实就是将诗序中的经历或情境加以再现。再次,诗序中描写景物的方法,或赠别、饯别等固定结构模式对赠别诗的艺术结构显然有重要影响。最后,诗序与诗歌具有艺术的统一性,如李白诗歌与诗序在情景交融方面,李华诗歌与诗序在表达人生境界追求方面,都是相通的,他们的诗序与诗歌风格也是一致的,从诗与序的风格亦可管窥作家艺术成就的高低。

从诗序与诗论角度来看,唐代诗序是表述诗歌理论的重要载体。诗歌发展到唐代,进入了一个黄金时代。空前繁荣的创作总是在一定的文学思想指导或影响下进行的,因此在诗序里阐述诗歌理论或创作的价值取向,追溯某种诗歌体裁的历史演变,总结诗歌在历史发展中的经验教训,确定未来诗歌发展的格局或憧憬未来诗歌的总体艺术风貌,就成为一种值得重视的现象。如陈子昂在初唐末期对唐诗整体风貌的理论表述,中唐时期一大批现实主义诗人丰富并发展了乐府诗歌创作的理论,等等,都对唐代文学批评史做出了贡献。

从诗序本身的发展史来看,唐代诗序是"序体(主要是诗序)"发展最充分因而也是取得成就最辉煌的代表。首先,序体诞生于文献编辑整理的过程中,而诗序的形成经历了一个比较漫长的发展阶段。在唐以前时期,它的艺术承载能力有限,进入唐代后,它的艺术包容性大大增强,并出现了诗化特征明显的赠别诗序和宴会游历诗序。其次,唐以前诗序的发展经历了散体向骈体转变的路线,诗序受时代总体文风的影响比较突出,到了唐代则反过来,经历了由骈体向散体发展演变的过程。再次,唐代诗序呈现出比较完整的阶段性特征,从创作诗序的代表作家来看,初唐19人,诗序80篇;盛唐19人,诗序99篇;中唐40人,诗序240篇;晚唐31人,诗序95篇。再从诗序的文体变化来看,初唐骈文占主要地位,诗序成为文人展露才华、赢得文坛名誉的重要文体;中唐时期,由于古文运动的迅猛发展,诗序受到时代风气的影响,完全散文化,而盛唐时期则明显呈现一种骈散交织的过渡状态。值得注意的是,晚唐时代骈文复兴,但诗序并没有再重新回到骈文上去,而是接受唐代传奇小说的影响,继续保持散体风格。最后,从文体交融角度看,唐代诗序是一个诗文交融的重要样本,即以文为诗和以诗为文,文的异质因素移入诗中,诗的圆融韵律渗入文中,形成互进共荣的现象,证明唐诗的繁荣不是一枝独秀,而是各种文体相互影响的结果。

表8 唐代重点作家创作的"序"体统计表

作者	赋序	集序	诗序	赠序	宴序	碑序	铭序	赞序	颂序	箴序	诔序	祭吊	记传	杂序	合计
卢照邻	3	2	6											2	13
王勃	6	2	9	34	11		3		3						68
杨炯	2	1	10			2									15
骆宾王			15		4										19
陈子昂	1		12	5	6		2								26
宋之问	1		2	5	6										14
唐玄宗		5	14			2	2		3						26
张说		6	14	2	3	1	3	3	1			1			34
张九龄	2	1		4			15	6	2						34
王维			9	6	2			4							21
陶翰				16											16
李白	3	1	11	16	3	2	1	1	2						40
孙逖				8	3			1							12
李华	3	2	4	8			3		3						23
萧颖士	5		6	1									1		13
任华				18											18
元结		2	18	6		18		2					1	1	48
独孤及	1	3		41			9	2	3			1	1		61
于邵		2		49	8			3	2						64
潘炎	15				1	1									17
权德舆		14	9	64	2	83	1	3							176
梁肃	3	7	4	19	1	3	2	10							49
顾况	1	5	4	4	2			1							17
韩愈	2	1	11	33			1		1					2	51
柳宗元	2	3	18	35	1	19	6	4		1	1	2		9	101
欧阳詹	1		4	17			2	1							25
刘禹锡	7	16	43				1							4	71

(续表)

作者	赋序	集序	诗序	赠序	宴序	碑序	铭序	赞序	颂序	箴序	诔序	祭吊	记传	杂序	合计
吕温	1		3	2		4	2	2						4	18
元稹		4	26				1								31
白居易	2	6	40	1		22	2	12	1	1				5	92
皇甫湜	2	1		5			1								9
符载			2	13	3			2	3						23
李德裕	32	1	1			1			1			1	1		38
沈亚之	2		4	11										2	19
杜牧	1	2	1	2			4							2	12
李商隐		4	1			3	2								10
许浑			21												21
穆员			3	1	1			7							12
皮日休	4	4	17			1	2		3		2			1	34
陆龟蒙	8	3	16	3			1					1			32
司空图	2	1	1				3							1	8
*徐铉	1	5	5	5				2	1	1					20
道宣		18													18
清昼		3				10	3								16
杜光庭		9												3	12
总计	113	134	364	434	61	138	97	70	30	7	1	7	3	38	1497
各类序体占总序体百分比	7.5	9	24.3	30	4	9.2	6.5	4.7	2	0.5	0.07	0.5	0.2	2.5	

说明：本表主要依据清编《全唐诗》《全唐文》及今人陈尚君《全唐诗补编》（上、中、下）、《全唐文补编》（上、中、下）等书进行统计，其中王重民、孙望、童养年的《全唐诗补遗》含在陈著中。依照《全唐诗》《全唐文》的体例，本表统计的代表作家也顺延到五代。

第三章 唐代帝王诗序研究

帝王的诗歌创作最早可以追溯到上古时代。传说中葛天氏之乐，有"玄鸟在曲"之句①，《周礼》中记载上古黄帝有《云门》之歌②，帝尧有《大唐》之歌③，《礼记·乐记》载"昔者，舜作五弦之琴以歌《南风》"④，《吕氏春秋》载："禹立，勤劳天下，日夜不懈，疏三江五湖，注之东海，以利黔首。于是命皋陶作《夏籥》九成，以昭其功。"⑤由于时代荒古邈远，这些诗歌亦似是而非。至秦始皇作《仙真人诗》，虽见于《史记》，也让人信疑参半。⑥项羽的《垓下歌》和刘邦的《大风歌》算是比较确凿的帝王创作⑦，汉武帝文韬武略，开创了炎汉盛世，他不仅创作了《瓠子歌》《秋风辞》《李夫人歌》，还与群臣作《柏梁台

---

① 《吕氏春秋·古乐》："昔葛天氏之乐，三人操牛尾，投足以歌八阕。一曰《载民》，二曰《玄鸟》，三曰《遂草木》……八曰《总万物之极》。"按："玄鸟在曲"当是第二阕中的歌辞。第33—34页，岳麓书社，1989年3月版。
② 《周礼正义·春官宗伯下》："以乐舞教国子，舞《云门》、《大卷》……《大武》。"《疏》：《云门》，黄帝乐。第575，576页，北京大学出版社，1999年12月版。孔颖达《毛诗正义》（上）："大庭有鼓籥之器，黄帝有《云门》之乐，至周尚有《云门》，明其音声和集。既能和集，毕不空弦，弦之所歌，即是诗也。但事不经见，故总为疑辞。"第4页。
③ 《尚书大传》载《唐》之歌曰："舟张辟雍，鸧鸧相从。八风回回，凤凰喈喈。"郑注："《大唐》之歌美尧之禅也。"范文澜《文心雕龙·明诗》注［七］中认为这是舜美尧之歌，而尧歌应为《大章》。第69—70页，人民文学出版社，1958年9月版。
④ 《礼记正义》郑注："南风，长养之风也。以言父母之长养己，其辞未闻也。"孔颖达正义："《圣证论》引《尸子》及《家语》难郑云：'昔者，舜弹五弦之琴其辞曰：南风之薰兮，可以解吾民之愠兮。南风之时兮，可以阜吾民之财兮。'"第1099页，北京大学出版社，1999年12月版。
⑤ 《吕氏春秋·仲夏纪》第35页，岳麓书社，1989年3月版。
⑥ 《文心雕龙·明诗》说"秦皇灭典，亦造仙诗"，是相信为始皇之作。考《史记·秦始皇本纪》："三十六年……始皇……使博士为《仙真人诗》，及行所游天下，传令乐人歌弦之。"（第259页，中华书局，1959年9月版）则此歌亦非始皇自造，乃博士所为。
⑦ 《史记·项羽本纪》："项王军壁垓下……夜闻汉军四面皆楚歌，乃大惊曰：'汉皆已得楚乎？是何楚人之多也？'项王则夜起，饮帐中。……乃悲歌慷慨，自为诗曰：'力拔山兮气盖世……'"第333页。《史记·高祖本纪》："高祖还乡，过沛，留。置酒沛宫……酒酣，高祖击筑，自为歌曰：'大风起兮云飞扬……'"第389页，中华书局，1959年9月版。

联句诗》,开启了一种君臣赓歌唱和的新风气。① 要之,汉代之前的帝王赋诗,要么是歌功颂德,要么是抒发独特情境下的感慨,或者具有《柏梁台联句诗》那样君臣陈述职责式的政治用意,数量不多,影响却不小。魏晋时期,由于人性的觉醒,文章也进入自觉时代,并且出现了帝王创作的高潮。如"魏武(曹操)以汉相之尊,雅爱诗章;文帝(曹丕)以副君之重,妙善文词"②,因此以帝王为中心形成了著名的邺下文人集团,带来了一个"五言腾涌"的诗歌兴盛局面,曹操、曹丕还留下了自己的诗集。到南朝以后,帝王往往成为宫廷文学的核心人物。如梁武帝萧衍"资生知之上才,体沉郁之幽思,文丽日月,赏究天人。昔在贵游,已为称首。……固以瞰汉魏而不顾,吞晋宋于胸中"③。而陈后主则更是"荒于酒色,不恤政事……妇人美貌丽服巧态以从者千余人,常使张贵妃、孔贵人等八人夹坐,江总、孔范等十人预宴,号曰'狎客',先令八妇人襞彩笺,制五言诗,十客一时继和,迟则罚酒。君臣酣饮,从夕达旦,以此为常"④。醉生梦死般迷恋酒色与文学,招来了后世的批评,唐魏徵就说:"后主生深宫之中,长妇人之手,既属邦国殄瘁,不知稼穑之艰难。后稍安集,复扇淫侈之风。宾礼诸公,唯寄情于文酒;昵近群小,皆委之以衡轴。"⑤到隋炀帝则更登峰造极,他不仅造"迷楼","诏选内宫良家女数千以居楼中,每一幸,有经月而不出者"⑥。而且因"善属文,不欲人出其右"⑦,把文学作为独恃才华并迫害文人的工具。也许由于这几个末世昏君均喜爱文学,故初唐的帝王和有识之士都对帝王好文表示否定,如唐太宗不愿编自己

---

① 沈德潜《古诗源》卷二:"元封元年(前109),帝既封禅,乃发卒万人,塞瓠子决河,还自临祭,令群臣从官皆负薪,时东都烧草薪少,乃下淇园之竹以为楗,此上既临河决,悼其功之不就,为作歌二章。'瓠子决兮将奈何……''河汤汤兮激潺湲……'"第39页,中华书局,1963年6月版。同书卷二:"帝行幸河东,祠后土,顾视帝京。忻然中流,与群臣饮宴,自作《秋风辞》:'秋风起兮白云飞,草木黄落兮雁南归。……欢乐极兮哀情多,少壮几时兮奈老何。'""夫人早卒,方士齐少翁言能致其神,乃夜张灯烛,设帷帐,令帝居帐中。遥望见好女如李夫人之貌,不得就视,帝愈悲感,为作诗:'是耶非耶,立而望之,翩何姗姗其来迟。'""元封三年,作柏梁台,诏群臣二千石,有能为七言诗乃得上坐。"沈德潜评曰:"亦后人联句之祖也。武帝句(即'日月星辰和四时'),帝王气象,以下难追后尘矣。"第40—41页。按:查《史记·孝武本纪》"元封三年十一月柏梁台遭火灾",未载联句之事。另,范文澜引顾炎武《日知录》认为柏梁台联句为伪作。见《文心雕龙·明诗》注[一四],第74—75页,人民文学出版社,1958年9月版。
② 范文澜注《文心雕龙·时序》第673页。
③ 钟嵘《诗品序》第18页,徐达注译本,贵州人民出版社,1990年6月版。
④ 《二十五史精华·南史》(二)第516页,岳麓书社,1989年6月版。
⑤ 《二十五史精华·陈书》(二)第304页。
⑥ [唐]无名氏《迷楼记》,转引自[美]宇文所安《诗与欲望的迷宫》第2页,程章灿译,生活·读书·新知三联书店,2003年12月版。
⑦ [唐]刘悚《隋唐嘉话》载:"炀帝为《燕歌行》,文人皆和、著作郎王胄独不下帝,帝每衔之,胄竟坐见害,而诵其警句曰'庭草无人随意绿',复能作此耶?"隋炀帝因同样的原因又杀了薛道衡。第2—3页,中华书局,1979年10月版。

的文集①,大臣虞世南拒绝应制太宗的艳体诗②,魏徵借史论为太宗提供借鉴:"梁简文之在东宫,亦好篇什。清辞巧制,止乎衽席之间;雕琢曼藻,思及闺闱之内。……流荡不已,迄于丧亡。陈氏因之,未能全变。"③又说:"古人有言:亡国之主,多有才艺。考之梁、陈及隋,信非虚论。然则不崇教义之本,偏尚淫丽之文,徒长浇伪之风,无救乱亡之祸矣。"④后来王勃言论更为极端:"斯文不振,屈宋导浇源于前,枚马张淫风于后。……故魏文用之而中国衰,宋武用之而江东乱,虽沈、谢争鹜,适足兆齐梁之危,徐、庾并驰,不能止周陈之祸。"⑤正因为初唐前期从帝王、大臣到文士都对"文之用"抱这样的态度,故帝王将"崇文"放在最末位置。到中宗时,似乎又回到陈隋的迷恋状态,玄宗之后才归于雅正,诗歌创作也达到高潮;而中唐德宗之后,整个唐代进入衰世,帝王的诗歌创作进入低谷,留存作品很少。从诗序角度看,南朝之前没有帝王诗序流传下来,到梁、陈虽有一些诗序,但艺术影响不大。唐代皇帝对制作诗序抱有极大热情,留下许多著名的作品,对唐诗的繁荣产生了重要影响,因此值得认真探讨。本文就沿着历史的顺序,对唐代太宗、武后、中宗、玄宗、德宗等诗序作个案研究。

第一节　道德高于文艺
　　　　——唐太宗的诗序

　　李世民(598—649)是"贞观之治"的政权核心人物,对整个唐代文学的发展有重要功绩。清编《全唐诗》以他的《帝京篇并序》开篇。从文体的角度看,这也的确是探究初唐诗序的一个最佳范本。序文如下:

　　予以万机之暇,游息艺文。观列代之皇王,考当时之行事,轩、昊、舜、禹之上,信无间然矣。至于秦皇、周穆、汉武、魏明,峻宇雕墙,穷侈极丽,征税殚于宇宙,辙迹遍于天下,九州无以称其求,江海不能赡其欲,覆

---

① 《贞观政要·文史》:"著作郎邓世隆表请编次太宗文集。太宗曰:'朕若制事出令,有益于人者,史则书之,足为不朽。若事不师古,乱政害物,虽有词藻,终贻后代笑,非所须也。只如梁武帝父子及陈后主、隋炀帝,亦大有文集,而所为多不法,宗社皆须臾倾覆。凡人主惟在德行,何必要事文章耶?'竟不许。"第260页,岳麓书社,1994年9月版。
② 《新唐书·虞世南传》:"帝常作宫体诗,使赓和。虞世南曰:'圣作诚工,体非雅正。上之所好,下必有甚者,臣恐此诗一传,天下风靡。不敢奉诏。'"第3972页,中华书局,1975年2月版。
③ 《隋书·经籍志》第173页,中华书局,1975年2月版。
④ 《陈书·后主传论》第305页,岳麓书社,1989年6月版。
⑤ 《全唐文》卷一八〇,第1829页。

亡颠沛,不亦宜乎!予追踪百王之末,驰心千载之下,慷慨怀古,想彼哲人,庶以尧舜之风,荡秦汉之弊,用咸英之曲,变烂漫之音,求之人情,不为难矣。故观文教于六经,阅武功于七德,台榭取其避燥湿,金石尚其谐神人,皆节之于中和,不系之于淫放。故沟洫可悦,何必江海之滨乎?麟阁可玩,何必山陵之间乎?忠良可接,何必海上神仙乎?丰镐可游,何必瑶池之上乎?释实求华,以人从欲,乱于大道,君子耻之。故述《帝京篇》以明雅志云尔。

这是李世民"明雅志"的重要作品。第一首描写帝京及皇宫的壮丽,为组诗奠定基调;第二首写"暇日""崇文"的乐趣;第三首写"重武",赞赏皇宫卫士骑射的绝技;第四首描写音乐,表达崇雅抑郑的趣味;第五、第六首描写出游禁苑的"逸趣",反对过分逸游;第七首写晚宴归来,在长烟消散、皎月清澄、清风徐来、玉树姗姗的氛围中"耽玩琴书"的雅兴;第八首是"玉酒兰肴"之后的沉思,警诫自己要在得志欢乐时重寸阴轻尺璧;第九首写内殿歌舞之乐,表现出珍重当下、不去求仙的情致,因为悬圃仙境就在眼前;第十首总论意旨,要以古代贤君的简朴为榜样,去奢戒盈、惠民纳谏、居安思危、慎明刑赏、广敷教化。

这组精心结撰的诗歌具有导向性,据傅璇琮主编的《唐五代文学编年史》,它写于贞观十八年(644),是李世民晚年具有思想总结意义的代表作,与他临终前的《帝范》十二篇一样,也可以说是留给后代帝王的训示格言。没有必要认为组诗只是帝王一天生活过程的叙述①,这组诗是帝王闲暇生活的整体写照,尤其最后一首以议论的语调表达了比较成熟的治国理念和对待闲暇游赏的态度。李世民通过组诗并序的形式表达了他的文学态度。正如宇文所安所说:"《帝京篇》很难算得上是唐诗的什么高潮,不过,它的确把帝王的焦虑戏剧化地呈现给了读者。通过这些诗篇,以及无数的公开场合,李世民昭示了帝王的自我控制和他在纳谏方面的从善如流。"②这一结论是精警的。下文即将以"无数的公开场合"、政治主张与诗歌、诗序结合起来,对太宗《帝京篇并序》中体现的文学主张进行论述。

(一)"游息艺文"与"先道德后文艺"

这篇诗序表达了"万机之暇,游息艺文"的观点,显然是继承儒家思想,

---

① 〔美〕宇文所安著《他山的石头记》中的论文《享乐的困难》即认为是写一天的活动过程。第212页,田晓菲译,江苏人民出版社,2003年1月版。
② 同上书,第227页。

即充分利用文艺的娱乐怡情、潜移默化功能,来完善人格修养。而在李世民的整个思想体系中,文艺排在最末的位置。如《资治通鉴》卷一九八载:"(贞观)二十二年春正月,乙丑,作《帝范》十二篇以赐太子。曰《君体》《建亲》《求贤》……《阅武》《崇文》。且曰:'修身治国,备在其中。一旦不讳,更无所言矣。'"①《帝范》是李世民考察历代治乱兴衰的经验教训而总结出来的,是留给太子的治国之本,当是他一生奋斗的思想结晶,因而他十分看重,他在《帝范序》中说:"汝以年幼,偏钟慈爱。义方多阙,庭训有乖。擢自维城之居,属以少海之任,未辨君臣之礼节,不知稼穑之艰难,朕每思此为忧,未尝不废寝忘食。自轩昊以降,迄至周隋,以经天纬地之君,纂业承基之主,兴亡治乱,其道焕然,所以披镜全踪,博采史籍,聚其要言,以为近戒云。"②《帝范后序》又说:"吾在位以来,所缺者多矣。奇丽服玩,锦绣珠玉,不绝于前,此非防欲也;雕楹刻桷,高台深池,每兴其役,此非俭志也;犬马鹰鹘,无远不致,此非节心也;数有行幸,以亟劳人,此非屈己也。斯数者,勿以滋为是尔取法也。"③可见《帝范》是李世民留给太子的遗训。其具体内容《全唐文》未载,《资治通鉴》也缺载。但从十二篇的排列顺序可以看出李世民对文学的态度。他将"崇文"置于最后,与孔子"先道德后文艺"的观念相通。④ 又,《陈书·阴铿传》也说:"夫文学者,善人伦之所基欤?是以君子异乎众庶,其仲尼之论四科,始乎德行,终于文学。斯亦圣人所贵也。"⑤说明先"崇德"后"崇文",是初唐时期君臣的通识。在这一思想背景下考察《帝京篇序》,序中首标"游息艺文",强调文学的涵养娱情功能,给文学一定的地位,为我们认识太宗的文学态度具有一定的补充意义。

(二) 汲取古代皇王覆亡颠沛的教训,维护儒家雅正的传统

《帝京篇》留有前代京都赋的遗痕,汲取赋体壮丽恢宏而终归于讽谏的结构模式,归于自警自惕。这与李世民对历史的重视有关。一方面他重视修史,《修晋书诏》中说:"右史序言,由斯不昧,左官诠事,历兹未远,发挥文字之本,导达书契之源。大哉,盖史籍之为用也。"⑥另一方面他又重视读史,《金镜》中说:"朕以万机之暇日,游心前史,仰六代之高风,观百王之遗迹,兴

---

① 司马光《资治通鉴》(下)第1322—1323页,上海古籍出版社,1987年5月版。
② 《全唐文》卷一〇,第120—121页。
③ 同上书,第121页。
④ 《论语注疏》卷一一:"孔门四科:德行、言语、政事、文学。"第143页,中华书局,1999年12月版。
⑤ 《陈书》卷三四,中华书局,1972年3月。
⑥ 《全唐文》卷八,第94页。

亡之运。"①他更重视总结历史教训，得出了"任忠贤则享天下福，用不肖则受天下祸"、"遨游""爱声"会如"桀纣命不终于天年"、"至尊之极，以亿兆为心，以万邦为意"、"明主思短而长善，暗主护短而永愚"、"忧国之主屈身之欲，乐四海之民"等重要结论。② 这些思想的形成当有一个较长的过程，可以说它们是《帝京篇》产生的根源。从这个意义上讲，以《帝京篇》与《帝范》主要思想为代表的历史教训是相为表里的，共同组成李世民思想的两个方面。

（三）反对释实求华，主张节之中和

要将"观文教""阅武功"与"闲暇游赏"之间的关系协调好，关键在于去奢戒盈。节俭是李世民一贯的思想。如他下诏书"禁奏祥瑞"③，赐酺时不准宰杀耕牛，一反汉魏"赐牛酒"的习惯④。在园陵制度方面，他的《九嵕山卜陵诏》回顾了自己在隋季动乱中大定天下的经历后，表达了"反浇弊于淳朴，致王道于中和"的志向，又担心子孙"尚习流俗，崇厚园陵"，因此定制："务从简约，于九嵕山，足容一棺而已。"⑤在《遗诏》中又说："园陵制度，务从简约，昔者霸陵不掘，则朕意焉。"⑥这些诏书真实地表现了李世民戒奢节俭的品德，至于停修宫殿，停止封禅等举措都是这种思想的表现。三国时期曹植《辨道论》中有一段话："夫帝者，位殊万国，富有天下，威尊彰明，齐光日月，宫殿阙庭，焜耀紫微，何顾乎王母之宫，昆仑之域哉；夫三鸟被致，不如百官之美也；素女嫦娥，不若椒房之丽也；云衣雨裳，不若黼黻之饰也；驾螭载霓，不若乘舆之盛也；琼蕊玉华，不若玉珪之洁也。"⑦因此《帝京篇序》反对四方逸游、崇奢极欲、征殚宇宙等，可以说与曹植总结的"戒奢去盈"思想是一脉相承的。

（四）反对浮靡轻艳文风，追求清朗刚劲的风格

这一点必须将诗与序联系起来才能明白。显然诗与序属于不同的文风类型，诗全部是对仗句式，语句绮丽，但总体上看有一种刚劲、中正、平和的意味。其中第一首气象开阔，有雄视四方的气概；最后一首敦厚庸睦，有一种纯正质朴的风味。由于体制上还遗留六朝粉色，追求整饬，因而结构上不够灵活，显得比较生硬，这是偶对句式因缺少回旋、腾挪、跌宕、起伏带来的毛病。

---

① 《全唐文》卷一〇，第 126 页。
② 同上书，第 126—127 页。
③ 《全唐文》卷四有《禁奏祥瑞诏》，第 57 页。
④ 《全唐文》卷七有《赐酺三日诏》，主要内容讲不准宰杀耕牛，要保护"耕稼所资"，节用爱财。
⑤ 《全唐文》卷五，第 68—69 页。
⑥ 《全唐文》卷九，第 108—109 页。
⑦ 转引自范文澜注《文心雕龙》（上），第 348 页。

序则是通脱平实、明白晓畅的散体文,在李世民的文集中这样散体的文章并不多。我们知道《晋书》中的《陆机传论》和《王羲之传论》是李世民写的,论者多关注《陆机传论》,李世民称陆机为"百代文宗",对其推崇备至,这可以解释他的骈文及诗赋学陆机的原因。太宗心目中最好的"文"或许就是陆文那样的宏丽整饬、文采纷披。学界研究太宗对王羲之的推崇,多从书法角度考虑,太宗酷爱《兰亭集序》,这已是众所周知的事实。但大家忽略了一点:从文体上看,《帝京篇序》有学习《兰亭集序》的倾向。《兰亭集序》记叙三月三日祓禊郊游踏青、耽玩山水的情事,兰亭聚会的高雅潇洒,王羲之的坦荡超逸,与会稽山水的自然清丽融合在一起,既表达了人生且乐当下的意趣,也表达了忧虑生命短暂的悲慨,是众人集体赋诗之序;《帝京篇序》描述帝王闲暇时候的生活情形,表达了修身治国的理念,通过历史上一些帝王倾覆教训与自己生活体验的对比,深寓自我警戒旨意,文气贯通,一气呵成,也是组诗之序。因此,我认为王羲之的书法艺术和文章风格均对太宗产生了影响。当然,《帝京篇序》并不是对《兰亭集序》亦步亦趋的模仿,因为所描写的生活内容和形式毕竟发生了变化,时代环境和精神状态也发生了变迁,困扰魏晋文人死生寿夭的人生之痛,在太宗贞观之治的背景下变成了建功立业可以实现,且乐当下不为虚幻,人生变得有滋有味,因而整体上呈现出一种信心满怀、进取豪迈的状态。

作为李世民仅存的诗序,《帝京篇序》的意义当然不止于模拟《兰亭集序》的文体价值,因为这样的散体序并没有左右或影响初唐前期骈文序占绝对优势的文坛状况,它的重要意义在于它继承了两汉以来京都赋的传统,将赋法引入诗中,用组诗的形式首次描述了帝王健康正常、合情合德的雅化生活内容及情趣格调。显然,这对初唐乃至以后描述京城生活的诗、赋,如骆宾王的《帝京篇》、卢照邻的《长安古意》、杜甫的《自京赴奉先县咏怀五百字》、李白的部分《古风》等产生了实际影响。唐代围绕京城皇家生活而产生的诗、赋当以此为发轫,故其功不可磨灭,可能远远大于作为遗训对后来帝王生活规范产生的影响。

第二节　雍熙和乐的情调
——武则天、中宗的诗序

一、武则天诗序

武则天(624—705),是中国历史上唯一的女皇。史称其"多智计,兼涉文史"①。在其统治期间,一方面运用酷吏,兴告密之风,屡起大狱,铲除异己,控制朝廷;另一方面又借各种机会大行赏赐,以笼络人心。其中"赐宴"就特别多,据《旧唐书·则天皇后本纪》记载有:

690年,改"载初元年"为"天授元年",大酺七日;

692年,改元"长寿元年",大酺七日;

694年,改元"延载元年",大酺七日;

695年正月,改元"证圣元年",大酺七日;同年九月,又改元"天册万岁元年",大酺九日;

696年,改元"登封元年",大酺九日;四月又改为"万岁通天元年",大酺七日;

697年,改元"神功元年",大酺七日;

698年正月,改元"圣历元年",大酺九日;九月李显重立为太子,大酺五日;

700年,改元"久视元年",大酺五日。

这些宴饮都是要赋诗的,由此可见初唐时期诗歌与宴饮的关系。久视元年夏天,武则天避暑嵩山三阳宫,为了缓和太子、诸武和男宠"二张"之间的矛盾,举行了规模很大、影响深远的"石淙宴饮"。她亲自制序赋诗,群臣毕和,成为初唐诗坛的一件盛事。《夏日游石淙诗并序》(增订注释《全唐诗》第一册):

> 若夫圆峤方壶,涉沧波而靡际;金台玉阙,陟玄圃而无阶。惟闻山海之经,空览神仙之记。爰有石淙者,即平乐涧也。尔其近接嵩岭,俯届其峰,瞻少室兮若莲,睇颍川兮如带。既而蹑崎岖之山径,荫蒙密之藤萝,汹涌洪湍,落虚潭而送响;高低翠壁,列幽涧而开筵。密叶舒帷,屏梅氛而荡燠;疏松引吹,清麦候以舍凉。就林薮而王心神,对烟霞而涤尘累。森沉丘壑,即是桃源;淼漫平流,还浮竹箭。纫薛荔而成帐,耸莲石而如楼。洞口全开,溜千年之芳髓;山腰半坼,吐十里之香梗。无烦昆阆之游,自然形势之所。当使人题彩翰,各写琼篇,庶无滞于幽栖,冀不孤于泉石。各题四韵,咸赋七言。

> 三山十洞光玄箓,玉峤金銮镇紫微。
> 均露均霜标胜壤,交风交雨列皇畿。

---

① 《旧唐书·则天皇后本纪》,第115页。又据称,她有文集120卷(已佚),还有《内苑要略》十卷、《百僚新诫》五卷、《臣轨》两卷、《垂拱格》四卷等。

万仞高岩藏日色,千寻幽涧浴云衣。
且驻欢筵赏仁智,雕鞍薄晚杂尘飞。

这篇诗序及诗颇能代表武则天的诗文造诣。诗序可以说是一篇精粹的骈文,开篇即说"圆峤方壶""金台玉阙"之类的仙山是虚无不实的,从而映衬出"石淙(平乐涧)"才是真正的人间仙境。我们从中似乎还能看到唐太宗否定神仙、不求逸游的影子,也可以看到武则天真实的且乐当下的情怀。武则天写此序时已经七十七岁,一生经历了宫廷中无数的风风雨雨,如今太子李显也众望所归地被召回朝廷,稳定了人心,眼看着就要交出手中的权力,因此游览嵩山石淙美景,对她来说是回归自然的灵魂休憩,难怪她如此倾心神往。接下来描述"石淙"的地理位置和风光,与武则天果断刚毅的性格相应。她在写景时注重动词的选择,景物都具有飞动的气势,虽然没有像王勃诗序那样镶金嵌玉,但依然显得宏伟壮丽。尤其突出"荡燠""含凉"等嵩山夏天特有的气候特征,以应合这次游宴是为避暑的目的。面对绝佳胜景,总会使人诗兴大发,因此"当使人题彩翰,各写琼篇,庶无滞于幽栖,冀不孤于泉石"。与诗序一样,诗也写得非常有气势。这是一首标准的七言律诗,首联写"三山十洞""玉峤金銮"的神仙佳境,展现一派壮丽而飘逸的氛围;颔联突出皇畿旁边"均露均霜""交风交雨"的石淙令人神往;颈联抒写游览所见的景象:"万仞高岩藏日色,千寻幽涧浴云衣。"不仅辉光明丽,而且境界开阔,气势雄伟,颇能代表一代女皇的胸襟气度,且成为唐诗中的名联。虽然还是初唐时期的作品,但已见壮盛之气象。其涵融虚括与诗序中的实景境界相互补充,相得益彰。末联写欢宴赏赐,最后是"雕鞍薄晚杂尘飞"的回宫,具有真正的皇家气派,对后来盛唐时期的一些宫廷应制诗有一定的影响。

"石淙宴饮"作为一个历史事件,除了协调各方关系的政治作用外,还对诗歌产生了很大的影响。首先,可以看到七律在此时已经成为时尚,武则天的作品和"咸赋七言"的规定,无疑具有导向性和强制性,这能激发应制者在七律创作方面进行琢磨研讨。七律在武后到中宗时期体制定型,虽不能说是由于这次宴饮,至少这次颇具规模的应制对七律的成熟有重要影响。考察这组七律应制诗,虽然诸朝臣总体倾向都在向武则天效忠献敬,但大部分诗是写得有水准的。尤其诗中的写景联精妙感人,永恒且引人遐思的风景,毕竟是可以激发出诗人灵感的,如:"金灶浮烟朝漠漠,石床寒水夜泠泠"(李峤)、"石泉石镜恒留月,山鸟山花竞逐风"(姚崇)、"重崖对耸霞文驳,瀑水交飞雨气寒"(苏味道)、"花落风吹红的历,藤垂日晃绿菳菳"(阎朝隐)、"雾隐长林成翠幄,风吹细雨即虹泉"(薛曜)、"远近风泉俱合杂,高低云石共参差"(杨敬述),"溪水泠泠杂行漏,山烟片片绕香炉"(沈佺期),"树作帷屏阳景翳,芝如宫阙夏凉生"(崔融),"岩边树色含风冷,石上泉声带雨秋"(宋之问),等等,将石淙的夏天景象表现得真切可感,而且读者读来并不觉得重复。应制者大部分都是武后朝的诗坛精英,他们的诗作本身就有很大影响力,再加上陪女皇游石淙美景并侍宴的特殊环境和刻石流传等,这些因素使这组诗在当时诗坛上烙下了深深的印记。"石淙宴饮"成为初唐后期诗坛的重要事件,研究武则天对初唐文学的影响,这是不可忽视的重要资料。

二、唐中宗诗序

唐中宗李显(656—710)是初唐时期最典型的庸主,正如《旧唐书》史臣称其"智昏近习,心无远图,不知创业之难,唯取当年之乐"①。长期幽禁南方的苦难经历,并没有锻炼出他坚强不屈的意志和毅力。当上皇帝之后,仿佛要把曾经损失的青春弥补回来,他完全忘记了太宗遗训,过上一种没有节制的宴乐生活,将写诗饮酒当成了人生唯一的乐趣,而且特别热衷于大型的赋诗宴会。君臣唱和达到了空前的地步,虽然也有沈佺期、宋之问等翘楚,又有苏颋、张说、李峤等新秀,但他们的整体上不及玄宗朝诗人,也达不到武后朝应制诗人的水准。中宗对诗歌形式的尝试很感兴趣,使得应制诗的形式五花八门,他们还对格律进行探讨。五律、七律体制的成熟,与这种宴乐风气有很大关系。这些规模庞大的诗会提高了诗人整体水平。从另一个方面看,中宗确实用自己笙歌燕舞的生活实践了儒家"诗可以群"的观念。

中宗擅长诗歌,诗序仅留存一篇《九月九日幸临渭亭登高得秋字序》(《全唐诗》卷二):

> 粤以景龙三年,宾鸿九月,乘紫机之余暇,历翠藓以寅游。尔乃气肃商郊,风惊兑野。波收玄灞,澄霁色于林塘;云敛黄山,蔼晴晖于原隰。衔芦送响,疑传苏武之书;化草翻光,似临车胤之帙。于时召懿戚,命朝贤,属重阳之吉辰,呈九皋之嘉瑞。萸房荐馥,辟邪之术爰彰;菊蕊含芳,延年之欢攸著。人以酒属,喜见覆于金杯;文在兹乎,盖各飞于玉藻。渊明抱菊,且浮九酝之欢;毕卓持螯,须尽一生之兴。人题四韵,同赋五言,其最后成,罚之引满。

这也是他晚年频繁游宴时的作品。由此诗序可看出中宗不喜政务、爱好诗文

---

① 《旧唐书·中宗本纪》,第151页。

的特征。首先,他虽然说是"乘紫机之余暇,历翠藿以寅游",但实际上有记载的这年游历就有十一次,除了六、十一、十二月,每月都有规模比较大的游宴,可见"紫机"之务他是没有兴趣的。其次,它对秋景的描写,颇具笔力,受初唐四杰影响较明显,在描写"波收玄灞,澄霁色于林塘;云敛黄山,蔼晴晖于原隰"之后,写大雁南飞和草色翻光景象,都运用典故,以显示典雅。再次,渊明和毕卓的故事,激起他秋天赏菊饮酒的情怀,要"须尽一生之兴",而且赋诗也要学当年金谷宴饮的做法"其最后成,罚之引满"。从所赋之诗来看,是一首五律,与诗序内容接近,只是尾联表达了兴犹未尽,还要"淹留""龙沙"的愿望,凸现出一个只知道逸游,没有忧虑和远图的皇帝形象。中宗一生是可悲的,连爱好文学也难免平庸。他用自己的平庸为唐诗格律的成熟作了必要的铺垫,这或许就是他对文学史的贡献。

第三节　雄壮开阔的气象
——唐玄宗的诗序

李隆基(685—762)是唐朝在位时间最长、对唐代文学艺术发展影响最广泛、最深远的皇帝。《旧唐书》说"(他)性英断多艺,尤知音律,善八分书。仪范伟丽,有非常之表"①,不但工诗能文,而且在儒、道经典的注疏方面也有成就,对中国文化影响巨大。② 但他本人的文学创作却很少受到关注。③ 实际上,在玄宗统治的45年中,涌现出王维、李白、杜甫、高适、岑参等一批诗歌巨星,掀起了唐诗波澜壮阔的高潮。尽管玄宗本人的创作没有众星般耀眼,但他的思想观念及以他为核心的王朝开创的"开天盛世"对唐代文学艺术的繁荣和发展至关重要。《全唐诗》存其诗63首,《全唐文》存其文22卷,其中他对诗序的创作极富热情,序文中真实地表露了一种"盛世情结",具有一种雄壮开阔的气象,展现出敦睦醇厚的氛围,表现出豪迈奔放的气势,是开天盛世的表征,他的热情推动了盛世的发展。这些诗序多写于君臣宴集或实行赏赐之时,对朝臣的精神影响是显而易见的。在那个物质富足的时代,在那个以得到名人赠诗赠序为荣的时代,可以想象玄宗的赐诗赐序对士人来讲是一种难遇的旷世荣耀,对唱和、酬赠诗风的盛行具有相当的影响,甚至具有移风易

---

① 《旧唐书·玄宗本纪》,第165页。
② 《十三经》中《孝经》是唐玄宗注疏的。"天宝十四载十月颁《御注老子》并《注疏》于天下。"同上书,第230页。
③ 中国社会科学院文学研究所编写的《唐代文学史》(1995年)没有论述唐玄宗的诗文创作;袁行霈主编的《中国文学史》(1998年)也没有论及;丁放、袁行霈《唐玄宗与盛唐诗坛》(载《中国社会科学》2005年4期)也仅从道教方面论述了玄宗对盛唐诗坛的影响。

俗的力量。

唐玄宗的诗序中最多的是宴会序,这与开天盛世雄厚的物质条件相关,也与玄宗对文士的重视有关,用频繁的赐宴赋诗达到和睦君臣、统一思想、协调关系等目的,有的诗序甚至含有比较深远的政治用意。整体上看,这些诗序也表现了一种盛唐气度及玄宗本人的儒雅修养,表现了一种敦厚雄壮的文风。"嘉会赋诗以亲"是古代宴聚的最基本目的,因为任何社会都是由不同阶层的人群构成的,"与民同乐"一直是古代贤君的治国理想。特别是唐代这样强盛的封建王朝,皇帝为了展现朝廷上下庸熙和睦、君臣融洽的景象,经常举行盛大的朝会,进行宴乐和赏赐。高祖、太宗时期多是军功献捷方面的宴赏。高宗、武后时期,则由于上尊号、进祥瑞和频繁改元而"赐酺",娱乐性增强;中宗时期(特别是后期)转向纯粹的娱乐,大量的文人参加宴会并应制赋诗,有时甚至一日三宴,达到登峰造极的地步。玄宗结束了这种局面,在开元十一年之前,是励精图治的时期,很少举行这样的宴会,随着政局的稳定、四边的安宁,整个社会呈现出一派欣欣向荣的景象。从他的诗序中可看出玄宗朝的宴会有一些新的特点,主要表现在以下几个方面。

(1) 展现朝廷上下和畅的盛世景象。如《端午三殿宴群臣探得神字并序》(《全唐诗》卷三),这篇诗序作于开元十五年端午节。开头即点明"式宴陈诗"是展现"上和下畅"的主旨。接着叙述自己因"宵衣旰食""卜战行师"而"勤贪日给,忧忘心劳",但开元盛世局面的形成,还是济济朝士和勇武将帅共同努力的结果。由于在这物候变化而麦秋有登的初夏季节,"时雨近霁,西郊霢霂而一色;炎云作峰,南山嵯峨而异势"雄伟景象的召唤,玄宗"召儒雅,宴高朋"。显然与中宗"召懿戚,命朝贤"的文人式的游乐不同。玄宗始终重视经术,于是在丰盛的宴席上,仍然注重"讽味黄老,致息心于真妙;抑扬游夏,涤烦想于诗书"。尊儒重道是玄宗思想的重要方面,另一方面他又十分重视社会风俗,即使在这样大型的宴会上,依然是"感婆娑于孝女,悯枯槁之忠臣"。因此既感叹季节的循环往复,又赞美君臣的相乐,最后就是赋诗纪兴,要比肩汉武魏文的雅会。玄宗的诗歌也写得敦厚浑朴,展现了其乐融融、兴会空前的景象。对宴会的因由、具体景象、感慨内容和君臣兴致等方面的描写,都体现出一种盛世特有的既宏壮豪华又不十分铺张奢侈的特点。

(2) 表现对文教礼乐的高度重视。开元盛世的一个重要内涵是文教礼乐的兴盛,玄宗对文教的重视可以说达到了空前的地步。如《春晚宴两相及礼官丽正殿学士,探得风字并序》(《全唐诗》卷三)

朕以薄德,祗膺历数,正天柱之将倾,纫地维之已绝,故得承奉宗庙,垂拱岩廊,居海内之尊,处域中之大。然后祖述尧典,宪章禹绩,敦睦九族,会同四海。犹恐烝黎未乂,徭戍未安,礼乐之政亏,师儒之道丧。乃命使者,衣绣服,行郡县,因人所利,择其可劳,所以便亿兆也。乃命将士,擐介胄,砺矢石,审山川之向背,应岁月之孤虚,所以静边陲也。乃命礼官,考制度,稽典则,序文昭武穆,享天地神祇,所以申严洁也。乃命学者,缮落简,缉遗编,纂鲁壁之文章,缀秦坑之煨烬,所以修文教也。故能使流寓返坋榆之业,戎狄称藩屏之臣,神祇歆其禋祀,庠序阐其经术。既家六合,时巡两京,函秦则委输斯远,鼎邑则朝宗所利。封畿四塞,从来测景之都;城阙千门,自昔交风之地。阴阳代谢,日月相推,岂可使春色虚捐,韶华并歇? 乃置旨酒,命英贤,有文苑之高才,有掖垣之良佐,举杯称庆,何乐如之? 同吟湛露之篇,宜振凌云之藻。于时岁在乙丑,开元十三年三月二十七日。

"丽正殿"是唐代宫廷的内殿,开元七年设修书院于其中,掌校理四部群书,于"开元十三年四月,改集仙殿为集贤殿,丽正书院为集贤书院;内五品以上为学士,六品以下为直学士"①。诗序中描述的就是改名前的一次重大宴会,开篇回顾自己于神龙元年(705)诛灭韦后,先天二年破灭太平公主,扫平内乱,登上皇位的经历,接着写"居海内之尊,处域中之大"之后,应该"祖述尧典,宪章禹绩,敦睦九族,会同四海",四句将玄宗的人生理想表述得非常清晰,而要达到这一目标,首先在于安民心、薄徭赋,其次就是重视礼乐儒道。因此他命御史行郡县"以便亿兆",命将士励戎行"以静边陲","以申严洁",命学者"缮落简,辑遗篇"而"修文教"。通过这些有力的举措,使流离失所的农民返回故乡安居乐业,让戎狄称臣愿做藩篱屏障,这样终于形成了兴旺发达的盛世局面,于是在阴阳代谢、春光明媚的季节,"乃置旨酒,命英贤,有文苑之高才,有掖垣之良佐,举杯称庆,何乐如之? 同吟湛露之篇,宜振凌云之藻",在君臣同乐兴酣酒阑之际,自然是赋诗抒怀。后来,张说赴集贤殿上任为大学士时,玄宗又赐宴赋诗。这无疑对这些学士们有抚慰激励之效用。

(3) 表现敦睦兄弟关系的深情。玄宗的宴序中有几篇是叙兄弟之间情谊的,史称玄宗最重兄弟之情,如《旧唐书·让皇帝宪传》载:"玄宗于兴庆宫西南置楼,西面题曰'花萼相辉之楼',南面题曰'勤政务本之楼'。玄宗时登楼,闻诸王音乐之声,咸召登楼同榻宴谑,或便幸,赐金分帛,厚其欢赏。诸王

---

① 《旧唐书·玄宗本纪》第 188 页。

每日于侧门朝见,归宅之后,即奏乐纵饮,击球斗鸡,或近郊从禽,或别墅追赏,不绝于岁月矣。"①玄宗的诗序中有一篇就记录了这样的欢乐,即《首夏花萼楼观群臣宴宁王山亭回,楼下又申之以赏乐赋诗并序》(《全唐诗》卷三),玄宗对"花萼楼"的命名颇有讲究,宁王宪、申王㧑、岐王范、薛王业邸第相望,环于宫侧,而此楼犹如"花蕊",取《诗经·小雅·常棣》兄弟如花叶相依亲爱无间之义。据诗序,群官宴宁王山亭也是得到玄宗许可的,"近命群官,欣时乐宴,尽九春之丽景,匝三旬之暇日。畅饮桂山,棹歌沁水,醇以养德,味以平心,本将导达阳和,助成长育,亦朝廷多庆,军国余闲者也"。其实玄宗对诸王与朝臣的接触控制得很严②,故他在群官已经宴饮宁王府之后,还要加以赏赐,颇耐人寻味。尽管说着"畅众心之怡虞,欢归骑之逶迤,鼓之以琴瑟,侑之以笙簧,衢尊意洽,场藿思苗,赋我有嘉宾之诗,奏君臣相悦之乐",这般情深意切,却也有虽看重兄弟之情分,但未必不含严加控制的用意。这种兄弟情谊在《暇日与兄弟同游兴庆宫作》(《全唐诗》卷三)也有表现,诗序表明"观风俗而劝人,崇友于而敦睦"的主旨。诗曰:"从来敦棣萼,今此茂荆枝。万叶传余庆,千年志不移。凭轩聊属目,轻辇共追随。务本方崇训,相辉保羽仪。"将兄弟共荣同茂的志向表现得很充分,情感也真挚动人。当然最动人的应该算《鹡鸰颂并序俯同魏光乘作》(《全唐诗》卷三):

  朕之兄弟,唯有五人,比为方伯,岁一朝见,虽载崇藩屏,而有暌谈笑,是以报牧人而各守京职。每听政之后,延入宫掖,申友于之志,咏棠棣之诗,邕邕如,怡怡如,展天伦之爱也。秋九月辛酉,有鹡鸰千数,栖集于麟德殿之庭树,竟旬焉。飞鸣行摇,得在原之趣。昆季相乐,纵目而观者久之,逼之不惧,翔集自若。朕以为常鸟,无所志怀。左清道率府长史魏光乘,才雄白凤,辩壮碧鸡,以其宏达博识,召至轩槛,预观其事,以献其颂。夫颂者,所以揄扬德业,褒赞成功,顾循虚昧,诚有负矣。美其彬蔚,俯同颂云。

序中描述的情景,后来被《新唐书》采用来说明玄宗与兄弟之间的亲密关系,从中可以感受到玄宗对手足之情的重视。据《旧唐书·让皇帝宪传》:"玄宗既笃于昆季,虽有谗言交构期间,而友爱如初。"因为他曾读魏文帝求仙诗,叹

---

① 《旧唐书》卷九五,第3011页。
② 《旧唐书·惠文太子范传》载:"时上禁约王公,不令与外人交接。驸马都尉裴虚己坐与范游宴,兼私挟谶纬之书,配徙岭外。……然上未尝间范,恩情如初,谓左右曰:'我兄弟友爱天至,必无异意,只是趋竞之辈,强相托付耳。我终不以纤芥之故责及兄弟也。'"第3016页。

息说:"朕每思服药如求羽翼,何如骨肉兄弟天生之羽翼乎! 陈思有超代之才,堪佐经纶之务,绝其朝请,卒令忧死。魏祚未终,遭司马宣王之夺,岂神丸之效也!"①唐代自太宗以来,兄弟争夺皇位的斗争一直相当残酷,到武后剪除宗枝,算是结束了这种血腥争夺的局面。但中宗、睿宗受制于后宫或御妹,到玄宗才得以结束后宫干政的局面。玄宗兄弟在早年都是如履薄冰,命悬一线。宁王曾在宫中备受凌辱,因此玄宗最重兄弟友情,一方面是他确实珍惜过去的患难与共,另一方面也是通过敦睦和厚来加强控制,使骨肉相残的悲剧不再重演。

玄宗的赠别序分载于《全唐诗》和《全唐文》中,多作于开元后期及天宝年间,以开元二十九年春正月制"两京、诸州各置玄元皇帝庙并崇玄学,置生徒,令习《老子》《庄子》《列子》《文子》,每年准明经例考试"为标志②,他进入了晚年崇道慕仙的人生阶段,朝政渐渐由李林甫、杨国忠等所控制,出现了"妖集廷除"而"朝野怨咨"的局面。当然这其中的历史教训应该由历史学家去总结,这里仅以玄宗的几篇赠序为例,说明他晚年的心态。如《为赵法师别造精院过院赋诗并序》(《全唐诗》卷三):

> 秋九月,听政观风,在乎游息。退朝之后,历西上阳,入清虚院,则法师所居之地也。法师得玄元之法,养浩然之气,故法此仙家,特建真宇,紫房对耸,绿竹罗生。既亲重其人,每经过其地,以怡神洗雪,进德修业,何必斋心累月,远在顺风。因而赋诗,用适其(一作真)意云尔。

虽然说是"听政观风,在乎游息",但为法师造院并制序赋诗,显然还有崇尚道教的原因。道家讲究玄元之法,主张养浩然之气,因此玄宗既重其人,又习其业,并且认为不必"斋心累月"的苦修,要顺其自然。他的赋诗就是"欲广无为化,因兹庶可求"。如果说这里还是一种向往之情的话,那么《送李含光赴金坛诗序》则演变成了实际的期待:"广陵炼师,上清品人也。抚志云霞,和光代俗,为予修福灵迹,将赴金坛,故赋诗宠行,以美其志。"③在《送李含光还广陵诗序》又说:"炼师气远江山,神清虚白,道高八景,而学兼九流,每发挥元宗,启迪仙箓,延我以玉皇之祚,保我以金丹之期,敬焉重焉,深惜此别,因赋诗以饯行云耳。"④可见玄宗对祈福长生到了痴迷的地步。正因为崇道

---

① 《旧唐书》卷九五,第3011页。
② 《旧唐书·玄宗本纪》卷九,第213页。
③ 《全唐文》卷四一,第446页。
④ 同上。

而无为,最终导致了"豪猾因兹而睥睨,明哲于是乎倦怀,故禄山之徒,得行其伪",开天业绩"前功尽弃"。①

玄宗还有一篇追忆之序,即《巡省途次上党旧宫赋并序》(《全唐诗》卷三):

> 朕昔在初九,佐贰此州,未遇扶摇之力,空俟海沂之咏。洎大横入兆,出处斯易,一挥宝剑,遽履瑶图。承历数而顺讴谣,着天衣而御区夏。嗟乎,向时沉默,驾四马而朝京师;今日逍遥,乘六龙而问风俗。爰因巡省,途次旧居,山川宛然,人事无间,忽其鼎革,周游馆宇,触目依然。虽迹异汉皇,而地如丰邑,击筑慷慨,酌桂留连,空想大风,题兹短什。

此序作于开元十一年巡省途次上党旧宫之时。从创作的动因来说,人们经历过一番艰难困苦之后,都不免怀念旧日安逸时光。玄宗于景龙二年(709)四月,以卫尉少卿兼潞州别驾,真正掌握兵权,这是他日后能成功发动政变的重要条件,因此诗序开头就回忆往昔在上党时"未遇扶摇之力,空俟海沂之咏",即未遇扶摇直上的雄风,只得等待时机,羡慕晋代王祥的功业,据说王祥曾为徐州别驾,"于时寇盗充斥,祥率励兵士,频时破亡,州界清静,政化大行,时人歌之曰:'海沂之康,实赖王祥。邦国不空,别驾之功。'"(《晋书·王祥传》)这里是用典故切合自己别驾的身份和日后取得"一挥宝剑,遽履瑶图"的成功。如今"着天衣而御区夏",自然勾起今昔的对比:"向时沉默,驾四马而朝京师;今日逍遥,乘六龙而问风俗。"这种今昔之感虽没有太宗那样的深沉,但情调高昂,不是伤怀而是带着无限的欣喜进行追忆的,因此面对"山川宛然,人事无间,忽其鼎革,周游馆宇,触目依然"的景象,他所感到的是刘邦那样的自豪,"虽迹异汉皇,而地如丰邑,击筑慷慨,酌桂留连,空想大风",赋诗抒怀。其诗也气象宏阔,雄浑壮健,有包举宇内,囊括万象的气概,充满一种豪迈进取的精神,是盛唐气象的一种表征。

开元时期和天宝时期唐玄宗的诗序有所区别,总体上看,开元时期有一种意气风发、雄浑富丽的盛世格调,天宝以后则相对庸俗软弱得多。《旧唐书》史臣的一段话说出了其中的原因:"我开元之有天下也,纠之以典刑,明之以礼乐,爱之以慈俭,律之以轨仪。黜前朝徼幸之臣,杜其奸也;焚后庭珠翠之玩,戒其奢也;禁女乐而出宫嫔,明其教也;赐酺赏而放哇淫,惧其荒也;叙友于而敦骨肉,厚其俗也;搜兵而责帅,明军法也;朝集而计最,校吏能也。

---

① 《旧唐书·玄宗本纪》赞语,第237页。

庙堂之上，无非济济之才；表著之中，皆得论思之士。而又旁求宏硕，讲道艺文。昌言嘉谟，日闻于献纳；长辔连御，志在于升平。贞观之风，一朝复振。于斯时也，烽燧不惊，华戎同轨。两蕃君长，越绳桥而競款玉关；北狄酋渠，捐氈幕而争趋雁塞。……天子乃览云台之义，草泥金之札，然后封日观，禅云亭，访道于穆清，怡神于玄牝，与民休息，比屋可封。于时垂髫之倪，皆知礼让；戴白之老，不识兵戈。虏不敢乘月犯边，士不敢弯弓报怨。'康哉'之颂，溢于八纮。所谓'世而后仁'，见于开元者矣。年逾三纪，可谓太平。"①

第四节　追求中和之美
——唐德宗的诗序

唐德宗李适(742—805)，在位共26年，大部分时间周旋于藩镇割据之间，面对纷纷而起的军阀，采取姑息的政策，如兴元元年(784年)下诏说："李希烈、田悦、王武俊、李纳，咸以勋旧，继守藩维，朕抚驭乖方，致其疑惧，皆由上失其道而下罹其灾。一切并与洗涤，复其爵位，待之如初。"②后来吴少诚于淮西藩镇作乱，贞元十五年八月德宗在制书中竟说："朕以王者之德，在乎好生；人君之体，务于含垢。宁屈己以宥罪，不残人以兴师。"③在如此屈己的情况下，勉强维持了20年的相对平静局面。德宗对朝臣经常采取赐宴赋诗的方式进行情感笼络。史称"德宗文思俊拔，每有御制，即命朝臣毕和"④。德宗朝的赐宴多发生在贞元三年之后，这是因为连年丰稔，人始复生民之乐，德宗下诏说："比者卿士内外，朝夕公务，今方隅无事，蒸民小康，其正月晦日、三月三日、九月九日三节日，宜任文武百官择胜地追赏。每节宰相、常参官共赐钱五百贯文，翰林学士一百贯文，左右神威、神策等十军各赐五百贯……委度支每节前五日支付，永为常制。"⑤贞元五年二月一日又下诏设立"中和节"以代正月晦日，"备三令节数，内外官司休假一日"⑥。这样，除非特殊情况，每年的三节令都有由朝廷出钱的大规模宴会，德宗借宴会之机赋诗遍赐群臣，从而达到上下和睦，以换取臣下的效忠。如贞元十四年春上巳，赐宰臣百僚宴于曲江亭，特令朝参的徐州刺史张建封与宰臣同坐而食，建封将还镇时，

---

① 《旧唐书·玄宗本纪》，第236页。
② 《旧唐书·德宗本纪》，第340页。
③ 同上书，第391页。
④ 《旧唐书·刘太真传》卷一三七，第3762页。另《旧唐书·德宗本纪》史臣称赞德宗是"天才秀茂，文思雕华"。第401页。
⑤ 同上书，第3763页。
⑥ 《旧唐书·德宗本纪》，第367页。

德宗特赐诗曰:"牧守寄所重,才贤生为时。宣风自淮甸,授钺膺藩维。入觐展遐恋,临轩慰来思。忠诚在方寸,感激陈情词。报国尔所向,恤人予是资。欢宴不尽怀,车马当还期。谷雨将应候,行春犹未迟。勿以千里遥,而云无己知。"(《全唐诗》卷四)史臣评论说:"贞元以后,藩帅入朝及还镇,如马燧、浑瑊、刘玄佐、李抱真、曲環之崇秩鸿勋,未有获御制诗以送者。"于是张建封又献诗以自警励。① 德宗留下的诗序只有两篇,都是宴会诗序。如《重阳日赐宴曲江亭赋六韵诗用清字并序》(《全唐诗》卷四):

> 朕在位仅将十载,实赖忠贤左右,克致小康,是以择三令节,锡兹宴赏,俾大夫卿士,得同欢洽也。夫共其戚者同其休,有其初者贵其终。咨尔群僚,顺朕不暇,乐而能节,职思其忧,咸若时则,庶乎理矣。因重阳之会,聊示所怀。

这篇诗序作于贞元四年重阳节,首先强调是由于"忠贤左右"的努力,才形成了目前的小康局面,因此要选择三令节赐宴与大夫卿士同欢共乐,因为"共其戚者同其休,有其初者贵其终",表达了德宗真诚的心意,当然同时也不忘提醒群僚"乐而能节,职思其忧",说明宴会是有政治目的的,即"咸若时则,庶乎理矣"。其诗也是一片恬静和融的太平景象,很适合丰年欢庆的场合,几乎听不到民间的疾苦之声,也看不到时局宁静背后的隐忧。可以说德宗朝所有的宴会赋诗都是为了这个目的,应当客观地认为,在安史之乱后涣散零乱,人心惟危的情势下,这种方式无疑成为一种有效的凝固剂和润滑剂。

再如《中春麟德殿会百僚观新乐诗一章章十六句并序》(增订注释《全唐诗》第一册):

> 朕闻天地之德莫大于和,万物以生,九功乃叙。是以中春之首,纪为令节。布阳和之政,畅亭育之功,式宴且欢,顺时而举,盖取象于交泰之义也。今岁华载阳,嘉雪呈庆,君臣同乐,实获我心。近以听政之余,参比音律,播于丝竹,韵于歌诗,象中和之容,作中和之乐,教习甫就,毕陈于兹。于是辟广庭,临内殿,张大会,示群臣,千载成文,威仪有序,礼洽欢浃,中心是嘉。上下之志通,乾坤之理得,善固未尽,和莫甚焉。聊复成篇,以言其志。

---

① 《旧唐书·张建封传》卷一四〇,第3831—3832页。

这是贞元十七年中和节赐宴诗序,比较典型地表现了德宗诗序及诗歌的特点,"中和节"的设立就在于"和",因为"和"是天地之大德,万物实生长于"和",而中春二月初一,正是"布阳和之政,畅亭育之功"的最佳节令,因此要举行宴饮,"取象于交泰之义"。而此年又恰遇"岁华载阳,嘉雪呈庆",故心情大悦,在听政之余,"参比音律,播于丝竹,韵于歌诗"。这里可以见出德宗赋诗追求一种圆润冲和之美,因此"象中和之容,作中和之乐"就不仅是整个宴会气氛的写照,更是他诗歌追求的一种境界。所以他说:"上下之志通,乾坤之理得,善固未尽,和莫甚焉。"就是要通过这样的宴会在和乐融融之中协调好各方面的关系。其诗除再现当时的乾坤交泰、烟景氤氲景象外,主要是表达"庶协南风薰""浃欢情必均""万国希可亲"的良好愿望。应该说这在当时有一定的作用,至少对时局的稳定、对朝廷上下的团结有所帮助。贞元时期德宗虽因姑息政策遭到后世史家的批评,如《旧唐书》:"赐宴之辰,徒矜篇咏。"[①]但我们也要看到,如果没有这20年相对平静的和平发展局面,就很难出现后来宪宗元和年间的中兴气象。从诗歌角度看,在上下雍穆的气氛中,使中唐前期诗歌追求一种雍容典雅的气度,出现了权德舆、于邵、武元衡等为代表的一批追求敦厚典雅风格的作家,为元和诗歌的新变作了有力的铺垫。史臣说"文雅中兴,复高前代,二南三祖,岂盛于斯"[②],也相对客观地看到了德宗朝的文学成就。

唐代帝王能诗者很多,如太宗、中宗、玄宗、德宗、文宗、宣宗等都有御制诗流传于后,而诗序的制作在玄宗达到一个高潮之后就衰落下去。对帝王诗序(含诗歌)进行考察,可得出以下几方面的结论:(1) 以帝王为中心的统治集团,控制了文学的话语权,物质条件优越,便于组织大规模的朝会。诗本来就有群居相亲、切磋琢磨、浸染感化的功能,帝王制序赋诗并要求应制唱和使儒家"诗可以群"的观念获得了鲜活的生命力;(2) 帝王的文学活动一般都具有政治教化的导向性,其创作往往是政治思想的延伸。在大型的歌舞宴乐或游历过程中,如果将自己的治国、修身等思想熔铸于其中,对朝臣乃至对社会风俗都有一定的导向作用;(3) 帝王诗序(尤其是赐序)对诗人的精神状态有重要影响,让受赐者感到无上的荣耀,或换来朝臣的忠诚;(4) 帝王的文雅生活情趣对文人的创作有直接影响,如中宗与学士及贵戚们的频繁游宴赋诗,武则天举行的赛诗会,德宗对应制诗评定等级,等等,都会刺激诗人的创作欲望,一种在规定范围内争胜毫厘的意识增强了,这种生活内容及相应的

---

① 《旧唐书·德宗本纪》,第401页。
② 同上。

创作方式,客观上使诗歌创作趋向繁荣;(5)从帝王的诗序及诗歌创作可以感受到宫廷文学的整体风格,即在总体的颂美氛围中呈现出一种趋同的格调。

当然,在初唐长达百年的徘徊中,唐诗并没有在大量的宴饮应制中走向艺术的繁荣。这说明帝王的创作,或者说宫廷文学创作具有致命的缺陷,强大的趋同意识销蚀磨灭了诗人的鲜活个性。当宴饮由宫廷转移到民间,个人情感成为表达核心,诗人的独特经历和生活体验成为诗歌的主要内容时,诗歌才真正走向艺术的高潮。张扬情性、景与情自然交融是帝王诗歌不可能达到的境界。

第四章 初唐诗序研究

第一节 初唐诗序的概况

初唐,作为一个文学历史概念,一般从唐高祖开国初年计算到唐玄宗先天元年(618—712),共94年。从历史角度看,这是一段总体上由乱世走向治世的过渡时期,经历了武德至贞观初年的征战、贞观中后期的"贞观之治"、高宗武后时期由重武功转向崇文治、武后革命、中宗复辟及宫闱内乱等重大变故。从文学发展的角度看,则是一个"百年徘徊"的局面,既没有产生一流的作家作品,也缺乏为后世仰慕的典型时代风格,似乎处于一种"期待"状态,期待诗人性情的开放,期待诗文能够走出六朝以来低迷柔弱的泥潭,使风雅比兴、汉魏风骨重新主宰文坛。与诗歌关系密切的诗序正好可以作为一个观察世风、文风的窗口,通过考察初唐时期诗序的发展历程,我们可以较为清楚地认识到骈文诗序取得的艺术成就及其缺陷。

初唐诗序的创作以初唐四杰和陈子昂为代表。据统计,《全唐诗》中收录初唐时期重要作家19人,诗序80篇,其中这五位诗人就占了51篇,占总数的64%,如果再加上《全唐文》中收录他们的大量诗序,总数约150篇。初唐诗序除了李世民的《帝京篇并序》是模仿东晋王羲之《兰亭集序》稍显骈散结合、陈子昂的《观荆玉篇并序》和《东方左史虬〈修竹篇〉并序》为散体外,其余全部为骈体。可以说初唐时期的诗序将南北朝时期产生的骈文诗序推向了一个高潮,也成为初唐时期文风的一个典型代表。

表9　唐代诗序分阶段统计表

初唐作者	《全唐诗》	《补编》	陈《补》	《全唐文》	《拾遗》	《续拾遗》	陈《补》	合计
李世民(598—649)	1			1				2
李显(656—710)	1			1				2
武则天(624—705)	2			2				4
卢照邻(634?—689)	1			5				6
王勃(650—676)	2	1		4			2	7
杨炯(650—693?)				10				10

(续表)

初唐作者	《全唐诗》	《补编》	陈《补》	《全唐文》	《拾遗》	《续拾遗》	陈《补》	合计
骆宾王(622?—684)	9			6				15
陈子昂(659—700)	12				1			13
张易之(?—705)					1			1
吴少微(?—706)	1							1
韦元旦(中宗时人)				1				1
宋之问(656—713)				2				2
沈佺期(656—715)	3							3
李峤(646—715?)	2							2
韦嗣立(654—719)	3							3
阎朝隐(?—712)	1							1
徐彦伯(?—714)	1							1
崔知贤(高宗时人)	3							3
崔泰之(667—723)	1							1
合计(19人)	43	1		32	2		2	80

第二节 台阁风流,书卷气重
——杨炯的诗序

杨炯(650—693?),华阴人,幼聪敏博学,善属文。显庆四年(659)十岁时应童子举及第,显庆五年待制弘文馆,十六年后即上元三年(676)二十七岁时才制举登科,授校书郎。永淳元年,为薛元超所荐,充崇文馆学士。后因从祖弟杨神让参与徐敬业的叛乱,杨炯受到牵累贬梓州司法参军。秩满,约天授元年召回洛阳与宋之问一起职守习艺馆,教习宫人书算众艺。如意元年(692)七月,宫中出盂兰盆,分送佛寺。武则天御洛南门,与百僚观之,杨炯献《盂兰盆赋》,词甚雅丽,得到武则天的赏识。随后授婺州盈川县令,不久,卒于任所。① 杨炯是四杰中唯一善终的诗人,张说曾评论杨炯"文思如悬河注水,酌之不竭,既优于卢,亦不减王"②。据说当时效其文风者遍及海内。就今存《杨炯集》来看,他除了在文学理论方面有突出表现外,诗文创作成就在四杰中最低,他的文章大多是碑志类的作品,在当时可能影响甚大,现在看来

---

① 参傅璇琮《唐才子传校笺·杨炯传》卷一,第34—41页。
② 《旧唐书·杨炯传》卷一九〇,第5003页。

艺术价值并不高。杨炯也是初唐时期创作诗序较多的作家,今仅对其所存的诗序试作探究。

(一) 杨炯诗序的分类情况

杨炯的诗序全部在《全唐文》中,共计 10 篇,分为三类。

第一类,宴会诗序:《登秘书省阁诗序》①、《崇文馆宴集诗序》《宴皇甫兵曹宅诗序》《宴族人杨八宅序》。第二类,游历诗序:《晦日药园诗序》《群官寻杨隐居诗序》《李舍人山亭诗序》。第三类,赠别诗序:《送徐录事诗序》《送并州旻上人诗序》《送东海孙尉诗序》。

(二) 杨炯诗序的特点

1. 宴会诗序。杨炯与其他三杰不同的最大一点是,他任弘文馆待制 16 年,后来又在内廷当宫女的教习,因此四杰中他的诗序台阁气味最浓,带有典型的朝廷气息。如《登秘书省阁诗序》:

> 若夫麒麟凤凰之署,三台四部之经,周王群玉之山,汉帝蓬莱之室。观星文而考南北,大象入于玑衡;披帝册而质龙神,负图出于河洛。司先王之载籍,掌制书之典谟。刘向沉研扬雄寂寞之士,于兹翰墨;马融该博傅毅文章之才,此焉游处。莫不出言斯善,有道可尊。黼黻其德行,珪璋其事业。
>
> 心同匪石,达人千载之交;手握灵珠,文士一都之会。陶泓寡务,油素多闲。命兰芷之君子,坐芸香之秘阁。徒观其重栏四绝,阁道三休,红梁紫柱,金铺玉舄。平看日月,唐都之物候可知;坐望山川,裴秀之舆图在即。虹蜺为之回带,寒暑由其隔阔。岂直昆仑十二,瀛海千寻?西州有百尺之楼,东国有千秋之观。于时五行金王,八月秋分。风生阊阖之门,日在中衡之道。烟云凄惨,白露下而四郊空;林野苍茫,青天高而九州迥。登山临水,无非宋玉之词;高阁连云,有似安仁之兴。列芳馔,命雕觞,扼腕抵掌,剧谈戏笑。假使神仙可得,自蔑松乔;富贵在天,终轻许史。闲之以博奕,申之以咏歌,陶陶然乐在其中矣。登高而赋,群公陈力于大夫;闻善若惊,下走自强于元晏。轻为序引,缀在辞章。

这篇诗序当作于杨炯任太子(指李显)詹事司直时期(永淳元年),时年三十

---

① 杨炯的诗序都收在清编《全唐文》卷一九一,凡引篇名及原文均不注页码。

三岁。第一段叙述秘书阁藏书的价值和沉研翰墨的博学之士的生活,认为"莫不出言斯善,有道可尊。黼黻其德行,珪璋其事业"。第二段写自己的生活情景:"陶泓寡务,油素多闲。命兰芷之君子,坐芸香之秘阁。"在杨炯看来,这样的书斋生活也有乐趣,周围虽然是"重栏四绝,阁道三休,红梁紫柱,金铺玉舄",但可以平看日月,坐望山川,欣赏唐都风物和大唐舆图。非常枯燥的书斋生活,在杨炯的笔下具有诗意,令人神往。更妙的是,高秋八月的景色秀美宜人:"风生阊阖之门,日在中衡之道。烟云凄惨,白露下而四郊空;林野苍茫,青天高而九州迥。"于是"列芳馔,命雕俎,扼腕抵掌,剧谈戏笑",产生了"蔑松乔""轻许史"的心态,陶然于博弈咏歌的趣味之中。最后是赋诗作序。这篇诗序的主要价值在于首次展现了唐代秘书省属僚的书斋生活情趣,这样的馆阁书斋,博学雅士,所作的诗歌一定是典重富赡,充满书卷气息,后来北宋初期的西昆体诗歌就是这种环境的产物,由此看来,这应该是西昆体的较早版本,可惜诗不存,无法知其详。

又如《崇文馆宴集诗序》:

  天下之器也神,立贰者所以经其化;圣人之宝也大,建储者所以赞其庸。《易》所谓照于四方,《礼》所谓贞于万国。皇家以中枢北极,清都有天子之宫;储后以大火前星,苍震有乾男之位。因心也孝,常问安于寝门;行已也恭,每不绝于驰道。有父子君臣之道焉,有夏干冬羽之事焉。于是发德音,降明诏,封紫泥于玺禁,传墨令于银书。
  齿于成均,所以明其长幼;通于博望,所以昭其宾客。东方曼倩之文史,即预谋祠;甪里先生之羽翼,仍参献寿。为宾者四友,等黄龙之筒才;论奏者八人,同赤鸟之下士。莫不搢绅旧德,缝掖名儒,衣簪拜高阙之门,骖驾陪直城之路。琢磨其道,玉质而金相;黼黻其词,云蒸而电激。琴书暇景,风月名辰。周旋揖让,观礼仪之溢目;合异离坚,闻辨论之盈耳。八珍芳馔,寒温取适于四时;一献雕俎,宾主交欢于百拜。尔其青垣缭绕,丹禁逶迤。鱼钥则环锁晨开,雀窗则铜楼旦辟。
  周庐绮合,廨署星分。左辅右弼之宫,此焉攸集;先马后车之任,于是乎在。顾循庸菲,滥沐恩荣。属多士之后尘,预群公之末坐。听笙竽于北里,退思齐国之音;觌瑰宝于东山,自耻燕台之石。千年有属,咸蹈舞于时康;四坐勿喧,请讴歌于帝力。小子狂简,题其弁云。

这篇诗序与上面一篇作于同时,典饰凝重,又充满说教气味。第一段从文献中找"立贰""建储"的理论根据,赞美太子李显的德行和才能,堪当大任,有明显的颂圣心态。第二段也是引用辅佐太子的历史名人来颂扬崇文馆的诸位学士的才德双馨:"莫不搢绅旧德,缝掖名儒,衣簪拜高阙之门,骖驾陪直城之路。琢磨其道,玉质而金相;黼黻其词,云蒸而电激。"接着叙写闲暇时的宴聚情景,最后是"咸蹈舞于时康""请讴歌于帝力",赋诗献颂。这篇诗序没有上一篇出色的景物描写,可能与这是一次单纯的宴会有关,也可能太子同时也在场,"周旋揖让,观礼仪之溢目""一献雕觞,宾主交欢于百拜"的庄严气氛,不适合文人大肆描绘风景。杨炯本来很有才华,但这种必须长期抑制情感的环境,限制了他才能的发挥。在四杰中,他的生活境遇最好,而成就最低,大概与环境因素有关。

杨炯也有一篇参加官员家宴的诗序,风格与前面的两篇大致相同。《宴皇甫兵曹宅诗序》:

> 皇甫君冠冕于安定,李校书羽仪于陇西,岑正字明目于汉南,石宫坊抵掌于河朔。高侯邦之司直,下走齐之滥吹。若夫风云龙虎,水火阴阳,隔千里而应之,莫不潜契于同声矣;圣明千载,区宇一家,掩八纮以得之,莫不高会于中京矣。是日也。河图适至,海鲸初死。五岳四渎,汉皇帝崇其望祀;一日三朝,周天子展其庄敬。君臣庆色,朝野欢心。元宴先生开甲第而留宾,二三君子赴龙门而广宴。阴云已墨,肃气弥高。霜寒万里之园,冰纳千金之水。面郊后市,即为潘岳之居;累代通家,咸言李膺之客。百年何计?相知在于我心;四海何求?为乐止于名教。抽毫进牍,皆请赋诗。日暮途远,聊裁序引。

这篇诗序中有"莫不高会于中京"和"周天子展其庄敬"等句,当作于洛阳,可能是任习艺馆教习时所作。皇甫君、李校书、岑正字、石宫坊、高侯等人,都是很有名望的人。在"君臣庆色,朝野欢心"的时候,举行宴会,对杨炯来说是"赴龙门而广宴",因此面对"阴云已墨,肃气弥高。霜寒万里之园,冰纳千金之水"的景象和"累代通家"的友谊,众人要"抽毫进牍,皆请赋诗"。与王勃逢宴必景的写法不同,杨炯注重宴会诗序的应酬性。这也许是因为他参加的宴会性质不同于王勃参加的文人相聚宴会,写景的才能不宜在此展露。当遇上合适的家宴,杨炯也有挥洒真性情的时候,如《宴族人杨八宅序》:

> 仆闻八音繁会,合其德者宫商;万壑沸腾,殊其流者泾渭。方以类聚,物以群分。出言斯应,则四海之内可以为兄弟;吾道不行,则同舟之人可以成胡越。夫俗徒扰扰,天下喧喧。风云竭而交道衰,势利行而小

人长。固知深期罕遇,所以纵倾盖之谈;高契难并,所以泣相知之晚。道之行也,独在兹乎?

杨八官金木精灵,山河粹气。一门九龙之绂冕,四代五公之绪秩。天资学业,口谈夫子之文;日用温良,身佩先王之德。独游山水,高步烟霞。诸侯闻之而愿交,三公礼之而争辟。暂同流俗,薄游朝市。人伦赏鉴,同推郭泰之名;好事相趋,毕诣扬雄之宅。

尔其年光六合,草色三春。膏雨零于山原,和风满于城阙。遥遥别馆,花开玉树之宫;望望八川,苔发横溪之水。当此时也。披云雾傲松乔,坐忘樽酒之间,战胜形骸之外。雕虫壮思,则符彩惊人,非马高谈,则铿锵满听。亹亹然信天下之奇赏,陶陶然诚域中之乐事。若使陈雷可作,摄齐于廊庑之间;管鲍再生,拥篲于高门之外。盖因文会,共记良游。人赋一言,同裁四韵。

这是杨炯宴会诗序中情性比较开张的一篇,从首段的感慨来看,可能作于晚期。强调"出言斯应"的道理,对"俗徒扰扰""天下喧喧"的势利小人充满鄙夷,与杨八相见恨晚。接着叙述了杨八的家世和品性,既赞美他"金木精灵,山河粹气"的风度仪表,又赞赏他"独游山水,高步烟霞"的人生意趣。进入杨八家舍后,描写了三春丽景:"年光六合,草色三春。膏雨零于山原,和风满于城阙。遥遥别馆,花开玉树之宫;望望八川,苔发横溪之水。"这段景物描写,作为他们高谈阔论、坐忘樽酒的重要陪衬,也是他们情性舒展的触媒。因此在陶然忘形之余,要赋诗作序"共记良游"。从中可以看出杨炯具有文人"披云雾傲松乔"的本色,虽然整体上还未脱去惯有的凝重。

2. 游历诗序。杨炯在长期的馆阁书斋生活间隙,也偶有外出游赏的机会,他的几篇游历诗序记录了他的这些经历。如《群官寻杨隐居诗序》:

若夫太华千仞,长河万里,则吾土之山泽,壮于域中。西汉十轮,东京四代,则吾宗之人物,盛于天下。乃有浑金璞玉,凤戢龙蟠,方圆作其舆盖,日月为其扃牖。天光下烛,悬少微之一星;地气上腾,发大云之五色。以不贪为宝,均珠玉以咳唾;以无事为贵,比旗常于粪土。诸侯不敢以交游相得,三府不敢以辟命相期。与夫形在江海,心游魏阙,迹混朝市,名为大隐,可得同年而语哉?

天子巡于下都,望于中岳。轩皇驻跸,将寻大隗之居;尧帝省方,终全颍阳之节。群贤以公私有暇,休沐多闲。忽乎将行,指林壑而非远;莞尔而笑,览烟霞而在瞩。登块圠,践莓苔。阮籍之见苏门,止闻鸾啸;卢敖之逢高士,讵识鸢肩?忆桑海而无时,问桃源之易失。

  寒山四绝,烟雾苍苍;古树千年,藤萝漠漠。诛茅作室,挂席为门。石隐磷而环阶,水潺湲而匝砌。乃相与旁求胜境,遍窥灵迹。论其八洞,实惟明月之宫;相其五山,即是交风之地。仙台可望,石室犹存。极人生之胜践,得林野之奇趣。浮杯若圣,已蔑松乔;清论凝神,坐惊河汉。游仙可致,无劳郭璞之言;招隐成文,敢嗣刘安之作。

这是杨炯骈文的代表作,高步瀛《唐宋文举要》即选录此篇。① 高先生引《旧唐书·高宗本纪》:"调露二年二月丁巳,至大室山,又幸隐士田游岩所居。己未,幸嵩阳观。"认为群官寻杨隐居,疑在此时。② 当时杨炯只有三十一岁。这篇诗序具有初唐时期骈文的基本特征。首先是用典丰富切当,如第一段运用杨氏先人的"以不贪为宝,均珠玉以咳唾;以无事为贵,比旗常于粪土"来映衬杨隐居的品德高尚,用王戎赞美山涛如"浑金璞玉,凤戢龙蟠"来描写这位并未见到的杨隐居的仪表,赞赏他"方圆作其舆盖,日月为其肩髆"的恬淡而开阔的胸襟气度,不同于那些"形在江海,心游魏阙,迹混朝市"的假隐士。从杨炯的用词中不难看出他对家族有一种自豪感,通过赞美杨隐居,实际上也有夸饰家族的用意。再如第二段运用阮籍游苏门不遇孙登写群官寻杨隐居而不遇,又用卢敖遇仙人而不识的典故说即使遇上了也未必相识,正反对比,突出杨隐居的修道之深。其次,这篇诗序突出的特点在于描写景象富于气势,并且前后有变化,如开篇描写嵩山是:"太华千仞,长河万里,则吾土之山泽,壮于域中。"气势磅礴,境界开阔,笔力雄壮。后面描写杨隐居的幽居景致是"寒山四绝,烟雾苍苍;古树千年,藤萝漠漠。诛茅作室,挂席为门。石隐磷而环阶,水潺湲而匝砌。"则清幽淡雅,古朴庄重,境界优美。前者与杨氏辉煌的家族历史"西汉十轮,东京四代,则吾宗之人物,盛于天下"相映生辉,后者与杨隐居恬淡无为、与世无争的性格相互比美,两处景物描写都起到了以实写虚的作用,又具有文采飞动之美。再次,这篇诗序也表现了杨炯羡慕隐居生活的情趣,体现了他性格的另一面,与他满身的台阁气味形成鲜明的对照。高步瀛先生评曰:"骨肉匀停,色味俱美,骈文正则。"③确实具有规范骈文格调的意义。

又如《晦日药园诗序》,这篇诗序作于"丁丑之年,孟春之晦"。杨炯一生经历的唯一"丁丑"年是高宗仪凤二年,杨炯时年二十八岁,正好是制举登科

---

① 见高步瀛《唐宋文举要》(下)第1207页,上海古籍出版社,1982年3月版。
② 同上。
③ 同上书,第1211页。

后授校书郎的第二年。这篇诗序是早年的游历之作。第一段强调"礼""乐"虽然"为贵""为盛",但也有"饰容貌于矜庄""陶性灵于歌舞"虚饰的负面影响,因此达人君子"心照神交,混荣辱于是非之境"就非常可贵了。这些议论为下面的与相知友人游赏药园埋下伏笔。以议论某个宏大道理作为开篇几乎成为杨炯诗序的惯用手法。第二段描述"同会于文场者"游赏药园的情景:"衣冠杂沓,出城阙而盘游;车马骈阗,俯河滨而帐饮。乃有神州福地,上药中园。左太冲所云当衢向术,潘安仁以为面郊后市。九茎仙草,摇八卦之祥风;四照灵葩,泫三危之宝露。"真切如画,运用典故修饰药园的独特地理位置,别有风味。议论一番药物的神奇功用后,杨炯又回到风景的描述上来:"回溪漱石,茂林修竹。澹风日之逶迤,妙山泉之体势。然后搴杜若,藉芝兰,高论参元,飞觞举白,凡我良友,同声相应。"于是宠辱皆忘,进入了随运大化的超然境界,最后是赋诗抒怀,歌颂盛世。

最后再看他的《李舍人山亭诗序》:

> 永嘉有高阳公山亭者,今为李舍人别墅也。廊宇重复,楼台左右。烟霞栖梁栋之间,竹树在汀洲之外。龟山对出,背东武而飞来;鹤阜相临,向东吴而不进。青溪数曲,赤岩千丈。寥廓兮惚恍,似蓬岭之难行;深邃兮眇然,若桃源之失路。信可谓赤县幽栖,黄图胜景。从来八子,辟高阳之邑居;今日四郊,逢舍人之置驿。故知樊家失业,遂作庾公之园;习氏不游,终成濮阴之地。
>
> 其人也,凝脂点漆,琼树瑶林,学富文史,言成准的。葭莩为汉帝之亲,凡蒋是周公之裔。田孟尝之待客,照饭无疑;孔文举之邀欢,樽中自溢。三冬事隙,五日归休。奏金石而满堂,召琳琅而触目。心焉而醉,德焉而饱。大隐朝市,本无车马之喧;不出户庭,坐得云霄之致。于是乎百年无几,万事徒劳。唯谈笑可以遣平生,唯文词可以陈心赏。既因良会,咸请赋诗。虽向之所欢,已为陈迹;俾千载之下,感于斯文。

这是杨炯写得最清爽的一篇诗序。第一段描绘永嘉高阳公山亭的山水之美:"廊宇重复,楼台左右。烟霞栖梁栋之间,竹树在汀洲之外。龟山对出,背东武而飞来;鹤阜相临,向东吴而不进。青溪数曲,赤岩千丈。"纯用白描,极显胜境。第二段在赞美主人"凝脂点漆,琼树瑶林,学富文史,言成准的"之后,立即叙述宴会的情景,运用一系列与待客、宴饮有关的典故,突出"心焉而醉,德焉而饱"的独特感悟。因此"唯谈笑可以遣平生,唯文词可以陈心赏",最后是赋诗纪兴,并想与当年山阴兰亭聚会那样,流芳后世。

3. 赠别诗序。杨炯没有王勃、骆宾王那样四处漂泊的人生经历,又在秘书省那样相对封闭的环境任职,参加宴会并赠别友人的机会大概不是很多。所以这方面的诗序撰写较少,只有三篇。

其中《送徐录事诗序》第二章已有分析。又如《送东海孙尉诗序》,这一篇诗序当与《送徐录事诗序》作于同一时期,赞美孙尉"文章动俗,符彩射人"后,谈论一番为官远近、优劣的问题,杨炯认为"三元合朔,九州同轨。蓬瀛可访,还疑上苑之中;日月不占,更似灵台之下",安慰友人不要以"作东南之一尉"为屈辱,要通脱自在一些。最后悬想将来在朝廷的重逢来抒发别后相思之情:"晨看旅雁,君逢系帛之书;夕望牵牛,余候乘槎之客。"虽用典故,却富于深情。

初唐文人与僧人交往比较频繁,因而有不少送别上人的诗序,杨炯也有一篇《送并州旻上人诗序》:

> 三元日月,不能改弦望之期;四序炎凉,不能移变通之运。况乎人生天地,岳镇东西?良时美景,始云蒸而电激;临水登山,忽风流而雨散。道之常也,复何言哉?
>
> 上人天骨多奇,神情独王。法门梁栋,岂非龙象之雄?晋国英灵,即是河汾之宝。道尊德贵,所以名称并闻;尽性穷神,所以身心不动。遍观天下,暂游城阙。刘真长之远致,雅契高风;习凿齿之宏才,深期上德。芝兰一面,暂悦新知;垂棘连城,将游旧府。鸡山法众,饯行于素浐之滨;麟阁良朋,祖送于青门之外。是日也,河山雨气,原野秋阴。风烟凄而禁御寒,草木落而城隍晚。云中振锡,有如鸿鹄之飞;水上乘杯,更似神仙之别。左右为之魂动,金石由其色变。恒山岱岳,看宝鼎于风云;帝里神州,对长安于白日。两乡绵邈,何当惠远之游;千里相思,空有关山之望。群贤佥议,咸可赋诗。题其爵里,编之简牍。

这位旻上人"遍观天下"后从长安返回并州恒山,此序应该作于杨炯任校书郎期间。杨炯是将上人当作道友看待的,第一段讲一通人生不免分别的大道理,就像月有阴晴圆缺,四时有不断的更替,就像"良时美景,始云蒸而电激;临水登山,忽风流而雨散",因此离别之际没必要过于悲伤。这与王勃的诗句"无为在歧路,儿女共沾巾"同一意趣,说明他们对人生有比较通脱的看法。第二段从多种角度赞美上人的品性和修养,"刘真长之远致,雅契高风;习凿齿之宏才,深期上德",评价非常高,充满了景仰之情。然后描写宴会离别时的景象:"河山雨气,原野秋阴。风烟凄而禁御寒,草木落而城隍晚。云中振锡,有如鸿鹄之飞;水上乘杯,更似神仙之别。左右为之魂动,金石由其色变。恒山岱岳,看宝鼎于风云;帝里神州,对长安于白日。两乡绵邈,何当惠远之游;千里相思,空有关山之望。"写景壮阔,形象飞动,又不缺乏真情,具有较高的艺术技巧。特别是写别后两地的相思,充满人间的温情,言尽而意无穷。

总体上看,杨炯的诗序具有这样一些特点:(1)充满书卷气息,擅长用典,语言凝练,有老成之风;(2)景物描写比较简洁,注重气象和意境的结合,脱离了他所批评的龙朔文风的堆垛臃肿之弊病;(3)注重人物的形象刻画,展现人物的精神境界;(4)往往以议论开篇,赋诗抒怀结束,情景结合较好,富于人间的温情。其主要缺点是结构单一,语言缺少变化,不够圆融,运用典故有王勃一样贴标签的倾向;另外叙述因素的淡化,写景的类型化也比较突出;有些诗序颂美过度,未免虚假,这与他过分看重应酬性有关,总体上不及王勃的情思和文采。

第三节　沉沦不遇,悲怆抑郁
——骆宾王的诗序

骆宾王(619?—687?)①,义乌人。《旧唐书·骆宾王传》说:"少善属文,尤妙于五言诗,尝作《帝京篇》,当时以为绝唱。然落魄无行,好与博徒游。高宗末,为长安主簿。坐赃,左迁临海丞,怏怏失志,弃官而去。文明中,与徐敬业于扬州作乱。敬业军中书檄,皆宾王之词也。敬业败,伏诛,文多散失。"②骆宾王的行事《新唐书·骆宾王传》有补充:"初为道王府属,尝使自言所能,宾王不答。历武功主簿。裴行俭为洮州总管,表掌书奏,不应,调长安主簿。武后时,数上疏言事,下除临海丞。"③对骆宾王生平的考订大多围绕这两传提供的线索进行,已经取得了较大的进展。骆宾王是初唐四杰中诗文兼善者,年岁也较高,一生非常坎坷,也是沉沦下僚终生不遇的典型代表。从诗序创作来看,在四杰中,他是唯一的诗、序双存最多的诗人。

(一)骆宾王诗序的基本情况

骆宾王的诗序分别收在《全唐文》和《全唐诗》中,如表10:④

---

① 按:骆宾王的生卒年也没有定论,这里主要依据骆祥发的说法,见傅璇琮主编《唐才子传校笺》第一册第55—65页。另外,闻一多《唐诗大系》定为(640?—687?),不为学界认可。
② 《旧唐书·骆宾王传》卷一九〇,第5006—5007页。
③ 《新唐书·骆宾王传》卷二〇一,第5742页。
④ 按:《全唐文》卷一九九骆宾王诗序中的《饯李八骑曹序》与《王子安集》中《送李十五序》相同,据考证为王勃所作可能性大,故入王集,不入骆集。

表 10

类别\出处	《全唐文》	《全唐诗》	合计
宴会诗序	4	2	6
游历诗序	3	0	3
赠别诗序	2	3	5
留别诗序	0	1	1
酬赠诗序	0	1	1
独特经历序	0	2	2
独特观念序	0	1	1
合计	9	10	19

第一类,宴会诗序:《秋日于益州李长史宅宴序》《晦日楚国寺宴序》《初夏邪岭送益府窦参军宴诗序》《秋日与群公宴序》(《全唐文》卷一九九)、《初秋登王司马楼宴得同字并序》(《全唐诗》卷七七)、《初秋于窦六郎宅宴并序》(《全唐诗》卷七八)。第二类,游历诗序:《冒雨寻菊序》《扬州看竞渡序》《圣泉诗序》(《全唐诗》卷一九九)。① 第三类,赠别诗序:《饯宋三之丰城序》《秋日饯曲录事使西州序》(《全唐诗》卷一九九)、《秋日饯陆道士陈文林并序》(《全唐诗》卷七八)、《秋日送尹大赴京》《秋夜送阎五还润州并序》(《全唐诗》卷七八)。第四类,留别诗序:《于紫云观赠道士并序》(《全唐诗》卷七八)。第五类,酬赠诗序:《夏日游德州赠高四并序》(《全唐诗》卷七七)。第六类,独特经历诗序:《在狱咏蝉并序》(《全唐诗》卷七八)、《伤祝阿王明府并序》(《全唐诗》卷七九)。第七类,独特诗歌观念诗序:《浮槎并序》(《全唐诗》卷七九)。

(二) 骆宾王诗序的特点

1. 宴会诗序。四杰中骆宾王与王勃的诗序风格比较接近,可能与二人四处漂泊的经历有关,都擅长描写宴会场景,骆宾王的宴会诗序中充满对禅道境界的向往。如《秋日于益州李长史宅宴序》:

夫以五岳栖真,杳眇清溪之上;六爻贞遁,寂寥沧海之滨。斯并激俗矫时,独善之风自远;怀材蕴智,兼济之道未宏。长史公元牝凝神,虚

---

① 陈熙晋《骆临海集笺注》卷九说:"此序各本不载,今从《全唐文》录出。检《王子安集》有《圣泉宴诗》一首,序即此篇也。且子安在梓州所作诗文尚多。恐非骆文。"第 327 页,上海古籍出版社,1985 年 9 月版。这里取陈说。

舟应物。得丧双遣,巢由与许史同归;宠辱两存,廊庙与山林齐致。乘展骥之余暇,俯沈犀以开筵。曲浦澄漪,似对任棠之水;芳亭兴洽,如归山简之池。加以秋水盈襟,寒郊满望,洲渚肃而蒹葭变,风露凝而荷芰疏,忘怀在真俗之中,得性出形骸之外。虽四子讲德,已颂美于中和;而五际陈诗,未形言于大雅。爰命虚谀,题其序云:弁侧山颓,自有琴歌留客;操觚染翰,非无池水助人。盍各赋诗,式昭乐事云尔。

这篇诗序当作于益州,具体时间不可考,陈熙晋笺注时未考证情事。由诗序开头的论"栖真""独善"来看,这位李长史是一个崇尚清静、向往归隐的人。所以骆宾王不无赞美地说:"元牝凝神,虚舟应物。得丧双遣,巢由与许史同归;宠辱两存,廊庙与山林齐致。"正是因为志同道合,骆宾王参加了这次宴会。照例,宴会诗序要描写景物,他写道:"秋水盈襟,寒郊满望,洲渚肃而蒹葭变,风露凝而荷芰疏。"写景也不忘强调忘怀真俗的精神追求。最后的赋诗却是"已颂美于中和""未形言于大雅",则强调言志方面,表现了他对出处与否的矛盾心情。

又如《晦日楚国寺宴序》:

> 夫天下通交,忘筌蹄者盖寡;人间行乐,共烟霞者几何?群贤抱古人之清风,玩新年之淑景。情均物我,缁衣将素履同归;迹混污隆,廊庙与江湖齐致。于时春生城阙,气改川原。闻迁莺之候时,行欣官侣;见游鱼之贪饵,坐悟机心。加以慧日低轮,下禅枝而返照;法云凝盖,浮定水以涵光。忘怀在真俗之中,得性出形骸之外。虽交非习静,多惭谷口之谈;然醉可逃喧,自得山阳之气。诗言志也,可不云乎?

值得注意的是这篇诗序宴会地点就在楚国寺,文中也有与上面一篇相同的两句"忘怀在真俗之中,得性出形骸之外",说明群公的游宴寺庙,追求的是"缁衣将素履同归""廊庙与江湖齐致"的亦官亦隐的任性逍遥生活。只不过这篇诗序多了一些独特情境的描写,如在春风怡荡、气改川原的时候,"慧日低轮,下禅枝而返照;法云凝盖,浮定水以涵光",就符合寺庙特征。在这种境界里醉酒赋诗,应该别有一番情趣。由此可见初唐时期文人游历寺庙的生活情状,是不受束缚、没有禁忌而充满诗意的。

再如《秋日与群公宴序》,这篇诗序开头还是展现那种"挂瓢隐舜""潜心物外"的闲适生活方式。接着强调群公的志同道合:"或道合忘筌,契金兰而贵旧;或情深倾盖,披玉叶以交新。"然后是景物描写:"玉女司秋,金乌返照。

烟含碧筱,结虚影于鳞枝,风起青蘋,动波文于翼态。庭榴剖实,擎丹彩以成珠;岸石澄澜,泛清漪而散锦。"景象真切如画,富于动态感和艺术表现力。最后自然是赋诗抒怀,这里骆宾王将诗歌当作"雅什"看待,是"引文江""开笔海"的文人展示文采的重要方式。

当然,骆宾王也有单纯的宴会赠别诗序,这时候,就只有朋友之间的感情,不再表现对禅道境界的追求了。如《初夏邪岭送益府窦参军宴诗序》:

> 分首三春,送君千里。青山白日,非旧国之春秋;翠罍清樽,是他乡之杯酒。况复圭峰南望,切登高之情;渭水北流,动临川之叹。于时寒光将歇,春景未华,残雪飘花,犹开六出;轻水涵影,未解三川。晨风轸孙楚之情,歧路下杨朱之泪。虽载言载笑,赏风月于离前;而一咏一吟,寄心期于别后。诗言志也,可不云乎?

虽然题目是宴会诗序,但实际上,主要笔墨都落在写景抒情上。一开篇就点明"分首三春,送君千里"的主旨,然后强调"翠罍清樽,是他乡之杯酒",客中送客,心中更多了一份依依惜别的深情。接着是展现离别时的情景。尽管运用了一些相关的典故,但是托景抒情还是很感人的,尤其结尾的"虽载言载笑,赏风月于离前;而一咏一吟,寄心期于别后"更是真挚难分难舍,这种情景下即景赋诗,也应该是一片纯真没有任何掩饰的心声流露。

最后看《初秋于窦六郎宅宴并序》:

> 六郎道合采葵,啸悬鹑而契赏;诸君情谐伐木,仰登龙以缔欢。于时一叶惊寒,下陈柯而卷翠;百花凝照,澹虚牖以披红。既而俱欣得兔之情,共掩亡羊之泪。物我双致,匪石席以言兰;心口两齐,混污隆而酌桂。虽忘筌戴笠,兴交态于灵台;而搦管操觚,叶神心于胜气,盍陈六义,诗赋一言。即事凝毫,成者先唱云尔。

> 千里风云契,一朝心赏同。
> 意尽深交合,神灵俗累空。
> 草带销寒翠,花枝发夜红。
> 唯将澹若水,长揖古人风。

这篇诗序与诗歌双存,序文开头简要叙说自己与窦六郎心志相通,随即描写秋景:"一叶惊寒,下陈柯而卷翠;百花凝照,澹虚牖以披红。"由欣赏景物而进入"物我双致,匪石席以言兰;心口两齐,混污隆而酌桂"的精神佳境,因此借酒兴作诗抒怀。

2. 赠别诗序。骆宾王的赠别诗序不多,却特别富于深情厚谊。如《饯宋三之丰城序》:

> 黯然销魂者,岂非生离之恨与?帝里天津,槐衢分黑龙之水;巴陵地道,枫江连白马之门。亲友徘徊,缔欢言于促膝;故人樽酒,掩离涕于交颐。于时晚吹吟桐,疑奏别离之曲;轻秋入麦,似惊摇落之情。白日将颓,青山行暮。想姑苏之地,夕露沾衣;望吴会之郊,断风飘盖。嗟乎!歧路是他乡之恨,沟水非明日之欢。玉斗临吴,太阿之气可识;金陵背楚,小子之路行遥。动各赋诗,式昭离绪。

这篇诗序非常具有诗的意蕴,充满浓郁的人情味。一开篇就点明"黯然销魂"的生离别恨,令人神伤,接着写景烘托:"帝里天津,槐衢分黑龙之水;巴陵地道,枫江连白马之门。"当前的景象和友人目的地的景象相互映衬,展开了一个广阔的抒情空间。继而描述亲友、故人送别时的"缔欢言于促膝""掩离涕于交颐"。更妙的是,骆宾王还采用移情手法,托物言情:"晚吹吟桐,疑奏别离之曲;轻秋入麦,似惊摇落之情。"这是神来之笔,一个"疑"一个"似",晚风和轻秋也似乎懂得人类的情感,此情此景,人何以堪!为了渲染离情别绪,骆宾王又进一步悬想一路风景来慰藉相思:"想姑苏之地,夕露沾衣;望吴会之郊,断风飘盖。"客中送客,自己内心也充满了悲慨,"歧路是他乡之恨,沟水非明日之欢"即是这种感情的流露,惜别的难舍之情和自己的漂泊之恨交融在一起。虽然诗已不存,但透过此序已经能够充分感受诗歌的意境和情绪。这是骆宾王用典较少的一篇诗序,情景交融的艺术特征比较明显。

骆宾王不同于其他三杰的是他很多赠别诗序中所赋的诗歌留存下来了,因此可以诗文同赏,为诗文的交融提供了样本。如《秋日送尹大赴京》:

> 尹大官三冬道畅,指兰台而拾青;薛六郎四海情深,飞桂尊而举白。于时兔华东上,龙火西流。剑彩沈波,碎楚莲于秋水;金辉照岸,秀陶菊于寒堤。既切送归之情,弥轸穷途之感。重以清江带地,闻吴会于星津;白云在天,望长安于日路。人之情也,能不悲乎?虽道术相望,协神交于灵府;而风烟悬隔,贵申心于翰林。请振词锋,用开笔海,人为四韵,用慰九秋。

> 挂瓢余隐舜,负鼎尔干汤。
> 竹叶离樽满,桃花别路长。
> 低河耿秋色,落月抱寒光。
> 素书如可嗣,幽谷伫宾行。

这篇诗序中"三冬道畅,指兰台而拾青"是对尹大的祝愿,而"四海情深,飞桂尊而举白"则表达惜别的情感。然后运用大量典故和景物描写围绕这两个方面进行渲染,"重以清江带地,闻吴会于星津;白云在天,望长安于日路"绾结客我双方,最后是赋诗"人为四韵,用慰九秋"。诗与序相互对应,序中所涉及的内容,在诗中也有交代:首联概括客我双方,友人赴京"干汤"即"指兰台而拾青",我则"隐舜"即"剑彩沉波,碎楚莲于秋水";第二联写离别,是对序中描写的精练概括;第三联写景衬托气氛,是对序文写景部分的补充;末联与序文末尾相辉映,是对友人旅途的慰藉。无论序还是诗,都追求情景交融,追求凝练整饬。这充分说明初唐时期诗序对诗歌有一种制约作用,赠别诗序的结构模式和情调氛围对赠别诗有重要影响。总体上看,序文优于诗歌,这在初唐时代具有一定的代表性。

又如《秋日饯陆道士陈文林并序》:

> 陆道士将游西辅,通庄指浮气之关;陈文林言返东吴,修途走落星之浦。于是维舟锦水,藉兰若以开筵;继骑金堤,泛榴花于祖道。于时赤烟沈节,青女司晨。霜雁衔芦,举宾行而候气;寒蝉噪柳,带凉序以含情。加以山接太行,耸羊肠而飞盖;河通少海,疏马颊以开澜。登高切送归之情,临水感逝川之叹。既而嗟别路之难驻,惜离尊之易倾。虽漆园筌蹄,已忘言于道术;而陕阳风雨,尚抒情于咏歌。各赋一言,同为四韵,庶几别后,有畅离忧云尔。

> 青牛游华岳,赤马走吴宫。
> 玉柱离鸿怨,金罍浮蚁空。
> 日霁嵪陵雨,尘起洛阳风。
> 唯当玄度月,千里与君同。

这是赠别陆道士和陈文林的诗序,陆"将游西辅",而陈"言返东吴",因此对友人旅途是对称双写,然后绾结于眼下统一的秋景:"赤烟沈节,青女司晨。霜雁衔芦,举宾行而候气;寒蝉噪柳,带凉序以含情。"再以太行山和黄河的壮阔景象作陪衬,表达登高送远、临水伤别之情,最后是安慰友人,赋诗赠别。这一完整的送别过程,在诗歌里也有表述。首联概括陆、陈二人的远行目的地,颈联叙写宴会情绪,展现离别时的场面,颔联用洛阳的景象作陪衬,最后抒发望月相思的惜别深情。诗与序相比,更显空灵,而序则翔实,带有一种雄浑壮健的气势。再如《秋夜送阎五还润州并序》,这位阎五返回故乡,李六郎设宴饯别,当时是"璧彩澄虚,漏轻光于云叶,珪阴散迴,摇碎影于风梧",一派深秋的景象,因此一面"劝君更尽一杯酒",一面抒发"青山黄鹤,将惆怅于九秋"的感伤之情。诗曰:"通庄抵旧里,沟水泣新知。断云飘易滞,连露积难披。素风啼迥堞,惊月绕疏枝。无力励短翰,轻举送长离。"基本结构和诗序一样,只是特别注重情感的表达,带有自己漂泊异乡的身世之感。

3. 游历诗序。骆宾王的文人特征还表现在他的游历诗序之中。如《冒雨寻菊序》:

　　白帝徂秋,黄金胜友,解尘成契,冒雨相邀。问凉燠则鸿雁在天,叙交游则芝兰满室。砌花舒菊,还同载酒之园;岸叶低松,直枕维舟之浦。参差远岫,断云将野鹤俱飞;滴沥空庭,竹响共雨声相乱。仰折巾于书阁,行阅飘莽;把雅步于琴台,坐闻流水。字中蝌蚪,竞落文河;笔下蛟龙,争投学海。珠帘映水,风生曳露之涛;锦石封泥,雨湿印龟之岸。泛兰英于户牖,座接鸡谈;下木叶于中池,厨烹野雁。坠白花于湿桂,落紫蒂于疏藤。虽物序足悲,而人风可爱。留姓名于金谷,不谢季伦;混心迹于玉山,无惭叔夜。

这篇诗序描述了跟朋友冒雨寻菊的独特经历,非常富有诗意。他们浮舟载酒到洲渚赏菊,"参差远岫,断云将野鹤俱飞;滴沥空庭,竹响共雨声相乱",写景境界开阔,整饬宏丽,句法和意境都与王勃相同。接着写文人的弹琴、观书、阅字、作文等活动,然后又回到雨景上来:"珠帘映水,风生曳露之涛;锦石封泥,雨湿印龟之岸。"这风雨已经完全艺术化了,具有诗情画意。最后在清谈和宴会中观赏"坠白花于湿桂,落紫蒂于疏藤"的景致。虽然时序是使人悲愁的秋天,但是"人风可爱",抵消了一切的低落情绪。所以比肩先贤的心境产生了,希望能像当年石崇那样在金谷园赋诗纪兴,流传不朽。

又如《初秋登王司马楼宴得同字并序》,这篇诗序开篇点明王司马在闲暇时候举行宴会,接着描写秋景:"葭散秋灰,檀移夏火。鸿飞渐陆,流断吹以来寒;鹤鸣在阴,振中天而警露。"在这样清迥宜人的背景下,"肴开玉馔",仿佛闻到了兰花的幽香,"酒泛金翘",仿佛酒中泛着菊花的倩影。因此"物色相召,江山助人",只有诗歌才能表达此时此境的心态和感受。诗曰:"展骥端居暇,登龙喜宴同。缔赏三清满,承欢六义通。野晦寒阴积,潭虚夕照空。顾惭非梦鸟,滥此厕雕虫。"其中"野晦寒阴积,潭虚夕照空"是空灵隽永的名联,涵虚包融、令人神远,表达了诗序中未能体现的意蕴。再如《扬州看竞渡序》,描写了夏日在扬州观赏龙舟竞渡的情景:"夏日江干,驾言临眺,于时桂舟始泛,兰棹初游,鼓吹沸于江山,绮罗蔽于云日。嫔娟舞袖,向绿水以频低;飘扬歌声,得清风而更远。是以临波笑脸,艳出浦之轻莲;映渚蛾眉,丽穿波之半月。靓妆旧饰,此日增奇;弦管相催,兹辰特妙。"既写出了江中舟子操舟争渡、气壮河山的激越场面,又表现出岸上美女如云、清歌飘扬的美妙氛围,还特别描写出采莲姑娘的动人形象。因此骆宾王抑制不住诗兴说:"能使洛川回雪,犹赋陈思;巫岭行云,专称宋玉,凡诸同好,请各赋诗云尔。"诗歌是文人生活的一小部分,在这篇诗序中再次得到印证。

4. 酬赠诗序。骆宾王的遭遇非常曲折,带有初唐时代文士普遍的悲剧命运。因此他深沉而苍凉的人生感慨经常通过诗序向知己倾诉。与宴会群聚送别友人不同,这样的酬赠之作,带有独抒性灵的色彩,如《夏日游德州赠高四并序》:①

> 夫在心为志,发言为诗。诗有不得尽言,言有不得尽意。仆少负不羁,长逾虚诞。读书颇存涉猎,学剑不待穷工。进不能矫翰龙云,退不能栖神豹雾。抚徇诸己,深觉劳生,而太夫人在堂,义须捧檄。因仰长安而就日,赴帝乡以望云。虽文阙三冬,而书劳十上。嗟乎!入门自媚,谁相谓言?致使君门隔于九重,中堂远于千里。既而交非得兔,路是亡羊。敬止弊庐,揭来初服。遂得载披玉叶,款洽金兰,倾意气于一言,缔风期于千祀。虽交因气合,资得意以敦交;道契言忘,少寄言而筌道。是以轻投木李,以代疏麻。章句繁芜,心神愧恧。庶瞻雅韵,伫辱报章。则紫曜运星,开龙文于剑匣;素辉亏月,领骊颔于珠胎云尔。

> 日观邻全赵,星临俯旧吴。嵩津开巨浸,稽阜镇名都。
> 紫云浮剑匣,青山孕宝符。封疆恢霸道,问鼎竞雄图。
> 神光包四大,皇威震八区。风烟通地轴,星象正天枢。
> 天枢限南北,地轴殊乡国。辟门通舜宾,比屋封尧德。

---

① 按:这篇诗序及诗歌,应该是骆宾王中年时期(任长安主簿前后)仕途受挫后的作品,应当作于《帝京篇》(上元三年)之前。增订注释《全唐诗》排在第一首的位置,可能认为是早期之作。而陈熙晋将《帝京篇》排在卷首,可能是从代表作的角度看问题。

言谢垂钩隐,来参负鼎职。天子不见知,群公讵相识。
未展从东骏,空戢图南翼。时命欲何言,抚膺长叹息。
叹息将如何,游人意气多。白雪梁山曲,寒风易水歌。
泣魏伤吴起,思赵切廉颇。凄断韩王剑,生死翟公罗。
罗悲翟公意,剑负韩王气。骄饵去易论,忌途良可畏。
凤昔怀江海,平生混泾渭。千载契风云,一言忘贱贵。
去去访林泉,空谷有遗贤。言投爵里刺,来泛野人船。
缔交君赠缟,投分我忘筌。成风郢匠斫,流水伯牙弦。
牙弦忘道术,漳滨恣闲逸。聊安张蔚庐,讵扫陈蕃室。
虚室狎招寻,敬爱混浮沉。一诺黄金信,三复白珪心。
霜松贞雅节,月桂朗冲襟。灵台万顷浚,学府九流深。
谈玄明毁璧,拾紫陋簪金。鹭涛开碧海,凤彩缀词林。
林虚星华映,水澈霞光净。霞水两分红,川源四望通。
雾卷天山静,烟销太史空。鸟声流向薄,蝶影乱芳丛。
柳阴低椓水,荷气上薰风。风月芳菲节,物华纷可悦。
将欢促席赏,遽尔又归别。积水带吴门,通波连禹穴。
赠言虽欲尽,机心庶应绝。潘岳本自闲,梁鸿不因热。
一瓢欣狎道,三月聊栖拙。栖拙隐金华,狎道访仙查。
放旷愚公谷,消散野人家。一顷南山豆,五色东陵瓜。
野衣裁薜叶,山酒酌藤花。白云离望远,青溪隐路赊。
傥忆幽岩桂,犹冀折疏麻。

这篇诗序及诗歌与《帝京篇上裴侍郎并启》稍有不同,后者是干谒之作,一方面在"启(书信,作用略同于序)"中叙述自己的遭遇和才华、志向,另一方面通过诗歌表达"谁惜长沙傅,独负洛阳才"的怀才不遇之叹,求裴侍郎垂怜、提携的用意很明显,在这样的情景下,心境是不可能完全展露的。而这篇诗序却不同,是投赠知己朋友的,因此诗人在序中将自己的遭遇悉数倾吐,"仆少负不羁,长逾虚诞。读书颇存涉猎,学剑不待穷工。进不能矫翰龙云,退不能栖神豹雾",真是进退维谷,一事无成,心中充满了压抑。然如母亲在堂,必尽孝道,因此不得不进京追求功名,上书求荐,但是没有任何效果。在这种情况下,德州的高四"敬止弊庐,揭来初服。遂得载披玉叶,款洽金兰,倾爱气于一言,缔风期于千祀",自然是精神上的巨大慰藉,何况高四赠诗在前,因此骆宾王作了这首长篇五排,作为对友人"雅韵"的报答。全诗49联,11次转韵,含有这些内容:(1) 游德州的情事,并将德州与故乡对举叙写;(2) 自己潦倒落魄的遭遇;(3) 与高四的知音交谊和对高四的赞美;(4) 自己的归隐志愿;(5) 因为"诗有不得尽言,言有不得尽意",故赠诗抒怀。这些内容实际上就是对诗序的具体化,只不过诗歌运用大量典故抒写感慨,还运用大量的景物描写增强气势,烘托情感。总之,这可算是骆宾王的一篇诗、序双存的叙写生平的重要作品,有史料价值,也对研究诗文交融有一定的意义。

5. 独特经历诗序。如果说上面引用的酬赠友人诗序及诗歌还是初次遭受挫折心境压抑的表述的话,那么《在狱咏蝉并序》(前文已及)这篇诗序及诗歌就是诗人怨愤心情的展露。

再如《伤祝阿王明府并序》:

> 夫心之悲矣,非关春秋之气;声之哀也,岂移金石之音。何则？事感则万绪兴端,情应则百忧交轸。是以宣尼旧馆,流襟动激楚之悲;孟尝高台,承睫下闻琴之泪。祝阿王明府,毓德丹穴,袭吉黄裳,灵基峙金阙之峰,层源濑玉轮之坂。既而鸿飞渐陆,将骋平舆之龙;鹤鸣在阴,爰绊朝歌之骥。乃当名悬阙月,德贯陈星;岂徒遽切梦琼,掩沈连石？嗟乎！轮销桂魄,骊珠毁贝阙之前,斗散紫氛,龙剑没延平之水。某昔承嘉惠,曲荷恩光。留连啸歌,从容风月。抚心陈迹,泣血涟如。然而始终者万物之大归,生死者百年之常分。虽则知理之可有,而未晓情之可无。聊缀悲歌,敢贻同好。诸君或缔交三益,列宰一司;或叶契筌蹄,投心胶漆。如比肩于千里,遽伤魂于九原。既切芝焚,弥深蕙叹。盍言四始,同赋七哀。庶兰室流薰,袭遗芳而化德;故蓬心申拙,效庸音于起予。触目多怀,周增流恸。

> 洛川真气上,重泉惠政融。含章光后烈,继武嗣前雄。
> 与善良难验,生涯忽易穷。翔凫犹化履,狎雉尚驯童。
> 钱满荒阶绿,尘浮虚帐红。夏余将宿草,秋近未惊蓬。
> 烟晦泉门闭,日尽夜台空。谁堪孤陇外,独听白杨风。

"祝阿"是山东禹城县,骆宾王将山东视为第二故乡,在山东有很多朋友。这位王明府也是像高四一样的知己,写这篇诗序时,骆宾王已经是历经了人世沧桑,满怀感慨,尤其对故友的凋零更是伤感,他说"事感则万绪兴端,情应则百忧交轸",王明府不仅才德双馨,而且与宾王友谊深厚:"某昔承嘉惠,曲荷恩光。留连啸歌,从容风月。"因此友人去世后,他"抚心陈迹,泣血涟如",何以表达悲怀,只有托之于诗歌,"既切芝焚,弥深蕙叹",并说:"触目多怀,周增流恸。"诗中"钱满荒阶绿,尘浮虚帐红。夏余将宿草,秋近未惊蓬"和"烟晦泉门闭,日尽夜台空。谁堪孤陇外,独听白杨风",托景言情,将失去友人的独特心理感受,表现得淋漓尽致,尤其结尾四句写孤坟的荒寂苍凉,浸透了宾王沉郁的人生感慨。

总体上看,骆宾王的诗序在初唐四杰中具有鲜明的特色,取得了较高的艺术成就。

概括起来,主要有以下几点:(1)骆宾王的诗序具有骈文的典型特征,与王勃的诗序风格比较接近,为骈文诗序的格律化做出了贡献;(2)骆宾王的诗序描写景物也具有雄壮开阔、气势磅礴的特点,在诗序中表达深沉的人生感慨是其突出的内容;(3)骆宾王诗、序并存的作品最多,诗与序有明确的分工,不像王勃似刻意作序,避免了"序重诗轻"的缺陷,因而骆宾王为诗文交融作出了有益的探索;(4)骆宾王的诗序体现了他运用比兴、托物言情、感而赋诗的创作方法,有比较深的意蕴。当然,也有一些缺点,主要是运用典故过多,有堆垛之嫌,也增加了理解的困难;另外叙述因素的缺乏,也导致他的部分诗序难于捉摸具体情事,为后人对他人生履历的考证增加了难度。

第四节　际遇酸楚,文采秀发
——卢照邻的诗序

卢照邻(634?—686?)[1],字升之,范阳人。《旧唐书·卢照邻传》说:"年十余岁,就曹宪、王义方授《苍》、《雅》及经史,博学善属文。初授邓王府典签,王甚爱之,曾谓群官曰:'此即寡人相如也。'后拜新都尉,因染风疾去官,处太白山中,以服饵为事。后疾转笃,徙居阳翟之具茨山,著《释疾文》《五悲》等诵,颇有骚人之风,甚为文士所重。照邻既沉痼挛废,不堪其苦,尝与亲属执别,遂自投颍水而死,时年四十。"[2]卢照邻无疑是初唐时期重要的作家,他的一生以四十岁左右患风疾为界,分为前后两期,前期虽然所任官职并不高,但还是充满积极入世精神的;后期由于疾病的困扰,再加上贫穷潦倒,在

---

[1] 按:卢照邻的生卒年,没有统一的说法,今以本人所见列举如下:任国绪(634?—686?),见傅璇琮主编《唐才子传校笺》第一册,第44—54页,中华书局,1987年版;祝尚书(632?—695?),见《卢照邻集笺注》第1页,上海古籍出版社,1994年版;傅璇琮(630?—680?),见徐明霞点校《卢照邻杨炯集》后附录《卢照邻、杨炯年谱》第195—233页,中华书局,1980年版;李云逸(635?—682?),见《卢照邻集校注》后附《卢照邻年谱》第482—510页,中华书局,1998年版。

[2] 见《旧唐书·卢照邻传》,第5000页。按:目前学术界对卢照邻的享年有很多说法,基本上都否定了旧书四十岁的说法。实际上《新唐书·卢照邻传》卷二〇一,就没有享年多少岁的说法,说明北宋时代史臣对卢照邻的享年持保留态度。见该书第5742页。

十分痛苦的状态下,结束了生命。总体上看,他是初唐时期沉沦下僚、终生不得志的诗人,他的悲剧多少也带着那个时代的影子,具有某种必然性。

卢照邻是初唐四杰中创作诗序最少的一人,只有7篇。

(一) 卢照邻诗序的分类情况

卢照邻的诗序收在《全唐文》和《全唐诗》中,具体情况如下表:

表11

类别\出处	《全唐文》	《全唐诗》	合计
宴会诗序	2	0	2
游历诗序	1	0	1
酬赠诗序	1	0	1
独特经历序	0	1	1
独特观念序	1	0	1
合计	5	1	6

第一类,宴会诗序:《宴梓州南亭诗序》①《宴凤泉石翁神祠诗序》。第二类,游历诗序:《七日绵州泛舟诗序》。第三类,酬赠诗序:《杨明府过访诗序》。第四类,独特经历诗序:《失群雁并序》(增订注释《全唐诗》第一册)。第五类,独特观念诗序:《乐府杂诗序》。

(二) 卢照邻诗序的特点

1. 表述诗歌观念诗序。在诗序中论述诗歌的发展历史和表述对诗歌的看法,最早可以追溯到先秦《诗经》时代。对诗史进行评述,南朝江淹《拟杂体诗三十首并序》是确切的标志。进入初唐后,李世民的《帝京篇十首并序》也表述了他的创作观念和文学思想,具有导向作用。从乐府诗的发展史来看,西汉设立乐府机关之后,单纯的乐府诗出现了。乐府诗形成的初期,诗歌和音乐是结合在一起的,到汉末魏晋时期开始诗、乐分离,出现了以古题写时事的乐府诗,后来产生了文人的拟乐府诗。而乐府诗的创作理论,在卢照邻这篇《乐府杂诗序》之前,还没有在诗序中表述过。原文如下:

闻夫歌以永言,庭坚有歌虞之曲;颂以纪德,奚斯有颂鲁之篇。四始六义,存亡播矣;八音九阕,哀乐生焉。是以叔誉闻诗,验同盟之成败;

---

① 卢照邻的诗序都收在清编《全唐文》卷一六六,凡引篇名或原文都不注页码。

延陵听乐,知列国之典彝。王泽竭而颂声寝,伯功衰而诗道缺。秦皇灭学,星琯千年;汉武崇文,市朝八变。通儒作相,征博士于诸侯;中使驱车,访遗编于四海。发诏东观,缝掖成阴;献书南宫,丹铅踵武。王风国咏,共骊翰而升沉;里颂途歌,随质文而沿革。以少卿长别,起高唱于河梁;平子多愁,寄遥情于垅坂。南浦动关山之役,作者悲离;东京兴党锢之诛,词人哀怨。后人鼓吹乐府,新声起于邺中;山水风云,逸韵生于江左。言古兴者多以西汉为宗,议今文者或用东朝为美。落梅芳树,共体千篇;陇水巫山,殊名一意。亦犹负日于珍狐之下,沉萤于烛龙之前。辛勤逐影,更似悲狂;罕见凿空,曾未先觉。潘、陆、颜、谢,蹈迷津而不归;任、沈、江、刘,来乱辙而弥远。其有发挥新体,孤飞百代之前;开凿古人,独步九流之上。自我作古,粤在兹乎!

乐府者,侍御史贾君之所作也。君升堂入室,践龟字以长驱;藏翼蓄鳞,展龙图以高视。林宗一见,许以王佐之才;士季相看,知有公卿之量。南国蛟龙之耀,下触词锋;东家科斗之书,来游笔海。朝阳弄翮,即践中京;太行垂耳,先鸣上路。当赤县之枢钥,作高台之羽仪。动息无隔于温仁,颠沛安由乎正义?玉阶覆奏,依然汲直之闻;铜术埋轮,先定雍门之罪。霜台有暇,文律动于京师;绣服无私,锦字飞于天下。九成宫者,信天子之殊庭,群山之一都也。五城既远,得昆阆于神京;三山已沉,见蓬莱于古辅。紫楼金阁,雕石壁而镂群峰;碧甃铜池,俯银津而横众壑。离宫地险,丹涧四周;徼道天回,翠屏千仞。卫尉寝蒙茸之署,将军无刁斗之警。中岩罢燠,飞霜为之夏凝;太谷生寒,层淮以之秋冱。天子万乘,驱凤辇于西郊;群公百僚,扈龙轩而北辅。春秋络绎,冠盖满于青山;寒暑推移,旌节喧于黄道。夕宿鸡神之野,朝登凤女之台。青鸟时飞,白云无极。千年启圣,邈同汾水之阳;七日期仙,颇类缑山之曲。经过者徒知其美,揄扬者未歌其事。恭闻首唱,遂属洛阳之才;俯视前修,将丽长安之道。平恩公当朝旧相,一顾增荣,亲行翰墨之林,先标唱和之雅,于是怀文之士,莫不向风靡然。动麟阁之雕章,发鸿都之宝思。云飞绮札,代郡接于苍梧;泉涌华篇,岷波连于碣石。万殊斯应,千里不违。同晨风之欹北林,似秋水之归东壑。洋洋盈耳,岂徒悬鲁之音?郁郁文哉,非复从周之说。故可论诸典故,被以笙镛。

爰有中山郎徐令,雅好著书,时称博物。探亡篇于古壁,征逸简于道人。撰而集之,命余为序。时褫巾三蜀,归卧一邱;散发书林,狂歌学市。虽江湖廊庙,宾庑萧条;绮季留侯,神交仿佛。遂复驱偊幽忧之疾,经纬朝廷之言,凡一百一篇,分为上下两卷。俾夫舞雩周道,知小雅之欢娱。击壤尧年,识太平之歌咏云尔。

这是一篇骈体诗序,之所以称"乐府杂诗",可能是因为这组诗是描述士大夫游乐生活情趣的,与朝廷宴享、颂美、祭祀等朝典所演奏的乐府诗相比,这组诗更多的具有私人娱乐性质,故称"杂"。从整个第二段来看,侍御史贾言忠(按:贾曾的父亲,贾至的爷爷)很有才华,曾"文律动于京师""锦字飞于天下",他创作的杂体乐府诗有这样一些内容:(1) 描述游历九成宫的颂美之作:"九成宫者……紫楼金阁,雕石壁而镂群峰;碧甃铜池,俯银津而横众壑。离宫地险,丹涧四周;徽道天回,翠屏千仞。卫尉寝蒙茸之署,将军无刁斗之警。中岩罢燠,飞霜为之夏凝;太谷生寒,层淮以之秋冱。"(2) 有众官的唱和之作:"群公百僚,扈龙轩而北辅。春秋络绎,冠盖满于青山;寒暑推移,旌节喧于黄道。夕宿鸡神之野,朝登凤女之台。青鸟时飞,白云无极。千年启圣,邈同汾水之阳;七日期仙,颇类缑山之曲。经过者徒知其美,揄扬者未歌其事。恭闻首唱,遂属洛阳之才;俯视前修,将丽长安之道。"从唱和情况来看,贾言忠原作应有求仙一类的表达人生信仰和追求的内容。"颂美"与"游仙"是当时士大夫诗歌的两大主题。卢照邻以优美的骈文描述了大臣们的游乐生活和情趣,展示了这组诗歌产生的历史背景。虽然典故太多,具体详情难于蠡测,但从诗中的描述不难体会这组诗的主题和格调,不能作为朝享盛典的歌诗,却能成为庙堂乐府的补充。因此,卢照邻说:"洋洋盈耳,岂徒悬鲁之音?郁郁文哉,非复从周之说。故可论诸典故,被以笙镛。"又说:"俾夫舞雩周道,知小雅之欢娱。击壤尧年,识太平之歌咏云尔。"即是强调这些诗歌带有典重庄严、文采纷披的特点,又有颂美太平盛世的作用。由于这组诗已佚,无法作更多的评述。

卢照邻这篇诗序的价值除了记录当年群官创作乐府雅诗颂美朝廷的历史情境之外,主要的还是他追溯了乐府诗的发展历程,"言古兴者多以西汉为宗",肯定了西汉之前颂诗的意义;"议今文者或用东朝为美",对南朝的宫体诗歌有贬词。总体上看,卢照邻重视乐府诗的颂美娱乐功能。因此对旧相平恩公(即许圉师)的乐府雅唱及文士的和作非常赞赏,说是"发挥新体,孤飞百代之前;开凿古人,独步九流之上",如"同晨风之歇北林,似秋水之归东壑",是"自我作古",可"被以笙镛"。这可以说明初唐时期宫廷诗人对乐府杂诗的态度。

2. 游宴诗序。卢照邻最擅长的是描写景物,如《宴梓州南亭诗序》,这篇诗序当作于总章二年(669)或咸亨元年(670)秋(卢罢新都尉滞留蜀中之时),能代表他的早期文风。以介绍梓州南亭和景物描写开篇:"岩嶂重复,川流灌注,云窗绮阁,负绣堞之迤逦,涧户山楼,带金隍之缭绕,信巴蜀之奇制也。"抓住一个"奇"字,突出景物的壮美,气象开阔。接着是应酬性地赞颂长史政绩出色,"上得和平之政""下无交争之人";人品高洁,"职逾剧而道弥高,位逾崇而德弥广";等等。因为有闲暇和逸兴,因此"时狎鸟于城隅""且观鱼于濠上"。再写宴会游赏的景致:"圆潭泻镜,光浮落日之津;杂树开帏,彩缀飞烟之路。藤萝杳蔼,挂疏阴以送秋;凫雁参差,结流音而将夕。"为了记录这百年难遇的欢会,于是大家都赋诗抒怀。此篇结构模式和王勃诗序没有多大的区别,叙述因素较少,主要笔墨用于景物描摹,酒筵的觥筹交错反倒退居其次,由此可见当时人们最重视的还是诗人景物描写方面的才华和技巧。这篇诗序也流露出卢照邻的忧郁情绪,说"下客凄惶,暂停归辔",多少带一点沉沦下僚的感慨。

又如《七日绵州泛舟诗序》:

> 诸公迹寓市朝,心游江海。访奇交于千里,惜良辰于寸阴。常恐辜负琴书,荒凉山水,于是脱屣人事,鸣棹川隅,言追挂犊之才,用卜牵牛之赏。边生经笥,送炎气以濯缨;郝氏书囊,临秋光而曝背。似遇缑山之客,还疑星汉之游。愿驻景于高天,想乘霓于缩地。繁丝乱响,凉酎时斟。戏翔羽于平沙,钓潜鳞于曲浦。乘流则逝,不觉忘归。咸可赋诗,探韵成作。

这篇诗序与上面一篇作于同时,当时王勃也在蜀,并且陪卢照邻一起参加了七月七日的这次游赏。卢照邻的诗歌也保存在他的诗集里。这是多人赋诗的总序,故开篇叙述众人绵州泛舟的原因是:"迹寓市朝,心游江海。访奇交于千里,惜良辰于寸阴。"并运用一系列典故抒写能与群公泛舟的喜悦心情。接着是情境描写:"愿驻景于高天,想乘霓于缩地。繁丝乱响,凉酎时斟。戏翔羽于平沙,钓潜鳞于曲浦。乘流则逝,不觉忘归。"颇能见出卢照邻的情趣,最后是探韵赋诗。诗曰:"河葭肃徂暑,江树起初凉。水疑通纤室,舟似泛仙潢。连桡渡急响,鸣棹下浮光。日晚菱歌唱,风烟满夕阳。""风杼秋期至,凫舟野望开。微吟翠塘侧,延想白云隈。石似支机罢,槎疑犯宿来。天潢殊漫漫,日暮独悠哉。"[①]这是两首押不同韵的五律,都描写一整天泛舟的经过,前一首从"江树起初凉"到"风烟满夕阳",第二首从"凫舟野望开"到"日暮独悠哉",都点明了时间的流程,可见当日游兴的浓厚。前一首重点落在"泛

---

① 见李云逸《卢照邻集校注》卷二,第117、118页,中华书局,1998年版。

舟"具体感受上,争渡时船桨发出的响声,湍急水流的浪花声和众人的唱歌声相互应和,似乎在天河的仙境中一样;第二首描述想象中的仙境,又联想到七月七日向织女乞巧浮槎犯牵牛的典故,因此心中升起一种悠哉游哉的飘飘然的旷达来。诗与序相互补充,序注重叙事、描写,诗着重空灵、想象,两者相得益彰。

再如《宴凤泉石翁神祠诗序》:

> 夫圯上黄公,灵期已远;湘中元乙,化迹难征。况乎神理肖然,近带青溪之路;瑰姿可望,俯控丹岩之下。予以归骸空谷,言隔市朝,濯发长川,载离寒暑。心灰两寂,长无具尔之欢;形木双枯,将有终焉之志。不悟乔鹦始啭,喈喈于鹡鸰;野萼初开,华华于棠棣。命壶觞而引宴,即沐新兰;寻涧户以安歌,仍攀野桂。萋萋春草,王孙游兮不归;秩秩斯干,幽人去而忘返。鼓我舞我,修袖满于中岩;神之听之,多祜兴于触石。爰有嘉命,咸遣赋诗,请题四韵,列之如右。

这篇诗序当作于后期归隐具茨山时期,具体年月不详。开头两句就写仙乡渺渺难期,"圯上黄公,灵期已远;湘中元乙,化迹难征",而自己是怎样的状况呢?卢照邻不无感伤地说:"予以归骸空谷,言隔市朝,濯发长川,载离寒暑。心灰两寂,长无具尔之欢;形木双枯,将有终焉之志。"这正是晚年痛苦心声的流露。接下来是描写在凤泉石翁神祠宴会的景象:"乔鹦始啭,喈喈于鹡鸰;野萼初开,华华于棠棣。命壶觞而引宴,即沐新兰;寻涧户以安歌,仍攀野桂。"面对如此的景致和友人的雅兴,卢照邻于是赋诗抒怀。然诗不存。

3. 酬赠诗序。卢照邻只留下一篇《杨明府过访诗序》:

> 夫清风动驾,谒阮籍于山阳;素雪乘舟,访戴逵于江路。犹名高好事,迹标良史。未有莺临绮月,筵开许郭之谈;花聚繁星,门柱荀陈之驭。泛烟光于紫潋,翻露色于丹滋。亭皋一望,平芜千里。萋萋芳草,童儿牧马之场;亹亹朝川,野老休牛之塔。钓台隐隐,先生之桑梓可知;茨岭岩岩,隐士之风流尚在。岂使临邛樽酒,歌赋无声;彭泽琴书,田园寝咏。

这篇诗序当作于卢晚年隐居具茨山时,这位来山中拜访卢照邻的杨明府已经不可考。但从卢照邻的用典中,可以感受到此人是一个高雅之士,"钓台隐隐,先生之桑梓可知;茨岭岩岩,隐士之风流尚在"就说明他与卢照邻有同道同趣的友谊。"竹林七贤"的宴聚和"子猷访戴"的雅兴,还比不过他们的"莺临绮月,筵开许郭之谈;花聚繁星,门枉苟陈之驭",这里景色秀美,境界开阔,还特别具有"童儿牧马""野老休牛"的山中情趣。这篇序虽短,却非常精粹,不同于王勃那些故意卖弄文采的赠序,展现了卢照邻高雅的精神世界。

总体上看,卢照邻的诗序,篇篇都写得很精粹凝练,词句铿锵,对仗工整,用典恰当,要言不烦,描写景物气象开阔,具有诗歌的意境,对骈文的格律化有一定的贡献。尤其他对乐府诗的看法,丰富了唐代的诗歌理论,有开风气之先的示范意义。他在诗序及诗歌中展现了他的精神境界,也值得称道。缺点就是,有时用典模糊了他的主要用意,加上叙事成分的缺乏,导致所描述的情事不易理解,也带来接受上的困难。由于初唐整个时代的趋尚如此,我们也不必苛求于他。

第五节　气凌霄汉,字挟风霜
——王勃的诗序

王勃(650—676),字子安,绛州龙门人,隋末大儒王通之孙。据《旧唐书·王勃传》:"勃六岁解属文,构思无滞,词情英迈。"① 他是初唐高宗时期著名的天才诗人,也是初唐时期创作序体最多的作家。② 绝大部分是记录宴会、游览、送别(含留别)等场合赋诗之序,多数收入清编《全唐文》中,只有极少数收入《全唐诗》中。清人蒋清翊的《王子安集注》搜罗王勃诗文比较齐全,但还是有遗佚。③ 王勃的序体文,收在该书的第六、七、八、九卷,向无编年。

(一) 王勃诗序写作时间、地点考述

王勃短暂的一生尽管并不复杂,但由于生平材料的缺乏,加上他写作序文时多着重写景抒情,不喜欢写明确切的时间地点,因此有许多序文很难编年。今结合傅璇琮先生主编的《唐才子传校笺》和《唐五代文学编年史》,对王勃的全部诗序试作编年(傅著考明的先列,未及者补在后)。

王勃生于唐高宗永徽元年(650),早慧,据杨炯《王勃集序》说:"(勃)九

---

① 《旧唐书》卷一九〇,第5004页,中华书局,1975年5月版。
② 中国社会科学院文研所编《唐代文学史》(上)中说:"王勃诗、赋九十余首,序、论、启、表、书、赞等百余篇,尤以序文最多,约七十多篇,超过了唐建国以来前代作家所写序文总数一倍有余,仅仅这个数字就是发人深思的。"第101页,人民文学出版社,1995年12月版。下引该书同。
③ 《王子安集注》,上海古籍出版社,1995年版辑录了罗振玉补遗的流传在日本的抄本《王勃集》残卷中的23篇文章,其中20篇是序体文。

岁读颜氏《汉书》,撰《指瑕》十卷。十岁包综六经,成乎期月,悬然天得,自符音训。时师百年之学,旬日兼之,昔人千载之机,立谈可见。"①可见王勃十岁之前已通百家之学,并练就了作文本领,今传《王勃集》中未见幼时之文。据王勃的《黄帝八十一难经序》,他曾拜《黄帝内经》的第49代传人曹元(字道真)学医,历时十五个月,作此序当在麟德二年(665),十六岁。此前两年,即龙朔三年(663)八月,高宗命"司刑太常伯刘祥道等九人为持节大使,分行天下"(《旧唐书·高宗本纪》),麟德元年刘祥道以"司刑太常伯、检校沛王府长使、城阳县侯兼任右相"。《新唐书·王勃传》说:"麟德初,刘祥道巡行关内,勃上书自陈,祥道表于朝,对策高第。年未及冠,授朝散郎。"②据考证,王勃的登第是在麟德三年,中间隔了整整一年。按理,刘祥道向朝廷举荐之后③,王勃应该参加麟德二年制举才合情理。原来《旧唐书·高宗本纪》载:"二年春正月壬午,幸东都。丁酉,幸合璧宫。……甲子,以发向泰山,停选。"④这年因为要举行封禅大典停止了选举考试,这大概是王勃有时间南游吴越的原因。据傅先生考证,王勃秋天在越州、润州、宣城一带游历,留下这样一些诗序:《秋日宴季处士宅序》《越州秋日宴山亭序》《越州永兴李明府宅送萧三还齐州序》(越州),《九月九日采石馆宴序》(日本藏唐抄本《王勃集》)(宣城),《秋日登冶城楼望白下序》(日本藏唐抄本《王勃集》)(润州)⑤。傅先生没有考明王勃赴越州的时间,我认为这年春正月停选,王勃应该是春天就前往吴越,暮春已经在山阴兰亭参加宴会了。《秋日宴季处士宅序》中有"向时朱夏,俄涉素秋"句,说明夏天在山阴,此时已秋日,诗人深感时间流逝之快。这年秋天沿越州经宣城、润州返回洛阳,参加第二年(麟德三年)的制举。另,麟德三年春正月戊辰朔,高宗从泰山回到长安,立即于"壬申"改"麟德三年"为"乾封元年",则王勃实际参加的是乾封元年(666)的制举。应举前,王勃在洛阳完成了《宸游东岳颂》和《乾元殿赋》两篇鸿文,并诣阙献颂赋参加考试。这两文正好迎合高宗封禅后志得意满的心理。再加上刘祥道一年前的荐举,王勃顺理成章地高中了,并很快被授以朝散郎的职务。还有《三月上巳祓禊序》(《全唐文》卷一八一)。蒋清翊曰:"此非子安所作,篇内有'永淳二年'句,计其时子安殁已数年。然自北宋沿伪迄今,故着其谬,仍存其

---

① 《全唐文》卷一九一,第1930页。
② 《新唐书》卷二〇一,第5739页。
③ 据傅璇琮先生考证,王勃的《上刘右相书》作于麟德元年八月。参《唐五代文学编年史》"麟德元年"条。第183页,辽海出版社,1998年12月版。下引此书同。
④ 《旧唐书·高宗本纪》,第186页。
⑤ 傅璇琮主编《唐五代文学编年史》第186页。

文。"①这个错误来自北宋编的《文苑英华》,细考蒋氏语,一方面他认为是伪作,另一方面又认为文章的优美华赡还是颇像王勃之文的,故没有删去。我认为此序仍是王勃之作,文中明言"暮春三月,修祓禊于献之山亭",显然地点在越州山阴,"永淳"应该是"麟德"之误。同卷《上巳浮江宴序》当作于同时,文中说:"江甸名流,始命山阴之笔,盍尊清辙,共抒幽襟,俾后之视今,亦犹今之视昔。"这两篇序文写得情思飞越,有一种迅疾标举之意,既不同于入蜀后的文风,也不同于遭贬斥赴南海时的情调,应该是应幽素举前的作品。因为应举授官到自蜀返洛之间及赴交趾时,诗人均没有机会再于春天来到越州,不可能两篇文章都是伪作。

乾封二年王勃十八岁,在长安呈文献李安期、贺兰敏之,求汲引。大约在李、贺二人的推荐下,加上沛王李贤闻其名,因此李贤召王勃为侍读。王勃曾奉教撰《平台秘略》十卷,其中《文艺三》曰:"文章经国之大业,不朽之能事,而君子役心劳神,宜乎大者远者,非缘情体物、雕虫小技而已。"②显然含有将沛王比当年曹丕之意,希望李贤志存远大,不要仅重"缘情体物"的"雕虫小技",王勃是想有所作为的。在《平台秘略赞·艺文》中又说:"荣分上邸,业盛文场。争开宝札,竞耸雕章。气凌霄汉,字挟风霜。后之来者,其在君王。"③又希望沛王能写出气势轩昂、壮盛凌厉的文章,这实际上也是王勃的文学思想。乾封三年二月因明堂新图成而改元"总章元年",王勃于是上《九成宫颂》二十四章,期望通过颂圣来取得正式的官职,但没有成功。在此期间他作有《山亭兴序》《山亭思友人序》,其中后文说:"大丈夫荷帝王之雨露,对清平之日月,文章可以经纬天地,器局可以蓄泄江河。七星可以冲汉,八风可以调合。独行万里,觉天地之崆峒;高枕百年,见生灵之龌龊。"④胸中有一股浩气横贯长空,故结尾要扫荡文场,与陆机、曹植、谢灵运、潘岳一比高下,说"思飞情逸,风云坐宅于笔端;兴洽神清,日月自安于调下"。正是所谓"气凌霄汉,字挟风霜"的作品。《守岁序》(《全唐文》卷一八一)当也作于此时,中有"诸王等集,陈玉帛而朝诸侯。京兆天中,耸楼台而彻汉;长安路上,乱车马而飞尘"等语为明证,其中"京兆天中"一句值得注意,后来唐玄宗赐晁衡诗序及晁衡答诗、王维赠序中都强化了"华夏"为"天中"的观念。

总章二年,王勃二十岁。四月还在长安作《九成宫东台山池赋》,五月因戏为《檄英王鸡文》,高宗斥令逐出王府,王勃遂入蜀。途中月余,作诗三十

---

① 《王子安集注》,[清]蒋清翊注,第210页。
② 《全唐文》卷一八二,第1855页。
③ 《全唐文》卷一八三,第1858页。
④ 《全唐文》卷一八〇,第1837页。

首。大约六月中旬到达四川绵州,作《入蜀纪行诗序》(《王子安集注》卷七,《全唐文》不载)、《登绵州西北楼走笔诗序》(日本藏《王勃集》)、《绵州北亭群公宴序》(《全唐文》卷一八一)。后一篇序中说,这次宴会上遇到了"半面十年,一别千里"的何少府,还有新识的"班荆"韩法曹。虽然是欢聚的宴会,但王勃难以释怀被谴逐出王府的悲伤,说"离亭北望,烟霞生故国之悲;别馆南开,风雨积他乡之思",连风景也染上了悲郁的色调:"苍云寡色,白日无光。沙尘起而桂浦昏,雁鸟下而芦洲晚。"由此可见仕途初遭剪翮之痛是深入骨髓的。

八月,王勃游梓州,作《涧底寒松赋》《曲江孤凫赋》《青苔赋》《慈竹赋》等抒发"志远心屈""才高位下"之概。诗序有《游山庙序》(《全唐文》卷一八一),同游并赋诗的有"济阴鹿宏允、安阳邵令远"等;还有《题玄武山道君庙诗序》(《王子安集注》卷七,《全唐文》不载)。

总章三年(三月改元咸亨元年),王勃在梓州游玄武山圣泉,作《圣泉宴序》(《王子安集注》卷三,《全唐文》未收)、《与邵鹿官宴序》(日本藏《王勃集》)等。夏天,王勃由梓州去益州金堂县,游三学寺、昌利观等地,有诗。秋天,旅居蜀中,作与蜀中父老书,求周济。① 在益州德阳县,与宇文峤、郎余令等宴集,《宇文德阳宅秋夜山亭宴序》(《王子安集注》卷七)、《送宇文明府序》(《王子安集注》卷八)当作于益州。前序中表达了比较高的兴致,说自己如"王子猷之独兴,不觉浮舟;嵇叔夜之相知,欣然命驾",河南宇文峤是"清虚君子",中山郎余令为"风流名士"。因此王勃情性大开:"彭泽陶潜之菊,影泛仙樽;河阳潘岳之花,光悬妙理。"景物也一扫先前的阴霾:"金风高而林野动,玉露下而江山清。琴樽酒榭,磊落承烟;竹径松扉,参差向月。"于是要赋诗抒怀,使"千载岩溪,无惭于烟景",用典雅致,是王勃诗序中较少的不言悲伤的作品。大约在益州送宇文峤之后,王勃又到了绵州,作《秋夜于绵州群官席别薛升华序》(《全唐文》卷一八二),说他与薛是"目置良友,相知穷路",又回到悲概之中。似乎王勃是专门去绵州送薛升华,于晚秋再回到了益州,有《秋晚什邡西池宴饯九陇明府序》(日本藏《王勃集》)、《晚秋游武担山寺序》(《全唐文》卷一八一),后文说与群公游寺是"下揆幽禁,庶旌西土之游,远嗣东平之唱",心中还是幽郁难消的。

咸亨二年春三月,王勃与卢照邻在成都参加曲水宴集(卢照邻罢新都

---

① 按:王勃于总章二年夏五月离长安入蜀,可能有两个原因:蜀中有友人可以投靠;蜀中向称天府之国,生计当不成问题。但是,"秋七月,剑南益、泸……绵、翼……梓、普、遂等十七州旱,百姓乏绝,总367690户,遣司珍大夫路励行存问赈贷"(《旧唐书·高宗本纪下》,第93页)。因此有求济之启。

尉,婆娑蜀中,曾于上年秋九月九日与王勃等同游梓州玄武山寺)。王勃除作《春思赋》外①,尚有《春日序》(日本藏《王勃集》),中有"华阳旧壤,井络名都;城邑千忍,峰峦四绝"之语,又用严君平、扬子云的典故,还提到"蜀城僚佐",作于成都无疑。四月,王勃在九陇县宴仙居观,有《夏日仙居观宴序》(日本藏《王勃集》)。六月,王勃泛舟剑州梓潼南江,作《梓潼南江泛舟序》(《全唐文》卷一八〇),这次游赏是应梓潼县令韦君之邀。文中说"亦有嘉肴旨酒,鸣弦朗笛,以补寻幽之致焉,预于斯者,若干人尔"。

梓潼之游后秋九月,王勃北归长安,作《上吏部裴侍郎启》,说"今接君侯者三矣,承招延者再矣",又说"虚荷雕虫之眷,殊恩屡及;严命频加,责光耀于昏冥",则裴行俭当因闻王勃文名,而屡有眷顾之意,王勃此次北归当与此有关。这篇精心结撰的启文,表达了王勃对文学的看法,认为乃"立言见意"之具,取士不当"以诗赋为先",重复了儒家"先道德后文艺"的观点,随启呈上的有古君臣赞十篇,说明王勃虽创作了大量华赡典丽的骈文及诗赋,但他的心中还是想凭政治才能和史识入仕的。既凭借才华自傲于世,又贬斥文章之用,形成了他的文学观念和实际创作之间的矛盾。这年冬天,王勃因患风疾归故乡龙门养病,上书裴侍郎并未发生预期的作用。

咸亨三年,王勃的父亲在长安任太常博士。九月王勃自龙门至洛阳,上书宰相许圉师,旋又返回龙门。冬天,王勃求为虢州参军,因为虢州多药物,又离龙门和洛阳很近。《秋晚入洛于毕公宅别道王宴序》(《全唐文》卷一八二)当作于此时,是一篇精心结撰的长序。可能有借钱别而求汲引,故文中说"惊帝室之威灵,伟皇居之壮丽"有颂敬之意。《秋日宴洛阳序》(《全唐文》卷一八一)文中有"东京胜地""近邻铜陌"等语,应该与上文是同时作;此外《感兴奉送王少府序》(《全唐文》卷一八一)文中有"貌弱骨刚""过我贫居"等语,当是由蜀返洛,任虢州参军之前因病家居之时。

高宗咸亨四年,王勃在虢州任参军,作《卓彼我系》自述世系,其兄王剧作序,序中说"(勃)伤迫乎家贫,道未成而受禄,不得如古君子四十强而仕也。故本其情性,原其事业,因陈先人之迹,以议出处,致天爵之艰难也。"② 同年所作《送劼赴太学序》也说:"(做官是因)房族多孤,饭粥不继,逼父兄之

---

① 王勃此赋颇同于五、七言古诗的杂合,前有约两百字的序文,详述写作的时间、地点及自己的感慨和向往。《唐代文学史》(社科院文研所编)的作者认为"从格调到内容与卢照邻的《长安古意》、骆宾王的《帝京篇》都十分相似"(第103页),似认为王赋受卢、骆影响。然据傅璇琮主编《唐五代文学编年史》,卢诗作于咸亨四年四月,骆诗作于仪凤三年冬,则王赋实际影响了卢、骆之诗。以傅说为优。
② 增订注释本《全唐诗》第一册,第384页,陈贻焮主编,文化艺术出版社,2001年第一版。下引此书同。

命,睹饥寒之切,解巾捧檄,扶老携幼。"①知王勃的为官乃因家贫和父命难违,可能一半为真,另一半则因官职低微而深感怀才不遇,作愤激语。

咸亨五年王勃在虢州春夏间整理其祖父王通的《续书》,为之序,又为怀素《四分律宗记》作序。八月,因杀官奴事被除名。② 十二月游汾阴,作《冬日羁游汾阴送韦少府入洛序》(《全唐文》卷一八二),文中说"下官诗书拓落,羽翮摧颓。朝廷无立锥之地,邱园有括囊之所。山中事业,暂到渔樵;天下栖迟,少留城阙",应该是除名后准备栖隐邱园。《夏日宴宋五官宅观画障序》(《全唐文》卷一八一),宋五官,指宋之问,序中没有悲伤低落之语,当是未除名之前的作品,地点当在洛阳附近。随后王勃有冀州之行,《还冀州别洛下知己序》(《全唐文》卷一八二)描写宴会气氛和乐融融,也应作于除名之前。③《别卢主簿》(《全唐文》卷一八〇)有尽地主之谊的口气,可能作于虢州任上,也有可能作于冀州,因为"林虑"是河北道相州,离冀州不远。《春日桑泉别王少府序》(《全唐文》卷一八一)中有"下官以穷途万里,动脂辖以长驱;王公以倾钱百壶,别芳筵而促兴"之语,当是在"桑泉"(临晋县)准备南下时告别,可能是上元二年春天回洛阳龙门前所作。《春日孙学士宅宴序》(《全唐文》卷一八一)中有"负郁怏不平之思"这样的话,似作于同时;《仲氏宅宴序》(《全唐文》卷一八一)有"处良辰而郁怏"句,当也作于同时。还有《与员四等宴序》(《全唐文》卷一八一),也应作于同时。

高宗上元二年,王勃南归经洛阳,再经韩城回龙门,作《夏日登韩城门楼寓望序》(《王子安集》卷六)和《夏日登龙门楼寓望序》(同前)。后文说:"诗书旧好,披乐广之高天;乡党新知,扫颜回之陋巷。"是回到故乡的口气。《夏日宴张二林亭序》(《全唐文》卷一八一)文中气氛和融,情性酣畅,也许是回家后的一时兴到之作。《夏日诸公见寻访诗序》(《全唐文》卷一八一)中有"坎坷于唐尧之朝,傲想烟霞;憔悴于圣明之代"等语,当作于龙门家居之时。上元二年六月,"以雍王李贤为皇太子,大赦"④,王勃曾为李贤侍读,当初被斥出王府或因谗言,现在李贤赦免王勃并官复原职,也在情理之中。而对王勃来说,毕竟因为自己的过错牵连父亲由雍州司户左迁万里之外的交趾令,故他不就职,而南行赴交趾省父。⑤ 八月至淮阴,奉父命撰文祭汉高祖,在楚

---

① 《全唐文》卷一八一,第1837页。
② 《旧唐书·王勃传》:"久之,补虢州参军。勃恃才傲物,为同僚所嫉,有官奴曹达犯罪,勃匿之,又惧事泄,乃杀达以塞口。事发当诛,会赦除名。"其中的"赦"当是指八月改"上元"年号称"天皇""天后"而"大赦"。
③ 高步瀛《唐宋文举要》(下)选了此文,但未注作年,只注明"冀州"在今河北冀州市,距东都1400里。吴按:细味序题,王勃似是因公还冀州,具体原因不详。
④ 《旧唐书·高宗本纪》,第100页。
⑤ 同上。

州作《秋日楚州郝司户宅饯崔使君序》(《全唐文》卷一八一),文中明言"上元二年,高秋八月"是确切的标志。《秋日饯别序》(《全唐文》卷一八一)中有"琴书人物,冀北关西;去马归轩,云间日下"之语,似是客中送客又极写"悲哉秋之为气!人之情也,伤如之何",则可能作于洛阳出发之前。

从楚州南行到达扬州,族翁王承烈曾寄信给王勃,但未收到。八月下旬南行至江宁,作《采莲赋》,文词甚美,历代传颂。《秋日游莲池序》(《全唐文》卷一八一)中有"汀洲地远,波涛溅明月之辉;人野路殊,原隰拥神仙之气",类似远离朝廷的口气,当作于江宁。《江宁吴少府宅饯宴序》(《全唐文》卷一八二)中有"蒋山南望,长江北流",又言"虎踞龙蟠,三百年之帝国;关连石塞,地实金陵",则作于江宁无疑。

从江宁继续南行,九月九日到达洪州,正遇上滕王阁宴会,即席作《秋日登洪府滕王阁饯别序》(《全唐文》卷一八一)。十二月,至广州,作《鳌鉴图铭序》(《全唐文》卷一八〇),文中"上元二年,岁次乙亥,十有一月"标明具体时间,又说"予将之交趾,旅次南海",当作于广州无疑。

上元三年春夏间,王勃在交州,曾上书都督郎余庆求赈济。八月渡海归,溺水,惊悸而卒,年仅二十七岁。

(二) 王勃诗序的基本类型及其特点

王勃对序体情有独钟,除集序、赋序、颂序外,纪游、宴会、赠别、思友之序最多。究其原因,我认为大致有以下几点:(1) 序体承继南朝骈文特色,最容易将写景、抒情融为一体,具有明显的诗化特征;(2) 序体轻便灵活,既无须赋颂那样精心结撰,殚精竭虑,也没有书启碑铭那样的目的性,因而最适合个人情感、心绪的自由表达;(3) 序体适合宴会、群游纪行的场合,既能表达文人聚会的雅兴,又能展露文学才华,是才子型文人的最佳选择;(4) 大唐由百废待兴渐渐呈现兴旺发达的气象,文人才士游宦宴乐的频繁,促进了时代风气对序体的需求,得到名人的赠序或在著名的宴会上能被推举作序均是一种很大的荣誉。王勃禀性多感,加上屡遭挫折、四处漂泊的人生经历,与他惊人的文才相结合,使他有条件将六朝成熟的骈体诗序推向一个新的艺术境界,成为唐代诗序发展历程中的第一座高峰。

王勃诗序见于清人蒋清翊的《王子安集注》、清编《全唐文》及日本藏《王勃集》,大体情况见表12。

表 12

类别 \ 出处	《王子安集注》及《全唐文》	日本藏《王勃集》	合计
宴会序	13	10	23
游历序	10	3	13
游宴序①	3	2	5
赠别序②	9	4	13
留别序	6	1	7
诗序	2	0	2
合计	43	20	63

下面分类介绍一些代表作,以见其艺术特色。

1. 宴会序。如《秋日宴季处士宅序》(《全唐文》卷一八一):

> 若夫争名于朝廷者,则冠盖相趋;遁迹于邱园者,则林泉见托。虽语默非一,物我不同,而逍遥皆得性之场,动息匪自然之地。故有季处士者,远辞濠上,来游境中,披白云以开筵,俯青溪而命酌。昔时西北,则我地之琳琅;今日东南,乃他乡之竹箭。又此夜乘槎之客,犹对仙家;坐菊之宾,尚临清赏。既而依稀旧识,欢吴郑之班荆;乐莫新交,申孔程之倾盖;向时朱夏,俄涉素秋。金风生而景物清,白露下而光阴晚。庭前柳叶,才听蝉鸣;野外芦花,行看鸥上;数人之内,几度琴樽?百年之中,少时风月。兰亭有昔时之会,竹林无今日之欢。丈夫不纵志于生平,何屈节于名利?人之情矣,岂曰不然?人赋一言,各申其志,使夫千载之下,四海之中,后之视今,知我咏怀抱于兹日。

开篇即议论一番"争名于朝"和"遁迹邱园"的不同人生意趣,表达了自己选择"逍遥"得性、动息自然的放旷心态,接着写季处士的热情款待和宴会地点的景物特色,最后写要像王羲之当年兰亭聚会那样赋诗纪兴,"使夫千载之下,四海之中,后之视今,知我咏怀抱于兹日"。虽为宴会序,但主要笔墨没有写宴会场面,而落笔于当时当地的景物,并抒发文人才子遇秋而悲的常见主旨。虽有"少年不识愁滋味,爱上层楼,为赋新词强说愁"的味道,却是不能

---

① "游宴序"这一类别的设立颇费斟酌,因为它介于"宴序"和"游序"之间,如《越州秋日宴序》《夏日仙居观宴序》实际上包括先"游"后"宴"两个部分,这是王勃诗序的一个特点,在《滕王阁序》中还是这样。
② "赠别序"中《赠白七序》,由于白七无考,很难确定创作时间和地点;另一篇《送李十五序》又见《骆宾王集》,然从文笔用语风格看,当为王勃文,作时作地不易确定。

与当年王羲之深沉而通脱的人生感悟相比的,王勃展露自己写景状物的文学才华的倾向更重。

又如《秋日宴洛阳序》:

> 夫以东京胜地,南吕高秋,三涂镇而九派分,白露下而清风肃。或出或处,人多朝野之欢;以嬉以游,时极登临之所。征衣流寓,切下走之蓬襟;解榻邀期,属上宾之桂席。于是齐道实,款琴樽,倜傥论心,留连促膝,但有潘杨之密戚,得无管鲍之深知?簪组盛而车马喧,庭宇虚而管弦亮。近临铜陌,斜控银墟。菊照新花,泛轻香于远次;荷凋晚叶,翻翠影于长波。听瞩方穷,献酬逾洽。年忘小大,傲天地于平生;志混荣枯,得林泉之意气。愿长绳以系日,几近光阴;思短札以凌云,或陈歌咏。人采古韵,成者先呈。

这篇宴序当作于从蜀地返回洛阳调选时,王勃时年二十三岁。开头点明"东京胜地"和"南吕高秋"之后,接着描写时序及朝野欢嬉游宴的盛况。主要突出席上嘉宾的倜傥风姿、流连促膝的情态及琴樽之乐,并衬托以"铜陌银墟""新花晚叶"之景色,最后抒发自己的林泉意趣和文思凌云的感兴,以采古韵陈歌为结束。大约这次回洛,有裴行俭等人的赏识,王勃心中又燃起了凌云之志。故此序写得刚劲有力,富丽堂皇,与他序中常见的伤春悲秋异趣。

再如《宇文德阳宅秋夜山亭宴序》(《全唐文》卷一八一):

> 若夫龙津宴喜,地切登仙;凤阁元虚,门称好事。亦有登山临水,长想巨源;明月清风,每思元度。未有能星驰一介,留美迹于芳亭;云委八行,抒劳思于彩笔,遂令启瑶缄者,攀胜集而长怀;披琼翰者,仰高筵而不暇。王子猷之独兴,不觉浮舟;嵇叔夜之相知,欣然命驾。琴樽佳赏,始诣临邛;口腹良游,未辞安邑。乃知两乡投分,林泉可攘袂而游;千里同心,烟霞可传檄而定。友人河南宇文峤,清虚君子;中山郎余令,风流名士。或三秋意契,辟林院而开襟;或一面新交,叙风云而倒屣。彭泽陶潜之菊,影泛仙樽;河阳潘岳之花,光悬妙理。财岩思壁,家藏虹岫之珍;森森言河,各探骊泉之宝。偶同金碧,暂照词场;巴汉英灵,潜光翰院。亶亶焉,萧萧焉,信天下之奇托也。

> 于时白藏开序,青女御律。金风高而林野动,玉露下而江山清。琴亭酒榭,磊落乘烟;竹径松扉,参差向月。鱼鳞积磴,还升兰桂之峰;鸳翼分桥,即映芙蓉之水。亦有红蕖绿荇,亘渚连翘;玉带瑶华,分楹间植。

池帘夕敞,香牵十步之风;岫幌宵褰,气袭三危之露。纵冲衿于俗表,留逸契于人间。东山之赏在焉,南涧之情不远。夫以中牟驯雉,犹婴触网之悲;单父歌鱼,罕继鸣琴之趣。俾夫一同诗酒,不挠于牵丝;千载岩溪,无惭于烟景云尔。

此序作于益州,宴席上碰到了"清虚君子"宇文峤和"风流名士"郎余令,二人均为王勃当年长安时的密友,因此他突发王子遒、嵇康一样的雅兴,似乎酒杯中泛着陶彭泽的菊影,闪烁着河阳潘岳花的光彩,金风玉露也清秀宜人,烟弥竹径,月映松扉,别有意境;池塘莲香,直透窗棂,三危露气,侵袭岫幌,真正是"冲衿于俗表,留逸契于人间",于是他要赋诗抒怀,使"千载岩溪,无惭于烟景"。此序表现出文士特有的性情,也揭示了王勃创作物感生情的特征。据《唐才子传》称:"勃属文绮丽,请者甚多,金帛盈积,心织而衣,笔耕而食。然不甚精思,先磨墨数升,则酣饮,引被覆面卧,及寤,援笔成篇,不易一字,人谓之腹稿。"①看这些短小优美的序文,由于有宴会独特场景的限制,估计不会是覆被酣睡后的产物,应当是即席挥毫而作,虽说是"不甚精思",但要写得这样珠圆玉润,没有深厚的积累和敏捷的文思是难以办到的。人们欣赏王勃除了赏悦其文字之清丽秀美,也是爱其难得一见的少年才华。

2. 游历序。王勃仕途不达,抱绝世之才而不遇于时,因此四处游历,耽玩自然风景、人间仙境就成为他消解忧郁、调节心境的重要方式。他早年游越州,被逐出王府后至蜀,居官虢州时游览洛阳周边的景色,随父南迁则更是一路游览,参加各种场合的宴会,也描述他所经历的游兴。尽管他的大部分诗序都或多或少与友人的宴聚欢会相关,但也有一些是专门(至少用主要笔墨)来叙写游历的。如《秋日游莲池序》:

人间龌龊,抱风云者几人?庶俗纷纭,得英奇者何有?烟霞召我,相望道术之门;文酒起予,放浪沉潜之地。少留逸客,塞雁飞鸣。北斗横而天地秋,西金用而风露降。幽居少事,野性多闲,登石岸而铺筵,坐沙场而列席。琳琅触目,朗月清风之俊人;珠玉在傍,鸾凤虬龙之君子。汀洲地远,波涛溅日月之辉;人野路殊,原隰拥神仙之气。平郊树直,曲浦莲肥;隐士泥清,仙人水绿。越林亭而极望,生死都捐;出宇宙以长怀,心灵若丧。悲夫!秋者愁也。酌浊酒以荡幽襟,志之所之;用清文而销积恨,我之怀矣。能无情乎?

---

① 傅璇琮主编《唐才子传校笺》第一册,第32页。

这篇序描写以游宴来"消积恨",当也有赋诗之事。从悲怀满目的愁情来看,当是除名之后的作品,但"莲池景色"并不具备差异性,难于判断地点的南北。大致看来,定于上元二年秋作于江宁为宜。"莲"是圣洁心灵的象征,在文中显然是作为"龌龊"人间的对应物而存在的,因此他用洁净高雅的词汇来描写景物、人物:俊人如清风朗月,琳琅满目;君子如鸾凤虬龙,高洁如珍珠美玉。诗人游莲池,一方面因为莲花如隐士出污泥而不染,如仙人出绿水而雅静;另一方面希望通过极望林亭长怀宇宙来"荡幽襟""消积恨"。这样以丽景写哀心,取得了王夫之所说的"一倍增其悲"的效果。

又如《晚秋游武担山寺序》开篇即写益州武担山寺的仙道胜境:"冈峦隐隐,化为阁崛之峰;松柏苍苍,即入祇园之树。引星垣于沓嶂,下布金沙;栖日观于长崖,傍临石镜。瑶台玉甃,尚控霞宫;宝刹香坛,犹芬仙阙。雕栊接映,台凝梦渚之云;璧题相晖,殿写长门之月。美人虹影,下缀虬幡;少女风吟,遥喧凤铎。"这简直是一个由翡翠珠玉镶嵌雕镂而成的净土世界。接下来写群公于岩泉结兴,筵赏畅游之情事,再映衬以金秋佳景:"于时金方启序,玉律惊秋,朔风四面,寒云千里。层轩回雾,齐万物于三休;绮席乘云,穷九垓于一息。碧鸡灵宇,山川极望,石兕长江,汀洲在目。龙镳翠辖,骈阗上路之游;列榭崇埋,磊落名都之气。"面对蜀地奇观,于是他要与昔时登高能赋的大丈夫争胜,要"敢攀盛烈,下揆幽襟。庶旌西土之游,远嗣东平之唱",即赋诗言怀,追慕古人的文雅风流。王勃的许多诗序从创作动因上讲,很大程度是欲比肩前贤、炫耀文采的产物。

还有一篇《夏日登韩城门楼寓望序》(《全唐文》卷一八一),当作于上元二年初夏,王勃由汾阴返回故乡途径韩城之时。诗人叙写自己"流离岁月""羁旅异乡"的遭遇,因遇故人而放旷怀抱,登楼远眺:"韩原奥壤,昔时开战斗之场;秦淮雄都,今日列山河之郡。"历史的苍烟与满目山河勾起了诗人的感兴:"林麓周回,观岩泉之入兴。则有惊花乱下,戏鸟平飞。荷叶滋而晓雾繁,竹院静而炎氛息。"于是"赏欢文酒,思挽云霄",赋诗纪怀。这篇诗序写得气势雄阔,体现了王勃散文笔力雄劲、文采华丽的特点。

3. 游宴序。如《越州秋日宴山亭序》(《全唐文》卷一八一)是王勃早年游历吴越时的一篇纪游宴之序。"昔王子敬琅琊之名士,常怀习氏之园,阮嗣宗陈留之俊人,直至山阳之坐。"引述王、阮两位历史名人的风流故事来说明"非琴樽远契,必兆联于佳辰;风月高情,每留连于胜地"是古今才士相同的嗜好,又引古代文士与江山风月的典故"东山可望,林泉生谢客之文;南国多才,江山助屈平之气"来说明江山风景对文思的激发作用。接着描写越州秋景:"红兰翠菊,俯映砂亭,黛柏苍松,深环玉砌。参差夕树,烟侵橘柚之园;

的历秋荷,月照芙蓉之水。"最后描写宴会场景:"星回汉转,露下风高,银烛摘华,瑶觞抒兴。"兴酣酒阑之后就是"五际飞文,时动缘情之作"。这篇序体现了王勃早期诗序富于激情、朝气蓬勃的少年特色,也体现了其诗文创作因受江山景物的影响而感发兴怀。

又如上元二年家居龙门时的《夏日诸公见寻访诗序》:"天地不仁,造化无力,授仆以幽忧孤愤之性,禀仆以耿介不平之气。顿忘山岳,坎坷于唐尧之朝;傲想烟霞,憔悴于圣明之代。情可知矣。"这"情"是遭受仕途打击后的真切而深沉的怀才不遇之情。但正当苦闷的时候,"赖乎神交胜友"忽然如鸾凤降自云霄,杨、沈二公来"石室寻真,访下走于丘壑",于是"幽人待士,非无北壁之书;隐士迎宾,自有西山之馔。席门蓬巷,伫高士之来游;丛桂幽兰,喜王孙之相对"。欣悦之情、兀傲之态、雅洁之怀宛然可见。酒酣耳热时江山也来助兴:"山南花圃,涧北松林,黄雀至而清风生,白鹤飞而苍云起"。最后众人学仲长统、郭子期的风流"人探一字,四韵成篇"。这篇序以悲起而以乐结,情感转换得益于胜友、美酒和先贤的召唤。

4. 赠别序。王勃的赠别序多写于"客中送客"的宴席上,因此时时带入自己的羁旅漂泊之怀。如《越州永兴李明府宅送萧三还齐州序》(《全唐文》卷一八一)开头"不涉河梁者,岂识离别之恨"就点明是送别情事,中间言及"嗟歧路于他乡,他乡岂送归之地",表达了客中送客、滞留他乡的悲怀。王勃以较大的篇幅记叙自己与萧三的友谊:"惠而好我,携手同行,或登吴会而听越吟,或下宛委而观禹穴。良谈落落,金石丝竹之音辉;雅致飘飘,松柏风云之气状。当此时也。尝谓连璧无异乡之别,断金有好亲之契。"但是"我留子往",因此"乐去悲来",于是托景抒怀:"清风起而城阙寒,白露下而江山远。徘徊去鹤,将别盖而同飞;断续来鸿,其离舟而俱泛。"最后以山涛和嵇康的典故,希望友人"善佐朝廷",而自己则"甘从草泽"。勉励一番之后就是赋诗赠别。这是一篇惯常格式的赠别序,叙离别、写风景、道劝勉、赠佳言、抒思念,一样不少。文字整饬华丽,友人与自己,心境与景物往往一笔双写,用典切当,含蓄隽永,令人回味。

又如《别卢主簿》,这位卢主簿是林虑县(属河北道相州)人,精于《老子》。王勃非常佩服他注疏的"精博""典要",以"灵芝既秀,兰蕙同熏;仙凤于飞,鸳鸯舞翼"的同类相感来比喻他们的志同道合。王勃曾"披襟请教"于卢氏,因此在离别时深感"王事靡盬,良时易失",于是"盍陈雅志,各叙幽怀"。这篇序中还引用了《诗经》中的"中心藏之,何日忘之",很值得注意。

再如《秋日饯别序》:

> 黯然别之销魂,悲哉秋之为气！人之情也,伤如之何？极野苍茫,白露凉风之八月;穷途萧瑟,青山白云之万里。奏鸣琴则离鹍别鹤,惊歧路之悲心;来胜地则时雨凉风,助他乡之旅思。琴书人物,冀北关西;去马归轩,云间日下。杨学士天璞自然,地灵无对,二十八宿禀太微之一星,六十四爻受乾坤之两卦。论其器宇,沧海添江汉之波;序其文章,元圃积烟霞之气。几神之外,犹是卿云;陶铸之余,尚同嵇阮。接光仪于促席,直观明月生天;响词辩于中筵,但觉清风满室。悠哉天地,含灵有喜愠之容;邱也东西,怅望积别离之恨。烟霞直视,蛇龙去而泉石空;文酒求朋,贤俊散而琴歌断。门生饯别,如北海之郡前;高士将归,似东都之门外。研精麝墨,运思龙章,希存宿昔之资,共启相思之咏。

这篇赠序当作于被除名将赴南海之前,文思由悲转乐,最后是赋诗相思。几乎句句用典,既贴合自己的心境,又切合行者的状况。对仗精工,句法老练,将抒情写景与应酬结合得非常完美,达到了较高的艺术境地,为随后的《滕王阁序》做好了准备。

5. 留别序。"留别"本也是离别,另立一类是因为唐人送别诗中存在大量的"留别"之作,它的独特性在于是赋诗之人离别而去,诗中的思念对象是送别自己的人。如《还冀州别洛下知己序》:

> 东西南北,某也何从？寒暑阴阳,时哉不与。河阳古树,无复残花;合浦寒烟,空惊坠叶。王生卖药,入天子之中都;夏统乘舟,属群公之大会。风烟匝地,车马如龙;钟鼓沸天,美人似玉。芳筵交映,旁征豹象之胎;华馔重开,直抉蛟龙之髓。季鹰之思吴命驾,果为秋风;伯鸾之适越登山,以求渌水。辞故友,谢时人。登鄂阪而迂回,入邙山而北走。何年风月,三山沧海之春？何处风花,一曲青溪之路？宾鸿逐暖,孤飞万里之中;仙鹤随云,直去千年之后。悲夫！光阴难再,子卿殷勤于少卿;风景不殊,赵北相望于洛北。鸳鸯雅什,俱为赠别之资;鹦鹉奇杯,共尽忘忧之酒。

《唐宋文举要》选王勃骈文五篇,这是其中之一,蒋心畬评曰:"清圆浏亮,学六朝者,所当问津。"[①]我认为这篇序结尾赋诗道别的话,当作于虢州参军期间,还冀州或许因为公务。从整篇文章的情调看,展现的是一派生机勃勃的

---

① 高步瀛《唐宋文举要》(下)第170页。

春天景象,没有除名后的悲伤。文中的"悲"是指离别知己,深感"光阴难再",相思殷切而会合难期之淡淡感伤。由于全部织进了"清圆浏亮"的词句中,给人的感受是雅兴逸致和绵邈的思念情怀。读此文犹如赏玩一件精美的艺术品,仅仅感受其形式就足够了。

又如《春日桑泉别王少府序》:

> 下官以穷途万里,动脂辖以长驱;王公以倾饯百壶,别芳筵而促兴。是以青阳半序,明月中宵。离亭拥花草之芳,别馆积琴歌之思。去留欢尽,动息悲来。惜投分之几何?恨知音之忽间。他乡握手,自伤关塞之春;异县分襟,意切凄惶之路。既而星河渐落,烟雾仍开,高林静而霜鸟飞,长路晓而征骖动。含情不拜,空伫听于南昌;挥涕无言,请投文于西候。因探一字,四韵成篇。

题中"桑泉"为临晋县名。时间是春天,而说"穷途万里,动脂辖以长驱",是要远别的样子。诗序可能作于除名后赴交趾之前,但诗人与王少府离别的原较难断定,难道王勃赴南海是从临晋出发的?这篇序与上一篇相比,悲伤情怀深切,似乎经历了巨大的挫折,但用典变少了,写景抒情均显得自然流畅。结尾的赋诗是一般的四韵格式,说明虽有"含情不拜""挥涕无言"之语,但只不过是一般应酬性的留别。文字圆润流美,语调抑扬顿挫,格律精美,令人叹绝。

王勃留别序最有代表性的当推《秋日登洪府滕王阁饯别序》。有关这篇诗序写作时间的记载,最早见五代王定保的《唐摭言》卷五:"王勃著《滕王阁序》,时年十四。都督阎公不之信,勃虽在座,而阎公意属子婿孟学士者为之,已宿构矣。及以纸笔巡让宾客,勃不辞让。公大怒,拂衣而起,专令人伺其下笔。第一报云……又报云……又云:'落霞与孤鹜齐飞,秋水共长天一色。'公矍然而起曰:'此真天才,当垂不朽矣!'遂亟请宴所,极欢而罢。"[1]《旧唐书·王勃传》、辛文房《唐才子传》均取其说。后来更有诗话中虚构出王勃从父宦游江左,看到一座古祠,回路遇老叟呼勃"子往南昌作赋,路七百里,吾助清风一席"的传说。[2] 清代《古文观止》又提出作于"咸亨二年"之说,其他情节相似。[3] 虽然这则故事及其附会出的传说均难以令人相信,但为什么人们还

---

[1] 转引自蒋清翊《王子安集注》卷八,第229页。
[2] 见清章藻功《思绮堂文集·登滕王阁书王子安序后》自注。转引自《王子安集注》卷首辑评,第52页。
[3] 同上。

是津津乐道呢？我认为这表现了一种崇拜少年天才的传统观念，中国古代众多的神童故事中，少年天才都文思敏捷，才华出众，历来为人们艳羡。这是人们并不关注王勃作序真实时间的根本原因。因为王勃十六岁献《宸游东岳颂》和《乾元殿赋》等鸿文，又任沛王府侍读，当文名早著，不应当在此时才被发现为天才。实际上，此文作于上元二年，王勃随父前往交趾，九月九日路过南昌，正遇上重阳大宴会，于是在宴会上即席作序赋诗留别。如果《唐摭言》及诗话类著作照实写，就没有什么"惊奇"的效果了。

这篇序从洪州的"人杰地灵"写到宴会，接着写宴会时间、滕王阁的壮丽和登阁眺望三秋景象，再从宴会盛况写到自己"兴尽悲来"的身世之感，抒发怀才不遇的不平和依然渴望建功立业的雄心壮志，最后赋诗惜别，并说这篇"短引"只是起一个抛砖引玉的作用。从全文看，主要笔墨还是落到写景和抒情上，宴会只是一条贯穿全文的线索，并作为一个重要的背景，宴席高潮也不过是情感起伏的转折点。此篇诗序可以代表王勃诗序集游览、宴会、写景、抒怀于一炉的综合性特征，既可以称为"游宴序"，也可以称为"饯别序"。他巧妙地将颂主夸客的应酬性和状物抒怀的文学性完美地结合在一起，既表现出当时的宴会气氛，又突出了自己的际遇，还恰如其分地展露了自己的志向和才华。这篇序辞采华美，对仗工整，声韵和谐，又气势奔放，自然流畅；用典丰富贴切，又不冷僻晦涩，表现出严守格律又突破规范、化艰涩为通俗的倾向。无论从哪个角度看，都是一篇美文。难怪清人无限赞叹："想其当日对客挥毫，珍词绣句层见迭出，洵是奇才。"①

（三）王勃诗序的艺术成就

王勃的骈文是初唐的杰出代表，他的诗序又作为其骈文的代表，无疑取得了很高的艺术成就。我认为主要表现为以下几个方面。

在整个时代文风的趋同中表现出独特个性。所谓"趋同"，指的是整个初唐时期都崇尚骈文。《新唐书·文艺传序》说："高祖、太宗，大难始夷，沿江左余风，缉句绘章，揣合低昂，故王、杨为之伯。"②骈文在初唐达到一个高峰，上自帝王的诏书、制敕、德音等"王言"及朝臣的颂赞、章表、奏疏等"臣言"，下到表饰终之典的碑铭、墓志、祭文及表达私人情感的书启、赠序等，都是运用六朝以来骈四俪六的体制，乃至史传的赞语、传论也都是骈文。王勃的序类文体，其独特性在于他于求同的倾向中表现出鲜明的个性化色彩，他将江山之丽景与身世之感融合在一起，突出了在初唐走向文治盛世的同时，

---

① 吴调侯、吴楚材选《古文观止》（下）第308页，中华书局，1959年9月版。
② 《新唐书·文艺传序》卷二〇一，第5725页。

下层士子的怀才不遇之悲。初唐是一个崇尚华丽壮大文风却贱视才士的时代,这与统治者崇尚武功和门第有关,他们一方面欣赏文学,将艺文当作娱乐养性之具而加以提倡;另一方面又持"先道德而后文艺"的观点而不愿意重用文士。唐太宗虽然重视诗文创作,但他始终将"崇文"置于其贞观之治的整个朝廷策略的最末位置。高宗虽也崇文尚丽,喜好夸饰颂圣之词,但以《五经正义》的颁行为标志①,文采秀士是没有仕途出路的。《资治通鉴》卷二〇二载上元元年刘晓论选举制度的奏疏:"礼部取士,专用文章为甲乙,故天下之士皆舍道德而趋文艺,有朝登甲科而夕陷刑辟者,虽日诵万言,何关理体?文成七步,未足化人。况尽心卉木之间,极笔烟霞之际,以斯成俗,岂非大谬?……陛下若取士以德行为先,文艺为末,则多士雷奔,四方风动矣。"②作为奏疏庄重地站在朝廷角度立论,可以看作是当时的主流意识。其实王勃也有这样的观点,咸亨二年的《上裴侍郎启》就贬低文人,希望朝廷取士不要专重诗赋,要"先道德后文艺"。但王勃最终还是没有能够入朝士之选,不得不以自己不屑的文士沉沦下僚,甚至得到"浮躁浅薄"的恶评。③这样,王勃之类的才士不遇就不是简单的个人遭遇,而是具有普遍性的文士的悲剧命运,因而在诗文中表现身世之感,就将王勃从整个时代的趋同中凸现出来,具有独标孤卓的区别性意义。具体表现在他的诗文中,随处可见悲慨之怀,可闻叹息之声,诗人因心存不甘往往崇尚建功立业,因此生命的热血激情与现实的贫困潦倒形成矛盾交织的状态。他虽说着"吾被服家业(按:指王家八代以儒辅仁),沾濡庭训,切磋琢磨战兢惕厉者二十二载矣,幸以薄技,获蠲戎役,尝耻道未成而受禄"的话④,但实际上是对自己沉溺下流的不平之鸣。

下面摘录一些诗序中的悲愤之语:

下官狂走不调,东西南北之人也。流离岁月,羁旅山川。
——《夏日登韩城门楼寓望序》

坎坷于唐尧之朝;傲想烟霞,憔悴于圣明之代。情可知矣。
——《夏日诸公见寻访诗序》

悲夫!秋者愁也。酌浊酒以荡幽襟,志之所之;用清文而销积恨,我之怀矣。

——《秋日游莲池序》

---

① 《旧唐书·高宗本纪》载:永徽四年三月,颁孔颖达《五经正义》于天下,每年明经令依此考试。
② 《资治通鉴》(下)第1358页,上海古籍出版社,1987年5月版。
③ 《新唐书·裴行俭传》载行俭曰:"士之致远,先器识,后文艺。如勃等,虽有才,而浮躁炫露,岂享爵禄者哉?"第4088—4089页。
④ 《全唐文》卷一八一,第1838页。

>　　孤吟五岳,长啸三山。昔往东吴,已有梁鸿之志;今来西蜀,非无张载之怀。
>
>　　　　　　　　　　　　　　　　——《绵州北亭群公宴序》
>
>　　关山难越,谁悲失路之人?萍水相逢,尽是他乡之客。怀帝阍而不见,奉宣室以何年?嗟乎!时运不齐,命途多舛。
>
>　　　　　　　　　　　　　　　　——《秋日登洪府滕王阁饯别序》
>
>　　中情易感,下调多愁。送君当东陆之前,逢我在北风之别。
>
>　　　　　　　　　　　　　　　　——《送白七序》
>
>　　方严去舳,且对穷途。玉露下而苍山空,他乡悲而故人别。
>
>　　　　　　　　　　　　　　　　——《江宁吴少府宅饯宴序》
>
>　　天门大道,子则翻飞而赴帝乡;地泉下流,余乃漂泊而沉水国。
>
>　　　　　　　　　　　　　　　　——《秋日送沈大虞三入洛诗序》
>
>　　听孤鸣而动思,怨复怨兮伤去人;闻唳鹤而惊魂,悲莫悲兮怆离绪。
>
>　　　　　　　　　　　　　　　　——《冬日送间丘序》

这些悲愤之语的频繁出现,比较典型地表现了王勃具有自宋玉以来的"贫士失职而志不平"的伤春悲秋情怀。

追求一种气势壮大、字挟风霜的劲健风格。杨炯《王勃集序》曾这样评价龙朔文坛:"尝以龙朔初载,文场变体,争构纤微,竞为雕刻,糅之以金玉龙凤,乱之以朱紫青黄。影带以徇其功,假对以称其美,骨气都尽,刚健不闻。"①龙朔初载即 661 年,王勃只有十二岁,可能已经开始写作。杨炯批评的这种文风当包含诗、文在内的,其形成当有一个积渐过程,这种以"上官仪体"为代表的诗风及其相关的文风,最致命的缺点是"骨气都尽,刚健不闻"。但我认为王勃的"思革其弊,用光志业"也有一个发展过程,不妨这样假设:他在未入沛王府之前,也受到时代文风的影响,入王府之后才明确要写出"气凌霄汉,字挟风霜"的劲健之作。观其《宸游东岳颂》及《乾元殿赋》等早期作品,有将西汉大赋融合六朝华彩追求气盛壮丽的趋向,入蜀后写《春思赋》和赴南海时写《采莲赋》《滕王阁序》等,才将人生感慨融入比兴和典饰之中,达到"契将往而必融,防未来而先制","壮而不虚,刚而能润,雕而不碎,按而弥坚"的境界,从而使"积年绮碎,一朝清廓"。②

在王勃的诗序中随处可见颇有气势的文句。如写景:

---

① 《全唐文》卷一九一,第 1931 页。
② 同上。

仁崖知宇,照临明日月之辉;广度冲襟,磊落压乾坤之气。

——《山亭兴序》

鱼鳞布叶,烂五色而翻光;凤脑吐花,烁百枝而引照。

——《守岁序》

惊帝室之威灵,伟皇居之壮丽。朝游魏阙,见轩冕于南宫;暮宿灵台,闻弦歌于北里。

——《秋晚入洛于毕公宅别道王宴序》

遗墟旧壤,数万里之皇城;虎踞龙盘,三百年之帝国。关连石塞,地宝金陵。霸气尽而江山空,皇风清而市朝改。

——《江宁吴少府宅饯宴序》

如写人物:

杨学士天璞自然,地灵无对,二十八宿禀太微之一星,六十四爻受乾坤之两卦。论其器宇,沧海添江汉之波;序其文章,元圃积烟霞之气。

——《秋日饯别序》

韦少府玉山四照,珠胎一色。纵横振锋颖之才,吐纳积江湖之量。子云笔札,拥鸾凤于行间;孙楚文词,列宫商于调下。

——《冬日羁游汾阴送韦少府入洛序》

如写宴会:

于是携旨酒,列芳筵,先祓禊于长洲,却申交于促席。良谈吐玉,长江与斜汉争流;清歌绕梁,白云将红尘并落。

——《三月上巳祓禊序》

遥吟俯畅,逸兴遄飞。爽籁发而清风生,纤歌凝而白云遏。睢园绿竹,气凌彭泽之樽;邺水朱华,光照临川之笔。

——《秋日登洪府滕王阁饯别序》

钟鼓沸天,美人似玉。芳筵交映,旁征豹象之胎;华馔重开,直抉蛟龙之髓。

——《还冀州别洛下知己序》

如抒怀:

> 高情壮思,有抑扬天地之心;雄笔奇才,有鼓怒风云之气。
>
> ——《游冀州韩家园序》
>
> 文章可以经纬天地,器局可以畜泄江河,七星可以气冲,八风可以调合。独行万里,觉天地之崆峒,高枕百年,见生灵之醒觑。
>
> ——《山亭思友人序》

无论写山亭幽景、皇城壮象、宴会盛况,还是描写人物风采,或者抒发逸怀浩气,都写得飞动轩昂,元气淋漓,勃显一种沛然有余、汩汩喷涌的生命激情,千载之后读之,犹能使人心潮动而热血涌,思奋翮而展遐想。这种鹏举九霄的气象,壮丽雄快的格调,使王勃的诗序具有辽阔浩荡的意境,具有诗歌雄浑的阳刚之美。

景物描写具有色彩斑斓而兴象飞动的境界美。王勃的诗序中最引人注目的是那些色彩斑斓而包含诗情画意的景物描写。典型的是春色和秋景。据统计,王勃的全部63篇诗序中明确描写春景的有17篇,秋色有22篇,合计39篇,占总量的62%。这大约是"春秋代序,阴阳惨舒,物色之动,心亦摇焉"的物感规律在起作用。因此刘勰接着说:"岁有其物,物有其容;情以物迁,辞以情发。一叶且或迎意,虫声有足引心。况清风与朗月同夜,白日与春林共朝哉!"①尽管刘勰提到春夏秋冬四季景物均能摇荡性灵,但从他的感慨中不难体会他最重春秋两季。这符合中国古代文士普遍性的伤春悲秋情结。王勃似乎对"春"感最为深刻,《春思赋序》说:"悲乎!仆不才,耿介之士也,窃禀宇宙独用之心,受天地不平之气,虽弱植一介,穷途千里。未尝下情于公侯,屈色于流俗。凛然以金石自匹,犹不能忘情于春,则春之所及远矣。此仆所以抚穷贱而惜光阴,怀功名而悲岁月也。岂徒幽宫狭路、陌上桑间而已哉。屈平有言'目极千里兮伤春心'。因作《春思赋》,庶几乎以极春之所至,析心之去就云尔。"②王勃的诗文创作还深受江山风物的影响,如《入蜀纪行诗序》说:"烟霞为朝夕之资,风月得林泉之助。嗟乎!山川之感召多矣,余能无情乎!"③明确表达了他的这些诗歌乃山川感召心灵的抒情之作。又如他在《涧底寒松赋序》中说:"盖物有类而合情,士因感而成兴。"④明确意识到外物与情感有"物类合情"的对应关系,接近西方美学中的"异质同构"之说。春天风和日丽,烟雨霏霏,万物欣欣向荣,到处一派朝气蓬勃的景象,既易激起进

---

① 刘勰《文心雕龙》(下),范文澜注,第693页。
② 《全唐文》卷一七七,第1798—1799页。
③ 蒋清翊《王子安集注》卷七,第227页。
④ 《全唐文》卷一七七,第1806页。

取者奋发豪迈之心,又易引起失意者沉沦烟景虚掷光阴感伤愤懑之情。秋季风清气肃,霜天万里,木叶凋零,苍凉寥落,加上北雁南飞,寒虫哀鸣,暮雨潇潇,凄神寒骨,最易引起失意文人的身世之感。而王勃作为怀才不遇的典型,四处漂泊,虽参加各种场合的兴酣情逸的宴会,但多生发乐极悲来的感叹。如春景:

> 迟迟风景,出没媚于郊原;片片仙云,远近生于林薄。杂花争发,非止桃蹊;群鸟乱飞,有逾鹦谷。王孙春草,处处争鲜;仲统芳园,家家并翠。
>
> ——《三月上巳祓禊序》
>
> 于时序躔清律,运启朱明,轻黄秀而郊戍青,落花尽而亭皋晚。丹鹦紫蝶,候芳晷而腾姿;早燕归鸿,俟迅风而弄影。岩暄蕙密,野淑兰滋,弱荷抽紫,疏萍泛绿。于是俨松舻于石岊,停桂楫于璇潭,指林岸而长怀,出河州而极睇。
>
> ——《上巳浮江宴序》
>
> 槐火灭而寒气消,芦灰用而春风起。鱼鳞布叶,烂五色而翻光;凤脑吐花,灿百枝而引照。
>
> ——《守岁序》
>
> 他乡握手,自伤关塞之春;异县分襟,意切凄惶之路。既而星河渐落,烟雾仍开,高林静而霜鸟飞,长路晓而征骖动。
>
> ——《春日桑泉别王少府序》
>
> 桃花引骑,还寻源水之蹊;桂叶浮舟,即在江潭之上。尔其崇闉带地,巨浸浮天,绵玉甸而横流,指金台而委输。飞湍骤激,犹惊白鹭之涛;触浪奔回,若赴黄牛之峡。
>
> ——《江浦观鱼宴序》
>
> 于时风雨如晦,花柳含春。雕梁看紫燕双飞,乔木听黄莺杂啭。
>
> ——《春日送吕三储学士序》

写秋景:

> 蓐收戒序,少昊司辰。清风起而城阙寒,白露下而江山远。徘徊去鹤,将别盖而同飞;断续来鸿,其离舟而俱泛。
>
> ——《越州永兴李明府宅送萧三还齐州序》
>
> 向时朱夏,俄涉素秋。金风生而景物清,白露下而光阴晚。庭前柳

叶,才听蝉鸣;野外芦花,行看鸥上;数人之内,几度琴樽?百年之中,少时风月。

——《秋日宴季处士宅序》

近临铜陌,斜控银墟。菊照新花,泛轻香于远次;荷凋晚叶,翻翠影于长波。

——《秋日宴洛阳序》

于时苍云寡色,白日无光。沙尘起而桂浦昏,凫雁下而芦洲晚。傍邻苍野,霜风橘柚之园;斜枕碧潭,夜月芙蓉之水。

——《绵州北亭群公宴序》

于时白藏开序,青女御律。金风高而林野动,玉露下而江山清。琴亭酒榭,磊落乘烟;竹径松扉,参差向月。……亦有红蕖绿荇,亘渚连翘;玉带瑶华,分楹间植。池帘夕敞,香牵十步之风;岫幌宵褰,气袭三危之露。

——《宇文德阳宅秋夜山亭宴序》

岩楹左峙,俯映元潭;野径斜开,傍连翠渚。青萍布叶,乱荷芰而动秋风;朱草垂荣,杂芝兰而涵晚液。

——《秋日楚州郝司户宅饯崔使君序》

阵云四面,洪涛千里。帘帷后辟,竹树映而秋烟生;栋宇前临,波潮惊而朔风动。

——《江宁吴少府宅饯宴序》

通过比较,不难看出,王勃虽自称感春为深,但他的诗序在具体描写时,春景的描写还是要逊色于秋景,写秋景不仅境界清逸,而且特色鲜明,名作众多。特别出色的是"落霞"名联:"落霞与孤鹜齐飞,秋水共长天一色。"(《秋日登洪府滕王阁饯别序》)虽然这一句式模仿庾信《华林马射赋》中的"落霞与芝盖齐飞,野水共春云一色"①,但王勃的这两句描写晴天碧水,天水相接,上下浑然一色。晚霞自上而下,孤鹜自下而上,相映生辉,构成一幅色彩明丽而境界壮阔的绝妙图画。超越了庾信的意境,在继承中有创新。然而,遍检王勃全部诗序,"落霞句式"仅得以下三联:

崇松将巨柏争阴,积濑与幽湍合响。(《游山庙序》)
言泉共秋水同流,词峰与夏云争长。(《饯宇文明府序》)

---

① 李士彪《魏晋南北朝文体学》搜罗了"落霞句式"资料,认为不始于庾信,可以上溯到魏晋之际的桓范、阮籍等。李著收集庾信之前40多条例句,说明这是骈文的基本句式之一。参该书第234—238页,上海古籍出版社,2004年4月版。

长江与斜汉争流,白云将红尘并落。(《三月上巳祓禊序》)

这一句式的优点在于将四个景物按两两相对的形式用"共""将""与"联系起来,再描述一个动态,达到对景物群的形象描绘,很富于表现力。而王勃诗序中另一种由"而"连接的对称七字句更多,特搜集罗列如下:

长松茂柏,钻宇宙而顿风云;大壑横溪,吐江河而悬日月。(《山亭兴序》)
轻黄秀而郊戍青,落花尽而亭皋晚。(《上巳浮江宴序》)
凫雁乱而江湖春,梅柳开而庭院晚。(《春日孙学士宅宴序》)
高林静而霜鸟飞,长路晓而征骖动。(《春日桑泉别王少府序》)
浮蚁倾而高宴终,骏乌落而离言促。(《送李十五序》)
荷叶滋而晓雾繁,竹院静而炎氛息。(《夏日登韩城门楼寓望序》)
元经苦而白凤翔,素牒开而紫鳞降。黄雀至而清风生,白鹤飞而苍云起。(《夏日诸公见寻访诗序》)
金风生而景物清,白露下而光阴晚。(《秋日宴季处士宅序》)
北斗横而天地秋,西金用而风露降。(《秋日游莲池序》)
三涂镇而九派分,白露下而清风肃。(《秋日宴洛阳序》)
沙尘起而桂浦昏,凫雁下而芦洲晚。(《绵州北亭群公宴序》)
金风高而林野动,玉露下而江山清。(《宇文德阳宅秋夜山亭宴序》)
槐火灭而寒气消,芦灰用而春风起。(《守岁序》)
襟三江而带五湖,控蛮荆而引瓯越。潦水尽而寒潭清,烟光凝而暮山紫。爽籁发而清风生,纤歌凝而白云遏。地势极而南溟深,天柱高而北辰远。(《秋日登洪府滕王阁饯别序》)
海气近而苍山阴,天光秋而白云晚。宾友盛而芳樽满,林塘清而上筵肃。(《秋日楚州郝司户宅饯崔使君序》)
他乡怨而白露寒,故人去而青山迥。(《秋夜于绵州群官席别薛升华序》)
白露下而南亭虚,苍烟生而北林晚。(《秋晚入洛于毕公宅别道王宴序》)
朔风动而关塞寒,明月下而楼台曙。(《冬日羁游汾阴送韦少府入洛序》)
伍胥用而三吴盛,孙权困而九州裂。霸气尽而江山空。皇风清而

市朝改。帘帷后辟,竹树映而秋烟生;栋宇前临,波潮惊而朔风动。(《江宁吴少府宅饯宴序》)

桃李明而野径春,藤萝暗而山门古。(《春日序》)

云异色而伤远离,风杂响而飘别路。(《秋日送沈三虞大入洛诗序》)

烟霞举而原野清,鸿雁起而汀州鸣。(《晚秋什邡西池宴饯柳明府序》)

灌莽积而苍烟平,风涛险而翠霞晚。洒绝翰而临清风,留芳樽而待明月。(《秋日登冶城北楼望白下序》)

将忠信以待宾朋,用烟霞以付朝夕。(《冬日送储三宴序》)

临春风而对春鸟,接兰友而坐兰室。(《初春于权大宅宴序》)

这种句式共32联,显然是王勃惯用的句式,它便于将四个景物用两个虚词密集地组合在一起,形成景物描写主干性句子,既生动形象,又紧凑凝练。由于被"落霞"句式的光辉所掩盖,不太为人们所注意。实际上对四季景物的描述,王勃在很大程度上是依赖于这种句式而完成的,故特标出来,以引起人们的关注。

当然,毋庸讳言,王勃诗序也有明显的缺陷。首先,描写景物有雷同之嫌,如写秋景多"金风""玉露",且常常对举白天与夜晚,有许多动词、形容词重复,读多了令人生厌。更重要的是这种雷同,不能突出景物的特征,他的有些诗序无法编年,当与描写景物太普泛化、类型化有关。其次,过分用典即成虚套,如宴会就是"兰亭""金谷",游览就提阮籍、嵇康,最俗的是常说陶潜之菊、潘岳之花,这种贴标签一样的用典,没有必要也无意义。再次,珠玉龙凤之类的祥瑞词汇太多,尽管组合得珠圆玉润,声韵和谐,但给人以虚假的印象,这正是杨炯批评的龙朔文风在王勃诗序中的表现,也影响了诗序的艺术魅力。复次,王勃诗序也存在序重诗轻的问题,似乎是在刻意写序,作诗倒像是强弩之末的点缀,这或许是诗佚序存的原因?

(四) 王勃诗序的地位和影响

王勃无疑是初唐骈文的大家,他将萌芽于先秦、定型于魏晋、骈化于南朝的诗序推向了一个高峰,而且是后来者总体上无法超越的高峰,为骈序的格律化作出了不可磨灭的贡献。同时,其缺陷也成为此体继续发展的重要障碍。王勃的诗文,在盛唐之前就屡遭贬斥,以致杜甫不得不作诗为其辩护:"王杨卢骆当时体,轻薄为文哂未休。尔曹身与名俱灭,不废江河万古流。"

(《戏为六绝句》)后来韩愈作《滕王阁记》说:"江南多游观之美,而滕王阁为第一。及得三王为序、赋、记等,壮其文词。"又说:"窃喜载名其上,词列三王之次,有荣耀焉。"①然而,明代张燮则批评说:"勃文名为四杰之冠,儒者病其浮艳。"对此四库馆臣却说:"杜甫、韩愈诗文亦冠绝古今,而其推勃如是,枵腹白战之徒,掇拾语录之糟粕,乃沾沾焉而动其喙,殆所谓蚍蜉撼树者欤!"②

笔者认为,以王勃的诗序为代表的骈文,洵为美文,千载共赏,尤其他写景状物的艺术技巧,对律诗的写景产生了一定的影响。他运用典故的变化多端对后来诗歌的典则雅丽也产生了重要影响。更重要的是,他诗序中展露的文人兀傲个性和雄壮风格,在李白、陶翰、李华、梁肃等人的诗序中还可以听到巨大的回响。他在诗序中描述宴会及游赏的豪情逸兴,展示的文人雅洁胸襟,也成为后人追慕的对象。而他诗序中的那些芳词秀语、奇言警句,也成为后人掇拾采撷的对象,更是人们津津乐道的批评话题。章太炎在《检论·案唐》中说:"尽唐一代,学士皆承王勃之化也。"甚至说:"终唐之世,文士如韩愈、吕温、柳宗元、刘禹锡、李翱、皇甫湜之伦,皆勃之徒也。"③虽未必令人信服,但确实是大胆而独具只眼的论断,值得深思。

第六节 锐意革新,由骈入散
——陈子昂的诗序

陈子昂(659—700),梓州射洪人。虽然家世富豪,但是苦节读书,尤善属文,据说京兆司功王适读了他的《感遇》三十首后,预言"此子必为天下文宗"④。他是初唐诗序创作的重要人物,一方面他继承了"四杰"的作风,大量制作骈体诗序,追求写景状物的精丽工整;另一方面他又将散文的章法、句法引入序中,甚至用诗序表述他的诗歌观念,具有扭转初唐骈俪文风的作用,使他成为初唐向盛唐过渡的一个标志。

(一) 陈子昂诗序的基本类型

陈子昂现存诗序分别收在《全唐文》和《全唐诗》中,如下表所示:

---

① 马其昶《韩昌黎文集校注》第91—92页,上海古籍出版社,1986年12月版。
② 《钦定四库全书总目》卷一四九,第1991页,中华书局,1997年1月版。
③ 《章太炎学术论著》第95—96页,浙江人民出版社,1998年6月版。
④ [后晋]刘昫《旧唐书·陈子昂传》卷一九〇,中华书局,1975年版,第5018页。

表 13

类别＼出处	《全唐文》	《全唐诗》	合计
宴会诗序	3	3	6
赠别诗序	6	3	9
独特经历诗序	0	1	1
独特观念诗序	0	1	1
寄赠诗序	0	3	3
留别诗序	0	1	1
合计	9	12	21

第一类,宴会诗序:《金门饯东平序》《薛大夫山亭宴序》《冬夜宴临邛李录事宅序》(《全唐文》卷二一四),《晦日宴高氏林亭并序》《秋日遇荆州府崔兵曹使宴并序》(《全唐诗》卷八四),《喜马参军相过醉歌并序》(《全唐诗》卷八三)。第二类,赠别诗序:《送吉州杜司户审言序》《忠州江亭喜重遇吴参军牛司仓序》《晖上人房饯齐少府使入京府序》《送麦郎将使默啜序》《偶遇巴西姜主簿序》《饯陈少府从军序》(《全唐文》卷二一四),《夏日晖上人房别李参军崇嗣并序》(《全唐诗》卷七七),《送著作佐郎崔融等从梁王东征并序》《登蓟城西北楼送崔著作融入都并序》(《全唐诗》卷八四)。第三类,独特经历诗序:《观荆玉篇并序》(《全唐诗》卷八三)。第四类,独特诗歌观念诗序:《与东方左史虬修竹篇并序》(增订注释《全唐诗》第一册)。第五类,寄赠诗序:《蓟丘览古赠卢居士藏用七首并序》(《全唐诗》卷八三),《喜遇冀侍御珪崔司议泰之二使并序》《春晦饯陶七于江南同用风字并序》(《全唐诗》卷八四)。第六类:留别诗序。《赠别冀侍御崔司议并序》(《全唐诗》卷八四)。

(二) 陈子昂诗序的特点

1. 宴会诗序。陈子昂的宴会序继承了王勃诗序的特点,既具有文人的矜才炫学,又具有一种富丽堂皇的气象。如《金门饯东平序》:

> 昔者汉朝卿士,供帐饯于东都;晋国名贤,倾城祖于西郊。虽时称盛观,而人非帝族。东平紫微英胄,朱邸天人,蕴岐嶷之瑰姿,得山河之宝气。刘君爱士,常致礼于幽人;曹植论文,每交欢于数子。属銮舆拜日,来朝太室之前;玉检停刊,言返章华之路。群公以眷深王粲,思邀祖道之欢;下走以遇重荀慈,谬奉芳筵之醴。于时青阳二月,黄鸟群飞,残霞将落日交晖,远树与孤烟共色。江山万里,眇然荆楚之涂;城邑三春,去矣伊洢之地。既而朱轩不驻,绿盖行遥。琴缸之清宴已疲,珠玉之芳

言未赠。请各陈志,以序离襟。

此序当作于陈子昂二十一岁到洛阳初次应试之时,描写了"青阳二月,黄鸟群飞"的季节,在洛阳金门饯别"紫微英胄"东平的场面。其模仿王勃之序非常明显。首先是大量用典,如用"昔者汉朝卿士,供帐饯于东都;晋国名贤,倾城祖于西郊"来陪衬,说"虽时称盛观,而人非帝族",以突出刘君送东平的不同寻常。再用曹植、王粲文人聚会饯别之典来喻此次宴别,这都是王勃惯用的手法。句式方面,写宴会总要有一段景物描写来提助气氛或引发对行者旅途的牵挂。文中"残霞将落日交晖,远树与孤烟共色"显然是模仿王勃的"落霞"二句。这样的文字很适合文人雅士宴会离别的场面,这是陈子昂能够以才华取得名誉的重要条件。子昂早期的文风是沿袭四杰格调,还表现在其他诗序之中。如《薛大夫山亭宴序》,此序当作于初举进士失利之后,地点也应该在洛阳。序中带有很明显的伤感色彩,但景物描写还是笔带灵气华彩:"披翠微而列坐,左对青山;俯盘石而开襟,右临澄水。斟绿酒,弄清弦。索皓月而按歌,追凉风而解带。谈高趣逸,体静心闲。"因而"神眇眇而临云,思飘飘而遇物",但是"欢穷兴洽,乐往悲来,怅鸾鹤之不存,哀鹡鸠之久没。徘徊永叹,慷慨长怀,东方明而毕昂升,北阁曙而天云静"。于是发出悲叹:"悲夫!向之所得,已失于无何;今之所游,复羁于有物。"这样的抒情也很像王勃的口气,看来子昂对王勃文风是非常欣赏的。

最能体现陈子昂早期文士色彩的诗序是《晦日宴高氏林亭并序》:

> 夫天下良辰美景,园亭池观,古来游宴欢娱众矣。然而地或幽偏,未睹皇居之盛;时终交丧,多阻升平之道。岂如光华启旦,朝野资欢,有渤海之宗英,是平阳之贵戚。发挥形胜,出凤台而啸侣;幽赞芳辰,指鸡川而留宴。列珍羞于绮席,珠翠琅玕;奏丝管于芳园,秦筝赵瑟。冠缨济济,多延戚里之宾;鸾凤锵锵,自有文雄之客。总都畿而写望,通汉苑之楼台。控伊洛而斜趋,临神仙之浦溆。则有都人士女,侠客游童,出金市而连镳,入铜街而结驷。香车绣毂,罗绮生风,宝盖琱鞍,珠玑耀日。于时律穷太簇,气淑中京,山河春而霁景华,城阙丽而年光满。淹留自乐,玩花鸟以忘归;欢赏不疲,对林泉而独得。伟矣!信皇州之盛观也。岂可使晋京才子,孤摽洛下之游;魏室群公,独擅邺中之会。盍各言志,以记芳游。同探一字,以华为韵。

这篇宴会诗序作于高宗调露二年,陈子昂二十二岁,初次来到洛阳,于春正月晦日参加了高正臣的林亭宴会。① 开头就通过古今对比突出"皇居之盛"："光华启旦,朝野资欢"的景象,没有"地或幽偏""多阻升平"的缺陷,宗英贵戚"发挥形胜,出风台而啸侣;幽赞芳辰,指鸡川而留宴"。而宴会上是绮席珍馐,珠翠美玉;席下是秦筝赵瑟,燕舞笙歌;参与宴会的则是冠缨济济,优雅贤淑;整个东都的楼台亭阁、伊洛水滨是"都人士女,侠客游童,出金市而连镳,入铜街而结驷",真个是"罗绮生风""珠玑耀日"。接着叙写时律气候："律穷太簇,气淑中京,山河春而霁景华,城阙丽而年光满。"在这样的良辰美景中,人们都"淹留自乐,玩花鸟以忘归;欢赏不疲,对林泉而独得"。子昂从心底发出一声赞叹："伟矣!信皇州之盛观也。"因此一种与古人争雄的气象产生了："岂可使晋京才子,孤标洛下之游;魏室群公,独擅邺中之会。"于是赋诗言志,以记芳游。

这篇诗序显然带着六朝以来到四杰发扬光大的金粉气息,用典丰富,词藻华赡,镶金嵌玉,五光十色,但有一种"函谷壮皇居"的气象,是四杰追求雄壮文风的体现,也表现了青年陈子昂初次踏入上流社会,感受文雅奢华时的一种颂圣心态。子昂的诗也是同样的珠光宝气："寻春游上路,追宴入山家。主第簪缨满,皇州景望华。玉池初吐溜,珠树始开花。欢娱方未极,林阁散余霞。"如果将诗与文对比,则可以看到诗不如文之气壮,诗显得秀弱柔媚,而文却雄壮健举,充满富丽堂皇的气象。也就是说"序重诗轻"的缺点还比较明显,当陈子昂的这股雄杰之气贯注于他的《感遇》为代表的古诗中,便开创出一个诗歌的新世界。

陈子昂的有些宴会序,即使宴会地点不在京都大邑,也富于一种富丽堂皇的气象,如《秋日遇荆州府崔兵曹使宴并序》。此序增注本《全唐诗》未编年,我认为当作于第二次赴洛阳应试途经荆州江陵府时。此序先议论一番士大夫轩裳傲物、山栖木食不为富贵所屈的品性之后,这样描写崔兵曹："紫庭公胄,青云贵人,以钟鼎不足以致奇才,烟霞可以交名士。"尽管地位高,却能礼贤下士："皇华昭国,怀风绶而高寻;白桂追游,邀兔罝而下顾。"因此子昂与他虽"生平未识",却"一见而交道遂存"。子昂听崔兵曹谈论支遁的精微玄理,感受到他还具有汉代名儒崔瑗一样的雄才奇采。接着用一段景物描写渲染气氛："金龙掌气,石雁惊秋,天沉寥而烟日无光,野寂寞而山川变色。芸其黄矣,悲白露于苍葭;木叶落兮,惨红霜于绿野。"这里气势壮阔的秋天景象

---

① 此次宴会参加者共21人,除陈子昂外,还有崔知贤、席元明、韩仲宣、周彦昭、高球、弓嗣初、高瑾、王茂时、徐皓、长孙正隐、高昭、郎余令、陈嘉言、周彦晖、高峤、刘有贤、周思钧等。此日又有9人重宴赋诗(子昂参加,周彦晖作序,已佚),加上此前的上元夜6人宴会赋诗(长孙正隐作序),共成《高氏三宴诗集》(今载《全唐诗》卷四五、六一、七二)。

略带悲伤色彩,与子昂对前途的莫测和与友人的离别相关,因此兴尽酒阑,当赋诗抒怀。诗是一首六韵五排,与诗序相得益彰,充满一种苍劲雄杰之气,已经脱离了前面宴序赋诗单纯应酬性的陈词滥调,带有一种人生知己相遇、感慨怀抱、相知相亲的情绪:"辖轩凤凰使,林薮鹖鸡冠。江湖一相许,云雾坐交欢。兴尽崔亭伯,言忘释道安。林光稍欲暮,岁物已将阑。古树苍烟断,虚亭白露寒。瑶琴山水曲,今日为君弹。"其中"古树"一联成为情景交融、气象雄浑的名句。

　　陈子昂晚年的即席赋诗抒怀,往往展现他诗人的本色。如武则天圣历二年(699)春天,子昂退居乡里时所作《喜遇冀侍御珪崔司议泰之二使并序》:"余独坐一隅,孤愤五蠹。"开篇即倾吐孤愤情怀,接着说"虽身在江海,而心驰魏阙",揭示孤愤的根源。没想到喜遇故人,"二星入井,四牡临亭"特来相访,于是"隐几一笑,把臂入林。既闻朝廷之乐,复此琴樽之事",感叹"山林幽寂,钟鼎旧游,语默谭咏,今复一得"。最后是抒发别后的相思:"北堂夜永,西轩月微,巴山有望别之嗟,洛阳无寄载之客。"写得意挚情浓,令人凄怆下泪,足见子昂退居归隐后心境的寂寞凄凉。"江关离会,三千余里,名位宠辱,一百年中。欢娱如何,日月其迈,不为目前之赏,以增别后之思",道出了赋诗之旨。子昂诗多感慨,晚年尤带苍茫雄浑之气,这篇短序即显现本色,多用四字句,字字融情,景景传意,有苍劲遒举而沉郁悲凉的意境。这首五律与诗序相互补充,诗曰:"谢病南山下,幽卧不知春。使星入东井,云是故交亲。惠风吹宝瑟,微月忆清真。凭轩一留醉,江海寄情人。"序重抒慨,诗道离情,二相映照,极见子昂晚年心态,也可以看到他的诗文已经达到了炉火纯青的佳境。

　　2. 赠别诗序。陈子昂的赠别序今存9篇,《全唐文》中收6篇,另3篇在《全唐诗》中。作于高宗永淳二年的《晖上人房饯齐少府使入京府序》代表了子昂青年时期的风格,追踪王勃,精于刻画景物,对仗工整,词藻华丽。如他这样写晖上人别舍的景色:"岩泉列坐,竹树交筵,吐青蔼于轩窗,栖白云于左右。参差池榭,乱山水之清阴;缭绕阶庭,杂峰崖之异势。入禅林而避暑,肃风景于中林;开水殿而追凉,彻氛埃于户外。"齐少府在筵席上离别时,景象又发生了变化:"唱浮云而告别。山光黯黯,凝绿树之将曛;岚气沉沉,结苍云而遂晚。"虽也有"歧路方乖,关山成恨"之类的别情表述,但整体上给人的感觉是刻意作文,即刘勰所说的"为文而造情",缺乏沁人心脾的情感力量。这样一些形式精美的诗序表现了陈子昂早期受四杰影响追求美文的倾向,这不是单个现象。请看以下几节文字:

新交与旧识俱欢,林壑共烟霞对赏。江亭回瞰,罗新树于阶基;山榭遥临,列群峰于户牖。尔其丹藤绿蓧,俯映长筵;翠渚洪澜,交流合座。

——《忠州江亭喜重遇吴参军牛司仓序》

丝竹纷于绮窗,琅玕盛于雕俎。楼台若画,临故国之城池;轩盖如云,总名都之车马。……金壶漏晚,银烛花微,北林之烟月无光,南浦之星河向曙。

——《冬夜宴临邛李录事宅序》

之子孤游,淼风帆于天际。白云自出,苍梧渐远,帝台半隐,坐隔丹霄。巴山一望,魂断绿水。于是邀白日,藉青蘋,追潇湘之游,寄洞庭之乐。

——《送吉州杜司户审言序》

这种刻意追求精美装饰的风格到作《夏日晖上人房别李参军崇嗣并序》诗还保持着。序中在叙"高僧(晖上人)展袂,大士临筵"之后,照例是景物描写:"帘帷后辟,拂鹦鹉之香林;栏槛前开,照芙蓉之绿水。"虽较前一篇简洁了一些,但锤炼得更精粹。酒阑离别时,又是托景渲染气氛:"红霞生而白日归,青气凝而碧山暮。"离别之后则是"江汉浩浩而长流,天地居然而不动。"结尾是"色为何色,悲乐忽而因生;谁去谁来,离会纷而妄作",以佛家的超脱来化解人生的离愁别恨,有说教的嫌疑。其诗中说"金台可攀陟,宝界绝将迎。户牖观天地,阶基上杳冥。自超三界乐,安知万里征",是要用"白云""紫气"的仙道境界来对抗"四十九变化,一十三死生"和"中国要荒内,人寰宇宙荣",但是要真正做到宠辱不惊还要经过历练,可见随着年岁的增长(此时三十四岁),子昂的人生感慨渐深,但还未到达沉郁苍凉的境界。

陈子昂晚年所作的赠别序中,情感更充沛,气象更为雄阔起来,如《送著作佐郎崔融等从梁王东征并序》。据《新唐书·则天皇后本纪》载,万岁通天元年(696)五月,契丹叛乱。七月辛亥,命梁王武三思为榆关道安抚大使,东征契丹。① 此诗及序当作于此时。序文中可见子昂慷慨报国的豪情。全文如下:

古者凉风至,白露下,天子命将帅,训甲兵,将以外威荒戎,内辑中夏,时义远矣。自我大君受,命百蛮蚁伏,匈奴舍蒲萄之宫,越裳重翡翠之贡。虎符不发,象译攸同。实欲高议灵台,偃兵天下。而林胡遗孽,渎

---

① 《新唐书·则天皇后本纪》四,第96页。

乱边甿,驱蚊蚋之师,忽雷霆之伐,乃窃海裔,弄燕陲。皇帝哀北鄙之人,罹其辛螫,以东征之义,降彼偏神。犹恐威令未孚,亭塞仍梗,乃谋元帅,命佐军,得朱邸之天人,乃黄阁之元老。庙堂授钺,凿门申命。建梁国之旌旗,吟汉庭之箫鼓,东向而拜,北道长驱。蜺旌羽骑之殷,戈翻落日;突鬓蒙轮之勇,剑决浮云。方且猎九都,穷踏顿,存肃慎,吊姑余,彷徨赤山,巡御日域,以昭我王师,恭天讨也。岁七月,军出国门,天霽无云,朔风清海。时比部郎中唐奉一、考功员外郎李迥秀、著作佐郎崔融并参帷幕之宾,掌书记之任。燕南怅别,洛北思欢。顿旌节而少留,倾朝廷而出饯。永昌丞房思玄,衣冠之秀,乃张蕙圃,席兰堂,环曲榭,罗羽觞,写中京之望,纵候亭之赏。尔乃投壶习射,博奕观兵。铿金铙,戛瑶琴,歌易水之慷慨,奏关山以徘徊。颓阳半林,微阴出座。思长风以破浪,恐白日之蹉跎。酒中乐酣,拔剑起舞,则已气横辽碣,志扫獯戎。抗手何言,赋诗以赠。

这篇诗及序作于陈子昂急欲建功立业的人生盛期,值得注意的是,此序已经不过分追求整饬之美,而是融入了大量的散文句子,带有骆宾王《讨武曌檄》整散结合的格调,此序也带有檄文性质,如写"林胡遗孽"的罪行和大唐皇帝的悲悯北鄙之人就形成了鲜明对比,以见我们出师的正义性。又如写梁王出师一节大量运用短句,铿锵有力,节奏犹如进行曲一般鼓舞人心。而写送别和祝愿一节,更是快如闪电,像急风疾雷,既表现出对友人从军的真诚祝愿和倾心羡慕,也表现出"思长风以破浪,恐白日之蹉跎"的雄心壮志,情感真挚,没有矫揉忸怩之态。诗曰:"金天方肃杀,白露始专征。王师非乐战,之子慎佳兵。海气侵南部,边风扫北平。莫卖卢龙塞,归邀麟阁名。"也与序一样刚劲有力,体现出子昂胸中澎湃的激情,贯注着一股雄杰之气。

就在同年,陈子昂也得到崔融一样的机遇,他以行军参谋的身份随建安王武攸宜出征契丹。冬十一月在蓟州又巧遇崔融,而这回是他留在边关,崔应诏回京。于是有《登蓟城西北楼送崔著作融入都并序》:

仆尝倦游,伤别久矣。况登楼远国,衔酒故人。愤胡孽之侵边,从王师之出塞。元戎按甲,方刈鲜卑之垒;天子赐书,且有君相之召。而崔侯佩剑,即谒承明。群公负戈,方绝大漠。燕山北望,辽海东浮,云台与碣馆天殊,亭障共衣冠地隔。抚剑何道,长谣增叹。以身许国,我则当仁;论道匡君,子思报主。仲冬寒苦,幽朔初平,苍茫天兵之气,冥灭戎云之色。白羽一指,可扫九都。赤墀九重,伫观献凯。心期我愿斯遂,君恩

> 共有。策勋饮至,方同廊庙之欢;偃武櫜弓,借尔文儒之首。蓟丘故事,可以赠言,同赋登蓟楼送崔子云尔。

开篇即揭示"伤别"之旨,这次的离别确实比较特殊,是"登楼远国,衔酒故人",即在从军的边塞与故人远别,自己正在与敌人作战,而故人却要奉诏回京,"崔侯佩剑,即谒承明。群公负戈,方绝大漠"。当时当地的景象是"燕山北望,辽海东浮,云台与碣馆天殊,亭障共衣冠地隔"。尽管如此,子昂还是这样表达自己的心迹:"以身许国,我则当仁;论道匡君,子思报主。"以捐躯赴国自律,以匡君报主勉人。面对仲冬的寒苦战地生活,子昂心中充满了"白羽一指,可扫九都"的必胜信念,希望友人能够在"赤墀九重,伫观献凯"。最后表达了"策勋饮至""偃武櫜弓"的愿望。这篇诗序有如北风吹过落叶的森林,径直气健,主客双写,情景交融,壮志雄心与劝勉友人两两照映,非常富于艺术性,已经脱尽了青年时代的雕琢华靡,颇具雄浑刚健的精神力量。诗中说:"蓟楼望燕国,负剑喜兹登。清规子方奏,单戟我无能。仲冬边风急,云汉复霜棱。慷慨竟何道,西南恨失朋。"表达出离别友人的伤怀情绪,总体上看,序与诗是风格统一的。这种从军边塞感受雄浑苍莽境界的人生阅历和趋于成熟的同样雄强劲健的作品风格是他将来提出"风骨""兴寄"诗学理论的基础。

历史真实往往与人们的愿望相反,子昂的这次慷慨赴国,未能成就他的勋业,却让他遭受到一生中最惨重的挫折。缺乏智慧和指挥才能的建安王,既不能有效杀敌,又不愿听取陈子昂的正确建议,最终导致了失败,而子昂在次年竟被降职为军曹。他满怀悲愤地写了《蓟丘览古赠卢居士藏用七首并序》,序中说作诗的因由是面对燕国旧都,见"其城池霸业迹已芜没矣。乃慨然仰叹,忆昔乐生、邹子群贤之游盛矣。因登蓟丘,作七诗以志之",表达了他"前不见古人,后不见来者"的伟大先驱者的孤独感。此后,他便辞官归隐,而他建功立业的宏伟志愿也就不得不埋于青山、付诸东流了。

3. 独特经历诗序。从某种角度看,每一首诗的产生都是诗人独特经历和心灵世界的表述,之所以要立"独特经历诗序"这一类型,是考虑到《全唐诗》中确实存在一批诗歌,运用较长篇幅的诗序交代写作此诗的情事,这就有必要研究这些精心结撰的诗序。其实在先唐时期就有这样的诗序,如湛方生的《庐山神仙诗序》记录了一次带有传奇色彩的见闻。这种诗序在唐代得到进一步发展,从总体上看,初唐时期这样的诗序还大多是作者自己的独特经历的记录。到中唐以后,由于传奇小说的成熟,这种诗序逐渐向传奇演变,甚至出现了传奇之序(如白居易的《长恨歌》向来附在陈鸿的《长恨歌传》之后,陈传可视为为白诗专门制作的"传奇之序")。这种情形在晚唐更普遍,而这样的诗序正是后来的《唐诗纪事》《本事诗》之类的著作收录的重要资料,考察这类诗序的演变过程,也有一定的学术意义。

陈子昂的《观荆玉篇并序》就是一篇独特经历诗序:

> 丙戌岁,余从左补阙乔公北征。夏四月,军幕次于张掖河。河洲草木,无他异者,惟有仙人杖,往往丛生。幽朔地寒,与中国稍异。予家世好服食,昔常饵之。及此役也,而息意兹味。戍人有荐嘉蔬者,此物存焉。余俢(一作舍,一作輒尔)而笑曰:"始者与此君别,不图至是而见之。岂非神明嘉惠,将欲扶吾寿也!"因为乔公昌言其能。时东莱王仲烈亦同旅舍,闻而大喜,甘心食之,已旬有五日矣。适有行人,自谓能知药者,谓乔公曰:"此白棘也,公何谬哉!"仲烈愕然而疑,亦曰:"吾怪其味甘,今果如此。"乔公信是言,乃讥予,作《采玉篇》,谓宋人不识玉而宝珉石也。予心知必是,犹以独见之故,被夺于众人,乃喟然而叹曰:"嗟乎!人之大明者目也,心之至信者口也。夫目照五色,口分五味,玄黄甘苦,亦可断而不惑矣。而路旁一议,二子增疑,况君臣之际,朋友之间乎!自是而观,则万物之情可见也。"感采玉咏,而作《观玉篇》以答之,并示仲烈,讥其失真也。

此诗及序作于武则天垂拱二年(686),作者当时只有二十七岁,正是上《谏灵驾入京书》得武后赏识,对前途充满信念的积极进取时期。这一年陈子昂从左补阙乔知之北征,四月军次张掖河作此序。作诗的起因是子昂从军的一次独特经历:他在河边草丛中发现了丛生的仙人仗(据《本草纲目》,这种外形似苦苣的中草药,味甘,久服长生,坚筋骨,令人不老),并向乔知之推荐,正好同舍王仲烈听说此药功效后,甘心食之,但食用半个月后,某天突然碰到一个自谓懂药的行人,说这是"白棘",没有任何药效。王仲烈也奇怪此药味甜,表示怀疑,乔知之则不仅相信那位行人的话,还作《采玉篇》来讥笑子昂是那个古代宋国的"不识玉而宝珉石"者。陈子昂虽然心知必是,但无奈众口嚣嚣,因此喟然叹息道:"嗟乎!人之大明者目也,心之至信者口也。夫目照五色,口分五味,玄黄甘苦,亦可断而不惑矣。而路旁一议,二子增疑,况君臣之际,朋友之间乎!自是而观,则万物之情可见也。"于是他"感采玉咏,而作《观玉篇》以答之,并示仲烈,讥其失真也"。由此序可以看出,这是一个新版的以"和氏璧"为原型的寓言故事。诗曰:"鸱夷双白玉,此玉有缁磷。悬之千金价,举世莫知真。丹青非异色,轻重有殊伦。勿信玉工言,徒悲荆国人。"这首诗如果没有这篇序,其讽刺意义将大打折扣。序是诗的支撑和讽刺力量的源泉,而诗则强化了序中的那一声长叹,令人沉思。这篇诗序由于其题材的特殊性,不能运用骈体,子昂改为直白明晰的散体文,是他诗序的重要转折。这种能径直抒慨的明快散体文成为子昂后来诗序的主流,并在《修竹篇序》中达到最高成就。表现手法方面通过故事寄托寓意,也是他后来提出"比兴""风骨"诗学理论的重要铺垫。诗与序虽然寓意不十分深厚,感慨也缺乏沉郁的力度,但随着遭遇的曲折,预示着子昂的诗歌创作朝向了一个由从众尚同向独趋尚异、展示个性的重要发展阶段。

值得注意的是,陈子昂晚年也有偶尔用骈体写作诗序的情况。如《送吉州杜司户审言序》:

> 嗟夫!德则有邻,才不必贵。昔有耕于岩石,而名动京师;词感帝王,乃位卑武骑:夫岂不遭昌运哉?盖时命不齐,奇偶有数。当用贤之世,贾谊窜于长沙;居好文之朝,崔骃放于辽海。况大圣提象,群臣守规,杜司户炳灵翰林,研几策府,有重名于天下,而独秀于朝端。徐、陈、应、刘,不得劘其垒;何、王、沈、谢,适足靡其旗。而载笔下寮,三十余载,秉不羁之操,物莫同尘;含绝唱之音,人皆寡和。群公爱祢衡之俊,留在京师;天子以桓谭之非,谪居外郡。苍龙阄茂,扁舟入吴,告别千秋之亭,回棹五湖之曲。朝廷相送,驻旌盖于城隅;之子孤游,森风帆于天际。白云自出,苍梧渐远,帝台半隐,坐隔丹霄。巴山一望,魂断绿水。于是邀白日,藉青蘋,追潇湘之游,寄洞庭之乐,吴歈楚舞,右琴左壶,将以缓燕客之心,慰越人之思。杜君乃挟琴起舞,抗首高歌,哀皓首而未遇,恐青春之蹉跎。且欲携幽兰,结芳桂,饮石泉以节味,咏商山以卒岁。返耕饵术,吾将老焉,群公嘉之,赋诗以赠。凡四十五人,具题爵里。

此序作于武则天天圣二年(698)春夏间,在洛阳任右拾遗时。这篇序具有骈散交杂的独特风味,主要原因还是因为这次送杜审言贬官宴会是一次集体性的活动,"群公嘉之,赋诗以赠。凡四十五人,具题爵里"。在这样的场合自然还是需要运用主流认同的骈体,而在稍前或稍后的一些独抒人生感慨诗序则均采用散体形式。这篇诗序最突出的并不是描写悬想杜审言旅途景物来寄托相思的手法,而是评论杜氏的人生遭际和创作成绩的内容多少带着惺惺相惜的感慨。"嗟夫!德则有邻,才不必贵。昔有耕于岩石,而名动京师;词感帝王,乃位卑武骑:夫岂不遭昌运哉?盖时命不齐,奇偶有数。当用贤之世,贾谊窜于长沙;居好文之朝,崔骃放于辽海。"一开篇就引用贾谊、崔骃的遭际,揭示文士怀才不遇的命运,这种感慨是王勃《滕王阁序》中表述过的,不过对子昂来说,更有切肤之痛。接着就是对杜氏的才华和遭遇的叙写:"杜司户炳灵翰林,研几策府,有重名于天下,而独秀于朝端。徐、陈、应、刘,不得劘其垒;何、王、沈、谢,适足麾其旗。而载笔下寮,三十余载,秉不羁之操,物莫同尘;含绝唱之音,人皆寡和。群公爱祢衡之俊,留在京师;天子以桓谭之非,谪居外郡。"以杜司户的遭际来印证前面的普遍规律,通过鲜明的对比,表达了对杜审言的深挚同情,也抒发了积郁内心深处的苍凉感慨。这篇诗序在众多的典故和优美风景的映衬下,流荡着一股盘郁磅礴的情感力量,虽是应酬之作,却巧妙地宣泄了内心的忧郁。

4. 独特诗歌观念诗序。在诗序中阐述诗歌理论,对诗史现象进行评论的传统可以追溯到先秦时代。古代文献记载了大量的有关上古歌谣的创作情况及其创作意旨,到东汉时期定型的经师解经的《毛诗序》,成为集大成的文本,"大序"中探讨的"诗六艺"对后代影响深远。随着诗史的不断演进,到南北朝时代对诗史现象的评论进入了作家自制的诗序之中,如江淹的《杂拟三十首并序》等。进入初唐后,在李世民《帝京篇并序》及卢照邻《乐府诗序》中都可以看到这一传统的继承和发展。如果以整个唐诗发展史作为背景来考察,那么陈子昂的《与东方左史虬修竹篇并序》算是第一篇带着宣言性质的重要作品,具有非同一般的诗学史和文学批评史意义。全文如下:

东方公足下:文章道弊,五百年矣。汉魏风骨,晋宋莫传。然而文献有可征者。仆尝暇时观齐梁间诗,彩丽竞繁,而兴寄都绝,每以永叹。思古人,常恐逶迤颓靡,风雅不作,以耿耿也。一昨于解三处,见明公《咏孤桐篇》,骨气端翔,音情顿挫,光英朗练,有金石声。遂用洗心饰视,发挥幽郁。不图正始之音,复睹于兹。可使建安作者,相视而笑。解君云,张茂先、何敬祖,东方生与其比肩,仆亦以为知言也。故感叹雅制,作《修竹诗》一首,当有知音以传示之。

龙种生南岳,孤翠郁亭亭。峰岭上崇崒,烟雨下微冥。
夜闻鼯鼠叫,昼聒泉壑声。春风正淡荡,白露已清泠。
哀响激金奏,密色滋玉英。岁寒霜雪苦,含彩独青青。
岂不厌凝冽,羞比春木荣。春木有荣歇,此节无凋零。
始愿与金石,终古保坚贞。不意伶伦子,吹之学凤鸣。
遂偶云和瑟,张乐奏天庭。妙曲方千变,箫韶亦九成。
信蒙雕研美,常愿事仙灵。驱驰翠虬驾,伊郁紫鸾笙。

> 结交嬴台女，吟弄升天行。携手登白日，远游戏赤城。
> 低昂玄鹤舞，断续彩云生。永随众仙逝，三山游玉京。

据傅璇琮考证，陈子昂此序作于武则天天圣元年(698)从军回朝而未退隐回乡之前，地点在洛阳，因见东方虬(当时在朝中任左史)《咏孤桐篇》(今佚)大加赞赏，而作《修竹篇》相和。子昂于秋天归蜀，故二人唱答当在本年春夏间。① 考察《全唐诗》中的陈子昂诗集，此诗编于《感遇三十八首》《观荆玉篇并序》(686年随乔知之北征同罗时作)之后，由于《感遇》组诗不是一时一地所作，其主要作品当作于子昂入仕到退隐之间。如果这一估计大致不错，那么我们可以认为此诗是他晚年审视一生创作历程时进行的理论总结。我们知道一般情况都是这样：一个作家在某种诗学理念指导下进行过一段较长时间的创作实践之后，才会提出一种文学理论来。白居易、元稹、韩愈等人诗序中表述的诗学理论都是如此。如此说来，陈子昂这篇诗序应当联系其创作的整体情况才能做出恰当的解释。

先从陈子昂个人的创作历程看。子昂从第一次入京应试(二十一岁)到退归乡里(四十岁)，其间正好二十年。这二十年可以分为几个阶段：永淳元年进士及第之前，是子昂崭露头角以文采惊耀当世但遭到挫折的时期，此期他的作品以《晦日宴高氏林亭并序》为代表，是他追踪初唐四杰(主要是王勃)的时期。从文坛情况来看，是他的创作与主流文坛"趋同"时期，其文采才华得到认同。进士及第之后因谏书武则天而一举成名，步入仕途，到第一次随乔知之北征及第二次随建安王出征之前，是他创作的过渡时期。这一期他的主要精力在政治方面，因为自己的有些主张得到皇帝的采纳而充满自信，同时对朝廷的各种举措提出广泛的批评，以谏诤直臣的形象深受关注。期间他创作了部分《感遇》诗，自觉继承了阮籍《咏怀》的抒情言志传统，表现在诗序上，以《观荆玉篇并序》为标志，已经将"比兴""寄托"作为诗歌创作的基本手法，作品注重气骨劲健风格。此后为风格成熟时期，到697年从军遭受政治挫折以后是他创作的"求异"期，他终于以独特的面目挺立于初唐即将结束的诗坛上，成为一面旗帜，也成为时代的歌手。《蓟丘览古七首》《登幽州台歌》及部分《感遇》诗诞生在这一时期，是诗史的必然，也是子昂创作的自然发展。他最终从追踪王勃的"趋同"中摆脱出来，确立了自己雄浑劲健的独特风格。从陈子昂的诗序创作来看，显然经历了一个从注重写景体物到着重抒情言理的变化，文体上也经历了骈体到散体的实践过程，这篇诗序

---

① 傅璇琮《唐五代文学编年史》(初唐盛唐卷)，辽海出版社，1998年12月版，第366页。

就是子昂后期散体诗序代表作。

从整个初唐诗史演变来看。东汉之末到南朝,皇权衰落,经学不振,两汉经师发展的先秦儒家封建正统思想的权威下降,与此同时,魏晋南北朝文学在相当程度上脱离"正始之道,王化之基",在个人情性的抒发和对形式美的追求方面有了明显的进步。① 从隋朝统一之初到初唐时期,为了适应王朝统一的政治形势需要,儒学复古与文章复古的声音一直不断。但创作具有一种强大的惯性,初唐君臣的文学活动还主要局限在宫廷圈子里,从帝王到侍臣都在一面否定六朝一面又在承袭六朝传统。这一点从帝王的诗歌诗序和初唐四杰的诗歌诗序中可以看出来,即使是陈子昂早期,甚至他写完此序后的《送吉州杜司户审言序》还可以看到对整饬精练的骈体美文的追求。明人张颐《陈伯玉文集序》中说陈著"有六朝初唐气味"也是事实,我们毋庸因为抬高子昂此篇散体诗序的历史地位而无视他其他作品的实际。但陈子昂的创作毕竟到这篇诗序时发生了根本性的转变,唐诗的发展也到了一个重要的转折点。陈子昂在这篇诗序中提出"兴寄"和"风骨",可以说是对四杰创作主流倾向的继承和发展,端正了唐诗未来的发展方向。正如刘学锴所说:"这篇诗论的意义,不在理论上的创新和辨析上的细致,而在他明确提出的'风骨'、'兴寄'主张适应了诗歌革新的趋势与潮流。""它的长处也不在阐述理论的说服力,而在贯注其中的高远的历史感、强烈的责任感和对未来诗歌的热情呼唤。"②

从文体来看,这是一篇用散体写成的诗序,贯注着一股不可阻遏的干练之气,有一种深邃的历史感。诗序对诗史的精到论断,对六朝齐梁诗歌的评语,对理想诗歌风貌"骨气端翔,音情顿挫,光英朗练,有金石声"的描述,都堪称精粹绝诣。这表明陈子昂在实际创作中已经具有明确的改造文体的意识。这篇诗序和作者一系列其他散体文章,对转变文章风气起了重要作用,直接影响盛唐的李白、杜甫、元结和稍后的萧颖士、李华、独孤及、梁肃、权德舆、韩愈、柳宗元等人。

从诗与序的关系来看,这篇诗序的价值还是远远高出诗歌,即"序重诗轻"的问题还是比较严重。导致大量的理论著作或重要的选本只选"序"而

---

① "正始"一词的含义有不同的理解。如郭绍虞主编《中国历代文论选》第二册第56页,认为"正始之音"指的是魏晋时期嵇康、阮籍的诗歌。(上海古籍出版社2001年重印本)夏传才著《中国古代文学理论名篇今译》第一册同此(南开大学出版社1985年1月版,第256页)。王运熙、杨明著《隋唐五代文学批评史》(上海古籍出版社1994年10月版,第120页)也取此说。而霍松林主编《古代文论名篇详注》(上海古籍出版社1986年8月版,第198页)则认为"正始之音"指《诗经·国风》的优良传统。刘学锴在《古文鉴赏辞典》(上海辞书出版社,1997年7月版,第849页)中赞同此解。

② 陈振鹏、章培恒《古文鉴赏辞典》,第849页,上海辞书出版社,1997年7月版。

不选"诗"。诗是五古体,由于是和作,必须照顾到原作内容,据王运熙推测,东方虬已佚的《咏孤桐篇》既有比兴寄托,也有向往神仙之语。① 因为陈诗既歌颂翠竹的坚贞,又描绘游仙景象。如诗中一方面赞美修竹"岁寒霜雪苦,含彩独青青"的品质,抒发"始愿与金石,终古保坚贞"的志趣;另一方面又通过游仙表达"永随众仙逝,三山游玉京"的愿望,这里的游仙与何劭(敬祖)《游仙诗》歌咏松柏、张华(茂先)《拟古》托意青松有继承关系,可见子昂对"正始诗风"的寄托手法的认同。但从总体上看,陈诗还是不能与诗序展示的诗歌理想境界相称,显得过于直露而寄托不深。

(三) 陈子昂诗序的地位与影响

陈子昂的诗歌成就唐人评价很高。友人卢藏用在《右拾遗陈子昂文集序》中说:"道丧五百岁而得陈君。崛起江汉,虎视函夏,卓立千古,横制颓波,天下翕然,质文一变。"②这概括了他的总体成就,对于其五古《感遇》诗,卢氏认为达到了"感激顿挫,微显阐幽,庶几乎见变化之朕,接乎天人之际"的境界③。但这样复兴汉魏古体诗是一条不合时宜的、寂寞的道路,正如施蛰存所说:"尽管(卢氏)有这样高的评价,在一般文人之间,还没有反应。因为这样的诗,不是求名求官的文体,应试、应制、交际、酬答,都用不到,只有不为名利的诗人,才用它来抒发自己的思想感慨。"④后来,杜甫、李华、独孤及、萧颖士、李翱、韩愈、柳宗元等人都对陈子昂评价很高。其中柳宗元的观点最值得注意,他在《杨评事文集后序》中说:"秉笔之士,恒偏胜独得,而罕有能兼善者焉(按:指诗、文兼善)。厥有能而专美,命之曰艺成。虽古文雅之盛世,不能并肩而生。唐兴以来,称是选而不作者,梓潼陈拾遗。"⑤指出陈子昂是初唐文坛上诗文兼善的大家。通过研究陈子昂的诗序及其诗歌,我认为柳宗元的论断是正确的。后来《四库全书总目》说:"唐初文章,不脱陈、隋旧习。子昂始奋发自为,追古作者。韩愈诗云:'国朝盛文章,子昂始高蹈。'柳宗元亦谓:'张说工著述,张九龄善比兴,兼备者子昂而已。'马端临《文献通考》乃谓:'子昂唯诗语高妙,其他文则不脱偶俪卑弱之体。韩、柳之论,不专称其诗,皆所未喻。'今观其集,惟诸表序犹沿排俪之习,若论事书疏之类,实

---

① 王运熙、杨明《隋唐五代文学批评史》,第115页。
② 《全唐文》卷二三八,第2402页,中华书局影印本,1983年版。
③ 同上。
④ 施蛰存《唐诗百话》(普及本),第53页,华东师范大学出版社,2001年12月版。
⑤ [唐]柳宗元《柳宗元集》第二册,第579页,中华书局,1979年点校本。

疏朴近古,韩、柳之论未为非也。"①我认为四库馆臣并未真正理解韩、柳的本意,从而也未能真正体会陈子昂在诗文兼善方面的成就。通过研究陈子昂的诗序,我们再次看到这一体在东汉定型后,历经魏晋南北朝的骈化,在初唐四杰手中达到高峰后,终于在陈子昂的这些诗序中再次返璞归真到原始散体状态。中唐古文运动兴起后,诗序最终的散文化在这里可以找到确切的标志。

第七节　初唐骈体诗序的艺术成就及缺陷

一、初唐诗序的艺术成就

通过对初唐时期诗序的研究,我们发现这些骈文诗序取得了下面几个方面的成就。

(一) 骈文写景:整饬流丽、境界开阔

初唐时代文风整体上表现出趋同的格调,无论朝廷上使用的官方文体,还是文人之间交际的实用文体,都基本上是骈文,甚至史书的传论赞语及碑铭墓志等也用骈体。初唐四杰及陈子昂的诗序都以骈文为主,体现了骈文偶对、藻饰、用典、韵律等方面的基本艺术特征,总体上成为南朝以来骈体诗序的一个艺术高峰。其中景物描写的整饬流丽、境界开阔、气象雄浑,作为富有艺术表现力的美文范式,一直保持着它的影响力,甚至渗透到诗歌的血脉之中。

四杰的诗序就最注重刻画景物来烘托宴会的热烈气氛或反衬离别的愁怀。王勃的诗序对春景与秋景的描绘就非常出色,如写春景:"迟迟风景,出没媚于郊原;片片仙云,远近生于林薄。杂花争发,非止桃蹊;群鸟乱飞,有逾鹦谷。王孙春草,处处争鲜;仲统芳园,家家并翠。"(《三月上巳祓禊序》)将日朗风清、浮云四散、芳草遍地、杂花生树、群莺乱飞的美妙春景描写得栩栩如生,加上一些诸如"王孙""仲统"等标签性典故的装饰,遂使曼妙春景多了一些文人气息。而《守岁序》中描写的新春景象"槐火灭而寒气消,芦灰用而春风起。鱼鳞布叶,烂五色而翻光;凤脑吐花,烁百枝而引照",则既有浓郁的新年文化氛围,又有火树银花不夜天的祥瑞气象。王勃禀性多感,对秋景的描绘更见特色,如在《秋日楚州郝司户宅饯崔使君序》中这样描写道:"岩楹左峙,俯映元潭;野径斜开,傍连翠渚。青萍布叶,乱荷芰而动秋风;朱草垂

---

① [清]纪昀《钦定四库全书总目》(整理本)下册卷一四九,第 1992—1993 页,中华书局,1997年横排本。

荣,杂芝兰而涵晚液。"将岩石耸立、槛轩敞阔、深潭蓄翠、秋风动荷、芝兰芬芳的秋景刻画得诗意盎然。有时景物还相互掩映,颇富气势,如《江宁吴少府宅饯宴序》所写"阵云四面,洪涛千里。帘帷后辟,竹树映而秋烟生;栋宇前临,波潮惊而朔风动"就显得特别地波澜壮阔。如果有朋友在这样的宴会上离别而去,王勃便将景物与离情融合在一起,如《春日桑泉别王少府序》中说"他乡握手,自伤关塞之春;异县分襟,意切凄惶之路。既而星河渐落,烟雾仍开,高林静而霜鸟飞,长路晓而征骖动",星河渐落、烟雾消散的时刻,林静鸟飞,友人征骖发动,伤春离怀与景物相互交融。又如《越州永兴李明府宅送萧三还齐州序》中这样描写:"蓐收戒序,少昊司辰。清风起而城阙寒,白露下而江山远。徘徊去鹤,将别盖而同飞;断续来鸿,其离舟而俱泛。"在清风白露、城阙江山的旷远凄寒背景下,以白鹤、鸿雁作象征,将去者与送行者依依惜别之情表现得真挚动人。王勃诗序中精彩的景物描摹不胜枚举,如"长松茂柏,钻宇宙而顿风云;大壑横溪,吐江河而悬日月"(《山亭兴序》)、"轻荑秀而郊戍青,落花尽而亭皋晚"(《上巳浮江宴序》)、"凫雁乱而江湖春,梅柳开而庭院晚"(《春日孙学士宅宴序》)、"浮蚁倾而高宴终,踆乌落而离言促"(《送李十五序》)、"荷叶滋而晓雾繁,竹院静而炎氛息"(《夏日登韩城门楼寓望序》)、"黄雀至而清风生,白鹤飞而苍云起"(《夏日诸公见寻访诗序》)、"潦水尽而寒潭清,烟光凝而暮山紫。爽籁发而清风生,纤歌凝而白云遏"(《秋日登洪府滕王阁饯别序》)、"海气近而苍山阴,天光秋而白云晚。宾友盛而芳樽满,林塘清而上筵肃"(《秋日楚州郝司户宅饯崔使君序》)、"他乡怨而白露寒,故人去而青山迥"(《秋夜于绵州群官席别薛升华序》)、"白露下而南亭虚,苍烟生而北林晚"(《秋晚入洛于毕公宅别道王宴序》)、"朔风动而关塞寒,明月下而楼台曙"(《冬日羁游汾阴送韦少府入洛序》)、"桃李明而野径春,藤萝暗而山门古"(《春日序》)、"云异色而伤远离,风杂响而飘别路"(《秋日送沈三虞大入洛诗序》)、"烟霞举而原野清,鸿雁起而汀州鸣"(《晚秋什邡西池宴饯柳明府序》)、"灌莽积而苍烟平,风涛险而翠霞晚。洒绝翰而临清风,留芳樽而待明月"(《秋日登冶城北楼望白下序》)、"将忠信以待宾朋,用烟霞以付朝夕"(《冬日送储三宴序》)等等。无不对仗精警,韵律和谐,色彩明丽,兴象飞动,境界开阔,韵味隽永。王勃擅长将四个景物用两个虚词和两个动词或形容词密集地组合在一起,形成景物描写主干性句子,既生动形象,又紧凑而凝练,极富艺术表现力。

  杨炯与其他三杰最大的不同是,他一生最精华的岁月都与馆阁有关,因此四杰中他的诗序台阁气味最浓,带有典型的朝廷气息。如《登秘书省阁诗序》(《全唐文》卷一九一),写书斋生活情景,前文已有论及。

卢照邻的诗序数量较少,写景风格沉稳。如《宴梓州南亭诗序》:"宾阶月上,横联蜷之桂枝;野院风归,动葳蕤之萱草。……圆潭泻镜,光浮落日之津;杂树开帏,彩缀飞烟之路。藤萝杳蔼,挂疏阴以送秋;凫雁参差,结流音而将夕。"以密丽开阔的秋景烘托南亭宴会的热烈场面,虽缺少王勃那样的飞动气势,但给人以沉稳健举的印象。

骆宾王的诗序写景往往与特定情感表达交织在一起。如《晦日楚国寺宴序》:"春生城阙,气改川原。闻迁莺之候时,行欣官侣;见游鱼之贪饵,坐悟机心。加以慧日低轮,下禅枝而返照;法云凝盖,浮定水以涵光。忘怀在真俗之中,得性出形骸之外。"描写群公游宴寺庙,追求"缁衣将素履同归""廊庙与江湖齐致"的任性逍遥生活,"慧日""禅枝""法云""定水"等词,非常切合寺庙特征。在这种境界里饮酒赋诗,应该别有情趣。又如《秋日与群公宴序》(《全唐文》卷一九九),开头展现"挂瓢隐舜""潜心物外"的闲逸生活,强调群公的志同道合,接着是景物描写:"玉女司秋,金乌返照。烟含碧筱,结虚影于鳞枝,风起青蘋,动波文于翼态。庭榴剖实,擎丹彩以成珠;岸石澄澜,泛清漪而散锦。"景象真切如画,富于动态和艺术表现力。

陈子昂诗序追踪四杰,描写景物也具有很高的技巧。如《忠州江亭喜重遇吴参军牛司仓序》:"新交与旧识俱欢,林壑共烟霞对赏。江亭回瞰,罗新树于阶基;山榭遥临,列群峰于户牖。尔其丹藤绿蓨,俯映长筵;翠渚洪澜,交流合座。"显然从结构到句式都有王勃的影子。又如《冬夜宴临邛李录事宅序》:"丝竹纷于绮窗,琅玕盛于雕俎。楼台若画,临故国之城池;轩盖如云,总名都之车马。……金壶漏晚,银烛花微,北林之烟月无光,南浦之星河向曙。"则有将宴会场景与周围景物绾合起来的趋势。如果是饯别故人,子昂则善于悬想一路景象来慰藉离人,如《送吉州杜司户审言序》:"之子孤游,森风帆于天际。白云自出,苍梧渐远,帝台半隐,坐隔丹霄。巴山一望,魂断绿水。于是邀白日,藉青蘋,追潇湘之游,寄洞庭之乐。"不仅多用四字句,干脆利落,言简意深,而且有骈散交织、流畅通脱的意味。

总体上看,以四杰和陈子昂为代表的初唐文人,在诗序这种文体中,将景物描写的艺术水准推进到很高的境界:既注重景物本身的动态美与静态美的刻画,追求形象飞动的气势,又注意景物之间虚实映衬的关系,善于营造雄浑壮阔或宁静优美的意境,并且能够将特定情感融化于景物之中,尤其送别诗序的景物描写已经形成定式,对送别诗中写景联有一定的影响。

(二) 骈文写人:极力铺排、神采飞扬

诗序制作的本意是为了说明诗歌主旨或创作背景情况的,是一种可以避免接受者产生歧义的有效方法。但是到了初唐时期,诗序的功能增加了,变成了文人交际应酬的工具,尤其是宴会诗序或者饯别诗序,总会对宴会主人和宾客极力赞颂,因此刻画人物非常讲究颂美的典饰。这样主宾双方其乐融融,气氛和洽。王勃等人经常参加宴会,也是宴会写生高手。如他参加滕王阁重阳节宴会时,就称颂"宾主尽东南之美",又说"腾蛟起凤,孟学士之词宗;紫电青霜,王将军之武库",真是极尽赞美之能事。在《秋日饯别序》中这样赞颂杨学士:"天璞自然,地灵无对,二十八宿禀太微之一星,六十四爻受乾坤之两卦。论其器宇,沧海添江汉之波;序其文章,元圃积烟霞之气。"写他自然淳朴、灵气充盈、器宇轩昂、文采斐然,将典故、比喻与夸饰结合在一起。尽管显得虚饰浮夸,但是很适合社交的场合。再如《冬日羁游汾阴送韦少府入洛序》中刻画韦少府:"玉山四照,珠胎一色。纵横振锋颖之才,吐纳积江湖之量。子云笔札,拥鸾凤于行间;孙楚文词,列宫商于调下。"真可谓珠光宝气,灿然生辉,在一片典雅的颂美声中,那雍熙热烈的氛围仿佛荡漾在眼前。

杨炯也非常擅长此道,如《崇文馆宴集诗序》引用辅佐太子的历史名人来颂扬崇文馆诸学士的才德双馨:"莫不搢绅旧德,缝掖名儒,衣簪拜高阙之门,骖驾陪直城之路。琢磨其道,玉质而金相;黼黻其词,云蒸而电激。"这些人在"琴书暇景,风月名辰","青垣缭绕,丹禁逶迤。鱼钥则环锁晨开,雀窗则铜楼旦辟"的环境中,周旋揖让,辩论清谈,馈佳肴饮美酒,寒温取适,交欢百拜。虽时隔千年,其颂声仿佛仍洋溢在耳边。杨炯的诗序也写了一些具体的人物,如李舍人是"凝脂点漆,琼树瑶林,学富文史,言成准的"(《李舍人山亭诗序》),并州旻上人是"天骨多奇,神情独王。法门梁栋,岂非龙象之雄?晋国英灵,即是河汾之宝。道尊德贵,所以名称并闻;尽性穷神,所以身心不动"(《送并州旻上人诗序》),族人杨八官是"金木精灵,山河粹气。一门九龙之绂冕,四代五公之绪秩。天资学业,口谈夫子之文;日用温良,身佩先王之德。独游山水,高步烟霞"(《宴族人杨八宅序》),等等。这都是从家世品性、风度仪表、道德文章、人生意趣等方面进行铺排典饰,显出杨炯特有的凝重端庄。

卢照邻和骆宾王的诗序很少这样带有夸饰性的描写人物。陈子昂也常常在诗序中刻画人物,如《金门饯东平序》描写了"青阳二月,黄鸟群飞"的季节,在洛阳金门饯别东平的场面,这位帝族人物是"紫微英胄,朱邸天人,蕴岐嶷之瑰姿,得山河之宝气",当时的景物是"残霞将落日交晖,远树与孤烟共色",加上大量的典故装饰,遂使这次宴会有种富丽堂皇的气象。

尽管这样的人物刻画带有很强的类型化特点,显然是学习赋体写物极力铺排的结果,却对后来的诗歌产生了重要影响。李、杜诗中个性化的人物形象描绘就是汲取了初唐诗序的艺术营养并加以变化创新的。

(三) 骈散交融:注重文气、流畅自然

初唐时期诗序整体上看,主要是骈文。这是对南北朝时期以庾信为代表的骈文序体的继承与发扬,如庾信的《哀江南赋序》叙述从侯景之乱、金陵陷落到西魏兵起、自己出使无归的历史过程,表现他亲历丧乱,暮年漂泊异乡,委身事周,过着面荣心耻的屈辱生活,把叙事、抒情、议论巧妙地熔铸在四十多个典故中,形成厚重深邃的特色,传神地表达出沉郁苍茫的情感世界。与长达三千多字的赋文相比,这篇以骈文写成的序则显得文气贯通,自然流畅,表现出庾信骈文典型的艺术特征。庾信博通古今,精熟音律,深通骈文技法,加上坎坷颠沛的遭际和丰富细腻的情感,故序文能裁剪自如,纵横驰骤,对仗工整,节奏和谐,声情并茂,音韵优美。遗憾的是庾信并没有将赋序的技巧应用到诗序的创作方面。初唐四杰及陈子昂等人成功地将庾信的经验推向诗序的创作领域并取得了一定的成就。

综观整个初唐时期的骈文诗序,结构和语言方面还带有南北朝时期骈赋的印痕,但是我们也欣喜地看到这些精致玲珑的诗序融入了散文流畅自然的因素,显得既精巧别致又轻舒流走。如王勃的《秋日登洪府滕王阁饯别序》就将色彩明丽的秋天景物、兴酣标举的宴会场景和自己沉沦漂泊、怀才不遇的人生感慨,纳入到前往交趾省亲,路过洪州参加宴会,然后赋诗留别的叙事架构之中,以散文的气势驱使骈文,并冲淡骈文的厚重笨拙。在一片金碧辉煌的珠光宝气之中荡漾着空灵隽永的韵味,显得既精美绝伦又一气呵成,成为传诵千古的美文。

在陈子昂的诗序中,我们看到散文对骈文的渗透、交融,最终出现了流畅自然的散文诗序,恢复到先前的散体状态,似一螺旋式的推进,具有巨大的艺术生命力,在中唐时代大放光彩。初唐时代的诗序都注重词采和骨力的结合,整体上超越了六朝柔靡绮丽的格调。

(四) 拓展新境:文人气息、人生感慨

闻一多《唐诗杂论·四杰》中说:"正如宫体诗在卢、骆手里由宫廷走到市井,五律到王、杨的时代是从台阁移到江山塞漠。"[1]闻先生从诗歌史角度立论,揭示出四杰在诗歌题材、体裁及表现生活内容方面拓展新境的贡献。其实远远不止在诗歌革新方面,初唐四杰和陈子昂的诗序也开拓了新的内容

---

[1] 闻一多《唐诗杂论》第 26 页,中华书局,2009 年版。

领域和情感世界。首先题材由宫廷应制转向了现实人生。虽然他们都有宴会赋诗的经历,但是主要表现的是他们鲜明的文人特征,较少朝廷气息(杨炯稍多一些书生意气和台阁气味)。其次,坎坷曲折的人生际遇,使怀才不遇之悲成为他们诗序的基本主题。因而他们呼唤心灵的相通,珍惜志同道合者之间的真挚友谊,崇尚禅道境界中的任性逍遥。

骆宾王的诗序除了抒发同王勃一样自伤身世的情怀(如《在狱咏蝉并序》)外,还有诗酒风流的内容。如《扬州看竞渡序》,描写夏日在扬州观赏龙舟竞渡的情景,既写出了江中舟子操舟争渡、气壮河山的激越场面,又表现出岸上美女如云、清歌飘扬的美妙氛围,还特别描写出采莲姑娘的动人形象。因此骆宾王抑制不住诗兴说:"能使洛川回雪,犹赋陈思;巫岭行云,专称宋玉,凡诸同好,请各赋诗云尔。"游乐歌诗成为文人们生活的一部分。

综观初唐时期的诗序,我们可以看到文人们的生存状态和人生意趣:一方面他们有强烈的入世精神,渴望用世,期待建功立业;另一方面屡遭挫折之后,他们又往往遁迹江海,傲想烟霞,沉醉歌舞,借酒浇愁。

(五) 诗文交融:借光生色、文序诗化

诗歌与散文是同源异趋的两种文体,《诗经》和《尚书》就是两种文体的典范之作。诗歌朝韵律方向发展,追求艺术意境的空灵蕴藉和音韵平仄的抑扬顿挫,形成跌宕跳脱的节奏美;而散文则在实用性的召唤下,追求简明有序、说理透辟,形成条达疏畅的气势美。诗序正好成为绾合诗歌与散文的一种独特文体。最早的诗序都是散体文,明白晓畅,朴拙简洁,但在魏晋南北朝时期,受骈文影响,诗序朝精致美文方向发展,吸取汉赋(主要是东汉及六朝抒情小赋)和诗歌音律的艺术营养,于是形成一套比较固定的格式,在初唐四杰及陈子昂等人手中,达到一个艺术高峰。

前面所列举的王勃诗序中大量的描写景物的例句,就让人鲜明地感受到一种诗歌韵味。但是今存王勃文集中的大量诗序后面的赋诗都已经亡佚,很难看出诗序与诗歌的关系。今以诗、序双存者为例加以说明。

如卢照邻《七日绵州泛舟诗序》,记录了卢照邻与众文士一起在七月七日参加的游赏活动,诗歌也保存在他的诗集里。骆宾王的遭遇悲惨,带有初唐时代文士普遍的悲剧命运,因此他深沉而苍凉的人生感慨经常通过诗序表达出来,如《在狱咏蝉并序》。此外,如前面提到的陈子昂《喜遇冀侍御珪崔司议泰之二使并序》,诗的内容与诗序相互补充。前文均已论及。

诗序作为他们文学创作的重要组成部分,为扭转初唐文风具有非常重要的作用。一方面由于时代的原因,他们必须迎合时代的要求,追求诗序的华美精致,以求得主流文坛的认同,为他们的作品(含诗歌)的流传打下重要的基础,另一方面他们又自觉地将自己的人生遭遇写进诗序中,并运用娴熟的骈文技巧,改造了文体,清晰地透露出骈体向散体演变的消息。

二、初唐诗序的艺术缺陷

以初唐四杰和陈子昂创作的骈文诗序为代表的初唐诗序也存在一些艺术缺陷,这些缺陷阻碍了诗序的进一步发展,使诗序创作走进了死胡同,不得不寻找新的出路。主要表现在以下几点:

(一) 序重诗轻

初唐四杰和陈子昂的诗序存在严重的"序重诗轻"问题,即他们虽然同时写诗作序,但是往往用力不均衡。从现存的诗序和诗歌来看,真正水乳交融的作品还是很少。仿佛在精心结撰诗序,诗歌倒好像只是序的余声。读诗序情绪激越,诗歌则显得孱弱不振。像王勃的诗序今存63篇,而诗歌仅存《滕王阁诗》一首,诗佚序存的现象说明流传过程中接受者可能更偏好诗序。

又如骆宾王《初秋登王司马楼宴得同字并序》诗,除了"野晦寒阴积,潭虚夕照空"是涵虚包融、令人神远的名句外,整首诗未能表现出诗序包含的意蕴。

还有一个更典型的例子是陈子昂的《东方左史虬修竹篇并序》,这篇序成就很高,不仅表现在它具有吹响唐诗改革号角的理论价值,而且作为散体诗序也具有标志性意义。但是诗歌却很难获得人们的好评,远远没有达到"光英朗练,有金石声"的境界。

这充分展示了诗歌和散文的结合,这两种艺术形式的交融,不能有所偏颇,当然他们的作品中也有两者结合得较好的例子,为后来者在这方面的继续探索指明了方向,此处不作过多讨论。

(二) 格式雷同

首先,描写景物有格式雷同之嫌,如王勃《滕王阁序》中描写壮丽秋景:"落霞与孤鹜齐飞,秋水共长天一色。渔舟唱晚,响穷彭蠡之滨;雁阵惊寒,声断衡阳之浦。"骆宾王也有类似句子:"参差远岫,断云将野鹤俱飞;滴沥空庭,竹响共雨声相乱。"(《冒雨寻菊序》)陈子昂又接着模仿:"新交与旧识俱欢,林壑共烟霞对赏。江亭回瞰,罗新树于阶基;山榭遥临,列群峰于户牖。"(《忠州江亭喜重遇吴参军牛司仓序》)。王勃还重复自己的写景名句,如"金风生而景物清,白露下而光阴晚"(《秋日宴季处士宅序》)、"北斗横而天地秋,西金用而风露降"(《秋日游莲池序》)、"三涂镇而九派分,白露下而清风肃"(《秋日宴洛阳序》)、"沙尘起而桂浦昏,凫雁下而芦洲晚"(《绵州北亭群公宴序》)、"金风高而林野动,玉露下而江山清"(《宇文德阳宅秋夜山亭宴序》)等等,尽管有字词的细微差异,但是有似曾相识之感。

其次,是篇章结构的雷同,王勃的宴会诗序几乎都是一个格式,先交代宴会举行的原因及其相关人物,接着就是大段的景物描写,宴会场景再交代几句,最后是抒怀赋诗。像最著名的《滕王阁序》写宴会的仅"遥襟甫畅,逸兴遄飞。爽籁发而清风生,纤歌凝而白云遏。睢园绿竹,气凌彭泽之樽;邺水朱华,光照临川之笔"几句,主体部分都是写景抒慨。考察王勃的其他诗序也是这样的结构,杨炯、骆宾王、卢照邻、陈子昂等,也都如此。这种类型化的结构模式使骈文诗序显得呆板,缺少变化。

(三) 用典僵化

用典是骈文的基本特征,过分用典形成一种虚套,如宴会就是"兰亭""金谷",游览就提阮籍、嵇康,最俗的是常说陶潜之菊、潘岳之花,这种贴标签一样的用典,没有必要也无意义。

另外,珠玉龙凤之类祥瑞词汇太多,尽管组合得珠圆玉润,声韵和谐,但给人以虚假的印象,这正是杨炯批评的龙朔文风在王勃诗序中的表现,也影响诗序的艺术魅力。

第五章　盛唐诗序研究

第一节　盛唐诗序的概况

盛唐是一个历史概念,又是一个文学史概念,对其时段上下限的界定,一直是学术界颇费心力的难题。本文按照文学史通常的说法,将"盛唐"限定在开元元年至代宗大历五年(713—770),即以杜甫的去世作为盛唐结束的标志。据统计,《全唐诗》中收录盛唐时代19位诗人的诗序共99篇,比初唐时期稍多,如果加上《全唐文》中收录的,大约有150篇,数量与初唐大体相当。盛唐时期诗序创作不多的原因大约有二:诗序作为散文体,其发展还没有像盛唐诗歌那样完全成熟,无论从内容还是形式,都无重大推进,;从写诗序的作家来看,著名作家写诗序的少,风格也不突出,像张说具有典型的初唐向盛唐过渡的特征,主要还是代表朝廷趣味,继续承袭初唐四杰作风比较明显,而杜甫、岑参、高适等在诗歌方面取得巨大艺术成就,对诗序的写作却出人意料地缺乏热情,艺术贡献也较小。因此,本章以王维、陶翰、李白、李华、萧颖士五位诗人为代表,考察盛唐诗序的文体特征及其所表现的"盛唐气象"。

表14　盛唐诗序统计表

盛唐作者	《全唐诗》	《补编》	陈《补》	《全唐文》	《拾遗》	《续拾遗》	陈《补》	合计
李隆基 (685—762)	11		3	3				17
张说 (667—730)	8			6				14
赵冬曦 (677—750)	1							1
王维 (701—761)	7			2				9
李白 (701—762)	10		1	1				12
储光羲 (706?—763)	2							2
萧颖士 (709—760)	4			2				6

(续表)

盛唐作者	《全唐诗》	《补编》	陈《补》	《全唐文》	《拾遗》	《续拾遗》	陈《补》	合计
高适(706—765)	7	1						8
李华(715？—774)	2							2
岑参(717—770)	4							4
杜甫(712—770)	16							16
尹懋(生卒年不详,开元时人)	1							1
宋鼎(生卒年不详,开元时人)	1							1
苑咸(生卒年不详,开元时人)	1							1
楼颖(生卒年不详,天宝时人)	1							1
贾邕(生卒年不详,天宝时人)	1							1
崔文邕(生卒年不详,天宝时人)					1			1
吴筠(？—778)	1							1
卢象(生卒年不详,盛唐人)				1				1
合计(19人)	78	1	4	15	1			99

第二节　气象高华,雍容典雅
——王维的诗序

　　王维是一位与盛唐相始终的重要诗人,他聪慧早熟,才华横溢,精通诗歌、书法、绘画、音乐,是盛唐时代罕见的全才诗人。他沐浴着盛世的曙光,于开元七年未弱冠就步入仕途。虽经过一次不小的挫折,但总体上看,在开天盛世他还是一直平稳地担任朝廷的较高职位。安史之乱改变了他的人生,虽然晚年做到尚书右丞,但他一直在向佛的忏悔中痛苦煎熬。他有很多作品已经散失,后经他的弟弟王缙全力搜集,得诗文四百余篇。王维在当时文坛上地位很高,唐代宗称他为"一代文宗"。王维在文学史上一向以山水诗著称,其实他的散文也写得相当出色,他的诗序非常具有诗情画意,比较典型地表现了盛世的风采。

（一）王维诗序的基本类别

《全唐文》和《全唐诗》中共收录王维的诗序17篇,具体情况如下表:

表 15

类别\出处	《全唐文》	《全唐诗》	合计
赠别诗序	6	2	8
宴会诗序	2	0	2
游历诗序	0	3	3
酬赠诗序	1	2	3
独特经历诗序	0	1	1
合计	9	8	17

第一类,赠别诗序:《送高判官从军赴河西序》《送李补阙充河西支度营田判官序》《送怀州杜参军赴京选集序》《送郓州须昌冯少府赴任序》《送郑五赴任新都序》《送从弟惟祥宰海陵序》(《全唐文》卷三二五),《同崔兴宗送衡岳瑗公南归并序》(《全唐诗》卷一二六),《送秘书晁监还日本国并序》(《全唐诗》卷一二七)。第二类,宴会诗序:《暮春太师左右丞相诸公于韦氏逍遥谷谦集序》《洛阳郑少府与两省遗补宴韦司户南亭序》(《全唐文》卷三二五)。第三类,游历序:《瓜园诗并序》(《全唐诗》卷一二五),《青龙寺昙壁上人兄院集并序》(《全唐诗》卷一二七),《辋川集并序》(《全唐诗》卷一二八)。第四类,酬赠诗序:《荐福寺光师房花药诗序》(《全唐文》卷三二五),《谒璿上人并序》(《全唐诗》卷一二五),《重酬苑郎中并序》(增订注释《全唐诗》第一册)。第五类,独特经历序:《宋进马哀词并序》(《全唐诗》卷一二五)(增订注释《全唐诗》第一册)。

（二）王维诗序的特征

1. 宴会诗序。《暮春太师左右丞相诸公于韦氏逍遥谷谦集序》:

山有姑射，人盖方外；海有蓬瀛，地非宇下。逍遥谷天都近者，王官有之。不废大伦，存乎小隐。迹崆峒而身拖朱绂，朝承明而暮宿青霭，故可尚也。先天之君，俾人在宥，欢心格于上帝，喜气降为阳春。时则有若太子太师徐国公、左丞相稷山公、右丞相始兴公、少师宜阳公、少保崔公、特进邓公、吏部尚书武都公、礼部尚书杜公、宾客王公，黼衣方领，垂珰珥笔，诏有不名，命无下拜。熙天工者，坐而论道；典邦教者，官司其方，相与察天地之和、人神之泰。听于朝则雅颂矣，问于野则赓歌矣。乃曰：猗哉至理之代也！吾徒可以酒合谶乐，考击钟鼓，退于彤庭，撰辰择地，右班剑，骖六驷，画轮载毂，羽幢先路，以诣夫逍遥谷焉。神皋籍其绿草，骊山启于朱户。渭之美竹，鲁之嘉树。云出于栋，水环其室。灞陵下连乎菜地，新丰半入于冢林。馆层巅，槛侧径，师古节俭，惟新丹垩。岩谷先曙，羲和不能信其时；芳卉后春，勾芒不能一其令。花径窈窕，蘅皋涟漪，骖御延伫于丛薄，珮玉升降于苍翠。于是外仆告次，兽人献鲜，樽以大罍，烹用五鼎。木器拥肿，即天姿以为饰；沼毛蘋蘩，在山羞而可荐。伶人在位，曼姬始縠，齐瑟慷慨于座右，赵舞裴回于白云。裒旒松风，珠翠烟露，日在蒙汜，群山夕岚。犹且濯缨清歌，据梧高咏，与松乔为伍，是羲皇上人。且三代之后而其君帝舜，九服之内而其俗华胥。上客则冠冕巢由，主人则弟兄元恺。是四美同乎一时，废而不书，罪在司礼。窃思楚傅，常诣茅堂之居；仰谢右军，忽序兰亭之事。蓋不获命，岂曰能贤？

题目中"韦氏逍遥谷"，是唐中宗时期韦嗣立的别墅，是京郊著名的风景胜地。[1] 王维这篇诗序作于开元二十五年春天，因为参加这次宴会的始兴公张九龄时为尚书右丞，至本年四月，左迁荆州长史，不在朝廷了。这是一次典型的盛世游宴场面，当时春景敷荣，惠风和畅，王维与太子太师徐国公（萧嵩）、左丞相稷山公（裴耀卿）、右丞相始兴公（张九龄）、少师宜阳公（韩休）、少保崔公（崔琳）、特进邓公（张嵩）、吏部尚书武都公（李暠）、礼部尚书杜公（杜暹）、宾客王公（王邱）等"退于彤庭，撰辰择地，右班剑，骖六驷，画轮载毂，羽幢先路，以诣夫逍遥谷焉"，这是典型的朝官出游阵势，极其浩荡壮观，诗人心情轻松而思绪飞扬。"逍遥谷"位于骊山深处，本是韦嗣立构筑的私家别墅，因风景幽丽，成为初唐时期王公贵戚游乐嘉地。在王维的笔下："神皋籍其绿草，骊山启于朱户。渭之美竹，鲁之嘉树。云出于栋，水环其室。灞陵下连

---

[1] 《旧唐书·韦嗣立传》卷三八载：嗣立与韦庶人（即韦皇后）宗属疏远，中宗特令编入属籍，由是顾赏尤重。尝于骊山构营别业，中宗亲往幸焉。自制诗序，令从官赋诗，赐绢二千匹。因封嗣立为逍遥公，名其所居为"清虚原幽栖谷"。第2873页，中华书局，1975年5月版。

乎菜地,新丰半入于冢林。"这里不仅地理位置优越,风光宜人,而且房屋依山建筑,气势雄伟,幽谷深涧到处是繁花绿树,溪流清潭,"花径窈窕,蘅皋涟漪",于是"骖御延伫于丛薄,珮玉升降于苍翠"。尽情享受了这美妙的春光之后,便是宴会,王维真切地展现了当年群公性情开张、笙歌宴舞、欢乐无际的场景。由于"四美同乎一时",因此"仰谢右军,忽序兰亭之事",要赋诗纪行了。群公所赋诗歌今不存,因此清代赵殿成不无感慨地说:"名贤毕集,觞咏交错,何减金谷、兰亭之会。而篇什不传,德音烟没,惜哉!"①惋惜之余,也流露出对当年欢会的神往。王维的这篇游宴序,实际上主要是写游历过程,由于运用典故和骈体形式,故而显得端庄肃穆,雍容雅致,字里行间洋溢着一种盛世祥和欢乐的气氛。他对"羲皇上人"的自由自在和"迹崆峒而身拖朱绂,朝承明而暮宿青霭"的亦官亦隐生活是充满向往的。诗序可以说比较典型地从朝官的视角,展示了朝廷重臣们休暇宴集的生活画面,体现出一种特有的盛世气象。这样的场景在王维以后的诗文中再也没有出现过。

王维诗序中描写景物或景象还是恪守初唐四杰的传统,追求整饬宏丽、典重端庄。如《洛阳郑少府与两省遗补宴韦司户南亭序》这样写道:"灞陵南望,曲江左转,登一级而鄠杜如近,尽三休而天地始大。凝气向晦,苍苍寒木。"《送从弟惟祥宰海陵序》想象从弟旅途所历之景:"浮于淮泗,浩然天波。海潮喷于乾坤,江城入于泱漭。"整丽而气象阔大。《荐福寺光师房花药诗序》:"琼蕤滋蔓,侵回阶而欲上;宝庭尽芜,当露井而不合。群艳耀日,众香同风。……流芳忽起,杂英乱飞,焚香不俟于栴檀,散花奚取于优钵。"运用工整而流利的文字展现出光师佛寺特有的洁净圣境。

2. 赠别诗序。他的赠别友人序文,往往以朝廷为中心,流露出一种雄视四方的华夏情怀。这也是盛唐气象的一种表征,这类序文往往大量用典,又极富气势。如《送高判官从军赴河西序》,开篇就展现出一种大国的威严:"今上合大道以抚荒外,振长策以驭宇内。故左言返踵,穿胸沸唇。膺腾白波,骡输碧砮之贡;腥阻赤坂,传致紫琥之琛。辫发名王,养马于下厩;魋结去帝,献珠于小臣。"以汉喻唐,写唐玄宗开创了一个四夷宾服的盛世,突然笔锋一转:"而犬戎不识,蜗角自大。偷安九服之外,谓天诛罕及;自绝所国之后,而王祭不供。"也是引用典故指斥"犬戎"不识天威,冒犯朝廷,这就自然引出"天子按剑,谋臣切齿,思以赤山为城,青海为堑,尽平其地,悉虏其人"的举朝上下的愤怒。这是唐代朝廷与吐蕃多年积怨矛盾冲突的一种反映,王维运用檄文式的文字,宣威与声讨并举,为高判官的从军布置一个雄壮坚厚的背

---

① 赵殿成《王右丞集笺注》第341页,上海古籍出版社,1998年3月版。

景。接着便是夸赞边关主帅的威猛形象和赫赫气势:"上将有哥舒大夫者,名盖四方,身长八尺,眼如紫石棱,须如猬毛磔。指挥而百蛮不守,叱咤而万人俱废。髭髯奋髯,哮吼如虎,裂眦大怒,磨牙欲吞。不待成师,固将身先士卒;常思尽敌,不以贼遗君父。矢集月窟,剑斩天骄,蹴昆仑使西倒,缚呼韩令北面。"以夸饰的笔墨赞扬哥舒翰的叱咤风云和攻无不克。在这样的双重衬托之下,才推出高判官(高适)的形象和才能:"高子读书五车,运筹百胜。慷慨谋议,折天口之是非;指画山川,知地形之要害。尝著《七发》,曹王慕义;每奏一篇,汉文称善。缘情之制,独步当时,主人横挑而有余,墨客仰攻而不下。"极尽赞美之能事。而高适的从军正是"孙吴暗合,将建功于万里",故希望他"象弧雕服,鞭弭櫜鞬,目无先零,气射西旅。苍头宿将,持汉节以临戎;白面书生,坐胡床而破贼"。最后是写景道别:"然孤峰远戍,黄云千里,严城落日而闭,铁骑升山而出。胡笳咽于塞下,画角发于军中,亦可悲也。"王维有过出塞西域的经历,故而他能以雄健之笔描绘塞外雄浑苍茫的景象,以衬托离别的悲怀,但又迅捷转换笔锋,表现出对友人的深情期待:"迟子之献凯云台,奏事宣室,紫绶曳地,金印如斗,列居东第,位为通侯。"这一送别时通常的客套性祝愿后来成真了,高适成为盛唐诗人中唯一的封侯者。王维的赠序,几乎全部运用典故来叙事,只有言情时才描述景物。这与他的诗歌多少有一些相通之处,他在赠别诗、田园诗中都喜欢运用典故,并善于刻画景物。这可能与他作为朝廷重臣的身份有关,也与他骨子里崇尚四杰的才思藻丽有关,不同于四杰的是盛世孕育了他强烈的盛世观念和雄壮浑厚的文风。

这种盛世观念在《送秘书晁监还日本国并序》中表现更为明显。由于这篇诗序具有很重要的文化意义,故而用专门一节来加以阐述。

(三)《送秘书晁监还日本国并序》的文化意义

中日两国的文化交往源远流长,可以追溯到隋唐时期。据《旧唐书·日本传》:"日本,古倭奴也。去京师万四千里。直新罗东南,在海中,岛而居,东西五月行,南北三月行,国无城郭,联木为栅落,以草茨屋,左右小岛五十余,皆自名国,而臣服之,后稍习夏音。恶倭名,更号日本。使者自言,国近日所出,以为名。"[①]由此可知,日本立国之初文化很不发达,由于小岛众多,各自为政,国内部落之间相互攻伐,而国外又与新罗关系紧张,后来受到华夏文明的影响,才改名"日本(太阳升起的地方)"。

日本学习中华文明的一项重要举措是向中国派遣"使者",中国的文化

---

① 《旧唐书》卷一九〇,第5340页,中华书局,1975年5月版。

典籍、政治律法制度及各种技艺等,都是他们学习的内容。追溯起来,日本的遣华使始于隋朝,前后共五次派出"遣隋使"。唐朝立国后,自太宗贞观四年(日本舒明二年),至唐昭宗景福二年(893,日本奈良朝宽平六年),先后共19次派出"遣唐使",成功抵达唐朝都城的有15次。但从第六次入唐(高宗总章二年)至第七次入唐(武周长安元年)之间有长达30年的空白期。后来从代宗大历十四年第13次入唐至德宗贞元二十年第14次入唐,中间又隔了27年。893年之后,日本终止实行了200多年的遣唐使制度。① 在日本的遣唐使中,有一人非常重要,也非常特别,他就是阿倍仲麻吕。据《新唐书·日本传》:"开元初,粟田复朝,请从诸儒授经,招四门助教赵元默即鸿胪寺为师。献大幅布为贽……其副臣仲满,慕华不肯去,易姓名曰朝衡。历左补阙、义王友,多所该识,久乃还。"②朝(晁)衡因为"慕华不肯去",在国子监学习诗书、礼乐制度,得到唐玄宗的赏识,仕于唐,官至秘书监。后来,在肃宗上元中被擢为左散骑常侍、安南都护。他是一位学识渊博,才华出众的学者和诗人,在华交游甚广,与当时著名诗人王维、李白、储光羲、包佶、赵骅等有很深的友谊。他在唐朝娶妻生子,唐朝成了他的第二故乡。天宝十二年,在日本第十次遣唐使藤原清河回国时,玄宗命晁衡为回访日本的使臣。晁衡的回国,唐玄宗非常重视,不仅送别场面非常宏大,而且赏赐隆重。玄宗还亲自赋诗《送日本使》:"日下非殊俗,天中嘉会朝。念余怀义远,矜尔畏途遥。涨海宽秋月,归帆驶夕飚。因惊彼君子,王化远昭昭。"③玄宗在表示对侍臣或异国使者的荣宠时,最隆重的赏赐之后,总会赐诗。这首诗就表现了玄宗一方面要展现泱泱大国的风范,另一方面又希望自己的"怀义""王化"德泽远及东夷日本。同时赠送诗歌的还有包佶、赵骅和王维。赵骅《送晁补阙归日本国》:"西掖承休浣,东隅返故林。来称郯子学,归是越人吟。马上秋郊远,舟中曙海明。知君怀魏阙,万里独摇心。"④既通过悬想旅途景物来表达惜别之意,还揣测了晁衡身归故乡而心念唐朝的矛盾心情。包佶《送日本国聘贺使晁巨卿东归》:"上才生下国,东海是西邻。九泽蕃君使,千年圣主臣。野情偏得礼,木性本含真。锦帆乘风转,金装照地新。孤城开蜃阁,晓日上朱轮。早识来朝岁,涂山玉帛均。"⑤包诗较赵诗含义更为丰富,除了叙及晁衡归国

---

① 参叶渭渠《日本文化史》第80页,广西师范大学出版社,2003年4月版。
② 《新唐书》卷二二〇,第6209页,中华书局,1975年2月版。
③ 此诗载《全唐诗逸》(卷上),见《全唐诗》第25册,第10173页。日本上毛河世宁纂辑。前引〔日〕《高僧传》:"天平胜宝四年(752),藤原清河为遣唐大使,至长安见元(玄)宗。元宗曰:'闻彼国有贤君,今观使者趋揖有异,乃号日本为礼仪君子国。'命晁衡导清河等视府库及三教殿。又图清河貌纳于蕃藏中。及归赐诗。"
④ 增订注释本《全唐诗》,第1册,第948页,文化艺术出版社,2001年5月版。
⑤ 同上。

的浩荡规模"锦帆乘风转,金装照地新"外,还表达了华夏为正朔、四夷归服的儒家观念。这种正统观念认为:中国是天地的中心,向四周远敷布施她的王化德泽,同化并惠及不开明的民族,使之懂得仁义道德。晁衡对玄宗的荣宠和友人的深情非常感激,因此也回赠一首诗《衔命归国作》:"衔命将辞国,非才忝侍臣。天中恋明主,海外忆慈亲。伏奏违金阙,骖驺去玉津。蓬莱乡路远,若木故园林。西望怀恩日,东归感义辰。平生一宝剑,留赠结交人。"①此诗是对唐朝皇帝和同朝为官友人赠诗的答别诗。透露了如下信息:这次回国,是晁衡主动申请的,故有"伏奏违金阙,骖驺去玉津"之句;这次回国又是得到皇帝允许的"衔命"辞归;表达了对华夏为中心的文明观念的认同,"天中"即指中国;表现了对唐朝明君的依恋和对故乡亲人的思念,即既恋"天中"之"明主",又忆"海外"的"慈亲",是一种典型的儒家忠孝观念;表达了对友人的惜别深情和"怀恩""感义"之心,"平生一宝剑,留赠结交人"就是这种情感心声的最好表现。

王维的诗并序较上述诸诗,更有文化分量,可以说他巧妙地以赠别诗并序的形式,传达了朝廷的政治目的和皇帝的御意,具有宣华夏声威于四夷和敦睦中日两国友谊并希望晁衡回国后有所作为等多重含义。全文如下:

> 舜觐群后,有苗不服;禹会诸侯,防风后至。动干戚之舞,兴斧钺之诛。乃贡九牧之金,始颁五瑞之玉。我开元天地大宝圣文神武应道皇帝,大道之行,先天布化;乾元广运,涵育无垠。若华为东道之标,戴胜为西门之候。岂甘心于筇杖?非征贡于包茅。亦由呼耶来朝,舍于葡萄之馆;卑弥遗使,报以蛟龙之锦。牺牲玉帛,以将厚意;服食器用,不宝远物。百神受职,五老告期;况乎戴发含齿,得不稽颡屈膝?海东国,日本为大,服圣人之训,有君子之风,正朔本乎夏时,衣裳同乎汉制。历岁方达,继旧好于行人;滔天无涯,贡方物于天子。同仪加等,位在王侯之先;掌次改观,不居蛮夷之邸。我无尔诈,尔无我虞,彼以好来,废关弛禁。上敷文教,虚至实归,故人民杂居,往来如市。晁司马结发游圣,负笈辞亲,问礼于老聃,学诗于子夏。鲁借车马,孔丘遂适于宗周;郑献缟衣,季札始通于上国。名成太学,官至客卿。必齐之姜,不归娶于高国;在楚犹晋,亦何独于由余。游宦三年,愿以君羹遗母;不居一国,欲其昼锦还乡。莊舄既显而思归,关羽报恩而终去。于是稽首北阙,裹足东辕,箧命赐之衣,怀敬问之诏。金筒玉字,传道经于绝域之人;方鼎彝尊,致分器于异

---

① 增订注释本《全唐诗》,第1册,第948页,文化艺术出版社,2001年5月版。

姓之国。琅琊台上,回望龙门;碣石馆前,夐然鸟逝。鲸鱼喷浪,则万里倒回;鹢首乘云,则八风却走。扶桑若荠,郁岛如萍。沃白日而簸三山,浮苍天而吞九域。黄雀之风动地,黑蜃之气成云。淼不知其所之,何相思之可寄? 嘻! 去帝乡之故旧,谒本朝之君臣。咏七子之诗,佩两国之印。恢我王度,谕彼蕃臣。三寸犹在,乐毅辞燕而未老;十年在外,信陵归魏而逾尊。子其行乎,余赠言者。

这篇诗序搜罗众多典故,尽管星罗棋布,但都紧紧围绕华夏正声这个核心,显得庄严肃穆,表现出一种大国风范;同时又藻饰富丽,工整流畅,写得意切情深,可以说是盛唐文化巅峰时期的必然产物,也是王维散文的代表作。

诗序共分五层。第一层从开头到"得不稽颡屈膝"。写自古异域之人难于教化,而唐朝皇帝由于承受天命德被四方,与友邦睦邻相处,所以远国之人都愿意来朝。从"舜觐群后""禹会诸侯"开始,华夏远祖就以文治武功征服不臣的部落和民族,而当今皇帝继往开来,开创了无比辉煌的盛世,推行大同理想,德泽覆盖四方,沾溉万类,以致东边以若木为标记,西边王母愿意守门,八方异域都想与唐朝友好往来,进行广泛的文化和物质交流;而唐王朝则以宽厚博大的胸襟,接纳一切友好的使节,不仅隆重接待,而且赏赐丰厚。唐皇一方面敬天畏神,另一方面克勤克俭,修德服人。这一层的所有典故围绕华夏文明这一核心,以泽布四方、敬天爱人、远人宾服为主线,既勾勒了中华文明源远流长的历史进程,又突出了大唐盛世的恢宏气象。虽然弥漫着一股浓厚的颂圣意识,但实际上也是民族自尊自信自豪的表现。考察当时的历史状况,王维这段笔力雄壮的历史描述,是有具体的文献记载为支撑和现实的繁荣昌盛作依据的。从晁衡来说,他十六岁来华,此时已经五十二岁,是沐浴着开天盛世的阳光雨露成长的,他不仅受到博大精深的儒家思想熏陶,而且亲身享受过高度发达的物质文明,还亲自导引日本使臣参观了大唐的国家府库和三教宝殿,既观赏了国库山积的宝藏,又目睹了大殿的金碧辉煌,感受了华夏文明的渊深朴茂和海纳百川的开阔胸襟,故他接受了这种以华夏为世界文明中心的观念。他在自己的诗中说"天中恋明主"就是这种意识的流露,他对玄宗"天中嘉会朝"时"万国衣冠拜冕旒"的景象并不陌生。因此,对王维的这种描述他是赞同的。王维在晁衡回国时讲这些话,是要晁衡将华夏中心的观念带回日本,同时又要让日本人民认识到:大唐虽然强大,但对四邻是敦睦友善的,是希望中日共同繁荣、和平相处的。

第二层写中日修好与文化交流的历史状况。日本是海东大国,有君子风度,深受华夏文化的影响,不怕海风恶浪,远涉重洋,派遣使者前来中国,向唐皇进贡方物。而唐朝则对日开放海关，放宽禁令，让来华的日人满载而归。在一些城市，中日两国人民友好和平地居住在一起，交往密切。这一段中日交往历史的回顾，也是晁衡亲身体验过的，故亲切感人。虽然谈的是两国之间的关系，但王维还是要将华夏核心观念再次强化。由此可见，王维的思想根深处仍然是儒家观念。写作此文时他已经五十四岁了，尽管过着亦官亦隐的生活，尽管佛老思想对他影响很深，但仍可以看到王维赞同儒家大一统的思想和"天中在华"的观念。

第三层写晁衡在中国的经历。他在日本天皇的资助下，"结发游胜，负笈辞亲"，出使来华，"问礼""学诗"，苦心学习儒家、道家的经典，像吴国公子季札到郑国与子产相识，互赠礼物，并广泛结交朋友。晁衡成名后仕于唐，官至客卿，并以中国为家，向唐朝效忠，如同由馀当年"在楚犹晋"。现在晁衡久历年岁，思念父母，欲回国探亲，也是人之常情。他就像庄舄虽在楚国做官，但是生病时仍然发出故国乡音的呻吟；又像关羽身在曹营心在汉，报恩之后离去。大唐对晁衡恩遇深厚，但是他还是选择"衣锦还乡"。这里王维大量引用《孔子家语》《左传》《史记》《三国志》中的历史故事，叙述晁衡归国的情形，既切合晁衡在华的履历，又吻合他归国时复杂的心理状态。

第四层转入对晁衡旅途的想象并抒发深切的思念情怀。晁衡的这次回国，皇帝非常重视，既举行空前隆重的仪式，又赐"命服"，还有给日本国君的友好诏书和大量的中国文化典籍，甚至将中国祭祀宗庙的方鼎彝尊等宝物也送给日本。这里的用典也十分讲究，始终围绕华夏这个中心展开，回国探亲说是"以君羹遗母"，携带典籍说是"传道经于异域"，赠送宝物说是"分礼器于异姓"，都是希望晁衡担当起传播华夏文明，造福日本人民的历史重任。王维的诗序很好地体现了朝廷的愿望，同时又符合晁衡的身份。接下来描述归途奇景，显示了王维的诗人才华："鲸鱼喷浪，则万里倒回；鹢首乘云，则八风却走。扶桑若荠，郁岛如萍。沃白日而簸三山，浮苍天而吞九域。黄雀之风动地，黑蜃之气成云。森不知其所之，何相思之可寄？"虽然王维没有海上航行的经验，但是这段描写却恢宏壮观，气势雄放，运用《古今注》《淮南子》《山海经》《风土记》等典籍中的词汇，展现了大海波浪滔天、鲸奔鹢飞、长风动地、黑气成云的惊心动魄景象，让人如临其境。而晁衡就是在这样颠簸动荡、惊险万状的大海上远行，让王维的相思之心无处寄托。以悬想行人旅途景色来寄托相思，是唐代诗序最常见的艺术手法，也是唐代送别诗的惯用方法。王维的写景艺术手法，显然在继承初唐四杰及陈子昂诗序的基础上又推进一步，想像更加奇特，境界壮阔而且气势腾涌，具有典型的盛世风采。

第五层归结题意。晁衡这次回国是具有双重身份的，所以希望他一方面要"恢我王度,谕彼蕃臣",另一方面要像"乐毅辞燕""信陵归魏"那样有所作为。

综观王维这篇诗序,自始至终都紧扣"华夏天中"的核心,引用历史典故,以叙事、写景、抒情相结合的笔法,谈古论今,着重歌颂唐朝皇帝的德被四方,叙说中日两国的亲善关系,通过晁衡的还乡历程来抒发依依惜别的深情。

赠别诗是一首五排,在这样厚重的文化背景和深挚情谊基础上展开轻松舒展的意蕴。诗曰:

> 积水不可极,安知沧海东。九州何处远,万里若乘空。
> 向国唯看日,归帆但信风。鳌身映天黑,鱼眼射波红。
> 乡树扶桑外,主人孤岛中。别离方异域,音信若为通。

首联写大海无边无际,何况日本更在沧海之东,极写中日两国空间上的阻隔,为友人的航行作铺垫。次联转换视角从日本的角度来说,不知中国在何地,相隔万里,又怎能乘空而往?这四句大有"蜀道之难难于上青天"的感慨,可以想象中日两国文化交往的困难多么巨大!而日本竟有19次派出遣唐使的壮举,不得不让人为之叹服。王维以虚笔写晁衡回国的困难,实际上是实写其不畏艰险的精神,表达的是对传播文化、敦睦友好壮举的赞扬。三联、四联描绘航海景象。"唯""但"是两个表示"仅仅""只有"的范围副词,"看日"是唯一的情事,"信风"是仅有的动力,而"向国"与"归帆"则鼓满了对故国的思念情怀。在这样单调枯燥的行程中,晁衡的归心似箭表露无遗。这每天升起的红日在赵骅的诗中是"舟中海曙明",每天都充满希望;在包佶诗中是"孤城开蜃阁,晓日上朱轮",充满奇幻色彩。王维换了一种笔触,用平实简洁来表现丰富意蕴。接下来则突转为雄奇怪丽的"鳌身映天黑,鱼眼射波红",即使没有航海经验的人,也能想象出海上的奇险:那大鳌的脊背将天空映成一片漆黑,星月无晖,而鱼眼却射出恐怖的红光,使汹涌的波涛也染成红色。黑红的强烈对比将夜空、大海、巨鱼、骇浪映衬得非常分明,一叶孤舟簸扬于苍茫的海面那是多么惊险的情境。王维诗歌善于着色和经营画面,在这首诗中得到充分表现。最后两联,一联写晁衡在舟中思念,一联写王维因异域音信难通的惜别之情。总体上看,序文注重场面声势的描述,诗歌则侧重画面和色彩的映衬,通过这样的相互补充,展现出晁衡归途鲸奔浪恶的壮烈险恶画面,从而很好地为寄托相思服务,诗与序相得益彰,成为唐代诗文交融的代表性作品。

承载着如此巨大的文化使命和唐朝君臣的情谊,晁衡的这次回国堪称中日文化交流史上的盛事,但很可惜这次航程并不顺利。据考证,晁衡等自长安出发已是秋天,十月抵达扬州,拜访了著名的鉴真和尚,并求其同去日本。鉴真和尚是唐代中日文化交流的重要使者,他从天宝元年开始,四次东渡,都因船只触礁、官府阻拦未能成功。天宝七年他第五次东渡,在海上遇风,历经三年的曲折才回到扬州,艰苦的环境导致其双目失明。晁衡回国时,鉴真和尚乘坐日本遣唐使船只,第六次东渡,但不幸还是发生了。船队在琉球附近海域遇到了风暴,晁衡所乘的船只漂流到安南,只有鉴真和尚的船只最终成功登陆。后来鉴真和尚在日本传道讲经,创立宗派,将中国的建筑、绘画、雕塑和医学技艺传到日本。而作为文化大使的晁衡最终在两年后折回长安,经历了安史之乱,在肃宗上元中被任命为安南都护,于大历五年卒于中国,终生未能返回故土。

王维的这篇诗序和诗歌反映了一个不可再现的盛世,不仅他本人以后的诗文中再没有见到如此雄壮的笔力和景象,而且在这以后唐代的赠别日本遣唐使的诗与序中也没有这种气象。这里可以与中唐元和元年春天,朱千乘在越州送日本遣唐僧空海归国的诗序作一比较。

《送日本国三藏空海上人朝宗我唐兼贡方物而归海东诗并序》①:

> 沧溟无垠,极不可究。海外僧侣,朝宗我唐,即日本三藏空海上人也。解梵书,工八体,缮俱舍,精三乘。去秋而来,今春而往,反掌云水,扶桑梦中,他方异人,故国罗汉,盖乎凡圣不可以测识,亦不可知智。勾践相遇,对江问程,那堪此情。离思增远,愿珍重珍重!元和元年春姑洗之月聊序。当时,少留诗云:"古貌宛休公,谈真说若空。应传六祖后,远化岛夷中。去岁朝秦阙,今春赴海东。威仪异旧体,文字冠儒宗。留学幽微旨,云关护法崇。凌波无际碍,振锡路何穷。水宿鸣金磬,云行待玉童。乘恩见明主,偏沐□僧风。"

朱千乘的这篇赠序及诗记录了空海来华及返回的过程,采用了平实简明的叙述文体,先介绍空海的为人特点及往返历程,接着空泛地抒发"离思增远,愿珍重珍重"的情怀,已经看不到王维序中那种宏大的气势和壮阔的景象,连情感也平淡了许多。诗亦注重叙事,而且应酬因素较重,显得比较虚泛。与朱千乘同时赠诗的还有朱少端、昙靖、鸿渐、郑壬等,都缺乏王维诗歌那种氤

---

① 空海(774—835),一名遍照金刚,日本僧侣。贞元二十年入唐,拜长安青龙寺密宗阿阇梨惠果为师,元和元年归国,大和九年逝世,谥弘法大师。有《遍照发挥性灵集》十卷。此诗见增补新注《全唐诗》第五册。

氤气象,这显然不能仅仅归结为诗人才力不足。这也许是因为中唐时代已经没有天宝时期强大繁盛、雄视四方的魄力。诗文反映时代精神。中唐时期总体上未能恢复安史之乱前的元气,诗人才力、性情又不及盛唐诸公,这才出现朱千乘等人诗中所体现的力不从心景象。由此可见,王维的诗文是不可多得的艺术珍品,它代表的是那个不可再现的盛唐,因而在中日交往史上,乃至在世界文化史上具有无可替代的价值。

第三节 雄奇奔放,英特越逸
——陶翰、李白的诗序

一、陶翰的诗序

陶翰①的诗序具有非常典型的"盛唐气象",但很少见到有文学史著作对他进行论述。② 其实,唐代殷璠《河岳英灵集》对陶翰评价很高:"历代词人,诗笔双美者鲜矣。今陶生实谓兼之,既多兴象,复备风骨,三百年以前,方可论其体裁也。"③今《全唐诗》存陶翰诗一卷,《全唐文》存文20篇,其中16篇"序",文笔壮丽潇洒,是典型的盛唐美文。殷璠说陶翰"诗笔双美"是非常值得注意的,后来,顾况也有论述。④ 说明陶翰在当时文坛具有很大的影响。诗文兼善者在中国文学史上没有几个人,而陶翰竟居其列,应该引起人们的关注。如果说陶翰的诗(因只有部分作品流传下来)尚无法与王维、李白、杜甫等大诗人,甚至不能与常建、储光羲、王昌龄等二流诗人比肩的话,那么他诗序的美丽洒脱则与上述诸人未肯相让。

(一) 陶翰诗序的基本情况

今存陶翰诗序16篇,其中游历序、酬赠序、宴会序各1篇。最具有特色的是赠别序,共13篇。从赠别的对象来看,主要是赠别官员赴地方上任或出使边塞,如《送王侍御赴剑南序》《送封判官摄监察御史之碛西序》《送史判官

---

① 陶翰(生卒年不详),润州人(今江苏镇江)。开元十八年进士及第,次年中博学宏词科,天宝时又登拔萃科。累陟太常博士,官至礼部员外郎。安史乱后未见形迹,可能卒于安史乱前。
② 郭预衡《中国散文史》(上海古籍出版社,1986年5月第一版),中国社会科学院文学研究所编《唐代文学史》(人民文学出版社,1995年12月第一版),袁行霈主编《中国文学史》(高等教育出版社,1999年版)均未提及陶翰。
③ 傅璇琮《唐人选唐诗新编》第142页,陕西人民教育出版社,1996年版。
④ 顾况在《礼部员外郎陶氏集序》中说:"(他)行在六经,志在五言,尤精赋序。朝出暮遍,殷如奋铎,声塞海隅,化诸溺音,蔚公之容,风山籁静。然华实光于苑圃,綦母著潜王龙标昌龄则其勍敌。登公之门,李膺之门也,鲍、马二京兆中书谢舍人良弼、良辅,侍御史李封殿中刘全诚名自公出。名著公器,神人所怪,宁贵不名详矣。"见《全唐文》卷五二八,第5366页。

之河南序》《送李参军水运序》《送李参军序》《送萧少府之幽州序》《送崔二十一之上都序》《送孟大入蜀序》(《全唐文》卷三三四);另一类是送友人落第序,如《送王大拔萃不第归睢阳序》《送卢涓落第东还序》《送谢氏昆季下第归南阳序》《送田八落第东归序》(《全唐文》卷三三四);还有一篇送上人还家之序,《送惠上人还江东序》(《全唐文》卷三三四)。从受赠者来看,都是一般的下级官员,这与他最高只任礼部员外郎相关,可能没有机会接触或参与更高级别官员的升迁、出使等方面的宴会。但就是这样的一种交游状况,依然能从陶翰的序文中感受到他笔下展露的盛世情怀。

(二) 陶翰诗序的艺术特征

1. 陶翰诗序表现了盛唐气象。如《送王侍御赴剑南序》:先写大唐收服剑南的政治形势:"国家既诛邛筰之游魂,收滇池之陈地,以蛮陬君长未即序,徼外新国,约非甚坚,将欲宣王风、布中典,必候才英矣。"接着赞颂王御史"志标劲节,天假异能,秉心而忠义必闻,多方而文武不坠",又赞美鲜于仲通"以功名立破城江南,关启而房不敢窥,城峻而敌不敢守者,皆倚匡时之策,仗横行之气"。这种"横行之气"表现为"旦麾三军,盱衡于不毛之间,决胜于大荒之表"。想象王御史此行必定是"取廷评者浃月,登宪府者周星,绣衣照于江原,风霜扫于剑壁"。那么临行之前情景又是怎样呢?陶翰写道:"中朝名雅,向义趋风,饯筵倾诚,翰墨纷瞩。百壶追送,来登菫原之野;万岭苍然,更绕华阳之国。"情景交融,将热烈的送别场景与悬想征路的虚境通过联想勾连起来,起到了很好的慰别作用。① 这是送人赴剑南,体现了陶翰要扫清剑壁、宣扬王风的政治愿望,而送萧少府赴幽州又是另一种气象。《送萧少府之幽州序》先交代历史背景是奚丹叛乱:"顷林胡大寇边,杀右将军,于是幽蓟之北门不启。天子方忧朔漠之事,问卢龙之策。"接着劝萧少府展其宏略立功边塞:"公安得收其宏略,匣长剑,块然为一尉哉! 夫感于事则忠义全,登于危则臣节见。"这是典型的重节义讲忠信,慷慨赴边之举,表现了唐人以国家为重,"男儿本自重横行","提携玉龙为君死"的节慨观。因此陶翰这样劝勉友人:"必也海水晏,燕山空,代云胡沙,谈笑而静,盖王师之义全。言未毕,征马将散,三啸于离郊之上,敬而辞焉。"真是气横塞漠,壮声英慨,塑造出一个胸怀忠义、慷慨赴边、建功立业的将军形象,令人想起曹植诗中描写的"幽并游侠",这种豪侠精神正是盛唐的一种表征。

---

① 按:此序写于天宝十二年,史论有贬词,因为鲜于仲通是杨国忠的干将,他发动的征服剑南战争,以失败告终,耗糜国家财富,轻起边衅,对安史之乱有一定的影响。序写于出征之前,不能预料战争结局。剑南作为唐代边境的不臣势力,乃大唐心腹之患,大唐决心除去它,也是情理之中的事。从维护国家安全的角度看此序,不应全盘否定。

再如《送史判官之河南序》先叙述史判官的经历:"子始以词进,而果以政闻。拔起翰林,激昂儒服,朝升一尉,暮入五府。汉东之驾才返,河南之檄适至。"接着评述"周郑之风好僻,齐鲁之政或讹",劝诫史判官要"政于励精,锐于振举"。再叙述离别筵席情况:"中朝名士左补阙任侯序其咏歌,太常主簿杨公鸠其晏饯。笔墨以之聚至,文章以之感合。"如果只写到这里,则文气嫌弱,陶翰突然将激昂的情性提起,写出了这样的句子:"中条气凝,河冰将壮。关中送客,美使者之贤;泗上诸侯,盛主人之礼。"真是情景双尽,气盛词宜,风采兴味俱美。

陶翰的诗序非常注重气势,如《送李参军水运序》描写大河之功:"壮哉!大河之功也,南分淮泗,东委溟渤,呀呷长川,呼吸万里。若舟楫是戒,风涛无虞;则三万之廪,可得而西矣。"描写人物的特征:"李公精义宏高,德量魁达,声闻关右,义彻浙川。"描写筵席情景:"于是驿骑首路,列筵在庭,山川且长,语笑云隔。励其节,宣其规,使白波徐清,红粟流衍,则国家之事济矣。"在这样喧腾的气氛里,在如此壮阔的想象中,"诗以投赠"该是一种多么富于诗意激情的慰勉!只有盛唐才有这种气象。同样风格的诗化文字在陶翰诗序中随处可见。如:

> 不有聚,何以同二人心?不有散,何以见四方志?长揖而去,勉哉东轩!杨花初飞,郊草先碧,自秦及洛,云山千里。
> ——《送李参军序》

对"聚散"看得如此通脱,而离别之情又是那样深挚,这就是盛唐。又如:

> 且士逢当世虚己之运,主司推心之时,而不能翰飞冲天,凌励劲翮,非人英也。
> ——《送崔二十一之上都序》

洋溢着一种进取有为的情怀,真是英气逼人。再如:

> 壮哉!至广汉城西三千里,清江萦缘,两山如剑,中有微径,西入岷峨,□有奇幽,皆感子之兴矣。
> ——《送孟大入蜀序》

> 虽天下险阻,玉关之风,故不足为子虑耳。帝乡山川,徙倚将远,别路云树,苍茫欲秋。
> ——《送封判官摄监察御史之碛西序》

都可以感受到一种兴酣墨饱的笔力,字里行间洋溢着盛唐诗人那种特有的雄心和自信。

在陶翰的心中,多豪情壮思,多雄迈的自信,而眼中即使看到失败,也决不气馁。这一点在他的慰人落第诗序中表现得很充分。如《送王大拔萃不第归睢阳序》:

> 才格可得而仰也,文章可知而畏也,故往年有公连之捷矣。九流之学日盛,三鼓之音未歇,今兹有天官之阨矣。天将启子于世,故命以才;授子于亨,故先以屈。屈伸理也,才位时也。子姑感激毫翰,增修词律,冲天之举,吾倚而待焉!欢洽岂常,离言实早。河岳西别,悠哉镐京;庭闱东瞻,谁谓家远?草色将变,云天浩然,诗而咏言,将以述志。

一开篇就写王大昔日的辉煌:"才格可得而仰也,文章可知而畏也,故往年有公连之捷矣。"接着叙写学业日进"九流之学日盛,三鼓之音未歇",正是高奏凯歌之时,文气昂扬直逼云霄,陡然一转:"今兹有天官之阨矣。"将人生落第的巨大伤痛化为这轻轻的"一阨",这只是一个小小的顿挫,因为这是"天将启子于世,故命以才;授子于亨,故先以屈。屈伸理也"。化用孟子"天将降大任于斯人"的典故,劝勉友人明白屈伸之理,接着以自信的雄笔鼓励友人"才位时也。子姑感激毫翰,增修词律,冲天之举,吾倚而待焉!"这种真挚的慰勉,诚恳的期待,化解了友人所有的忧郁(文中并未看到忧郁)。最后转入饯别。陶翰的这篇诗序可以说是浩气横空,豪兴干云,根本不把落第的感伤失意当作一回事。这体现了盛唐人特有的透脱洞彻的胸襟,对比中晚唐人落第的感伤,更让人无限神往那个兴会飙举、淋漓酣畅的诗歌盛唐。

这种情怀不是偶然的夸饰,而是陶翰一贯的心理态势。"三岁不觐""魁岸特达"的卢涓落第后,陶翰写道:"灞城春润,风喧景迟,莺声始调,柳色堪醉。当此而裹足千里,背□而东,岂意者欤?众皆赋诗,以慰行旅。"(《送卢涓落第东还序》)似乎是一次平常的送别,看不到一丝一毫的悲意。再如谢氏昆季双双落第,陶翰这样安慰说:"他日之奋六翮,登九霄,未为后耳。春水尚寒,郊草无色,何以赠别?必在乎斯文。"(《送谢氏昆季下第归南阳序》)这是一种势在必得的信任。又如:"勿以三年未鸣、六翮小挫,则遂有清溪白云之意。夫才也者,命在其中矣;屈也者,伸在其中矣。"(《送田八落第东归序》)陶翰的诗序典型地反映了唐人对待挫折的态度:通脱而自信,自强而自尊,以铮铮之骨挺立于天地,这正是那个健康的时代赋予诗人们独特的诗性品质。从某种角度看,陶翰的诗序具有诗的意境、情趣,只可惜这些序中提到的诗都遗佚了,不然更可以窥视唐人那浩渺无际、雄莽阔大的心胸,感受到他们飞腾壮阔的想象,激情澎湃的生命活力。

2. 陶翰诗序具有诗的特征,在景物描写方面有很高的艺术技巧。如《仲春群公游田司直城东别业序》这样描写别业的春色之美:

> 城池不越,井邑不移;林篁忽深,山郁斗起。出回塘而入苍翠,更指深亭;因曲岸而扪穿嵌,忽升绝顶。云天极思,河山满目,菌苕春色,苍茫远空。烟间之宫阙九重。砌下之亭皋千里,临眺之壮也。

写景既线索分明,主次井然,又将实景与虚境相结合,通过远近对比,极力将目光射向苍茫的远方,展现出一种开放型的向外无限拓展的心境。也难怪"欲穷千里目,更上一层楼"的诗句只能产生于盛唐。又如"征帆南岸,眺吴山而可见,值湖水之将碧。震泽千里,孤舟渺然"(《送惠上人还江东序》),在悬想中展现一派青山绿水、浩渺无际的景象,凸现友人"孤舟渺然"的背影,与李白的名句"孤帆远影碧空尽,唯见长江天际流"同一机杼,离情别绪在诗意盎然的虚境中余音袅袅,不绝如缕。此外如写广汉山水的"清江夤缘,两山如剑"(《送孟大入蜀序》),写陇关的"关河始风,秋草尚碧"(《送崔司户过陇迎大夫序》),写中条山的"中条气凝,河冰将壮"(《送史判官之河南序》),写剑南的"万岭苍然,更绕华阳之国"(《送王侍御赴剑南序》),写渭郊的"渭上西眺,寒原无色"(《饯崔朔司功入计序》),写秦川洛水景色的"杨花初飞,郊草先碧,自秦及洛,云山千里"(《送李参军序》)等,都写得气象阔大,境界奇丽,能很好地配合情感的表达。陶翰写景不像初唐四杰那样剪翠雕红,拖沓繁复,而是简洁明快,将概貌特征与情感紧密交融,显得气象浑厚,情真意挚。诗序就是短小精悍的抒情诗,与盛唐时代整体的雄壮浑厚文风是相融的。他的诗序以独特的面貌表现了盛唐的一种时代精神。

殷璠"诗笔双美"的评价是切合实际的,陶翰诗文的文学史地位应给予重新考量。

二、李白的诗序

李白诗歌成为"雄壮浑厚"盛唐气象的典型代表,具有"情来、兴来、气来"的艺术特征,被认为是"青春的盛唐"的象征。[①] 二十世纪的李白研究取

[①] 李泽厚《美的历程》第七部分"盛唐之音"第一节就是"青春·李白",认为"盛唐之音在诗歌上的顶峰当然应推李白,无论从内容或形式,都是如此"。第133页,安徽文艺出版社,1999年1月版。

得了重大的进展,但很少有人从诗文交融的角度来考察李白的"诗序",可以说李白的诗序和诗歌一样具有独特的魅力,取得了很高的艺术成就。下面试对现存李白诗序进行探讨,以就教于通家。

(一) 李白诗序的分类情况

李白的诗序分两种情况,一种是诗、序皆存,收于清编《全唐诗》里;另一种是"诗佚序存",收于清编《全唐文》中。具体情况如下表:

表 16

类别 \ 出处	《全唐文》	《全唐诗》	合计
宴会诗序	4	0	4
赠别诗序	12	2	14
游历诗序	1	1	2
酬赠诗序	0	7	7
追忆诗序	0	1	1
他人诗歌之序	1	0	1
独特经历诗序	0	1	1
联句诗序	0	1	1
合计	18	13	31

第一类,宴会诗序:《春夜宴从弟桃花园序》《夏日陪司马武公与群贤宴姑熟亭序》《饯副大使李藏用移军广陵序》《奉饯十七翁二十四翁寻桃花源序》。第二类,赠别诗序:《早春于江夏送蔡十还家云梦序》《暮春于江夏送张祖监丞之东都序》《早夏于将军叔宅与诸昆季送傅八之江南序》《秋日于太原南栅饯阳曲王赞公贾少公石艾尹少公应举赴上都序》《秋夜于安府送孟赞府兄还都序》《秋于敬亭送从侄耑游庐山序》《冬日于龙门送从弟京兆参军令问之淮南觐省序》《冬夜于随州紫阳先生餐霞楼送烟子元演隐仙城山序》《江夏送林公上人游衡岳序》《金陵与诸贤送权十一昭夷序》《江夏送倩公归汉东序》《送黄钟之鄱阳谒张使君序》(以上诗序均引自《全唐文》卷三四九)、《送王屋山人魏万还王屋并序》(《全唐诗》卷一七五)、《与诸公送陈郎将归衡阳并序》(《全唐诗》卷一七七)。第三类,游历诗序:《夏日诸从弟登汝州龙兴阁序》(《全唐文》卷三四九)《泛沔州城南郎官湖并序》(《全唐诗》卷一七九)。第四类,追忆诗序:《对酒忆贺监二首序》(增订注释《全唐诗》第一册)。第五类,他人诗歌之序:《泽畔吟序》(《全唐文》卷三四九)。第六类,独特经历诗序:《答族侄僧中孚赠玉泉仙人掌茶并序》(《全唐诗》卷一七八)。第七类,酬赠诗序:《历阳壮士勤将军名思齐歌并序》(增订注释《全唐诗》第一册)、《赠

嵩山焦炼师并序》(《全唐诗》卷一六八)、《赠武十七谔并序》(《全唐诗》卷一七〇)、《赠黄山胡公求白鹇并序》(《全唐诗》卷一七一)、《送张秀才谒高中丞并序》(《全唐诗》卷一七七)、《题元丹丘颍阳山居并序》(《全唐诗》卷一八四)(增订注释《全唐诗》第一册)、《题嵩山逸人元丹丘山居并序》(《全唐诗》卷一八四)。第八类,联句诗序:《改九子山为九华山联句并序》(增补新注《全唐诗》第五册)。可以说,李白的诗序具有种类齐全、题材广泛的特点,这是盛唐时代诗人中比较少见的。

(二) 李白诗序的特点

1. 李白善于在宴会诗序中描绘兴会空前酣畅淋漓的场面。如《春夜宴从弟桃花园序》:

> 夫天地者,万物之逆旅;光阴者,百代之过客。而浮生若梦,为欢几何?古人秉烛夜游,良有以也。况阳春召我以烟景,大块假我以文章,会桃李之芳园,序天伦之乐事。群季俊秀,皆为惠连;吾人咏歌,独惭康乐。幽赏未已,高谈转清。开琼筵以坐花,飞羽觞而醉月,不有佳作,何伸雅怀?如诗不成,罚依金谷酒数。

这篇诗序的具体写作时间已经难于详考,应该作于四十岁前的"酒隐安陆"时期。此时正是开元盛世,但李白有"浮生若梦,为欢几何"的感慨,显然有身而为人之永恒忧郁,不过遇上良宵好景、美酒佳肴时,他的情绪会稍稍好转。开篇几句引典抒慨,光阴易逝,要学习古人"秉烛夜游"。这实际上是为今夜的欢会寻找文化渊源和依据,悠久的传统有一种召唤的力量,一种追寻的幽趣,一种重温历史的浪漫情怀。何况"阳春召我以烟景,大块假我以文章",春暖花开的朦胧烟景摇荡心灵,编织着锦绣图案的芬芳大地孕育诗意。这美妙的季节,再加上桃园夜宴,共享天伦之乐,兄弟们都如当年谢惠连那样清灵俊秀,才华特出,只遗憾我的吟诗作赋比不上谢灵运的文思泉涌。从笔调中不难体味出这是一次气氛高雅的家宴:"幽赏未已,高谈转清。开琼筵以坐花,飞羽觞而醉月,不有佳作,何伸雅怀?如诗不成,罚依金谷酒数。"李白以清新自然的笔墨描写了一幅桃园宴饮赏幽、清谈赋诗的美妙图画,抒发了热爱自然、珍爱春天的情怀。他将议论、叙事、抒情结合在一起,征引典故与当下情境紧密融合,语言流畅,极具诗情画意,洋溢着一种祥和安康的盛世氛围。这是一篇比较典型的诗化序文,可惜诗佚不存,无法更进一步体味李白当年的襟抱。

又如《夏日陪司马武公与群贤宴姑熟亭序》,题中的"姑熟亭"即"太平府当涂县的彩虹桥"(见《江南通志》),是通往芜湖驿道上的一座水亭,飞檐画栋,下瞰清江,景色优美。本为前任县令薛公所修,后经现任县令李阳冰扩建,成为一个"昼鸣闲琴,夕酌清月"的"接辀轩、祖远客之佳境",建成后并未取名,宣州司马武公认为可以称为"姑熟亭"。这一天李白与群贤在此宴会,认为"嘉名胜概"当自我作主:"若游青山,卧白云,逍遥偃傲,何适不可?小才居之,窘而自拘,悄若桎梏,则清风朗月,河英岳秀,皆为弃物,安得称焉?"因此要饮酒赋诗,足见李白晚年依然保持着与自然争胜、诗酒风流的气概。

再如《饯副大使李藏用移军广陵序》,这篇诗序应写于上元二年秋七月,《资治通鉴》载此年以少府监李藏用为浙西节度副使,十月江淮都统崔圆署李藏用为楚州刺史,领二城而居盱眙。李白应该是在金陵饯别李藏用的,从文中"组练照雪,楼船乘风,箫鼓沸而三山动,旌旗扬而九天转"可知。序中有一股对叛贼刘展痛恨切骨之气,对李藏用的遭遇非常同情,"社稷虽定于刘章,封侯未施于李广"①,李白对他移军广陵又极力渲染其声威,意在激励他建立奇勋。"我副使李公,勇冠三军,众无一旅。横倚天之剑,挥驻日之戈,吟啸四顾,熊罴雨集。蒙轮扛鼎之士,杖干将而星罗,上可以决天云,下可以绝地维。翕振虎旅,赫张王师,退如山立,进若电逝,转战百胜,僵尸盈川,水膏于沧溟,陆血于原野。一扫瓦解,洗清全吴,可谓万里长城,横断楚塞。"读后使人情绪激昂,水军出发之前的临席赋诗则更显李白本色:"良牧出祖,列将登筵,歌酣易水之风,气振武安之瓦。海日夜色,云帆中流,席阑赋诗,以壮三军之士。"此时的李白已经六十二岁,笔力依然雄壮,充满豪气,语言工整,表现出波澜壮阔的景象。

2. 李白的赠别诗序擅长描摹景色、刻画人物形象,情感起伏跌宕,并表现自己的志向。《暮春于江夏送张祖监丞之东都序》比较有代表性。这篇序应该作于安史之乱前。李白天宝三年离开长安之后,到江夏闲居过一段时间,在这里赠送友人诗歌及序特别多,他的14篇赠别诗序中就有4篇作于江夏。此序用《蜀道难》一样的叹词"吁咄哉"开篇,倾泻内心苦闷:"仆书室坐愁,亦已久矣。每思欲遐登蓬莱,极目四海,手弄白日,顶摩青穹,挥斥幽愤,不可得也。"其中原因不详,言"愁"虽为李白常语,但说"幽愤"则只能是被逐出京城之后。接着说:"金骨未变,玉颜已缁,何常不扪松伤心、抚鹤叹息。"

---

① 按:刘展之乱,是上元元年江南地区最大的叛乱,本来就是朝廷用计不慎造成的。在剿灭刘展的过程中,"李峘、邓景山移檄州县言展反,展亦移檄言峘反,州县莫之所从"。后来刘展被击败,朝廷又将李藏用等功臣当作反贼杀掉,足见当时"大乱之后,刑赏之谬"。李藏用的悲惨结局发生在李白此序之后。

这是修道不果而年华已逝之叹,更有甚者:"误学书剑,薄游人间。紫禁九重,碧山万里;有才无命,甘于后时。"追求仕进一无所成是他一生最大的挫折。但是事情出现了转机,就像贺循当年在舟中巧遇知己张翰,李白在江夏遇到了张祖监:"统泛舟之役,在清川之湄。谈玄赋诗,连兴数月,醉尽花柳,赏穷江山。"可谓极尽诗酒之乐。李白的诗文与其人一样,情感起伏跌宕,转换迅捷,常常显出大开大阖的结构特点。比如正在兴高采烈时,突然说"王命有程,告以于迈",张祖监要离开江夏回洛阳,于是托景言别,借酒抒情:"烟景晚色,惨为愁容。系飞帆于半天,泛渌水于遥海。欲去不去,更开芳樽,乐虽寰中,趣逸天外。"酒助逸兴,诗人情绪又飞彚高涨起来:"平生酣畅,未若此时。至于清谈浩歌,雄笔丽藻,笑饮醽酒,醉挥素琴,余实不愧于古人也。"心中充满了无比的自信,使他的文也具有了诗的豪兴,只要与《将进酒》《行路难》等诗歌对读,不难体会这种诗、文的相通。最后是慰别相思:"扬袂远别,何时归来?想洛阳之秋风,将鲙鱼以相待,诗可赠远,无乃阙乎?"诗歌总是友人离别前最后的礼物,具有韵味隽永的感染力。据考证,此诗收在《李白集》卷一八中,作《江夏送张丞》,诗云:"欲别心不忍,临行情更亲。酒倾无限月,客醉几重春?藕草依流水,攀花赠远人。送君从此去,回首泣迷津。"从序与诗来看,时节、人物、情事均合。唯诗之情长,序之境阔,诗歌未见浑浩之象,序则兴象飞腾,诗歌平实朴素,序则跌宕起伏,似乎不够统一,不作于同时,但也恰好可见李白的笔调丰富多彩。

李白的赠别诗序擅长刻画人物形象。如《冬日于龙门送从弟京兆参军令问之淮南觐省序》:

> 紫云仙季,有英风焉,吾家见之,若众星之有月。贵则天王之令弟,宝则海岳之奇精。游者所谓风生玉林,清明萧洒,真不虚也。常醉目吾曰:"兄心肝五脏,皆锦绣耶!不然,何开口成文,挥翰雾散?"因抚掌大笑,扬眉当之。使王澄再闻,亦复绝倒。观夫笔走群象,思通神明,龙章炳然,可得而见。岁十二月,拜省于淮南,思白华之长吟,眺黄云之晚色。目断心尽,情悬高堂,倾兰醑而送行,赫金鞍而照地,错毂蹲野,朝英满筵。非才名动时,何以及此?日落酒罢,前山阴烟,殷勤惠言吾道东坐。想洛桥春色,先到淮城,见千条之绿柳,折一枝以相赠,则华萼情在,吾无恨焉。群公赋诗,以光荣饯。

这篇诗序应当作于天宝盛世,笔墨淋漓顿挫,虽然是严寒的冬季,却依然生机无限。一开头就刻画从弟如月丽众星,风生玉林,清明潇洒的秀骨英姿,然后通过从弟的醉语描写自己形象:"兄心肝五脏,皆锦绣耶! 不然,何开口成文,挥翰雾散?"写出一个表里通透、锦心绣口的李白。接着李白又描写从弟:"观夫笔走群象,思通神明,龙章炳然,可得而见。"这样将两者的形象写足,再转入觐省,最后是送别。李白在冬天里想象春天,这样的情意足以融化所有的严寒。如果说拜伦的名句"既然冬天来了,春天还会远吗"是一种心灵的呼唤和充满希望的期待,能慰藉严寒酷烈中压抑的心灵,那么李白的这篇诗序直接用春天来取代当下的严寒,让行者、留者都沉浸在一种温馨幸福的想象中。李白的诗文始终给人以鼓舞的精神力量。在冬天里想象春天是他诗文中一种常见的表达。如《冬夜于随州紫阳先生餐霞楼送烟子元演隐仙城山序》,介绍一番元丹丘的品性、修行、志趣之后,"白乃语及形胜,紫阳因大夸仙城,元侯闻之,乘兴将往"。他们的雅兴竟是这样地激越:"别酒寒酌,醉青田而少留;魂梦晓飞,渡渌水以先去。吾不凝滞于物,与时推移,出则以平交王侯,遁则以俯视巢、许。"强调自己的傲岸人格,因为"朱绂狎我,绿萝未归",故"恨不得同栖烟林,对坐松月。有所款然,铭契潭石",并许诺"乘春当来,且抱琴卧花,高枕相待"。在严寒冬天的离别时刻,李白的心中只有对春天的憧憬和春兴游赏的期待。在这样的情感背景下"诗以宠别",该是怎样的佳作啊! 李白的赠别诗大多产生于这样一种奔放激越的精神状态,虽充满夸饰,却不乏真诚,都是天地之间淳真自然、神奇诗化的文字。

3. 李白的赠别诗序还常写自己的遭遇或想象友人经历。如《与诸公送陈郎将归衡阳并序》是他晚年贬谪遇赦归来后的作品,序中叙述自己的遭际,以仲尼、文王的"苟非其时,圣贤低眉"作比较,说自己是"不肖者,而迁逐枯槁,固非其宜"。心中的幽愤深广,致使"朝心不开,暮发尽白",加上"登高送远,使人增愁",情绪萎靡已极,忽然一转写"陈郎将义风凛然,英思逸发。来下曹城之榻,去邀才子之诗。动清兴于中流,泛素波而径去"。情绪变得轻松了一些,于是"诸公仰望不及,连章祖之"。序只叙写心情及作诗情事,而诗则写景抒发别情。诗曰:"衡山苍苍入紫冥,下看南极老人星。回飙吹散五峰雪,往往飞花落洞庭。气清岳秀有如此,郎将一家拖金紫。门前食客乱浮云,世人皆比孟尝君。江上送行无白璧,临歧惆怅若为分?"诗与序都具有李白式的夸张浪漫格调。再如《送王屋山人魏万还王屋并序》:

  王屋山人魏万云:自嵩宋沿吴相访,数千里不遇,乘兴游台越,经永嘉,观谢公石门,后于广陵相见。美其爱文好古,浪迹方外,因述其行而赠是诗。(一作见王屋山人魏万云:自嵩历兖游梁入吴,计程三千里相访不遇,因下江东寻诸名山,往复百越,后于广陵一面,遂乘兴共过金陵,此公爱奇好古,独出物表,因述其行李,遂有此作。)

这篇诗序记录了唐代诗人魏万在天宝十二年数千里相访而不遇李白,因乘兴游台越,最终在扬州与李白相见,然后两人又同游金陵。这可能是中国古代独一无二的诗坛友谊佳话。为了表达感激之情,加上赞赏魏万"爱文好古,浪迹方外"的志趣,李白作长达600字的五古"述其行而赠是诗"。诗序是全诗的导引,让人既对这个故事感兴趣,更对游历产生遐想与期待。李白这首诗虽然是述魏万的游历,实际上是他自己游历台越名山胜景的一次集中追忆。其描写景物主要与历史典故相结合,线索清晰,有以文为诗的倾向,且多赋笔。作为一首赠别诗,虽只在结尾略表相思,但整篇诗对游赏的细致记录是别后相思的绝佳资料,读后方知其妙。由此可见李白对长篇五古的驾驭之高超。

4. 李白的赠酬诗序往往表露他对道教的信仰或抒发苍茫感慨。李白一生好漫游隐居、交朋结友,由于没有正式担任过任何官职,故四处漂泊,其诗集中酬赠友人之作占了一半以上,但作序并诗的只有七篇。这大约因为李白的酬赠之作题目往往将作意交代清楚了,故无须再加"序"。如《中丞宋公以吴兵三千赴河南军,次寻阳脱余之囚,参谋幕府,因赠之》(《李白集校注》卷一一)、《经乱离后,天恩流夜郎,忆旧游书怀,赠江夏韦太守良宰》(同上)、《闻丹丘子于城北山营石门幽居,中有高凤遗迹,仆离群远怀,亦有栖遁之志,因叙旧以赠之》(《李白集校注》卷一三)、《宣城九日闻崔侍御与宇文太守游敬亭,余时登响山,不同此赏,醉后寄崔侍御二首》(《李白集校注》卷一四)、《送族弟单父主簿凝摄宋城主簿至郭南月桥却回栖霞山,留饮赠之》(《李白集校注》卷一七)、《玩月金陵城西孙楚酒楼达曙,歌吹日晚,乘醉着紫绮裘、乌纱巾与酒客数人棹歌秦淮往石头访崔四侍御》(《李白集校注》卷一九)等,都显然是以长题代序,或者不妨说是将序与题统一起来,即"诗题"与"诗序"同一。这种做法,当起于谢灵运的山水诗作,因为没有先例,只好以长题代序,故而在唐代之后形成一种定势。到宋代就非常普遍了,这是使诗歌内涵意旨明确的重要手段,同时也增加了诗歌的纪实性,强化了诗歌酬赠应答的交际功能,也为其他文体进入诗歌提供了机会。

从李白现存的七首酬赠诗序来看,除《历阳壮士勤将军名思齐歌并序》可能是伪作外(按:萧士赟以为是伪作),其他六篇中有三篇是赠给道友的。如《赠嵩山焦炼师并序》就表现了他对得道成仙的浓厚兴趣,那位据说生于齐梁时期的神人,看上去只有五六十岁,"常胎息绝谷,居少室庐,游行若飞,倏忽万里。世或传其入东海,登蓬莱,竟莫能测其往也"。所以李白游少室时,虽然未遇,却还要"闻风有寄,洒翰遥赠"。另外两篇酬赠元丹丘,表达对他隐居"连峰嵩丘,南瞻鹿台,极目汝海,云岩映郁"佳致的欣赏和"适会本意,当冀长往不返,欲便举家就之"的追慕,表现了李白归隐自然,浩然与溟涬同科的人生意趣。这些序当作于安史之乱以前,乱后之诗序多见愁苦历程和壮声英慨交织的情形。如《送张秀才谒高中丞并序》:"余时系浔阳狱中,正读《留侯传》。秀才张孟熊蕴灭胡之策,将之广陵谒高中丞。余嘉子房之风,感激于斯人,因作是诗以送之。"这篇诗序与李白晚年的长题诗《闻李太尉大举秦兵百万出征东南,懦夫请缨,冀申一割之用,半道病还,留别金陵崔侍御十九韵》等,体现出李白诗歌感慨苍茫、豪情激荡、不可阻遏的特征,虽不同于杜甫百感交集的沉郁顿挫,实质上也是时代的风云激荡在李白诗中的反映。李白许多作于晚年感慨雄浑的诗序是值得重视的。

李白的酬赠诗序中有一篇比较特别,即《泽畔吟序》:

> 《泽畔吟》者,逐臣崔公之所作也。公代业文宗,早茂才秀。起家校书蓬山,再尉关辅中,佐于宪车,因贬湘阴。从宦二十有八载,而官未登于郎署,何遇时而不偶耶?所谓大名难居,硕果不食。流离乎沅湘,摧悴于草莽。同时得罪者数十人,或才长命夭,覆巢荡室。崔公忠愤义烈,形于清辞,恸哭泽畔,哀形于翰墨。犹风雅之什,闻之无罪,睹之者作镜。书所感遇,总二十章,名之曰《泽畔吟》。惧奸臣之猜,常韬之于竹简;酷吏将至,则藏之于名山。前后数四,蠹伤卷轴。观其逸气顿挫,英风激扬,横波遗流,腾薄万古。至于微而彰,婉而丽,悲不自我,兴成他人,岂不云怨者之流乎?余览之,怆然掩卷,挥涕为之序云。

为友人的组诗作序,当然具有赠酬性质。给他人的诗赋作序,可追溯到皇甫谧序左思的《三都赋》,那是借名人之笔为作品扩大影响;而李白的这篇诗序,则不是名人效应,而是因为"余览之,怆然掩卷,挥涕为之序"①。序中说"同时得罪者数十人,或才长命夭,覆巢荡室",可见当时被贬逐者的遭际是残酷的,而崔成甫更是"忠愤义烈,形于清辞,恸哭泽畔,哀形于翰墨。犹风雅

---

① 据詹锳先生考证,《泽畔吟》作者是崔成甫。《全唐诗·崔成甫传》:"官校书郎,再尉关辅,贬湘阴,有《泽畔吟》,李白为之序。"又据诗序中不及丰城令事,当为天宝十四载以前成甫未宰丰城时作。吴按:据《旧唐书·韦坚传》:天宝元年崔成甫任陕县尉,时韦坚为陕郡太守,水陆转运使,穿广运潭以通舟楫,成甫作《得宝歌》十一首颂之,擢摄监察御史。天宝五载韦坚得罪流岭南,崔成甫坐贬湘阴。作《泽畔吟》二十章,书所感遇。崔氏这组诗已佚。《全唐诗》今仅存一首《赠李十二白》:"我是潇湘放逐臣,君辞明主汉江滨。天外常求太白老,金陵捉得酒仙人。"崔成甫写作此诗时,李白正在"汉江滨"(应在江夏一带),则李白读到《泽畔吟》也应该在稍后不久,即在天宝六年左右。

之什,闻之无罪,睹之者作镜"。可见成甫此诗是抒写悲愤的,同时又惧怕迫害:"惧奸臣之猜,常韬之于竹简;酷吏将至,则藏之于名山。前后数四,蠹伤卷轴。"李白对这些诗评价很高,认为"逸气顿挫,英风激扬,横波遗流,腾薄万古",显然崔氏的遭遇和诗歌使李白的情感发生了共鸣,由此可以看到李白诗序表现愤激情怀的特征。

(三) 李白诗序的成就

李白诗序记录了他漂流四方的经历,也表现了盛唐时代的雄浑气象,与他的诗歌一样,取得了很高的艺术成就。主要表现在以下几个方面。

1. 李白诗序笔力雄壮,气势磅礴。如《秋日于太原南栅饯阳曲王赞公贾少公石艾尹少公应举赴上都序》,这是李白游太原时送数人入京应举的诗序,颇能见出李白散文中那种雄壮的笔力和独特的凌霄气势。开篇极写北都太原是"襟四塞之要冲,控五原之都邑"的雄藩剧镇,带有一股苍莽雄劲之气,接着描写饯别宴会及其四周景象:"黝翠幕,筵虹梁,琼羞霞开,羽觞电举,然后抗目远览,凭轩高吟。汾河镜开,涨蓝都之气色;晋山屏列,横朔塞之郊原。屏俗事于烦襟,结浮欢于落景。俄而皓月生海,来窥醉容;黄云出关,半起秋色。"情景相生,境界壮阔,将人们兴酣情态与飞动的景物交织起来,给人身临其境之感,从景象的雄浑浩荡中,也见出李白与友人们的胸襟气度,怀揣着这样豪情四溢的赠别诗与序,应举者心中那"望丹阙而非远",取高第如拾地芥的意气也会充满胸臆。李白的序与诗中鼓舞人心的精神力量,来自于他心中永不枯竭的浩然之气。① 李白诗序中的这股豪气与他的高度自信有关。他的《秋夜于安府送孟赞府兄还都序》这样刻画孟赞府:"虽长不满七尺,而心雄万夫。至于酒情中酣,天机俊发,则谈笑满席,风云动天。"这是一个爽朗豪迈的伟岸形象,实际上也是李白的自画像。与这样的"饰危冠,佩长剑,扬眉吐诺、激昂青云"形象相照应,陪衬的景物也非常雄奇:"时林风吹霜,散下秋草;海雁嘶月,孤鹤翔云。"即使离别也是巨人式的悲伤:"惊魂动骨,戛瑟落涕,抗手缅迈,伤如之何!"李白的赠别诗序和诗歌往往都是这样跌宕起伏、悲欢交织的心灵浩歌,因融入了他的独特人格而格外具有艺术感染力。

2. 李白诗序的另一个特征是充满真挚的情谊。如《早春于江夏送蔡十还家云梦序》,这位"蔡十"是个奇人,李白与他一见如故,因为"冥心道存",故而"穷朝晚以作宴,驱烟霞以辅赏。朗笑明月,时眠落花"。令人想起他和

---

① 按:据诗序中"先鸣翰林""天王三京,北都居一"等语,有人认为是天宝元年之后的作品。但李白在天宝元年到三年之间不可能有太原之游,若为天宝三年之后所作,又与其失落悲愤的心态不合。因此,具体作年,颇难断定。

杜甫当年游梁宋时"醉眠秋共被,携手日同行"的情景,李白的天真是他诗歌的灵魂。当蔡十突然要回家时,李白除悬想一路烟景外,还特别相约"秋七月,结游镜湖,无愆我期,先子而往。敬慎好去,终当早来",未尽之兴溢于言表。与他诗歌中的这些名句"孤帆远影碧空尽,唯见长江天际流""桃花潭水深千尺,不及汪伦送我情"一样,李白心中最看重的就是一个"情"字。李白诗文的力量源泉也就是他的情感真诚。再如《对酒忆贺监二首序》:"太子宾客贺公,于长安紫极宫一见余,呼余为谪仙人,因解金龟换酒为乐。殁后对酒,怅然有怀,而作是诗。"李白也与唐代其他诗人一样,在历经挫折磨难之后的晚年,面对世事沧桑、亲故凋零、年华流逝、功业无成,因此也多有追怀往事、忆昔念旧、感慨苍凉之作。但这方面的诗序却不多,许多类似的诗作均未写序,唯一对贺知章是例外。这篇诗序后为《唐诗纪事》《本事诗》等书载录。据序,李白与贺知章最早相遇的地方就是长安紫极宫,当时贺知章任太子宾客,已经八十五岁高龄,但一见李白,便呼为"谪仙人",并解金龟换酒为乐。尽管"金龟换酒"为后人所怀疑,但这个故事却深入人心,成为李白与贺知章交往的佳话。天宝三年贺知章辞官归隐时,曾有一场由唐玄宗亲自组织的大型饯别宴会,应制赋诗者多达36人,李白也名列其中,他的《送贺宾客归越》说:"镜湖流水漾清波,狂客归舟逸兴多。山阴道士如相见,应写黄庭换白鹅。"足见两人情谊深厚,我认为其原因是这对忘年交狂放不羁的精神气质相契合,又都崇仙慕道。贺知章衣锦荣归后的第二年即归道山,因此李白在贺知章"殁后对酒,怅然有怀,而作是诗"。诗共两首,第一首:"四明有狂客,风流贺季真。长安一相见,呼我谪仙人。昔好杯中物,翻为松下尘。金龟换酒处,却忆泪沾巾。"是对诗序的重述,结尾点明追忆。第二首:"狂客归四明,山阴道士迎。敕赐镜湖水,为君台沼荣。人亡余故宅,空有荷花生。念此杳如梦,凄然伤我情。"前四句是想象贺知章当年荣归故里的情事,实际上也是追忆中的景象;后四句似乎是李白亲自来到了镜湖,故说"念此杳如梦,凄然伤我情"。李白是有游江东意向的,可能因为贺知章已殁,没有成行,故又作《重忆一首》:"欲向江东去,定将谁举杯?稽山无贺老,却棹酒船回。"这篇追忆的短小诗序及诗歌,为我们记录了李白生命历程中的一段最为人称道的故事,体现出一种真挚的追忆之美。这是李白情感世界的一颗闪亮珍珠,也是唐诗中的珍品。其诗序已成为广泛引用的典故。

3. 李白诗序具有诗歌的意境美。李白虽不以散文著称,但他的散文亦佳,尤其他的诗序具有与诗相通的品质。如《秋于敬亭送从侄耑游庐山序》,当作于晚年寄寓宣城时,序中充满了人生感慨,情感也是跌宕起伏。开头就叙述自己的人生遭际:"余少时,大人令诵《子虚赋》,私心慕之。及长,南游云梦,览七泽之壮观。酒隐安陆,蹉跎十年。"这是文学史家常常引用的李白早年经历,文气先扬后抑,感慨良深,忽然一转,当年还是稚子的从侄李嵩,如今已经"郁负秀气",与自己的衰老形成对比,因而"见尔慰心,申悲道旧,破涕为笑"。承接这个"笑"字,情绪突然高扬,转到对李嵩将要游历的庐山的描写:"长山横蹙,九江却转,瀑布天落,半与银河争流,腾虹奔电,众射万壑,此宇宙之奇诡也。"这段精彩的描述很容易让人将其与《庐山瀑布二首》联系起来,显然诗与序内在意境是统一的,即序文具有诗歌的韵味,想象与夸张手法也同诗歌一样。这在李白的诗序中不是个别现象,《春于姑熟送赵四流炎方序》别绪与情景这样结合:"天与水远,云连山遥。惜光景于顷刻,开壶觞于洲渚。黄鹤晓别,闻命子之声;青枫暝色,尽是伤心之树。"运用情景交融的手法表达惜别的感伤,而对友人的前途慰以美好的期待:"白日回照,丹心可明;巴陵半道,坐见还吴之棹。令雪解而松柏振色,气和而兰蕙开芳。仆西登天门,望子于沧江之上。吾贤可流水其道,浮云其身,通方大适,何往不可。"于此可以见出李白诗歌常用的结尾艺术:"孤帆远影碧空尽,唯见长江天际流。"李白的诗与文原来是如此地相通。再如《江夏送林公上人游衡岳序》:"江南之仙山,黄鹤之爽气,偶得英粹,后生俊人。林公世为豪家,此土之秀,落发归道,专精律仪,白月在天,朗然独出。既洒落于彩翰,亦讽诵于人口。闲云无心,与化偕往,欲将振五楼之金策,浮三湘之碧波。乘杯泝流,考室名岳;瞰憩冥壑,凌临诸天。登祝融之峰峦,望长沙之烟火,遥谢旧国,誓遗归踪。……紫霞摇心,青枫夹岸,目断川上,送君此行。群公临流,赋诗以赠。"序中写林公上人游衡岳的临风豪迈,具有诗歌一样超绝人寰的气概,结尾的"临流赋诗"在"紫霞摇心,青枫夹岸"的背景下,也具有令人神往的意境美。

此外,还有写登楼远眺的景象和兴致:

> 留宝马于门外,步金梯于阁上。渐出轩户,遐瞻云天,晴山翠远而四合,暮江碧流而一色。屈指乡路,还疑梦中;开襟危栏,宛若空外。……当挥尔凤藻,挹予霞觞,与白云老兄,俱莫负古人也。
>
> ——《夏日诸从弟登汝州龙兴阁序》

写桃源胜景:

> 卷舒天地之心,脱落神仙之境,武陵遗迹,可得而窥焉。问津利往,水引渔者;花藏仙谿,春风不知。从来落英,何许流出?石洞来入,晨光尽开。有良田名池,竹果森列,三十六洞,别为一天耶?今扁舟而行,笑

谢人世,阡陌未改,古人依然。白云何时而归来?青山一去而谁往?

——《奉饯十七翁二十四翁寻桃花源序》

送友人离别时的秋景:

时岁律寒色,天风枯声,云帆涉汉,罔若绝电。举目四顾,霜天峥嵘。

——《金陵与诸贤送权十一昭夷序》

诸子衔酒惜别,沾巾赠分,沉醉烟夕,惆怅凉月。天南回以变夏,火西飞而献秋。汀葭飒然,海草微落,夫子行迈,我心若何!毋金玉尔音,而有遐心。

——《送黄钟之鄱阳谒张使君序》

送友人离别时的夏景:

会言高乐,晓饯金门,洗德弦觞,怡颜朱明。草木已盛,且江嶂若画,赏盈前途,自然屏间坐游,镜里行到,霞月千里,足供文章之用哉!征帆空悬,落日相迎,二季挥翰,诗其赠焉。

——《早夏于将军叔宅与诸昆季送傅八之江南序》

这些离别情境的诗意描述都表现了李白诗序确实具有诗性品质。诗与序相互映照的当推《泛沔州城南郎官湖并序》:

乾元岁秋八月,白迁于夜郎,遇故人尚书郎张谓出使夏口,沔州牧杜公、汉阳宰王公觞于江城之南湖,乐天下之再平也。方夜,水月如练,清光可掇。张公殊有胜概,四望超然,乃顾白曰:"此湖古来贤豪游者非一,而枉践佳景,寂寥无闻。夫子可为我标之嘉名,以传不朽。"白因举酒酹水,号之曰"郎官湖",亦犹郑圃之有"仆射陂"也。席上文士辅翼、岑静以为知言,乃命赋诗纪事,刻石湖侧,将与大别山共相磨灭焉。

张公多逸兴,共泛沔城隅。
当时秋月好,不减武昌都。
四坐醉清光,为欢古来无。
郎官爱此水,因号郎官湖。
风流若未减,名与此山俱。

诗与序作于乾元元年秋八月,李白流放夜郎,在江夏遇到故人张谓以尚书郎出使夏口。① 沔州刺史杜公、汉阳县令王公宴请张谓于南湖,"方夜,水月如练,清光可掇",张谓"殊有胜概,四望超然",对李白说:"此湖古来贤豪游者非一,而枉践佳景,寂寥无闻。夫子可为我标之嘉名,以传不朽。"这显然是当年羊祜游岘山的同一寓意,因此李白"赋诗纪事,刻石湖侧,将与大别山共相磨灭"。这是李白一生中独特的经历,但诗、文中均未见流放时悲苦心境的痕迹,足见李白与湖山胜境、朋友、美酒相遇后可以达到一种忘我的境界,诗歌说"当时秋月好,不减武昌都。四坐醉清光,为欢古来无",与诗序是意境相通的,可以看到李白的洁净心胸和乐观精神。

综上所述,李白的诗序根据不同的情事和人物,能够灵活用笔,各具风采,也表现出一些比较鲜明的共性:善于写景造境,景物一般都具有雄浑壮丽或清丽秀美的特点;情与景相互映衬,表现开合自然、跌宕起伏的情绪,使他的诗序具有诗的抒情结构;喜欢刻画人物形象,注意展现人物兀傲特出的独立个性和冰清玉洁的精神世界;具有诗歌的精神内核,继承了初唐四杰的写景成就,既工整流畅,形象也鲜明真切,但摒弃了堆叠典故的作风,而是随物赋形,显得清新自然;李白诗序具有鼓舞人心的精神力量,有一种天马行空的飘逸感。故《四六法海》说:"太白文萧散流丽,乃诗之余。然有一种腔调,易启人厌,如阳春、大块等语,殆令人闻之欲吐矣。"②评价较恰当,其中指出李白诗序"乃诗之余",确实是颇有眼力的真知灼见。

第四节 沉郁顿挫,悲怆深沉
——杜甫、元结的诗序

杜甫是盛唐后期与中唐前期交界的重要诗人,一方面他的诗歌依然具有盛唐时代雄壮浑厚的气象,另一方面他关注现实直面人生的精神以及对身边事物、生活琐事的精细刻画,又具有中唐人的格调。他的诗歌标志着一个辉煌盛世的结束,又揭开一个万象纷纭的诗歌新世界的序幕。应该说,是安史之乱鲜血与战火的洗礼,使杜甫的诗歌具有诗史的品格,更是历史悲剧与他个人命运悲剧的融合,使他的诗歌完成了风格的转变。而另一位年龄比他稍小的元结也是一位较为重要的诗人。如果说杜甫因为沉沦下僚,不得不以旁观者的身份客观冷静地观察思考并细致表达这一时期的话,元结则是以一位

---

① 按:张谓天宝二年进士及第,此时李白供奉翰林,二人应该在此时相识,此后情谊不衰。
② 转引自瞿蜕园、朱金城《李白集校注》(下)第1591页"评笺"部分,上海古籍出版社,1980年12月版。

当事人的身份亲自参加血与火的严酷斗争,并以他的诗笔记载当年的历史。他们的作品都是"诗史"。值得注意的是,两位诗人的一些重要作品都有说明性的短序,诗与序相互补充相互照应,使那个时代的形象如浮雕般清晰。今以诗序与诗歌结合的视角,对这部分作品进行研究,期待通家指正。

一、杜甫诗序:沉郁顿挫的心灵浩叹

杜甫诗序全部都有相对应的诗歌,没有像李白、韩愈等人那样单独的赠别诗序,说明杜甫对这种文体的运用完全是由于诗歌创作背景的需要,这些诗序成为他作品"史诗"内涵的重要组成部分。

杜甫诗序一部分记录了他晚年生活的琐细生活杂事,如《课伐木并序》(《全唐诗》卷二二一):"隶人伯夷、幸秀、信行等入谷斩阴木,人日四根止。维条伊枚,正直挺然。晨征暮返,委积庭内。我有藩篱,是缺是补,载伐筱簜,伊仗(一作杖)支持,则旅次于小安。山有虎知禁,若恃爪牙之利,必昏黑橕(一作撑,一作搪)突。夔人屋壁,列(一作例)树白菊(一作莤),墁为墙,实以竹,示式遏。为与虎近,混沦乎无良宾客忧,害马之徒,苟活为幸,可默息已。作诗示宗武诵。"记录在夔州时让仆役砍伐树木修缮篱笆以防老虎伤人,因为一方面"虎穴连里闾,堤防旧风俗",另一方面自己"泊舟沧江岸,久客慎所触"也是必要的。诗序与诗歌都具有叙事性,可以说是"以文为诗"较为真切的作品,像这样的作品,如果没有诗序加以说明,那么仅阅读诗歌本身还不够明晰。类似的例子还有《园官送菜并序》《种莴苣并序》等,但并不是杜甫最重要的作品。杜甫更具史诗品格的是《八哀诗并序》《观公孙大娘弟子舞剑器行并序》(《全唐诗》卷二二二)、《同元使君舂陵行有序》(增订注释《全唐诗》第二册)、《追酬故高蜀州人日见寄并序》(《全唐诗》卷二二三)等杰构。

安史之乱以后,盛世的毁灭给诗人和诗歌带来许多重大的变化。诗人们目睹盛世的消失,有的遁隐山林,有的漂泊江海,有的殒身战乱,有的辗转沟壑,有的屈仕伪朝,有的贬官边鄙,有的惊愕无声,有的暗哑缄口,繁花似锦的诗坛在暴风骤雨的摧残下变得狼藉不堪,呈现一派衰飒颓败的气象,剩下一些不甘寂寞的诗人则由先前的歌唱理想转而悲叹时势的凄凉。由于和平宁静的生活被"豺狼虎豹"撕成碎片,辉煌壮丽的城池宫殿被战血烽烟涂抹烧残,灿如云锦蒸蒸日上的理想世界突然跌入黑暗幽微阴森恐怖的无底深渊,因此抚今思昔的感慨和对社会民生的关注成为诗歌的两大主题。这样的历史关头,往往是产生史诗的重要时刻。如果时代风云与人生际遇相结合,融化为含蕴深厚的诗篇,那么这些诗歌就具有诗史价值。杜甫的诗歌,尤其晚年漂泊夔州岳阳一带的诗歌,许多都是心思浩茫感慨雄深的艺术精品。诗歌的盛唐意蕴非常深厚,诗人们亲身经历的一些生活情景,往往在一些具体的人和事物的触动下,浮现于记忆的大海,呈现出美妙的图景。盛唐歌舞就是一个重要的方面,当年诗人们沉浸于轻歌曼舞诗酒风流的浪漫欢恰的情境中,也许沉溺于感官的享受,并没有觉察到什么特殊的意义。但是当这一切突然毁灭之后,方才感到无比的惋惜。强烈的对比冲击形成巨大的心理落差,因此悲凉落寞的感慨就产生了,这种感慨是诗人成熟的标志,也是诗歌成熟的标志。杜甫《观公孙大娘弟子舞剑器行并序》就是这样的一篇史诗:

> 大历二年十月十九日,夔府别驾元持宅,见临颍李十二娘舞《剑器》,壮其蔚跂。问其所师,曰:"余公孙大娘弟子也。"开元五载,余尚童稚,记于郾城观公孙氏舞《剑器浑脱》,浏漓顿挫,独出冠时。自高头宜春梨园二伎坊内人,洎外供奉,晓是舞者,圣文神武皇帝初,公孙一人而已。玉貌锦衣,况余白首;今兹弟子,亦匪盛颜。既辨其由来,知波澜莫二。抚事慷慨,聊为《剑器行》。往者吴人张旭,善草书帖,数常于邺县见公孙大娘舞《西河剑器》,自此草书长进,豪荡感激,即公孙可知矣。

> 昔有佳人公孙氏,一舞剑气动四方。观者如山色沮丧,天地为之久低昂。
> 㸌如羿射九日落,矫如群帝骖龙翔。来如雷霆收震怒,罢如江海凝清光。
> 绛唇珠袖两寂寞,晚有弟子传芬芳。临颍美人在白帝,妙舞此曲神扬扬。
> 与余问答既有以,感时抚事增惋伤。先帝侍女八千人,公孙剑器初第一。
> 五十年间似反掌,风尘倾动昏王室。梨园子弟散如烟,女乐余姿映寒日。
> 金粟堆南木已拱,瞿唐石城草萧瑟。玳筵急管曲复终,乐极哀来月东出。
> 老夫不知其所往,足茧荒山转愁疾。

先来解释一下什么是"剑器舞"。从北周开始,西域乐曲和舞蹈逐渐传入中国,经过初唐盛唐中原乐曲舞蹈大量吸收和改造,形成新的艺术形式,以供宫廷欣赏,到唐玄宗时已达极盛状况。剑器舞就是一种由西域传来的健舞,与当时南方流行的软舞不同,舞者为女子,身着戎装,执剑(一说执某种发光体,另一说不执物,只是徒手),表现战斗的姿态,这种舞蹈节奏浏漓顿挫,动作迅疾奔放刚健有力,呈现出一种力与美相结合的雄健威武精神,是盛唐气象在舞蹈艺术中的典型表现。开元年间,擅长剑器舞的是公孙大娘,《明皇杂录》中说:"时有公孙大娘者,善舞剑,能为《邻里曲》及《裴将军满堂势》、《西河剑器浑脱》,遗妍妙,皆冠杰于时也。"(钱谦益杜诗注引)直到晚唐,她还被诗人们一再称颂。如郑嵎《津阳门诗》:"公孙剑伎方神奇。"司空图《剑器》:"楼下公孙昔擅长,空教女子爱军装。"公孙大娘的舞蹈代表了那不可再造的时代精神。

开头八句描写自己六七岁时在郾城观看公孙大娘表演剑器舞的情景,那是刻录于记忆深处的动人画面。公孙大娘善舞剑器的名声传遍了四面八方,所以凡是她表演的地方都人山人海。她的舞蹈让观者惊讶失色,仿佛整个天地也在随着她的剑器舞而起伏低昂,无法恢复平静。她手持剑器作旋转翻滚的舞蹈动作时,好像一个接一个的火球从高空坠下,光华四散简直就是那神话中后羿射落九个太阳的情景再现。忽然她又翩翩轻举,腾空飞翔,宛如天神驾驭飞龙翱翔太空。开场鼓乐喧阗,形成一种紧张的战斗气氛,鼓声一落,舞者登场,仿佛雷霆收起震怒的吼叫。结束时舞场内外肃静空阔,好像水光清澈风平浪静,只见一锦衣玉貌的女子亭亭地立在场中。这就是公孙大娘在开元盛世表演舞蹈的美妙情景。可是如今"绛唇珠袖两寂寞",人与舞俱灭,变得寂寥无闻,幸好晚年还有弟子继承了她的才艺。临颍的美人李十二娘流落到白帝城重舞剑器,还有当年公孙大娘神采飞扬的气概。杜甫没有想到能在夔府孤城再次观赏小时候喜爱的舞蹈,非常兴奋。与李十二娘一席谈话,不仅让他知道了她舞技的师传渊源,还引起了抚今追昔的无尽感慨。杜甫没有再满怀激情地描写李十二娘的舞姿美妙,而是转而回忆五十年前的盛况。开元之初,政治清明,国力强盛,唐玄宗不仅于政事上励精图治,还大力加强文化建设,亲自建立了教坊和梨园,亲选乐工,亲教法曲,带来了盛唐歌舞艺术的空前繁荣。当时宫廷内外教坊的歌舞女乐就有八千人,而公孙大娘的剑器舞又在八千人中名冠第一。可是五十年沧海桑田!一场安史之乱毁灭了一百多年建构起来的辉煌壮丽的盛唐宫殿,烽烟遍地,天昏地暗,山河呜咽,支离破碎。唐明皇一手精心培养的梨园弟子歌舞人才,也在这场浩劫中烟消云散了。如今只有这位幸存的教坊艺人李十二娘的舞姿,还在冬日残阳的余晖中映出美丽凄凉的情影。对曾经亲见开元盛世的舞乐繁荣,曾经亲见公孙大娘剑器舞的诗人杜甫来说,这是难得的精神安慰,而安慰中又饱含凄凉的感伤。毕竟那个美好的时代已经永远地消逝了,再也难觅盛世的踪影。诗人接着上面的深沉感慨,说玄宗已经死了六年,他金粟山陵墓前的树木已经双手拱抱了,而自己这个玄宗时代的小臣,却流落在草木萧条的白帝城里。夔府别驾宅里的盛筵在又一曲急管繁弦的歌舞之后结束了。这时一轮下弦月已经升上东方的天幕,杜甫却怎么也快乐不起来,乐极悲来的情绪丝丝缠绕着他,使他四顾苍茫,百端交集,行不知所往,止不知所居,长满老茧的双脚,载着一个衰老久病的身躯,在寒月荒山踽踽独行。

这首七言歌行具有很高的艺术价值和史料价值。艺术上具有前后对比映照之妙,公孙大娘和弟子李十二娘的舞姿、舞蹈背景、舞蹈场面、观者氛围、遭遇命运等,都互相映照,在历史时空的对比中浓缩了盛世和衰世的变化,对比的强烈冲突又产生了昔盛今衰的深沉感慨。其次,剪裁上有详略得当之妙,一开始先声夺人,激情满怀地描写昔日公孙大娘的健美舞姿,再现盛世的风采,赞美高超的舞技,令人一下子回到盛世。接着却略写李十二娘的舞蹈情况,一方面避免了重复用笔,一方面面前的舞蹈很难再现当年的风采,这是一种虚实相生的写法。公孙之舞是虚,只存在于记忆,杜甫却加入仿佛真实的描写;李十二娘之舞是实,本该详细描写,诗人却略去,让读者去想象,将读者的注意力引向对历史的深沉感慨。这就是所谓沉郁顿挫的艺术手法。王嗣奭说:"此诗见剑器而伤往事,所谓抚事慷慨也。古咏李氏,却思公孙;咏公孙,却思先帝;全是为开元天宝五十年治乱兴衰而发。不然,一舞女,何足摇其笔端哉!"(《杜诗详注》引《杜臆》)由此可见,这首诗具有一定的史料价值,通过公孙、李氏两代舞女,揭开了历史的真实面纱,可以看到舞乐文化在盛唐的繁荣景象和安史之乱后落寞凄凉的境况,引起读者进行深入的思考。最后,这首诗的艺术风格,既有"浏漓顿挫"的气势节奏,又有"豪荡感激"的情感力量,是七言歌行中沉郁悲壮的杰作。全诗既有浑融完整的意境美,又见语言浑阔锤炼的功力。跌宕起伏的情感波涛随着诗境的变化而变化,尤其结尾两句,凝重哽咽,展现了他那"篇终接浑茫"的情感世界。

如果说《观公孙大娘弟子舞剑器行并序》属于悲叹时代兴衰巨变的话,那么《追酬故高蜀州人日见寄并序》则属于悲叹人世的情感沧桑。

追忆是杜甫晚年创作的心理动力。唐诗中存在一种重要的"追忆"现象,除了在宴会、离别或游历、唱和的当下情境中即兴创作之外,还有许多是在独特经历之后,带着感伤,含着缅怀,噙着泪花,在今昔对比中产生的。诗人们经历了许多人生挫折之后,进入中晚年时,尤其喜欢在某一场景的触动下,展开追怀往事的联想,写出感慨深沉、饱含沧桑的作品。尤其在中晚唐时期,当一个好不容易建构起来的辉煌盛世突然消失后,仿佛是一场冰水浇灭了盛唐人那特有的激情澎湃的炽热火焰,变成了由冷峻思考带来的沉静与肃穆,整个时代也仿佛进入了中晚年。诗人们追怀那往昔的故事,追忆自己个人经历和追怀历史的踪迹。所以咏史诗大量涌现,诗中的人生感慨特别鲜明,弥漫着浓重的伤感情绪,诗人们在开掘心灵世界方面惨淡经营。许多诗序就记载了这类诗歌产生的过程,其中有很多东西值得回味和仔细探索。杜甫的诗歌主要创作于安史之乱前后二十多年动荡颠簸的历史环境中,即四十岁之后的作品,在当时就号称"诗史"。除了很多真实地记录当时历史事件的诗歌外,更多的还是追忆开天盛世与当下动乱相纠结的含蕴深邃、感慨苍茫的作品。这些诗篇里，杜甫追怀自己往昔的经历，追忆与自己交往的朋友，感慨友人的沉浮际遇，追忆盛世繁荣昌盛的生活情景和浑厚敦睦的文化氛围。杜诗的深邃就表现在这些混涵汪茫思绪万千的诗篇中，特别是夔州以后的诗歌，黄庭坚称赞为"不烦绳削而自合"。那些规模宏大的七律组诗、结构严整的排律、感慨苍凉的五古及气象恢宏的七言歌行都充满了对盛世人情物态的无尽缅怀。在这些追忆类的诗歌中，追和故人之作较为独特。在与杜甫交往的故人中，高适又是最特殊、交情最持久的一个。杜甫与高适是几十年的好朋友，两人之间感情特别深，诗歌往来也很多。据清代仇兆鳌《杜诗详注》的统计，杜甫赠高适的诗歌有 13 首，这些诗歌见证了两位盛唐时代才华杰出的诗人之间的深情厚谊。

杜甫与高适相识在开元末期，山东汶上。天宝三年，杜甫漫游十年之后正欲赴长安求职。在河南开封恰好碰上由翰林供奉赐金放还的李白，两人结交，诗酒风流，"醉眠秋共被，携手日同行"。正在此时从幽州返回的高适也与他们相遇了，于是三位诗人又同游梁宋之间，结下了终身难忘的友谊。李、杜此后再也没有见过面，而杜、高却一直相互惦记、扶持到生命的晚期。天宝十一年，杜甫和高适、岑参、薛据等人同登慈恩寺塔，赋同题诗歌，随后高适经张九皋推荐被河西节度使哥舒翰辟为掌书记，杜甫马上赠《送高三十五书记十五韵》，真诚祝愿高适从此走向飞黄腾达的仕途，期待他"十年出幕府，自可持旌麾"，慨叹自己没有机会跟随朋友赴边庭效力，并希望高适"边城有余力，早寄从军诗"。天宝十三年，杜甫又有《寄高三十五书记》："叹息高老生，新诗日又多。美名人不及，佳句法如何。主将收才子，崆峒足凯歌。闻君已朱绂，且得慰蹉跎。"一方面赞美高适新诗句法老成，取得了新的成就，一方面感叹自己的仕途困顿岁月蹉跎，而友人的成功恰好是对自己的最好安慰，足见他们之间友谊的深厚。安史之乱爆发后，高适表现出特有的高瞻远瞩，先后得到玄宗和肃宗的信赖，官位不断升迁，从淮南节度使做到太子詹事，再出任彭州、蜀州刺史。这段颠簸危坠的岁月里，高适成为杜甫生活和情感的主要寄托。杜甫先后作《寄高三十五詹事》《寄彭州高三十五使君适三十韵》（五排）、《酬高使君相赠》（五律）、《因崔五侍御寄高彭州一绝》（五绝）、《奉简高三十五使君》（五律）等诗篇。这些诗篇有的抒发兵戈动荡索居时，希望友人"岁晚莫情疏"，因为"相看过半百，不寄一行书"，从杜甫的嗔怪中可以看出岁月艰难和两人之情深；有的抒写故人寂寞自己凄凉的情况下，仍然对诗歌创作抱有浓厚的兴致："海内知名士，云端各异方。高岑殊缓步，沈鲍得同行。意惬关飞动，篇终接混茫。"并相约"会待妖氛静，论文暂裹粮"，念念不忘的是等到天下太平之后两人精心探讨诗歌艺术；有的感激高适"故人供禄米"的接济帮助;有的兴奋于高适"骅骝开道路,鹰隼出风尘"任蜀州刺史时,两人"天涯喜相见,批豁对吾真",真是忘情尔汝的"交情老更亲"啊!高适晚年入朝为左散骑常侍,杜甫立即写了《奉寄高常侍》:"汶上相逢年颇多,飞腾无那故人何。总戎楚蜀应全未,方驾曹刘不啻过。今日朝廷须汲黯,中原将帅忆廉颇。天涯春色催迟暮,别泪遥添锦水波。"算是对高适作了一个全面准确的评价,正如王嗣奭所说:"高杜交契最久,故赠诗不作谀辞。总戎句,不讳其短。方驾句,独称其长。下文但云中原相忆,则西蜀之丧师失地,亦见于言外矣。"这首诗可以看出杜甫虽然赞赏高适的文武双全,但是心中最佩服的还是高适的诗歌才华。高适死于代宗永泰元年(765),杜甫惊闻噩耗,百痛在心,写了《闻高常侍亡》:"归朝不相见,蜀使忽传亡。虚历金华省,何殊地下郎。致君丹槛折,哭友白云长。独步诗名在,只令故旧伤。"短短八句,将高适生前死后的情况都写到了,既突出了高适的重要履历和生平才节,又赞美了高适诗名独步当时的成就,并抒发了失去故人无限感伤的深重情怀。郑虔去了,李白去了,高适也去了,故人一个接一个离杜甫而去,而生活还要继续,未来的日子只能与对故人无尽的思念相伴。杜甫的情感世界丰富复杂,正是由于他的生活阅历,他把自己的生活、君王、国家、百姓、朋友、亲人永远摆在心灵宇宙中的主要位置。往往一些看似寻常的生活细节,都会触动他心里最痛的一根琴弦,他的泪为值得忧虑和值得珍惜的一切而尽情挥洒。大历五年的一天,杜甫翻检书箧,偶然看到十年前正月初七(人日)高适任蜀州刺史时寄给自己的诗歌,不禁悲从中来,写下了著名的带有诗序的追和故人之作《追酬故高蜀州人日见寄并序》:

  开文书帙中,检所遗忘,因得故高常侍适,往居在成都时高任蜀州刺史《人日相忆见寄》诗。泪洒行间,读终篇末。自枉诗,已十余年;莫记存殁,又六七年矣。老病怀旧,生意可知。今海内忘形故人,独汉中王瑀与昭州敬使君超先在。爱而不见,情见乎辞。大历五年正月二十一日,却追酬高公此作,因寄王及敬弟。

自蒙蜀州人日作,不意清诗久零落。今晨散帙眼忽开,迸泪幽吟事如昨。
呜呼壮士多慷慨,合沓高名动寥廓。叹我凄凄求友篇,感君郁郁匡时略。
锦里春光空烂漫,瑶墀侍臣已冥莫。潇湘水国傍鼋鼍,鄠杜秋天失雕鹗。
东西南北更谁论,白首扁舟病独存。遥拱北辰缠寇盗,欲倾东海洗乾坤。
边塞西蕃最充斥,衣冠南渡多崩奔。鼓瑟至今悲帝子,曳裾何处觅王门。
文章曹植波澜阔,服食刘安德业尊。长笛谁能乱愁思,昭州词翰与招魂。

这是杜甫生命最后时期的一篇心思浩茫、意境浑厚的作品。诗序具有纪实性质:一方面展现杜甫晚年老病孤愁的生活境况和寂寞的心境;另一方面通过友人的亡故九泉和存者星散四方来呈现世相的纷乱扰攘;再一方面则表现出杜甫对生活的执着和对友谊的珍视。高适赠诗在十年前,十年之间天地溟洞,烽烟四起,哀鸿遍地,民不聊生。高适去世已经六年,如今杜甫重睹故人之诗,因此"泪洒行间,读终篇末",加上自己老病怀旧,海内仅存的"忘形故人"又"爱而不见",所以情不自禁要追酬高适十年前的赠诗。高适既是作者的亲密朋友,又是支撑将倾大厦的朝廷重臣,曾经作《人日寄杜二拾遗》赠杜甫:"人日题诗寄草堂,遥怜故人思故乡。柳条弄色不忍见,梅花满枝空断肠。身在南蕃无所预,心怀百忧复千虑。今年人日空相忆,明年人日知何处?一卧东山三十春,岂知书剑老风尘。龙钟还忝二千石,愧尔东西南北人。"这是一首有名的七古,三次转韵,前四句写题诗寄给远在成都浣花溪畔的杜甫,想象杜甫在梅花满枝的时候思念故乡,饱含对杜甫的思念和关切。中四句转到自己身在蜀州(今四川崇州市)面对战乱纷纭的残局不能有所建树,并且受到权臣的猜忌,心中百忧千虑难以排解,今年人日还可以空自忆念故人,明年还不知身在何处呢! 一种进入暮年者特有的苍凉悲切融化在对故人的思念之中。最后四句说自己曾经高卧东山三十年,读书学剑一无所成,而今老境苍苍却享受丰厚的俸禄,实在愧对四处漂泊的友人。这首诗一改高适七古雄浑悲壮的格调,从友我双方交错落笔,运用平易真切的民歌语言,像老朋友促膝晤谈,情思婉转,意境苍凉。难怪杜甫十年后重读此诗难禁老泪纵横,这种经历过时间风浪考验的情谊是人生珍贵的财富。杜甫寄赠高适的诗歌中,共有两首酬答之作,其中这一篇是罕见的七古,而且比原作长了一倍。和作应该步原作的韵脚,而杜甫此诗却违背常规,是和意不和韵①。首四句叙事照应诗序,说自从故人人日寄诗之后,没有想到他那意境清新的诗歌长久零落不闻,今天散佚的诗篇突然映入眼帘,真是且惊且喜,吟诵再三不禁老泪纵横。接下四句赞颂与感叹交织在一起,一方面赞美高适慷慨豪迈意气纵横,敢直言进谏不避忌讳,一方面慨叹自己屡次向高适寄赠"嘤嘤求友"的诗篇,凄清悲切。接下四句运用工稳的对仗,将自己与高适的经历炼进雄浑劲健的对句之中,境界阔大,情感悲凉。浣花溪畔的春光空自烂漫芬芳,因为瑶墀重臣已经撒手人寰进入冥冥寂寞的天国;我漂泊在潇湘水国日日与鼋鼍为伴,凄凉悲苦,而故人殒身长安,犹如秋天的苍穹损失了一只英姿勃勃的雕鹗。

---

① 《容斋随笔》:"古人酬和诗,必答其来意。非若今人为次韵所局也。观《文选》所编何劭、张华、刘琨、二陆、三谢诸人赠答可知已。《杜集》如高适、严武、韦迢、郭受,彼此唱酬,层次条答,正如钟磬在虡,扣之则应,往来反复,于是乎有余味矣。"(《杜诗镜铨》卷二〇引,第1007页)

接下八句写自己的境况和当下严峻的形势,为写高适的离世作铺垫。一方面自己老病孤舟漂泊湘江,另一方面朝廷北面还环拱着一圈寇盗豺狼,真希望倾东海之水来清洗整个乾坤,而西边吐蕃弥漫山野蠢蠢欲动,时时发动侵略战争,导致衣冠之族纷纷南渡避难,整个局面混乱无序,难以收拾。恰恰在需要有英雄豪杰整顿乾坤的时候,文武兼备的大臣高适却离开了人间,而我只能在潇湘鼓瑟唱着悲凉的歌,无处寻觅为国效力献忠的门路。诗中充满对高适的无限追忆和惋惜,最后寄意汉中王李瑀和敬超先使君,称颂李瑀是"文章曹植波澜阔,服食刘安德业尊",既有曹植的文采又有刘安服食神仙的修炼之功,兼具帝胄气象,并希望敬弟能够像向秀作赋思念嵇康、吕安那样,为高适招魂①。诗序与诗歌相比,序显得平实简明,诗则意境浑茫,感慨雄深,诗的咏叹、凝重远远超出诗序;而诗序记载了追和故人旧作的特殊情境,具有非常重要的史料价值。

总体来看,追忆类的诗序和诗歌,中晚唐时期最多,中唐时期的作品较多集中在对往事追怀或对故人的思念,晚唐的作品则较多地转向追怀更为遥远的古人或历史遗迹。从感情深度来看,中唐时期的诗歌情感真切,因为那是诗人生命的独特经历凝结成的感慨,而晚唐人的感情相对较弱。从篇幅来看,中唐时期诗序较短,主要提示作诗的背景情况,诗歌用力更深厚,而晚唐人追求趣味、奇特,因而篇幅加长,往往带有传奇色彩。从反映现实生活的角度看,这类诗序都有记载史实的作用,中唐时期,多与诗人自己有关,而晚唐则注意揭示社会现实,广泛揭露普遍的可悲可叹的现象,具有较强的现实批判意义。杜甫是盛唐与中唐转折点的重要诗人,他不多的几篇诗序对中晚唐诗人有启示意义,而这首追和故人之作除记录杜甫生命晚期的情感历程之外,还具有重要的文学史意义。

二、元结诗序:悲怆深沉的时代哀歌

元结(719—772),字次山,是北魏常山王遵的后裔,河南鲁山人。他是

---

① 诗歌末段的理解历来有歧义。仇兆鳌说:"末(结尾六句)寄汉中王及敬使君也。悲帝子,身在湘潭。觅王门,与王远隔。曹植、刘安,皆借帝胄以比之。又言己之思蜀州,如向秀之思嵇绍("绍"应为"康");今欲得敬诗以招蜀州,如宋玉之招屈原也。"(《杜诗详注》卷二三)杨伦精简仇兆鳌的解说,将后四句作为一段,说:"末四两寄汉中,两寄敬弟,欲得敬诗以招蜀州,如宋玉之招屈原也。"(《杜诗镜铨》卷二〇)浦起龙另立新说:"末四句,两寄汉中王,两寄敬使君。于王则泛称才德,于敬则寄意招寻。盖亦绝意还乡,弥思远去之苦衷耳。旧说以'招魂'为蜀州之魂,非也。"笔者按:将后四句作为一个整体较为妥帖,是照应诗序中"因寄王及敬弟",原因是现在仅存的友人只有李瑀与敬超先了,希望他们看到自己追和的诗以后,也能够写诗为高适招魂,这样诗歌文意就能够贯通。如果像浦起龙那样理解,就变成了杜甫抒发漂泊异乡的感慨,希望敬弟为高适招魂了,显然扞格难通。

与杜甫同时代的关心人民疾苦、国家安危的重要诗人、散文家,也是中唐时期复古文学思潮的开创者之一。① 如果以对后代诗文创作的影响来看,显然杜甫的影响力大过元结。然而,如果就当时历史情况来说,元结地位更为重要,因为他不仅仅是文人,更是支撑将倾大厦的重臣,尤其西南道州、容州地区的稳定和人民的休养生息,都依赖元结的维持,再加上他强烈的复古思想和渴望大唐中兴的愿望,都融在诗文中,成为那个时代的最强音。而他悠游山水的情怀也对后人产生了影响,可以说南州山水处处都留下元结的印记。元结的诗歌大都与安史之乱有关,要么举家逃难,要么挺身救危,要么集兵抗战,要么亲历匪穴,为了安民养民,他不惜抗命朝廷。尽管诗歌的艺术水准难以与杜甫并肩,但是他大量的诗序却记录了那段悲惨壮烈的历史,也表现了他继承诗经汉乐府精神的诗歌观念,成为中唐新乐府运动的先声。

元结的诗序数量要远远超过杜甫,而且类别较多,下面分类论述。

(一) 反映战后悲惨景象的诗序

人们习惯于将安史之乱作为唐朝由盛转衰的关捩点,其实,在天宝前期唐代的衰相就已经显露出来了。从政治方面来看,李林甫把持朝政,当宰相长达十九年,像杜甫、元结这样的寒门庶族士子,基本上找不到出路。元结写于天宝六年的《喻友》揭露了真相,这一年唐玄宗下诏"天下士人有一艺者,皆得诣京师就选",元结和杜甫参加了这次制举。但是李林甫"恐草野之士对策,斥言其奸恶",认为"举人多卑贱愚聩,不识礼度,恐有俚言,污浊圣听",于是包办了考试,让所有人落榜,并上表称贺说"野无遗贤"。由此可见朝政黑暗到了何等地步!与朝政黑暗相应的是社会生活的腐败和边防军备的废弛,前者以外戚诸杨为代表,他们过着极端奢侈的豪华生活,肆无忌惮地挥霍民脂民膏;后者以安禄山为典型,这位野心家正在利用唐明皇的信任及其与杨贵妃的特殊关系,恣意发展实力,加速了朝政的窳败。下层人民不能完然享受盛世的雨露阳光,一遇灾年就会陷于困苦,甚至像杜甫这样"生常免租税,名不隶征伐"的官宦家庭竟然有饿死人的惨剧发生,诸如"朱门酒肉臭,路有冻死骨"的诗句揭示出当时异常尖锐的社会矛盾。

元结于天宝五载沿隋代修建的大运河南下淮阴,看到黄河溃堤的惨状,得到隋人所作怨歌五篇,由灾荒联想到政荒,借讽刺当年隋炀帝乘龙舟逸游

---

① 孙望先生曾说:"元结次山,崛起于中朝,凡有所作,一杜偶俪,吐弃浮华,拯彼声病,冷然独挺于流俗之中,戛然强攘于已溺之后。靡缛之风,赖以稍杀;粉黛之色,缘是转绝。而后韩、柳、皇甫,始得承流接响,恣肆所言。或排奡雄奇,踪迹孟、荀;或清深雅健,秕糠颜、谢。虽集成之功,时论归美;顾先导之力,宁可忽亡。"(《元次山年谱自序》)见《孙望选集》第 341 页,南京师范大学出版社,2002 年版。

导致民怨沸腾、兵戈动荡的局面,来讥讽时主的荒淫,并预言隋朝末年的兵荒马乱景象也许将再现,可以算是较早看到唐王朝盛世光环照耀下的危机。其诗为《闵荒诗一首并序》(《全唐诗》卷二四一):

> 天宝丙戌中,元子浮隋河至淮阴间。其年,水坏河防。得隋人冤歌五篇,考其歌义,似冤怨时主。故广其意,采其歌,为《闵荒诗》一篇,其余载于《异录》。

诗篇开始就揭示主旨"隋德滋昏幽。日作及身祸,以为长世谋"。接下来描写隋炀帝离开明堂,登上浮海龙舟,沿运河南下逸游,"船舻状龙鹢,若负宫阙浮。荒娱未央极,始到沧海头",这并没使炀帝满足,"忽见海门山,思作望海楼"。元结说"当时有遗歌,歌曲太冤愁",想到"四海非天狱,何为非天囚。天囚正凶忍,为我万姓雠",心里一股凉飕飕的冷意,"欲歌当阳春,似觉天下秋"。因此他要借怨歌来警诫时主,要时刻以隋炀帝为镜子,千万不要堕落如斯。在诗歌里表现对盛世的隐忧是当时心怀天下的诗人的共同特点,杜甫写于天宝七年的《登慈恩寺塔》中说"登兹翻百忧",到天宝十四年冬天写《自京赴奉先县咏怀五百字》时已经发展到"忧端齐终南,澒洞不可掇"的地步。李白在天宝末期也常常是"中夜四五叹,常为大国忧"。与李杜相比,元结对国家前途的忧虑似乎更早,由此可见元结对时局的敏感。

诗人们的隐忧终于变成了血淋淋的事实。安史之乱毁灭了大唐盛世,在对上层食利集团进行血腥摧毁的同时,也毁灭了本来就已经艰难疲惫的下层老百姓的基本生存条件,使他们沦落到更加悲惨的境地。元结以史诗记录下了这种场景及自己的感受,这就是《舂陵行并序》(《全唐诗》卷二四一):

> 癸卯岁,漫叟授道州刺史。道州旧四万余户,经贼已来,不满四千,大半不胜赋税。到官未五十日,承诸使征求符牒二百余封。皆曰:失其限者,罪至贬削。於戏!若悉应其命,则州县破乱,刺史欲焉逃罪?若不应命,又即获罪戾,必不免也。吾将守官,静以安人,待罪而已。此州是舂陵故地,故作《舂陵行》以达下情。

> 军国多所需,切责在有司。有司临郡县,刑法竞欲施。
> 供给岂不忧,征敛又可悲。州小经乱亡,遗人实困疲。
> 大乡无十家,大族命单羸。朝餐是草根,暮食仍木皮。
> 出言气欲绝,意速行步迟。追呼尚不忍,况乃鞭扑之。

> 郭亭传急符,来往迹相追。更无宽大恩,但有迫促期。
> 欲令鬻儿女,言发恐乱随。悉使索其家,而又无生资。
> 听彼道路言,怨伤谁复知。去冬山贼来,杀夺几无遗。
> 所愿见王官,抚养以惠慈。奈何重驱逐,不使存活为。
> 安人天子命,符节我所持。州县忽乱亡,得罪复是谁。
> 逋缓违诏令,蒙责固其宜。前贤重守分,恶以祸福移。
> 亦云贵守官,不爱能适时。顾惟孱弱者,正直当不亏。
> 何人采国风,吾欲献此辞。

这是作于代宗广德元年(763)的作品。安史之乱刚刚被平息,元结升任道州刺史,到任不到两个月,节度使下发的催缴赋税的文书就多达两百余封。当然,由于大乱刚平,国家财政紧张,需要大量的物资钱财,国家的困难是可以理解的。但是经过战乱之后的人民更加窘迫,首先是人口锐减,像道州这样相对偏远一些的南方州县,人口也仅剩原来的十分之一!其次是人民财产损失严重,连生活的基本生活资料都没有,主要是靠吃树皮草根充饥,怎能承担如此苛酷的赋税呢?面对这样的矛盾,是为了保住自己头上的乌纱帽向人民进行勒索,还是为了人民的利益而抗命朝廷呢?这是摆在元结面前大是大非的问题。经过思考权衡,他终于决定"吾将守官,静以安人,待罪而已"。显示出一个有责任心和良心的官吏应该有的品质。诗歌通俗易懂,以汉乐府的精神"即事名篇",将下层人民的心声传达给最高统治者。尽管诗歌艺术方面显得粗糙,但是真挚的情感,深刻同情人民,与人民声息相通,使诗歌具有极强感染力,能给人以强烈的精神震撼。同年,他还作了另一首重要的诗《贼退示官吏并序》:

> 癸卯岁,西原贼入道州,焚烧杀掠,几尽而去。明年,贼又攻永州,破邵,不犯此州边鄙而退。岂力能制敌欤?盖蒙其伤怜而已。诸使何为忍苦征敛,故作诗一篇以示官吏。

> 昔岁逢太平,山林二十年。泉源在庭户,洞壑当门前。
> 井税有常期,日晏犹得眠。忽然遭世变,数岁亲戎旃。
> 今来典斯郡,山夷又纷然。城小贼不屠,人贫伤可怜。
> 是以陷邻境,此州独见全。使臣将王命,岂不如贼焉。
> 今彼征敛者,迫之如火煎。谁能绝人命,以作时世贤。
> 思欲委符节,引竿自刺船。将家就鱼麦,归老江湖边。

如果说前一首诗是为了人民休养生息而抗命朝廷的话,那么这首诗则是希望自己的属下要体恤民命,不要去横征暴敛。诗序叙述广德元年西原贼人攻入道州进行了残酷的烧杀抢掠,次年这伙贼人再次进攻永州,攻破了邵阳,洗劫一空而去,为什么这次不入道州呢?因为道州实在太贫困了,连贼人都起了同情心。元结这样说,无非是想刺激同僚及其部属的怜悯之心,不要对道州人民苛酷征敛。在诗中,元结回忆了"昔岁逢太平,山林二十年"的悠游生活和"忽然遭世变,数岁亲戎旃"的经历,又叙及连贼人都可怜道州人民,因此希望"今彼征敛者"不要再让人民雪上加霜,最后说自己想挂冠"归老江湖边"。元结的诗歌以其对人民的真挚同情赢得了人们的推重。杜甫当时流寓四川梓州,读到元结的诗歌,非常兴奋,写了《同元使君舂陵行并序》:"览道州元使君《舂陵行》兼《贼退后示官吏作》二首,志之曰:当天子分忧之地,效汉官良吏之目。今盗贼未息,知民疾苦,得结辈十数公,落落然参错天下为邦伯,万物吐气,天下少安,可得矣。不意复见比兴体制,微婉顿挫之词。感而有诗,增诸卷轴,简知我者,不必寄元。"杜甫认为元结诗歌运用的是"比兴体制",表现得"微婉顿挫",并赞赏诗篇是"道州忧黎庶,词气浩纵横。两章对秋月,一字偕华星"。可以看到两位诗人在关心民瘼同情人民苦难这一点上,达到了真正的灵犀相通。

(二) 表现乐府诗歌观念的诗序

先秦时代有所谓的采诗观风制度,统治者借此了解民意民情。到汉武帝时设立专门的乐府机关,掌管制乐、采诗、宴乐、歌舞等事务,因而称乐府演唱的歌曲为乐府诗。因乐府诗来自民间,其创作乃是运用"饥者歌其食,劳者歌其事"的现实主义手法,绝去雕镂粉饰,是人民心声的自然流露。所以受到历代统治者的重视,乐府诗也成为考察时代风气的一面镜子。尤其是东汉末年,军阀混战,民不聊生,诗人们本着"感于哀乐,缘事而发"的精神,创作了大量的反映战争罪恶及人民生离死别等关怀现实民生的乐府诗,诗中的抗争精神非常突出。进入唐代以后,初唐时期的乐府诗主要强调其娱乐功能,也有反映边塞战争和闺怨宫怨内容的作品。因其大多具有代言体的性质,尽管也有一些对现实的讽刺,但是并未引起广泛关注,到了盛唐时代,一片歌舞升平气象,以李白为代表的诗人大量创作古乐府来抒发对现实的感慨,遂成洋洋大观。安史之乱前后,社会矛盾尖锐复杂起来,像杜甫等关心民瘼的诗人创作了大量"即事名篇,无复依傍"的新乐府诗,重新引起人们对现实问题的强烈关注。虽然像《兵车行》《丽人行》,"三吏三别"等作品在社会上有很大影响,但是乐府诗创作的理论还相对滞后。元结因其在战乱中独特的经历,不仅创作了大量的乐府诗,还在诗序里对乐府诗创作的方法及理念作了较为清晰的表述。像《舂陵行》里所说的"何人采国风,吾欲献此辞"就明确表述了继承汉乐府的现实主义精神。此外像《补乐歌十首》序所言:

> 自伏羲氏至于殷室,凡十代,乐歌有其名,无其辞,考之传记而义或存焉。呜呼! 乐声自太古始,百世之后,尽亡古音;呜呼! 乐歌自太古始,百世之后,遂亡古辞。今国家追复纯古,列祠往帝,岁时荐享,则必作乐,而无《云门》《咸池》《韶夏》之声。故探其名义以补之,诚不足全化金石,反正宫羽,而或存之,犹乙乙冥冥,有纯古之声。觊乎司乐君子,道和焉尔。凡十篇十有九章,各引其义以序之,命曰《补乐歌》。

体现的是欲在盛世"追复纯古"的复古精神。这种复古并不是真的要回到上古时期,而是针对当时岁时荐享缺乏歌词的情况,因而创作乐歌,以图恢复纯古之音。又如《系乐府十二首并序》序说"天宝辛未(按:天宝无辛未年,当是"辛卯"之误)中,元子将前世尝可称叹者,为诗十二篇,为引其义以名之,总命曰《系乐府》。古人咏歌不尽其情声者,化金石以尽之,其欢怨甚邪戏。尽欢怨之声者,可以上感于上,下化于下,故元子系之"。这是写于天宝十年的作品,序中称诗歌都是"感于上,化于下"的欢怨之词,显然是对汉乐府精神的弘扬。元结的乐府诗创作有较为明确的补衮意识。如《二风诗》序曰:"天宝丁亥(六年)中,元子以文辞待制阙下,著《皇谟》三篇、《二风诗》十篇,将欲求干司匦氏以裨天鉴。会有司奏待制者悉去之,于是归于州里。后三岁,以多病习静于商余山。病间,遂题括存之。此亦古之贱士不忘尽臣之分耳。其义有论订之。"其中"以裨天鉴"就是"古之贱士不忘尽臣之分"的补天意识。此外像《引极三首》序言"引极,兴也,喻也。引之言演,极之言尽,演意尽物,引兴极喻,故曰《引极》",《演兴四首》序言"商余山有太灵古祠,传云豢龙氏祠大帝所立。祠在少余西乳之下,邑人修之以祈田。予因为招、词、讼、闵之文以《演兴》",等等,都表现了复古的精神。由此可见,元结针对当时的奢华腐败现象,给朝廷开具的药方就是恢复纯古时代的简朴,其真正的用心是要求改变世俗浇漓奢靡的风气。这种改造世风的精神在中唐贞元、元和时期得到巨大回应,因此可以这样说,元结才是中唐复古思潮的先声。

(三) 寄赠友人诗序

与元结强烈复古思想相应,他结交的朋友也大多是意趣相投者,如大理评事党晔的特点是"好闲自退",并"爱其高尚",因此屡次寄诗相赠《与党评事并序》(《全唐诗》卷二四一)。又如孟云卿,元结跟他关系最为密切,既把他的诗作编入《箧中集》①,又作诗邀请他游览峿湖。《招孟武昌并序》(《全唐诗》卷二四一):

> 漫叟作《退谷铭》,指曰:"干进之客,不能游之。"作《峿湖铭》,指曰:"为人厌者,勿泛峿湖。"孟士源尝黜官,无情干进。在武昌不为人厌,可游退谷,可泛峿湖,故作诗招之。

诗序肯定了孟云卿贬官不愿干进又不令人厌烦的可贵品质,认为是可以游退谷的良友,所以作诗邀其悠游。当孟云卿决意退隐时,元结又作诗希望他北归,不要徘徊海上。《送孟校书往南海并序》(《全唐诗》卷二四一):

> 平昌孟云卿,与元次山同州里,以词学相友,几二十年。次山今罢守春陵,云卿始典校芸阁。於戏!材业次山不如云卿,词赋次山不如云卿,通和次山不如云卿,在次山又谝然求进者也。谁言时命,吾欲听之。次山今且未老,云卿少次山六七岁,云卿声名满天下,知己在朝廷,及次山之年,云卿何事不可至?勿随长风,乘兴蹈海;勿爱罗浮,往而不归。南海幕府,有乐安任鸿,与次山最旧,请任公为次山一白府主,趣资装云卿使北归,慎勿令徘徊海上。诸公第作歌送之。

> 吾闻近南海,乃是魑魅乡。忽见孟夫子,欢然游此方。
> 忽喜海风来,海帆又欲张。漂漂随所去,不念归路长。
> 君有失母儿,爱之似阿阳。始解随人行,不欲离君傍。
> 相劝早旋归,此言慎勿忘。

在序中元结回忆了与孟云卿二十年来志同道合"以词学相友"的经历,并说自己的"材业""辞赋""通和"都不如云卿,赞美云卿声名满天下。因此希望云卿不要蹈海不归,甚至要好友任鸿"趣资装云卿使北归,慎勿令徘徊海上",这是孟云卿离别前的赠序,其谆谆挽留之意可谓殷切。在诗中,元结进一步动之以情,以失母娇儿"始解随人行,不欲离君傍"来"相劝早旋归,此言

---

① 《箧中集》是元结编辑的沈千运、孟云卿、于逖、王季友、张彪、赵微明、元季川等七人的选集,共录诗24首。序言表述了元结编选的宗旨是要恢复风雅传统,反对"近世作者,更相沿袭,拘限声病,喜尚形似,且以流易为词,不知丧于雅正"的风气,并且为那些"名位不显,年寿不将,独无知音,不见称显"的诗人保存作品,"传之亲故,冀其不忘于今"。

慎勿忘"。孟云卿品性高尚,他的贬官与南游都是无奈之举。元结的倾情挽留,实际上从侧面表现出当时有才能却没有靠山的文人们悲剧的命运。

(四) 表现悠游山水情怀的诗序

南齐诗人谢朓曾言:"既欢怀禄情,复协沧州趣。"(《之宣城出新林浦向板桥》)写出了士人既留恋官场俸禄,又热爱山水雅趣的情怀。古代文人非官即隐,穷通达涩,出处进退,都能应付自如的人还不是很多。中唐时代的白居易可以算作代表性人物,而元结正可以说是白居易的先导。元结在明皇盛世遭遇挫折,因考试失利而漫游隐居。后来安史之乱爆发,元结只得率领全家全族,"日行几十里",逃难到湖北大冶的猗玕洞,随后又迁往江西的瀼溪。直到乾元二年一直流寓异乡,过着"沉浮人间"的避乱生活。也就是在避乱中,元结的心灵得到片刻的宁静,他与瀼溪人建立了深厚的感情,以致后来领军荆南时还作诗赠瀼溪邻里。《与瀼溪邻里并序》(《全唐诗》卷二四一):

> 乾元元年,元子将家自全于瀼溪。上元二年,领荆南之兵镇于九江。方在军旅,与瀼溪邻里不得如往时相见游;又知瀼溪之人,日转穷困,故作诗与之。

> 昔年苦逆乱,举族来南奔。日行几十里,爱君此山村。
> 峰谷呀回映,谁家无泉源。修竹多夹路,扁舟皆到门。
> 瀼溪中曲滨,其阳有闲园。邻里昔赠我,许之及子孙。
> 我尝有匮乏,邻里能相分。我尝有不安,邻里能相存。
> 斯人转贫弱,力役非无冤。终以瀼滨讼,无令天下论。

对这个峰谷幽邃、修竹夹路、泉水潺湲的瀼溪小山村,元结充满了无尽的爱恋,并许诺邻里结子孙之约。可是遭逆乱之后,瀼溪之人日转贫困,一方面元结深感愧疚,另一方面又希望邻里相互扶持共渡难关。瀼溪美丽的山山水水也记得元结真挚的仁慈之心。

在治兵之隙,一旦遇上良辰佳友,元结也会雅兴大发,欢醉达旦。如《刘侍御月夜燕会并序》(《全唐诗》卷二四一):

> 兵兴已来,十一年矣。获与同志欢醉达旦,咏歌取适,无一二焉。乙巳(永泰元年)岁,彭城刘灵源在衡阳,逢故人或有在者,日昔相会,第欢远游。始与诸公待月而笑语,竟与诸公爱月而欢醉,咏歌夜久,赋诗言

怀。于戏,文章道丧盖久矣。时之作者,烦杂过多,歌儿舞女,且相喜爱,系之风雅,谁道是邪?诸公尝欲变时俗之淫靡,为后生之规范,今夕岂不能道达情性,成一时之美乎?

> 我从苍梧来,将耕旧山田。踟蹰为故人,且复停归船。
> 日夕得相从,转觉和乐全。愚爱凉风来,明月正满天。
> 河汉望不见,几星犹粲然。中夜兴欲酣,改坐临清川。
> 未醉恐天旦,更歌促繁弦。欢娱不可逢,请君莫言旋。

这首诗写于代宗永泰元年,颇显元结文人的气质,他与诸公先"待月而笑语",后"爱月而欢醉,咏歌夜久,赋诗言怀",此时凉风习习,明月满天,河汉不见,几星粲然,他们持美酒而歌舞,临清流而赋诗,多么令人神往的意境,能在战乱未息兵戈扰攘之际,得此片刻的欢娱宁静,可谓难矣!

晚年,元结在任容州经略使之前有一年多罢官闲居生活,他爱连州海阳山水,在《漫阳亭作》序中说:"初得漫泉,则为亭于泉上。因开檐溜,又得石渠。泉渠相宜,亭更加好。以亭在泉北,故命之曰漫阳亭。"又作《石鱼湖上作并序》(《全唐诗》卷二四一):

> 漫泉南,上有独石在水中,状如游鱼。鱼凹处,修之可以居酒。水涯四匝,多欹石相连。石上堪人坐,水能浮小舫载酒,又能绕石鱼洞流,乃命湖曰石鱼湖。镌铭于湖上,显示来者,又作诗以歌之。

> 吾爱石鱼湖,石鱼在湖里。鱼背有酒樽,绕鱼是湖水。
> 儿童作小舫,载酒胜一杯。座中令酒舫,空去复满来。
> 湖岸多欹石,石下流寒泉。醉中一盥漱,快意无比焉。
> 金玉吾不须,轩冕吾不爱。且欲坐湖畔,石鱼长相对。

将一方原始的山水深深打上自己的印记,在湖山胜境中尽情啸歌、快意醉酒,并誓言不爱金玉冠冕,唯愿静坐湖边,"石鱼长相对"。如果说当年李白在流寓宣州时,"相看两不厌,唯有敬亭山",是敬亭山接纳并安顿了李白那疲惫苦痛的心灵的话,那么元结在为唐王朝中兴伟业殚精竭虑疲累不堪之际,正是石鱼湖的灵境慰藉了元结的心灵。他常常纵饮放歌湖上,甚至觉得是来到

了洞庭湖畔。如《石鱼湖上醉歌并序》(《全唐诗》卷二四一):

> 漫叟以公田米酿酒,因休暇则载酒于湖上,时取一醉。欢醉中,据湖岸,引臂向鱼取酒,使舫载之。遍饮坐者。意疑倚巴丘酌于君山之上,诸子环洞庭而坐,酒舫泛泛然触波涛而往来者,乃作歌以长之。

> 石鱼湖,似洞庭,夏水欲满君山青。
> 山为樽,水为沼,酒徒历历坐洲岛。
> 长风连日作大浪,不能废人运酒舫。
> 我持长瓢坐巴丘,酌饮四坐以散愁。

这是元结最负盛名的山水诗,不仅比喻奇特,意境空灵,而且激情四射,豪放飘逸,加上形式活泼,音韵和谐,确实是不可多得的精品。

另外,他的《欸乃曲五首并序》:"大历丁未中,漫叟结为道州刺史,以军事诣都使。还州,逢春水,舟行不进,作《欸乃》五首,令舟子唱之,盖以取适于道路云。"词曰:"偶存名迹在人间,顺俗与时未安闲。来谒大官兼问政,扁舟却入九疑山。""湘江二月春水平,满月和风宜夜行。唱桡欲过平阳戍,守吏相呼问姓名。""千里枫林烟雨深,无朝无暮有猿吟。停桡静听曲中意,好是云山韶濩音。""零陵郡北湘水东,浯溪形胜满湘中。溪口石颠堪自逸,谁能相伴作渔翁。""下泷船似入深渊,上泷船似欲升天。泷南始到九疑郡,应绝高人乘兴船。"则是在治军之际,以民歌形式歌咏山水,赞美湘中浯溪形胜"好是云山韶濩音"①。

总体上看,元结的诗序与诗歌,记录了元结在安史之乱前后的动荡颠沛的生活,也是当时的历史实录。他在诗序里讲述自己的逃难经历,描述人民在战乱之中遭遇的痛苦,并以乐府诗的形式歌咏之,期待上达天听。他还在诗序里表述乐府诗歌创作理念,力图恢复纯古清音,改变浇漓的世风。即使是罢官归隐,欢醉于山水怀抱,在明月清风作四邻、杯酒为欢极雅趣的时候,他也不忘人民的痛苦。可以说元结唱出了一曲悲怆深沉的时代哀歌。

---

① 元结在上元二年作《大唐中兴颂并序》,由当时大书法家颜真卿于大历六年书,刻在祁阳浯溪石壁上,世称摩崖碑。成为浯溪的标志文物。《唐才子传》称"《中兴颂》一文,灿灿金石,清夺湘流"。

第五节 盛唐诗序的文体特征与"盛唐气象"

一、"盛唐气象"与盛唐诗序

学界对"盛唐气象"一词有长期的争论。1954年林庚《诗人李白》出版，标举"盛唐之音"。1958年，他又发表题为《盛唐气象》的论文，结合《沧浪诗话》，对盛唐气象作了系统的论述。他认为：盛唐气象作为一个具有时代性格的艺术形象，是盛唐时代精神面貌的反映，其本质是蓬勃的朝气和青春的旋律。随后有人提出不同意见并展开了讨论，持不同意见者强调盛唐（特别是天宝以后）社会的矛盾和危机，认为一个危机四伏的社会不会有什么气象。这种意见以裴斐为代表，他在一系列关于李白的论文①中一再论证——李白成为卓越的诗人时，唐帝国已开始崩溃，李白主要的诗作里并没有盛唐气象，有的只是忧郁和愤怒。在1982年西安唐代文学讨论会上，学者们对盛唐气象展开了讨论，罗立乾《"盛唐气象"说述评》认为严羽所说的"盛唐人气象"意在说明"盛唐诗歌通过具有气势美的形象图画，反映了盛唐时期蓬勃向上、昂扬奋进的时代精神，构成了气势雄浑而深厚的美学风貌"。随后，王运熙在《说盛唐气象》②中认为盛唐诗歌具有不同于中晚唐诗歌的时代特征，也就是浑厚、雄壮的气象。盛唐气象反映了唐帝国强盛时期人们特殊的心理状态和精神面貌，但其内容题材既可以反映社会的繁荣昌盛，也可以反映黑暗腐败的现实。余恕诚《唐诗风貌》③也指出有两种观点是片面的，一是把"盛唐气象"理解为单纯的对时代的颂歌，对唐帝国文治武功的夸耀，以及对躬逢盛世、如鱼得水的情感的抒发；二是因盛唐诗中没有多少歌颂盛世的作品，许多诗歌是表现对现状的不满，包括对种种阴暗面的揭露、抗议，因而认为不存在"盛唐之音"。他进而提出"盛唐气象"包括"雄壮浑厚"和"感激怨怼"两方面的内涵，而李白诗歌正是这种盛唐气象的典型代表。吴相洲《盛唐之音的系统考察》④则将盛唐气象作为一个系统来看，认为"盛唐之音"的内涵包括"骨力遒劲""兴象玲珑""神采飘逸""平易自然"等四个方面，主张根据系统有机性、层次性的特点揭示其内在结构，进而找到与外部环境的联

---

① 参裴斐《裴斐文集》第二卷，人民文学出版社，2013年版。按裴斐《李白十论》出版于1984年。
② 见《中国古代文论管窥》，齐鲁书社，1987年版。
③ 参余恕诚《唐诗风貌》第四章，安徽大学出版社，1997年版。
④ 参吴相洲《唐诗十三论》，学苑出版社，2002年版。按：吴文曾发表于1995年《北京大学学报》第3期。

系,认为直接影响风格的主要因素有"行为风范""思想性格""精神境界""表现手法""构思方式""审美观念"等。袁行霈《盛唐诗歌与盛唐气象》[①]从盛唐的时代风貌、盛唐诗歌的新趋势、盛唐诗歌的根基等三个方面,对盛唐诗歌与盛唐气象的关系进行了论述。认为盛唐不仅是唐朝的高峰,也是中国封建社会的鼎盛期,盛唐涌现出以李白、杜甫、王维等为代表的一大批诗人,他们共同开辟了气象恢宏的黄金时代。所谓盛唐气象,也主要是盛唐诗歌给人的总体印象。博大、雄浑、深远、超逸;充沛的活力、创造的愉悦、崭新的体验;以及通过意象的运用、意境的呈现、性情和声色的结合而形成新的美感——这一切结合起来就成为盛唐诗歌与其他时期的诗歌相区别的风格特征。而盛唐气象又是开明与开放的,唯开明才能革旧布新,云蒸霞蔚;唯开放才能海纳百川,博大深邃。袁先生在后来与丁放合作的系列论文中对盛唐诗坛展开了更加深入的研究。[②]

本节考察的角度与上述诸家稍有不同,主要探讨与诗歌关系密切的诗序。因为诗序与诗歌虽然创作在相同的情境之下,但有一些内容却是独立于诗歌之外的。而这些真切表现唐人心声的文字,字里行间依然洋溢着盛世特有的激情,表现出诗人们独特的精神风貌。盛唐诗序,也为我们展现了"盛唐气象"。

"盛唐气象"首先表现为:从帝王到普通诗人,对自己的国家、民族和时代都高度地自信。唐玄宗是盛唐的缔造者,他的诗序就是盛唐气象的典型代表。开元盛世的一个重要内涵是文教礼乐的兴盛,玄宗对文教的重视可以说达到了空前的地步。如《春晚宴两相及礼官丽正殿学士,探得风字并序》,前文已及。后来,张说赴集贤殿上任为大学士时,玄宗又赐宴赋诗,还特命张九龄撰《集贤殿书院奉敕送学士张说上赐燕序》。

在唐玄宗君臣的共同努力下,唐朝终于迎来了太平盛世,不仅政治清明、经济繁荣、军事强大、礼乐殷盛、交通发达,而且老百姓生活富足安乐,整个社会呈现出和平宁静的氛围,强化了儒家"华夏天中"的文明观念。在天宝十二年日本遣唐使晁衡回国时,王维的《送秘书晁监还日本国并序》就是最典型的表现,前文已有详论。

"盛唐气象"还表现为:诗人对自己的前途、品性和才能也充满自信,表现出积极进取的精神状态。陶翰诗序是这方面典型的代表,他是盛唐名士,其诗序表现对国家民族的强烈自尊和对自己、朋友的高度自信。如《送王侍御赴剑南序》《送萧少府之幽州序》都是这方面的代表,前文已及。

---

① 载《光明日报·理论版》1999年3月25日。
② 参袁行霈、丁放《盛唐诗坛研究》,北京大学出版社,2012年版。

陶翰的心中,多豪情壮思,多雄迈的自信。眼中即使看到失败,也决不气馁。这一点在他的慰人落第诗序中表现得很充分。如《送王大拔萃不第归睢阳序》《送卢涓落第东还序》《送谢氏昆季下第归南阳序》中都有这样的内容。

"盛唐气象"在诗序中更展现出:大唐全盛时期和平安详、繁荣昌盛的整体氛围,表现诗人兴酣标举的精神状态,充满壮阔的想象,沸腾的情思。

盛世多游宴,盛唐朝宴及游宴诗序就是这方面的典型代表。如唐玄宗《端午三殿宴群臣探得神字并序》既感叹季节的循环往复,又赞美君臣的相乐,最后就是赋诗纪兴,要比肩汉武魏文的雅会。体现出盛世特有的雄壮恢宏气度。又如孙逖《宰相及百官定昆明池旬宴序》,王维的《暮春太师左右丞相诸公于韦氏逍遥谷宴集序》前文已有评论。这些宴会诗序代表了朝廷宴会赋诗的基本面貌和艺术风格,总体上看,以歌功颂德为主,具有君臣之间相互沟通感情、协调关系的交际功能。

文人的家宴也是兴会空前,如李白的《春夜宴从弟桃花园序》中的描写,前文已详细论述。

"盛唐气象"还表现为安史之乱以后,面对盛世的毁灭,诗人们无比怀念那个伟大的时代,重新思索人生的价值和意义,考虑怎样通过改造文风来影响士风,进而改革时代的弊病,渴望重新回到盛唐时代。

萧颖士是盛唐名士,又广招学徒,传道授业,是在安史之乱前夕就敏锐察觉动乱阴影的智者,于肃宗上元元年客死汝南。他觉察到世风衰落是因为士人的道德沦丧,又影响到文风的浮靡,因此他要本着儒家精神,重新恢复文统与道统,成为中唐声势浩大的复古思潮的先声。他的《江有归舟三章并序》(《全唐诗》卷一五四),作于天宝十三年五月,其弟子刘太真擢第后归江南觐省,途过洛阳,他借饯别赋诗之机,表达了他的思想。宣扬"尊道成德",他是一个典型的正统儒家复古主义者,非常重儒家孝道,注重师道尊严,因为"道"靠师徒相互传授,才能传之久远。"孝道""师道"和"文道"融在一起,诗序充满德行文章的道学气。对文学的看法,他认为"学也者,非云征辩说,摭文字,以扇夫谈端,輮厥词意,其于识也,必鄙而近矣,所务乎宪章典法,膏腴德义而已"。反对那种摭拾文字、恣意辩说、以曲为直的辩者,主张致力于"宪章典法",弘扬"道德仁义",做君子之儒。这是他毕生做人作文的准则,萧颖士在当时学生众多(只有尹徵尚黄、老之学)。这种观念已经成为一种复古时尚。他又说:"文也者,非云尚形似,牵比类,以局夫俪偶,放于奇靡,其于言也,必浅而乖矣,所务乎激扬雅训,彰宣事实而已。"他反对崇尚形似,拘束于比类、对偶,追求奇异、华靡的文学观念,认为文章应该"激扬雅训,彰宣事实",崇尚古朴敦实、雅正而有文采的文风。对弟子的成功感到由衷喜悦,从中正见他教学的成功,也可以预见其道的远传;而他又对弟子施以谆谆教诲,要他们勿忘先师之训:"孝悌谨信,泛爱亲仁,余力学文。"这是一个师长的风范。这篇诗序展现了当时师徒之间宴会钱别、授业传道的真实场景,将诗歌用于传道垂训,亦为创举。

安史之乱后,现实主义诗人杜甫、元结等,通过他们的诗歌来反映现实民生,开始了"即事名篇,无复依傍"的新乐府创作,他们前半生沐浴盛唐的雨露阳光长大,骨子里贯注的那种盛世浩然之气,至死不休。

二、盛唐诗序的文体特征

盛唐诗序在文体上表现出鲜明的过渡性特征。初唐时期,诗序作为一种美文,继承了魏晋南北朝时期骈文的艺术成就和风格特色,追求辞藻、典饰、声律、对偶等形式。在初唐四杰的诗序中,达到了一个前所未有的高峰。由于过分追求辞藻典饰,走向了制约诗序发展的歧途,苦心追求的东西恰恰成为诗序文体进一步发展的主要障碍①。因此,在文体发展的推动下,诗人们开始回归早期诗序的散体风格,追踪四杰风格的陈子昂曾先后两次进行尝试,第一次是三十岁左右追随乔知之,将自己的遭际写在《观荆玉篇并序》之中,用散文形式讲述了一个唐代版的"和氏璧"故事,诗序对诗歌产生强大的情感力量,形成对现实的反讽。第二次是晚年所写的《东方左史虬修竹篇序》,吹响了唐诗将变革颓靡诗风的号角,代表初唐时期散体诗序的最高水平。随着陈子昂过早的离世,他未能将文体改革的任务彻底完成。令人遗憾的是,盛唐时代的诗人在创作诗序时,没有选择陈子昂尝试的散体,而是继续追随以王勃为代表的四杰作风,骈偶成为盛唐诗序的主要形式。这主要由于以皇帝和朝廷重臣为核心的文人群体依然崇尚高华壮丽的文风。尽管诗序中描写了流光溢彩的繁华景象,充满豪迈奔放的气势,但是文体改革进程缓慢。而一些在野的诗人,则在诗序中抒发人生感慨,沿着王勃等人在诗序中表现沉沦偃蹇之悲的趋势继续前进,既追求宏伟的理想,又抒发不遇之叹,文体上也呈现出骈散交织的状态。如果将中唐时期古文运动轰轰烈烈展开之后的诗序与初唐时期的骈体诗序联系起来看,很明显盛唐诗序还处于由骈体向散体演进的过渡状态。

(一)追求高华壮丽

唐玄宗非常重视文教,但他的诗序却几乎全部是骈体,说明他的心目中

---

① 参拙文《论初唐骈体诗序的艺术成就及其缺陷》,《宁波大学学报》2013年6期。

"文"的风格就是华美壮丽,前面所举的诗序就是典型。在他的影响下,像张说、王维、孙逖、张九龄等这样身处高位、润色鸿业的文人,长期处于朝廷文化艺术的中心,自然带有朝廷的特征,所以主流的趋尚影响诗序的总体格调。如张说《东都酺宴四首并序》就是典型的盛世格调。

李白是盛唐文化沃土中成长的杰出诗人,他的诗序更是盛唐文风的典型代表,如《秋日于太原南栅饯阳曲王赞公贾少公石艾尹少公应举赴上都序》,诗序结构和孙逖序文几乎一样,也是散文叙述远行者的履历、品德与才华。不同的是李白文笔更加雄壮,诗人的气质、飞扬的才气更加突出,尤其描写景物最富于诗意:"汾河镜开,涨蓝都之气色;晋山屏列,横朔塞之郊原。屏俗事于烦襟,结浮欢于落景。俄而皓月生海,来窥醉容;黄云出关,半起秋色。"令人想起他的"明月出天山,苍茫云海间。长风几万里,飞度玉门关""登高壮观天地间,大江茫茫去不还。黄云万里动秋色,白波九到流雪山"等雄浑壮健的诗句。这些诗序与他那些激情飞越、意境壮阔的诗歌息息相通。

这种文风成为一种时代的美学追求,当然这根源于盛唐那个充满希望、蒸蒸日上的辉煌时代。诗序没有在盛唐朝陈子昂晚年的散文化方向推进,主要原因在于文坛中心人物左右了整个时代的风格。

(二) 注重文采气势

与盛唐诗歌气象高华一样,盛唐的诗序也富于诗性品质,不仅词彩华美,而且富于澎湃的激情和磅礴的气势。

李白的诗序更加充满诗人的激情,完全展现了他豪爽真率的性格,壮丽奔腾的想象,淋漓彪举的兴会。如《秋于敬亭送从侄耑游庐山序》:

> 余少时,大人令诵《子虚赋》,私心慕之。及长,南游云梦,览七泽之壮观,酒隐安陆,蹉跎十年。初,嘉兴季父谪长沙西还,时予拜见,预饮林下,耑乃稚子,嬉游在傍。今来有成,郁负秀气。吾衰久矣,见尔慰心,申悲道旧,破涕为笑。方告我远涉,西登香炉。长山横蹙,九江却转,瀑布天落,半与银河争流,腾虹奔电,众射万壑,此宇宙之奇诡也。其上有方湖、石井,不可得而窥焉。羡君此行,抚鹤长啸,恨丹液未就,白龙来迟。使秦人著鞭,先往桃花之水。孤负凤愿,惭归名山。终期后来,携手五岳。情以送远,诗宁阙乎?

这篇诗序作于李白晚年旅居宣城之时,尽管序中通过对李耑今昔境况的描述,表露出他一生经历的曲折。但"一生好入名山游"的李白,听说李耑要前往庐山,马上勾起了他的豪兴,于是悬想起来:"长山横蹙,九江却转,瀑布天落,半与银河争流,腾虹奔电,众射万壑,此宇宙之奇诡也。"深深遗憾未能畅游,"孤负夙愿,惭归名山",并相约"终期后来,携手五岳"。一个纯粹天真的李白并没有因为长流夜郎而改变底色。此诗虽已不存,但序中对庐山的描述还是令人想起他的名句:"欻如飞电来,隐若白虹起。初惊河汉落,半洒云天里……海风吹不断,江月照还空……空中乱潈射,左右洗青壁。飞珠散轻霞,流沫沸穹石。""日照香炉生紫烟,遥看瀑布挂前川。飞流直下三千尺,疑是银河落九天。"这两首诗和这篇诗序可以相互发明,诗与序中的那股浩气、激情是相通的。

以陶翰、李白为代表的流寓四方的诗人群体的崛起,继承了王勃的文人风格,改造了板滞的骈文格调,开始沿着骈散交杂的方向改变。到李华和萧颖士时期,就基本上完成了这种文体的变革。

第六章　中唐诗序研究

第一节　中唐诗序的概况

中唐诗序非常复杂,一方面撰写诗序的作家和作品数量猛增①,而且出现了韩愈、柳宗元、刘禹锡、白居易、元稹等重要的诗人;另一方面,从单纯的散文来看,以独孤及、于邵、梁肃、权德舆为代表的文人群体,掌握着主流文坛的文柄,他们大量创作诗序(其中大部分是赠序),对当时主流文风产生了影响。文学史上描述的中唐"古文运动"正是由这些诗人和文人发动并取得辉煌成就的。古文运动有深刻的历史背景和文化背景,也是文体革新的结果,本章着重从文人之间离别远行时的赠别诗序考察古文运动与诗序散文化之间的关系,揭示其内在的文化因素。

表17　中唐诗序统计表

中唐作者	《全唐诗》	《补编》	陈《补》	《全唐文》	《拾遗》	《续拾遗》	陈《补》	合计
钱起 (710?—782?)	1							1
元结 (715—772)	18	1						19
皇甫冉 (717?—770?)	5							5
苏源明 (?—764)	2							2
韩翃 (生卒不详)	1							1
息夫牧 (生卒不详)	1							1
宋华 (生卒不详)	1							1
赵居贞 (生卒不详)	1							1

---

① 《全唐诗》中收录的就有40人的240篇作品,加上《全唐文》中收录的,数量将达到460篇左右。

(续表)

中唐作者	《全唐诗》	《补编》	陈《补》	《全唐文》	《拾遗》	《续拾遗》	陈《补》	合计
秦系 (720？—800？)	1							1
顾况 (727？—816？)	3			1				4
耿㵿 (生卒不详)	1							1
王武陵 (生卒不详)	1							1
李端 (？—785？)	2							2
丘丹 (不详，大历时人)	2							2
皇甫澈 (不详，大历时人)	2							2
武元衡 (758—815)	1							1
权德舆 (758—815)	3			6				9
韩愈 (768—824)	5			6				11
欧阳詹 (757？—802？)	4							4
吕温 (772—811)				3				3
柳宗元 (772—819)	4		2	14				20
刘禹锡 (772—842)	43	3						46
孟郊 (751—814)	2							2
李翱 (774—836)	1	1						2
樊宗师 (866？—824)	1							1
梁肃 (753—793)				4				4

(续表)

中唐作者	《全唐诗》	《补编》	陈《补》	《全唐文》	《拾遗》	《续拾遗》	陈《补》	合计
李贺 (790—816)	7							7
白居易 (772—846)	37	4		3				44
元稹 (773—831)	25			1				26
皎然 (720?—798)	3							3
刘太真 (752—792)				1				1
沈传师 (777—835)	1							1
王起 (760—847)	1							1
李渤 (773—831)	1							1
孟简 (?—823)	1							1
李绅 (772—846)	1							1
沈亚之 (?—831)	3			1				4
吴颛 (不详, 德宗时人)				1				1
朱千乘 (不详, 德宗时人)				1				1
蒋偕 (生卒不详, 中唐人)				1				1
合计(40人)	186	9	2	43				240

第二节 变革文体,力追古道
——萧颖士、李华的诗序

一、萧颖士的诗序

(一)萧颖士的生平事迹小考

萧颖士(《旧唐书》卷一九〇,《新唐书》卷二〇二有传),字茂挺。① 《旧唐书》本传载:"(与)李华同年(开元二十三年)登进士第。当开元中,天下承平,人物骈集,如贾曾、席豫、张垍、韦述辈,皆有盛名,而颖士皆与之游,由是缙绅多誉之。"登第时间当可信,如果按陈铁民说,萧颖士生于中宗景龙三年,此时已经二十八岁,似乎年龄太大,与《新唐书》所载"萧颖士四岁属文,十岁补太学生,记忆力超群,开元二十三年举进士,对策第一"相矛盾,相比之下,郭预衡、王运熙定其生年为开元五年比较合理,凭萧颖士的聪敏,十九岁中进士是能让人相信的。此后,萧颖士直到天宝初(742—744),才补秘书省正字,距中进士有近十年之久。正是在这十年之间,由于裴耀卿、习豫、张均、宋遥、韦述等扬誉,才使颖士"名播天下"。后因"奉使括遗书赵、卫间,淹久不报,为有司劾免,留客濮阳"。在濮阳,有尹徵、王恒、卢异、卢士式、贾邕、赵匡、阎士和、柳并等执弟子礼,以次授业,号萧夫子。(按:其时年三十岁左右)后召为集贤校理,因得罪李林甫(按:《旧唐书》叙事简略,《新唐书》将萧颖士得罪李林甫叙为"父丧","不诣林甫"),"调广陵参军事,萧颖士作《代樱桃赋》讥林甫。会母丧免,流播吴、越"(按:《旧唐书》不载此事)。《新唐书》载萧颖士认为"仲尼作《春秋》,为百王不易法,而司马迁作本纪、书、表、世家、列传,叙事依违,失褒贬体,不足以训","乃起汉元年迄隋义宁编年,依《春秋》义类为传百篇","乃黜陈润隋,以唐土德乘梁火德,皆自断,诸儒不与论也"(按:作这部史书应该需要两三年时间,如果教授学生一年时间,那么这时应该是在天宝五、六年。萧颖士约四十岁)。萧颖士有史才,故"韦述荐颖士自代,召诣史馆待制,颖士乘传诣京师",因不屈于方擅权的李林甫,"俄免官,往来鄠、杜间。林甫死,更调河南府曹参军。倭国人入朝,愿事萧夫子"正在此时(《旧唐书》言新罗使入朝)。萧颖士很有识见,《新唐书》载,安禄山未反前,

---

① 吴按:萧颖士生卒年有三种说法:郭预衡《中国散文史》定为(717—768),以符合史书记载的享年五十二岁之说;王运熙《隋唐五代文学批评史》定为(717—760),享年只有四十四岁,与史书不合;陈铁民在《增订注释全唐诗》中定为(707—759),以符合史传记载。

他就对弟子柳并说:"胡人负宠而骄,乱不久矣,东京其先陷乎。"因托疾游太室山。禄山反后,他去见河南采访使郭纳,又见东京守将封常清,均不果,知国不免灾难,就"藏家书于箕、颍之间,身走山南,节度使源洎辟掌书记。贼别校攻南阳,源洎欲退保江陵,颖士谏止。后洎卒,往客金陵,用王李璘招之,不见"(按:此事应在757年,萧颖士时年五十岁)。上元元年,刘展乱江南,萧颖士曾谏淮南节度副使李承式。"崔圆奏授扬州功曹参军。至官,信宿去。后客死汝南逆旅,年五十二岁。门人谥为'文元先生'。"萧颖士一生经历大致如上,与他齐名并同时的李华在《扬州功曹萧颖士文集序》中说:"君七岁能诵数经,背碑覆局,十岁以文章知名,十五誉高天下。十九进士擢第,历金坛尉、桂州参军、秘书正字、河南参军,辞官避地江左,永王修书请君,君逃不与相见。淮南节度使表为扬州功曹参军(按:李华这里的记载可能有误。淮南节度使崔圆表萧颖士为扬州功曹参军,一定在第五琦"请君为介"之后)。相国诸道租庸使第五琦请君为介,君以先世寄殡嵩条,因之迁祔终事。至汝南而殁。"①笔者认为,当考第五琦"请君为介"事及"迁祔终事"发生的时间,才能断定"至汝南而殁"的时间。从李华序文的口气看,他为萧颖士不幸早逝而惋惜,"不幸殁于旅次",似乎不是死后立刻作此序的,当是过了若干年,在江南遇到萧颖士儿子萧存之后,再作文集序的。此序当作于大历七年之前。据《旧唐书·第五琦传》载,第五琦任"江淮租庸使"时,玄宗尚在蜀,同年又拜殿中侍御史,寻加山南等五道度支使。促办应卒,事无违阙,迁司金郎中,兼御史中丞,使如故。乾元二年才任宰相,同年十月就被配流夷州。他"请君(颖士)为介",当在757年至758年,李华叙此事紧承崔圆表萧颖士扬州功曹之后,当有误。因为崔圆奏颖士至少在乾元三年(此年改年号"上元元年")之后,761年之前,刘展之乱发生在这两年。第五琦第二次被起用在代宗宝应初(762),后升至"专判度支,兼诸道铸钱盐铁转运、常平等使。加京兆尹,改户部侍郎,判度支,后再未任宰相。前后领财赋十余年"。这里所谓的十余年应包括乾元二年贬官前的四年,实际上他贬官后两年即回朝,后面再加六年,最多也只到大历三年,那么他推荐萧颖士的时间只能是757年至759年之间,后面再是760年的扬州功曹,再客汝南卒。据李华文章口气,似乎是"迁祔终事"后,不久就卒,故他不可能活到768年左右,萧颖士享年五十二岁之说不可靠。考《旧唐书·崔圆传》,他"拜扬州大都督府长使、淮南

---

① 《全唐文》卷三一五,第3197页。按:郭预衡《中国散文史》主要参考李华这篇序和《新唐书》"卒年五十二岁",定萧颖士生卒年为(717—768),实际上代宗大历时期不见萧颖士踪迹。故王运熙定为(717—760),享年只有四十四岁。陈铁民根据"卒年五十二岁"定为(707—759),似也缺乏证据。另,若按陈说,萧颖士应是五十三岁卒。

节度使"当在 760 年刘展作乱之时,大历三年六月薨。① 郭预衡先生可能是按这个间接证据定萧颖士的卒年,因为崔圆表他为"扬州功曹"不能在大历三年之后。但是,据李华《寄赵七侍御并序》中"茂挺独先觉,拔身渡京虹。斯人谢明代,百代坠鹓鸿"及诗中"自注",陈铁民先生考出此诗作于广德二年九月(吴按:当作于永泰元年夏秋之交),此时萧颖士已经去世,故郭说不妥。而陈先生定萧颖士卒于 759 年,显然与萧颖士任扬州功曹的时间有矛盾,所以我认为萧颖士当卒于 761 年前后,如果按生于 717 年推算,享年只有四十五岁左右,王运熙先生的说法值得重视。

(二)萧颖士诗序的特点

萧颖士在文学上主张复古,李华这样评价他:"君以为六经之后,有屈原、宋玉,文甚雄壮,而不能经。厥后有贾谊,文词最正,尽于理体。枚乘、司马相如亦环丽才士,然而不近风雅,扬雄用意颇浃,班彪识理,张衡宏旷,曹植丰赡,王粲超脱,嵇康标举,此外迥绝无闻焉。近日陈拾遗子昂文体最正。以此而言,见君之述作矣。"②他的诗序就很明显具有复古特点。据《全唐文》《全唐诗》所收录,萧颖士的诗序情况如表 18。

表 18

类别\出处	《全唐文》	《全唐诗》	合计
游历诗序	2	0	2
宴会诗序	1	0	1
赠别诗序	1	0	1
独特经历诗序	0	5	5
合计	4	5	9

先看萧颖士的独特经历诗序。《江有归舟三章并序》(《全唐诗》卷一五四):

记有之:尊道成德,严师其难哉!故在三之礼,极乎君亲,而师也参焉。无犯与隐,义斯贯矣。孔圣称颜子,有视余犹父叹,其至欤!今吾于太真也然乎尔。且后进而余师者,自贾邕、卢冀之后,比岁举进士登科,名与实皆相望腾迁,凡数子;其他自京畿太学,逾于淮泗,行束脩以上,而

---

① 《旧唐书》卷一〇八,第 3280 页。
② 《全唐文》卷三一五,第 3197 页。

未及门者,亦云倍之。余弗敏,曷云当乎?而莫之让,盖有来学,微往教,蒙匪余求,若之何其拒哉!猗尔之所以求,我之所以诲,学乎?文乎?学也者,非云征辨说,撠文字,以扇夫谈端,揉厥词意,其于识也,必鄙而近矣,所务乎宪章典法,膏腴德义而已。文也者,非云尚形似,牵比类,以局夫俪偶,放于奇靡,其于言也,必浅而乖矣,所务乎激扬雅训,彰宣事实而已。众之言文学者或不然。於戏!彼以我为僻,尔以我为正,同声相求,尔后我先,安得而不问哉!问而教,教而从,从而达,欲辞师也得乎?孔门四科,吾是以窃其一矣。然夫德行政事,非学不言,言而无文,行之不远,岂相异哉!四者一,夫正而已矣。故曰:"《诗》三百,一言以蔽之,曰'思无邪'。"不正之谓也。吾尝谓门弟子有尹徵之学,刘太真之文,首其选焉。今兹春连茹甲乙,淑问休阐,为时之冠。浃旬有诏,俾征典校秘书,且驰传垒首,领元戎书记之事。四牡骓骓,薄言旋归,声动日下,浃于寰外。而太真元昆,前已甲科,未始间岁,翩其连举,谓予不信,岂其然乎?夏五月,回棹京洛,告归江表。岵兮屺兮,欢既萃矣;兄矣弟矣,荣斯继矣。缙绅之徒习礼闻诗者,佥曰:"刘氏二子,可谓立乎身,光乎亲,蹈极致于人伦者矣。"上京饯别,庭闱望归,从古已来,未之闻也。余羁宦此都,色斯云举,彼吴之丘,曾是昔游,心乎往矣,有怀伊阻。行矣风帆,载飞载扬,尔思不及,黯然以泣。先师孝弟谨信、泛爱亲仁、余力学文之训,尔其志之。南条北固,朱方旧里,昔与太真初会于兹;余之门人有柳并者,前是一岁,亦尝觌兹地,其请业也,必始乎此焉。并也有尹之敏,刘之工,其少且疾,故莫之逮。太真亦尝曰:"何敢望并?"并与真,难乎其相夺矣。缅彼江阴,京阜是临,言念二子,从予于此,尔云过之,其可忘诸!同是饯者,赋《江有归舟》,以宠夫嘉庆焉尔。

江有归舟,亦乱其流。之子言旋,嘉名孔修。
扬于王庭,允焯其休。舟既归止,人亦荣止。
兄矣弟矣,孝斯践矣。称觞燕喜,于岵于屺。
彼游惟帆,匪风不扬。有彬伊父,匪学不彰。
予其怀而,勉尔无忘。

诗歌是运用《诗经》四言体,宣扬尊道荣亲的师道和孝道,充满了说教气味,作为师训来看,是端庄肃穆的,但从艺术上看,并不成功。倒是诗序具有非常重要的意义。

宣扬"尊道成德"的思想。这是萧颖士不同于李华之处,后来韩愈"好为人师"显然是受萧颖士影响。萧是一个典型的儒家正统复古主义者,非常重视儒家孝道,注重师道尊严,因为"道"正是靠师徒相互传授,传之久远的。萧颖士的"道"是由儒家正统的"孝道""师道"和"文道"相结合的一个综合体。整篇诗序充满了德行文章方面的道学气味,是他思想较集中的体现。

对文学的看法。"学也者,非云征辨说,撼文字,以扇夫谈端,揉厥词意,其于识也,必鄙而近矣,所务乎宪章典法,膏腴德义而已。"萧颖士反对那种撼拾文字、恣意辩说、以曲为直的辩者,主张致力于"宪章典法",弘扬"道德仁义",做君子之儒。这是萧颖士毕生做人作文的准则,也希望学生能铭记这一点,萧颖士在当时学生众多(只有尹徵尚黄、老之学),可见,这种观念已经成为一种复古时尚,这正是后来韩愈能够建构道统说的社会文化基础,称萧颖士为中唐古文运动的先驱者非常恰当。他又说:"文也者,非云尚形似,牵比类,以局夫俪偶,放于奇靡,其于言也,必浅而乖矣,所务乎激扬雅训,彰宣事实而已。"萧颖士反对崇尚形似,拘束于比类、对偶,追求奇异、华靡的文学观念,认为文章应该"激扬雅训,彰宣事实",崇尚古朴敦实、雅正而有文采的文风。这种范式的作用也具有重大的影响。他的弟子比岁连中高第,说明他的教学是成功的,符合朝廷取士的主流倾向,导致后来刘太真知贡举时专取高门世族子弟正是萧颖士的这种"德行先于文学"观念影响的结果。

其中也有对弟子的真诚赞赏和殷切期望。诗序流露出对江南故地的思念之情,言外之意就是对宦途的厌倦。这时,萧颖士大概已经闻到了将要大乱的气味,诗序结尾充满了向往江南、思念弟子的感情,后来安史之乱爆发,他就过江避难,最终客死汝南。这篇诗序展现了当时师徒之间宴会饯别、授业传道的真实场景,具有很高的史料价值,而且将诗歌用于传道垂训,也是一个重要的创举。

萧颖士于天宝十三载冬,辞去河南府参军之职,往游嵩山时作《江有枫一篇十章并序》(《全唐诗》卷一五四):

> 《江有枫》,思陆郑二友吴会旧游,且疾谗也。臣宦于尹府,以直方不偶,见逼逸佞,惟古之贤者,有避色避言之义,矫然去之。二室之间,有槭树焉,与江作南枫形胥类,憩于其下,而作是诗,以贻夫二三子焉。

> 江有枫,其叶蒙蒙。我友自东,于以游从。
> 山有槭,其叶漠漠。我友徂北,于以休息。
> 想彼槭矣,亦类其枫。矧伊怀人,而忘其东。
> 东可游矣,会之丘矣。于山于水,于庙于寺,

于亭于里,君子游焉。于以宴喜,其乐亹亹。
　　粤东可居,彼吴之墟。有田有庭,有朋有书,
　　有莼有鱼,君子居焉。惟以宴醑,其乐徐徐。
　　我朋在矣,彼陆之子。如松如杞,淑问不已。
　　我友于征,彼郑之子。如琇如英,德音孔明。
　　我思震泽,菱芡幕幕。瘖寐如觌,我思剡溪。
　　杉筱萋萋,瘖寐无迷。有鸟有鸟,粤鸥与鹭。
　　浮湍戏渚,皓然洁素,忘其猜妒。彼何人斯,
　　曾足伤惧。此惧惟何,惧寘于罗。彼骄者子,
　　谗言孔多。我闻先师,体命委和。公伯之愬,
　　则如予何。怅然山河,惟以啸歌,其忧也哉。

据《新唐书·萧颖士传》载:"安禄山宠恣,颖士阴语柳并曰:'胡人负宠而骄,乱不久矣。东京其先陷乎!'即托疾游太室。"①这首诗也是模拟《诗经》体,带有比兴色彩。其"序"是模仿《诗大序》,揭明旨意:"思陆(据)、郑(愕)二友吴会旧游,且疾谗也。"则此次辞职是由于"谗言"的缘故。他说:"臣宦于尹府,以直方不偶,见逼谗佞,惟古之贤者,有避色避言之义,矫然去之。"萧颖士的为人,《旧唐书》载"狂率",实际上是他的复古观念与世俗相冲突,即《江有归舟三章并序》中所言"众之言文学者或不然。於戏!彼以我为僻,尔以我为正",不仅文学观念,他的思想观念、言行处事都与世俗格格不入。再加上他对时局甚为失望,故而辞职游太室、少室二山。在嵩山他并非真的隐居,而是要观其变,故安史之乱后,他先是向河南采访使郭纳献策,后又赴封常清军营考察军情,知东京不可保,这才"藏家书于箕、颍间,身走山南"的。二室之间有一种"橄树"与江南"枫形胥类",所以写了这篇诗序和诗歌赠给江南友人。这组连章体诗带有叙事性,第一章叙自己在太室思念友人,第二章回忆江南的游乐,第三章想念粤东吴墟的隐居之乐,第四、第五章思念陆、郑二友,赞美他们"如松如杞""如琇如英"的品质,第六、七章思"震泽""剡溪"以至"瘖寐无迷",第八章抒发自己"怅然山河,惟以啸歌",不能有所作为的忧虑。这首诗实际上只有八章,是萧颖士写得较好的诗歌,字里行间含有深沉的忧思,运用《诗经》比兴体制,模仿中有时代情绪及作者情性的真切流露,记录了萧颖士生命历程中心灵的悸动,也体现了他复古的诗歌观念,表达了他真心归隐江南的愿望。李华称"茂挺独先觉,拔身渡京虹",强调他的识力

---

① 《新唐书》卷二〇二,第5769页。按:此年五月,萧颖士在饯别刘太真时,柳并已经在江南了,故此言不甚可信。《新唐书》谓萧有先见之明,"托疾"辞职,亦与此序不合。

和气度,是比较恰当的。在安史之乱期间,萧颖士是一个具有器识远见的人,这都根源于他以六经为雅正及忠孝节烈的观念。

此外,他的《菊荣一篇五章并序》《凉雨一章并序》(《全唐诗》卷一五四)、《有竹一篇七章》(增订注释《全唐诗》第一册)等大约都是作于同一时期,模仿《诗经》体制的诗作,表现了他对《诗经》从"思无邪"的内涵到"立序明旨"的形式自觉学习,意图恢复《诗经》雅正传统的努力。唐诗在汉魏两晋六朝基础上,又经过了一百多年的发展,取得了很高的艺术成就,萧颖士想以《诗经》的体制,改变世风,就显得力不从心了。这是他诗歌成就不及同时代其他作家(如李华)的原因,也是他的复古在当时并未取得实际影响的原因。①

再看萧颖士的游宴诗序。一般的文学史或文学批评史著作都将萧颖士作为盛唐中唐之交的古文先驱者来论述,这当然是非常正确的,但忽视了他是一个典型的盛世文人。他身上的过渡性特征主要表现在他的复古观念及相应诗歌创作之中,实际上,他与李华一样,也是沐浴着盛世的阳光长大的,整体上的时代氛围不可能不对他产生影响。他与李华一样,诗文创作也以安史之乱为界决然分为两期。其实他写于开元后期及天宝年间的一些文章,同样具有一种盛世情怀。如《清明日南皮泛舟序》(《全唐文》卷三二三)作意是"斯兴情之极致"遂"爰命墨客,纪他乡之胜事",未提赋诗之事,但据此序开头所引曹丕昔日此地"南皮之游"故事,亦有文人游览并赋诗②,"飙鸣葭,浮甘瓜,清泉渊沦,千古一色"的情景充满了一种历史的遐想,而萧颖士认为"由小而方大,则贵贱之权可齐;以今而喻古,则风流之事不易",说明他们当下的"南皮之游"与当年的情事是一样的。在这样的对比中,文人之间更要作诗纪胜比试一番,故萧颖士等人实际上也应该会赋诗纪兴。请看当时他们逸兴遄飞情状:"郊驿继当时之欢,濠梁重庄叟之兴。相与矫翠帝,腾清波,红妆屡舞,绿醑徐进,管丝迎风以响亮,士女环岸而攒杂。可以娱圣泽,表人和也。层城景移,碧潭阴起,荡暄妍之气色,纵鱼鸟之游泳。其思关塞崇崒,昆池清泠,关河千里,帝京不见。"他将南皮当下之景与想象帝京景象结合起来,描绘了大唐开元后期那种政通人和、熙熙而乐的太平盛世景象,写景刚健

---

① 按:《旧唐书·萧颖士传》载"外夷亦知颖士之名,新罗使入朝,言国人愿得萧夫子为师"。这种影响可能是他以君子之儒授业的教学方式深受欢迎,其启蒙地位要等到柳宗元、韩愈之时才得以确立。当然,萧氏文集规模很庞大,可惜散佚了,无法公正而切当地评价他的文学史地位,亦为一憾事。

② 如曹丕《芙蓉池作一首》:"乘辇夜行游,逍遥步西园。双渠相灌溉,嘉木绕通川。卑枝拂羽盖,修条摩苍天。惊风扶轮毂,飞鸟翔我前。丹霞夹明月,华星出云间。上天垂光采,五色一何鲜;寿命非松乔,谁能得神仙。遨游快心意,保己终百年。"见《文选》(中)第77页。

清新,境界壮阔,颇富于盛唐气势,不是安史之乱以后能出现的图景,可以说从一个侧面再现了"开元全盛日"的气象。他的另一篇《陪李采访泛舟蓬池宴李文部序》(《全唐文》卷三二三)就明确地说:"爰操简请同赋四韵,嗣于《国风》之后焉。"说明游宴之后是要赋诗的,这是文人游宴的基本特征。此文写景也非常壮丽而有气势:"出层城,横通川。回环里间,旷望郊廛。抑抑威仪,徒驭如驰。人导马随,以至于蓬池。矫翠帘,登画鹢。揖让有礼,献酬无致。威哉赫乎,方伯所以饷邦君也。尔乃洲岛回互,林亭翁郁,天海青平,豁若万顷,澄湛乎其间。红葉照灼,绿菱摇漾,浅草细萍,往往丛生。邀渔舟,望白鸟,江湖胜势,去去非远,既而涉则在岸,泛则在流,珍馐间海陆之错,妙舞应荆吴之奏。参差逶迤,笑语忘疲,亦千古一时也。晚林未疏,堤草更绿,轻雨泛洒,微风清润。溯回沧涟,终日夕焉。"这段写景颇能显示萧颖士的笔力,境界阔大,远近虚实互相映衬,颇见太平气象,因此"喜升平至乐,欢然有命赋诗"。在这种情境下产生的诗歌也应该有一种雍熙和乐、胸襟洒脱的气象。

最后我们来看萧颖士的《蓬池禊饮序》(《全唐文》卷三二三):"禊,逸礼也。《郑风》有之。盖取诸勾萌发达,阳景敷旭,握芳兰,临清川,乘和蠲洁,用徼介祉,厥义存矣。晋氏中朝,始参燕胥之乐,江右宋齐,又间以文咏,风流遂远,郁为盛集焉。"文章一开始就对逸礼"修禊"进行了一番追根溯源,在去秽求祉的本义中,加上赋诗,才形成真正的"风流",可见一种文化传统的形成,文化内涵的积淀,都离不开文人的活动。"若夫华林曲水,万乘之降也;兰亭激湍,专城之践也。而方伯之欢,未始前闻,以俟乎今辰",运用对照的方式,突出今天的方镇修禊的独特性。时间是天宝十四载三月,地点是河南陈留,原因是"李公,政成务简,方国多暇,率府郡佐吏,二三宾客,帐饮于蓬池备祓除之礼也"。美景纷至沓来,文笔也灿烂生花:"前迄漻颍,右汇郭邑。渺弥沦涟,汤日澄天。舟楫是临,泛波景从。其左则遥原萦属,崇冈杰耸,嘉卉异芳,杂树连青,即为台亭,登眺斯在。"描写水波荡漾、水天相映、崇峦耸立、芳树青翠之景很形象。接着是游历:"是日方牧乃拥车徒,曳旌旗,卯出乎北廂,辰济乎南川,税驾于车焉。然后降春流,飏彩舟,觞芳馔,缓舞清沤,援青蘋,骇紫鳞,回环中汀,缅望南津。沃于巳,酹于未,歌乐只。"这真是一天的欢歌醉乐!"赋既醉,坐闻而靡怠,日入而未阕,陶陶乎有以表胜境佳辰之具美。"所叙的情事正发生在安史之乱前夕,在杜甫诗中尽是忧虑重重的疑云,而在萧颖士的笔下却见"德洽礼成"的颂歌,其描写景物笔力雄健,境界开阔,再现了当时的繁华兴盛景象。可惜这是最后的辉煌,在萧氏文集及诗集中,此后再也没有看到这样的景象了,这可能与他761年左右客死汝南有关。

他诗文中没有李华晚年那种沧桑剧痛,可能是在盛衰巨变中形成的感慨还未诉诸笔端就谢世的原因。

总体上看,萧颖士诗序表现的是盛世景象,歌咏的是盛世情怀,与他没有充分感受品味衰世苦难有关。从这个意义上讲,萧颖士应该归作盛唐人。

二、李华的诗序

李华(715？—774),"字遐叔,赵州赞皇人。开元二十三年进士。天宝中累转侍御史,礼、吏二部员外郎。禄山陷京师,伪署为凤阁舍人。贼平,贬杭州司户参军。上元中以左补阙、司封员外郎召,不拜。李岘领选江南,表置幕府,擢检校吏部员外郎。大历初卒"①。这是《全唐文》所载的李华小传,对李华一生的主要事迹及履历交代比较简略。《新唐书·李华传》所载事迹较详:"华少旷达,外若坦荡,内谨重,尚然许,每慕汲黯为人。累中进士、宏辞科。天宝十一载,迁监察御史。……徙右补阙。安禄山反,上诛守之策,皆不留报。……玄宗入蜀,百官解窜,华母在郑,欲间行辇母以逃,为盗所得,伪署凤阁舍人。贼平,贬杭州司户参军。华自伤践危乱,不能完节,又不能安亲,欲终养而母亡,遂屏居江南。……李岘领选江南,表置幕府,擢检校吏部员外郎。苦风痹,去官,客隐山阳,勒子弟力农,安于穷槁。晚事浮图法,不甚著书。……大历初,卒。……华爱奖士类,名随以重,若独孤及、韩云卿、韩会、李纾、柳识、崔佑甫、皇甫冉、谢良弼、朱巨川,后至执政显官。"②李华和萧颖士齐名,都是盛唐与中唐之交的著名文人,对中唐时期古文作家群有很大的影响。《旧唐书》说:"华善属文,与兰陵萧颖士友善。……华文体温丽,少宏杰之气,萧颖士词锋俊发。"③本节对李华的诗序进行全面考察。

李华的序体文章分别收在《全唐文》和《全唐诗》中,前者收录8篇,其中诗序3篇,后者收录2篇。分为游宴诗序1篇,赠别诗序2篇,独特经历诗序1篇,赠酬诗序1篇。

先看他的游宴诗序。《登头陀寺东楼诗序》(《全唐文》卷三一五):

> 侍御韦公延安威清江汉,舅氏员外象名高天下,宾主相待,贤乎哉!王师雷行,北举幽朔,太尉公分麾下之旅,付帷幄之宾,与前相张洪州夹攻海寇,方收东越。夏首地当邮置,吉语日闻,喜气填塞于江湖,生人鼓舞于王泽。头陀古寺,简栖遗文,境胜可以澡濯心灵,词高可以继声金

---

① 《全唐文·李华传》卷三一四,第3185页。
② 《新唐书》卷二○三,第6775—5776页。
③ 《旧唐书》卷一九○,第5047—5048页。

石。二大夫会台寺之贤,携京华之旧,十有余人,烁如琼华,辉动江甸。涉金地,登朱楼,吾无住心,酒亦随尽,将以斗撒烦襟,观身齐物。日照元气,天清太空,无有远近,皆如掌内。辨衡巫于点黛,指洞庭于片白。古今横前,江下茂树方黑,春云一色。曰屈平、宋玉,其文宏而靡,则知楚都物象,有以佐之。舅氏谓华老于文德,忘其琐劣,使为诸公叙事。不敢烦也,词达而已矣。

韦侍御与卢象同众贤的这次游宴是在"张洪州夹攻海寇,方收东越"的大好形势下举行的,李华在头陀寺朱楼所观赏到的江南春天景象,非常壮阔,颇有诗的境界。李华认为屈原、宋玉的文采宏丽得江山之助,文学创作是具有地域色彩的,而且情与景可以相互映发。李华又说这篇文章叙事只取"词达而已",是"老于文德,忘其琐劣",可见是其晚年作品。诗序写景技巧较高,意味壮阔,这与他前半生生长于盛唐有必然联系,他毕竟写过《含元殿赋》这样壮丽恢宏的巨文。

再来看他的赠别诗序。如《江州卧疾送李侍御诗序》(《全唐文》卷三一五):

侍御历总汉上、湖阴、江左之赋,王府之入不匮,爱人之颂有余。前相国刘公居佐帝庭,行恤人隐,侍御时贤高誉,盛府旧僚,传檄速驾,江城风动。当天心厌兵,品物思理,将束贪狼之口,掩破骨之伤,濡足而前,化危为安,此大丈夫悬弧四方之志。与夫窜身渔钓,山林枯槁,异日论也。天下有道,贫且贱焉,耻也。今圣人在上,夔龙宣力,而老夫甘心贫贱,得非人生穷达,固有分耶?方理舟浔阳,追迹幽人,解缨纲,陵颢淳,虽病痼齿衰而神王。憔悴之中,齐荣辱,一视听,是非哀乐,无自入矣。侍御忽告余行,余知悒焉轸心,岂纷累未涤,将悲亦有道,且以簪击茶瓯歌而伐之曰:江沉兮雨凄凄,洲渚没兮元云低,伤别心兮闻鼓鼙。

这篇诗序作于江州,李华当时已患风痹,但对李侍御的"大丈夫悬弧四方之志"还是赞赏的,故说:"虽病痼齿衰而神王。憔悴之中,齐荣辱,一视听,是非哀乐,无自入矣。"李华晚年心中缠绕着失节的屈辱和疾病的折磨,在友人离别而去时,他还是用骚体诗表达了自己内心的凄凉悲慨和惜别之情,从诗中的"鼓鼙"声里,可以听到他对国家命运和友人前途的关切。在楚地送别,所以用屈、宋的骚体,明显是突出地方色彩,这在后来的权德舆诗序中有明确表述,可见有时候诗歌的创作与离别地域的古老风俗及文风是有密切关系的。又如《卧疾舟中相里范二侍御先行赠别序》(《全唐文》卷三一五),这篇诗序是李华晚年人生遭遇及思想矛盾充分展示的重要作品,具有人生总结的意味,且表达了他的诗歌观念。先以悲痛的笔调写自己的不幸遭遇:"华与二贤早相得,偕修君子之儒,而独无成;偕励人臣之道,而独失节;偕遇文明之运,而独衰病。"三个"独"字写尽一生的困踬迍邅,令人同情。再往前追溯,天宝十一年"奉诏廉军政,北至朔垂,驻车山阴",但却使司徒太尉公失望;更前一点"为伊阙尉,忝相公尚书约子孙之契",又不幸"孤负所知,亏顿受污,流落江湖","于今六年"! 六年之中受尽精神和肉体的折磨,而现在终于扫除了元恶,天下重归平静,朝廷下诏,相府故人纷纷催促赴职,但自己却是"潦倒龙钟,百疾丛体,衣无完帛,器无兼蔬,以妻子为童仆,以笠履为车服,并穀无由,呻吟舟中",这种衰颓潦倒的境况令人鼻酸。接着李华写了向大别山善卜者问命之厚薄的事,却得到这样的回答:"足下被儒者之服,读先圣之书,与身消息,足知性命,胡为而烦予?"这是颇有深意的,一方面穿儒服读圣书,应该足知天命,另一方面企望卜者一卜命运,可见他内心矛盾冲突的痛苦。李华晚年崇信佛教,但内心仍不能忘却时事、功名,故说:"服勤西方之教,久齐生死之域。言其外者,则儒不成矣,与匹夫同;败名节矣,与墨翟同。既衰病矣,与废疾同。"简直是一个一事无成的残疾,更痛苦的是他对自己人生地位有清醒的认识:"虽牵率危惙,匍匐颠沛,君父含宏,宰政不遗,适为朝廷之秽,相府之羞也,又安得恃为故人哉?"这就是李华内心痛苦的根源,他把"名节"看得比命还重。最终他只有这样自我安慰:"内者则大师微旨,幸游其藩,甘露灌注于心源,宝月照明于眼界,无得之分,可与进矣? 负薪之忧,忍不为言。"这是他决定不赴官的原因,但友人的离别,又自然触动他心里的那根脆弱之弦,毕竟是情不能已的人:"江亭凭槛,平视汉皋,武昌柳暗,溢城花发。一荣一枯,有欢有戚,离别之念,又焉得不悲乎?"情到真处,一往而深,李华之"悲"是真诚的、深刻的、无奈的。何以释怀遣悲,唯有赋诗。"四言诗,《雅》之遗也,以贶雅士。盍以雅为赠乎? 则知车马佩玉之多,反为末也。"李华是主张复古的文学家,以六经为根底,认为世风日下浇离,与士风不振有关,所以强调"诗言志"。赠友人雅诗,一方面是以雅为正,以雅相尚,以雅颂友,表达自己的美好愿望;另一方面也想通过雅诗表现自己纵然曾受污染,但仍怀有雅洁之胸襟。这篇诗序可以说是李华晚年的一篇代表作,汪洋含浑,笔力健壮,既有细腻的心理解剖,又有如泣如诉的叙述,还有情景交融的景物描述,达到了抒情、议论、叙事的高度统一。这是他以生命的血液写成的一篇文章,真挚感人,具有高度的艺术性,可惜所赋的诗歌已佚,难于体味其诗情,但诗歌的意境我想已经融化在这序文中了。

再如《寄赵七侍御并序》(《全唐诗》卷一五三):

> 自余干溪行,经弋阳至上饶,山川幽丽,思与云卿同游,邈不可得。因叙畴昔之素,寄怀于篇云。

> 摇桨曙江流,江清山复重。心惬赏未足,川迥失前峰。
> 凌滩出极浦,旷若天池通。君阳青嵯峨,开拆混元中。
> 九潭鱼龙窟,仙成羽人宫。阴奥潜鬼物,精光动烟空。
> 玄猿啼深茏,白鸟戏葱蒙。飞湍鸣金石,激溜鼓雷风。
> 雨濯万木鲜,霞照千山浓。草闲长余绿,花静落幽红。
> 渚烟见晨钓,山月闻夜舂。覆溪窈窕波,涵石淘溶溶。
> 丹丘忽聚散,素壁相奔冲。白日破昏霭,灵山出其东。
> 势排昊苍上,气压吴越雄。回头望云卿,此恨发吾衷。
> 昔日萧邵游,四人才成童。属词慕孔门,入仕希上公。
> 纬卿陷非罪,折我昆吾锋。茂挺独先觉,拔身渡京虹。
> 斯人谢明代,百代坠鹓鸿。世故坠横流,与君哀路穷。
> 相顾无死节,蒙恩逐殊封。天波洗其瑕,朱衣备朝容。
> 一别凡十年,岂期复相从。余生得携手,遗此两屝翁。
> 群迁失莺羽,后凋惜长松。哀旅难重别,凄凄满心胸。
> 遇胜悲独游,贪奇怅孤逢。禽尚彼何人,胡为束樊笼。
> 吾师度门教,投弁蹑遐踪。

这是李华唯一带序的酬赠友人诗序,诗也留存。据陈铁民先生《李华事迹考》(载《文献》1990年4期),代宗广德二年九月,李岘知江南东西及福建道选事,置铨洪州(今江西南昌),表李华为从事,加检校吏部员外郎,这首诗就是李华作于在洪州任职期间(广德二年冬至永泰元年六月)。① 诗开头即写"摇桨曙江流,江清山复重",说明他是沿着贵溪逆流而上,途经"君阳青嵯峨"和"九潭鱼龙窟",最终到达目的地"灵山"。沿途景物清丽幽美:"阴奥潜鬼物,精光动烟空。玄猿啼深茏,白鸟戏葱蒙……白日破昏霭,灵山出其东。势排昊苍上,气压吴越雄。"这一路描写景物,确实写出了"山川幽丽",诗人充满逸兴闲情,因此"思与云卿(李华友人赵骅之字)同游",但"邈不可得",因此"哀旅难重别,凄凄满心胸。遇胜悲独游,贪奇怅孤逢"。李华晚年虽有

---

① 按:余干在南昌正东,鄱阳湖南岸,向东南到弋阳,上饶又在其东,故自余干,经弋阳至上饶是向东南方向离开南昌,沿路要经过贵溪、横峰、玉山等地。

朝廷累次征召和众多故人的推荐,但由于污名节和风痹的纠缠,他始终处于悲凄之中,即使面对这样清幽秀丽的景致,也是如此。故此诗当是李华"苦风痹,去官,客隐山阳"(《新唐书·李华传》)时作的,则不作于任职期间(按:陈铁民说)明矣,应作于永泰元年春夏之交,故结尾说"吾师度门教(指佛教),投弁蹑遐踪"。从此之后,李华彻底远离官场,与《新唐书》本传说他"勒子弟力农,安于穷槁。晚事浮图法,不甚著书"相合。这首诗还有一个重要内容,即序中所说的"因叙畴年之素,寄怀于篇",李华在诗中叙述了早年的为宦经历及与赵骅的情谊:"昔日萧邵游,四人才成童。属词慕孔门,入仕曦上公。"指李华与萧颖士、邵轸和赵骅四人均以文采中进士,相次典校(邵后及第)。而"纬卿(邵轸)陷非罪,折我昆吾锋"(自注:邵字纬卿,以怨横贬,卒南中),"茂挺独先觉,拔身渡京虹。斯人谢明代,百代坠鹓鸿"(自注:萧天宝末。知乱弃官,往江东。殡葬先人,逝于汝南)。则萧颖士在李华写作此诗时已经去世。① "世故坠横流,与君哀路穷。相顾无死节,蒙恩逐殊封。"(自注:逆胡陷两京,予与赵受辱贼中。)② 同时并称的四君子,两人已逝,所存者均受辱,这是李华思念云卿的原因。"天波洗其瑕,朱衣备朝容"(自注:华承恩累迁尚书郎,赵拜补阙、御史),"一别凡十年,岂其复相从。余生得携手,遗此两屠翁。群迁失莺羽,后凋惜长松",说自己与赵骅已有十年未谋面,不知什么时候能再相见,因此心里充满悲切凄楚之情。这首诗有重要的史料价值,又是李华晚年情感心态的真实记录,与前面的《卧疾舟中相里范二侍御先行赠别序》相互呼应,成为李华晚年的写照。

李华有一篇独特经历诗序,颇能表现他内心的精神境界和人格向往,即《云母泉诗并序》(《全唐诗》卷一五三):

> 洞庭湖西玄石山,俗谓之墨山。山南有佛寺,寺倚松岭,下有云母泉。泉出石,引流分渠,周遍庭宇。发如乳浑,末派如淳浆,烹茶、淅蒸、灌园、漱齿皆用之,大浸不盈,大旱不耗。自墨山西北至石门,东南至东陵,广轮二十里,尽生云母,墙阶道路,炯炯如列星,井泉溪涧,色皆纯白,乡人多寿考,无癣痼疥瘙之疾,华深乐之。颍川陈公,天宝中,与华同为谏官。公性与道合,忽于权利,方挂冠投簪,顾华以名山之契。乾元初,公贬清江丞,移武陵丞;华贬杭州司功,恩复左补阙。上元中,俱奉诏征,公自清江至武陵,道路多虞,制书不至;华溯江而西,次于岳阳,江山延望,日夕相顾属,思与高贤共饮云母之泉,躬耕墨山之下。敢违朝命,以

---

① 郭预衡《中国散文史》认为萧颖士卒于大历三年,据此诗,郭说有误。
② 安禄山陷陈留,赵骅殁于贼,乾元元年贬晋江尉,李华贬杭州司功。

徇私欲？秋风露寒，洞庭微波，一闻猿声，不觉涕下。况支离多病，年甫始衰，愿饵药扶寿，以究无生之学，事乖志负，火爇予心，寄怀此篇，亦以书余之志也。

> 晨登玄石岭，岭上寒松声。朗日风雨霁，高秋天地清。
> 山门开古寺，石窦含纯精。洞彻净金界，夤缘流玉英。
> 泽药滋畦茂，气染茶瓯馨。饮液尽眉寿，餐和皆体平。
> 琼浆驻容发，甘露莹心灵。岱谷谢巧妙，匡山徒有名。
> 愿言构蓬荜，荷锸引泠泠。访道出人世，招贤依福庭。
> 此心不能已，瘵瘵见吾兄。曾结颍阳契，穷年无所成。
> 东西同放逐，蛇豕尚纵横。江汉阻携手，天涯万里情。
> 恩光起憔悴，西上谒承明。秋色变江树，相思纷以盈。
> 猿啼巴丘戍，月上武陵城。共恨川路永，无由会友生。
> 云泉不可忘，何日遂躬耕。

这是李华诗、序并存的一篇重要作品。肃宗上元元年秋，李华母丧服除后，诏复授左补阙，征入京，此诗就是李华自江南溯江西行赴长安途次岳阳时所作。据诗序，与李华同时赴诏的还有老友陈兼，但因"道路多虞，制书不至"，因此两人不能同路。李华在岳阳抒发对朋友的思念和相约归老"云母泉"边。这首诗及序所叙内容一致，是李华人生经历中虽不是最重要的却是独特的一次，是他名节受损后的再次入朝，心中非常矛盾，他屡次在诗或序中说到"名山之契""无生之学"，表现了他最终要辞官归隐学佛的愿望。所以这既是研究李华晚年经历的重要资料，又是研究诗与序关系的重要样本。李华还写了一些诗序，但所赋的诗歌已经不存，而此篇诗、序并存，犹为珍贵，从中可以看到同样内容由散文（序）和诗歌表达出来的不同效果。这在唐代诗序中颇有典型性。先看诗序中对"云母泉"的叙述："泉出石，引流分渠，周遍庭宇……自墨山西北至石门，东南至东陵，广轮二十里，尽生云母，墙阶道路，炯炯如列星，井泉溪涧，色皆纯白，乡人多寿考，无癣癞疥搔之疾，华深乐之。"这里的"深乐"是既乐此泉的圣洁甘美，又乐此泉生于佛寺，可以皈依佛门，这是李华晚年疾病缠身之后的最真切愿望。而诗中这样写道："山门开古寺，石窦含纯精。洞彻净金界，夤缘流玉英。泽药滋畦茂，气染茶瓯馨。饮液尽眉寿，餐和皆体平。琼浆驻容发，甘露莹心灵。……愿言构蓬荜，荷锸引泠泠。"文与诗都是描写云母泉的用途、清纯、圣洁和归老泉边的愿望，散文重叙述，非常详细地描写了云母泉的形态、颜色、味道、用途及地理位置和云母的纯白世界。而这些均是诗歌描写的背景,故诗歌重点突出"云母泉"的圣洁精纯,是"莹心灵""驻容发"的甘露琼浆,这就将心中向往的清净圣洁境界展现出来了,达到了突出理想境界的目的。人在痛苦矛盾时需要精神的安慰才可能解脱。李华的心愿如此,但皇帝"恩光起憔悴",他又不敢违抗朝命,故不得不"西上谒承明"。然而面对"秋色变江树","洞庭微波,一闻猿声,不觉涕下"。这"泪"中既包含了名节受污的楚楚痛苦,又有思念友人的感伤,"共恨川路永,无由会友生",更有为自己的"支离多病,年甫始衰"而哀泣,还有对"蛇豕尚纵横"时局的忧念。诗歌结尾的"云母不可忘,何日遂躬耕",既是对友人的邀约,又是对辞官归隐的期待,充满令人遐想的意味,与序中"寄怀此篇,亦以书余之志"正好相应。

李华是盛唐中唐之交的著名古文家,有比较深的复古文化观念,他身上的过渡性特征比较明显。李华前半生生长于盛唐,蒸蒸日上的盛唐气象熏陶了他,激发了他的壮大之思,让他写出了《含元殿赋》这样壮丽恢宏的歌颂明时的作品。但安史之乱又让他蒙受不忠不孝的污辱,并体验到贬官的痛苦。虽然后来几次朝廷征召他,但由于病魔的缠绕,他始终怀着归隐的愿望。李华的这篇诗序正是他首次赴诏时矛盾心情的必然而真切的流露。从文体上看,作为序的散文简洁明晰,叙事宾主分明,前后呼应,描写形象生动而又朴实无华,流畅自然;诗歌清新隽永,情真意挚,是一首非常优美的古体诗。诗与序共同描述了李华圣洁的"云母泉"境界,成为他晚年的憧憬和向往,也是他人格境界的象征。诗与序是相互映照、互相补充的关系,达到了水乳交融的状态。

第三节　弘扬道德,文采斐然
——独孤及、梁肃的诗序

一、独孤及的诗序

独孤及(725—777),字至之,河南洛阳人。天宝十三载应诏至京师,以洞晓玄经科对策高第,拜华阴尉,后转郑县尉。安史之乱起,他举家避地江南,代宗即位,以左拾遗召,迁太常博士,后任礼部、吏部员外郎。又出为濠、舒二州刺史,加检校司封郎中,徙常州刺史。卒于任所,享年五十三,谥曰宪。著有《毗陵集》。①

独孤及是一个为文学史家所忽视的文学家。他与盛唐中唐之交的李华、

---

① 独孤及在《旧唐书》中无传;《新唐书》卷一六二有传,第4990页。

萧颖士齐名并为好友,与权德舆、崔元翰又是密友。其文学观念与诗文创作对梁肃影响很大,可以说他是中唐古文运动的先驱者之一。而社科院文学研究所编《唐代文学史》(下)不列叙其名,袁行霈主编《中国文学史》(二)也不提他,郭预衡《中国散文史》(中)虽有"独孤及"一节,但论述简略,只注重他的"议论文",也提到他的送序、祭吊之文有特色,却没有给予足够的分析。王运熙、杨明《隋唐五代文学批评史》对独孤及的文学思想分析比较充分,限于体制,没能对他的文学创作充分展开论述。这足以说明对独孤及的研究还有待进一步加强。今以独孤及的序体文章为例,论述独孤及散文的价值和意义。

(一) 独孤及诗序的基本类型

独孤及在当时(主要是代宗大历中期前后)是文坛领袖人物。下面是《全唐文》和《全唐诗》中独孤及的诗序分类统计表。①

表19

类别 \ 出处	《全唐文》	《全唐诗》	合计
赠别诗序	35	0	35
宴会诗序	4	0	4
游历诗序	4	0	4
独特经历诗序	0	1	1
合计	43	1	44

第一类:赠别诗序。独孤及的赠别诗序共35篇,居于唐代赠别诗序作者的首位,这足以看出独孤及对此体的重视。从他赠别的对象来看,主要有以下几类:

送官员由京都赴任序。《奉送元城主簿兄赴任序》《送广陵许户曹充召募判官赴淮南序》《送宇文协律赴西江序》《送长洲刘少府贬南巴使牒留洪州序》《送王判官赴福州序》《送韦员外充副元帅判官之东都序》《送孙侍御赴凤翔幕府序》《送泽州李使君兼侍御史充泽潞陈郑节度副使赴本道序》《送成都成少尹赴蜀序》《送吏部杜郎中兵部杨郎中入蜀序》《送商州郑司马之任序》《送洪州李别驾还任序》《送颍州李使君赴任序》《送蒋员外奏事毕还扬州序》《送武康颜明府之鄂州序》《送崔员外还鄂州序》《送韦司直还福州序》《送司华自陈留移华阴赴任序》。

---

① 独孤及诗序收在《全唐文》中的见卷三八七、卷三八八。另有独特经历诗序1篇,见增订注释《全唐诗》第二册。这里分类仅列举篇名。下同。

送官员入京序:《送六合林明府清白名闻上都赴选序》《送崔詹事中丞赴上都序》《送李副使充贺正使赴上都序》《送开封李少府勉自江南还赴京序》《送陈留张少府勋东京赴选序》《送韦评事赴河南召募毕还京序》《送孟评事赴上都序》《崔中丞城南池送徐侍郎还京序》《送余杭薛郡守入朝序》《送柳员外赴上都序》《送陈赞府兼应辟赴京序》。

送友人应举、游历序:《送薛处士业游庐山序》《送张征君寅游江南序》《送李白之曹南序》《宋州送姚旷之江东刘冉之河北序》《送少微上人之天台国清寺序》。

送官员出使属国序:《送归中丞使新罗吊祭册立序》。

第二类,宴会诗序:《仲春裴胄先宅宴集联句赋诗序》《郑县刘少府兄宅月夜登台宴集序》《冬夜裴员外薛侍御置酒宴集序》《清明日司封元员外宅登台设宴集序》。

第三类,游历诗序(按:此类与宴会相关,只是侧重点不同):《华山黄神谷谒临汝裴明府序》《建丑月十五日虎邱山夜宴序》《扬州崔行军水亭泛舟望月宴集赋诗序》。

第四类,独特经历诗序:《垂花坞醉后戏题赋得俱字韵并序》。

从这些诗序所酬赠的对象看,独孤及在中唐前期文坛上,不仅地位高、影响大,而且交友广泛,他的诗所反映的社会生活面相当广阔。因为诗序是一种在群集宴会或赠别的情况下展现文学才华的文人实用文体,具有突出的时效性和传播性,产生于古老的"赠人以言"传统,繁荣于社交生活的需要。这些诗序真实地记录了当时文人的生活和生存状况,具有重要的史料价值。

(二) 独孤及诗序的特征

1. 独孤及擅长描写群聚宴饮的场面。如《仲春裴胄先宅宴集联句赋诗序》:

> 先是先清明一日,右金吾仓曹薛华、陈嘉肴,酾清酤,会河东裴冀、荥阳郑衷、河南独孤及于署之公堂。引满举白,自午及子,促席于花阴,赋诗于月波。乐极不醉,夜艾而罢。后清明三日,二三子春服成,思欲修好寻盟,选胜卜昼,裴侯是以再有投辖之会。是会也,郑不至,吾兄惠然而来。堂有琴,庭有条,芳草数步,落花满席。中和子冠乌纱帽,相与箕踞喦噱,傲睨相视,称觞乎其间。趣在酒中,判为酩酊之客;家本秦也,能无呜呜之声? 其诗云:"上天垂光兮熙予以青春,今日何日兮共此良辰。与君觞浊酒而藉落英兮,如年华之相亲。寒淹留以醉止,孰云含意而未

申?"歌数阕,裴侧弁慢骂曰:"百年欢会,鲜于别离。"开口大笑,几日及此,日新无已,今又成昔。不纪而赋之,如春风何?其演为连珠,以志此会。

这篇诗序当作于天宝年间,作者二十多岁的时候。先叙清明前一日薛华做东与裴冀、郑袞等自"自午及子"的欢会:"促席于花阴,赋诗于月波。乐极不醉,夜艾而罢。"这只是一个陪衬,随后紧接的是清明后三日的宴会,那情景更为酣畅:"堂有琴,庭有条,芳草数步,落花满席。中和子冠乌纱帽,相与箕踞呕噱,傲睨相视,称觞乎其间。趣在酒中。"这是典型的文人忘形尔汝的展露,随后就是赋诗:"上天垂光兮熙予以青春,今日何日兮共此良辰。与君觚浊酒而藉落英兮,如年华之相亲。蹇淹留以醉止,孰云含意而未申?"诗歌虽是骚体,但不见牢骚之情,而是借"呜呜秦声"来表达趁青春年华韶光正浓之时,享受这春风融怡、落英缤纷的美景良辰,兴酣神旺、逸兴遄飞的诗酒生活。将"(连)蹇淹留"与"含意未申"的不愉快之事驱向九霄云外,要充分体验这"百年欢会,鲜于别离。开口大笑,几日及此"的豪兴和畅快,因此面对"日新无已,今又成昔"的无奈,大家都赶快趁春风而赋诗,"以志此会"。这篇序对宴会的叙述描写真切生动,诗人情态毕露,是典型的文人风流,体现了独孤及在盛唐时代充分享受青春岁月的浪漫情怀,在春风落花与美酒中和朋友欢宴赋诗,成为生活必不可少的部分。这也是诗人青年时期生命历程的真切展露,体现了一种盛世情结。

再看独孤及任华阴尉时的一篇宴会诗序,《华山黄神谷谶临汝裴明府序》①:这是一篇游宴诗序,即宴会之前先游览风景名胜,这在王勃的诗序中早已有之,这种文人游览山水并宴集有很悠久的历史传统,至少可以追索到三国两晋时期。独孤及的宴会诗序一般都将宴会的因由介绍清楚,序体结构非常完整。像这篇序,先略叙"黄神谷"的由来:"黄卢子灭景上汉千岁矣,留碧峰白云,以贻后世。"②再简笔略叙道友裴冀(即临汝令)路过华阴,于是"思欲追高步,诣真境",与二三友人"挈长瓢,荷大壶,以浊醪素琴,会于黄神之谷",并且说这是"兴也"。即情怀开张,舒展灵性,兴会标举。众人怀兴攀

---

① 此序应为独孤及青年时期任华阴尉时的作品,与《仙掌铭并序》作于同一时期,因为没有安史之乱的任何信息。
② 按:黄卢子,姓葛名起,善于给人治病。病人处于千里之外,只寄姓名,与之诊治,皆得痊愈,不必与病人见面。又擅长气禁之道,能禁虎狼不得动,飞鸟不得飞,水为倒流。虽年已二百八十岁,尚能力举千钧,追及奔马。头上常有五色之气,高有长余。天大旱时,能至渊中召龙,催促升天,降下甘霖。一日告别亲友,乘龙而去,再不复返。事见葛洪《神仙传》卷四。李剑平主编《中国神话人物辞典》第571页,陕西人民出版社,1998年10月版。

登,"桜谷之西,顶实三峰。东面石壁丛倚,束为洞壑;乳窦潜泄,喷成盘涡。雨崖合斗,若与天接"。景物雄奇壮美,刻画细腻,使人如临其境。经过批榛攀爬,沿石梯进入了石洞,然后"蹋连嶂与叠崿,度岖嵚而蹑凌兢,夤缘绝磴,及横岭而止"。一路艰险一路欢畅,终于可以"澡身乎飞泉,濯缨乎清漣。想夫君倭我于花峰,下碧空而婵娟,爱而不见,搔首空山"。这是想与仙人会面,发思古之幽情。神仙可遇不可求,于是回到现实情境,"靡灵草以为席,倾流霞而相劝。楚歌徐动,激咏亦发,清商激于琴韵,白云起于笔锋"。这可以说是最朴素也最奢华的一顿野餐,幕天席地,芳草流霞,清歌美酒,白云琴心,诗兴勃发,以致"高兴尽而世绪遣,幽情形而神机王。颓然觉形骸六藏,悉为外物,天地万有,无非秋毫",进入了老庄的虚无空静与自然泯合的境界。于是"以志仙迹,且旌吾友嘉会"的诗歌和诗序产生了。这篇诗序实际上就是一篇游记,尽管诗歌已遗佚,但是诗与文在独孤及看来都是纪游抒情的方式,艺术意境上是相通的。

又如《郑县刘少府兄宅月夜登台宴集序》,作于独孤及二十二岁担任郑县尉时,也是盛世时期的作品。一开始描写月夜宴会的场所:"幕夜天,扫月榭,有酒如乳,醑我乎城隅。"接着是描写景色:"城临近山,俯瞰平隰,秦郊汉苑,相错如绣,且有颢气,足以娱人。"真是境界开阔,摹景如画,景物亲人,自然引起诗人们的情兴,于是诗友之间"声同而形骸相忘,道契故机事不入。是以有高会远望,危言浩歌。或心惬清机,寓兴于物;或语及陈迹,盱衡而笑"。进入了酣畅纵饮的"杯中乾坤"世界,遥想"彭泽采菊,隐侯临风"的逸人逸事,体味当下"高城古台,深夜朗月,芳樽良友,佳景胜事",遂生"今夕何夕"之感。王勃曾说"四美具,二难并",而今却是"八者俱并",正是赋诗的最佳触媒,把酒沐明月,夏风吹古台,浩思接千载,遥视通万里,不赋诗何以"观二三子之志"? 唐诗中的许多佳构都是在这样的情境中被激发催生出来。独孤及的诗序为我们真切地描述了唐诗产生的过程,可惜诗已不存,只能从序中感受那份甜蜜畅快、自由通脱、神采飞扬的诗歌的意境,神往那不可再得的盛世良宵。

再如《建丑月十五日虎邱山夜宴序》,此序当作于独孤及晚年任常州刺史时期。一开篇叙述自己"江海人"的地位:"方今内有夔龙、皋伊,以佐百揆;外有方叔、召虎,以守四海。"显然作者已经离开朝廷,远赴外郡,这两句写出了大历中后期相对平和宁静的整体时代氛围。习惯上人们将代宗大历时期也视作乱世,实际上虽有军阀混战,但在大乱之后,各种势力均处于相对沉寂的阶段,都在暗中积蓄力量,表面和平宁静的氛围下,聚集了诗人,宴会并举行,就形成诗歌创作的气氛。这篇诗序就是展现这种状况的。正如作者所说:"高枕无事。则琴壶以宴朋友,啸歌以展霞月,吾党之职也。"这就是虎丘宴会的根源和基础。接着独孤及又施展他的描写技巧:"岩岩虎邱,奠吴西门,崒然如香楼金道,自下方而踊,锁丹霞白云于莲宫之内。"这是远望之景。而近景则是"和气满谷,阳春逼人,岩烟扫除,肃若有待"。"待"谁呢?当然是没有机心、乐山乐水又乐道的朋友。于是"衔流霞之杯,而群嬉乎其中,笑向碧潭,与松石道旧",畅饮欢醉之后就是赋诗唱和。情绪已经达到高潮,独孤及还觉得文气未尽,再写道:"吴趋数奏,云去日没,梵天月白,万里如练,松荫依依,状若留客。"这简直是诗歌的妙境,除非亲身经历不能道其佳味!只有在这时,才能够"抚云山为我辈,视竹帛如草芥,颓然乐极,众虑皆遣,于是奋髯屡舞,而叹今夕何夕"。这里看似超脱,实则含有人生感慨,与前面所引的青年时代诗序中的"不知今夕何夕"相比,这是"叹"今夕何夕,由"奋髯"一词看,作者已入晚年老境。至此方悟开头两句中含有投闲置散的况味。然而因为兴味超脱,写景状物如画,群友兴会标举,这一层淡淡的忧郁还是未能占上风,让人体味的还是那份畅快透脱的潇洒情怀。而写此序的目的是"醉罢皆赋,以为此山故事",显然是想流芳百世的。

最后来看独孤及晚年的《清明日司封元员外宅登台设宴集序》,这是一篇感慨很深的作品。先交代构成宴席的两个重要因素"酒"与"春":"可以排天下细故,使忧吝不作,莫圣于酒。况与同志者共之,复遇司烜出火,勾芒宣气,天地氤氲,熙我以春乎?"这个开头可谓奇峰壁立,以叙述杂议论,强调与朋友共春天而饮酒的乐趣。朋友之间是"谈话不及朝市;迹无町畦,事不机括,故和乐不恃笙磬",是真正的志同道合。这样的情境,不会受尘累影响,为兴会铺垫了一个纯净无瑕的优美环境。台上侍宴的是才子四人,趣味高雅,赏心悦目;台下又簇拥着这样令人惬意的美景:"南山倚庭,碧草芊芊,沟塍圃畦,如龙鳞龟甲,芳树绣布,白花雪下。"独孤及的宴序都要描绘独特的景物来助酒兴和诗兴,这可以看出他纯粹文人的特点,与王勃同一意趣,在这样的境况下当然可以"一觞解颜,再觞解忧,三觞忘形而傲随之"。这显然是作者经历了仕途风雨之后的感慨,在酒力的作用下显露出铮铮傲骨。所以接着有一段议论:"夫以世道之多故,年岁之不吾与也。若忧患欢乐众寡之不侔,苟来者犹可追,无亦顾隙间之驷,以樽酒买笑,余敢惜费,贻青春羞。"独孤及还是不愿向命运低头,想留住青春的欢乐,因此他又说:"吾乃今日视薄游空名如争蜗角,又何用知接舆、伯夷不遇于杜康乎?"要彻底摆脱名缰利锁的束缚,就要畅怀酣饮,于是"顾谓满座,展诗以赠,亦命夫四子者志之"。真有点像李白反客为主、颐指气使的味道。一场豪兴大作的宴会就在诗的氛围中徐徐落幕。

独孤及的宴游诗序并不多,但篇篇精品。既注重游历宴会的完整过程叙述,又对景物描写、宴会场面着力刻画,中心是展露朋友群聚欢笑、觥筹交错、琴歌诗兴方面的情态,表现出一种忘形尔汝、契合自然、酣畅淋漓的意趣。① 这种诗歌夹于序中的交织状态,不同于以前的诗在序后、序为诗引的格式,诗境文心水乳难分;从语言上来看,独孤及虽然喜欢刻画雄奇壮丽和幽邃空灵的景物,但已经摆脱了初唐四杰的精雕细刻、浓墨重彩,显得素朴雅洁、意境深远,摆脱了骈文堆砌词藻、四六成句的呆板样式,已经是整饬而流畅的散文格调了。对韩愈的诗序有一定的影响。

2. 独孤及的赠别诗序用笔灵活,文学性与应酬性结合得很好。如《送归中丞使新罗吊祭册立序》:

> 儒家者流,鲜肯冠獬豸冠者,盖抗节刚奋,以排击为气使故也。今天子以公身衣儒服,力儒行,行之修可移于官,学之精可专对四方。是故公任执法之位,且使操节以济大海,颁我王度于大荒之外。夫新罗嗣王以丧讣,且请命于我矣。我则归瑁继好,以策命命之,实怀远示德,礼之大者。夫亦将宏宣王风,诞敷微言,使鸡林塞外,一变可至齐鲁。不然,归公何以不陋九夷之行也! 盖行于忠信者无险易,拘于王程者无远近。故公受诏之日,则遗其身,视涉海如蹈陆,谓穷发犹跬步。岂鲸怒鳌抃,足戒行李。凡以诗贶别,姑美遣使臣之盛云尔。

这是一篇送官员出使外国的赠别诗序。据《旧唐书·新罗传》载,代宗大历二年,新罗王金宪英卒,"国人立其子乾运为王,仍遣其大臣金隐居奉表入朝,贡方物,请加册命。大历三年,上遣仓部郎中、兼御史中丞、赐紫金鱼袋归崇敬②持节斋册书往吊册之。以乾运为义府仪同三司、新罗王,仍册乾运母为太妃。"③

---

① 独孤及的诗序中含有诗歌原文,如《冬夜裴员外薛侍御置酒宴集序》(《全唐文》卷三八七)载歌词:"簿领日盈机,知君傲烦器。饮和自忘渴,况以初筵招。道契迹自亲,谁为列宿遥?何用结同心,绿琴复长瓢。日月若走马,炎凉催斗杓。一年解颐笑,几日如今宵。奉君千金寿,莫使岁寒凋。"

② 《旧唐书·归崇敬传》卷一四九载:归崇敬,字正礼,苏州吴郡人。少勤学,以经业擢第。遭丧哀毁,以孝闻,调授四门助教。天宝末,对策高第,授左拾遗,改秘书郎。迁起居郎、赞善大夫,兼史馆修撰,又加集贤殿校理。以家贫求为外职,历同州、润州长史,会玄宗、肃宗二帝山陵,参掌礼仪,迁主客员外郎。又兼史馆修撰,改膳部郎中。……大历初,以新罗王卒,授崇敬仓部郎中、兼御史中丞、赐紫金鱼袋,充吊祭、册立新罗使。至海中流,波涛迅急,舟船坏漏,众咸惊骇。舟人请以小艇载崇敬避祸,崇敬曰:"舟中凡数十百人,我何独济?"逡巡,波涛稍息,竟免为害。故事,使新罗者,至海东多有所求,或携赍帛而往,贸易货物规以为利;崇敬一皆绝之,东夷称其德。使还,授国子司业、兼集贤学士。与诸儒官同修《通志》,崇敬知《礼仪志》,众称允当。……贞元十五年卒,时年八十。

③ 《旧唐书·新罗传》卷一九九,第5334页。

独孤及的这篇诗序非常得体,首先赞美归中丞的儒家品性,认为非常合适担当此任:"今天子以公身衣儒服,力儒行,行之修可移于官,学之精可专对四方。是故公任执法之位,且使操节以济大海,颁我王度于大荒之外。"这些话写得非常客观平正,也十分得体。接着写此行的重要意义在于"归瑁继好,以策命命之,实怀远示德",是"礼之大者",目的是要扬我国威:"宏宣王风,诞敷微言,使鸡林塞外,一变可至齐鲁。"为了强调这种意义,独孤及用了一个非常漂亮的转折句作陪衬:"不然,归公何以不陋九夷之行也!"又自然转入对归中丞的劝勉,因为此行远涉大海,异常危险,故要慰其旅途:"视涉海如蹈陆,谓穷发犹跬步。岂鲸怒鳌抃,足戒行李。"这几句既是对旅途危险的想象,又鼓励归中丞振奋精神,战胜困难,有鼓舞士气的作用。最后是赋诗赠别。归崇敬的这次出使,大受新罗君臣的尊敬,也如所料,海上遇到了风浪,归崇敬以他的大智大勇,终于出色地完成了使命。独孤及的这篇诗序记载了中外交往史上的重要史料,作为临行前的赠别诗序又具有鼓舞士气的作用,体现了一种扬威海外的大国风范和以华夏为中心怀远示德的儒家精神。由此可以看出独孤及能根据具体情况灵活用笔,奇崛起伏的构思中也时见和穆气象,其文章大得时人赞誉,不仅因为他的文才富美,而且因为其中确实含有一种卓识气度,能够得体地把握分寸。

又如《送贺若员外巡按毕归朝序》,这篇诗序当作于独孤及任润州或常州刺史时,先叙赞贺若公的才干:"贞明直躬,特达公器,才足以茂功藏事,政足以宏道救物。"再叙他非常适合巡按工作及其过程:"巡抚江介,分王命也","始至也,问谣俗,省疾苦,命司书示年数之上下,削郡县之版图,且为之实其多与寡,以差等井赋焉。然后劳之来之,安之集之,俾其有宁宇而族聚,以宣天子之宏恩而煦之",完成任务后将"旋于京师,且将捧府檄于南陔,侍版舆以西上"。作者对贺公功成不伐、为国尽忠的思想十分敬佩,说"翰飞方骋,瞻望何及?唯献酬东阁,弼成大猷,使烝人粒海水静,农夫高枕",表现了对朝廷关心民瘼的期待。最后是"凡执手于路者,请偕赋《鸿雁》,取'之子于征,劬劳于野,爰及矜人,哀此鳏寡',以为善颂"。此序运用工整庄重的颂体,多用四字句,一方面表现对贺公办事干练的赞颂,另一方面表现对战乱后生民疾苦的关怀,体现了他作为地方官以民为本的思想,在应酬性的文字中表现社会民生,非常得体。

3. 独孤及的赠别诗序充满真挚的赞赏和劝勉。如《送孙侍御赴凤翔幕府序》:

右扶风之地,枕跨陇蜀,扼秦西门,帝命司徒,为唐方叔。开府之日,搜贤自贰,于是孙侯以监察御史领司徒掾。夫子卿族也,用文学缵绪,而兄弟皆材。伯曰宿,以秋官郎辟丞相府;仲曰绛,拾遗君前,及余为寮。夫子则以贞干肃恪之能,入主方书,出佐戎政。花萼灼于三台,时人荣之。二月丙午,乘传诣部,人谓扶风于是乎有三幸。获白额而南山有采藜藿者,一幸也(先是司徒于南山擒贼帅高玉);今夫操兵者如虎,而司徒仁而爱人,二幸也;其府君则贤,其幕府多士,而孙侯懿之以文德,三幸也。恪于德以临事,度于义以从政,力于忠以成绩,吾子勉之,其蔑不济矣!士为知己者用,岂干荣乎?请居者歌之,子其行乎!君子赠人以言,亦以是也。

此序写得非常轻灵巧妙,先叙孙侍御兄弟三人才干出众,"花萼灼于三台,时人荣之"。再叙扶风于是有三幸:一是盘踞南山的高玉这匹白额虎被擒,二是司徒李抱真仁而爱人,三是幕府招罗了众多文士,其中孙侍御文德出众。这样的赞颂也是非常得体的。然后转入劝勉,希望孙侍御"恪于德以临事,度于义以从政,力于忠以成绩"。最后是请留者赋诗赠别,点明"君子赠人以言"的古训。这篇序是叙述与议论的有机结合,将诗歌看作临别的一种贶赠佳品,这样的诗歌是彼此精神的安慰,也是联系情感的纽带。

又如《送兵部梁郎中上奏事既毕还幕府序》:

元年夏,相国凉公将城汧阳、百里二城,即戎于境。先命从事兵部郎中安平梁公镇如京师请王命,且料民以调兵食。五月甲戌,至自雍。危冠上前,手画地图,以兵机军储,屈指而条奏。上甚悦,事下三府,六月庚戌,以玺书还雍,改辕而西。既犯軷,于是有追而送之者,皆赋以美。夫使臣将命而往者不辱命,而又专对以直,君遣使臣以礼,诗之所由作也。且公亦尝郎中宰昭应矣,而昭应之奏绩也,赋惟均而人惟和。及参事于相府,相府穆穆。今元帅七萃之士万计,以王命伐不庭。公章甫其冠,缦胡其缨,咨诹乎辕门,惟慎惟严,摩不尽乃心,布乃谋,敷乃心腹肾肠,讨军实而申儆之。咸莫不指臂其宜也,手足之捍头目也,戎政所举,蔑不以济。票卫之制胜在我,营平之威谋越人。子姑佐之,固亦整军经武而为干城之赖者,唯王室是奖。夫岂徒以一介之末,区区乎载骤四骆、皇华原隰之谓也欤?秋晚筋劲,陇关雪下,企予望吾子。以班固之笔札,铭崆峒山而还,悠悠我思,章句以赠之。

这篇诗序中谈到赠别作诗之由:"夫使臣将命而往者不辱命,而又专对以直,君遣使臣以礼,诗之所由作也。"使臣不辱使命就是赋诗赠别的原因。由于梁郎中很有才干做事又沉稳谨慎,故作者对他深怀期望,说:"秋晚筋劲,陇关雪下,企予望吾子。"突出了一片关怀的深情,因此要"以班固之笔札,铭崆峒山而还,悠悠我思,章句以赠之"。这篇诗序颂敬与劝勉相结合,最突出的是结尾借景抒情,深情期待友人建立功勋,非常动人。虽然诗歌已佚,但是我认为其意境已经融化在诗序中了。他的另一篇《送成都成少尹赴蜀序》也是如此,成少尹作为蜀镇节将王英义的部下,有尚书诸曹郎四十二人相送的赴蜀之行,场面甚为宏大。宴席上有客赋《蜀道难》①,而成少尹则说:"士感遇则忘躯,臣受命则忘家。姑务忠信,夷险一致,患已不称于位,于行迈乎何有?"这一席话让独孤及深有感慨,接着说:"凡强学以修业,积行以取位,赴知己不为名,适四方不违亲,卿大夫之孝也。"这是对成少尹最真诚的赞美,最后是祝愿和赋诗:"凡今会同,非诗无以道居者之志。"从这篇诗序来看,赋诗已经流于形式,主要的赞颂、劝勉、祝愿都在序文中表达清楚了。更重要的是,序文通过对话,刻画了人物形象,赠序文体的中心发生了转移,宴会、赋诗、景色描写等通常的格式内容已经退居其次,这对后来的韩、柳等人的诗序有重要影响。因为时代发生了变化,诗序的创作也跟着变化。人们觉得赋赠一些切实可行的劝勉,如忠义士节等方面的"言"更有意义,于是从情性张扬的赋诗变成了深诚劝勉的赠文。

在诗序中描写刻画人物形象的还有《送商州郑司马之任序》。这篇诗序写得言简意赅,情深意切,中间插入郑司马的一段话颇见人物的品性:"与其徇名以利人,宁勤身以安亲? 况佐郡之逸乎?"面对郑司马的通达,作者顿生依依不舍之情,于是托景以言之:"流火戒节,寒蝉噪泪,峣阙白云,片片秋色。"此情此景,"感时伤离者,斯可以言诗矣。"说明诗之用在于宣泄情感。而在《送洪州李别驾还任序》中通过李别驾寄傲于琴的雅好,来衬托他"操弦如操政""善而无伐"的品德修养。离别宴席上李别驾的"操缦之妙,可以见从政之道",友人即将离别而去,"汤汤郢音,明旦将远",于是借悬想之景慰藉离情:"庐峰溢水,大江间之风景可同,而听不可共。"情不能已,"由是众君子赋诗以壮别",且曰:"备《折杨》《皇华》之韵,用抒他年之相思。"这里点出离别赋诗的作用不仅可以壮别行人,还可以作为将来思念的依据。朋友,是人生的依靠,人与人之间,情到真处,是会有所表现的,总得留下一点痕迹,才能传之久远。唐诗中有许多追忆之序,大约都是出于同样的理由。

4. 独孤及的诗序描写景物简洁。如《送余杭薛郡守入朝序》这样托景

---

① 这可能是李白的诗歌《蜀道难》,因为独孤及与李白有交往,曾写过《送李白之曹南序》(《全唐文》卷三八八,第 3943 页)。

言情：

> 火云成峰，郊草如织。谁谓秦远？岐予望之，有以见升赤霄、捧白日，在此行也。

写景助兴：

> 阙塞双岭，遥作外户；嵩高逶迤，数峰当窗。伊洛春树，若刺绣布锦，仙桃火然，顾我则笑。
> ——《崔中丞城南池送徐侍郎还京序》
> 浊泾素浐，春水始生，秦原青青，诸草皆秀，可共乐也，而又别焉。
> ——《送蒋员外奏事毕还扬州序》

写景送别：

> 于越长路，江皋暮春，沉吟秦山，凄怆镜水，岂不知今日斗酒，明旦不共？
> ——《送宇文协律赴西江序》
> 和气用事，春物满眼，之子于征，五彩其服。想成皋花合，谷洛水大，是吾子拜嘉庆、问清高之日欤？
> ——《送渭南刘少府执经赴东都觐省序》
> 北斗在巳，南风始来，丛台草长，京口水阔。何以送远？
> ——《宋州送姚旷之江东刘冉之河北序》
> 华阴者，左崤函，右雍州。潼津钟池，缀于分野；长河太华，为之襟带。
> ——《送司华自陈留移华阴赴任序》

这些景物描写一般都很简洁精粹，不像初唐四杰那样刻意雕琢，也不大量用典，往往只作为抒情写意时的点缀和衬托，对后来韩愈、柳宗元等散文家影响深远。

5. 独孤及的诗序赋诗具有复古特色。如：

> 问离群何赠，请宾赋车乘。主人赋《南有嘉鱼》，以代"零雨"之什。
> ——《送陈赞府兼应辟赴京序》

大火初落,昊天欲高,远山云开,归路秋色。请各抒别操,使行者得歌而咏之。

——《送司华自陈留移华阴赴任序》

何以送远?唯当赋《伐木》以为仁人之赠。

——《宋州送姚旷之江东刘冉之河北序》

岂不知《常棣》之诗废,则和乐之好缺?盍使伯氏仲氏偕咏歌之,以赠行迈。

——《奉送元城主簿兄赴任序》

高天晚秋,杀气动地,靡靡歧路,悠悠旆旌。送离如之何?赋《小戎》以为好。

——《送广陵许户曹充召募判官赴淮南序》

是役也,冥冥羽翰,非瞻望所及矣。请偕赋以知魏风。

——《送韦评事赴河南召募毕还京序》

谓攀四牡者,各赋《南山有台》之四章,取"乐只君子,德音是茂",以为志云尔。

——《送余杭薛郡守入朝序》

从独孤及诗序中提到的这些模仿《诗经》的古体诗,可以看出中唐时期复古氛围的浓重,这在萧颖士的诗序及其诗歌中就有先例,可见古文运动不是韩、柳少数人振臂一呼就能形成声势浩大运动的,唯由时代积累而汇聚成的潮流能致。

(三) 独孤及诗序的成就

独孤及是中唐时期著名的古文家,对当时文坛产生了很大影响。《新唐书·独孤及传》说他"为文彰明善恶,长于议论"[1],又说他"喜鉴拔后进,如梁肃、高参、崔元翰、陈京、唐次、齐抗皆师事之"[2]。独孤及的诗序擅长议论说理,完全是流畅平易的散文体,彻底摆脱了骈文的束缚,体现了他重道的复古文学观念。梁肃《常州刺史独孤及集后序》说:"洎公……操道德为根本,总礼乐为冠带,以《易》之精义,《诗》之雅兴,《春秋》之褒贬,属之于辞。故其文宽而简,直而婉,辩而不华,博厚而高明,论人无虚美,比事为实录,天下凛然复睹两汉之遗风。"崔佑甫也说"常州之文,以立宪诫世褒贤遏恶为用,故议论最长。其或列于碑颂,流于咏歌,峻如嵩华,浩如江河"。[3] 独孤及的诗

---

[1] 《新唐书·独孤及传》卷一六二,第4993页。
[2] 同上。
[3] 《全唐文》卷五一八,第5260页。

序作为他全部文章中的一个独特类别,由于与广泛的士人群体相联系,表现了独孤及想通过改变文风来改变世风的努力。值得注意的是,独孤及的诗序并不排斥文采,这在他的游宴诗中表现最明显。

概括起来,独孤及的诗序主要取得了这样一些成就:注重完整过程的交代,突出叙述因素,为诗序的散文化奠定了基本格局;着重景物刻画,展现诗情诗境之美,景与情达到和谐交融,极富诗性品质;注重人物形象描绘,尤其擅长写群聚欢宴场面,有如临其境之妙;诗文交杂相融,语言流畅自然,富于艺术表现力;能根据不同对象和情境,灵活用笔,注意表达上的得体,将文学性和应酬性巧妙结合,平正而不乏文采,奇崛而时带肃穆,运用艺术技巧的水平较高。

二、梁肃的诗序

梁肃(753—793),是中唐前期著名的文学家,深受独孤及为人为文的影响,赞同"先道德而后文艺"的观点,复古精神较强,权德舆《祭梁补阙文》这样说:"游夏远矣,文章运衰,风流不还。作者盖希,君得其门,独斥浇醨,遐蹈古始,六经为师。"①关于梁肃的散文成就,文学史著作多有论述,尤其注重梁肃在古文运动过程中承前启后的作用和地位,本文只专论他的诗序特点和成就。郭预衡曾说:"梁肃也有属意为文的作品,主要是在送序一类文章,但他的文章特点不在于此,可以不论。"②郭先生只关注梁肃的政论文章,注重梁肃在思想方面的价值,实际上梁肃"属意为文"的诗序具有很高的艺术价值。

(一) 梁肃诗序的基本情况

梁肃的诗序今存16篇③,全部收在《全唐文》中,如下表所示:

表20

类别 \ 出处	《全唐文》
宴会诗序	2
赠别诗序	11
酬赠诗序	1
游历诗序	1
追忆诗序	1
合计	16

---

① 《全唐文》卷五〇八,第5172页。
② 《中国散文史》(中),第148页。上海古籍出版社,1999年12月版。
③ 梁肃的诗序都收在清编《全唐文》卷五一八中。

第一类,宴会诗序:《中和节陪杜尚书宴集序》、《晚春崔中丞林亭宴会诗序》。第二类,赠别诗序:《送谢舍人赴朝廷序》《送李补阙归少室养疾序》《送朱拾遗赴朝廷序》《送窦拾遗赴朝廷序》《送韦拾遗归嵩阳旧居序》《奉送刘侍御赴上都序》《送周司直赴太原序》《送前长安裴少府归海陵序》《送皇甫七赴广州序》《送灵沼上人游寿阳序》《送沙门鉴虚上人归越序》《送元锡赴举序》。第三类,酬赠诗序:《贺苏常二孙使君邻郡诗序》。第四类,游历诗序:《游云门寺诗序》。第五类,追忆诗序:《周公瑾墓下诗序》。

(二) 梁肃诗序的特点

1. 宴会诗序。如《中和节陪杜尚书宴集序》:

> 沛乎!圣人在穆清之中,合四序,茂万物。谓二月之吉,殷天人之和。肇以是日,为中和节。原夫"中"以立天下之本,"和"以通天下之志,明君所以总万邦也。奉时以协气,播气以授人,元侯所以承王命也。
> 于时上元甲子之六岁,地平天成,河清海晏,君臣高会,由内及外。粤我主公牧扬州,领东诸侯,既承湛露之泽,且修式燕之礼,乃邀中贵人,及我上介部从事,列将群吏,大官重客,峨星弁,执象笏,脱剑曳绶,列于宾席者,百有余人。火旗在门,雷鼓在庭。合乐既成,大庖既盈。左右无声,旨酒斯行。乃陈献酬之事,乃酬无算之饮。于是群戏坌入,丝竹杂沓。球蹈、槃舞、橦悬、索走之捷,飞丸、拔距、扛鼎、逾刃之奇,迭作于庭内。急管参差、长袖留袅娜之美,阳春白雪、流徵清角之妙,更奏于堂上。风和景迟,既乐且仪。自朝及暮,惟节有度。君子谓福禄之所浃,在是命矣。
> 既醉,小子辄起而言曰:"大君有命,令节兹始。我公宴喜,于以受祉。歌以发德,诗以颂美。于胥乐兮,胡可废已。"公曰:"善!"乃俾坐客,偕以六韵成章,授简为序。上以志王泽所及,次以纪方镇之欢,末以示将来盛事云尔。

先来考明此序的作年。文中有"于时上元甲子六岁"一句,"上元"为肃宗年号(760—761),共两年,梁肃此时只有八九岁,故"上元"误。"甲子"是德宗兴元元年,"兴元"只有一年,故"上元"应为"兴元"之误。"六岁"指从"兴元"算起六年,正好是贞元五年。这年正月,德宗根据宰相李泌的建议,下诏废止正月晦日之节,以二月初一为中和节,与上巳、九日为三令节,休假一日,民间以青囊盛百谷果实,互相赠送。① 题目中的杜尚书应该是杜佑②,梁肃这篇诗序就是叙述在扬州陪杜佑参加第一个中和节的盛况。贞元五年,作乱的方镇逐渐在德宗姑息政策之下趋于平静。诗序先写"中和节"的意义:"圣人在穆清之中,合四序,茂万物。谓二月之吉,殷天人之和。肇以是日,为中和节。原夫'中'以立天下之本,'和'以通天下之志。"这在当年是非常重要的庆典,当时的情况是"地平天成,河清海晏",故"君臣高会,由内及外",可见是举国欢庆,根据李泌的建议,应以重农、祈年谷为中心,其次才是士庶、村社的酒乐。而作为方镇来说,则是场面盛大,据此序,参加这次宴集的群僚从事、大官重客多达百人以上。场面和融欢乐而壮观:"火旗在门,雷鼓在庭。合乐既成,大庖既盈。左右无声,旨酒斯行。"在献酬、酣饮之后,还有群戏:"丝竹杂沓。球蹈、槃舞、橦悬、索走之捷,飞丸、拔距、扛鼎、逾刃之奇,迭作于庭内。急管参差、长袖留袅娜之美,阳春白雪、流徵清角之妙,更奏于堂上。风和景迟,既乐且仪。自朝及暮。"描写了宴会期间的各种杂技,再现了当年的独特情境,在这样的和乐之中,应当有更高雅的文人活动,梁肃提议赋诗颂美。于是宾客"偕以六韵成章",这些诗歌主要内容是"上以志王泽所及,次以纪方镇之欢,末以示将来盛事云尔"。今天看来,这三项内容还有再现历史原貌的史料价值。据《旧唐书·德宗本纪》载,德宗在贞元期间,经常举行这样的宴集,渲染一种和乐氛围,此序可以作为时代风俗的写生画。也由此可以看出,诗歌的作用在于记盛会,传之将来。这些诗歌都没有流传下来,只有当年的场景还留在历史的记忆里。诗歌的这种用途是其幸运呢,抑或是厄难? 至今难于评说。我们现在研究这些宴会诗序,主要是想还原历史的真实,揭示唐诗产生的背景。文学总是根源于它的时代,作家也不可能超越他的时代。因此,我们没有必要用"粉饰太平"之类的词将其全盘否定,因为这正是当时文人生存状态的真实反映。

梁肃还有一篇宴序,《晚春崔中丞林亭宴会诗序》,"德充则体和,道胜则境静",一开头就突出"道""德"二字,实际上流露出儒、释双重情怀。接着颂

---

① 见《大唐诏令集·八十·贞元五年以二月一日为中和节敕》,另,《旧唐书·德宗本纪》:"李泌请中和节日令百官进农书,司农献稬秬之种,王公戚理上春服,士庶以刀尺相问遗,村社作中和酒,祭勾芒以祈年谷。"第367页。
② 傅璇琮主编《唐代文学编年史》(中唐卷)认为是"杜亚"。据《旧唐书·杜亚传》,他兴元后至贞元五年在扬州,因"自以材当公辅之选,而连出外职,志颇不适,政事多委参佐,招引宾客,谈论而已。扬州官河填淤,漕挽埋塞,又侨寄衣冠及工商等多侵衢造宅,行旅拥塞。亚乃开拓疏启,公私悦赖,而盛为奢侈。江南风俗,春中有竞渡之戏,方舟并进,以急趋疾进者为胜。亚乃令以漆涂船底,贵其速进;又为罗绮之服,涂之以油,令舟子衣之,入水而不濡,亚本书生,奢纵如此"。贞元五年,以户部侍郎窦觎为淮南节度使代杜亚,杜改检校吏部尚书,判东都尚省事,充东都留守、都防御使。则离开扬州赴任洛阳当在此年初春。我认为此杜尚书是杜佑,详后考证。

扬崔公"意遗富贵,迹叶幽旷。与浩气为徒,故不导引而寿;以善闭为事,故无江湖而闲"。说明他是一位贞静得道的人,但是春物感人,心为外物所感则不能无动于衷。于是"春池始平,芳草如织"之时,崔公"乃启虚馆、延群贤。鸣琴漉酒,以侑谈笑;搴英玩华,以赏景物"。面对"修竹满座以环合,紫藤垂旒以萦结"的佳景,宾客们感到这里"地有沧州之趣,鸟无城郭之音。信上智之高居,人间之方外者也"。于是相谓曰:"夫养正在我,叙位在时。"都劝崔公不要晦迹息游,希望他再度出山。最后是"盍歌咏之,以志斯会"。值得注意的是,梁肃在序中说"盖诗可以兴,可以群",表达了对诗歌作用"群兴"方面的重要意义,并通过诗歌向崔公致以"君子万年,受兹介福"的祝愿。

梁肃的宴序仅此两篇,但都表现了"诗可以群"的观念,对解释中唐宴席赋诗及唱和繁荣发达的现象有一定的理论意义,这也是当时诗坛的一种共识。梁肃描写宴会场景及景物方面有一定的技巧。他虽以复古相高,但实际上颇富文采之美。

2. 游历诗序。梁肃的文人色彩还表现在他的游历诗序中。如《游云门寺诗序》。"游历诗序"即是由魏晋南北朝时期的"旅行诗"发展而来,而南朝的山水诗多是此类作品,但一般诗题交代旅行路线,故作序不多(除陶渊明《游斜川》等少数有序外),倒是湛方生的《庐山神仙诗》和慧远的《庐山诗》有序,都是描写庐山景物的优美骈文。梁肃这篇诗序显然受上面两篇诗序的影响,文笔非常优美,代表了梁肃散文成就的另一方面。首先概括游览山水的作用:"上德与汗漫为友,无江海而间;其次则仁智相从,有山水为乐。故合志同方,贤者有柴桑之隐;游道同趣,吾徒为云门之会,其造适一也。"这种与古贤相同的"适"就是梁肃的核心思想观念。这次游云门寺是在沙门释去喧的邀约下,与道友一起进行的:"相与探玉笥,上会稽,然后溯若耶,过凤林而南。意欲脱人世之羁鞅,穷林泉之遐奥。于是舍舟清澜,反策间原;递杳霭而历岖嵚,入深翠以泛回环,遂至于云门。"这一路的经历已非常富有诗意,但这只是一个铺垫,更美的还是入寺之后的观赏,风景更加壮丽:"观其群山叠翠,秦望拔起;五峰巉巉,列壑沉沉,上摩碧落,旁涌金界。其下则百泉会流。蓄为澄潭,涵虚镜彻,激濑玉漱。泠泠之声,与地籁唱和,不待笙磬,而五音迭作。眺听不足,则凝思宴息,恍焉疑诸天楼观,列在咫尺。庭衢之中,别有日月。"这段描写形象真切,色彩、形态与声音相结合;远近、高低、虚实相映衬,极富有诗的意境和韵味。接下来就是对佛、道境界的感悟:"既而动步真境,静聆法音。合漆园一指之喻,论净名无住之本。万虑如洗,百骸坐空。视松乔为弱丧,轻世界于枣叶。盖道由境深,理自外奖故也。"梁肃信奉天台宗,是大师元浩的弟子,他的文章有"释氏之鼓吹"方面的内容,但观此诗序,则见他是将佛家的"无住"与道家的"清静"统一于这真切而万象自然的"真境",是一种建立在真切体验上的理性认同。如果真的完全进入"空""无"的定境,则何必写诗?梁肃还是未能忘却人事的,因此他想到"昔之远公纪庐山,谢客题石门,道流胜赏,今古一贯。曷可不赋,贻云山羞",一种与古贤争胜的文人心态显然占了上风,因此"乃各为诗,以志斯会",并邀未赴此次约会的同道者赋诗"用广夫游衍之致"。此序作于建中元年应举之前,是能够充分显示才华的作品,梁肃后来入朝官至右补阙、翰林学士,其文采当是使他成功的一个重要因素。

3. 赠别诗序。如《贺苏常二孙使君邻郡诗序》:

古之厚风俗,美教化,必播于歌咏,垂于无穷,故《风》有二南之什,《传》称兄弟之政,其事尚矣。《二孙邻郡诗》者,前道州刺史李萼贺晋陵吴郡伯仲二守之作也。二公修懿文之烈,成变鲁之政,地无夹河之阻,人有同舟(一作风)之乐,抑近古未之有也。故道州诗而美之,属而和之者,凡三十有七章,溢于道路,盖云盛矣。

初伯氏用雅度硕画,掌柱下史(一作方书),出拥麾幢,四领江郡;仲氏以茂学达才,由尚书郎贰京兆守上饶。兴元、贞元间,偕以治行闻。天子器之,于是仲有吴苑之寄,伯受晋陵之命。自麦亭以东,御儿以北,面五湖,负大江,列城十二县,环地二千里,政教同和,风雨同节,礼让同俗,熙熙然有太平之风。每岁土膏将起,场功向毕,二公各约车舆,将命者十数人,循行邑里,劳之斯耕,喻之斯藏。民乐其教,且饱其和,然后用笾豆盎斝,展友爱于交壤之次。绰绰怡怡,有裕有欢。二邦之人,于斯观德,可谓之荣矣。

本夫诗人之志有四焉:美其德,美其位,美其政,美其邻,信可以编诸唐雅,昭示后学,岂止于涂歌里诵,退迩悦慕而已!肃尝辱二公之眷,谨序篇首,庶采诗者得之,陈于太师,以知吴风。

"酬赠序"是一种不同于"赠别序"的"赠序",其不同之处在于,前者不作于或不一定作于别离之时,而是因为有重要的事要表达,希望朋友之间相互切磋。这种赠序,说理成为主要内容。如这篇诗序就是主要讨论诗歌作用的,一开篇就说:"古之厚风俗,美教化,必播于歌咏,垂于无穷。"提出诗歌有"颂美"和"流传"两大功能,故《风》有二南之什,《传》称兄弟之政",将"诗"与"政"紧密联系在一起,前道州刺史李萼的《二孙邻郡诗》就表彰了晋陵、吴郡孙氏伯仲的政绩,并且有和作37章。接着梁肃叙述了他们的事迹:"列城十二县,环地二千里,政教同和,风雨同节,礼让同俗,熙熙然有太平之风。"这让人想起杜甫曾赞美元结哀叹同情战乱疮痍中的人民苦难之作,表现的是一种仁爱慈善的胸怀。那首诗是在大乱之后,而梁肃写此序时,动乱已经趋于平静,虽然割据初步形成,但像孙氏兄弟这样施行仁政,且有一定政绩的显例,还是得到像梁肃这样的君子们的赞赏,和诗的众多就说明了人心所向。在中唐时代,确实需要这样的好官吏,为百姓做点实事。尽管可能诗序中存在一定的夸饰因素,但梁肃的意旨还是值得称道的。更重要的是,因为这件事,梁肃发表了他的诗歌观念,他认为:"夫诗人之志有四焉:美其德,美其位,美其政,美其邻。"这"四美"都值得赞颂,他明确地说这是"诗人之志"。可见他对诗歌作用的理解,相当于韩愈所说的"鸣国家之盛"的东西。梁肃认为这些诗歌"信可以编诸唐雅,昭示后学,岂止于涂歌里诵,遐迩悦慕而已",那是要求将这些诗歌颂美的"政迹"当作昭示后学的榜样,以促进社会风气的转变,以诗歌来表现社会理想,但这样的设想不免过于高蹈。不过从此序可以看出,梁肃是有表彰良吏、扭转社会风尚这方面意识的,这与他改革社会、恢复古道的思想是相通的。当然,他对诗歌作用的理解,不免庸俗化、概念化,但应该认识到这是试图改造社会、改变诗歌风尚的一种努力,其积极内容是值得肯定的。梁肃生于天宝盛世的末期,从三岁起就经历安史之乱,漂泊江南达二十年之久,心中非常渴望恢复二孙管理下的这种政通人和局面,可以说代表了那个时代普通士人和下层百姓的良好愿望。只可惜在德宗文恬武嬉的姑息怂恿下,最终又酿成了新的社会弊病,这是社会现实和人民良好愿望之间的矛盾。

梁肃的赠别诗序最多,共11篇,可以考证梁肃的一些重要经历。如《送谢舍人赴朝廷序》,此文中有"小子适受东观之命,从公后尘,行有日矣"之句,则此序作于梁肃接到朝廷诏命但未离开晋陵(今常州)之前,当为建中元年作品。诗序中提到"乃用觞豆宴酬,以将其厚意。意又不足,则陈诗赠之,属而和者凡十有一人",说明赋诗赠别是宴会不能尽意的补充。《送李补阙归少室养疾序》《送朱拾遗赴朝廷序》,后者文中有"献岁之吉,涉江而西"之句,当作于大历末年,游寓江南时,在建中赴朝廷之前。《送窦拾遗赴朝廷序》《送韦拾遗归嵩阳旧居序》,韦拾遗与梁肃于建中元年同时召为谏官,韦大约于兴元元年归隐嵩邱。《奉送刘侍御赴上都序》,这篇诗序值得注意,梁肃作于江南未入朝为官之前,对入朝者充满期待和憧憬,地点在延陵包公的祖饯筵席上,"二三子尚未醉,盍各赋诗,以代疏麻瑶华之赠! 中丞既歌首章,命和者用古意,皆以一百字成之,凡七篇",这是明确用二十句十韵五言古诗相赠的记载。《送周司直赴太原序》,此序中对太原的地理位置及军事意义有论述。《送前长安裴少府归海陵序》,此序甚短,而其情长:"秋风木落,临水一望,远客之思多矣。而裴侯复告予将归故国,伤怀赠别之诗,于是乎作也。"这个开头悲愁而壮阔,同时点明秋风落木引起远客多思,是产生"伤怀赠别"诗歌的原因。"夫道胜则遇物而适,文胜则缘情而美。裴侯温粹在中,英华发外;既乘兴而至,亦虚舟而还。与夫泣穷途咏式微者,不同日矣。若悲秋送远之际,宋玉之所以流叹也,况吾侪乎",写行者通脱而洒然,而居者则"悲秋送远",情深如缕,文虽短而情不尽。《送韦十六进士及第后东归序》,写韦秀才中进士后飘飘凌云意气:"飘飘然有排大风摩青天之势。今岁后四月,谢诸朋游,轻骑东出,且以五彩之服,拜庆于庭闱,荣哉,孝乎!"充满了羡慕,因为韦秀才与梁肃曾经有"为五湖之游",而自己"今则系在柱下,不能奋飞。送归如何?为愧为羡。《大雅》云:'敬慎威仪,以近有德。'盖虽有杂珮,不如此诗,辍而为好,以志少别"。这里梁肃将诗歌作为更高级别的赠品,可见诗的作用不同一般。

赠别诗序中重要的是《送元锡赴举序》:

> 自三闾大夫作《九歌》,于是有激楚之词,流于后世,其音清越,其气凄厉。吾友君贶者,实能诵遗编,吟逸韵,所作诗歌,楚风在焉。初元之明年,予与君贶兄洪俱参淮南军事,属河外尘起,羽书狎至,每沉迷簿领之际,一见夫人清扬,则烦襟洗如也。又常爱其人也,澹然其静也,旷然其适也,泛然其无不与也。且从宾荐之礼,以赴扬名之期,又见其志也。秋气云暮,芜城草衰,亭皋一望,烽戍满目,边马数声,心惊不已。感离别于兹辰,限乡关于远道。孰曰有情,而不叹息?伤时临歧者,得无诗乎?

序中说"初元之明年,予与君贶兄洪俱参淮南军事","初元之明年"应为贞元二年,即梁肃在此年"参淮南军事"。而《新唐书·梁肃传》载梁肃在建中初中文辞清丽科后,擢太子校书郎。后"萧复荐其材,授右拾遗,修史,以母羸老不赴"。接着叙"杜佑辟淮南掌书记,召为监察御史,转右补阙、翰林学士,皇太子诸王侍读"①。说明梁肃先在淮南幕府掌书记,然后入朝为右补阙。再查《旧唐书·杜佑传》:"贞元三年,征为尚书左丞,又出为陕州观察使,迁检校礼部尚书、扬州大都督府长史,充淮南节度使。"②这几项职务不可能在一年之内完成,故杜佑任淮南节度使至少在贞元四年底或五年初。梁肃于贞元五年二月初一,曾陪杜佑在扬州参加第一个中和节宴会,则他任淮南节度使

---

① 《新唐书》卷二〇二,第 5774 页。
② 《旧唐书》卷一四七,第 3978 页。

书记,应在贞元四年左右。则此文中的"初元之明年",应该有误。序中说:"属河外尘起,羽书狎至,每沉迷簿领之际。"则梁肃在幕府有一段时日了,又考此文中写的是秋天景象,故应作于贞元五年(或以后)秋天。① 这是梁肃的一篇比较有文采的送友人赴举诗序,在梁肃文中比较有代表性。元锡是擅长诗歌的,又是楚地人,故对楚辞比较熟悉,而梁肃也借此表达了他对楚辞的看法:"自三闾大夫作《九歌》,于是有激楚之词,流于后世,其音清越,其气凄厉。""激楚""清越""凄厉"比较准确地概括了屈原楚辞的情感与声调特征,且表达了赞赏之意。接着叙述"吾友君贶者,实能诵遗编,吟逸韵,所作诗歌,楚风在焉",说明元锡的诗歌继承了楚骚传统,得到了梁肃的肯定,而元锡本人也志远清爽:"一见夫人清扬,则烦襟洗如也。又常爱其人也,澹然其静也,旷然其适也,泛然其无不与也。"诗品与人品达到了同样"清越"的境界,故在他赴举之前,梁肃要写诗赠序,以表达离别之情,"秋气云暮,芜城草衰,亭皋一望,烽戍满目,边马数声,心惊不已",这里写景与中和节时写景显然不同,贞元五年二月初一中和节还说"地平天成,河清海晏",仅仅几个月就成了"亭皋一望,烽戍满目",我想当以这篇写景更符合历史的实情,也同时为友人的离别作了背景,暗含些许担忧。情景交融,成为别离诗歌创作的触媒。"感离别于兹辰,限乡关于远道。孰曰有情,而不叹息?伤时临歧者,得无诗乎?"在这种情境下写出来的诗歌,就更加具有感染力,可惜,诗已佚,无法品其况味。但此序之所以在梁肃散文中处于较重要的地位,是因为他在具体情境下,结合具体人物,对屈原及其楚辞作了准确的评价,与他在论道时贬低屈原显然不同。另外,这篇诗序中的景物描写很有特点,既精练又能做到情景交融,在景物中既寄托了对友人的离别思念,又有对时局的忧虑,同时还可见出他倦于文书案牍的心底忧郁。作为文人的梁肃,这些细微的情感波澜,都在这篇短序中有所展露。当然,从文体结构上看,梁肃的这篇序,还是保持了他一贯擅长议论说理的特点,对楚辞对友人人品、诗品的评论,都是精当的。

4. 梁肃还有一篇追忆诗序,《周公瑾墓下诗序》:

> 昔赵文子观九原,有归欤之叹;谢灵运适朱方,兴墓下之作;或怀德异世,或感旧一时,而清词雅义,终古不歇。十三年春,予与友人欧阳仲山旅游于吴。里巷之间,有坟岿然。问于人,则曰:"吴将军周公瑾之墓也。"予尝览前志,壮公瑾之业,历于遗墟,想公瑾之神,息驾而吊,徘徊不能去。昔汉纲既解,当涂方炽,利兵南浮,江汉失险。公瑾尝用寡制

---

① 按:两唐书都没有提到杜亚荐举梁肃的事,故梁肃所陪的杜尚书应该是杜佑。

众,挫强为弱,燎火一举,楼船灰飞。遂乃张吴之臂,壮蜀之趾。以魏祖之雄武,披攘踯躅,救死不暇。袁彦伯赞是功曰:"三光三分,宇宙暂隔。"富哉,言乎!于是时弥远而名益振,世逾往而声不灭,有由然矣。诗人之作,感于物,动于中,(一作感于物象)发于咏歌,形于事业。事之博者其辞盛,志之大者其感深。故仲山有过墓之什,廓然其虑,粲乎其文,可以窥盘桓居贞之道,梁父间吟之意。凡有和者,当系于斯文。

先揭示这种追忆之诗有文学史上的显例:"昔赵文子观九原,有归欤之叹;谢灵运适朱方,兴墓下之作(按:即《庐陵王墓下作一首》,有"晓月发云阳,落日次朱方"句);或怀德异世,或感旧一时,而清词雅义,终古不歇。""怀德"与"感旧"是这种诗歌产生的根本原因。接下来叙述大历十三年春与欧阳中山旅行于吴观周瑜墓徘徊不忍去的往事。"昔汉纲既解,当涂方炽,利兵南浮,江汉失险。公瑾尝用寡制众,挫强为弱,燎火一举,楼船灰飞。遂乃张吴之臂,壮蜀之趾。以魏祖之雄武,披攘踯躅,救死不暇。"因此"三光三分,宇宙暂隔"。于是周公瑾"时弥远而名益振,世逾往而声不灭"。这里可以看出对周公瑾的钦慕在于他以弱胜强三分天下的历史功勋,其中寄寓了建功立业的愿望,后来苏轼《念奴娇·赤壁怀古》大概是承袭了梁肃的这一寓意,且词汇也有与此文同者,如"灰飞"等。

梁肃与中唐时期文人一样,既崇尚建功立业的儒家思想,也崇信佛教或道教,如《送沙门鉴虚上人归越序》:

> 至人不在方,实相无所住,此沙门鉴虚所以顺理而随世也。适游皇都,谈天于重云之殿;今也归,将休于沃洲之山。泛然无事,独与道俱。遇物成不迁之论,间吟有定后之作,可谓远也矣。曩予师来越,业天台之道,追石门之游,尔来已十数年。长松飞泉,寝寐吟想,送子于往,情如之何?东南高僧有普门元浩,予甚深之友也。相遇之际,幸说鄙夫扰扰俗状,且当澡灌心垢,再期于无何之乡。

这篇赠别序可以看出梁肃曾经拜天台宗大师元浩为师,十几年来还"寝寐吟想"那里的"长松飞泉",并期待将来能够"澡灌心垢"后再回到"无何之乡"。另外梁肃在《送灵沼上人游寿阳序》中叙述了与灵沼上人交游三十年的经历,说明梁肃十一岁左右就与佛门有接触,说他们是"初用文合,晚以道交",追求"相待形骸之外,相忘江湖之上"的道家境界,同时又"访支许故事,归而于虎邱之精庐",说明中唐人的佛、道思想可以统一在一起。像梁肃这样的文人,既积极进取追求功业,又修道崇佛,调节心境。这与后来的韩愈排佛是有区别的。

综上所述,梁肃作为中唐前期重要的古文家,他具有比较典型的文人特征,一方面他有强烈的儒家功名利禄思想,想通过改革文风来改造士风,进而达到改变社会风俗的理想;另一方面又有比较浓厚的佛道观念,而且在长达三十年的时间里跟僧人交往,通过佛、道的清静无为来调节心胸,思想是比较通脱的。从梁肃的现存诗序来看,他是非常注重文采的,如描写宴会和游览经历就继承了初唐四杰的技巧,说明骈文的写景艺术成就具有范式意义。这对后来韩、柳既重道又重文是有影响的。一般的文学史都将梁肃等中唐前期的复古文学家描述成重道轻文的人,并将古文运动没有在中唐前期取得成功的责任归结于梁肃等人片面的文学观念。我们通过对梁肃诗序的研究,通过具体的实例可以看到梁肃并不排斥文采,文采甚至是他踏入文坛的重要手段,而且成为他风格的主要组成部分。

第四节 谦谦君子,敦厚醇正
——权德舆、于邵的诗序

一、权德舆的诗序

权德舆(759—818),字载之,天水略阳人。据《旧唐书·权德舆传》:"德舆生四岁,能属诗。七岁居父丧,以孝闻。① 十五岁为文数百篇,编为《童蒙集》十卷,名声日大……贞元九年,自司农卿除户部侍郎,仍判度支……贞元十年,迁起居舍人,岁中,知制诰。转驾部员外郎、司勋郎中,职如旧。迁中书舍人……德舆居西掖八年,其间独掌者数岁。贞元十七年冬,以本官知礼部贡举,来年,真拜侍郎。凡三岁掌贡士,至今号为得人。转户部侍郎。元和初,历兵部、吏部侍郎,坐郎吏误用官阙,改太子宾客,复为兵部侍郎,迁太常卿。五年冬,宰相裴垍寝疾,德舆拜礼部尚书、平章事,与李藩同作相……竟以循默而罢,复守本官。寻以检校吏部尚书为东都留守,后拜太常卿,改刑部尚书……十一年,复以检校吏部尚书出镇兴元。十三年八月,有疾,诏许归阙,

---

① 按:权德舆父亲权皋大历三年卒,四十六岁。据此推算,则权德舆应生于代宗宝应元年(762年)。

道卒,年六十。① 赠左仆射,谥曰文。"②

权德舆是中唐时期重要的文学家,是典型的正人君子,又是朝廷大手笔,《旧唐书》说:"德舆自贞元至元和三十年间,羽仪朝行,性直亮宽恕,动作语言,一无外饰,蕴藉风流,为时称向。于述作特盛,《六经》百氏,游泳渐渍,其文雅正而弘博,王侯将相洎当时名人薨殁,以铭纪为请者十八九,时人以为宗匠焉。"③这一文坛地位可以从权德舆的大量赠序中看出来,今以诗序为例。权德舆的诗序类别比较全,其中最多的是赠别诗序,这说明一方面中唐时代文人之间交往频繁,赠诗作序成为时尚;另一方面说明权德舆处于文坛的核心位置。

(一)权德舆诗序的分类情况

权德舆的诗序分别收在《全唐文》和《全唐诗》中,如下表所示:

表21

类别\出处	《全唐文》	《全唐诗》	合计
宴会诗序	3	0	3
赠别诗序	34	0	34
唱和诗序	5	0	5
游历诗序	1	0	1
酬赠诗序	0	1	1
追忆诗序	0	1	1
合计	43	2	45

第一类,宴会诗序:《韦宾客宅宴集诗序》④、《腊日与诸公龙沙宴集序》《秋夜侍姑叔宴会序》。第二类,赠别诗序:《奉送裴二十一兄阁老中丞赴黔中序》《奉陪李大夫送王侍御史往淮南浙西序》《送水部许员外出守郢州序》《送循州贾使君赴任序》《送崔端公赴江陵度支院序》《送张仆射朝觐毕归徐州序》《送韦起居老舅假满归嵩阳旧居序》《奉送崔二十三丈谕德承恩致仕东归旧山序》《送袁中丞持节册回鹘序》《送前溧阳路丞东归便赴滑州谒李尚书序》《送张阁老中丞持节册吊新罗序》《奉送韦中丞使新罗序》《送主客仲员外充黔中选补使序》《送司门殷员外出守均州序》《送袁尚书相公赴襄阳序》《送袁

---

① 按:权德舆卒年,《新唐书》卷一六五同此。据此推算,权德舆应生于肃宗乾元二年。佐证有韩愈《唐故相权公墓铭》(《韩昌黎文集》卷三〇)。然而吴汝煜考证定为(761—818),享年五十八岁。见《唐才子传校笺》第二册第575页。我认为,当以两唐书所叙为信。
② 《旧唐书·权德舆传》卷一四八,第4001页。
③ 同上书,第4005页。
④ 权德舆诗序收在清编《全唐文》卷四九〇、四九一、四九二,凡引用篇名及原文均不注页码。

尚书相公赴襄阳序》《奉送韦十二丈长官赴任王屋序》《送崔十七叔冑曹判官赴义武军序》《送刘秀才登科后侍从赴东京觐省序》《送杜少尹阁老赴东都序》《送许校书赴江西使府序》《月夜泛舟重送许校书联句序》《送张校书归湖南序》《送许协律判官赴西川序》《送李十二弟侍御赴成都序》《送李十兄判官赴黔中序》《送台州崔录事二十一太赴官序》《招隐寺上方送马典设归上都序》《送义兴袁少府赴官序》《送再从弟少清赴润州参军序》《送从兄颖游江西序》《奉送从叔赴任鄱阳序》《送三从弟况赴义兴尉序》《送张评事赴襄阳觐省序》《送王仲舒侍从赴衢州觐叔父序》《送灵澈上人庐山回归沃洲序》《送从史南仲登科后归汝州旧居序》《送郑秀才入京觐兄序》。第三类，唱和诗序:《唐使君盛山唱和集序》《秦征君校书与刘随州唱和诗序》《萧侍御喜陞太祝自信州移居洪州玉芝观诗序》《崔吏部卫兵部同任渭南县尉日宿天长寺上方唱和诗序》《吴尊师华原露仙馆诗序》。第四类，游历诗序:《暮春陪诸公游龙沙熊氏清风亭诗序》。第五类，酬赠诗序:《酬李二十二兄主簿马迹山见寄并序》(《全唐诗》卷三二二)。第六类，追忆诗序:《徐孺亭马上口号并序》(《全唐诗》卷三二六)。

(二) 权德舆诗序的特点

1. 游历类诗序。权德舆仅作一篇，这与他一生主要都在朝廷任要职有关①，但只要有机会，他也能写出文采斐然的佳作。如《暮春陪诸公游龙沙熊氏清风亭诗序》，一开篇就写先贤的春游故事及作用:"暮春三月，时物具举，先师达贤，或风于舞雩，或禊于兰亭。所以畅性灵，涤劳苦，使神王道胜，冥人天倪。"而自己"束支体于府署，以簿书为奉桔"的局促生活，使他向往休沐之暇的外出游赏。这样自然过渡到近郊龙沙的"熊氏清风亭"。这是由多人合作建筑的幽旷所在:"初入环堵，中有琴书，披篁跻石，忽至兹地。"这里不仅文雅高洁、品味超圣，而且境界非常壮阔秀丽:"鄱章二江，分派于趾下;匡庐群峰，极目于枕上。或澄波净绿，相与无际;或孤烟归云，明灭变化。耳目所及，异乎人寰。"面对如此荡涤心扉的美景，作者写下这样两句富有情味的佳句:"志士得之为道机，诗人得之为佳句。"承上启下，既是对景物的赞美，又自然过渡到颂扬主人和描述宴游上来。主人"生于是，习于是，其修身学文，固加于人一等矣。况其志励于萤雪之下，业成于薪水之余，则甲科令名，如在指顾"。因为熊氏正在准备就举，故有这样美好的祝愿。而宾主欢会，更是融洽和乐。于是"遍征歌诗"，因为十几年间在这里做官的人，很少能这样聚

---

① 权德舆《谢除太常卿表》中说:"累膺爵秩，四掌诰命，五居列曹，遂叨礼卿，乃配相印。"见《全唐文》卷四八六，第4966页。

会游历,而"异日之适,非今日之适也","吾丧我于此亭者,一生几何?是不可以不纪"。最后是"乃次诗于屋壁,各疏爵里,以为清风亭故事云"。从此序可以看出,权德舆虽然对风景佳境有很高的鉴赏能力,但他还是相当理智,能控制自己的情感,即使宴会情景热烈,但他的描述还是平正雍睦,议论与叙述相结合,照顾到宾客和主人两方面,绝不像独孤及那样,只表现自己个性激越飞扬。这与权德舆敦厚谦逊的性格和追求文质彬彬的文体美有关。

2. 唱和诗序。"唱和"是中唐时期文人之间聚会酬唱赋诗的一种独特的文学活动,与中唐时期节镇相对安静,德宗姑息方镇的整体环境有关,权德舆作为一个执掌文柄的核心人物,他自然成为唱和时代风气中的重要一员。他的《唐使君盛山唱和集序》叙述了唱和的历史渊源和必需的条件;《秦征君校书与刘随州唱和诗序》则描述了他父亲权皋与刘长卿、秦系之间酬唱时的情形:"攻坚击众,争奇斗巧,奇采逸响,争为前驱。"这里以《崔吏部卫兵部同任渭南县尉日宿天长寺上方唱和诗序》为例:

> 《易》之《同人》曰:"文明以健,中正而应。"故道同于内,而气相求;情发于中,而声成文。以观以群,以比以兴。清河崔处仁、河东卫从周,于是有清秋仁祠往复十七韵之作。初二贤皆以秀造分校秘府宏文之书,贞元初,同为渭南尉,联曹结绶,相视莫逆。处仁自府庭旋归,税驾于斯,国门胜概,康庄在下,驰车徒而走声利者,此为咽喉。外烦埃壒,中孕闲旷,昼悬清光,夕湛虚明。上方之钟磬,深夜之月露,眺听寂寞,情灵感发。投者报者,无非琼瑶,如金丝应和,孔翠翔集,尽在是矣。厥后同为左右补阙,从周以本官入为翰林学士,处仁累以尚书郎知制诰。既而处仁西垣即真,从周复以外郎掌诰,洎处仁迁小宗伯,而从周即真,俄掌贡举,实为之代。元和三年秋,处仁为吏部侍郎,从周为兵部侍郎,重九休浣,联镳道旧,永怀囊篇,二纪于兹。虑屋壁之隙坏,诗文之磨灭,不若刻勒片石之为坚且久也。惟二贤大雅闳达,人伦龟玉,更为王阳,迭为田苏。便蕃清近,炬赫章大,其于为霖为砺,四方之属耳目久矣。然则志气之所舒,英华之所摅,其滥觞于此乎?德舆与二君子同为谏官,同掌书命,相继典贡士,分曹居中台,其间交代迭处,不可具举。敢叨益者之数,实悦同心之言,追琢既具,序夫本示,亦二君子之志也。

这篇序先讲诗歌唱和的深层原因:"《易》之《同人》曰:'文明以健,中正而应。'故道同于内,而气相求;情发于中,而声成文。以观以群,以比以兴。"即强调"同气相求"和"兴观群怨"的儒家文学观念,其中"诗可以群"是最重要的原因。群居向切磋,因同气道合,故形成唱和之风。文中历叙崔处仁与卫从周同为渭南尉,情感莫逆,曾在渭南天长寺相会,"外烦埃壒,中孕闲旷,昼悬清光,夕湛虚明。上方之钟磬,深夜之月露,眺听寂寞,情灵感发。投者报者,无非琼瑶,如金丝应和,孔翠翔集",描写赋诗唱和的情境真切如画,进入了诗歌的艺术境界,忘却了尘世的牵累。后来两人都同为左右补阙,入为翰林学士,一直到元和三年崔为吏部侍郎,卫为兵部侍郎,才于二十四年之后,重新追忆往昔赋诗的情事,于是将旧作刻于石碑,以期长久保存。权德舆正好与"二君子同为谏官,同掌书命,相继典贡士,分曹居中台",也是几十年的交谊,因此作序记之。这篇序除了描述崔、卫二人当时唱和的情境外,还含有历经沧桑后的追怀感旧,二十四年后对青年时代诗情勃发的怀念,正是对诗歌的一份珍爱,因为其中凝结了友谊、情缘、青春的魅力。"唱和赋诗"成为一种生命激情存在的依据。由此可见唐人对唱和诗的重视。此序叙事条理清晰,要言不烦,叙写得当,又平正敦厚,是能代表权德舆文风的作品。独特的经历加上真挚的情谊,简明扼要的叙事,恰当精练的描写,是本文突出的艺术特点。

又如《吴尊师华原露仙馆诗序》:

> 世人于逆旅溺丧之中,而村(疑)执胶固,唯仙师吴君,超然悬解,于是有《华原露仙》之作。本于道生,终于物宜,盖顺一气之聚散,随百昌之化生,为疣为赘,为决为溃,委和归根,泊然大观。至于谷神隐景之道,又何可究耶?众君子用徵声诗,师亦继和,是皆遗形达生之言也。或曰:"若师之道,可以坐忘矣。恶用言说涉于名迹耶?"予曰:"《道德》上下经与《内》《外》《杂》篇,岂非老庄之言耶?终日而尽道,师之心也。彼方以生死为一贯,又何有于名迹哉?"又曰:"既言之可矣,恶用诗之矣?"师又泛然而和之,斯皆元同而不囿于物者也。于是或者退,而鄙夫书之,以冠于群篇云。

这是权德舆为吴筠的《露仙馆诗》作的序,这些诗歌是唱和的结晶,故这篇序可以视为唱和诗序。序中运用对话表达了权德舆对老庄道学的理解。他赞美吴尊师"本于道生,终于物宜"的超然悬解之作,认为表现了"委和归根,泊然大观"的思想,众君子相继与吴尊师有唱和之作,都是"遗形达生"之言。针对权德舆"彼方以生死为一贯,又何有于名迹哉?恶用诗之矣"的疑惑,"师又泛然而和之,斯皆元同而不囿于物者也"。这篇序揭示了道家赋诗的原因在于"委和泊然""不囿于物",是以天然淡泊心境面对物境时的表现。

中唐时代诗僧很多,像皎然还有一套完整的诗学理论,权德舆与皎然、灵澈、灵一、吴筠等均有交往,并记录下他们的唱和赋诗情况,具有一定的史料价值。

3. 宴会诗序。权德舆共有三篇宴会诗序,其中《腊日与诸公龙沙宴集序》,当作于青年时期,从文中所写的"龙沙古地,大江在下,可以纵远目,可以涤烦襟"看,应该在江南,或许就是钟陵。此序中说他们是"休澣考胜,用文会友",又说"簪裾成列,笾豆备荐,酒酣神王,举手拊节,尽一日之泽,遣百虑如遗。二三子唯今日,可以酒狂而不书,是无勇也",当有赋诗之类的雅事,文中表现出一种青年人特有的豪气。第二篇是家宴诗序《秋夜侍姑叔宴会序》。

权德舆的第三篇宴会诗序是《韦宾客宅宴集诗序》:

> 太子宾客韦兄,彯华缨,佩金龟,为清时大僚,有数年矣。始以博士奉朝请,周历台阁,出分藩符,入作卿长,乃领内府。又宾东朝,拜章乞告,优诏得请,致仕就第,燕闲自颐。中外族属,尝僚贵仕,以觞酒祝延,发礼修贺者多矣。以兄始登朝行,实自礼寺,蕃祉吉禄,此为椎轮。于是众君子学通行修,尝践此任者,与今之引经据古,屈职在列者,同声撰日,复修兹会。乃有夏官小司马左右曹侍臣书殿东观柱下史南宫郎九旋十(疑)而鄙夫忝焉。入门而右,胜概迎步,耸□槛于宾位,罗松篁于石径,清冬之时,寒翠溢目,则熙春众卉,炤灼骀荡,又可知也。轩盖上下,壶觞交错,聆主人之言,则同惇史;听众宾之论,如在曲台。徜徉乎礼文,博约乎法义。乐在名教,庆兹寿宠,中饮沾醉,抗音击节。乃相谓曰:季伦金谷,实有歌诗,元亮斜川,亦疏爵里。况今贺得谢之美,赋必类之词,爱景美禄,遗簪投辖,盛集之若是者有几,安可没而不书?猥微菲薄,因附官业。今裴辛吕三君子,皆讲学称职,而司勋满岁复留,再帖郎位,犹四命焉。前此者,柱史之超拜浃日矣,鄙夫之忝兹一纪矣,二左曹东观二十年矣(原注:"陈君二十年,冯君二十年,张君十八年,今云二十年,开中半也")。小司马向三十年矣,而主人逾四十年矣。其于折中定议,损益于仪法多矣(原注:兵部二十八年,主人四十五年,向逾举全数也)。外有平阳长乐二连帅韦君柳君,绛郴和三郡守裴君李君□□前苏州韦君信州陆君,□守之介刘君,六邑之长姜君,合中外历是者十九人,因广斯文,且为礼官之籍。

这篇诗序应作于权德舆文章风格成熟的晚年,地点在京城长安。序中展现一片敦厚纯穆气象,参加宴会的有十九人,韦宾客是获优诏致仕就第的,中外旅属,尝僚贵士,共同宴聚向韦宾客祝寿,"中饮沾醉,抗音击节",这是因为"季伦金谷,实有歌诗,元亮斜川,亦疏爵里。况今贺得谢之美,赋必类之词,爱景美禄,遗簪投辖,盛集之若是者有几,安可没而不书",因此权德舆模仿昔贤故事,也记下参加宴会者的姓名,并录下所写诗歌,撰写这篇序文。这篇诗序以典雅庄重为主要特色,体现了权德舆温文尔雅的个性,"为缙绅羽仪"的风采,非常适合这样肃穆雍熙的朝廷官员宴聚场合。权德舆也是重要诗人,作诗讲究"意与境会""疏导性情",要求"含写飞动",①故他的诗序一般都要将情境展现出来,诗歌就产生于这样的情景之中。可惜这些诗歌已佚,不能体会诗中的"性情"和文笔的"飞动"气势了。

4. 赠别诗序。如《送张仆射朝觐毕归徐州序》:

> 大君子所以贵者,道合于上,化流于下,得时大行,求福不回而已。仆射南阳公镇徐方十年,师贞人和,拜章请觐。冬十月,四牡雕戈,至于京师。或诵其德辉,或歌其事功,直道相贺,懦夫立志。公始以褒衣儒冠,游公卿间,仁义博富,名声籍甚。其后拥传佐戎,专城靖人,福以至德,惠之美利。临骇机以激大顺,奋州师以摧剧虏,淮湖之间,嶷然保障。陟明加地,再命元侯,康衢自随于趾步,枉道不萌乎心术,而文锋师律,奇正相合,以气为主,与古为徒,故其缘情放言,多以莫耶自况。然则天下之肯綮,适所以资公之断割耶?上之注意也深,公之诚虑也至,贡端诚以无隐,沃宸虑如合符。尽直于内,诡词于外,日降庆赐,载淹旆旌。元正前殿之贺,中和内朝之直,锵锵鸾声,湛湛露斯,虽韩侯入觐,吉甫燕喜,无以过也。迫兹春半,受命,言旋,中朝贤士大夫皆举酒为寿,征诗为礼,盖悦公之风而惜别也。德舆辱当授简,词不逮意,姑以披垣所赋,类于左方云。

这是权德舆一篇重要的赠别官员离开朝廷返回任所的诗序,有很强的纪实性。据《旧唐书·张建封传》:"贞元四年,以建封为徐州刺史……十三年冬,入觐京师,德宗礼遇加等,特以双日开延英召对,又令朝参入大夫班,以示殊宠。""十四年春上巳,赐宰臣百僚宴于曲江亭,特令建封与宰相同座而食。贞元以后,藩帅入朝及还镇,如马燧、浑瑊、刘玄佐、李抱真、曲环之崇秩鸿勋,未有获御制诗以送者。建封将还镇,特赐诗曰:'牧守寄所重,才贤生为时。宣风自淮甸,授钺膺藩维。入觐展遐恋,临轩慰来思。忠诚在方寸,感激陈情

---

① 见权德舆《左武卫胄曹许君集序》,《全唐文》卷四九〇,第5002页。

词。报国尔所向,恤人予是资。欢宴不尽怀,车马当还期。谷雨将应候,行春犹未迟。勿以千里遥,而云无已知。'又令高品中使斋常所执鞭以赐之,曰:'以卿忠贞节义,岁寒不移,此鞭朕久执用,故以赐卿,表卿忠节也。'"①由此可见张建封深得德宗宠信。张建封在徐州十年,徐州地区十分稳定,因为他"奋州师以摧剧虏,淮湖之间,巍然保障",又重视文学之士(如许孟容、韩愈均在其幕府),还擅长诗歌,这大概也是德宗赐诗的原因。德宗的诗除了一些说教告诫之外,并无特色,但此事却具有重要意义,因为功劳大的如马燧等都"未有获御制诗以送者",因此这是无上的荣耀,能够激起臣下的忠节感义,更为重要的是由于皇帝的重视,张建封在朝廷觐见期间,"中朝贤士大夫皆举酒为寿,征诗为礼",盛况空前。权德舆的这篇诗序,就详细记载了这一轰动朝野的历史事实,对张建封人品、勋绩、忠诚都进行了得体的赞扬,"上之注意也深,公之诚虑也至,贡端诚以无隐,沃宸虑如合符",说的是实情。张建封还镇时的离别宴席上,又是群公赋诗赠别,于是权德舆将"掖垣所赋,类于左方",撰写了这篇诗序。这篇诗序,可以看到诗歌具有重要的协调关系功能,赋诗赠序在中唐时代是笼络藩镇、激励将帅效忠守节的重要手段,而这样大规模、高规格的赋诗赠序,本身又起到了联络感情、怡乐情性的作用。权德舆此序,堪称记载朝廷大事的典重鸿文。

又如《送崔十七叔胄曹判官赴义武军序》:

> 司徒延德王握兵符相印,专征于博陵上谷之地,理下建都府,以雄山东。行师必直壮,辟士必诚重,州壤之内,惠信是求,士君子之宦游寓去其本久矣。亭伯子玉之裔,幕庭宾榻之选,行车撰日,姻族荣之,以执事之端敏肃给,且故相国安平穆公之从父弟也。胦润于友爱,琢磨于仁义,谦以自牧,实而不华,闺门公府,皆奉金铉,人伦之美,无乃裕乎。居则赞长毂,名在诸侯之策;行则侍介圭,来近天子之光。人生少别,斯乃细故,不当效儿女子戚戚,在勉固志业而已。至于道观离宴,歌诗感激,则备于右拾遗独孤郁前叙云。

这是一篇送友人赴军的诗序,照例要宴饯赋诗赠别,不同的是,"至于道观离宴,歌诗感激,则备于右拾遗独孤郁前叙云",说明赠诗在前,权德舆赠序在后,为什么还要多此一举呢?显然另有用意,因为义武军在山东雄镇博陵上谷之地,而"士君子之宦游寓去其本久矣",所以希望崔、曹二位能"行师必直

---

① 《旧唐书·张建封传》卷一四〇,第 5010 页。

壮,辟士必诚重,州壤之内,愆信是求"。这是从朝廷方面立言,后来韩愈写《送董邵南游河北序》则是因割据之势已成,反而希望董邵南之类的郁郁者,到河北后观察其民俗,并劝昔日屠狗者"出而仕",不要寄身于割据的藩镇,角度虽不同,但权、韩二人以朝廷为中心、怕藩镇作乱则是一致的。从文章价值上讲,权文平实,有大臣风范,韩文则艺术性强,有文士之风流。

权德舆的赠别诗序根据受赠者的不同情况,能够灵活用笔,如《送袁中丞持节册回鹘序》:

> 国家用文教明德,怀来外区。今年春,回鹘君长纳忠内附,译吉语于象胥,复古地于职方。方帅条其功实,闻于天子,乃择才臣以宣皇仁。于是诏工部郎袁君加中宪之重,被彩服之贵。将行,又拜祠部郎中,有司具仪法,持节册命,所以新其号而厚其礼也。中丞端淳而清,文敏而诚,才以周物,智以达变,识柔远之五利,能专对于四方。摄衣登车,不问夷险,朝贤搢绅,是以壮其志而嘉其忠。且滇池昆明,为西南雄部,尝乐声教,是焉纂修,奇功自效,愿为保障,方今规模宏大,八表一家。然则俯首以帅化者,吾君受之而不阻;勤人于远略者,吾君薄之而不务。彼唐蒙开地,为好事之臣;诸葛渡泸,盖一方之利。况今文武吉甫,镇安蜀都,而中丞将大君之礼命,固殊邻之职约。德行言语,实在是行,使边人缓带安枕,无烟火之警。酌古经远,才者能之,金章瑞节,光耀原隰。近臣主文,乃类歌诗鄙人不腆,忝记言之职。故西南之册命,使臣之优诏,皆得书之,授于史官。又尝与中丞同为江西从事,辱命内引,所不敢辞。

先叙"国家用文教明德,怀来外区"的大政方针,然后叙回鹘君长"纳忠内附,译吉语于象胥,复古地于职方",因此天子派袁中丞持节册回鹘。再叙中丞的品德和才干,及朝廷缙绅的宴会赠别,照例要一番慰勉和赋诗。值得注意的是,权德舆写下这样一段话:"近臣主文,乃类歌诗;鄙人不腆,忝记言之职。故西南之册命,使臣之优诏,皆得书之,授于史官。"这可以解释权德舆的"序"体文章"诗少文多"的原因,他重视记叙之文,稍轻咏怀之诗,且他的记叙忠于史实,要"授于史官",而离别抒怀的诗歌属于个人情感范围。故凡是有关国家大政典章制度的庄重场合,权德舆都表现得稳重端庄,能够控制情感的宣泄,像这篇序文的受赠者,与权德舆"同为江西从事",是老相识,但文中也看不到激情洋溢,而是含蓄内敛,持重有故。这大约是他为几代皇帝看重的原因。诗人人品的持重而文风敦厚稳健,是中唐时期这类赠别诗序的艺术特征。

又如《送崔端公赴江陵度支院序》,意在送崔端公赴江陵上任,是"督课郡国""总二府之职而兼领"的重任,因为崔端公"以道胜于内,则出处不殊,儒衣昂然","及参总世务,更居剧职,动成故事",因此"数年之间,三践宪司,赤绂在股,襜如裘博,诸生荣之"。这些都是非常得体的话,大体符合崔端公的实际情况,值得注意的是这里的赋诗比较特别。因为崔公是从钟陵去江陵,"骚楚遗韵,枫江远目,在此路也",所赋的赠别五言诗"字用五而词多楚者,以地理所历,且行古之道也"。这显然是继承了李华、独孤及以来的赋诗具有地方文化色彩的传统,带有追踪先贤的复古精神。又如《送韦起居老舅假满归嵩阳旧居序》,这是一篇送长者归隐的诗序,口气符合一个晚辈的身份,虽然元和九年权德舆已经五十六岁了。序中有一段议论士人出处的道理:"其出也,宜其功绪,播其利泽,纳忠服劳,以服天下。其处也,味道之腴,与古为徒,休影息迹,以闲身世。不如是者,细则牵于利欲,大则囿于得丧,识真者羞之。"与儒家"达则兼济天下,穷则独善其身"的格言相比,权德舆的语言平实亲切,适合舅舅功成身退的具体情况。接着权德舆回顾了韦氏先贤的故事,认为在当今"吾君用太和理万物,动者静者,各遂其方"的条件下,老舅的"退然荷真,独与道往,鸥鸟不动,家人忘贫"真是不错的选择,符合道家的人生情趣。因此在舅舅"出车家林,挥手青门"的时候,"合欢也,忘印绶之轻重;陈诗也,无章句之约束"。权德舆以欢快的笔墨表达了晚辈对长者的依恋之情:"放言无择,造适则笑,行觞无算,既醉而罢。"再用优美的景色来陪衬:"惠风闲云,飘拂左右,动用视听,无非大方。"此序达到了叙事、议论、抒情的有机统一,是德舆赠别诗序典型风格的代表作品。

当受赠者是晚辈时,权德舆又换了一种语调。如《送刘秀才登科后侍从赴东京觐省序》:

> 每岁仪曹献贤能之书于王,然后列于禄仕,宣其绩用耳。小司徒以楚金余刃,受诏兼领,彭城刘禹锡实首是科。始予见其丱,已习诗书,佩觿韘,恭敬详雅,异乎其伦。及今见夫君子之文,所以观化成,立宪度。末学者为之,则角逐舛驰,多方而前,子独居易以逊业,立诚以待问,秉是谦悫,退然若虚。况侍御兄以文章行实,著休问于仁义,义方善庆,君子多之。春服既成,五彩其色,去奉严训,归承慈欢,与侍御游久者,贺而祝之曰:"太邱之德,万石之训。"亦将奉膳羞于公府,敬杖履于上庠。公卿无惭,龟组交映,不待异日而前知矣。鄙夫既识其幼,乃序夫群言耳。

这是权德舆赠别刘禹锡登科后觐省母亲的诗序,可以看出他对二十二岁的刘禹锡的赞赏和期待。序中有以下信息:(1) 刘禹锡应该是贞元八年冬天来京参加进士考试的,其时他的父亲刘绪在京,官职是殿中侍御史,与权德舆同事;(2) 刘禹锡考中进士后于九年春天回洛阳"觐省"其母,其父也同往,故言"侍从";(3) 权德舆很早就认识刘禹锡,"予见其丱,已习诗书,佩觿韘,恭敬详雅,异乎其伦",这是年轻时在江南发生的,刘禹锡当时只有七八岁,正从皎然学诗;(4) 贞元九年刘禹锡"实首是科",应该是高中科第;(5) 权德舆赞赏刘禹锡文章有"观化成,立宪度"的君子之风,这与侍御兄(刘绪)"文章行实,著休问于仁义,义方善庆"的品质有关;(6) 刘氏父子这次回洛阳,有公卿宴饯,并赠送了美好的祝愿。由此看来,刘禹锡同年中博学鸿词应该是在此次回洛后,再次入京高中的。①

赠别同龄者又是一种笔墨。如《月夜泛舟重送许校书联句序》:

> 公范持江西辟书,驾言即路,其出处之迹,与婉婉之画,鄙人不腆,已为之序引。且吴抵钟陵,二千里而遥,凡我诸生,怆离宴之不足,故再征斯会。秋月若昼,方舟溯沿,笑言不哗,引满造适。公范乃握管作三字丽句,仆与二三子联而继之,申之以四五六七,以广其事。如其风烟月露,与行者居者之思,各见于词。

题中所谓"重送"者,是因为先前有一篇《送许校书赴江西使府序》,叙述过作者与许公范"寻世好以约交道,获申十年之敬,出处多故"的交谊,并劝勉他要以"中庸明诚"之本,覃思于文藻,致用于政事,只是一篇单纯的赠人以言的序。而此篇则写"怆离宴之不足,故再征斯会",序中描写了"秋月若昼"的美景和"方舟溯沿,笑言不哗,引满造适"的尽情欢畅场面,然后是许公范作"三字丽句","仆与二三子联而继之,申之以四五六七,以广其事",描绘风烟月露以慰藉离别相思。由此可见权德舆也是一个性情中人,而且赋诗很讲究格式,切合送别情境。如《送张评事赴襄阳觐省序》,张评事也是自钟陵前往汉南,故"群贤以地经旧楚,有《离骚》遗风,凡今宴毕歌诗,惟楚词是教"。说明权德舆的赠诗具有复古意识,并且切合受赠者旅途的风景,根据旅途的历史文化背景来创作送别诗,并模仿古诗格调,这在中唐时期是值得注意的现象,凡是去楚地的一般都与屈原的骚体联系起来,可以看出权德舆对楚骚的

---

① 陶敏《刘禹锡年谱》载:贞元九年癸酉,刘禹锡二十二岁,"户部侍郎顾少连知贡举,与柳宗元同登进士第。其年,又登博学宏词科"。又贞元十一年乙亥,"登吏部取士科,授太子校书。此二年中,刘禹锡母卢氏在洛阳,从舅卢征为华州刺史,常往来于长安、华州、洛阳之间"。《刘禹锡年谱》连叙两事,省略了这次回洛阳之事,应补正。见《刘禹锡全集编年校注》(下)第1521、1522页。岳麓书社,2003年11月版。

重视。从李华到权德舆我们可以看到这一传统已经形成,这实际上是一种诗歌复古意识的表现。

权德舆晚年诗序经常表达思乡之情,如《送台州崔录事二十一太赴官序》这样描述江南景色:"琪树风清,石桥月明,羽人仙子,仿佛如觌。遣有涉无,与境而胜,象外之欢,可胜既乎!"又说:"酾酒以祖道,歌诗以发志,贤稚璋而思仙山故也。"通过赞美慰勉行者表达了怀念故乡、思念仙山的感情。这种对故居的思念常见于送别赴南方友人的诗序中,如《送义兴袁少府赴官序》:"过江山水,阳羡居最,性质夷淡者,得之愈深。……追思童丱,游寓兹地,烟潭云洞,杳窕静深。"这种追忆之思,多因为与受赠者关系非常密切,通常有十几年或几十年的交情,像《送薛十九授将作主簿分司东都序》,权德舆与薛十九交谊从"既龀"到"尔来三十年矣",经历了"悲欢相乘"的沧桑变化,当再度聚首京师又要分别时,自然情不能自已。权德舆的赠别诗序继承了前代作家的传统,每每要通过悬想行者的一路风景来慰别相思,如:

> 今君道剑门,抵左绵,铜梁玉垒,乔木可辨,昼锦星轺,其乐何如?又想夫归自涪陵,出于南荆,沿巴峡之风水,冒阳台之云雨,昏旦万状,发于歌诗。
> ——《送主客仲员外充黔中选补使序》

> 新安江路,水石清浅,严陵故台,德风蔼然,渔浦潭七里濑,皆此路也,二谢清兴,多自兹始。今日出祖,可以言诗。
> ——《送王仲舒侍从赴衢州觐叔父序》

> 夫拂方袍,坐轻舟,溯沿镜中,静得佳句。然后深入空寂,万虑洗然,则向之境物,又其稊稗也。
> ——《送灵澈上人庐山回归沃洲序》

> 东阳为山水佳地,且生约二德,昔所游践,况云浊石室,花发桃岩。
> ——《送道依阇黎归婺州序》

综上所述,我认为权德舆的诗序最重要的特色就是平实敦厚,具有纪实性史笔,有史料价值,他与受赠者的交谊非同一般。他们相隔十几年或几十年后的再度相逢,在离别筵席上追忆往昔情不自已而作诗赠序,所以叙述受赠者的履历、人品、业绩、志向等非常翔实。大到朝廷宴会,官员赴边,涉及国家方针政策,小到朋友宴聚,家庭团圆,细微到兄弟亲情,都能根据不同情境,灵活用笔,非常得体,能让每一种人在充分感受真情的基础上,体会他的意旨。权德舆的诗序议论多于抒情和描写,已经完全摆脱了初唐四杰那种炫耀文采的作风,赋诗一般只作为抒情时的点缀,其重心已经偏向人生出处、立朝为官大节、人格修养等方面,这是他"羽仪朝行"为士大夫所钦慕的原因,也是他三十年间在文坛政坛拥有重要影响力的原因。但千年之后观之,由于那个时代的观念已经过时,故这些诗序不再耀眼,其艺术技巧、艺术构思的模式化和单一化,加上文采的过分抑制,不能和韩愈、柳宗元的诗序媲美,后人并没有将权德舆当作散文大家来看待,就足以说明这一点。然而,权德舆的诗序展现了当时正统文人或处于主流文坛地位者的生存状态及其心态,也具有无法取代的价值和意义。

二、于邵的诗序

于邵(714?—794?),字相门,京兆万年(今陕西西安)人。天宝末进士,授崇文馆校书郎。历任起居郎,迁比部郎中。出为巴州刺史。代宗大历中入朝为谏议大夫,知制诰,再迁礼部侍郎。贞元初除太子宾客,与宰相陆贽不睦,贞元八年,出为杭州刺史,以疾请告,贬衢州别驾,移江州。卒年八十一。如果按贞元十年卒推算,于邵大约生于玄宗开元二年前后。如果按年龄来看,于邵大于独孤及,但由于独孤及早在大历十二年就已经去世,文学史习惯将他排在独孤及之后。① 于邵是一个被忽略的重要作家,郭预衡曾说:"于邵文章的主要成就,在于'当时大诏令'。……于邵曾经认为这类'颇传润色之美'的文章,乃'不朽之幸',但今天看来,写了这类文章,恰是他的不幸。"②于邵真实地存在于文学史之中,不能用今天的眼光将他否定,任何作家的创作都不可能脱离他的时代,应该认真研究于邵,看看他到底有没有为文学史提供"新的东西"。据我的统计,于邵是中唐时期创作序体文章比较多的作家,《全唐文》中收录他的各体序文共计64篇,文集序2篇、赠序49篇、宴序8篇、赞序3篇、颂序2篇。

从总量上来看,于邵的序体文章超过了独孤及。但我仔细索检,提到赋诗的"序"却只有24篇,远远少于独孤及的47篇。

(一) 于邵诗序的分类情况

《全唐文》收录于邵诗序如下表③:

---

① 按:郭预衡《中国散文史》(中)将于邵排在"乱世之文"标题下的作家权德舆、杨炎、常衮之后,似乎不妥。见该书第168—170页。
② 郭预衡《中国散文史》(中)第169—170页。
③ 于邵的诗序都收在清编《全唐文》卷四二六、四二七、四二八,凡引用篇名及原文均不注页码。

表22

类别 \ 出处	《全唐文》
赠别诗序	18
宴会诗序	3
游历诗序	2
唱和诗序	1
合计	24

第一类,赠别诗序:《送王郎中赴蕲州序》《送李员外入朝序》《送峡州刘使君忠州李使君序》《送赵评事之东都序》《送蔺舍人兼武州长史序》《送蔺侍御使还序》《春宵饯卢司马文归沣阳序》《送前凤翔杨司马赴节度序》《送张中丞归魏博序》《送高侍御还凤翔序》《送崔判官赴容州序》《送杨兵曹太祝兄弟序》《送康兵曹入蜀序》《送穆司法赴剑州序二首》《初夏陆万年大楼送奉化陆长官之任序》《送家令祁丞序》《送贾九归鸣水序》《送从叔南游序》《送朱秀才归上都序》《送冷秀才东归序》。第二类,宴会诗序:《九日陪廉使卢端公宴东楼序》《春宴萧侍郎林亭序》《初冬饯崔司直赴京都选集序》。第三类,游历诗序:《晚秋陪卢御游石桥序》《游李校书花药园序》。第四类,唱和诗序:《华阳属和集序》。

(二) 于邵诗序的特点

1. 宴会诗序。于邵的宴会诗序善于描写景物,有追踪初唐四杰的痕迹。如《九日陪廉使卢端公宴东楼序》:

> 国家以桂林重镇,吴越襟带,有郡县可以纲纪,有蛮夷可以羁縻,朔南声教,盖以此始。皇上缵承大位之明年,启谟群后,载命运率。是以范阳卢公自京而来,条察二十八州诸军事。千里之地,遂无外虞;三军之士,皆务前敌。然后赏必劳罚必害,官不易法,府无留事。封略既静,公堂自闲,况重阳美景,得不为乐?大合宾佐,高张郡楼,红尘发地,青山垧牧。连天涨海,来接苍梧。凭高而翠霭转微,送远而白雁看没。泛椒菊而算爵,顾丝桐而闲奏。宾醉月上,主待露晞,想彭泽之独游,怅马台之陈迹。今日之会,何其盛欤!余负累谪居,卒起庭府,黜忝佐之礼,陪上樽之娱。韩灰已燃,邹谷自煖。爰奉命为序,冠于群篇。辞之所难,敢谢不敏,请分赋五韵,当诸即事云。

这篇诗序当为于邵任巴州刺史时所作。① 文中说"皇上缵承大位之明年,启谟群后,载命运率。是以范阳卢公自京而来,条察二十八州诸军事。千里之地,遂无外虞",这位卢公应该是卢迈,他曾经在朝中任侍御史、刑部吏部员外郎,当于建中二年以侍御史身份"条察"(相当于检查督促)二十八州诸军事。② 关键是这篇诗序后面还有一篇《晚秋陪卢御游石桥序》,而此文又载独孤及集中(按:是《全唐文》误收,因为《毗陵集》中没有此文)。这篇文章中的卢侍御也是范阳人,应当也是卢迈,"监理下国,未浃辰而居简乘暇,行镳载勒致为客",显然是路过此地,"监理下国"正是侍御史检查督促工作。序中描写石桥的地理位置是:"东极大水,北走长安。"东面的大水应该是汉水,在巴州东边;巴州位于长安南面,故说"北走长安"。序文开头说"以公责左迁于兹,迨一周星矣",与于邵由朝官起居郎(或为比部郎中)出为巴州刺史一年正相合,于邵在"累历使府,入为起居郎,再迁比部郎中"之后,出为地方官吏,当然会有"首疾心痗,继日经怀"的忧郁。这篇诗序中又有"余负累谪居,卒起庭府,黜忝佐之礼,陪上樽之娱。韩灰已燃,邹谷自煖"之类的话,可能是为取悦卢侍御,并希望他力荐自己返回朝廷。这篇诗序除了为考证于邵的经历提供证据之外,还有一点是比较重要的,就是描写景物和宴会极有文采。"大合宾佐,高张郡楼,红尘发地,青山垌牧。连天涨海,来接苍梧。凭高而翠霭转微,送远而白雁看没,泛椒菊而算爵,顾丝桐而闲奏。"运用整齐的四字句和王勃惯用的"而"字句,写景境界开阔,动词用得生动,颇有气势;写宴会则气氛热烈并运用典故,由此可见于邵的诗序还保留了初唐诗序的作风,只是没有四杰那样的浓墨重彩,而是显得疏荡流畅。

又如《春宴萧侍郎林亭序》:

> 监察御史萧公,以初献戎捷,塞庭无事,从板舆之暇日,邀幕宾而揖我。必选名胜,况临清江,始乘安流,终践樊圃。嘉客以入,华亭豁开,桴浮往来,上下皆见。竹树引外郊云物,凫鹥为夫子家禽。岂曰驻花闲,天铺潭底,自为胜概。而萧公于是咨密戚,荷宾荣。惜此交欢,爱此迟景,飞觞举白,亦云醉止。顾我以客,时无闲焉。拜升堂之嘉应,饱庆寿之余

---

① 按:于邵天宝末进士登科,书判超绝,授崇文馆校书郎,后"累历使府,入为起居郎,再迁比部郎中,尚二十考第于吏部,以当称",这说明于邵在使府任职二十多年的经历,他的传记中又说:"无何,出为道州刺史,未就道,转巴州。"他任巴州刺史时成功平息三千夷獠的叛乱并招降了这些人。这应该是发生在德宗即位的建中元年的事。

② 按:此事《旧唐书·卢迈传》失载。之所以断定此人是卢迈,因为遍检《旧唐书》与于邵同时或稍前的范阳籍卢姓官员只有卢全和卢迈,卢全没有任过侍御史,而当过宰相的卢杞又不是范阳人,故非卢迈莫属。

沥。殿中侍御史郑公，文宗也，退而喜曰：今日之会，允为良辰，不有斯文，无以终乐。遂历赋诸韵，凡二十余篇。命为序引，让之不可。

这篇诗序应该作于长安，于邵是应萧御史之邀到他家"樊圃"林亭参加宴会的，诗序运用白描手法将萧氏园林的高雅旷适表达出来了，"日驻花闲，天铺潭底"，"自为胜概"。然后是宾主欢宴赋诗，在这样的情境中，"今日之会，允为良辰，不有斯文，无以终乐"，点明了赋诗作序的原因。这里我们再次看到于邵运用四字句描写景物的技巧。

2. 游历诗序。《晚秋陪卢御游石桥序》：

> 以公责左迁于兹，迨一周星矣。首疾心痗，继日经怀，实由南冠尚簪，忧所未忘。是以幽求人境之外，将荡涤烦虑。得诸石桥久之，岂无他人，不如我志。愿言卒获者亦久之。殿中侍御史范阳卢子至，监理下国，未浃辰而居简乘暇，行镳载勒致为客。数公方驾，傧从如林，煌煌焉奔走乎墟落，延属乎禅宫矣。三登弥高，累息以进，而后偕集于桥下。徒观夫挂长虹以飞来，陵半霄而势去，下空如豁，纤萝不生，上顶为帷，佳木丛秀：不可得而总载也。以为本于融结，庸可自然，资于造化，力役不及明矣。东极大水，北走长安，罗郭雉堞，如示诸掌。大田多稼，宜乎有秋，群山积翠以回合，好鸟追飞而上下。有是胜赏，以是开怀，尽赋新诗，以纪一时之事也。侍御以尝忝鹓沼润色鸿业，以文司录，俾序良游。敢复毕辞，多惭老败。

这篇诗序也作于巴州。游览石桥对于邵来说是"幽求人境之外，将荡涤烦虑"，另外，就是陪卢侍御游历美景能够"如我志"，即希望在卢侍御的援引下，重返朝廷。这篇诗序亦有于邵高妙的写景技巧，描写石桥佳景，大量运用四字句，简洁有力，文气疏荡，干净利索，在近乎白描中将石桥及其周围的景象展现在面前，有如临其境之妙。

又如《游李校书花药园序》：

> 春吹万以为物，皆有役我智者。惟役之不殆，终而有用，故君子尽心于药焉，恐精华之不迨已也。崇文馆校书郎李公，寝门之外，大亭南敞；大亭之左，胜地东豁。环岸种药，不知斯在几十步。但观其缥缈霞错，葱茏烟布，密叶层映，虚根不摇，珠点夕露，金燃晓光。而后花发五色，色带深浅，丛生一香，香有近远，色若锦绣，酷如芝兰，动皆袭人，静则

夺目:此李公及时之适也。至若上苗可食,下体兼采,子入菰饭,华杂蒲
菹。既甘平而性寒,又辛温而执热,癖除而不为去传,风愈而安知及书:
此李公谷中之木也。吾徒沐公馨香,爱我药石,皆可右坐,愿为佳游。风
生白苹,日映丹蒲,披摇霍靡,则花飞镜中;虚涵峥嵘,而山在海底。入门
而未辨金谷,问地而不言河阳。况春酝已清,家园可摘,饮尽落景,欢无
后时。忆戴而乘兴自来,知钟而听弦立应:此李公推心之分也。《礼》
曰:发虑以宪。语云:从吾所好。虑以观进,好无思邪,而公智周未兆,根
据有益。上符性命之理,下从耳目之玩,举一物而庶美集,得不谓之难
哉。韩康隐名,徒进识者,羊叔相遗,吾无间然。聊对诸人之意,用观赋
物之作,予乃僚也,敢无述乎。

这篇诗序可以看出于邵一类的士大夫独特的生活情趣。王维曾经写过一篇
关于游药园的赠序,那是供上人游览的圣洁境地,而这篇不同,是"崇文馆校
书郎李公"的药园,于邵主要描述了三项重要内容:(1) 李公之"适",不同于
陶渊明赏菊那种心境恬淡、超脱尘俗的"闲适",而是充分享受富庶生活略带
奢华的上层士大夫的"舒适";(2) 李公的"谷中之木",也不同于陶渊明家中
与人相与盘旋的伙伴"孤松""五柳"那样具有人格意义,而是修身养性之具:
"上苗可食,下体兼采,子入菰饭,华杂蒲菹。既甘平而性寒,又辛温而执热,
癖除而不为去传,风愈而安知及书",虽算不上高雅,但也绝不是低俗;(3) 李
公的"推心之分",就是要与朋友一起共同享受这一切:"吾徒沐公馨香,爱我
药石,皆可右坐,愿为佳游。"这是于邵等人当年重要的生活方式,其中充满了
文人雅士的"佳兴"。于邵惯用的四字句白描手法取得了较高的艺术成就,
不能因为没有反映社会现实矛盾而贬低其艺术上的价值。

3. 唱和诗序。《华阳属和集序》:

六艺诗人之蕴雅,贯三极而正存象外,班九流而化行天下。夫然,
则游夏登科于孔门,独擅文学,虽风流万古而不易者,文乎哉!且日新之
谓盛德,崇业之谓不朽,自大剑之南,在汉有文翁,实长西蜀,开设学校,
为来者宗师,顺流千载,而余芳不泯。历魏有高朕,晋有张华,皆好古博
闻,能述先事,讲信修睦,传之无穷。是以在绵有巴渝有挟鼓濮,率相劝
道,人无隐焉。洎大历初,尚书左仆射冀国崔公,登坛受命,边鄙不耸,既
国用偃武,而家将训文。近取诸身,旁求是类,高选幕客,无非其人,彬彬
然文质协乎中,而英华发乎外矣。殿中侍御史荥阳郑公,道同斯应,参乎
理戎,以玉帐之暇,而清词闲作。盈我怀袖,式歌且谣,以为离群索居,谁

与晤语?故自相府及冀公达于储公,凡所献酬,缵为三卷,仍以属和为集之目。夫属和者,唱予和汝,击发商徵,亦取诸伐木相求之义,斯盖郑君之意也。同声于邵,闻而且喜,即之寓目,煜若春荣。遂询我以宣布,咨我以序引。取彼敝帚,无相患焉。

这是于邵唯一的唱和诗序,比较典型地表现了他的诗歌观念,也表现了他当年在幕府的生活状况和心态。首先,他强调"文"的重要意义:"六艺诗人之蕴雅,贯三极而正存象外,班九流而化行天下。夫然,则游夏登科于孔门,独擅文学,虽风流万古而不易者,文乎哉!"然后他追溯西蜀发达的文化历史,从汉代的文翁,历魏晋的高朕、张华,迤逦而下直到代宗大历初年的崔公,他的"道同斯应"的幕客荣阳郑公,相互酬唱,"清词闲作""式歌且谣",积聚诗歌三卷之多。最后,于邵阐述唱和的意义:"夫属和者,唱予和汝,击发商徵,亦取诸伐木相求之义。"从这篇诗序可以看到中唐时代西蜀幕府文士与幕主之间唱和的情况,从于邵无比欣悦的语气中,可以体会到他对这种风流儒雅生活的追求。语言上还是运用他擅长的四字句,流美跳脱如滚珠,快捷迅疾,颇具特色。

4. 赠别诗序。如《送张中丞归魏博序》:

> 大河故渎,魏之奥境,魏大名也。今国家以连帅之重,特命右仆射田公以镇抚焉。授方面之寄,为诸侯之倡,职贡不俟于命锡,朝奏必资于佐幕。是以张侯有献岁之会,一之日,天子劳勤于次;二之日,有司行赏以秩。因题柱之旧荣,加专席之新宠,风生汉阙,价重周行。光照帝俞,金允时望。且端揆有度材之鉴,中司怀匪石之心,温温恭人,表以光大多矣。恩逾三接,诏复两河,向铜台之地遥,览上京之春尽。柏署追饯,粉闱惜别,才兼二美,识者荣之。今襄海无虞,人神助道,遵我王度,树之风声。有来雍雍,信足乐也。诗可以群兴,而群公赋之。

这是送官员赴方镇的赠别诗序,张中丞是魏博节度使田承嗣派往朝廷参加"献岁之会"的幕僚,于邵在序中极力渲染张中丞在京城受到"天子劳勤""有司行赏""加专席之新宠"等特殊的赏赐,赞扬他"端揆有度材之鉴,中司怀匪石之心"的"才兼二美",然后希望他"遵我王度,树之风声",显然是站在朝廷角度立论,希望节镇将帅和属僚能够尽忠朝廷。最后于邵说:"诗可以群兴,而群公赋之。"揭示了他的诗歌观念,通过诗歌这种形式,绾结人心,协调关系,达到和睦相处、君臣同乐的境界。

又如《送房判官巡南海序》：

> 两河稽诛，为日久矣。固是迷悖，腥闻于天；法将污潴，罪尔无赦。是用调发，集于东郊，瞻上将于五道，兴王师之十万。千金之费，实资经度之中，别有盐府，既博之用，不勤于人。岂与夫汉武事边穷兵，蜀主以小谋大，而较其损益哉？则天下怙乱，不得不除，宇内称兵，不得不灭。总是任者，惟我国桢。兼御史中丞包公专其事，佐卫仓曹房公分其巡。公英姿秀发，相门流庆，以公忠为己任，以学行为身文，蹈和以全真，修睦以合义，长途逸翮，则未可涯。冬十月，桂林务要，番禺利往，轻楫既具，高帆欲张。煌煌元公，作镇南海，在公为外舅，在国为屏臣。潘杨佳姻，冰玉相映，式瞻之地，其谁不怀？桂管经略观察使范阳卢公，惜云雨为别，怅江山暂闲，置酒高会，征诗宠行。南天不寒，四气争暑；黄柑未摘，卢橘又花。请因众芳，以动佳兴，将我府公之厚意也。

这篇诗序可能也作于任巴州刺史期间，因为文中提到"桂管经略观察使范阳卢公，惜云雨为别，怅江山暂闲，置酒高会，征诗宠行"，于邵也参加了这次宴会。序中说"两河稽诛，为日久矣"，而朝廷又在用兵，可能是边疆又发生动乱，因此于邵说："天下怙乱，不得不除，宇内称兵，不得不灭。"房判官就是在这样的背景下巡察南海的，接着赞扬房公"英姿秀发，相门流庆，以公忠为己任，以学行为身文，蹈和以全真，修睦以合义，长途逸翮，则未可涯"，当他要离开桂林时，房判官的舅舅卢公设宴饯别。当时的景象是："南天不寒，四气争暑；黄柑未摘，卢橘又花。"颇具南方特色。

再如《送峡州刘使君忠州李使君序》：

> 国有戎事，今兹十年，外奸内宄，略无宁岁。是以人之思理，不教而然者久矣。夫非良二千石，则无以光昭帝俞，勤恤人隐，自邑居荡析，牧守承弊，中和颂声，斯道寝息。今皇帝之临御也，尝垂意于理道。夫能官人，则能安人，为官而择人，俾受永赖。尚书驾部郎中刘公、司门员外郎李公分命之拜，中朝骏选。刘公之举也，以宣慈惠和；李公之得也，以温良恭俭。咸推大略，仁而爱人，文学政事，家邦必达。矧兹偏隅，由我专制，苟利于物，其可易乎！然后理兵期于知禁，求瘼在乎不扰，泽流恺悌，汔可小康。岂颍川之奸党散落，济南之畏如大府而已哉！寿星之会，凉秋八月，言辞北阙，将驾南辕。惜五马之不留，合六官以追饯，乃卜胜撰吉，咸集于吏部郎元公之居室。地远朝市，家藏水木，纳终峰于宇下，道

漆园于方外。风回景泛，匪寒匪燠，入室而芝兰袭人，趋庭而珠玉交辉。琴言自清，座右必诫。夫然，则行者可以慰远道，居者可以依翰林。二公于是抚席而言曰：西楚风殊，东巴路迥，高堂云雨，遇荆门而可见；皇州冠冕，别潇水以长怀。多谢故人，醑我以酒。龙我之作，群公何谓，以不腆斯文，遂冠于篇首。总南宫之赋者，凡四十有六章，次之爵里，亦当使君之佳传云。

这是一篇送两人赴任的群聚赋诗之序，应该作于京城近郊。人物都是尊称，时间也是概说，颇难断定具体情形，这是于邵诗序最大的问题，但表现了于邵诗序的基本结构。先述背景，交代朝廷的大政方针和皇帝的意旨，"国有戎事，今兹十年，外奸内宄，略无宁岁"，是总的国家形势，"今皇帝之临御也，尝垂意于理道。夫能官人，则能安人，为官而择人，俾受永赖"，是皇帝择官的目的。接着就是对行者才能、德行的赞美，再是叙述描写饯别宴会的情况，最后是赋诗道别。结构比较固定单一，缺少变化。其中的亮点在于景物描写，如这篇诗序有两处描写值得称道，第一处是宴会地点的景色："纳终峰于宇下，道漆园于方外。风回景泛，匪寒匪燠，入室而芝兰袭人，趋庭而珠玉交辉。"另一处是想象旅途风景："西楚风殊，东巴路迥，高堂云雨，遇荆门而可见；皇州冠冕，别潇水以长怀。"都是运用平易简洁的白描手法，前者清雅宜人，后者壮阔情深，两相照映，颇有韵味。

于邵还有送同一人作两序的情况，颇似赠别组诗。如《送穆司法赴剑州序二首》：

> 法曹掾穆侯，理行归于剑。十月寒矣，艰哉是行。休于嘉陵之阳，日与樵牧为伍，面吾子言涉江水，至于室庐。告靳之期，不远千里。然则取诸羽翩，击彼风水。时之来也，鸣可惊人，而爱亲之道，敬养为切。安得择仕而以三语为屈哉？东江剑门，又足助兴。地气初闭，河风稍严，青冥为空，黄落向尽，感物论别者，庶存乎歌诗。（其一）

> 人谓穆子，通于理者也。衷然作掾，荣问所致。自陇之下，清风可挹。人能尽欢，邵真知勉矣。顷以令弟仕于剑，太夫人就养适乎远。虽迫王事，心驰倚间，朝辞府庭，夕次郊郭。不俟高驾，拂衣而南。群公锡类，讵敢留心？各以壶酒，垂杨好阴。金秋始交，火云犹赫。指日献寿，在原增光。送君遂行，千万无尽。（其二）

这两篇诗序都不长,前一篇着重在感物论别,核心是讨论忠孝不能两全的问题,从而慰勉友人不要"择仕而以三语为屈",面对"东江剑门,又足助兴。地气初闭,河风稍严,青冥为空,黄落向尽"的景象,赋诗道别。后一篇虽然还是针对"以令弟仕于剑,太夫人就养适乎远"的问题展开,但主要在于抒情,希望友人以王事为重。最后是托景言情,这回的景象变成了"金秋始交,火云犹赫",与上一篇的十月寒冬景象不同。在不同季节写两篇诗序赠送同一人,在唐代诗序中是很少见的。

最后看于邵的《送朱秀才归上都序》:

> 尝喜南中之遇墨客者甚矣,今又得会稽朱因卿焉,序而字之,盖美之尔。况其学也博,其文也精。凡作为篇章,皆可兴咏。处之于代,则诗人之选也。邵故东西南北,愿兴修好,从可知矣。始至之日,贽见于我府公。府公答之以客礼,亦既馆给,终焉宴私。高枕延国士之风,开门多长者之辙。义非苟合,道不虚行。叩清徵而况我知音,执礼容而许我先达,欢于老夫接,辱兴允子游。风雨如晦,孰云其已?而北走长安万里,帝王居治所也。贤关启钥,哲匠见焉。鹏搏凤骞,造次于是。彼美因卿,在斯一举。余勇可贾,矧尔觳中。潇湘悠悠,鄢郢阻修。商岘衡嶷,白云闲之。登山临水,楚人之重别也;人涉卬否,卫诗之叹异也。虽欲勿叹,得无叹乎?

这是于邵晚年任瞿州别驾时的作品,是一篇送朱因卿赴长安应举的诗序。朱是会稽人,学问渊博,文章精粹,具有诗人气质,故于邵"愿兴修好",将他当作自己南北东西漂泊经历中"风雨如晦"时候的朋友。当他"北走长安万里"要"鹏搏凤骞"的时候,一方面鼓励他"余勇可贾,矧尔觳中",另一方面又抒发自己的感叹:"潇湘悠悠,鄢郢阻修。商岘衡嶷,白云闲之。登山临水,楚人之重别也;人涉卬否,卫诗之叹异也。虽欲勿叹,得无叹乎?"这个结尾具有诗歌的意境,表达了于邵复杂的内心世界。

通过上面的论述,我们可以看到于邵诗序具有一些显著的特点。

(1) 善于描述悬想的景色。如:

> 悠悠旆旌,渑渑春物,想青林之涨水,见黄石之平矶。佳兴未孤,前期犹邈。

——《送王郎中赴蕲州序》

群莺尚哢,四月犹花,长江一望,翠屏如画。佳兴满目,曷唯宦游?
——《送蔺舍人兼武州长史序》

晴川淅沥,日上旌旆,寒野莽苍,风入筋干。
——《送蔺侍御使还序》

骥足方骋,鸰原惜别;河桥一分,云岫千里。凤凰潭上,刁斗初传;宝鸡祠下,旌旗不卷。
——《送前凤翔杨司马赴节度序》

云岫座中,烟花雨后,爱时景之可共,怅高帆之不留。
——《送卢判官之梧州郑判官之昭州序》

巴防楚塞,猿声千里。东出桐柏,南距荆州。三江五湖,可以利涉,心断卬否,薄送于郊。
——《送杨兵曹太祝兄弟序》

水陆万里,寒暄浃年,三江五湖,夐然复游。远与为别,故人何情?
——《送家令祁丞序》

南指蜀路,江山四蔽。苟吾道之可存,居鸣水而何陋?
——《送贾九归鸣水序》

昨夜残雨,朝烟稍霁;黄鸟上下,绿阴若浮。
——《送孟司户赴山南序》

千篇一律,格式固定,而且他特别热衷于整齐铿锵的四字句。看起来是骈文,但仔细回味,却没有骈文的堆垛和臃肿,也不会刻板运用典故。这些描写都是白描笔法,表现的景象具有概括性、虚泛化的特征,适合宴会、送别时的点缀。

(2) 结构比较固定,如赠别诗序,一般都是先叙述背景,再颂客、夸主,接着是描写宴会和风景,最后赋诗道别。也几乎是一律,这种类型化、格套化的创作,正是缺乏个性的表现,与独孤及的诗序艺术价值相比还差得很远。

(3) 于邵的诗序对时间、地点和人物的表述都有模糊化的倾向,似乎总想掩饰什么,过多的应酬之作掩盖了他才情的发挥。

总体上看,于邵也是一位很有才华的中唐文人,史称"当时大诏令,皆出于邵",可见他是一个执文柄的人,但与独孤及相比,文采风流尚不及。于邵的序文平正,缺乏个性,文字上有崇尚整饬的倾向,写景注重概括性,气象和笔力都不如独孤及。从于邵的全部序体文来看,赋诗已经不占优势,重心转向了"文"的方面,至少有一半不叙"赋诗"情况,这也说明"赠人以言"已经代替"赠人以诗"成为新的时尚。于邵应酬性的诗序多于文学性的,但总体上看,比较重视叙述因素,对诗序的散文化有一定的贡献。于邵活到八十一岁,历经玄宗、肃宗、代宗、德宗四朝,相识故旧遍及朝野,因此交游广泛,其序文在中唐时期产生了很大的影响。其平正醇厚对权德舆有较明显的影响,而独孤及的文采风流,在韩、柳的序文中被发扬光大。从议论的角度看,于邵的诗序虽也论及朝政,但多粉饰之词,远不如独孤及诗序的激切,缺乏深刻的忧患意识。

第五节　凌跨百代,姿态横生
——韩愈、柳宗元的诗序

明人吴讷《文章辨体序说》言及"近世应用,惟赠送为盛"时说,赠序这种文章"当须取法昌黎韩子诸作,庶为得古人赠言之义,而无枉己徇人之失也"①。这就是说,到明朝初期,韩愈赠序一类的文章就已经成为一种公认的范式。这一方面固然由于当时八先生(即后代所谓的"唐宋八大家")文集流行,广为文人所推崇,另一方面也说明韩愈在赠序文体上取得了很高的成就。时下文学史类著作叙述,一般都将韩愈、柳宗元作为唐文的代表,恰好柳宗元也在赠序方面有突出的贡献。因此本节拟将韩愈、柳宗元的诗序作为研究对象,探讨他们在开拓这种文体艺术表现方面的主要成就。

一、韩愈、柳宗元诗序创作的概况

韩愈序体文收在马其昶校注《韩昌黎文集》第四卷,共三十七篇,其中像名作《送孟东野序》《送董邵南序》《送高闲上人序》《送杨少尹序》等,都是纯粹的赠文之序②。确切记录赋诗之序有:《送陆歙州诗序》《上巳日燕太学弹琴诗序》《送李愿归盘谷序》《荆潭唱和诗序》《送张道士序》《送殷员外序》《送权秀才序》《送湖南李正字序》《送石处士序》《送温处士赴河阳军序》《送郑尚书序》《送水陆运使韩侍御归所治序》《送郑十校理序》《韦侍讲盛山十二

---

① 吴讷(1369—1454),是明初著名的文章学家,生于明洪武二年,卒于明代宗景泰五年,享年八十六岁。按:他所说的"近世",当指南宋到明初这一时期,可见当时赠序之风非常兴盛,是流行一时的文体。吴讷著,于北山点校《文章辨体序说·序》,第42页,人民文学出版社,1962年8月第一版。
② 正是这些名篇标志着脱离赋诗情境的赠序已经独立成体,其根源在于初唐时期普遍存在的"序重诗轻"现象,由于文人主要精力集中在写序方面,赋诗逐渐形式化,因而在实用性的召唤下,酬赠之序归向理性,注重教化德性方面的慰勉功能,遂将附庸风雅而不切实际的诗歌去掉,成为单纯承载朋友之间情谊与祝愿的文体,有的甚至成为宣讲国家大政方针、为官立身之道的载体。

诗序》《石鼎联句诗序》等十五篇①。另外,加上《元和圣德诗并序》《琴操十首并序》(《全唐诗》卷三三六)、《孟东野失子并序》《奉和虢州刘给事伯刍三堂新题二十一咏并序》(《全唐诗》卷三三九)等四篇,合计为十九篇。

柳宗元序体文收在《柳宗元集》第二十一卷至二十五卷,共五十九篇。其中有文集序六篇,编柳集者称为"题序",但《王氏伯仲唱和诗序》既是集序,又是重要的诗序。除单纯的赠文之序外,诗序有:《同吴武陵送前桂州杜留后诗序》《送宁国范明府诗序》《送苑论登第后归觐诗序》《送豆卢膺秀才南游序》《同吴武陵赠李睦州诗序》《送严公贶下第归兴元觐省诗序》《送崔子符罢举诗序》《送从兄偁罢选归江淮诗序》《愚溪诗序》《娄二十四秀才花下对酒唱和诗序》《法华寺西亭夜饮赋诗序》《凌助教蓬屋题诗序》《送韩丰群公诗后序》《送贾山人南游序》等十四篇。

综观这些诗序,可以看出:韩愈的创作从年轻时期一直延续到晚年,而且诗序涉及的题材内容比柳宗元广泛。柳宗元诗序大部分是贬官永州及柳州期间的作品,题材内容比较狭窄,主要是朋友之间的赠别慰勉之作,也常常将自己的贬官之痛寄托文中。韩柳的诗序类散文,既是他们表述诗歌观念的载体,又是宣扬道学、抒发忧郁的工具,他们叙事议论写景抒情的高妙技巧又使诗序这种体裁日臻成熟,成为交际应酬文章中艺术价值很高的文学作品。

二、韩柳诗序中表现的诗学观念

运用诗序来表达诗歌观念,要远溯到东汉出现的《诗大序》,尽管这是经师传授《诗经》时所作的"以意逆志"的解说,未必是《诗经》写作者的本意。但是由于历代相传,渐渐为人们所接受。于是在一首诗或一组诗(含一本诗集)的前面,通过撰写诗序来表述某种诗学观也就成为作家惯用的方式,自江淹《杂体诗序》以来,到初唐陈子昂的《东方左史虬修竹篇序》,诗序表述的诗歌观念已经非常丰富了。诗歌经历盛唐的高潮以后,到中唐时期渐趋多元化,其中韩、柳二人将他们人生经历的惨痛遭遇凝聚成独特的诗歌理念,并且将这些理念纳入到他们建构的儒家道统之中,各自独立,个性鲜明,又深邃宏远,对后代影响深远。

首先,韩愈、柳宗元通过诗序,在与友人的交际中,宣扬儒家的道统观念。道统是一个内涵复杂的思想体系,文学只是其中重要的一个方面。在诗歌上的表现,则主要是意图恢复儒家思想对诗歌的主导地位,即有复古的倾向。

---

① 像《送殷员外序》结尾说"于是相属为诗以道其行云",《送权秀才序》结尾说"于是咸赋诗以赠之",《送石处士序》结尾说"遂各为歌诗六韵",《送郑尚书序》结尾说"韵必以来字",等等,都是赋诗赠别的明确标志,因此将这些交际功能明显的序文算作诗序。

复古的一个明显标志就是韩柳都重视卜子夏的诗学观念①,如韩愈《送王秀才序》中说:"吾尝以为孔子之道大而博,门弟子不能遍观而尽识也……盖子夏之学,其后有田子方,子方之后,流而为庄周……荀卿之书,语圣人必曰孔子、子弓……孟轲师子思,子思之学盖出于曾子。自孔子没,群弟子莫不有书,独孟轲氏之传得其宗。"并断言:"求观圣人之道,必自孟子始。"②韩愈认为得孔子思想真传的是孟子,子夏之学最后流为庄子的诙谐诡怪,背离了圣人之旨。但是子夏作为《诗大序》的作者,在韩愈的诗歌观念里还是有重要地位的,"庄周"的乱流并不影响"子夏"源头的洁净。相较而言,柳宗元的诗学观比韩愈纯粹,他在《王氏伯仲唱和诗序》中赞扬王氏兄弟的创作是"正声迭奏,雅引更和,播埙篪之音韵,调律吕之气候,穆然清风,发在简素",显然是认为王氏兄弟的诗歌继承了诗经风雅正声的传统,值得颂扬,并说"某也谓余传卜氏之学,宜叙于首章"③。在《法华寺西亭夜饮赋诗序》中更明确地说:"卜子夏为《诗序》,使后世知风雅之道,余其慕卜者欤?"④在道统观方面,韩愈与柳宗元还是有差别的。韩愈注重儒家一脉相承的传承谱系建构,对异端思想如佛老等进行严厉的批驳排斥,他说学者应该慎重选择从学的道路,认为"道于杨墨老庄佛之学,而欲至圣人之道,犹航断港绝潢以望至于海也"⑤。即是说,取道杨子、墨子、老子、庄子、佛教的途径,是不可能达到儒家圣人的真境界的,因此,韩愈在赠给道士、和尚的序文中,往往极尽奚落嘲讽揶揄之能事。如《送廖道士序》在极力赞美郴州物产丰美之后,说唯独没有看见"魁奇忠信材德之民生其间",而廖道士虽然气专容寂,多艺善游,但是迷惑溺没于老佛之学,甚为可惜。在《送高闲上人序》中将张旭学习草书不治他技与高闲上人喜欢草书却相信浮屠之说进行对比,认为张旭将自己的人生喜怒哀乐全部寄托在书法艺术里,达到了变动若鬼神的境界,而高闲上人则因为沉溺佛教教义,使他的书法不可能达到高深的造诣。诗序成为韩愈宣扬儒家道统观念的载体。柳宗元也重视儒家道统,但他更注重内外兼修,认为"君子病无乎内而饰乎外,有乎内而不饰乎外者",因此希望友人在"有乎内"的基

---

① 卜子夏,是孔子的学生,传说他是《诗大序》的作者。据现代学者考证,《诗大序》乃是东汉出现的文本,应该是经师传诗过程中所作的"以意逆志"的解说,是一个经过了很长时间,经过很多人的阐发的集体智慧的结晶,是儒家诗学思想的集中体现。其中"诗言志""温柔敦厚""比兴""美刺"等观念,对后代诗学发展影响深远。韩愈、柳宗元都将子夏的诗学作为儒家诗歌观念的源头。
② [唐]韩愈著,阎琦校注《韩昌黎文集注释》上册,第396—397页,三秦出版社,2004年版。下引韩愈文均见此书。
③ 《柳宗元集》第二册,第583—584页,中华书局1979年版,下引柳宗元文均见此书。
④ 同上书,第645页。
⑤ 同注②。

础上,要"以诗、礼为冠履,以《春秋》为襟带,以图史为佩服",然后"揖让周旋乎宗庙朝廷",成为一个真正的儒者①。柳宗元认为"道"不仅仅是从孔子那里传承下来的一种理念,应该具有实践的品格,归结为一点就是强调"化人及物"。他在《送崔子符罢举诗序》中说,对于参加进士科考试的举子来说,"即其辞,观其行,考其智,以为可以化人及物者,隆之;文胜质,行无观,智无考者,下之"。在《送徐从事北游序》中,他奉劝友人"得位而以诗礼春秋之道施于事,及于物,思不负孔子之笔舌",强调"道"的实践性。柳宗元对佛教态度比韩愈通脱,他在《送僧浩初序》中说:"浮屠诚有不可斥者,往往与《易》《论语》合,诚乐之,其与性情奭然,不与孔子道异。"②又在《送元十八山人南游序》中认为孔学与老学,虽然"道不同不相与谋",但是孔学与老学乃至杨墨申商、刑名纵横之说,在"有以佐世"这一点上是相同的,而释氏由外国传入中国,与当年杨墨申商一样属于异端之说,但是元山人"悉取向之所以异者,通而同之,搜择融液,与道大适,咸伸其所长,而黜其奇邪,要之与孔子同道,皆有以会其趣"③。这些都表明,柳宗元有意融合儒道释三教。他提出的"文以明道",是在以儒家思想为主导条件下,融会其他思想的合理因素的综合体,通脱宏大。

第二,韩愈、柳宗元独特的人生经历,使他们对诗歌有超越同时代一般人的见解。他们认为诗歌是抒忧娱悲的心灵奏鸣曲,是不平则鸣的产物。如柳宗元《娄二十四秀才花下对酒唱和诗序》说:

> 君子遭世之理,则深呼踊跃以求知于世,而遁隐之志熄焉。于是感激愤悱,思奋其志略,以效于当世。故形于文字,伸于歌咏,是有其具而未得行其道者之为也。

认为诗歌是有志于济世却遭遇不偶者发抒忧郁、寻求知音、渴望用世的工具。这与韩愈在《送孟东野序》中提出的"大凡物不得其平则鸣"的观点如出一辙。韩愈的诗学理论总体上比柳宗元更加恢廓完整,他在《荆潭唱和诗集序》中说:

> 夫和平之音淡薄,而愁思之声要妙;欢愉之辞难工,而穷苦之言易好也。是故文章之作,恒发于羁旅草野;至若王公贵人,气满志得,非性

---

① 《送豆卢膺秀才南游序》,见《柳宗元集》第二册,同上书,第607页。
② 《送豆卢膺秀才南游序》,同上书,第673页。
③ 同上书,第663页。

能好之,则不暇以为。

这篇诗序具有重大的诗学价值,因为他提出了一个关键性命题:诗歌是落魄之士,在羁旅他乡穷愁潦倒境地中真情的流露,是一种生命意义的寄托,因此"和平之音淡薄,而愁思之声要妙;欢愉之辞难工,而穷苦之言易好"。这一观点与他的"不平则鸣"诗学观,相互辉映,相互补充。韩愈认为王公贵人,志满意得,如果不是生性喜欢诗歌,那他是没有时间或不屑于创作诗歌的。诗歌仿佛天生就跟贫穷困顿结缘。但是韩愈从眼前的这部唱和诗集中看到了欢愉之辞也有相当的价值。欢愉之辞虽难工,毕竟也可以工整精巧。这样他的诗学观点就变得辩证通达。正如不平则鸣既可以鸣自己的不幸,也可以鸣国家之盛。这一观点对宋代欧阳修提出"穷而后工"有直接影响。

第三,韩愈、柳宗元重视《诗经》风雅古朴的诗学传统。韩愈《上巳日燕太学听弹琴诗序》描述了贞元十八年三月三日国子司业武少仪在太学组织的一次弹琴赋诗场景:"太学儒官三十有六人,列燕于祭酒之堂,樽俎既陈,肴羞惟时,盏斝序行,献酬有容。歌风雅之古辞,斥夷狄之新声,褒衣危冠,与与如也。"正在这时,一个相貌魁伟的儒生抱琴坐于樽俎之南,"鼓有虞氏之《南风》,赓之以文王宣父之操,优游夷愉,广厚高明。追三代之遗音,想舞雩之咏叹",这样一直进行到薄暮时分,人人都感到精神世界充实满足。可以说这就是儒家追求的诗学最高境界,呈现出一片古朴苍然、和乐风雅、神游三代、优游当下的奇妙景象。完全可以设想,如果真能够回到这样的世界,人们的思想境界提高,品格变得高尚,那么士风将回归醇厚渊雅,而世风也将回归纯正端整,诗风也变得古朴庄严。这就是在安史之乱后军阀割据藩镇不臣情势下,以韩愈为代表的儒者渴慕追求的诗学景象,承载着导扬正声,匡正人心的历史使命。尽管这种诗学理想在当时严酷的形势下,不免迂阔,但是韩愈等人的努力还是值得肯定的。柳宗元没有太学任职的经历,无法体验韩愈当时的心境,但是他以穷愁羁旅之身,在山水之间寄托自己的孤寂苦闷。儒家独善其身的理念使他也神往这样的境界,于是他借描写凌士燮,这位身处蓬户瓮牖而傲然自立的儒者生活,表达了与韩愈同样的理想。请看,这位饱读诗书经典的儒生,为儒官守道端庄,在仕途遭遇挫折之后,建造茅屋,以备揖让之位,"栋宇简易,仅除风雨,盖大江之南其旧俗也。由是不出环堵,坐入吴甸,包山震泽,若在牖外。所谓求仁而得,斯固然欤!与夫南音越吟,慕望而不获者,异日道也"①。这不正是儒家诗学洁身自好、安贫乐道、慕德固义观念的鲜明写照吗? 柳宗元在《愚溪诗序》中,描写愚溪四周绝美的景色之后,说"溪虽莫利于世,而善鉴万类,清莹秀澈,锵鸣金石,能使愚者嘻笑眷慕,乐而不能去也。余虽不合于俗,亦颇以文墨自慰,漱涤万物,牢笼百态,而无所避之"②。这一方面借愚溪山水写自己晶莹剔透的高洁人格,体现儒家洁身自爱的观念,另一方面也表现了自己遭遇贬谪不能有所作为的满腔孤愤,同时也表现出柳宗元追求"漱涤万物,牢笼百态""超鸿蒙,混希夷"的诗歌艺术境界,是柳宗元对诗学理论的重大贡献。

第四,对诗歌发展史及诗歌艺术本质的认识存在差异。韩愈是持诗文相通论者,主张诗文交融。对诗歌发展史的认识主要体现在《送孟东野序》中,他以"不平则鸣"作为标准,建立了文化发展的谱系,把诗书六艺、诸子百家、楚骚汉赋、魏晋诗歌纳入其中,将陈子昂、苏源明、李白、杜甫、李观、孟郊等承接在后,可以看出韩愈复古主张下的诗歌发展观念,既突出主线,又宏观通脱。而柳宗元认为诗文同源异流,认为散文出于《尚书》《周易》《春秋》,属于辞令褒贬的著述,风格要求高壮广厚、词正理备,是藏于简册的东西。而诗歌本于虞夏的歌咏、殷周的风雅,属于比兴讽谏的体制,其风格要求丽则清越,适宜于谣诵讴歌。并认为一个人不可能诗文兼善,要求诗歌与散文严格保持各自的体性特征。因此,韩文与韩诗气息相通,廊庑特大,能为唐诗的发展辟土开疆,对后代影响深远。而柳宗元虽然散文与诗歌双双如美玉晶莹,然诗歌与散文壁垒森然,异道而趋。后代接受时,多尊文而抑诗,就是由于他的诗歌固守传统的藩篱而缺少变通,有操守而无创辟。

三、韩柳诗序中记录着不同的人生际遇

诗序最早作为说明诗歌写作意旨与写作情况的文字,简明朴实是它主要的特色。随着时代的发展,诗歌不仅体制越来越复杂,而且渐渐与其他文体交融,借光生色,恢廓诗歌意境。诗序也因而悄悄发生变化,从最初的说明写作情况,渐渐演变成某一特定场合诗歌写作情景的描绘,由描绘场景再变为以描写人物为主体,再从说明旨意的本义演变出更加复杂的寓意表述。上自世风诗风的变化,下至为官役民之道,再到出使出仕、应举归觐、宴会游历、离别相逢等等,都会生发出一番议论。通过一篇篇精美的诗序,可以考见当时的历史境况,也可以体会作者当年的生活境遇。

人都生活于具体的人际交往圈子里,像韩愈、柳宗元这样有操守、恪遵儒

---

① 《柳宗元集》第二册,第651—652页。
② 同上书,第643页。

家道德准则的儒者,交友与交游都是很慎重的。柳宗元的人生经历以三十三岁时遭遇永贞革新失败为分界线,前期卓厉风发、俊杰廉悍,后期贬官永州、柳州,孤独苦闷,寂寞无告,害怕遭人诬陷,因此多与道士和尚交往,或自娱于山水之间。柳宗元诗序主要是写给这样几类人:第一类是亲属,如杨凝为柳宗元妻叔,崔策为柳宗元姐夫崔简之子,柳偁为宗元从兄,柳澥为宗元族人,卢遵为宗元内弟,吕让为宗元表弟;第二类为秀才中举、下第者或贬官量移者,如中举者有苑论、班肃等,下第者有严公贶、元公瑾、辛殆庶等,量移者如南承嗣、薛巽等;第三类为柳宗元的好友或上司,好友如韩安平、吴武陵、娄图南等,上司如崔敏;第四类为僧人,如僧浩初、方及师、文畅上人、元暠师等。另外,还有像《愚溪诗序》这样自叙诗序。

柳宗元的这些诗序,主要是赠别序。有些诗序里表现出对时事的强烈关注,如赠杨凝的序中对宣武军大梁"多悍将劲卒,亟就滑乱,而未尝底宁"的形势非常担忧,因而提出一种采取"中道"的控制之术。汴梁属于中原要冲,如果"将骄卒暴"就不能和众安民,如果"将诛卒削"则不能捍城固疆,所以必须刚柔相济,采取威怀兼备之道,从而化顺逆为同道。这篇诗序实际上是希望杨凝能够在控制藩镇方面有所作为,可以看作是柳宗元为朝廷设计的对待宣武军的政治策略。而借群公赋诗的场合宣扬这种方略,恰好表现出柳宗元关怀时事、渴望中兴的良好愿望。又如送范传真赴任宁国令时,柳宗元借赠序的机会大谈为吏之道,认为"吏者,人役也","仕之为美,利乎人之谓也"。因此"以惠斯人,然后有其禄,庶可平吾心而不愧于邑",赋诗赠序皆是为了扬榷他"发吾所学施于物"的政治理念。柳宗元赠别落第秀才的诗序则揭露出当时进士考试的一些弊端,深为落第者鸣不平。如送韦中立的诗序中揭示考进士之前,大批学子云集京师,"咸多为文辞,道古今语,角夸丽,务富厚",然后投寄给主考官员,期望通过温卷以求闻达,这样在考试时可以捷足先登。但由于温卷人太多,有司阅读不足十分之一。因此很多不愿意温卷或虽温卷而未能进入有司视野的人,就往往遭遇落第,韦中立正是不愿意温卷而落第者。这篇诗序实际上在慰藉落第者的同时,也抨击时势的弊端,感慨良深。当然,柳宗元诗序中最多的还是关于自己贬官的深哀剧痛。如送崔策的诗序里,柳宗元慨叹自己"智不足而独为文,故始见进而卒以废。居草野八年,丽泽之益,镞砺之事,空于耳而荒于心"。送柳谋的序里说"吾不智,触罪摈越楚间六年,筑室茨草,为圃乎湘之西,穿池可以渔,种黍可以酒,甘终为永州民"。在《愚溪诗序》里更说"余以愚触罪,谪潇水上",是"遭有道,而违于理,悖于事,故凡为愚者莫我若也",等等,都借诗序倾吐自己遭受诬陷,投荒置散,无所作为,孤苦无依的悲惨境遇,令人动容。

相比之下,韩愈的诗序所涉及的人物与柳宗元有很大不同,所表现的生活内容也更为丰富。韩愈诗序所涉及的人物中很少有他的亲属,主要有这样几类人:赴任的官员,如陆傪、孟郊、窦平、郑权、郑余庆等;应举或下第的秀才,如权秀才、王秀才、齐皥等;处士、道士和尚,如李愿、石洪、温造、廖道士、高闲上人等;相互唱和的高级官员,如裴均、杨凭、韦处厚等。另外,韩愈还有《上巳日燕太学听弹琴诗序》《石鼎联句诗序》《元和圣德诗序》等杂序。

韩愈的诗序除了杂序外,基本上也是赠别序。首先,韩愈也有强烈的时事意识,表现出对藩镇割据的担忧,如著名的《送董邵南游河北序》,就通过河北地区今与夕的对比,表达他对河北藩镇不臣的担心,并希望董生能告诫河北的豪杰们要归心于朝廷。在送李益回幽州的序中,韩愈对国家失太平六十年的状况很担忧,希望李益回去辅佐幽州节度使刘济"帅河南北之将来觐奉职",像开元时期那样归于一统。在《送郑尚书序》中希望"有文武威风,知大体,可畏信"的郑权能够将东南七十州治理得政通人和。在送韩重华的诗序中则着重宣传韩氏的屯田戍边思想,期望边境安宁并减轻朝廷的经济负担。这些都表现出韩愈与柳宗元一样渴望中兴,只是由于韩柳所接触的人不同,表现的侧重点有异。其次,在科举考试方面,韩愈比柳宗元的经历曲折艰辛得多,所以送别中举或下第者的诗序,多议论取士官员是否公正无私。如《送齐皥下第序》,针对宰相齐映之弟的落榜而生发出一番取士公正无私的大议论,对科举考试中"私其亲""私其身"的根源及世俗的偏见作了剖析。再次,对和尚道士者,韩愈表现出强烈的讽刺倾向,并期望通过赠序的方式改变他们的思想与生活方式,与柳宗元欲融合三教是不同的。与柳宗元强烈地渴望家族振兴不同,韩愈很少给家人赠序。韩愈赠给朋友的一些诗序则类似传奇小说,像《石鼎联句诗序》所描写的那种怪奇经历,不见于柳序。而柳宗元托山水寄托孤愤也很难在韩序中一见。总体上看,韩愈诗序庞杂,追求新颖,而柳宗元则单纯严谨,追求雅洁朗净的格调。二者难分轩轾。

四、韩柳诗序的艺术性

韩愈、柳宗元的诗序作为二者具有特色的文类之一,备受人们喜爱。最主要的原因是这些文章具有鲜明的艺术性。首先是在诗序里写人状物,形象生动。如对得势的士大夫,韩愈这样描写:

> 人之称大丈夫者,我知之矣:利泽施于人,名声昭于时,坐于朝廷,进退百官而佐天子出令。其在外,则树旗旄,罗弓矢,武夫前呵,从者塞途,供给之人,各执其物,夹道而疾驰。喜有赏,怒有刑,才畯满前,道古今而

誉盛德,入耳而不烦。曲眉丰颊,清声而便体,秀外而惠中,飘轻裾,翳长袖,粉白黛绿者,列屋而闲居,妒宠而负恃,争妍而取怜。大丈夫之遇知于天子,用力于当世者之所为也。(《送李愿归盘谷序》)

柳宗元则这样描写:

> 今夫取科者,交贵势,倚亲戚,合则插羽翮,生风涛,沛焉而有余,吾无有也;不则厌饮食,驰坚良,以欢于朋徒,相贸为资,相易为名,有不诺者,以气排之,吾无有也;不则多筋力,善造请,朝夕屈折于恒人之前,走高门,邀大车,矫笑而伪言,卑陬而姁嬔,偷一旦之容以售其伎,吾无有也。(《宋娄图南秀才游淮南将入道序》)

韩愈、柳宗元将当时得势者的生活情状及其内心状态刻画得入木三分,针砭权贵及其追名逐利之徒的丑恶嘴脸也是入其骨髓,然从艺术上看,韩愈是取得势者进行穷形尽相的刻画,而宗元则与自己进行对照;韩愈批评社会风气的意图很明显,而宗元则意在表现自己的洁身自好。韩愈在文中还刻画了"伺候于公卿之门,奔走于形势之途,足将进而趑趄,口将言而嗫嚅,处污秽而不羞,黜刑辟而诛戮"的追名逐利者的丑恶嘴脸及其悲剧命运,来与"穷居而野处,升高而远望,坐茂树以终日,濯清泉以自洁。采于山,美可茹,钓于水,鲜可食;起居无时,惟适之安"的隐士进行对照,从而表现自己的人生志向,既为李愿和自己鸣不平,又含蓄委婉地批评了世态百相,语言工切精警、气势磅礴。而柳文更为凝练,多用三字句与散句相杂,气势虽不如韩文,然骨力坚劲,晶莹洁净似更胜一筹。据说宋代欧阳修曾赞曰:"唐无文章,惟韩退之《送李愿归盘谷序》而已。"①陈景云评论说:"取偶俪之体,却非偶俪之文,此哲匠之妙用也。"曾国藩则说:"别出蹊径,跌宕自喜。"②总体上看,柳宗元在诗序里刻画人物形象的艺术成就稍逊于韩愈③,而刻画山水的手法则超过了韩愈。

如柳宗元描写永州风物:

---

① 转引自《韩昌黎文集注》第242页。
② 同上。
③ 像韩愈诗中所描写"不治他技,喜怒窘穷,忧悲愉佚,酣醉无聊不平,有动于心,必于草书焉发之"的书法家张旭,"貌极丑,白发黑面,长颈而高结,喉中又作楚语"的衡山道士轩辕弥明,"红帨首,靴袴、握刀,左右杂佩,弓韣服,矢插房,俯立道左"的幽州节度使刘济等人物,无不逼肖传神,令人印象深刻。

> 零陵城南,环以群山,延以林麓。其崖谷之委会,则泓然为池,湾然为溪。其上多枫枏竹箭、哀鸣之禽,其下多芰芝蒲藻、腾波之鱼,韬涵太虚,澹滟里间,诚游观之佳丽者已。……于暮之春,征贤合姻,登舟于兹水之津。连山倒垂,万象在下,浮空泛景,荡若无外。横碧落以中贯,凌太虚而径度。羽觞飞翔,匏竹激越,熙然而歌,娑然而舞,持颐而笑,瞠目而踞,不知日之将暮。(《陪永州崔使君游宴南池序》)

又如柳宗元描写法华寺西亭景象:

> 法华寺浮图之西临陂池丘陵,大江连山,其高可以上,其远可以望,遂伐木为亭,以临风雨,观物初,而游乎颢气之始。(《法华寺西亭夜饮赋诗序》)诗曰:"远岫攒众顶,澄江抱清湾,夕照临轩堕,栖乌当我还。菌苔溢嘉色,筼筜遗清班,神舒屏羁锁,志适忘幽潺。"①

还有描写愚溪的景象等等,无不与他的"永州八记"等山水游记同一机杼,不仅境界幽旷、景物奇丽,而且神与物游,富有浓郁的诗意。尽管柳宗元持诗文同源异流论,是尊体派的代表,要求诗歌与散文保持各自体性的独立品格。但是在具体的创作实践中,他仍然将文的本真醇澹与诗的空灵隽永融会在一起,用自己羁旅南国荒江野岭的苦痛哀泣,濡染这些山水景物,使之成为人化的风景,将与天地同春共秋。当然,韩愈并非不能写景,如描写南国风景:"(蛮夷)南州皆岸大海,多洲岛,飘风一日踔数千里,漫澜不见踪迹。"(《送郑尚书序》)渲染出一种恐怖荒凉而浑宏壮阔的大海景象,为南人的野蛮难制作陪衬。再如描写阳山天下的穷处景象"陆有丘陵之险,虎豹之虞;江流悍急,横波之石廉利侔剑戟"(《送区册序》)也是惊险恐怖的,与他怒然不平的心境相合,然而缺少柳宗元山水景物的宁静悠远神韵。

韩柳诗序继承了王勃以来诗序注重文采气势的优点,而摈弃王勃诗序堆砌典故、臃肿晦涩之流弊,成为既凝练娟洁又精气充盈的美文。如柳宗元这样描写苑论参加贞元九年顾少连主持的礼部考试:"明年春,同趋权衡之下,并就轻重之试。观其掉鞅于术艺之场,游刃乎文翰之林,风雨生于笔札,云霞发于简牍,左右圜视,朋侪拱手,其可壮也。"可谓壮气如虹,果然视上第如拾草芥的苑论高中榜首,于四月回归南方省亲,宗元又这样描述他踏上归途:"拜手行迈,轮移都门之辙,辕指秦岭之路。方将高堂称庆,里闾更贺,曳裾峨

---

① 章士钊评曰:"兴到笔随,风雨际会,神游物始,气与宙合。"见《柳文指要》上册,第577页。文汇出版社,2000年版。

冠,南荣诸侯之邦,遥登王粲之楼,高视刘表之榻,桂枝片玉,光生于家。是宜砥商洛之阻艰,带江汉之浩荡,超越千里而无倦极也。然而景炽气燠,往及南方,乘凌炎云,呼吸温风。可无敬乎?"然后是赋诗赠别的话。柳宗元写此序正值风华才盛的二十二岁,又中举及第,所以文笔轻盈潇洒,很有当年王勃的风采。尽管是骈体,但是气势健举,并无艰涩之态。虽然骨骼未成,但是激情壮彩,光艳动人。如果与他晚年所作《愚溪诗序》作一比较,不难发现柳宗元贬逐南荒之后的文章多吞吐回环、抑塞沉郁之气,早年的雄奇奔放已经消隐,呈现出一片冰心玉洁,磊落低回的哀婉悲鸣。

韩愈主张"气盛言宜",认为"气,水也;言,浮物也。水大而物之浮者大小毕浮,气之与言犹是也,气盛则言之长短与声之高下者皆宜"。[①] 他的序体类文章,非常讲究发端的雄健劲直气势。如《送窦从事序》这样开篇:"逾瓯闽而南,皆百越之地,于天文,其次星纪,其星牵牛。连山隔其阴,巨海敌其阳,是维岛居卉服之民,风气之殊,著自古昔。"展现出岭南南海地区一派从洪荒远古蔓延而来的苍茫雄阔气象,然后过渡到大唐盛世:"唐之有天下,号令之所加,无异于远近。民俗既迁,风气亦随,雪霜时降,疠疫不兴,濒海之饶,固加于初;是以人之之南海者,若东西州也。"友人窦平正是在这样的四海一家,天下太平的情境下赴任广州刺史幕府从事的。一件并不怎么庄严重大的事情,经过韩愈如椽大笔、墨气淋漓的渲染,遂给人盛大隆重的印象。张裕钊评论说:"起势如河之注海,如云出而风驱之,而造意雄坚,无一字懈散,读之但觉腾迈而上耳。"[②]确实道出了韩文追求起势壮大、雄迈浩荡的美学境界。这样的例子很多,如《送廖道士序》从五岳的中州清淑之气说起,一直漫延到南岳衡山,接着说"中州清淑之气,于是焉穷。气之所穷,盛而不过,必蜿蜒扶舆磅礴而郁积",最后说由郁积的奇气要么生长"百金水银丹砂石英钟乳桔柚之苞,竹箭之美,千寻之名材",要么"必有魁奇忠信材德之民生期间",一气贯注,迤逦而来,堪当张裕钊"喷薄雄肆"的评语。[③] 还有如《送温处士赴河阳军序》以"伯乐一过冀北之野,而马群遂空"开篇,劈空而来,令人震骇惊悚,急欲阅读下文。除了开篇,行文中间,韩愈也往往异军突起,以气势雄强的排句给人强烈的震撼,如《送石处士序》这样描写石处士的才华:"与之语

---

① 《韩昌黎文集校注·答李翊书》,第171页。
② 《韩昌黎文集校注》第238页,注释后所引录张裕钊评语。
③ 孙琮《山晓阁唐宋八大家选·韩昌黎集卷三》对此序有精彩评说:"胸中欲写出一个廖师,因廖师是郴民,却先写郴州。又先写岭南山水,又先写衡山灵奇,累累写来却又不径写廖师。又写出许多珍奇物产,其势如风雨欲来,烟云万状,令人怖骇之至。及读至后幅,竟飘飘然,一点廖师,又飘飘然,一点其徒,又如云散雨收,万象俱寂,令人愉悦之至。其文章首尾相称,自有相称妙处,首尾不相称,自有不相称妙处,总非俗笔所能梦见也。"转引自阎琦校注《韩昌黎文集注释》上册,第390页。

道理,辨古今事当否,论人高下,事后当成败,若河决下流而东注,如驷马驾轻车就熟路,而王良、造父为之先后也,若烛照数计而龟卜也。"运用一连串的比喻,将石处士的学问见识才华展现出来,而语句长短交织,极富参差错落之美。

总体上看,韩愈序体类散文(当然其他类别也包含在内)最主要的特点是姿态横生,取得了凌跨百代的艺术成就。正如储欣《昌黎先生集录》卷三所说:"公诸序有如风狂云骇、海涛山立者;有如春和日丽、波平不流,泛画鹢、棹兰桡,目眺江山而奏箫管于其中者,可谓极文章之变。"①对韩愈散文意境的变化莫测有真切体会。而林纾《韩文研究法》中借评论《送廖道士序》道出了韩文的艺术特征:"此文制局甚险,似泰西机器,悬千万斤巨棰于梁间,以铁绳作辘轳,可以疾上疾下,置表面于质上,骤下其棰,棰及表面玻璃而止,分毫无损也。昌黎一生忠耿,而为文乃狡狯如是,令人莫测。"②以西方现代机器的巧妙比韩愈散文技法,洵为灼见。张裕钊是韩文评点大家,他说"退之奇处最在横空而来,凿险缒幽之思,策云乘风之势,殆穷极文章之变矣"③,可视为对韩文的定评。这种横生变化的艺术特点,大概是韩愈接受了《庄子》的影响,其文用意恢奇,行文踏空造奇,用语诡怪新奇,遂成为文章巨观。

历代都认为峻洁崭削是柳宗元文章主要特色,如茅坤《唐宋八大家文钞·论例》就说:"巉岩崛屼,若游峻壑削壁,而谷风凄雨四至者,柳宗元之文也。"④《古文关键》及《文章精义》的著者认为柳宗元文章是学习《国语》的,而刘熙载《艺概·文概》中却说:"吕东莱《古文关键》谓'柳州文出于《国语》';王伯厚谓'子厚《非国语》,其文多以《国语》为法'。余谓柳文从《国语》入,不从《国语》出。盖《国语》每多言举典,柳州之所长乃尤在'廉之欲其节'也。"又说:"柳文如奇峰异嶂,层见叠出,所以致之者有四种笔法:突起,纡行,峭收,缦回也。"还说:"《愚溪诗序》云'漱涤万物,牢笼百态'此等语,皆若自喻文境。"⑤可谓识源探本之言。

总的来看,也许正如刘熙载所说:"昌黎之文如水,柳州之文如山。'浩乎''沛然''旷如''奥如',二公殆各有会心。"⑥确实如此,韩文如浩荡奔放的海潮,既波澜壮阔、汗漫无际,又沛然汩涌生命的激情壮彩。柳文则如巍峨

---

① 转引自阎琦校注《韩昌黎文集注释》上册,第361页。
② 同上书,第390—391页。
③ 同上书,第412页。
④ 《中华大典·文学分册·唐文学部三》第938页。江苏古籍出版社,1999年版。
⑤ 《刘熙载文集》第72—73页,江苏古籍出版社,2001年版。
⑥ 同上书,第74页。

雄峻的大山,既空旷幽邃、溪涧环流,又凄然展现出晶莹明澈的奇丽心灵。二者都是天地之间的至文,不能轻易抑扬褒贬。

第六节 通脱简易,常境出奇
——元稹、白居易的诗序

余恕诚以"俊才达士的通脱自在"来概括白居易诗歌,并说:"元白等人行为通脱,自负才情,留连诗酒,不为礼法所拘,才子诗客的习性多于严谨端正的政治家气质。"[①]确实如此,元稹、白居易两位中唐时代的大诗人,不仅积极参加政治,还主张运用诗歌干预社会生活,要求"文章合为时而著,歌诗合为事而作",目的是"惟歌生民病,愿得天子知",具有强烈的补衮意识。而在遭遇挫折之后,又能够及时调整心态,乐天知命,激流勇退,能够闲适自在地悠游岁月,独善其身。因此,也有人将白居易作为"士大夫文化审美心理的典型体现者",并认为"能够游刃有余地把中国士子所面临的诸端内外矛盾处理得如此融通有机,始终保持着一种良好的心理状态,白居易是第一人"[②]。在诗序的创作方面也能体现这一特点,他们不仅写作了大量诗序,而且形式多样,内涵丰富,笔法灵活,很有特色。

一、通脱简易:元稹的诗序

元稹的诗文集保存相对完整,从《全唐诗》及《元稹集》来看,所有诗序均与诗歌连体编排,尽管有一些诗序是后来补写的,但是创作诗歌同时所写的诗序仍占多数。元稹除了在乐府诗创作方面取得突出成就外,还对文体改革充满兴趣。他对诗序这种文体的运用就显得相当自如,甚至还有以书代序的做法。元稹诗序种类比较齐全,凡初唐以来的各类诗序他都撰写,其最大特点是大量诗序均为组诗之序,尤其是乐府诗的序。这些序往往就是他诗歌观念的具体体现。另外一个特点就是他有很多酬唱应答诗序,这些诗序揭示了中唐元和之际长篇次韵排律产生的背景及情境。下面分类论述。

(一)元稹与他人唱和酬赠诗序的风格特点

唱和酬赠是古老的诗学传统,《尚书》中记载的舜与大臣皋陶的赓歌可算作最早的作品。诗经时代主要是乐歌,唱和酬赠并不发达,但也有《燕燕》这样的送别诗。稍后的楚辞多为独抒郁闷的行吟之作,并不适宜唱和。但

---
① 余恕诚《唐诗风貌》第94页,安徽大学出版社,1997年版。
② 吴功正《唐代美学史》第594页,陕西师范大学出版社,1999年版。

《九歌》中也有《湘君》《湘夫人》这样类似唱和的民歌。到了汉魏晋南北朝时期，文人五言诗经典地位的确立，加上动荡颠沛的时代环境，文人要想生存就必须投靠军阀或某一政治集团，因此以幕府为中心集结了大量文人。这使文人之间的交游应酬机会增多，因而唱和酬赠之风渐盛，以致《文选》为唱和类诗歌专立"赠答"一类。进入唐代，由于社会环境相对稳定，文人活动更加丰富多样，因而唱和酬赠进入高潮。尤其中唐元和之际，尽管当时还是藩镇割据，但是总体上看，朝廷姑息政策还是带来了相对安稳平静的社会环境，因此文人游宦幕府、应举为官、寻仙访道、登览游历还是相当频繁。加上元稹、白居易等人的大力提倡，终于出现唱和的黄金时代。以长篇排律为主要形式的"元和体"新诗就产生在这样的背景下。

元稹与白居易的唱和最具有典型性，两人政治见解相同，诗歌创作观念相似，诗才不相上下，对酬唱"以难相挑"兴趣强烈，所以他们经常酬赠长篇排律，甚至以诗代书。酬赠诗序，可见元白唱和的创作动力源泉来自对朋友的怀念之情。如《酬翰林白学士代书一百韵并序》（《元稹集》卷上）：

> 玄元氏之下元日，会予家居（按："居"当作"信"）至，枉乐天代书诗一百韵。鸿洞卓荦，令人兴起心情，且置别书，美予前和七章。章次用本韵，韵同意殊，谓为工巧。前古韵耳，不足难之。今复次排百韵，以答怀思之贶云。

这篇短序可以看出元白唱和的心理动力，首先是白居易寄来代问候书信的一百韵长律，引起了元稹强烈的兴趣，其次是白居易另有书信肯定了元稹先前的"韵同意殊"非常工巧，于是元稹决意以更难的律韵，来回答"怀思之贶"。在诗中元稹回忆了与白居易同年高中的情形，他们如初踏征途的逸骥，像脱去羁绊的鞲鹰，"远途忧地窄，高视觉天卑"，雄姿英发，意气昂扬，"心轻马融帐，谋夺子房帷"，渴望"九霄排直上，万里整前期"。他们相互学习，择善相师，超凡脱俗，诗酒风流，甚至"密携长上乐，偷宿静坊姬"，"逃席冲门出，归倡借马骑。狂歌繁节乱，醉舞半衫垂"，一派风流才子的意气，然而一旦在朝为官，又能"誓欲通愚謇，生憎效喔咿。佞存真妾妇，谏死是男儿"，直谏终于招来政治上的挫折与打击，"虎尾元来险，圭文却类疵。浮荣齐壤芥，闲气咏江蓠"，在贬官的时候，唯一的心灵安慰就是友人的关切与思念。"芋羹真底可，鲈鲙漫劳思。北渚销魂望，南风著骨吹"。正当元稹害疟疾病危的时候，白居易的诗寄来了，那真是"一篇从日下，双鲤送天涯。坐捧迷前席，行吟忘结綦"，最后的赋诗答谢，更希望能够相濡以沫，"卧辙希濡沫，低颜受颔颐。

世情焉足怪,自省固堪悲。涸鼠虚求洁,笼禽方讶饥。犹胜忆黄犬,幸得早图之"。从诗中既可以大概窥见元稹为人,也可以看到他们的节操与风流习性,当然由于诗歌篇幅太长,累赘啰嗦也是难免的,不过字里行间显示的才华还是值得称道的。正是相互之间的欣赏与相惜,加上对自己诗才的自信,才使他们能够往返数四地进行唱和,通过唱和缓解了遭遇贬逐的愁闷与压抑。又如《酬乐天东南行诗一百韵并序》(《元稹集》卷上):

> 元和十年三月二十五日,予司马通州,二十九日与乐天于鄂东蒲池村别,各赋一绝。到通州后,予又寄一篇,寻而乐天贶予八首。予时疟病将死,一见外不复记忆。十三年,予以赦当迁,简省书籍,得是八篇。吟叹方极,适崔果州使至,为予致乐天去年十二月二日书。书中寄予百韵至两韵凡二十四章,属李景信校书自忠州访予,连床递饮之间,悲咤使酒,不三两日,尽和去年已来三十二章皆毕,李生视草而去。四月十三日,予手写为上、下卷,仍依次重用本韵,亦不知何时得见乐天,因人或寄去。通之人莫可与言诗者,唯妻淑在旁知(其本卷寻时于峡州面付乐天。别本都在唱和卷中)。

诗序将元稹贬官期间与白居易唱和的情况交代得清楚细致,既可了解他们贬官经历,又可借以考察诗歌创作情境。从某种意义来说,正是贬官给元白酬唱带来了契机,流风所及,引起社会上的广泛兴趣,终于成就了元和体的新诗潮流。

元稹有些诗序叙及自己早年的经历,既可考见其生平,也可以看到他很看重亲情。如《答姨兄胡灵之见寄五十韵并序》(《元稹集》卷上):

> 九岁解赋诗,饮酒至斗余乃醉,时方依倚舅族。舅怜,不以礼数检,故得与姨兄胡灵之之辈十数人为昼夜游,日月跳掷,于今余二十年矣。其间悲欢合散,可胜道哉!昨枉是篇,感彻肌骨,适白翰林又以百韵见贻,余因次酬本韵,以答贯珠之赠焉。于吾兄不敢变例,复自城至生,凡次五十一字。灵之本题兼呈李六侍御,是以篇末有云。

元稹十五岁明经及第,后于元和元年中制举第一,得为右拾遗,再迁监察御史,敢于直言进谏,并创作大量新乐府诗。这些都与他早年就养于舅舅郑元递家有重要关系,也正是舅舅的鼓励,使他积极地进行乐府诗创作①。这篇酬赠姨兄的诗序,叙述了二十年间的悲欢合散,充满了人世沧桑的感慨。诗中说:"忆昔凤翔城,韶年是事荣。理家烦伯舅,相宅尽吾兄。诗律蒙亲授,朋游忝自迎。题头筠管缦,教射角弓骍。"这是在舅舅的指导下学习诗书骑射。当然也有年轻公子特有的风流豪侠:"斗设狂为好,谁忧饮败名。屠过隐朱亥,楼梦古秦嬴。抵璧惭虚弃,弹珠觉用轻。遂笼云际鹤,来狎谷中莺。"风流往往又与敏捷文采相结合,于是:"学问攻方苦,篇章兴太清。囊疏萤易透,锥钝股多坑。笔阵戈矛合,文房栋桷撑。豆萁才敏俊,羽猎正峥嵘。……观松青黛笠,栏药紫霞英。尽日听僧讲,通宵咏月明。正耽幽趣乐,旋被宦途萦。"历经宦途的风波,"我髯鬓数寸,君发白千茎",感受到"世道难于剑,谗言巧似笙",因此要学王粲与孟嘉:"登楼王粲望,落帽孟嘉情。巫峡连天水,章台塞路荆。雨摧渔火焰,风引竹枝声。"在穷通出处问题上要通脱自在一点,唯有兄弟之间的真情永藏心中,于是最后说:"愧捧芝兰赠,还披肺腑呈。此生如未死,未拟变平生。"

元稹也有一些赠别友人的诗序,如《送崔侍御之岭南二十韵并序》:

> 古朋友别皆赠以言。况南方物候饮食与北土异。其甚者,夷民喜聚蛊,秘方云:以含银变黑为验,攻之重雄黄。海物多肥腥,啖之好呕泄,验方云:备之在咸食,岭外饶野菌,视之虫蠹者无毒,罗浮生异果,察其鸟啄者可餐。大抵珠玑瑀瑂之所聚,贵洁廉;湮郁暑湿之所蒸,避溢欲。其余道途所慎,离怆之怀,尽之二百言矣,叙不复云。

与韩愈、柳宗元、权德舆等人在赠别诗序中大肆议论说理不同,元稹赠人以言的主旨不在于为官做人之道,而在于养生经验之谈。诗中描写岭南的气候风物民俗等特征,基本上出于想象,因为元稹没有韩愈、柳宗元那样贬官南荒的经历。诗曰:"茅蒸连蟒气,衣渍度梅斌。象斗缘谿竹,猿鸣带雨杉。飓风狂浩浩,韶石峻崭崭。"当然,在那样环境严酷、瘴气蒸腾的地方,元稹更注重友人的安全:"宿浦宜深泊,祈涀在至诚。瘴江乘早度,毒草莫亲芟。试蛊看银黑,排腥贵食咸。菌须虫已蠹,果重鸟先啗。"俗话说才子多情,元稹确实是一位重感情的人,这样的诗序与诗歌对南迁者来说无疑是十分珍贵的慰藉。

元稹善于在日常生活中寻找创作的灵感,有时一件生活小事,也会引发他的浓烈诗兴。如《种竹并序》(《元稹集》卷上):

---

① 参拙文《论元稹的文学观念》,《宁波大学学报》2011 年 6 期。

> 昔乐天赠予诗云:"无波古井水,有节秋竹竿。"予秋来种竹厅下,因而有怀,聊书十韵。
>
> 昔公怜我直,比之秋竹竿。秋来苦相忆,种竹厅前看。
> 失地颜色改,伤根枝叶残。清风犹淅淅,高节空团团。
> 鸣蝉聒暮景,跳蛙集幽阑。尘土复昼夜,梢云良独难。
> 丹丘信云远,安得临仙坛。漳江冬草绿,何人惊岁寒。
> 可怜亭亭干,一一青琅玕。孤凤竟不至,坐伤时节阑。

因种竹小事,联想到友人曾经寄来的诗句,因而创作寄赠友人,表达对朋友的思念,可以看出元稹富于诗意的生活情调。

有时候,在独特的情境下,元稹也会突发诗思,并赠诗于友人。如《天坛上境并序》(《元稹集》卷上):

> 贞元二十年五月十四日,夜宿天坛石幢侧。十五日得鳌屋马逢少府书,知予远上天坛,因以长句见赠,篇末云"灵溪试为访金丹",因于坛上还赠。
>
> 野人性僻穷深僻,芸署官闲不似官。
> 万里洞中朝玉帝,九光霞外宿天坛。
> 洪涟浩渺东溟曙,白日低回上境寒。
> 因为南昌检仙籍,马君家世奉还丹。

这篇酬答诗序,记录赋诗的当下环境,这种做法对后代宋人影响很大,可以说以苏轼、黄庭坚为代表的以长题代序的做法就是对它的继承和发展。

总体上看,元稹的唱和酬赠诗序写法比较灵活,人情味浓是其主要特色,诗序与诗歌主要表现的是文人的才情,而不是韩愈那种政治家式的识力。

(二) 元稹诗歌观念诗序的风格特点

元稹的风流才情历来受人非议,尤其他与崔莺莺之间的故事,始终让他难以洗刷"薄情郎"的恶名。但是,元稹也是具有深刻思想的文学家,他的诗歌观念尽管有一些偏颇,但他对诗歌艺术史的认识及其对乐府诗创作的理念还是值得肯定的。元稹对诗歌史的观点主要见于《唐故工部员外郎杜君墓系铭并序》,属于文序,已经著文论述,本文着重论述他的乐府诗歌观念。

表现元稹独特诗歌观念的是《乐府古题序》(《元稹集》卷上):

> 《诗》讫于周,《离骚》讫于楚。是后,诗之流为二十四名:赋、颂、铭、赞、文、诔、箴、诗、行、咏、吟、题、怨、叹、章、篇、操、引、谣、讴、歌、曲、词、调,皆诗人六义之余,而作者之旨。由操而下八名,皆起于郊祭、军宾、吉凶、苦乐之际。在音声者,因声以度词,审调以节唱,句度短长之数,声韵平上之差,莫不由之准度。而又别其在琴瑟者为操、引,采民甿者为讴、谣,备曲度者,总得谓之歌、曲、词、调,斯皆由乐以定词,非选调以配乐也。由诗而下九名,皆属事而作,虽题号不同,而悉谓之为诗可也。后之审乐者,往往采取其词,度为歌曲,盖选词以配乐,非由乐以定词也。而纂撰者由诗而下十七名,今编为《乐录》。乐府等题,除《铙吹》、《横吹》、《郊祀》、《清商》等词在《乐志》者,其余《木兰》、《仲卿》、《四愁》、《七哀》之辈,亦未必尽播于管弦明矣。后之文人,达乐者少,不复如是配别。但遇兴纪题,往往兼以句读短长为歌、诗之异。刘补阙云:"乐府肇于汉魏。"按仲尼学《文王操》,伯牙作《流波》、《水仙》等操,齐犊沐作《雉朝飞》,卫女作《思归引》,则不于汉魏而后始,亦以明矣。况自《风》、《雅》,至于乐流,莫非讽兴当时之事,以贻后代之人。沿袭古题,唱和重复,于文或有短长,于义咸为赘剩。尚不如寓意古题,刺美见事,犹有诗人引古以讽之义焉。曹、刘、沈、鲍之徒,时得如此,亦复稀少。近代唯诗人杜甫《悲陈陶》、《哀江头》、《兵车》、《丽人》等,凡所歌行,率皆即事名篇,无复依傍。予少时与友人乐天、李公垂辈,谓是为当,遂不复拟赋古题。昨梁州见进士刘猛、李余各赋古乐府数十首,其中一二十章,咸有新意,予因选而和之。其有虽用古题,全无古义者,若《出门行》不言离别,《将进酒》特书列女之类是也。其或颇同古义,全创新词者,则《田家》止述军输,《捉捕》词先蝼蚁之类是也。刘、李二子方将极意于斯文,因为粗明古今歌诗同异之音(当作"旨")焉。

这可以说是元稹重要的论诗文章,但是研究乐府诗的著作往往将它作为白居易诗学理论的补充①。其实,元稹的乐府诗学理论不逊色于白居易,甚至可能更为重要。胡适《白话文学史》认为这篇诗序"讨论诗的分类,颇有精义,

---

① 郭绍虞主编《中国历代文论选》第二册将这篇诗序作为白居易《与元九书》的附录(上海古籍出版社,2001年版)。陈伯海主编《历代唐诗论评选》也将这篇诗序作为《与元九书》附录(河北大学出版社,2003年版)。

也可算是一篇有历史价值的文字"[1]。其主要价值有以下几点:(1) 诗歌的分类:元稹将诗骚之后演变出来的二十四类文体,都当作"诗人六义之余",其中"诗"之前的"赋、颂、铭、赞、文、诔、箴"等七类,现在一般称为"文",但是在古代这些文体也都是韵文,是要押韵的,故也可以归为诗一类文体了,"诗"之后十七类,"皆起于郊祭、军宾、吉凶、苦乐之际",或"属事而作",但是都可以称为"诗",可以"度为歌曲"。可见元稹的文体分类意识主要是按照是否与音乐有关来划分的,考虑文体与音乐的关系,是元稹的重要思想;(2) 诗与乐的关系:元稹认为诗与乐的关系经历了"由乐以定词"到"选词以配乐"的变化。第一个阶段,音乐不够发达,成为常式的是一些定型化的乐曲。在需要演唱歌曲的时候,乐府机构里的乐师,要根据音乐的曲调,选择采集上来的诗歌去配合乐曲,可称之为以诗就曲阶段,诗多而曲寡。而后来由于音乐的发展,曲调繁富,诗歌跟不上音乐节奏的需要,需要创制新词,这就是由乐定词,或者称为以乐待词阶段,是曲多而诗少。产生这两个阶段变化的关键是音乐的发展,但是,单从诗歌角度来看,诗歌虽然是最早与音乐关系密切的文学形式,却逐渐走向与音乐脱离的徒诗形式。从诗经到汉乐府,再到唐代的新乐府,这条发展线索很明显(按:元稹的观点,正好可以解释为什么词产生于唐代中期);(3) 古题乐府与新题乐府之别:元稹认为古题乐府"莫非讽兴当时之事,以贻后代之人",强调的是乐府诗反映现实生活的本质特点。因此在当代,沿袭古题,重复老调,就成为赘剩的东西,失去了意义。即使运用古题,也必须"寓意古题,刺美见事,犹有诗人引古以讽之义",当然最好还是自创新题,写出可以"贻后人"的当代新的乐府诗;(4) 重视杜甫新乐府的意义:元稹认为杜甫的新乐府虽然未必能播之管弦,但是"即事名篇,无复依傍"的创新精神符合时代要求,因此具有重要的启示意义,可以作为创作标的。最后,元稹谈到自己看到进士刘猛、李余的古题乐府诗,其中一二十章咸有新意,因此有选择性地唱和了二十首。

又如《和李校书新题乐府十二首并序》(《元稹集》卷上):"余友李公垂贶余《乐府新题》二十首,雅有所谓,不虚为文。余取其病时之尤急者,列而和之,盖十二而已。昔三代之盛也,士议而庶人谤。又曰:世理则词直,世忌则词隐。余遭理世而君盛圣,故直其词以示后,使夫后之人,谓今日为不忌之时焉。"这一组新乐府诗非常重要,正是这些诗引出了白居易庞大的新乐府五十首。可惜的是李绅的新乐府诗今不存。但是我们可以透过元稹、李绅、白居易等人的新乐府唱和情况,了解中唐元和之际,在长篇排律声名鹊起的

---

[1] 胡适《白话文学史》第364页,团结出版社,2006年版。

同时,还有蓬勃发展的新乐府创作潮流的兴起。在这个新潮的浪尖上,挥舞旗帜的正是元稹。

与新乐府创作并重,元稹也十分重视寓言诗创作,因为寓言体也可以达到讽谏目的。如《八骏图诗》(《元稹集》卷上):"良马无世无之,然而终不得与八骏并名,何也?吾闻八骏日行三万里,夫车行三万里而无毁轮坏辕之患,盖神车者。行三万里而无丧精褫魄之患,亦神之人也。无是三神而得是八马,乃破车掣御,踬人之乘也,世焉用之?今夫画古者,画马而不画车驭,不画所以乘马者,是不知夫古者也。予因作诗以辨之。"这篇寓言诗序,有批评现实的意义,借欣赏画图讽刺当世良马没有八骏这样大的名气,是因为绘画者专事虚妄,而忘却现实的真实的缘故。诗歌描写了八骏神游九州的风采:"朝辞扶桑底,暮宿昆仑下。鼻息吼春雷,蹄声裂寒瓦。尾掉沧波黑,汗染白云赭。"然后从虚幻回到现实:"车无轮扁斫,辔无王良把。虽有万骏来,谁是敢骑者。"现实指向非常明显。

元稹最有名的寓言诗是贬官通州期间创作的《虫豸诗七篇并序》(《元稹集》卷上):

> 天之居物于地也,有兽宜山宜穴,鱼宜水宜泥,鸟宜木宜洲,虫宜草宜腐秽。风雨会而寒暑时,山川正而原野平衍,然后郭闬屋室以州之人之宜,人不得其宜,而之鸟兽虫鱼之所宜,非虫鱼兽鸟之罪也。然而自非圣贤,人失所宜,未尝无不得宜之叹云。始辛卯年,予掾荆州之地,洲渚湿垫,其动物宜介,其毛物宜翅羽。予所舍,又荆州树木洲渚处,昼夜常有翅羽百族闹,心不得闲静,因为《有鸟》二十章以自达。又数年,司马通川郡,通之地,丛秽卑褊,烝瘴阴郁,焰为虫蛇,备有辛螫。蛇之毒百,而鼻褰者尤之。虫之辈亦百,而虻、蟆、浮尘、蜘蛛、蚁子、蛒蟇之类,最甚害人。其土民具能攻其所毒,亦往往合于方籍,不知者,遭毒辄死。予因赋其七虫为二十一章,别为序,以备琐细之形状,而尽药石之所宜,庶亦叔敖之意焉。

这篇寓言诗总序,针砭现实世界专门害人的恶人,并详载治理的对策,说要学习孙叔敖杀死两头蛇施仁德于他人的做法。下面每组诗咏一种害虫,均有序,今以《巴蛇三首并序》为例:

> 巴之蛇百类,其大,蟒;其毒,褰鼻。蟒,人常不见;褰鼻常遭之,毒人则毛发皆竖起,饮溪涧而泥沙尽沸。验方云:攻巨蟒用雄黄烟被,被其脑

则裂。而鸅鸟能食其小者,巴无是物。其民常用禁术制之,尤效。

> 巴蛇千种毒,其最鼻褰蛇。掉舌翻红焰,盘身蹙白花。
> 喷人竖毛发,饮浪沸泥沙。欲学叔敖瘗,其如多似麻。
> 越岭南滨海,武都西隐戎。雄黄假名石,鸅鸟远难笼。
> 讵有瘝肠计,应无破脑功。巴山昼昏黑,妖雾毒蒙蒙。
> 汉帝斩蛇剑,晋时烧上天。自兹繁巨蟒,往往寿千年。
> 白昼遮长道,青溪蒸毒烟。战龙苍海外,平地血浮船。

诗序与诗歌除了强烈的纪实性,表现通州独特的恶劣生存环境外,还有批判现实的意义。此外,筑巢在褰鼻蛇穴下的蛒蜂,其毒螫倍诸蜂虿,"中手足辄断落,及心胸则坼裂,用他蜂中人之方疗之,不能愈";"身边数寸,而跂长数倍其身,网罗竹柏尽死。中人,疮痏溃湿,且痛痒倍常"的巴蜘蛛;喜居潮湿而善攻栎栋,"攻穿漏江海,嚼食困蛟鲸"的巴蚁;躲藏在巴蛇鳞中之细虫"蚊蟆与浮尘",啮人成疮,秋夏不愈;夏秋之间"道路群飞,噬牛马血及蹄角,旦暮尤极繁多"的虻,"众噬锥刀毒,群飞风雨声";等等,都描述了它们对生灵肆意残害的血腥本质。作者谆谆告诫的对策及其渴望将这些毒虫灭尽杀绝的愿望,实际上就是对祸害人民蟊贼的控诉,要想实现王朝的中兴,从某种意义上讲,就是要以验世良方与霜雪之威铲除一切害人虫。

(三) 元稹宴游纪行诗序的风格特点

宴游纪行诗序在初唐时代非常流行,因为这类诗序最富于文人色彩。以初唐四杰为代表,这类诗序达到了一个相当高的艺术水准。盛唐以后,以李白为代表的诗人继承了初唐文风,在这类诗序中表现出盛世气象。中唐以后,这类诗序逐渐减少,因为议论取代了描写,说理掩盖了抒情。到了元稹,由于他特有的才子文人气质,在这类诗序中时露才情。如《泛江玩月十二韵并序》(《元稹集》卷上)

> 予以元和五年,自监察御史贬授江陵士曹椽。六月十四日,张季友、李景俭二侍御,王文仲司录、王众仲判官两昆季,为予载酒炙,选声音,自府城之南桥乘月泛舟,穷竟一夕,予因赋诗以纪之。

> 楚塞分形势,羊公压大邦。因依多士子,参画尽敦厖。
> 岳壁闲相对,荀龙自有双。共将船载酒,同泛月临江。

远树悬金镜,深潭倒玉幢。委波添净练,洞照灭凝红。
阗咽沙头市,玲珑竹岸窗。巴童唱巫峡,海客话神泷。
已困连飞盏,犹催未倒缸。饮荒情烂漫,风棹乐峥㟅。
胜事他年忆,愁心此夜降。知君皆逸韵,须为应筵撞。

诗序简明叙事清晰,描述月夜载酒泛舟、歌妓随行、通宵达旦的情景,很有初唐风味。诗中所写"远树悬金镜,深潭倒玉幢。委波添净练,洞照灭凝红。阗咽沙头市,玲珑竹岸窗"的美景和"饮荒情烂漫,风棹乐峥㟅"的豪兴,令人神往。

元稹的纪行组诗序,有些是创作完成后再编辑时的说明性文字,属于诗序最早功能的应用。如《使东川并序此后并御史时作》(《元稹集》卷上):"元和四年三月七日,予以监察御史使东川,往来鞍马间,赋诗凡三十二章。秘书省校书郎白行简,为予手写为东川卷,今所录者但七言绝句长句耳。起《骆口驿》,尽《望驿台》二十二首云。"这篇诗序是作品完成后所写,介绍创作经过及其编辑情况的。而与诗歌内容关系仅为写作背景说明方面,成为诗歌明晰的标志。像诗中所写的《南秦雪》"千峰笋石千株玉,万树松萝万朵银。飞鸟不飞猿不动,青骢御史上南秦",描写雪中松萝如画。《江楼月》"嘉陵江岸驿楼中,江在楼前月在空。月色满床兼满地,江声如鼓复如风",描写月色如银江声如鼓,让人如临其境。《汉江上笛》"小年为写游梁赋,最说汉江闻笛愁。今夜听时在何处,月明西县驿南楼",写江上笛声引发的愁情真切异常。《嘉陵驿》"嘉陵驿上空床客,一夜嘉陵江水声。仍对墙南满山树,野花撩乱月胧明",以山树野花明月衬托客思乡愁也非常唯美。此外,像《江花落》:"日暮嘉陵江水东,梨花万片逐江风。江花何处最肠断,半落江流半在空。"像《嘉陵江》:"千里嘉陵江水声,何年重绕此江行。只应添得清宵梦,时见满江流月明。"等等,都是满纸江声明月和寂寞孤愁意绪。综观整部组诗,绝大部分都是景色描写与思乡愁怀的结合,而且嘉陵江始终伴随左右。此前杜甫入蜀有古体纪行组诗,那是可以作为图经与心态记录的山水佳品,此后晚唐李商隐也有沿嘉陵江南行的纪行组诗,多为咏史抒怀的结合,惟元稹绝句是写景抒情的山水小品。

(四)元稹追忆感怀诗序的风格特点

感今怀古的诗序,一般是诗人进入中晚年之后,对沧桑经历进行追怀,抒发人生感慨的作品,像杜甫的一些重要追忆诗序及其诗歌就是感慨苍茫的史诗。元稹虽然也学习杜甫乐府诗的现实主义精神,但是他的追忆诗歌却大多集中于个人独特经历方面。其中也许存在一些感慨,但那不是对历史的追忆,而是对自我经历的追怀,因而缺乏深邃的意蕴。不过他那简洁而明快的格调也值得欣赏。如《黄明府诗并序》(《元稹集》卷上):

> 小年曾于解县连月饮酒,予常为觥录事。曾于窦少府厅中,有一人后至,频犯语令,连飞十二觥,不胜其困,逃席而去。醒后问人,前虞乡黄丞也。此后绝不复知。元和四年三月,予奉使东川,十六日至褒城东数里,遥望驿亭,前有大池,楼榭甚盛。逡巡,有黄明府见迎。瞻其形容,仿佛似识。问其前衔,即曩时之时逃席黄丞也。说向前事,黄生惘然而寤,因馈酒一槽,舣舟请予同载。予不违其意,与之尽欢。遍问座隅山川,则曰:又褒次其右。(《纪事》作遍问褒阳山水,则褒姒所奔之城在其左,诸葛所征之路,在其右)感今怀古,作《黄明府诗》云。

> 少年曾痛饮,黄令苦飞觥。席上当时走,马前今日迎。
> 依稀迷姓氏,积渐识平生。故友身皆远,他乡眼暂明。
> 便邀连榻坐,兼共榜船行。酒思临风乱,霜棱扫地平。
> 不堪深浅酌,贪怆古今情。迤逦七盘路,坡陀数丈城。
> 花疑褒女笑,栈想武侯征。一种埋幽石,老闲千载名。

诗序记录了有关黄明府早年酒席上逃酒的一段轶事,几十年后偶然相遇。元稹提及此事,黄明府惘然而寤,因而赠酒一槽,载舟与元稹痛饮,可以说是风流倜傥才子的佳话。诗中表现的他乡遇故知的喜悦及其"花疑褒女笑,栈想武侯征"式的怀古,没有更深的寓意,只是一种欢乐的生活情趣。

当然,如果所追忆的情景满含沧桑感慨,特别是浓缩贬官之痛的时候,这样的诗序与诗歌就会具有令人叹惋的情感力量。如《桐孙诗并序》(《元稹集》卷上):

> 元和五年,予贬掾江陵。三月二十四日,宿曾峰馆。山月晓时,见桐花满地,因有八韵寄白翰林诗。当时草虐,未暇纪题。及今六年,诏许西归。去时桐树上孙枝已拱矣,予亦白须两茎而苍然斑鬓,感念前事,因题旧诗,仍赋《桐孙诗》一绝,又不知几何年复来商山道中!元和十年正月题。

> 去日桐花半桐叶,别来桐树老桐孙。
> 城中过尽无穷事,白发满头归故园。

这篇诗序中的桐树就是元稹六年来贬官经历的见证者,"去时桐树上孙枝已拱矣,予亦白须两茎而苍然斑鬓",大有桓温当年"木犹如此,人何以堪"的感慨。诗歌虽然只有短短四句,却浑然天成,远胜那些情感平常而韵律精绝的千字排律。诗中蕴藏着深沉的情感力量,"城中过尽无穷事,白发满头归故园",与"小年为写游梁赋,最说汉江闻笛愁"的强说愁怀不可同日而语,可见情感的深厚是诗人也是诗歌成熟的标志。

(五) 元稹独特经历诗序的风格特点

独特经历诗序往往记录一段自己生命历程中重要的往事,初唐时期陈子昂《观荆玉篇并序》就在序中记载了一个初唐的"和氏璧"故事。诗序具有强烈的人生感慨,使子昂的诗歌也具有强烈的讽世力量。而元稹的这类诗序多关注与自己相关的人物传奇性经历,感慨世事的力量较子昂稍弱。如《卢头陀诗并序》(《元稹集》卷上):

> 道泉头陀,字源一,姓卢氏,本名士衍。弟曰起(起后疑脱"居")郎士玫(马注:玫曾为节度使),则官阀可知也。少力学,善记忆,戢解职仕,不三十余,历八诸侯府,皆掌剧事。性强迈,不录幽琐,为吏所构,谪官建州。无何,有异人密授心契,冥失所在。卢氏既为大门族,兄弟且贤豪,惶骇求索无所得,胤子某。积岁穷尽荒僻,一夕于衡山佛舍众头陀中,灯下识之,号叫泣血无所顾。然而先是众以为姜头陀,自是知其为卢头陀矣。迩后往来湘潭间,不常次舍,只以衡山为诣极。元和九年,张中丞领潭之岁,予拜张公于潭,适上人在焉。即日诣所舍东寺一见,蒙念不碍小劣,尽得本末其事,列而序之。仍以四韵七言为赠尔。

> 卢师深话出家由,剃尽心花始剃头。
> 马哭青山别车匿,鹊飞螺髻见罗睺。
> 还来旧日经过处,似隔前身梦寐游。
> 为向八龙兄弟说,他生缘会此生休。

这篇独特经历诗序,实际上还是富于传奇性的人物传记,类似于当时流行的传奇小说,与小说不同的是人物是真实的,故事是元稹亲自所见所闻的。元稹赠诗给卢师也属于猎奇性质,诗中人生感慨并不深刻。再如《刘颇诗并序》(《元稹集》卷上):"昌平人刘颇,其上三世有义烈。颇少落行阵,二十解属文,举进士科试不就,负气,狭路间病罋车蔽枢,尽碎之,罄囊酬直而去。南归唐州,为吏所轧。势不支,气屈,自火其居,出契书投火中,繇是以气闻。予闻风四五年而后见,因以诗许之。"这篇诗序也很像刘颇的传记,将他的义烈负气写得栩栩如生,诗曰:"一言感激士,三世义忠臣。破瓮嫌妨路,烧庄耻属人。迥分辽海气,闲踏洛阳尘。倘使权由我,还君白马津。"无非是对诗序的韵文化处理,结尾表达对刘颇的同情。

元稹有争议且独特的传奇经历诗序是《赠毛仙翁并序》①:

> 余廉问浙东岁,毛仙翁惠然来顾,越之人士识之者,相与言曰:"仙翁尝与叶法善、吴筠游于稽山,迨兹多历年所,而风貌愈少,盖神仙者也。"余因得执弟子之礼,师其道焉。余尝见圆冠方领之士,读道书,疑其绝智弃仁。又谓其书不足以经世国。殊不知至仁无兼爱,大智无非灾,大乐同天地之和,大礼同天地之节。其可臻乎上德,冥乎大道之致,华胥终北之化,熙熙然也。又以徐市、文成之事,谓方士之流,诞妄于世,不足以为教也。殊不知峒山高卧,汾水凝神,纵心傲世,邈然外物,王侯不可得师友也。若然,则徐氏之莠,不足以害嘉穀;文成之诞,不足以伤大教。今我仙翁真风遗骨,玄格高情,冥鸿孤鹤,不可方喻,盖峒山、汾水之俦也。一言道合。止于山亭三日,而南栖天台,谓余曰:"入相之年,相候于安山里。"余拜而言曰:"果如仙约。燃香拂榻,以俟云驾焉。"抒诗一章,以为他日之志也。
>
> 仙驾初从蓬海来,相逢又说向天台。
> 一言亲授希微诀,三夕同倾沉瀣杯。
> 此日临风飘羽卫,他年嘉约指盐梅。
> 花前挥手迢遥去,目断霓旌不可陪。

元稹和白居易等人都有佛道情结,喜欢与佛道人物交游,性情之所近,有一定的可信度。其诗歌亦染仙风道骨,表现出元稹才子型文人的通脱自在,同时也说明元稹诗序接受传奇小说的影响较深,或者换一句话说,中唐时期这些诗序富有传奇色彩,直接影响晚唐人运用诗序追求奇趣的心态。

---

① 卞孝萱《元稹年谱》认为此诗并序是伪造:"元稹于长庆二年为宰相,三年为浙东观察使。伪造者误以为元稹"'廉问浙东'在前,'入相'在后。[日]花房英树《元稹研究》则认为此诗作于长庆三年。"《元稹集》下册第694页。杨军《元稹集编年笺注(诗歌卷)》作存疑处理,见第994页。

(六) 元稹以书代序的风格特点

书启本来与诗序是两种应用价值不同的文体,书启多用于朋友之间的问候慰勉,或倾吐相思追慕,或邀约游乐宴会,或讨论问题发表见解。元稹对文体功能的认识比较通脱,将书启当作诗序来进行交际应酬。如《酬东川李相公十六韵并启》(《元稹集》卷上):

> 稹启:今月十二日,州吏回,伏受相公书,示知小生所献《和慈竹》等诗,关达鉴览,不蒙罪退。而又赐诗一十韵,并首序一百二十三言,废名位之常数,比朋友以字之。饰扬涓埃,投掷珠玉,幸甚!幸甚!至于朝议末学,江花陋词,无不记在雅章,以被光宠,不胜惶骇惊惭之至。昔楚人始交,必有乘车戴笠不忘相揖之誓,诚以为贵富不相忘之难也。况贵贱之隔,不啻于车笠之相悬,而相公投贶珍重,又岂唯一揖之容易哉!稹独何人,享是嘉惠,辄复牵课拙劣,酬献所赐,是犹百兽与凤凰同舞于箫韶之中,各极其欢心耳,又何暇自审其形容之不类哉!庆岁专人封用上献。死罪,死罪!谨启。

> 昔附赤霄羽,葳蕤游紫垣。斗班香案上,奏语玉晨尊。
> 戆直撩忌讳,科仪惩傲顽。自从真籍除,弃置勿复论。
> 前时共游者,日夕黄金轩。请帝下巫觋,八荒求我魂。
> 鸾凤屡鸣顾,燕雀尚篱藩。徒令霄汉外,往往尘念存。
> 存念岂虚设,并投琼与璠。弹珠古所讥,此用何太敦。
> 邹律寒气变,郑琴祥景奔。灵芝绕身出,左右光彩繁。
> 碾玉无俗色,蕊珠非世言。重惭前日句,陋若荻并菥。
> 腊月巴地雨,漳江愁浪翻。因持骇鸡宝,一照浊水昏。

元稹以启代序,形式新奇,也可以考见其人既自负才情又擅长攀附的性格特点。此类文章还有《上令狐相公诗启》《贻蜀五首并序》等,可以看作是元稹改造文体的实践成果,其创新精神应该肯定。

总体来看,元稹诗序体制很灵活,内容也很丰富,其主要艺术特点就是通脱简易,尽管内蕴情感并不是非常深厚,然而形式自由,才情显露,趣味横生,具有猎奇求趣的趋向。大量的组诗之序和以书代序是他的创新,诗序中表述的乐府诗学理论具有很高的学术价值。

二、常境出奇:白居易的诗序

刘熙载《艺概·诗概》说:"代匹夫匹妇语最难,盖饥寒劳困之苦,虽告人人且不知,知之必物我无间者也。杜少陵、元次山、白香山不但如身入间阎,目击其事,直与疾病之在身者无异。颂其诗,顾可不知其人乎?常语易,奇语难,此诗之初关也;奇语易,常语难,此诗之重关也。香山用常得奇,此境良非易到。"①刘熙载指出白居易诗歌表现出对人民的经历感同身受,跟杜甫、元结诗歌境界相似,很有眼力。他又说白居易诗歌"用常得奇"是诗歌最不易到的"重关",此论尤为精绝。我们认为,不仅白居易诗歌如此,他的散文也是如此,既通俗易懂,又娓娓细腻,无论叙事状物、言情说理,都晓畅通达。下面以诗序为例,探讨白居易散文的艺术特色。白居易诗序与元稹风格相似,因为他们有相同的政治见解和文学观念,相似的为官经历,相似的生活态度,既酷爱诗酒风流,又长期相互唱和,"小通则以诗相戒,小穷则以诗相勉,索居则以诗相慰,同处则以诗相娱"②。白居易诗序种类齐全,下面分类缕述。

(一) 白居易与他人酬唱诗序的风格特点

白居易先后与元稹、刘禹锡等人唱和,他既是中唐时代高寿的诗人,也是留下作品最多的诗人。其中唱和诗几乎占了现存作品的半数,在长期的唱和中,不仅诗人之间的情谊更加深厚,而且诗艺不断精进,风格也渐趋定型,被文学史盛称的"元和体"新诗就是他们广泛而长期唱和的产物。元白唱和主要在元和至长庆年间,当时他们处于仕途的积极进取阶段。尽管后来二人相继贬官,但是诗歌始终是维系他们情感的纽带。白居易的唱和诗序主要也是与元稹酬唱而作。如《和答诗十首并序》(《白居易集》卷一):

> 五年春,微之从东台来,不数日,又左转为江陵士曹掾。诏下日,会予下内直归,而微之已即路,邂逅相遇于街衢中,自永寿寺南,抵新昌里北,得马上语别;语不过相勉保方寸,外形骸而已,因不暇及他。是夕,足下次于山北寺。仆职役不得去,命季弟送行,且奉新诗一轴,致于执事,凡二十章,率有兴比,淫文艳韵无一字焉。意者:欲足下在途讽读,且以遣日时,消忧憩,又有以张直气而扶壮心也。及足下到江陵,寄在路所为诗十七章,凡五六千言,言有为,章有旨,迨于宫律体裁,皆得作者风。发

---

① 《刘熙载文集》第105页,江苏古籍出版社,2001年版。
② 《白居易集》第三册第965页,中华书局,1979年版。

缄开卷,且喜且怪。仆思牛僧孺戒,不能示他人,惟与杓直、拒非及樊宗师辈三四人,时一吟读,心甚贵重。然窃思之:岂仆所奉者二十章,遽能开足下聪明,使之然耶? 抑又不知足下是行也,天将屈足下之道,激足下之心,使感时发愤,而臻于此耶? 若两不然者,何立意、措辞,与足下前时诗,如此之相远也? 仆既羡足下诗,又怜足下心,尽欲引狂简而和之;属直宿拘牵,居无暇日,故不即时如意。旬月来,多乞病假,假中稍闲,且摘卷中尤者,继成十章,亦不下三千言。其间所见,同者固不能自异,异者亦不能强同。同者谓之和,异者谓之答;并别录《和梦游春诗》一章,各附于本篇之末,余未和者,亦续致之。顷者,在科试间,常与足下同笔砚;每下笔时,辄相顾,共患其意太切而理太周。故理太周则辞繁,意太切则言激。然与足下为文,所长在于此,所病亦在于此。足下来序,果有词犯文繁之说。今仆所和者,犹前病也。待与足下相见日,各引所作,稍删其烦而晦其义焉。余具书白。

诗序记录了元和五年元稹由监察御史贬官江陵士曹掾的经历①,当时白居易任左拾遗充翰林学士,要经常在禁中值夜,所以不能亲自远送元稹,只得派季弟去送行并奉上一卷新诗,期望这些诗能够在途中为元稹解闷。因为这些诗没有淫文艳韵,"欲足下在途讽读,且以遣日时,消忧懑,又有以张直气而扶壮心也"。其用心何其良苦,由此可见元白感情深厚。没想到,元稹到达江陵后,立即寄来在路上和答的十七首诗,长达五六千言,使白居易非常惊奇。这些诗一改元稹先前诗风,白居易认为这是老天有意磨砺元稹的气骨,因此再和答元稹诗十首。从这里可以看到元白二人对诗歌艺术的钟情,也可以看到诗歌成为慰藉心灵的工具。白居易还在序中回忆了当年参加科举考试时,他与元稹一起切磋的情景,实事求是地评价了他们诗歌的长处和缺点,即"共患其意太切而理太周。故理太周则辞繁,意太切则言激。然与足下为文,所长在于此,所病亦在于此"。白居易的这段夫子自道,后人评价他的诗文时引用较多。白居易文章条达流畅,毫无艰涩之态,看似容易实际上却是锤炼的精华,因为字里行间充盈着浓郁真挚的情感,具有沁人心脾的力量。序中提到的《和梦游春诗》也是元白唱和的规模最大的作品之一,原文如下。

---

① 元和五年,元稹在东都不畏权势,弹劾上奏豪官违法十余案。河南尹房式有不法事,元稹奏摄之,令其停职。执政者恶元稹专擅,罚俸,召还长安。途径华阴敷水驿,内史刘士元后至,争驿房,元稹不让,刘以鞭抽元稹,落稹齿。元稹上告朝廷,而宰相以稹轻树威,失宪臣体,贬为江陵府士曹参军。李绛、崔群、白居易等论元稹无罪,上不听。按:白居易因为元稹这次贬官实属冤枉,所以赠诗给元稹,希望他想开点。从白居易读元稹答诗,遵"牛僧孺戒"不敢告诉别人的情况看,当时朝中颇有人嫉恨元稹、白居易的耿直。

《和梦游春诗一百韵并序》(《白居易集》卷一):

> 微之既到江陵,又以《梦游春》诗七十韵寄予,且题其序曰:"斯言也,不可使不知吾者知;知吾者亦不可使不知。乐天知吾也,吾不敢不使吾子知。"予辱斯言,三复其旨,大抵悔既往而悟将来也。然予以为苟不悔不寤则已,若悔于此,则宜悟于彼也;反于彼而悟于妄,则宜归于真也。况与足下外服儒风,内宗梵行者有日矣。而今而后,非觉路之返也,非空门之归也,将安返乎?将安归乎?今所和者,其卒章旨归于此。夫感不甚则悔不熟,感不至则悟不深;故广足下七十韵为一百韵,重为足下陈梦游之中,所以甚感者;叙婚仕之际,所以至感者:欲使曲尽其妄,周知其非,然后返乎真,归乎实。亦犹《法华经》序火宅,偈化城,《维摩经》入淫舍,过酒肆之义也。微之、微之,予斯文也,尤不可使不知吾者知,幸藏之尔云。

《梦游春七十韵》是元稹贬官江陵后所作的悔忆往昔仕婚经历并悟示未来的诗歌。清人冯班认为其中"梦春"部分就是元稹回忆与崔莺莺交往的经历,即"会真记"①。白居易的酬答诗中,既提及元稹早年的一段恋情②,也有与韦丛结婚的经历,更有任职拾遗、监察御史及贬官的经历,最后以佛门觉义相戒,实际上是宽慰元稹的。序中所说"悔既往而悟将来"是全诗主旨。而"外服儒风,内宗梵行"揭示出元白儒释兼修的思想特点,这是他们能够灵活自如处理进退矛盾的思想基础。元稹在诗序中所说的"不可使不知吾者知;知吾者亦不可使不知",在白居易诗序中有明确的表述:"叙婚仕之际,所以至感者:欲使曲尽其妄,周知其非,然后返乎真,归乎实。"白诗结尾的"既去诚莫追,将来幸前勖。欲除忧恼病,当取禅经读。须悟事皆空,无令念将属。请思游春梦,此梦何闪倏。艳色即空花,浮生乃焦谷。良姻在嘉偶,顷克为单独。入仕欲荣身,须臾成黜辱。合者离之始,乐兮忧所伏"等句,认为将人生仕与婚、荣与辱都应该看作"空",只有归向佛教才会最终解脱。这篇诗序及

---

① 参杨军《元稹集编年校注(诗歌卷)》第343页,集评部分。
② 白诗中有很长一节言及:"到一红楼家,爱之看不足。池流渡清泚,草嫩蹋绿蓐。门柳暗全低,檐樱红半熟。转行深深院,过尽重重屋。乌龙卧不惊,青鸟飞相逐。渐闻玉佩响,始辨珠履躅。遥见窗下人,娉婷十五六。霞光抱明月,莲艳开初旭。缥缈云雨仙,氛氲兰麝馥。风流薄梳洗,时世宽妆束。袖软异文绫,裙轻单丝縠。裙腰银线压,梳掌金筐蹙。带襭紫蒲萄,袴花红石竹。凝情都未语,付意微相瞩。眉敛远山青,鬟低片云绿。帐牵翡翠带,被解鸳鸯襆。秀色似堪餐,秾华如可掬。半卷锦头席,斜铺绣腰褥。朱唇素指匀,粉汗红绵扑。心惊睡易觉,梦断魂难续。"显然与元稹原诗中"会真记"内容相近,目的是为结尾的劝诫作铺垫。从男女风情描写的细腻来看,元白都有才子的风流习性。

诗歌对了解元稹、白居易的人生经历和世界观有重要的意义。

白居易诗序也有叙述与元稹酬唱以难相挑的内容，为我们了解唱和诗的创作提供了最直接的资料。如《和微之诗二十三首并序》（《白居易集》卷二）：

> 微之又以近作四十三首寄来，命仆继和。其间瘀絮四百字，车斜二十篇者流，皆韵剧辞殚，瑰奇怪谲。又题云："奉烦只此一度，乞不见辞。"意欲定霸取威，置仆于穷地耳。大凡依次用韵，韵同而意殊；约体为文，文成而理胜：此足下素所长者，仆何有焉？今足下果用所长，过蒙见窘。然敌则气作，急则计生，四十二章，麾扫并毕，不知大敌以为如何？夫属石破山，先观镞迹，发矢中的，兼听弦声。以足下来章，唯求相困；故老仆报语，不觉大夸。况曩者唱酬，近来因继，已十六卷，凡千余首矣。其为敌也，当今不见；其为多也，从古未闻。所谓："天下英雄，唯使君与操耳。"戏及此者，亦欲三千里外，一破愁颜；勿示他人，以取笑诮。乐天白。

这篇诗序生动叙述了元白唱和的美学追求及其心理状态，首先是"韵剧辞殚，瑰奇怪谲"，追求规模之大，用韵之险，辞藻之奇。其次元稹"意欲定霸取威，置仆于穷地"，而白则"敌则气作，急则计生"，双方针尖麦芒，旗鼓相当。第三以文为戏，以诗相慰。从此序可见：因元稹贬官而产生的这种唱和，既成为一种心灵的慰藉，又成为一种艺术追求，是一种前无古人的创辟①。尽管他们千余首唱和诗中平庸烦琐的作品不在少数，但是作为一种生命存在的状态，在那样的环境下被激发出璀璨的诗情火花，毕竟也是时代的标记，值得我们仔细研究。

（二）白居易诗歌观念诗序的风格特点

白居易的诗歌观念主要体现在元和十年贬官江州司马之后写给元稹的长篇书信《与元九书》之中。此后，几乎所有的有关唐代文学史或批评史著作都以相当的篇幅介绍白居易的诗学思想。本节仅从诗序角度论述白居易

---

① [清]赵翼《瓯北诗话》卷四曰："大凡才人好名，必创前古所未有，而后可以传世。古来但有和诗，无和韵。唐人有和韵，尚无次韵；次韵实自元、白始。依次押韵，前后不差，此古所未有也。而且长篇累幅，多至百韵，少亦数十韵，争能斗巧，层出不穷。此又古所未有也。他人和韵，不过一二首，元、白则多至十六卷，凡一千余篇，此又古所未有也。以此另成一格，推到一世，自不能不传。盖元、白觑此一体，为历代所无，可从此出奇；自量才力，又为之而有余。故一往一来，彼此角胜，遂以之擅场。"第38页，人民文学出版社，1998年版。

的诗学观念。

首先,白居易诗论最著名的是元和四年所作《新乐府并序》(《白居易集》卷一):

> 凡九千二百五十二言,断为五十篇。篇无定句,句无定字,系于意,不系于文。首句标其目,卒章显其志,《诗》三百之义也。其辞质而径,欲见之者易喻也。其言直而切,欲闻之者深诫也。其事核而实,使采之者传信也。其体顺而肆,可以播于乐章歌曲也。总而言之,为君、为臣、为民、为物、为事而作,不为文而作也。

这是白居易继"直歌其事"的《秦中吟十首》之后最大规模的新乐府组诗诗序,表现了他的新乐府观念:(1)创作目的论,"为君、为臣、为民、为物、为事而作,不为文而作",注重新乐府诗干预社会生活的功能。实际上白居易是以诗歌当谏书,利用诗歌独特的吟诵传唱功能,实现其补衮救弊的政治意图。(2)模仿《诗经》体制,"首句标其目,卒章显其志"。如《法曲》小序"美列圣正华声也",《上阳白发人》小序"愍怨旷也",《捕蝗》小序"刺长吏也",《卖炭翁》小序"苦宫市也",《李夫人》"鉴嬖惑也",等等,都是模仿毛诗每首诗前面用小序来说明主旨的形式。又如《胡旋女》结尾"胡旋女,莫空舞,数唱此歌悟明主",《太行路》结尾"行路难,不在水,不在山,只在人情反覆间",《缚戎人》结尾"自古此怨应未有,汉心汉语吐蕃身",等等,都是揭示主题,这样每一首诗都是主意明晰,能够警醒人心。(3)题材真实可信,语言通俗质朴。这是乐府精神的具体体现,对当时广泛存在的社会问题进行调查研究后,再表现于诗歌,尽管深度方面稍弱于杜甫,但是反映生活方方面面的广阔程度却远超杜甫及同时代其他诗人,语言方面"质而轻""直而切",追求明白晓畅;(4)运用歌行体。尽管新乐府诗是脱离音乐的徒诗,但是白居易还是追求诗歌节奏的轻舒流走,能够配乐吟唱,这样传播效果就会更好。陈寅恪称赞为"洵唐代诗中之巨制,吾国文学史上之盛业也"[①]。确实毫无愧色。

其次,白居易诗学理论中最具特色的也许还要算他对闲适诗的看法。如《序洛诗》(《白居易集》卷七〇):

> 序洛诗,乐天自叙在洛之乐也。予历览古今歌诗,自《风》、《骚》之后,苏、李以还,次及鲍、谢徒,迄于李、杜辈,其间词人,闻知者累百,诗章

[①] 陈寅恪《元白诗笺证稿》第 121 页,生活·读书·新知三联书店,2001 年版。

流传者巨万。观其所自,多因逸冤遭逐,征戍行旅,冻馁病老,存殁别离,情发于中,文形于外:故愤忧怨伤之作,通计古今,什八九焉。世所谓文士多奇数,诗人尤命薄,于斯见矣。又有以知理安之世少,离乱之时多,亦明矣。予不佞,喜文嗜诗,自幼及老,著诗数千首,以其多矣,故章句在人口,姓字落时流。虽才不逮古人,然所作不啻数千首,以其多矣,作一数奇命薄之士,亦有余矣。今寿过耳顺,幸无病苦,官至三品,免罹饥寒,此一乐也。大和二年,诏授刑部侍郎,明年,病免归洛,旋授太子宾客,分司东都。居二年,就领河南尹事。又三年,病免,归履道里第,再授宾客分司。自三年春至八年夏,在洛凡五周岁,作诗四百三十二首。除丧朋哭子十数篇外,其他皆寄怀于酒,或取意于琴,闲适有余,酣乐不暇;苦词无一句,忧叹无一声,岂牵强所能致耶?盖亦发中而形外耳。斯乐也,实本于省分知足,济之以家给身闲,文之以觞咏弦歌,饰之以山水风月:此而不适,何往而适哉?兹又重吾乐也。予尝云:治世之音安以乐,闲居之诗泰以适。苟非理世,安得闲居?故集洛诗,别为序引;不独记东都履道里有闲居泰适之叟,亦欲知皇唐大和岁,有理世安乐之音。集而序之,以俟夫采诗者。甲寅岁(大和八年)七月十日云尔。

这是白居易在唐文宗大和八年为自己洛中闲适诗集所作的序文,他自称为"皇唐大和理世之音"①。这篇诗序有三个方面的意义:(1)诗史观。白居易对中国古代诗歌的历史发展十分了解,他认为从诗骚以来一直到唐代李杜,诗人大多是数奇命薄之人,他们的作品十之八九都是"愤忧怨伤之作",对诗歌发展主流的判断继承了司马迁"发愤著书"说,也与韩愈所说的"不平则鸣"相通。所不同者司马迁与韩愈是屡遭挫折落魄痛苦后得到的认识,而白居易则是在通泰闲适时以旁观者身份作出的判断,其真理性是同一的。(2)肯定闲适诗的价值。对于像白居易这样"寿过耳顺,幸无病苦,官至三品,免罹饥寒"的人来说,"寄怀于酒,或取意于琴,闲适有余,酣乐不暇;苦词无一句,忧叹无一声"也确实是人生难得的状态,因而他高度评价闲居诗的"泰以适"也就成为进入老境者认同的诗歌境界,在文学史上应该有一定的地位。这就像韩愈肯定"鸣国家之盛"的作品一样,是对诗歌功能认识全面

---

① 一般文学史都描述白居易所述的"大和理世"为宦官专权、藩镇割据、牛李党争的乱世,大和九年的"甘露之变"就是这些矛盾的集中暴露,唐王朝从此一蹶不振,成为一塌糊涂的泥塘。而白居易是从自己的个人遭际出发,感受自己生活的闲逸,显然缺失了年轻时期补苴罅漏的政治勇气。这是他向内转追求内心宁静,远离政治纷争旋涡的思想所致,从反映社会民生问题的角度看,闲适诗值得批判,但是从表现人生独特感受、独特人生模式的角度看,也应该看到它与醉生梦死者有显著的区别。因而也是相当难得的。

的表现。(3) 以省分知足的心态进行创作。一般都认为诗歌产生于愤懑的心理状态,所谓"抒悲娱忧"的产物,白居易在心态闲适的时候,依然能够"济之以家给身闲,文之以觞咏弦歌,饰之以山水风月",认为也是"发中形外",这就丰富了传统的诗学理论,为休闲文学找到了理论依据。

　　白居易认为:"诗者,情根,苗言,华声,实义。"①对诗歌本质的认识非常全面,对待诗歌的态度也十分通脱。他既对愤忧怨伤之作大加赞赏,又对悠闲泰适之作高度肯定,同时对民歌俚曲也不排斥,甚至还尝试被认为体卑格俗的词的创作。他与刘禹锡一样对民歌情有独钟。如《杨柳枝二十韵并序》(《白居易集》卷二):"《杨柳枝》,洛下新声也。洛之小妓有善歌之者。词章音韵,听可动人,故赋之。"对于洛下新声《杨柳枝》,白居易既爱其曲调音韵,又赞赏善歌的妓女,就像当年在江州欣赏琵琶女的曲调并赠之以诗一样,欣然赠诗给这位唱小调的歌女:"小妓携桃叶,新声蹋柳枝。妆成剪烛后,醉起拂衫时。绣履娇行缓,花筵笑上迟。身轻委回雪,罗薄透凝脂。笙引簧频暖,筝催柱数移。乐童翻怨调,才子与妍词。便想人如树,先将发比丝。风条摇两带,烟叶贴双眉。口动樱桃破,鬟低翡翠垂。枝柔腰袅娜,荑嫩手葳蕤。唳鹤晴呼侣,哀猿夜叫儿。玉敲音历历,珠贯字累累。袖为收声点,钗因赴节遗。重重遍头别,一一拍心知。塞北愁攀折,江南苦别离。黄遮金谷岸,绿映杏园池。春惜芳华好,秋怜颜色衰。取来歌里唱,胜向笛中吹。曲罢那能别,情多不自持。缠头无别物,一首断肠诗。"尽管诗歌内容不能跟《琵琶行》相比,但是鲜明地表现了白居易对民歌小调的喜爱。他创作《杨柳枝》《忆江南》《长相思》等词,都表现了他通脱的诗学观念。

　　白居易与元稹一样,也重视寓言诗的创作。如《禽虫十二章并序》(《全唐诗》卷四六〇):"庄列寓言,风骚比兴,多假虫鸟以为笙簧。故诗义始于《关雎》《鹊巢》,道说先乎鲲、鹏、蜩、鷃之类是也。予闲居,乘兴偶作一十二章,颇类志怪放言,每章可致一哂,一哂之外,亦有以自警其衰耄封执之惑焉。顷如此作,多与故人微之、梦得共之。微之、梦得尝云:此乃九奏中新声,八珍中异味也。有旨哉!有旨哉!今则独吟,想二君在目,能无恨乎!"这是要继承《诗经》《庄子》的寓言比兴作风,认为这类诗正如元稹刘禹锡所言是"九奏中新声,八珍中异味",给予很高的评价,并认为可以"自警其衰耄封执之惑"。像咏江鱼鸿雁:"江鱼群从称妻妾,塞雁联行号弟兄。但恐世间真眷属,亲疏亦是强为名。"咏春蚕蜜蜂:"蚕老茧成不庇身,蜂饥蜜熟属他人。须知年老忧家者,恐是二虫虚苦辛。"咏鹓鸾乌鸦:"阿阁鹓鸾田舍乌,妍蚩贵贱

---

① 《白居易集》第三册《与元九书》,第960页。

两悬殊。如何闭向深笼里,一种摧颓触四隅。"咏沉默羔羊:"兽中刀枪多怒吼,鸟遭罗弋尽哀鸣。羔羊口在缘何事,暗死屠门无一声。"咏蟭螟蛮触:"蟭螟杀敌蚊巢上,蛮触交争蜗角中。应是诸天观下界,一微尘内斗英雄。"等等,都颇富哲理智慧,显然是对生活深有感触的结晶。再如《有木诗八首并序》(《白居易集》卷一):"余尝读《汉书》列传,见佞顺婟嫕,图身忘国,如张禹辈者。见惑上盅下,交乱君亲,如江充辈者。见暴狠跋扈,壅君树党,如梁冀辈者。见色仁行违,先德后贼,如王莽辈者。又见外状恢弘,中无实用者。又见附离权势,随之覆亡者。其初皆有动人之才,足以惑众媚主,莫不合于始而败于终也。因引风人、骚人之兴,赋《有木》八章,不独讽前人,欲儆后代尔。"像第八首咏丹桂:"有木名丹桂,四时香馥馥。花团夜雪明,叶剪春云绿。风影清似水,霜枝冷如玉。独占小山幽,不容凡鸟宿。匠人爱芳直,裁截为厦屋。干细力未成,用之君自速。重任虽大过,直心终不曲。纵非梁栋材,犹胜寻常木。"就是自喻其志、寓意深刻的比兴之作。重寓言讽谏可以作为白居易乐府诗歌理论的补充。

(三) 白居易独特经历诗序的风格特点

白居易一生经历丰富,除了元和十年的江州之贬外,没有经历更多的大风大浪,仕途顺畅,远离纷争,生活安逸,身心通泰。但是诗人的敏感又让他始终对生活抱有激情,他的三千首诗歌中,有很多是独特经历及其人生感慨的结晶。他曾说:"天地间有粹灵气焉,万类皆得之,而人居多,就人中文人得之又居多。盖是气凝为性,发为志,散为文。粹胜灵者,其文冲以恬;灵胜粹者,其文宣以秀;粹灵均者,其文蔚温雅渊,疏朗丽则,捡不扼,达不放,古常而不鄙,新奇而不怪。"①评论的虽然是元宗简的文风,实际上就是白居易诗文的写照,"蔚温雅渊,疏朗丽则"正是白居易诗文风格的夫子自道。

对白居易刺激最大的人生经历无过于元和十年的江州之贬②。在江州,白居易的人生观发生了变化,由先前的积极进取转为退隐谦让,由切言直谏变为清静无为,由兼济天下变为独善其身。因此他隐居庐山,追慕陶潜,交游释徒,笃信佛教,种花养草,闲适自在。当然,偶有所触,也会激发出灿烂的诗

---

① 《白居易集》第四册《故京兆元少尹文集序》,第1424—1425页。
② 《旧唐书·白居易传》载:"(元和)十年七月,盗杀宰相武元衡,居易首上疏论其冤,急请捕贼,以雪国耻。宰相以宫官非谏职,不当先谏官言事。会有素恶居易者,掎摭居易言浮华无行,其母因看花坠井而死,而居易作《赏花》及《新井》诗,甚伤名教,不宜置彼周行。执政方恶其言事,奏贬江表刺史。诏出,中书舍人王涯上疏论之,言居易所犯状迹,不宜治郡。追诏授江州司马。"按:白居易此次贬官实属诬枉,其真正的原因是他的切言直谏,既得罪了皇帝,又得罪了宦官及朝官,故他们联合起来对白居易进行打击。这促使白居易人生观发生了一百八十度转弯,由"兼济天下"转变为"独善其身"。

情火花。如他某天夜晚送客江边,偶遇自京城流寓江州的琵琶女,听其抒发身世感慨的琵琶曲,遂获得心灵的相通相慰,于是创作了《琵琶行并序》(《白居易集》卷一):

> 元和十年,予左迁九江郡司马。明年秋,送客湓浦口,闻舟中夜弹琵琶者。听其音,铮铮然有京都声。问其人,本长安倡女,尝学琵琶于穆、曹二善才,年长色衰,委身为贾人妇。遂命酒,使快弹数曲。曲罢,悯然。自叙少小时欢乐事,今漂沦憔悴,转徙于江湖间。予出官二年,恬然自安;感斯人言,是夕始觉有迁谪意。因为长句,歌以赠之,凡六百一十二言,命曰《琵琶行》。

这无疑是白居易最重要的作品,清代赵翼就认为"即无全集,而二诗(按:指《长恨歌》《琵琶行》)已自不朽"①。诗序简略叙述了自京城流寓至江州的琵琶女,尽管技艺精湛红极一时,但是因年长色衰,不得不委身于商人,而商人重利轻情,致使她寂寞独守空船。夜深月明之际,感慨人生遭际只好以弹琵琶来发泄忧郁。白居易贬江州两年,何尝不孤苦寂寞!只是无处宣泄罢了,正是一曲"弦弦掩抑声声思,似诉平生不得志"的琵琶曲,引起了他心灵的共鸣,使他"是夕始觉有迁谪意"。于是他写出了"同是天涯沦落人,相逢何必曾相识"的诗句。漂沦憔悴者虽然先前并不相识,但是一见如故,共同的遭际、相似的情感,使他们可以互相慰藉,在痛苦寂寞中两颗心奇妙地感通。白居易的诗歌写出落魄不偶者心灵渴求慰藉理解的普泛情绪,能给深陷苦难的人们以温暖和滋润。

白居易还有一些同情地位低下歌女的诗歌,也与他独特的经历相关。如《燕子楼三首并序》(《白居易集》卷一):

> 徐州故张尚书有爱妓曰盼盼,善歌舞,雅多风态。予为校书郎时,游徐、泗间。张尚书宴予,酒酣,出盼盼以佐欢,欢甚。予因赠诗云:"醉娇胜不得,风袅牡丹花。"尽欢而去,尔后绝不相闻,迨兹仅一纪矣。昨日,司勋员外郎张仲素绘之访予,因吟新诗,有《燕子楼》三首,词甚婉丽。诘其由,为盼盼作也。绘之从事武宁军累年,颇知盼盼始末,云:"尚书既殁,归葬东洛。而彭城有张氏旧第,第中有小楼,名燕子。盼盼念旧爱而不嫁,居是楼十余年,幽独块然,于今尚在。"予爱绘之新咏,感

---

① [清]赵翼《瓯北诗话》卷四,第37页。

彭城旧游,因同其题,作三绝句。

诗序叙述长达数十年的一段间接经历,描述了徐州节度使张建封爱妾关盼盼充满传奇色彩的人生,并为她的忠贞所感动。他以充满沧桑感慨的笔调写道:"满窗明月满帘霜,被冷灯残拂卧床。燕子楼中霜月夜,秋来只为一人长。""钿晕罗衫色似烟,几回欲著即潸然。自从不舞霓裳曲,叠在空箱十一年。""今春有客洛阳回,曾到尚书墓上来。见说白杨堪作柱,争教红粉不成灰。"关盼盼"念旧爱而不嫁,居是楼十余年,幽独块然"是引起白居易赞赏与尊重的原因,也是表明对坚贞爱情的赞赏,关盼盼与燕子楼遂成为一个标志,在宋词中被用作为爱情的象征。

白居易在江州的另一种收获是精神上与陶渊明意趣相通,他的恬淡冲退得益于陶渊明其人其诗的熏染,他是唐代创作和陶诗最多的诗人。他在元和六年退居渭上时,就曾作《效陶潜体诗十六首并序》(《白居易集》卷一):"余退居渭上,杜门不出,时属多雨,无以自娱。会家醖新熟,雨中独饮,往往酣醉,终日不醒。懒放之心,弥觉自得,故得于此而有以忘于彼者。因咏陶渊明诗,适与意会,遂效其体,成十六篇。醉后狂言,醒辄自哂;然知我者,亦无隐焉。"这是在秋雨连绵、退居懒放、饮酒酣醉的独特情境下与陶渊明悠然会心的自然流露。白居易羡慕陶渊明的"爱酒不爱名,忧醒不忧贫"和"归来五柳下,还以酒养真。人间荣与利,摆落如泥尘"的境界。面对渭上的清闲生活:"况兹清渭曲,居处安且闲。榆柳百余树,茅茨十数间。寒负檐下日,热濯涧底泉。日出犹未起,日入已复眠。西风满村巷,清凉八月天。但有鸡犬声,不闻车马喧。时倾一尊酒,坐望东南山。"他一面思考山川的永恒与生命的脆弱:"不动者厚地,不息者高天。无穷者日月,长在者山川。""嗟嗟群物中,而人独不然。早出向朝市,暮已归下泉。形质及寿命,危脆若浮烟。"一面以通达洒脱态度对待人世的贵贱忧乐:"贵贱与贫富,高下虽有殊。忧乐与利害,彼此不相逾。是以达人观,万化同一途。"于是以饮酒弹琴赋诗来消磨孤寂的闲暇时光:"朝饮一杯酒,冥心合元化。兀然无所思,日高尚闲卧。暮读一卷书,会意如嘉话。欣然有所遇,夜深犹独坐。又得琴上趣,安弦有余暇。复多诗中狂,下笔不能罢。"如果说这组诗还是白居易在丁忧期间借和陶来消解寂寞的话,那么江州之贬后的和陶则是心灵真正相通后的追慕,并由此改变了人生的航向。

《访陶公旧宅并序》(《白居易集》卷一):

> 余夙慕陶渊明为人,往岁渭上闲居,常有《效陶体诗十六首》。今游庐山,经柴桑,过栗里,思其人,访其宅,不能默默,又题此诗云。

垢尘不污玉,灵凤不啄膻。呜呼陶靖节,生彼晋宋间。
心实有所守,口终不能言。永惟孤竹子,拂衣首阳山。
夷齐各一身,穷饿未为难。先生有五男,与之同饥寒。
肠中食不充,身上衣不完。连征竟不起,斯可谓真贤。
我生君之后,相去五百年。每读五柳传,目想心拳拳。
昔常咏遗风,著为十六篇。今来访故宅,森若君在前。
不慕尊有酒,不慕琴无弦。慕君遗荣利,老死此丘园。
柴桑古村落,栗里旧山川。不见篱下菊,但余墟中烟。
子孙虽无闻,族氏犹未迁。每逢姓陶人,使我心依然。

这次亲访陶公故地,与当年的想象有很大区别。如果说以前是"每读五柳传,目想心拳拳"的结果,那么如今则是仿佛与陶公亲切相对而语,因此"不慕尊有酒,不慕琴无弦。慕君遗荣利,老死此丘园"。像《泛溢水》中描写的溢水佳境:"四月未全热,麦凉江气秋。湖山处处好,最爱溢水头。溢水从东来,一派入江流。可怜似紫带,中有随风舟。命酒一临泛,舍鞍扬棹讴。放回岸傍马,去逐波间鸥。烟浪始渺渺,风襟亦悠悠。初疑上河汉,中若寻瀛洲。汀树绿拂地,沙草芳未休。青萝与紫葛,枝蔓垂相樛。系缆步平岸,回头望江州。城雉映水见,隐隐如蜃楼。"《北亭》中描绘的陶公形象:"日高公府归,巾笏随手掷。脱衣恣搔首,坐卧任所适。时倾一杯酒,旷望湖天夕。口咏独酌谣,目送归飞翮。"等等,都说明白居易对陶渊明人格境界的追慕和诗歌境界的向往,内在神韵达到了融合无间的状态。

白居易"兼济"时间不长,而独居岁月悠久,因此生活中的自娱自乐的闲情逸致非常丰富,处处表现对生活的热爱,可以窥见一个立体的白居易。如《题诗屏风绝句并序》(《白居易集》卷二):

> 十二年冬,微之犹滞通州,予亦未离溢上,相去万里,不见三年,郁郁相念,多以吟咏自解。前后辱微之寄示之什,殆数百篇,虽藏于箧中,永以为好;不若置之座右,如见所思。由是掇律句中短小丽绝者,凡一百首,题录合为一屏风,举目会心,参若其人在于前矣。前辈作事,多出偶然。则安知此屏,不为好事者所传,异日作九江一故事尔?因题绝句,聊以奖之。

> 相忆采君诗作障,自书自勘不辞劳。
> 障成定被人争写,从此南中纸价高。

为了表达对元稹的思念，白居易别出心裁，将元稹的赠诗中短小丽绝者书写在屏风上，朝夕相对如睹故人，这偶然的突发奇想实际上表现出白居易丰富的情感世界。

白居易贬官江州对日常生活中一些细小之物也十分关注，如《浔阳三题并序》(《白居易集》卷一)：

> 庐山多桂树，湓浦多修竹，东林寺有白莲花，皆植物之贞劲秀异者，虽官围省寺中，未必能尽有。夫物以多为贱，故南方人不贵重之。至有蒸爨其桂，篾弃其竹，白眼于莲花者。予惜其不生于北土也，因赋三题以唁之。

桂树、修竹、莲花都是贞劲秀异的美物，白居易继承屈原美人香草的比兴传统，托物言志，表现了自己虽投闲置散却不改禀性的志向。在《庐山桂》中描写桂树："偃蹇月中桂，结根依青天。天风绕月起，吹子下人间。飘零委何处，乃落匡庐山。生为石上桂，叶如剪碧鲜。枝干日长大，根荄日牢坚。不归天上月，空老山中年。"对桂树深表怜惜，同时又深深敬佩。在《湓浦竹》中描写南人恣意砍伐修竹："玄冥气力薄，草木冬犹绿。谁肯湓浦头，回眼看修竹。其有顾盼者，持刀斩且束。剖劈青琅玕，家家盖墙屋。吾闻汾晋间，竹少重如玉。胡为取轻贱，生此西江曲。"更是痛心疾首，同情修竹生不得地。在《东林寺白莲》中描写白莲花的洁净芬芳："东林北塘水，湛湛见底清。中生白芙蓉，菡萏三百茎。白日发光彩，清飙散芳馨。泄香银囊破，泻露玉盘倾。我惭尘垢眼，见此琼瑶英。乃知红莲花，虚得清净名。"因此诗人"夜深众僧寝，独起绕池行"，真是惜花情深，甚至要"欲收一颗子，寄向长安城。但恐出山去，人间种不生"。这些诗确实是诗人高洁心灵的真实写照。又如《三谣并序》："余庐山草堂中，有朱藤杖一、蟠木机一、素屏风二，时多杖藤而行，隐机而坐，掩屏而卧。宴息之暇，笔砚在前，偶为《三谣》，各导其意。亦犹座右、陋室铭之类尔。"诗序无异于日常生活的写真，而诗歌则是托物言志。《蟠木谣》云："蟠木蟠木，有似我身；不中乎器，无用于人。下拥肿而上轮囷，楣不楣兮轮不轮。天子建明堂兮既非梁栋，诸侯斫大辂兮材又不中。唯我病夫，或有所用。……尔既不材，吾亦不材，胡为乎人间裴回？蟠木蟠木，吾与汝归草堂去来。"《素屏谣》云："素屏素屏，胡为乎不文不饰，不丹不青？当世岂无李阳冰之篆字，张旭之笔迹？边鸾之花鸟，张璪之松石？吾不令加一点一画于其上，欲尔保真而全白。吾于香炉峰下置草堂，二屏倚在东西墙。夜如明月入我室，晓如白云围我床。我心久养浩然气，亦欲与尔表里相辉光。……素屏素屏,物各有所宜,用各有所施。"《朱藤谣》云:"朱藤朱藤,温如红玉,直如朱绳。自我得尔以为杖,大有裨于股肱。……中途不进,部曲多回。唯此朱藤,实随我来。瘴疠之乡,无人之地。扶卫衰病,驱诃魑魅。吾独一身,赖尔为二。或水或陆,自北徂南。泥黏雪滑,足力不堪。吾本两足,得尔为三。紫霄峰头,黄石岩下。松门石磴,不通舆马。吾与尔披云拨水,环山绕野。二年蹋遍匡庐间,未尝一步而相舍。虽有佳子弟、良友朋,扶危助蹇,不如朱藤。"将日常百物赋予生命和诗意,由此可见白居易的心灵境界。

即使到了晚年,白居易仍然不改闲居生活的雅趣。如《池上篇并序》:

> 都城风土水木之胜在东南偏,东南之胜在履道里,里之胜在西北隅,西闾北垣第一第即白氏叟乐天退老之地。地方十七亩,屋室三之一,水五之一,竹九之一,而岛树桥道间之。初乐天既为主,喜且曰:虽有台,无粟不能守也,乃作池东粟廪。又曰:虽有子弟,无书不能训也,乃作池北书库。又曰:虽有宾朋,无琴酒不能娱也,乃作池西琴亭,加石樽焉。乐天罢杭州刺史时,得天竺石一、华亭鹤二以归,始作西平桥,开环池路。罢苏州刺史时,得太湖石、白莲、折腰菱、青版舫以归,又作中高桥,通三岛径。罢刑部侍郎时,有粟千斛、书一车,洎臧获之习管磬弦歌者指百以归。先是颍川陈孝山与酿法,酒味甚佳。博陵崔晦叔与琴,韵甚清。蜀客姜发授《秋思》,声甚淡。弘农杨贞一与青石三,方长平滑,可以坐卧。大和三年夏,乐天始得请为太子宾客,分秩于洛下,息躬于池上。凡三任所得,四人所与,洎吾不才身,今率为池中物矣。每至池风春,池月秋,水香莲开之旦,露清鹤泪之夕,拂杨石,举陈酒,援崔琴,弹姜《秋思》,颓然自适,不知其他。酒酣琴罢,又命乐童登中岛亭,合奏《霓裳》散序。声随风飘,或凝或散,悠扬于竹烟波月之间者久之。曲未竟而乐天陶然已醉睡于石上矣。睡起偶咏,非诗非赋,阿龟握笔,因题石间。视其粗成韵章,命为《池上篇》云尔。

> 十亩之宅,五亩之园。有水一池,有竹千竿。勿谓土狭,勿谓地偏。足以容膝,足以息肩。有堂有庭,有桥有船。有书有酒,有歌有弦。有叟在中,白须飘然。识分知足,外无求焉。如鸟择木,姑务巢安。如龟居坎,不知海宽。灵鹤怪石,紫菱白莲。皆吾所好,尽在吾前。时饮一杯,或吟一篇。妻孥熙熙,鸡犬闲闲。优哉游哉,吾将终老乎其间。

诗序与诗歌描述白居易晚年的生活情调，完全是一个闲适恬静、知足常乐者的心态展露，生活富裕无忧，家人和睦相处，宾朋宴集于诗酒风流之际，乐声悠扬于竹烟波月之间，令人神往。

有时候身体衰弱不能出门游赏，白居易竟然凭空想象游历的情景，作《想东游五十韵并序》（《白居易集》卷二）："大和三年春，予病免官后，忆游浙右数郡；兼思到越，一访微之。故两浙之间，一物以上，想皆在目，吟且成篇，不能自休，盈五百字，亦犹孙兴公想天台山而赋之也。"由此可见，白居易的诗思无穷，他的生活完全诗化了。

生病了，白居易写《病中诗十五首并序》（《白居易集》卷三）："开成已未岁，余蒲柳之年，六十有八。冬十月甲寅旦，始得风痹之疾；体瘵目眩，左足不支，盖老病相乘时而至耳。余早栖心释梵，浪迹老庄，因疾观身，果有所得。何则？外形骸而内忘忧患，先禅观而后顺医治。旬月以还，厥疾少间。杜门高枕，澹然安闲。吟讽兴来，亦不能遏。因成十五首，题为病中诗。且贻所知，兼用自广。昔刘公幹病漳浦，谢康乐卧临川，咸有篇章，抒咏其志。今引而序之者，虑不知我者，或加诮焉。"他以"外形骸而内忘忧患，先禅观而后顺医治"的态度对待病痛，在"肘痹宜生柳，头旋剧转蓬"的时候能做到"恬然不动处，虚白在胸中"（《初病风》）；在"风疾侵凌临老头，血凝筋滞不调柔"的时候，能够豁达地说"若问乐天忧病否，乐天知命了无忧"（《枕上作》）；甚至还十分享受病中光景："方寸成灰鬓作丝，假如强健亦何为。家无忧累身无事，正是安闲好病时。"（《病中五绝句之二》）因生病而将小妾柳枝遣归："两枝杨柳小楼中，袅袅多年伴醉翁。明日放归归去后，世间应不要春风。"（《别柳枝》）他还认为诗歌就是自己前生的宿命："房传往世为禅客，王道前生应画师。我亦定中观宿命，多生债负是歌诗。不然何故狂吟咏，病后多于未病时。"（《自解》）

落齿了，白居易也要写诗。《齿落辞并序》："开成二年，予春秋六十六，瘠黑衰白，老状具矣，而双齿又堕。慨然感叹者久之，因为《齿落辞》以自广。"诗中以道家和佛家观念来对待，认为牙齿的掉落像"女长辞姥，臣老辞主。发衰辞头，叶枯辞树"一样自然，是道经所说的"我身非我有也，盖天地之委形"，也是佛经所说的"是身如浮云，须臾变灭"，因为"物无细大，功成者去"，故"所宜委百骸而顺万化"。

白居易最有特色的是晚年所作的骚体诗《不能忘情吟并序》：

乐天既老，又病风，乃录家事，会经费，去长物。妓有樊素者，年二十余，绰绰有歌舞态，善唱《杨枝》，人多以曲名名之，由是名闻洛下。籍在经费中,将放之。马有骆者,驵壮骏稳,乘之亦有年。籍在经物中,将鬻之。圉人牵马出门,马骧首反顾一鸣,声音间似知去而旋恋者。素闻马嘶,惨然立且拜,婉娈有辞,辞毕泣下。予闻素言,亦愍然不能对,且命回勒反袂,饮素酒。自饮一杯,快吟数十声,声成文,文无定句,句随吟之短长也。凡二百五十五言。噫!予非圣达,不能忘情,又不至于不及情者。事来搅情,情动不可柅。因自晒,题其篇曰《不能忘情吟》。吟曰:"鬻骆马兮放杨柳枝,掩翠黛兮顿金羁。马不能言兮长鸣而却顾,杨柳枝再拜长跪而致辞。辞曰:主乘此骆五年,凡千有八百日。衔橛之下,不惊不逸。素事主十年,凡三千有六百日。巾栉之间,无违无失。今素貌虽陋,未至衰摧。骆力犹壮,又无疣赘。即骆之力,尚可以代主一步;素之歌,亦可以送主一杯。一旦双去,有去无回。故素将去,其辞也苦;骆将去,其鸣也哀。此人之情也,马之情也,岂主君独无情哉?予俯而叹,仰而哈,且曰:骆,骆,尔勿嘶;素,素,尔勿啼。骆反厩,素反闺。吾疾虽作,年虽颓,幸未及项籍之将死。何必一日之内,弃骓兮而别虞兮。乃目素兮素兮,为我歌杨柳枝。我姑酌彼金罍,我与尔归醉乡去来。"

生命中很多东西属于自己,但有时又不得不舍去,"不能忘情,又不至于不及情者。事来搅情,情动不可柅",确实是人生的无奈。白居易以通脱来对待鬻马放妓的情事,情实难堪,这是白居易晚年独特的经历之一。

此外,像《九老图诗并序》(《全唐诗》卷四六二)、《开龙门八节石滩诗二首并序》(《全唐诗》卷四六〇)、《香山居士写真诗并序》(《全唐诗》卷四五九)等,也都是从不同角度反映他生活经历的篇章。

(四)白居易追忆诗序的风格特点

追怀感旧是一种老年人特有的情绪,也是生活经历积淀的产物,像杜甫总是难忘凄凉悲惨的历史现实。他的深沉慨叹总是与时代脉搏融合在一起,所以杜甫的诗歌成为一代之史。白居易的诗歌缺乏史诗品格,只不过是自己人生经历的记录,人世沧桑感多局限于个人的遭际,这一点与元稹相似。但是由于白居易年寿高,历事多,有些感慨也是很独特的。如《曲江感秋二首并序》(《白居易集》卷一):

> 元和二年、三年、四年,予每岁有《曲江感秋》诗,凡三篇,编在第七卷。是时予为左拾遗、翰林学士。无何,贬江州司马、忠州刺史。前年,迁主客郎中、知制诰。未周岁,授中书舍人。今游曲江,又值秋日,风物

不改,人事屡变。况予中否后遇,昔壮今衰,慨然感怀,复有此作。噫!人生多故,不知明年秋又何许也?时二年七月十日云耳。

> 元和二年秋,我年三十七。长庆二年秋,我年五十一。
> 中间十四年,六年居谴黜。穷通与荣悴,委运随外物。
> 遂师庐山远,重吊湘江屈。夜听竹枝愁,秋看滟堆没。
> 近辞巴郡印,又秉纶闱笔。晚遇何足言,白发映朱绂。
> 销沉昔意气,改换旧容质。独有曲江秋,风烟如往日。
> 疏芜南岸草,萧飒西风树。秋到未几时,蝉声又无数。
> 莎平绿茸合,莲落青房露。今日临望时,往年感秋处。
> 池中水依旧,城上山如故。独我鬓间毛,昔黑今垂素。
> 荣名与壮齿,相避如朝暮。时命始欲来,年颜已先去。
> 当春不欢乐,临老徒惊误。故作咏怀诗,题于曲江路。

诗序记录了白居易的为官经历,他的感怀来自三个方面:一者十四年来,曲江风景依旧,而人事屡变;再者由于自己昔壮今衰,青春已经远逝;三者往昔在京城每年秋天都有《曲江感怀》诗作,而明年秋天又不知身在何处。三者交相感,岂能无慨?白居易既感慨"销沉昔意气,改换旧容质。独有曲江秋,风烟如往日",又喟叹"荣名与壮齿,相避如朝暮。时命始欲来,年颜已先去",因此生出悔悟"当春不欢乐,临老徒惊误"。这可以说是人生一种普泛化的意绪,白居易以通俗流畅的诗文表现出来,确属难能可贵。

白居易对朋友谢世的追忆感怀,更是凄婉,令人动容。如《商山路有感并序》(《白居易集》卷二):

> 前年夏,予自忠州刺史除书归阙。时刑部李十一侍郎、户部崔二十员外,亦自澧、果二郡守征还,相次入关,皆同此路。今年,予自中书舍人授杭州刺史,又由此途出。二君已逝,予独南行。追叹兴怀,慨然成咏。后来有与予、杓直、虞平游者,见此短什,能无恻恻乎?傥未忘情,请为继和。长庆二年七月三十日,题于内乡县南亭云尔。

> 忆昨征还日,三人归路同。此生都是梦,前事旋成空。
> 杓直泉埋玉,虞平烛过风。唯残乐天在,头白向江东。

这相似的经历刘禹锡、杜甫都遇到过,也都有追忆之作,像杜甫怀念高适、刘禹锡怀念柳宗元。他们的诗歌都与历史相结合,尤其刘禹锡追念柳宗元还包含着对永贞革新的感慨,所以给人以巨大的震撼。相比之下,白居易则仅仅在"二君已逝,予独南行"的境况下追忆,没有更多的历史内涵。尽管"此生都是梦,前事旋成空"的慨叹与"唯残乐天在,头白向江东"的现实确实让人感怀,但是诗歌一旦缺少深层的蕴涵,也就没有厚重感。白居易在《重感》中又说:"停骖歇路隅,重感一长吁。扰扰生还死,纷纷荣又枯。困支青竹杖,闲捋白髭须。莫叹身衰老,交游半已无。"这种怀念旧友的感伤诗在白集中很多,惟怀念刘禹锡、元稹等人的诗歌情感最为深厚。如《感旧并序》(《白居易集》卷二):

> 故李侍郎杓直,长庆元年春薨。元相公微之,大和六年秋薨。崔侍郎晦叔,大和七年夏薨。刘尚书梦得,会昌二年秋薨。四君子,予之执友也。二十年间,凋零共尽。唯予衰病,至今独存。因咏悲怀,题为《感旧》。

> 晦叔坟荒草已陈,梦得墓湿土犹新。
> 微之捐馆将一纪,杓直归丘二十春。
> 城中虽有故第宅,庭芜园废生荆榛。
> 箧中亦有旧书札,纸穿字蠹成灰尘。
> 平生定交取人窄,屈指相知唯五人。
> 四人先去我在后,一枝蒲柳衰残身。
> 岂无晚岁新相识,相识面亲心不亲。
> 人生莫羡苦长命,命长感旧多悲辛。

四位友人先后离世,白居易失去了唱和对象,也难以找到心心相印的新朋友,因此"人生莫羡苦长命,命长感旧多悲辛"是一般人难以体会的情感,不能不让人细细体会。

(五) 白居易宴游诗序的风格特点

白居易生性通达,一生嗜酒,集中写喝酒、醉酒的诗很多,像《问刘十九》:"绿蚁新醅酒,红泥小火炉。晚来天欲雪,能饮一杯无?"就是一封邀请朋友喝酒的短笺,洋溢于诗中的是深深的关切与慰问,令人想象即将要发生的雪夜饮酒是多么富于诗意!如果是群聚游宴饮酒,那么白居易就会释放文人特有的狂放,颇有初唐王勃的风采。如《三月三日祓禊洛滨并序》(《白居易集》卷二）：

> 开成二年三月三日,河南尹李待价以人和岁稔,将禊于洛滨。前一日,启留守裴令公。令公明日召太子少傅白居易、太子宾客萧籍、李仍叔、刘禹锡、前中书舍人郑居中、国子司业裴恽、河南少尹李道枢、仓部郎中崔晋、司封员外郎张可续、驾部员外郎卢言、虞部员外郎苗愔、和州刺史裴俦、淄州刺史裴洽、检校礼部员外郎杨鲁士、四门博士谈弘谟等一十五人,合宴于舟中。由斗亭,历魏堤,抵津桥,登临溯沿,自晨及暮,簪组交映,歌笑间发,前水嬉而后妓乐,左笔砚而右壶觞。望之若仙,观者如堵。尽风光之赏,极游泛之娱。美景良辰,赏心乐事,尽得于今日矣。若不记录,谓洛无人,晋公首赋一章,铿然玉振;顾谓四座,继而和之。居易举酒抽毫,奉十二韵以献。

> 三月草萋萋,黄莺歇又啼。柳桥晴有絮,沙路润无泥。
> 禊事修初半,游人到欲齐。金钿耀桃李,丝管骇凫鹥。
> 转岸回船尾,临流簇马蹄。闹翻扬子渡,蹋破魏王堤。
> 妓接谢公宴,诗陪荀令题。舟同李膺泛,醴为穆生携。
> 水引春心荡,花牵醉眼迷。尘街从鼓动,烟树任鸦栖。
> 舞急红腰软,歌迟翠黛低。夜归何用烛,新月凤楼西。

诗序与诗歌记录"甘露之变"后两年的一次三月三日祓禊洛滨游宴情景,这是由河南尹李待价发起,东都留守裴度组织的一次有十五人参加的游赏活动。诗序详载各人的官职,叙述了载酒舟行的欢乐场面:"由斗亭,历魏堤,抵津桥,登临溯沿,自晨及暮,簪组交映,歌笑间发,前水嬉而后妓乐,左笔砚而右壶觞。望之若仙,观者如堵。尽风光之赏,极游泛之娱。"与东晋穆帝永和九年王羲之组织的山阴兰亭宴会类似,但是没有王羲之诗序所表达的人生感慨及哲学意蕴,也没有王勃诗序追求的词彩华丽,更没有李白诗序的飘逸仙韵。因为当时的历史环境相当严峻,一群远离朝廷是非之地的高官,一面享受着优裕的俸禄,一面却不管世事悠游山水,诗酒风流,尽管白居易自负地说"若不记录,谓洛无人",但是诗歌记录的是分司东都闲散官员们闲逸的生活状态,因而缺乏深远的意味。中唐开成时期已经失去了盛唐时代蒸蒸日上、和平安详的氛围,白居易们小范围内宁静祥和的粉饰依然难以抹平整个时代大面积的惨淡印痕。

总体上看,白居易的诗序与他的诗歌一样,具有"蔚温雅渊,疏朗丽则"

的风格,不仅叙事细密详赡,描写简明生动,说理精切透彻,抒情真挚深厚,而且造语讲究,时见警言秀句,令人回味无穷。可以说是"用常得奇"的典范。

第七节　寻求超越,尊道向佛
——刘禹锡的诗序

唐代是诗序发展的黄金时期,不仅体制大备,而且风格流派纷纭。特别是中唐时期,随着复古革新浪潮的高涨,古文运动迅猛发展,文体变革如火如荼,以韩柳为代表的古文派迅速崛起并占据文坛中心,骈文在逐渐退缩。诗序是反应非常敏感的文体,在中唐完全散文化,并由初唐时代的注重描写景物转向议论说理,诗序成为表述诗歌理论或宣传道统的载体,展现出很强的交际应酬功能。诗人们依托一篇篇诗序迅速将他们的文学思想、为官从政理念及为人处世原则传播四方。中唐时代,由于安史之乱的影响,在南方远离朝廷的地区,以著名贬谪诗人柳宗元、刘禹锡为核心,形成了南方文化圈,并引来大批学子及僧道之人。在迎来送往、宴集游历的背景下,相互酬赠或唱和之风兴盛,产生大量的诗序。刘禹锡是当时创作诗序较多的诗人,并首次将诗序改为"引"①,依据陶敏的《刘禹锡全集编年校注》进行检索,并参照《全唐诗》,刘禹锡的诗歌有"并引"处共45篇,有短序或小序59篇,两者共计104篇。这些诗序既反映了刘禹锡一生的经历,也表现出他丰富复杂的情感心态,尤其长期贬谪南方,与很多和尚交往,往往在诗序里谈佛论道,呈现出浓厚的佛学意趣。

一、刘禹锡诗序的基本类型及其内容

刘禹锡诗歌中含诗序的篇目及分类:

寓言类:《昏镜词》《养鸷词》《武夫词》《贾客词》《调瑟词》等五篇,多作于贞元十九年左右。

唱和应酬类:《金陵五题》《伤秦姝行》《吐绶鸟词》《海阳十咏》《答东阳于令涵碧图诗》《马大夫见示浙西王侍御赠答诗因命同作》等六篇。

追忆感怀类:《再游玄都观绝句》《伤愚溪诗三首》《庙庭偃松诗》《重至衡阳伤柳仪曹》《遥伤丘中丞》《伤独孤舍人》《代靖安佳人怨》《读张曲江集作》《鹤叹》等九篇。

赠别类:《送张盥赴举》《送裴处士应制举》《送从弟郎中赴浙西》《别君

---
① 刘禹锡父亲叫刘绪,因避父讳故其将诗之序称为"引"将文集序成为"纪"。

素上人》《送僧元暠南游》《送慧则法师上都因呈广宣上人》《秋日过鸿举法师寺院便送归江陵》《送僧方及南谒柳员外》《海阳湖别浩初师》《赠别约师》《送鸿举师游江南》《送义舟师欲还黔南》《送景玄师东归》《送惟良上人》《送周鲁儒赴举》《送曹璩归越中旧隐》等十六篇。

民歌采风类：《淮阴行五首》《泰娘歌》《插田歌》《竹枝词》《历阳书事七十韵》《采菱歌》等六篇。

情趣类：《武陵抒怀五十韵》《九华山歌》《踏潮歌》等三篇。

下面分类介绍一些代表作，以见其特色。

(一) 刘禹锡寓言诗序的风格特点

《昏镜词》《养鸷词》《武夫词》《贾客词》《调瑟词》五篇(《全唐诗》卷三五四)：

> 镜之工列十镜于贾奁，发奁而视，其一皎如，其九雾如。或曰："良苦之不侔甚矣！"工解颐谢曰："非不能尽良也。盖贾之意，唯售是念。今夫来市者，必历鉴周睐，求于己宜。彼皎者不能隐芒杪之瑕，非美容不合，是用什一其数也。"余感之，作《昏镜词》。

> 途逢少年，志在逐兽。方呼鹰隼，以袭飞走。因纵观之，卒无所获。行人有常从事于斯者曰："夫鸷禽，饥则为用，今哺之过笃，故然也。"予感之，作《养鸷词》。

> 有武夫过，诧余以从军之乐。翌日，质于通武之善经营者，则曰："果有乐也。夫威恣而赏劳则乐用，威雌而赏戯则乐横。顾其乐安出耳。"余惕然，作是词。

> 五方之贾，以财相雄，而盐贾尤炽。或曰："贾雄则农伤。"予感之，作是词(《武夫词》)。

> 里有富豪翁，厚自奉养而严督臧获，力屈形削，犹役之无艺级。一旦不堪命，亡者过半，追亡者亦不来复。翁悴沮而追昨非之莫及也。予感之，作《调瑟词》。

这五首诗及序文，陶敏先生纳入"未编年"部分，又认为诗意是讥刺时事，似作于早年锐意进取时①。五诗皆属寓言体,小序就是一篇篇充满感慨的寓言小品。《昏镜词》讽刺长相丑陋者喜欢镜面模糊的镜子,厌恶明镜洞然瑕疵毕现,揭露人们爱虚美忌直言的心理,暗喻直谏取祸;《养鸷词》寓驭臣之术;《武夫词》揭露当时武人骄恣横暴;《贾客词》则揭露盐商擅利伤农。据瞿蜕园《刘禹锡集笺证》②:"元和中以新乐府讽喻时事,自李绅、元稹、白居易相继倡导,禹锡既与此三人皆为密友,亦从而仿之。虽不居新乐府之名,而用意则同。与此等诗见之,四人志趣相同。诗派亦各张一帜,要亦互相切磋观摩所致。"刘禹锡是中唐寓言诗创作的代表人物之一,其寓言诗序,以劝喻、讽刺和抒慨为中心,既注重形象性,又有很强的现实针对性,语言精练,将寓言与诗歌结合起来,创造了一种新的讽谏体制,是当时新乐府一大创造,并提高了寓言诗的审美价值。

(二) 刘禹锡唱和应酬诗序的风格特点

中唐时期酬唱风气浓厚,著名的有元稹、白居易唱和诗多达数百篇,元稹去世后,刘禹锡与白居易唱和长达十年之久,篇什亦相当可观。刘禹锡还与牛李二党很多成员经常唱和,由于唱和诗有特定的对象,诗歌题目往往具有诗序的功能,所以元白诗歌中唱和诗序的数量并不多,刘禹锡也仅有六篇。诗序给我们提供了一些重要的信息,可以看出当时是"和意而不和韵",与宋代严格的次韵是不同的。诗序中还记载了一些诗人之间的轶事,具有一定的文学史价值。如《金陵五题并引》(《全唐诗》卷三六五):

> 余少为江南客,而未游秣陵,尝有遗恨。后为历阳守,跂而望之。适有客以《金陵五题》相示,逌尔生思,欻然有得。他日,友人白乐天掉头苦吟,叹赏良久。且曰:"《石头》诗云'潮打空城寂寞回',吾知后之诗人,不复措辞矣!"余四咏虽不及此,亦不孤乐天之言耳。

《金陵五题》作于和州,即今天的安徽和县。那里离秣陵很近,序中说未游秣陵而尝有遗恨,今有客以《金陵五题》相示,受到启发,于是欻然有得。实际上是在诗序中介绍了他创作构思的过程,与李白《梦游天姥吟留别》之创作相似,作者并未游历金陵,而是通过友人的歌咏触动发挥想象的结晶。并在诗序中借白居易的评价,从侧面突出这组诗的艺术价值,也可以看出诗序是后来所加,诗人之间第一时间的评论对这组诗歌的流传影响深远。又如《伤

---

① 陶敏、陶红雨校注《刘禹锡全集编年校注》下册,第757页,岳麓书社,2003年版。
② 瞿蜕园笺证《刘禹锡集笺证》上海古籍出版社1989年排印本。

秦姝行》(《全唐诗》卷三五六):"河南房开士,前为虞部郎中,为余语曰:'我得善筝人于长安怀远里。'其后开士为赤县,牧容州,求国工而诲之,艺工而夭。今年开士遗余新诗,有悼佳人之句,顾予知所自也。惜其有良妓,获所从而不克久。乃为伤词以贻开士。"诗序叙述了一对才子佳人善始未能善终的悲伤故事。这位"敛蛾收袂凝清光,抽弦缓调怨且长"的秦姝,弹起筝来,真是"八鸾锵锵渡银汉,九雏威凤鸣朝阳。曲终韵尽意不足,余思悄绝愁空堂",她跟随开士理曲潇湘,以致"北池含烟瑶草短,万松亭下清风满。秦声一曲此时闻,岭泉呜咽南云断"。开士觅得知音却不料艺成夭亡,使诗人无限感慨:"从此东山非昔游,长嗟人与弦俱绝。"这首诗运用十次换韵的歌行体,哀伤秦姝慰藉友人当然是其主意,但也包含了自伤不遇知音,天涯沦落的怨悱,可以说与白居易创作《琵琶行》同一旨趣。还有如《海阳十咏》(《全唐诗》卷三五五):"元次山始作海阳湖,后之人或立亭榭,率无指名,及余而大备。每疏凿构置,必揣称以标之,人咸曰有旨。异日迁客裴侍御为十咏以示余,颇明丽而不虚美。因捃拾裴诗所未道者,从而和之。"序文指出元结最早修建连州海阳湖,后人多在湖上修建亭台楼阁,"及余而大备",迁客裴侍御访元结之遗迹而观览胜地,遂作《海阳十咏》相示,刘禹锡因而和诗十首。其中反复出现的关键词是"迁客",刘禹锡《吏隐亭述》中说:"海阳之名,自元先生。先生元结,有铭其碣。元维假符,余维左迁。其间相距,五十余年。"五十年风尘顷洞,人生感慨是很深的,从诗句"外来始一望,写尽平生心"(《吏隐亭》)、"波摇杏梁日,松韵碧窗风"(《切云亭》)、"潜去不见迹,清音常满听。有时病朝酲,来此心神醒"(《云英潭》)、"地灵草木瘦,人远烟霞逼"(《蒙池》)、"蘋风有时起,满谷箫韶音"(《双溪》)、"含晕迎初旭,翻光破夕曛。余波绕石去,碎响隔溪闻"(《梦丝瀑》)、"琼枝曲不折,雪片晴犹下。石坚激清响,叶动承余洒"(《飞练瀑》)等,可以看到海阳湖周围风景绝佳,山清水秀,飞瀑流泉,松风月韵,幽静雅洁,是迁客骚人慰藉心灵的美妙胜境,若是柳宗元来此也一定会徜徉盘桓不忍离去。与柳宗元《永州八记》所不同的是,刘禹锡心境已经趋于宁静,没有柳宗元式的苦闷忧郁,从中亦可看到刘禹锡通脱的胸襟。诗序中"颇明丽而不虚美"的诗风是刘禹锡诗歌新的风貌。这种描述风景的诗歌来自谢灵运的山水游记诗,后经谢朓的发展逐渐向短诗演进,唐代王维创作五绝组诗《辋川集》,继承者有韩愈《虢州三堂新题二十一咏》,到刘禹锡又创立五言律体组诗形式与韦处厚《盛山十二咏》相类。

(三) 刘禹锡追忆感怀诗序的风格特点

人到中年,经历风雨,感慨遂深,亲朋故旧相继离去,世间万物白云苍狗,故多生追忆之思。整个中唐时代,追忆诗序的大量出现,是一个值得注意的现象。刘禹锡追忆感怀诗序有《再游玄都观绝句》《伤愚溪诗三首》《至衡阳伤柳仪曹》《伤独孤舍人》《代靖安佳人怨》等。"永贞革新"后的二十三年贬谪生涯积累了许多可忆可感的事情,期间入京出京,起伏骤变的政治生活如棋局,胜负难以预料,与他的耿介孤直、坚持操守有很大关系。刘禹锡通脱豪爽的性格使他善于同各种人交往并相互唱和,正可谓"谈笑有鸿儒,往来无白丁",到岁暮知交零落,顿生感怀之音。如《再游玄都观绝句》诗序(《全唐诗》卷三六五):

> 余贞元二十一年为屯田员外郎,时此观中未有花木。是岁,出牧连州,寻贬朗州司马。居十年,诏至京师,人人皆言有道士手植仙桃,满观如烁晨霞,遂有前篇,以志一时之事。旋又出牧,于今十有四年,复为主客郎中,重游玄都,荡然无复一树,唯兔葵燕麦动摇于春风耳。因再题二十八字,以俟后游。时大和二年三月。

这是刘禹锡一生中最值得记忆的故事,也最能显现他倔强傲岸的性格。人们总说性格决定命运,但是在刘禹锡所处的时代,只要经受住时间的考验,东山再起还是可以期待的,世事沧桑中唯有坚持真理才是最可贵的。这篇诗序浓缩了他一生最重要的经历,成为那个荒唐年代的历史记忆,早已超越诗歌本身,具有浑灏苍茫的感慨。又如《代靖安佳人怨》(《全唐诗》卷三六五):"靖安,丞相武公居里名也。元和十年六月,公将朝,夜漏未尽三刻,骑出里门,遇盗,薨于墙下。初,公为郎,余为御史,繇是有旧故。今守远服,贱不可以诔,又不得为歌诗声于楚挽,故代作《佳人怨》以裨于乐府云。"①当时武元衡身为宰相,是力主平定不臣藩镇的核心人物,因而遭到藩镇悍将的嫉恨,最终在上朝时被暗杀,朝野震惊,刘禹锡因为处于贬谪的地位不能作吊唁文章,只好借佳人之怨来伤感,体现了乐府诗的现实精神。诗云:"宝马鸣珂踏晓尘,鱼文匕首犯车茵。适来行哭里门外,昨夜华堂歌舞人。""秉烛朝天遂不回,路人弹指望高台。墙东便是伤心地,夜夜秋萤飞去来。"序文与诗歌相互补充,感

---

① 二诗以拟代口吻来表示对武元衡暴死于刺客暗杀的深刻同情,被一些诗话笔记类著作大肆渲染,挖掘微言大义,说成是刘禹锡泄恨的讽刺之作。如葛立方《韵语阳秋》:"余考梦得为司马时,朝廷欲澡濯补郡,而元衡执政,乃格不行,梦得作诗伤之,而托靖安佳人,其伤之也,乃所以快之欤!"蔡居厚《蔡宽夫诗话》也说:"刘禹锡、刘子厚与武元衡素不叶。二人之贬,元衡为相时也。禹锡为《靖安佳人怨》以悼元衡之死,其实盖快之。"其后,朱熹、刘克庄、魏了翁、胡震亨、乔亿等人大都持此说,并以此为据,认为刘禹锡缺乏儒家忠厚之旨。按:当代陶敏先生经过细密考证,引用元和十年刘禹锡所作《谢门下武相公启》的材料否定了以上诸说,认为是借佳人怨寓伤悼之意。参《刘禹锡全集编年校注》上册第 222 页。

慨深沉,体制新颖。

此外,在《伤愚溪诗三首》《重至衡阳伤柳仪曹》《遥伤丘中丞》《伤独孤舍人》这些诗序中,我们可以看到一个性情真挚的刘禹锡。柳宗元去世后,刘禹锡将其遗稿整理编辑成《柳子厚文集》使传之于后。"愚溪无复曩时矣",一闻僧言,便悲不能自胜,刘柳交情深厚,又是同道战友,故诗真率忧挚。刘禹锡的伤感是建立在对往昔政治革新经历上的,伤柳也是伤永贞革新,更是自我嗟叹。追忆感怀诗序展示了刘禹锡的内心真实,确实感人至深。

(四) 刘禹锡赠别诗序的风格特点

有唐一代,赠别诗特别流行,由于诗人们不断地自四方云集京师,然后又使往四方,或求学,或为宦,或游历,或探亲访友。这变化万千的情境都是赠别诗产生的背景。在中唐时期,由于刘禹锡等人远贬南方荒凉之地,而且长期蛰居于此,除了南来北往的官员、慕名而来的学子,还有大量僧道之人,刘禹锡此时也正需要佛教的一些思想慰藉心灵,因此刘禹锡与僧道之流交往非常频繁,与他们的赠别诗序也最多,也使这类诗歌充满浓厚的佛道意趣。

如《赠别君素上人》(《全唐诗》卷三五七):

> 曩予习《礼》之《中庸》,至"不勉而中,不思而得",悚然知圣人之德,学以至于无学。然而斯言也,犹示行者以室庐之奥耳。求其径术而布武,未易得也。晚读佛书,见大雄念物之普,级宝山而梯之。高揭慧火,巧熔恶见,广疏便门,旁束邪径。其所证入,如舟沿川,未始念于前而日远矣。夫何勉而思之耶?是余知突奥于《中庸》,启键关于内典,会而归之,犹初心也。不知予者,诮予困而后援佛,谓道有二焉。夫悟不因人,在心而已。其证也,犹喑人之享太牢。信知其味而不能形于言,以闻于耳也。口耳之间兼寸耳,尚不可使闻,他人之不吾知,宜矣。开士君素,偶得余于所亲,一麻栖草,千里来访。素以道眼视予。予以所视视之,不由陛级,携手智地。居数日,告有得而行,乃为诗以见志云。

> 穷巷唯秋草,高僧独叩门。相欢如旧识,问法到无言。
> 水为风生浪,珠非尘可昏。去来皆是道,此别不消魂。

刘禹锡贬官朗州,与浮屠交往的情况和韩愈、柳宗元等人不同:韩愈对浮屠充满排斥,与僧人交游是想用儒家纲教伦常来改造他们,达到"人其人"的目的。柳宗元是抱着佛道"有以佐世"的观念,有意识地融合儒道释三教,达到

"归本大中"的境界。而刘禹锡则是潜心释氏,钻研佛经,亦练习佛法,并找到了由佛法"无生"通向儒家"中庸""至诚"的门户,以此来慰藉痛苦的心灵。这篇诗序将自己研习佛经的情形及重要收获表现得具体而深刻,而诗歌不仅运用佛语,还说"来去皆是道,此别不消魂",可谓通彻无碍,得释氏所谓"具眼"。如果说王维诗歌受佛教观念影响主要表现在诗歌具有佛家空寂的禅境的话,那么刘禹锡的这类诗歌则具有佛教的精义彻悟,呈现的是耐人咀嚼的佛理。

又如《送僧元暠南游》(《全唐诗》卷三五九):

> 予策名二十年,百虑而无一得,然后知世所谓道,无非畏途,唯出世间法可尽心耳。由是在席砚者多旁行四句之书,备将迎者皆赤髭白足之侣。深入智地,静通还源,客尘观尽,妙气来宅,内视胸中,犹煎炼然。开士元暠,姓陶氏,本丹阳名家,世有人爵,不籍其资。于毗尼禅那极细密之义,于初中后日习总持之门,妙音奋迅,愿力昭答。雅闻予事佛而佞,亟来相从。或问师臞形之自,对曰:"少失怙恃,推棘心以求上乘,积四十年无羸,老将至而不懈。始悲浚泉之有冽,今痛防墓之未迁。涂刍莫备,薪火恐灭,诸相皆离,此心长悬。虽万姓归佛,尽为释种,如河入海,无复水名,然具一切智者岂惟遗百行?求无量义者宁容断思?今闻南诸侯雅多大士,思扣以苦调而希其末光,无容至前,有足悲者。"予闻是说已,力不足而悲有余,因为诗以送之,庶乎践霜露者聆之有恻。

> 宝书翻译学初成,振锡如飞白足轻。
> 彭泽因家凡几世?灵山预会是前生。
> 传灯已寤无为理,濡露犹怀罔极情。
> 从此多逢大居士,何人不愿解珠璎?

这篇诗序是刘禹锡最重要的关于佛教观念的文字,他从贞元九年进士及第到写此序的元和七年正好二十年,其间的风雨颠沛使他认识到"世间所谓道,无非畏途",唯有佛法才能使人脱离火宅苦海。因此多读佛经,与僧侣交游,甚至到了佞佛的程度。他从元暠那里领悟到佛法的殊胜,并为元暠师四十年坚持弘扬佛法的精神所感动,元暠师虽为释氏,但不忘父母,很有人情味。"虽万姓归佛,尽为释种,如河入海,无复水名,然具一切智者岂惟遗百行?求无量义者宁容断思?"的超脱襟怀,使刘禹锡思想得到升华,身心都进入禅的新境界。这首赠别诗由于佛教词汇太多,类似偈语,倒不如前面赠君素上人诗歌更具佛教意味。由此可见佛教对诗歌的影响并不在于诗中运用佛语,而在于意境与佛家追求的空无之境相通。

另外,《送慧则法师归上都因呈广宣上人》诗序说:"尽妙理者莫如法门,变凡夫者莫如佛土,悟无染者莫如散花,故业于《净名》,深达实相。"都是刘禹锡对佛教的认识。他还谈到禅与诗的关系,在《秋日过鸿举法师寺院便送归江陵》诗序中说:"自近古而降,释子以诗名闻与世者相踵焉。因定而得境,故倏然以清;由慧而遣词,故粹然以丽,信禅林之花萼而诚河之珠玑耳。"这是他勤修戒定慧,熄灭贪嗔痴的心得。佛家认为,戒定慧三法相资,不可或缺,因戒生定,因定发慧,此三者次第相生,人道之关键也。刘禹锡说"定而得境",就像是湖水在平静的时候心水澄明,进入创作意境,开慧后遣词造句,能得到精美的词藻。"看画长廊遍,寻僧一径幽。小池兼鹤静,古木带蝉秋。客至茶烟起,禽归讲席收。浮杯明日去,相望水悠悠。"这首诗可以说是刘禹锡关于"诗禅借境"观念实践的结晶,在他的众多佛教诗中别具韵味。在政治失意的时候,可以通过佛教思维调整心情,以抵抗仕途风浪。由于事佛信佛,精神有所寄托,从而使刘禹锡养成了遇事通脱豁达的心态。特别是他的白内障①被印度僧医治好后,其敬佛之心更加虔诚了,这是他在二十三年的贬谪生活中不灰心不消沉的重要原因。

(五) 刘禹锡民歌采风诗序的风格特点

刘禹锡在长期贬谪远荒的期间,牢记"吾往是吾忧"的真偈,不把烦恼安心头,心无挂碍,从容淡定。除了事佛,还积极学习民歌,力图吸取民歌内容与形式上的优点以翻作新曲,改变当地的文化风俗。如《竹枝词序》(《全唐文》卷三六五):

> 四方之歌,异音而同乐。岁正月,余来建平,里中儿联歌《竹枝》,吹短笛,击鼓以赴节。歌者扬袂睢舞,以曲多为贤。聆其音,中黄钟之羽,卒章激讦如吴声。虽伧儜不可分,而含思宛转,有淇濮之艳。昔屈原居沅湘间,其民迎神,词多鄙陋,乃为作《九歌》,到于今荆楚鼓舞之。故余亦作《竹枝词》九篇,俾善歌者飏之,附于末,后之聆巴歈,知变风之自焉。

"竹枝词",是土家族巴人部落的民歌。巴人能歌善舞,每逢佳节喜庆,男女

---

① 刘禹锡患有白内障一类的眼病,其自述病情是"两目今先暗,中年似老翁"。后被一个善治眼病的婆罗门僧人以金针拨障术治愈,有《赠婆门僧人》诗:"师有金篦术,如何为发蒙。"

老少便欢聚一堂,击鼓踏歌,联唱"竹枝"。"竹枝"是综合表演艺术,集曲、乐、歌、舞于一体,中唐时期,在三峡一带相当流行,街头巷尾,随处可见。刘禹锡的这篇《竹枝词序》描述了大致情形:乡中百姓联唱"竹枝",有人唱歌,有人吹短笛应和,有人击鼓打节拍,歌者一边唱歌,一边飞目传情、举臂挥袖、翩翩起舞。场面热烈壮观,充满民间热辣辣的野性情调。"竹枝"的乐曲,大致符合黄钟宫的羽调,结尾部分乐音激切婉转好似吴地的民歌,虽然唱词杂乱鄙俗音节难以分辨,但音乐跌宕宛转,犹如当年卫地民歌一样动听。刘禹锡显然为这纯朴而粗野的民歌所感染,作为一州刺史,有改变民情风俗的责任,因此,他学习屈原当年流放沅湘时期,改造民歌粗鄙格调创作《九歌》的做法,将雅化的情感格调引入竹枝词,使歌词色泽清莹,音调和美。至此,竹枝词遂脱胎换骨,吐露芳华,于中唐诗坛别开生面,也成为刘禹锡创作的一个重要标志,对后世产生了深远的影响。刘禹锡《竹枝词》,历代评价很高。白居易《忆梦得》诗:"齿发各蹉跎,疏慵与病和。爱花心在否,见酒兴如何? 年长风情少,官高俗虑多。几时红烛下,闻唱《竹枝歌》。"宋代苏轼和黄庭坚对《竹枝词》也很赞赏。苏轼《归朝欢·赠苏伯固》词:"明日西风还挂席,唱我新词泪沾臆。灵均去后楚山空,澧阳兰芷无颜色。君才如梦得。武陵更在西南极。《竹枝词》,莫瑶新唱,谁谓古今隔?"把苏伯固比刘梦得,因其创作出了有名的《竹枝词》。黄庭坚《跋刘梦得〈竹枝歌〉》赞叹道:"词意高妙,元和间诚可以独步。道风俗而不俚,追古昔而不愧,比之杜子美《夔州歌》,所谓同工而异曲也。"明代胡震亨赞刘禹锡《竹枝词》"开朗流畅,含思宛转","运用似无甚过人,却都惬人意,语语可歌"(《唐音癸签》)。明清之际的王夫之对刘禹锡《竹枝词》也极为推崇,把刘禹锡誉为"小诗之圣"(《姜斋诗话》)。清朝的王士禛盛赞刘禹锡"《竹枝词》咏风土,琐细诙谐皆可人,大抵以风趣为主,与绝句迥别"(王士禛《带经堂诗话》)。宋长白《柳亭诗话》说:"退之《琴操》、梦得《竹枝》、仲初《宫词》、文昌乐府,皆以古调而运新声,脱尽寻常蹊径……虽非堂堂正正之师,而偏锋取胜,亦足称一时之杰矣。"①

二、刘禹锡诗序的艺术成就

刘禹锡是中唐时期一位个性鲜明成就突出的重要诗人,哲学方面持唯物史观但佞佛;政治方面赞同改革,参加永贞革新;在诗歌创作上他积极学习民歌,总结前人的创作经验。值得注意的是在他现存全部文章中,没有像韩愈、柳宗元那样独立成篇的赠别诗序,他现有的所有诗序都与诗歌并存。从对序

---

① 均转引自陶敏《刘禹锡全集编年校注》上册第 322—324 页。

体发展的推进角度看,他的诗序显然没有达到韩、柳那样的造诣。但是刘禹锡作为中唐时期写作诗序最多的诗人,他的诗序也取得了一定的艺术成就。

(一) 寓言咏物,寄意深远

刘禹锡的咏物诗序突破传统,以小明大,寓意深远。如《昏镜词》指出买镜者"求与己宜",除美容者都喜欢镜面模糊的"昏镜",揭示出当时大多数人都具有讳疾忌医的心理疾病,对时世的讥讽是深刻的。又如《养鸷词》说"夫鸷禽,饥则为用,今哺之过笃,故然也",指出对猛禽类的人物,使用时千万要让它们处于饥饿状态,它们才能很好地捕猎,与心理学上所说的人只有永远处于不满足的追求状态才能不断进步的道理相通。《武夫词》说"夫威恣而赏劳则乐用;威雌而赏疏则乐横",指出武夫在威信高的将领麾下以被任用为乐,而在威信低的将领手下则以横暴为乐。这揭示的是藩镇割据形势下武人的跋扈专横,令人感到惊悚。《调瑟词》写主人"严督臧获,力屈形削,犹役之无艺极",导致仆人逃亡,在主人沮丧后悔的背后,暗示的是统治者应该恤惜民力。刘禹锡的这类寓言类小序与柳宗元的《三戒》《鞭贾》等单篇寓言相比,虽然深刻程度上稍逊,但是刘禹锡诗与序相互映照,体制新颖,也发人深省。

(二) 冷静叙事,情感深厚

刘禹锡追忆类诗序,多在冷静叙事中寓含深厚情感。如《重至衡阳伤柳仪曹》:"元和乙未岁,与故人柳子厚临湘水为别,柳浮舟适柳州,余登陆赴连州。后五年,余从故道出桂岭,至前别处,而君没于南中。因赋诗以投吊。"元和十年春,贬官十年的刘禹锡和柳宗元被召回长安,很快得到新的任命,刘禹锡任连州刺史,柳宗元任柳州刺史,官职虽然提升了,但是离朝廷更远,这对他们来说是更加严厉的打击。所以刘、柳湘水之别本就感慨百端。谁知五年后,刘禹锡因丁母忧北返重过衡阳,而此时柳宗元已经星陨柳州了。因此赋诗道:"忆昨与故人,湘江岸头别。我马映林嘶,君帆转山灭。马嘶循故道,帆灭如流电。千里江蓠春,故人今不见。"一种深沉的今昔之感充盈在诗与序的字里行间,命运弄人之悲、痛悼挚友死于非命都寄托在冷静的叙述之中。两年后刘禹锡调任夔州刺史,一个僧人游零陵,说"愚溪无复曩时矣"。这充满沧桑变故的一句话,触动刘禹锡内心深处最痛的一根弦,使他怀念起亡故的老朋友来,情不自禁作《伤愚溪三首》以"寄恨":"溪水悠悠春自来,草堂无主燕飞回。隔帘唯见中庭草,一树山榴依旧开。草圣数行留坏壁,木奴千树属邻家。唯见里门通德榜,残阳寂寞出樵车。柳门竹巷依依在,野草青苔日日多。纵有邻人解吹笛,山阳旧侣更谁过?"诗歌充满物是人非的今昔感慨,表现出对同道战友无尽的缅怀与追思。第三首运用向秀作《思旧赋》怀念嵇康的典故,寄寓刘禹锡满腔的政治悲愤,并感慨如今至交零落的现实,所寄托的"恨"是非常深广的。其"寄恨"手法也十分高妙:将怀念亡友的缱绻深情都融化在精心描绘的景物中,致力渲染一种景物依然而斯人长逝的深沉憾恨。

(三) 形象刻画,细致传神

刘禹锡诗序的形象描写,细致传神,往往能以一两个动词、白描式的外貌描写或细节刻画他所表现的人物。例如:"公以遂物性为意,乃加怜焉。命畚土以壮其趾,使无单。索绹以牵其干,使不仆。盥漱之余以润之,顾昐之辉以照之。发于仁心,感召和气。无复夭阏,坐能敷舒。"(《庭庭偃松诗并引》)写裴度悉心照料阁前干枝偃侧的小松树,一连串精确的动作描写将其爱惜呵护的心理生动地表现了出来。

刘禹锡赠僧人诗序最多,对僧人的描写也最精彩。如这样描写方及禅师:"尝登最高峰,四望天海,冲然有远游之志。顿锡而言曰:'神驰而形阂者,方内之徒。及吾无方,阂于何者?'"(《送僧方及南谒柳员外并序》)如目见般地写出了禅师远游的志向和通脱的人生态度,令人崇仰。又这样描写鸿举师:"师振麻衣,斐然而前⋯⋯赤髭益蕃,文思益深,而内外学益富。"(《送鸿举师游江西并引》)"赤髭益蕃"四字使人物具有独特的精神面貌,呼之欲出。还有像"曳裾秉笔,彬然与兔园同风"的蕃僧义舟(《送义舟师却还黔南并引》)、"凝神运指,绝机泯志,独以神会"的惟良上人(《送惟良上人并引》)、"如鹤雏褵褷,未有六翮,而步舒视远,戛然一唳,乃非泥滓间物"的景玄师(《送景玄师东归并引》)等等,都风神散朗,给人深刻的印象。

刘禹锡确实精于刻画,他笔下的人物和景物无不生动传神,人物除了上面列举的之外,还有如"解颐谢曰,非不能尽良也,盖贾之意唯售是念"(《昏镜词》并引)的狡黠镜工、"愀然如悔,色见于眉睫"的曹璪(《送曹璪归越中旧隐诗》)、"危冠方袂,浅拱舒拜"持名片待立西阶的书生周鲁儒(《送周鲁儒赴举诗》)、"掉头苦吟,叹赏良久"的白居易(《金陵五题并引》)、"无所归,地荒且远,无有能如其容与艺者,故日抱乐器而哭,其音噍杀以悲"的泰娘(《泰娘歌并引》),或者如"轩然来睨,如记相识,徘徊俯仰,似含情顾慕填膺而不能言者"的鹤(《鹤叹二首》),乃至"荡然无复一树,唯兔葵燕麦动摇于春风耳"的玄都观(《再游玄都观并引》)等,都精准传神,是中唐时代韩柳之外的其他作家所没有的。这种刻画形象的方式显然是吸收了小说中人物描写的技巧,可以看出诗序在中唐时期接受了传奇的影响。由此亦可见出刘禹锡在古文创作上取得的成就。①

(四) 绘景开阔,远离尘嚣

景物描写是初唐时期诗序(尤其是赠别诗序)惨淡经营的内容,也是诗序诗化的标志。这是因为诗人们游历的地点一般为山水名胜、清静雅洁的佛道庙宇、达官贵人的官署或别墅,宴会也都在美丽景物的陪衬下展开。因此触景生情、借境助兴或悬想一路烟景对离去者进行慰勉成为大家约定俗成的抒情手法。到中唐时期诗序完成了散文化的过程,但是诗人们赋诗离别时还是努力经营景物,以诗境来拓展文境。刘禹锡诗序中描写景色一般都很凝练,虽然缺乏柳宗元的精细刻画,也没有韩愈那样的恢宏铺张,但是简古的白描却常常具有开阔、远离尘嚣的境界。例如:"连州城下,俯接村墟"(《插田歌并引》)与诗中描写的"水平苗漠漠,烟火生墟落。黄犬往复还,赤鸡鸣且啄"相呼应,顿成桃源胜境。又如:"尝登最高峰,四望天海,冲然有远游之志……由是耳得必目探之,意行必身随之。云游鸟企,无迹而远。"(《送僧方及南谒柳员外并引》)将方及师远游的空旷无垠境界表现了出来。还有如"九峰竞秀,神采奇异"的九华山(《九华山歌并引》)、"终风驾涛,南海羡溢"的沓潮景象(《沓潮歌并引》)、"步舒视远,戛然一唳"的鸣鹤(《送景玄师东归并引》)、"植于高檐乔木间,上嶔旁轧,盘蹙倾亚"美如龙蛇的偃松(《庙庭偃松诗并引》)、"碧流贯于庭中,如青龙蜿蜒,冰彻射人。树石云霞列于前,昏旦万状"的涵碧图(《答东阳于令涵碧图诗并引》)、"无土山,无浊水"的潇湘景色(《海阳湖别浩初师并引》)等,都要言不烦,别开生面。

刘禹锡是中唐重要的贬谪诗人。他备尝二十多年的磨难,其中艰辛不可小视,但也正是忧患玉成了他的文学创作。不平则鸣、抒忧娱悲本是中国古代文人继承诗骚传统的结果,从屈原、贾谊到韩愈、柳宗元,均在遭贬期间创作了大量流芳百世的精品,他们抒发抑郁的愁思及对逸佞的愤恨。但刘禹锡似乎是一个例外,他能从苦难中走向生命的超越境界,突破传统的怨愤格局,以豪迈乐观的精神创造了豪健雄奇、冷峻犀利、清丽明净的新风貌,开辟了贬谪文学的新路径。

---

① 按:刘禹锡不仅诗歌取得了较高的成就,古文亦属名家。他在《唐故中书侍郎平章事韦公集纪》中记录李翱当年的一段评论:"翱昔与韩吏部退之为文章盟主,同时伦辈,惟柳仪曹宗元、刘宾客梦得耳。"可见刘禹锡古文在当时与韩愈、柳宗元并称。从描写的技巧来看,这一评价也有一定的道理。

（五）尊道向佛，寻求超越

刘禹锡诗序既有对人生的感叹，又有对佛教经义的理解，也有文学批评的观念，都具有说理深刻的特点。例如：

> 以貌窥天者曰：乾然而健，单于然而高。以数迎天者曰：其用四十有九。天果以有形而不能脱乎数，立象以推策，既成而遗之，古所谓神交造物者，非空言耳。轩皇受天命，其佐皆圣人，故得之。惟唐继天，德如黄帝，有外臣一行，亦人之徒与，刊历考元，书成化去。……数起乎复之初九，音生于黄钟之宫。积微本隐，言与化合，夫天人之数，极而含变，变而靡不通。（《送惟良上人并引》）

如果说柳宗元融合儒释道只是在"有以佐世"这一点上求同存异，因而肯定佛教中有积极内容的话，那么刘禹锡这篇诗序则通过具体的僧人循道诚佛并精通儒家《周易》精义的事实来肯定佛教的合理性。众所周知，《周易》为儒家精义所在，"天行健，君子自强不息"正是儒家关于"天"的形象解释，天的这一特点主要来自于它的广大无边和应化无穷。天的另一个特点是可以用数学推算天体的运行，因而有"大衍之数五十，其用四十九"之说[①]。值得注意的是，在唐代能够精通儒家精义并能"刊历考元"的竟然是僧一行[②]！由此看来，僧人与儒家圣人的内在修为是相通的，推论起来，儒家所谓的"道"与佛家所行的"道"也应该是相通的，这是刘禹锡儒释兼修的主要原因，正因为在最本源的"道"上相通，所以佛教可以用来修炼儒者的心性，在哲学上也就找到了根据。

佛教不仅可以修心，而且还能够影响文学创作，唐代多诗僧就是明证，与刘禹锡过从甚密的僧人几乎都能诗。更深的渊源是刘禹锡年轻时候曾得到诗僧皎然的指点，他的诗学观念深受皎然《诗式》的影响。尤其在诗歌意境

[①] 刘禹锡是唐代唯物主义的思想家，他认为"天"属于人的主观意识之外的独立体，天存在于"数"之中。他的《天论》曰："天形恒圆而色恒青，周回可以度得，昼夜可以表候，非数之存乎？"又曰："（天）所谓无形，盖无常形耳，必因物而后见耳，乌能逃乎数耶？"这与王弼解释"易者，象也"相通，王弼说："夫忘象者则无以制象，非遗数者无以极数。至精者，无筹策不可乱；至变者，体一而无不周；至神者，寂然无不应。斯盖功用之母，象数所由立。"

[②] 《旧唐书·僧一行传》："僧一行，俗姓张，名遂，魏州昌乐人，少聪敏，博览经史，尤精立象阴阳五行之学……一行尤明著述，撰《大衍论》三卷、《摄调服藏》十卷、《天一太一经》及《太一局遁甲经》、《释氏系录》各一卷。时《麟德历》推步渐疏，敕一行考前代诸家历法，改撰新历，又令率府长史梁令瓒等与工人创造黄道游仪，以考七曜行度，互相证明。于是一行推《周易》大衍之数，立数以应之，改撰《开元大衍历经》。"后来，道士邢和璞称僧一行为"圣人"。

方面,刘禹锡主张"因定得境",继承了王昌龄的境界说,将佛教的空寂清静引入诗歌,使他的诗歌具有佛学意蕴。他曾说:"梵言沙门,犹华言去欲也。能离欲,则方寸地虚。虚而万象入。入必有所泄,乃形乎词。词妙而深者,必依于声律。故自近古而降,释子以诗闻于世者相踵焉。因定而得境,故翛然以清;由慧而遣辞,故粹然以丽。信禅林之花萼,而戒河之珠玑耳!"(《秋日过鸿举法师寺院便送归江陵并引》)这与刘勰提出的"虚静"说、"澡雪精神"说一脉相通。这也是刘禹锡长期钻研佛经,援佛入儒,儒释兼修的结晶。也可以看出,他在苦痛煎熬中不忘寻求精神境界的超越。

综上所述,刘禹锡的诗序具有较高的艺术性和深刻的思想性。他从僧人精通《易》学与诗学的角度,为儒家学说与佛教的相融找到了一条路径,并通过儒释道兼修的方式,为士子进退出处找到了合理的依据,为士大夫调和兼济与独善的矛盾找到了一剂良方,也正是这样的良好心态使他能够超越一己之苦痛,能够乐观豁达地经受长期贬官的考验。他诗歌中的浓重佛学意趣,也使他在中唐时代独具个性与风采。至于他诗序中描写人物的技巧,对以后的传奇小说创作也有一定的影响。他在诗序中说理论世,行文简古朴素,凝练生动,富于表现力,也不缺乏气势,是中唐古文运动的重要成果。

第八节　中唐诗序的散文化与"古文运动"

一、中唐"古文运动"的背景与文体改革

中唐时代的"古文运动"既是一场声势浩大、影响深远的文体改革运动,也是一场力图改造世风并重建士人人格精神的文化运动。其产生的政治原因是"安史之乱"以后,藩镇割据局面形成,朝廷掌控全局的能力减弱,骄兵悍将不仅割据称雄,不向朝廷交纳赋税,还自己任命将帅,有的藩镇竟然实行父死子继的世袭制,拒绝朝廷派遣的官员,俨然是一个个的小朝廷。更有甚者,掌控禁军的主帅还觊觎皇位,几次攻占长安企图推翻皇帝的统治,致使皇帝逃离长安,四处播迁,因此不得不重用宦官。宦官坐大以致形成尾大不掉之势,又造成宦官专政的局面。在既有萧墙之忧又有强藩之虑的背景下,从朝官到普通士人的精神世界都出现了危机。尤为可怕的是大量在朝廷找不到政治出路的文人纷纷进入藩镇幕府,不仅造成朝廷人才的大量流失,而且不断加强藩镇对抗朝廷的能力,更造成无数文人只知藩镇不知朝廷的现象,进一步削弱了朝廷的向心力与凝聚力。面对越来越严峻的形势,一些心忧天下、具远见卓识并有操守的文人,力图通过恢复古道来改变现实困境,提倡重

建政治社会新秩序,通过树立儒家道统来重建士人的精神世界,并通过改造文风这个突破口,来改造浇漓的世风。从这个意义上看,古文运动实际上也是一场新的救亡图存的运动,尽管没有硝烟和流血,但是精神文化世界的暴风雨冲刷洗涤陈年积垢,也不免出现艰难甚至是步履蹒跚的窘况。弘扬儒家忠君观念、大一统思想,与藩镇割据带来的积重难返的顽固世俗观念形成激烈的冲突。同样,以流畅明白的散体文来对抗势力强大的骈俪文,也是另一场殊死较量,传统道德观念与世俗的庸俗观念更是水火难容。因此,古文运动承载着深厚的历史文化内涵,不能仅仅看作是一场文体文风的改革。

中唐时期轰轰烈烈的古文运动,是一场全面的没有死角的文体改革运动,诗序的散文化就是这一运动的硕果之一。诗序制作的最早用意不过是说明创作诗歌的主旨、情境、原因等,属于一般性的说明文字。经历魏晋南北朝时期的骈化,到初唐时期,诗序成为追求用典、藻饰的四六美文。由于作家过分追求序文的优美,逐渐走上重形式轻内容的道路,出现"序重诗轻"的现象[①],导致诗序逐渐走向僵化与艰涩,于是在回归古人"赠人以言"的传统的召唤下,诗序走向实用性、散文化、生活化实在是历史发展之必然。中唐时期的诗人最喜欢在友人离别时撰写赠别诗序,在序中谈论社会现实、时政方针、为官为人之道,有鲜明的议论倾向。

二、中唐诗序承载的历史内涵与议论倾向

(一)中唐诗序成为议论时政方针的渠道

离别赠言是古老的传统,后来逐渐演变成赋诗留别或赠诗离别。初唐时期一般是群聚宴饮之后赋诗相送,再请一人作序,诗序成为抒怀赠别的主要载体。在追求华美藻饰的世风影响和炫耀文采的动机的双重驱动下,诗序逐渐失去本意,成为格式雷同、内容空泛、徒有美观的骈文。中唐以后,诗序与其他文体融合,在一些重要场合,如离别、宴会等,诗人在诗序中发表郑重的议论。如权德舆的《奉送裴二十一兄阁老中丞赴黔中序》(《全唐文》卷四九〇),《送袁中丞持节册回鹘序》(《全唐文》卷四九一),柳宗元赠杨凝的诗序等等,前文已及。

(二)中唐诗序成为明道的工具

诗歌经历盛唐的高潮以后,到中唐时期渐趋多元化,诗学理论也更加丰富多彩。特别是古文运动推动下强大的复古思潮蓬勃兴起,围绕着怎样恢复

---

① 参拙文《论初唐骈体诗序的艺术成就及其缺陷》,《宁波大学学报(人文科学版)》2013年6期。

古道、重振文风和改造世风的问题,诗人们进行了多方面的探索。如在韩、柳建构道统、倡导古文之前,萧颖士就较早注意到改造士风的重要性,他渴望重建士人人格。在天宝十三年春夏之交,他赠给弟子刘太真的《江有归舟三章并序》,不仅模仿《诗经》的体式,还在序文中明确倡导"尊道成德""激扬雅训""彰宣事实"的复古精神①。稍后的独孤及更是加以发扬光大,他不仅重视儒家经典的研习和教授,还在与友人离别时,借赠诗并序的方式,弘扬远古的《诗经》传统,大量模拟《诗经》的格式,推动了复古思潮的发展②。

最突出的当推韩愈、柳宗元,他们通过诗序,在与友人的交际中,宣扬儒家的道统观念。道统是一个内涵丰富复杂的思想体系,文学只是其中重要的一个方面,具体表现在诗歌方面,则主要是恢复儒家思想在诗歌中的主导地位,表现为恢复古道。诗序成为韩愈排击异端、改造沉溺异教者的工具,成为他宣扬儒家道统观念的工具。柳宗元也重视儒家道统,但他更注重内外兼修,认为"君子病无乎内而饰乎外,有乎内而不饰乎外者"。因此他希望友人在"有乎内"的基础上,要"以诗、礼为冠履,以《春秋》为襟带,以图史为佩服",然后"揖让周旋乎宗庙朝廷",成为一个真正的儒者③。柳宗元认为"道"不仅仅是从孔子那里传承下来的一种理念,更应该具有实践的品格,归结为一点就是强调"化人及物"。柳宗元对佛教态度比韩愈通脱,他在《送僧浩初序》中说:"浮屠诚有不可斥者,往往与《易》《论语》合,诚乐之,其与性情奭然,不与孔子道异。"④表明柳宗元有融合儒道释三教的倾向,所以他提出的"文以明道",是在以儒家思想为主导条件下,融会各种其他思想合理因素的综合体,较为通脱宏大。

(三) 中唐诗序成为宣扬文学理论的载体

在诗序里阐述诗学理论,最早的文本应是东汉诞生的《诗大序》⑤,如江淹、陈子昂都曾在自己的诗序中表述他们的诗学观念。韩愈、柳宗元、元稹、白居易等人,对诗歌都有更加深刻、系统的见解。韩愈、柳宗元的人生经历曲折艰辛,对诗歌认识犹为深刻。如柳宗元认为诗歌是有志于济世却遭遇不偶者发抒忧郁、寻求知音、渴望用世的工具。这与韩愈提出的"大凡物不得其

---

① 参前面有关萧颖士诗序的论述。
② 据《全唐文》收录独孤及的诗序,其中明确提到的模拟《诗经》的篇章有《南有嘉鱼》《伐木》《棠棣》《小戎》《南山有台》等,参前面论述独孤及诗序的章节。
③ 《送豆卢膺秀才南游序》,见《柳宗元集》第二册,第607页。
④ 《柳宗元集》第二册,第673页。
⑤ 关于《诗大序》文本产生的时间是一个复杂难解的问题,历时一千多年还在争论,但笔者倾向于认为《诗大序》产生于东汉时期,因为这符合一种文体诞生的历史情境。参拙文《"序"体溯源及先唐诗序的流变历程》,《学术月刊》2008年第1期。

平则鸣"的观点如出一辙。韩愈的诗学理论总体上比柳宗元更加恢廓完整。他提出了一个重要的命题:诗歌是落魄之士,在羁旅他乡穷愁潦倒境地中的真情流露,是一种生命意义的寄托,因此"和平之音淡薄,而愁思之声要妙;欢愉之辞难工,而穷苦之言易好"。这一观点与他的"不平则鸣"诗学观相互辉映、相互补充,对欧阳修提出"穷而后工"有直接影响。

与韩柳诗学理论的大气端庄、具有理想化色彩相比较,元白的诗学理论显得真切实在,他们既重视古老的传统,更关注对社会现实的批评,极具当代品格。此外,尚有韩愈、权德舆等在唱和诗序中总结了唱和理论,就不具体细论。

三、中唐诗序的文学史意义

我们认为中唐诗序具有下列文学史意义:

中唐时代是诗序创作的高峰期,不仅作品数量多,而且出现了轴心作家,在这些作家的周围环绕着众多的小作家,形成众星拱月的文坛局面。一方面掌控文柄者又是重要的官员,像权德舆就是宰相并且连续三年知贡举,因此他们的文风、艺术趣味、审美取向就对周围的人们产生了重要的影响。他们的文章风格会同化整个时代的文章风格,值得庆幸的是权德舆等人,并没有再回到骈文的老路上去,而是将诗序(也含其他序体)的散文化推向完全成熟的阶段。从独孤及到权德舆,我们能够清晰地看到演变的轨迹,实际上中唐古文运动在权德舆手上已经完全取得了成功,而文学史家习惯于将在他之后的韩愈散文作为"文起八代之衰"的典型。在"唐宋八大家"理论的笼罩下,这些作家只能作为先驱者存在(于邵、权德舆连这一地位也没有);另一方面,我们看到以韩柳为标志,古文运动取得了最后的胜利。

中唐诗序的影响之所以巨大,是因为这些作家一方面继承了初唐、盛唐时期诗序的艺术营养,并不排斥文采,另一方面中唐时代整体上崇尚理性,在诗序中议论国家大政方针、为官之道、人生出处大节等等,时代的需要导致了中唐诗序的议论与叙事交杂的特色,篇末的赋诗甚至变得不十分重要了。

中唐时代的诗序也与诗歌一样,有群体性特征,如元、白文集都相当庞大,但很少撰写赠序,而他们酬赠唱和诗歌倒喜欢作序。这与他们追求比兴体制,要求将诗歌作为干预生活的工具的观念有关。再如柳宗元由于参加永贞改革,被驱逐到文坛的边缘位置。虽然他也力图通过各种形式与主流文坛保持联系,但没有取得成功。因此在他的作品中,倒是那些抒写自己遭际和与僧人交往的作品具有特色。韩愈的地位比较特殊,他既有困顿潦倒的时候,也有执文柄的时候。他在权德舆等人的基础上彻底将散文风格推向所有的文体,虽然在当时多有非议,但对后世影响却是明显的。

中唐诗序的另外一个特点就是在诗序中表现了丰富的诗学思想,乐府诗歌理论、唱和诗歌理论、创作方法等方面都有具体表述,为唐代诗学批评做出了贡献。

第七章 晚唐诗序研究

第一节 晚唐诗序的概况

晚唐是诗序创作的低潮期,①作家们对诗序普遍缺乏热情,曾经辉煌一时的赠别诗序寥若晨星,即使有些作家写作的诗序数量较多,也大都是简短的小文,没有盛唐、中唐的鸿篇巨制。在晚唐普遍衰飒颓靡的世风中,人们对国家的命运和自己的前途大都失去信心,也很少出现掌控文坛且担当朝廷重任的轴心文人。即使有盛大的宴会,也没有人尝试追踪魏晋风流。在流光溢彩、觥筹交错的宴会上,人们的兴趣已经转向剪翠偎红的刺激性的感官享受,缺乏理想化的昂扬奋发精神。正是在这样的灯红酒绿之中,从朝廷到民间,人们的审美情趣也发生了变化,泛滥着浓重的世纪末情绪。此时,骈文复炽,追求典雅精美的装饰性,影响到诗歌也是往追求辞藻和艳情的方向演进。传奇小说重新放射光彩,尽管没有中唐传奇对现实人生的关注,也缺乏诗情、史笔、议论的才华,却以搜奇猎艳迎合了社会的普遍心理期待。这一点在诗序中也得到体现,可见晚唐传奇小说对诗序的深刻影响。

表 23 晚唐诗序统计

晚唐作者	《全唐诗》	《补编》	陈《补》	《全唐文》	《拾遗》	《续拾遗》	陈《补》	合计
李德裕 (787—850)	1							1
李涉 (不详)	1							1
李敬方 (?—855?)	1							1
张祜 (782?—852)	1	1						2
杜牧 (803—852)	2			1				3

---

① 据《全唐诗》收录的晚唐时期诗人共有 31 人,诗序只有 95 篇,大部分作家都只有一两篇,《全唐文》中情况也大致如此。

（续表）

晚唐作者	《全唐诗》	《补编》	陈《补》	《全唐文》	《拾遗》	《续拾遗》	陈《补》	合计
许浑（791—858）	21							21
李商隐（812—858）	1							1
卢肇（不详）	1							1
薛能（817？—？）	5							5
郑颢（？—860）	2							2
李节（不详）	1							1
郑嵎（不详）	1							1
温庭筠（812—870）	3							3
段成式（？—863）	2							2
刘驾（822—？）	1							1
皮日休（837？—883？）	15			2				17
陆龟蒙（？—881？）	15							15
颜萱（唐末人）	1							1
司空图（837—908）	1							1
罗隐（833—910）	1							1
罗虬（？—881？）	1							1
韩偓（844—923）	1							1
吴融（？—903）	1							1
顾云（？—894？）				1				1

(续表)

晚唐作者	《全唐诗》	《补编》	陈《补》	《全唐文》	《拾遗》	《续拾遗》	陈《补》	合计
黄滔 (840?—?)			1					1
刘咏 (不详)			1					1
杨夔 (不详)			1					1
李騭 (不详)			1					1
贯休 (832—912)	3							3
齐己 (864—937?)	2							2
吕岩 (唐末五代人)	1							1
合计(31人)	86	1		8				95

第二节　风流蕴藉，寄托遥深
——杜牧、李商隐的诗序

杜牧、李商隐是晚唐时代的诗坛巨手，他们描写了很多动人的悲剧爱情故事，刻画了生动传神的人物形象。尽管他们并不热衷撰写诗序，但是偶一为之，即成精品。

一、杜牧的诗序

杜牧(803—852)，字牧之，唐京兆万年(今陕西西安市)人，晋朝名将杜预之后，祖父杜佑是唐德宗、顺宗、宪宗三朝宰相。尽管家世显赫，但是杜牧一生仕宦并不顺利。文宗大和二年，二十六岁风华正茂的杜牧进士及第，制策登科，为弘文馆校书郎，试左武卫兵曹参军。但是不久即出为江西、宣歙、淮南诸使幕僚，一度擢监察御史，很快因为疾病，分司东都洛阳，后又供职宣歙使府。所谓"十年一觉扬州梦，赢得青楼薄幸名"，就是杜牧对自己十年漂流幕府辛酸经历的调侃。开成三年，杜牧入朝为左补阙，史馆修撰，转膳部员外郎。武宗会昌初年，又外放为黄州刺史。宣宗大中初，李德裕失势，杜牧官位稍升，为司勋员外郎，史馆修撰，后转吏部员外郎，出为湖州刺史，又内擢考功郎中，知制诰，转中书舍人，不久去世，享年五十一岁。

杜牧是晚唐时代很有才华的诗人,由于性情耿介,不屑于逢迎权贵,因此在牛李党争激烈的时代,他的遭遇总体上看是不得志的。因此,他的诗歌充满了人生感慨,尤其喜欢关注那些女性中随时依违、漂泊不偶者的悲剧命运。今存《樊川诗集》中只有两首诗歌前面有诗序,都是表现十年幕府生活的经历,都是关注女性的悲剧命运,在晚唐时代很有代表性,在杜牧的诗歌创作中也具有较重要的地位,很值得研究。

第一篇是《杜秋娘诗并序》(《全唐诗》卷五二〇):

> 杜秋,金陵女也。年十五为李锜妾。后锜叛灭,籍之入宫,有宠于景陵。穆宗即位,命秋为皇子傅姆。皇子壮,封漳王。郑注用事,诬丞相欲去己者,指王为根。王被罪废削,秋因赐归故乡。予过金陵,感其穷且老,为之赋诗。

> 京江水清滑,生女白如脂。其间杜秋者,不劳朱粉施。
> 老濞即山铸,后庭千双眉。秋持玉斝醉,与唱金缕衣。①
> 濞既白首叛,秋亦红泪滋。吴江落日渡,灞岸绿杨垂。
> 联裾见天子,盼眄独依依。椒壁悬锦幕,镜奁蟠蛟螭。
> 低鬟认新宠,窈袅复融怡。月上白璧门,桂影凉参差。
> 金阶露新重,闲捻紫箫吹。②苺苔夹城路,南苑雁初飞。
> 红粉羽林杖,独赐辟邪旗。归来煮豹胎,餍饫不能饴。
> 咸池升日庆,铜雀分香悲。雷音后车远,事往落花时。
> 燕禖得皇子,壮发绿綟綟。画堂授傅姆,天人亲捧持。
> 虎睛珠络褓,金盘犀镇帷。长杨射熊罴,武帐弄哑咿。
> 渐抛竹马剧,稍出舞鸡奇。崭崭整冠珮,侍宴坐瑶池。
> 眉宇俨图画,神秀射朝辉。一尺桐偶人,江充知自欺。
> 王幽茅土削,秋放故乡归。觚棱拂斗极,回首尚迟迟。
> 四朝三十载,似梦复疑非。潼关识旧吏,吏发已如丝。
> 却唤吴江渡,舟人那得知。归来四邻改,茂苑草菲菲。
> 清血洒不尽,仰天知问谁。寒衣一匹素,夜借邻人机。
> 我昨金陵过,闻之为歔欷。自古皆一贯,变化安能推。
> 夏姬灭两国,逃作巫臣姬。西子下姑苏,一舸逐鸱夷。

---

① 原注:"劝君莫惜金缕衣,劝君须惜少年时。花开堪折直须折,莫待无花空折枝。"李锜长唱此辞。
② 原注:《晋书》,盗开凉州张骏家,得紫玉箫。

织室魏豹俘,作汉太平基。误置代籍中,两朝尊母仪。
光武绍高祖,本系生唐儿。珊瑚破高齐,作婢春黄糜。
萧后去扬州,突厥为阏氏。女子固不定,士林亦难期。
射钩后呼父,钓翁王者师。无国要孟子,有人毁仲尼。
秦因逐客令,柄归丞相斯。安知魏齐首,见断簣中尸。
给丧蹶张辈,廊庙冠峨危。珥貂七叶贵,何妨戎虏支。
苏武却生返,邓通终死饥。主张既难测,翻覆亦其宜。
地尽有何物,天外复何之。指何为而捉,足何为而驰。
耳何为而听,目何为而窥。己身不自晓,此外何思惟。
因倾一樽酒,题作杜秋诗。愁来独长咏,聊可以自怡。

据缪钺考证,这首诗写于文宗大和七年春天,当时杜牧三十一岁。① 这首诗既记录了杜秋这个悲剧女性的人生遭遇,又带着那个时代的历史影子,还寄寓了自己的人生感慨,因此具有史诗性质。诗序中提到的金陵,指今江苏镇江。杜牧见到杜秋娘的时间是大和七年,当时杜牧在宣歙观察使沈传师的幕府任职。沈传师于大和七年四月内招为吏部侍郎,所以杜牧奉沈传师之命北渡扬州,受聘于牛僧儒幕府(牛僧孺大和六年十二月为淮南节度使,治所在扬州),往来京口,即诗序中说的"予过金陵"。杜牧在金陵遇到了杜秋娘,"感其穷且老,为之赋诗"。诗序是杜秋娘的一个小传,杜秋,金陵人,十五岁为镇海节度使李锜妾,元和二年李锜反叛,兵败被杀,杜秋因为貌美没入宫廷,得到宪宗的宠幸。这是她的人生中最出奇的遭遇,本来是叛贼的侍妾,当杀头,却意外地得到皇帝的恩宠。杜秋经历了一生中最豪华的生活。但是好景不长,宪宗死后,穆宗立,命杜秋为皇子李凑保姆。皇子长大了,封为漳王。杜秋的生活有了新的依靠。但是,穆宗、敬宗都在位短暂,文宗为了消除宦官之祸,于大和五年,同宰相宋申锡谋划灭宦,却被宦官王守澄的门客郑注得知详情。他们反而先发制人,诬告宋申锡谋反,要拥漳王为皇帝,因此漳王不明不白受到牵连得罪远贬,杜秋娘遂被放归金陵。杜秋娘的经历充满诡谲的变幻莫测的传奇色彩,她的遭遇串联起三十年间四代皇帝的宫廷生活,历经跌宕起伏。她虽然只是一个小人物,但在她身上却浓缩了时代的风云变化,引得杜牧感慨良深。杜牧所处的晚唐时代,是唐代传奇小说非常繁荣的时期,文人们写诗作文,都毫无例外地喜欢关注带有传奇色彩的人物或故事。杜牧的这篇作品就是众多作品中的精品。

---

① 参缪钺《杜牧诗选》第14页,人民文学出版社,1957年7月第一版。

从诗序和诗歌关系来看,诗序运用史传体,用古文撰写,非常简洁,历史事实简笔掠过,对史实不做任何评价,只是作为杜秋人生的背景,末尾点明赋诗的原因,相当于传记的论赞部分,同时又成为诗歌的引子。因此诗序是诗歌的背景、线索和引导。而诗歌紧紧围绕杜秋娘的一生经历,运用充满咏叹的笔调,展开叙述。开头八句,描写杜秋娘十五岁时的美貌和能歌善舞,及其为李锜侍妾的笙歌宴舞生活,展现了年轻的杜秋娘富于青春朝气的可爱形象。接下两句突然逆转,写李锜叛乱被剿灭后,杜秋娘"红泪滋"面的凄惨状况。世事真如白云苍狗,变幻难测,杜秋娘反而因祸得福。杜牧用二十句叙写杜秋娘在宪宗朝的生活,"椒壁悬锦幕,镜奁蟠蛟螭。低鬟认新宠,窈袅复融怡。月上白璧门,桂影凉参差。金阶露新重,闲捻紫箫吹。莓苔夹城路,南苑雁初飞。红粉羽林杖,独赐辟邪旗。归来煮豹胎,餍饫不能饴。咸池升日庆,铜雀分香悲",真是享尽了人间的荣华富贵。杜牧用非常华美的词藻渲染杜秋娘身处的宫廷生活,一方面是叙写人物经历的必须,另一方面又为下面的落魄潦倒埋下伏笔,大起必有大落,这是人生的必然规律。唐宪宗宫车晏驾之后,杜秋娘进入了她"事往落花时"的人生阶段,但是她又意外地留在宫廷继续过着"画堂授傅姆,天人亲捧持"的生活。皇帝换了,她的生活并没有多少变化,因为她服侍的皇子长得非常可爱:"虎睛珠络褓,金盘犀镇帷。长杨射熊罴,武帐弄哑咿。渐抛竹马剧,稍出舞鸡奇。崭崭整冠珮,侍宴坐瑶池。眉宇俨图画,神秀射朝辉。"杜秋娘的生活有了新的依靠。谁知天有不测风云,一场类似汉武帝时代江充诬陷太子刘据的悲剧于唐廷上演,顷刻之间,"王幽茅土削,秋放故乡归",杜秋娘进入了晚年的凄凉生活。"四朝三十载,似梦复疑非。潼关识旧吏,吏发已如丝。却唤吴江渡,舟人那得知。归来四邻改,茂苑草菲菲。清血洒不尽,仰天知问谁。寒衣一匹素,夜借邻人机。"杜牧面对"自古皆一贯,变化安能推"的无情历史规律,发出了深沉的感慨。杜秋的遭遇与历史上的夏姬、西施、薄姬、窦姬、唐姬、冯小怜、萧后等侍妾出身的美女一样,处于"女子固不定"的命运当中,杜牧于是展开联想,想到"士林亦难期"。杜牧与白居易在《琵琶行》中诉说"同是天涯沦落人,相逢何必曾相识"并追求患难者心灵之间的相互慰藉不同,他思考的是"主张既难测,翻覆亦其宜"的士人的整体性的宿命,既然"已身不自晓,此外何思惟",因此只有通过诗歌聊以自怡了。杜牧的这首诗和诗序相互发明,诗序揭示背景,诗歌刻画人物命运,并思考自己的人生,抒发人生感慨。晚唐另一位与杜牧齐名的大诗人李商隐很看重杜牧的这首诗歌,他的《赠司勋杜十三员外》说:"杜牧司勋字牧之,清秋一首杜秋诗。前身应是梁江总,名总还曾字总持。心铁已从干镆利,鬓丝休叹雪霜垂。汉江远吊西江水,羊祜韦丹尽有碑。"将其作为杜牧的标志性作品来看待。通过分析诗和序的意蕴,我们认为杜牧的诗歌和诗序具有感慨深沉的史诗性质。

还有一篇是《张好好诗并序》(《全唐诗》卷五二〇):

> 牧大和三年,佐故吏部沈公江西幕。好好年十三,始以善歌来乐籍中。后一岁,公移镇宣城,复置好好于宣城籍中。后二岁,为沈著作述师以双鬟纳之。后二岁,于洛阳东城,重睹好好,感旧伤怀,故题诗赠之。

> 君为豫章姝,十三才有余。翠茁凤生尾,丹叶莲含跗。
> 高阁倚天半,章江联碧虚。此地试君唱,特使华筵铺。
> 主公顾四座,始讶来踟蹰。吴娃起引赞,低回映长裾。
> 双鬟可高下,才过青罗襦。盼盼乍垂袖,一声雏凤呼。
> 繁弦迸关纽,塞管裂圆芦。众音不能逐,袅袅穿云衢。
> 主公再三叹,谓言天下殊。赠之天马锦,副以水犀梳。
> 龙沙看秋浪,明月游朱湖。自此每相见,三日已为疏。
> 玉质随月满,艳态逐春舒。绛唇渐轻巧,云步转虚徐。
> 旌旆忽东下,笙歌随舳舻。霜凋谢楼树,沙暖句溪蒲。
> 身外任尘土,樽前极欢娱。飘然集仙客①,讽赋欺相如。
> 聘之碧瑶珮,载以紫云车。洞闭水声远,月高蟾影孤。
> 尔来未几岁,散尽高阳徒。洛城重相见,婥婥为当垆。
> 怪我苦何事,少年垂白须。朋游今在否,落拓更能无。
> 门馆恸哭后,水云秋景初。斜日挂衰柳,凉风生座隅。
> 洒尽满襟泪,短歌聊一书。

据缪钺考证,杜牧的这首诗歌及诗序作于文宗大和九年②,这年杜牧由扬州牛僧孺幕府掌书记内升为监察御史,秋天因病分司东都,他在洛阳重见张好好,作诗赠给她。据诗序,这首诗歌的写作动因与上面一首相似,都是"感旧伤怀"的结晶,稍不同的是题材有重大和一般之分。前一首诗杜秋娘绾结了藩臣叛将与皇帝及宫廷政变等真实的历史事件,她身上浓缩了历史的悲慨,加上她"穷且老"的晚境,产生的感慨自然更加沉郁。后一首主要是同情张好好这样技艺和姿色出众的歌女没有一个很好的归宿,多少带着杜牧漂泊无依的感慨。

---

① 原注:著作尝任集贤校理。
② 见缪钺《杜牧诗选》第 25 页。

从诗序与诗歌的关系看,诗序重在叙事,交代创作的背景,提示一条线索,成为理解诗歌的一把钥匙。诗歌更加富有文采,前四句描写张好好十三岁的姣好容貌:"翠茁凤生尾,丹叶莲含跗。"令人想起杜牧钟情的那个"娉娉袅袅十三余,豆蔻梢头二月初"的扬州歌姬。好好的楚楚动人是杜牧重见她产生感慨的情感基础。接着写好好的能歌善舞,她在"高阁倚天半,章江联碧虚"的华筵上,长裾低回的绝妙舞姿和"袅袅穿云衢"的美妙歌喉,使得"主公再三叹,谓言天下殊",这样沈传师将她编入乐籍,"赠之天马锦,副以水犀梳。龙沙看秋浪,明月游朱湖。自此每相见,三日已为疏"。而这时的好好也开始发育丰满起来:"玉质随月满,艳态逐春舒",更加惹人喜爱。沈传师调任宣歙观察使后,又将好好带到宣城,也就在这里,府主突然离世。好好不得不承受人生的第一次重大变故,她嫁给了著作郎沈述师为妾,虽然他也"聘之碧瑶珮,载以紫云车",但是好好只是过着"洞闭水声远,月高蟾影孤"的寂寞生活,仿佛失去了往日的所有欢乐。当杜牧在洛阳再见好好时,已经是"散尽高阳徒"之后,她过着当年卓文君"婥婥为当垆"的寡居生活,这时仅十八岁。自己曾经熟悉并喜爱的色艺双绝的歌女,短短六年之间就遭遇了人生如此巨大的变故,怎不叫多情善感的杜牧为她的落拓不偶一洒同情之泪!杜牧虽然风流倜傥,喜爱与歌女们厮混,但是歌女们不能主宰自己命运,只得浮萍一般漂泊依人的不幸遭遇,引起了他深深的同情,使他的诗歌充满真诚的关怀。

总的来看,虽然杜牧仅此两首带有诗序的诗歌,但是两首诗歌题材和主题的相似,还是能够说明一些问题。尽管这两首诗都不是写杜牧人生经历中最重要的事情,而且他跟杜秋娘和张好好又没有更多的交往,可能也谈不上有深厚的情谊。但为什么他如此强烈地为这两个人物的命运所感动并洒下真诚的眼泪呢?为什么他用长篇古体诗来记录这两个人物的悲惨遭遇并抒发感慨呢?我们知道晚唐时代是律诗和绝句最时兴的时代,杜牧自己的诗集中绝大部分也是这些风调悠扬的短韵,唯独这两篇感慨苍茫,可以看到杜牧在抒发人生感慨时,有继承杜甫、韩愈五古长篇的倾向。而且我们仿佛也能感受到晚唐时代诗人对传奇题材、对传奇人物命运的强烈兴趣,传奇小说的内容和笔调自然影响诗序和诗歌的风格。杜牧本人也是写骈文的高手,著名的《阿房宫赋》就能看出他这方面的造诣。但是我们看到杜牧并没有运用骈文来制作诗序,由此可见传奇小说的语言对诗歌也产生了深刻的影响。

二、李商隐的诗序

李商隐(812—858),字义山,号玉溪生,又号樊南生,原籍怀州河内,从祖父起迁居郑州。他只活了四十七岁,却经历了宪宗、穆宗、敬宗、武宗、宣宗六朝,一生绝大部分时间都处于日落黄昏的趋向衰颓的末世。朝廷内部是宦官专权,牛李党争激烈,外部是藩镇割据以及回鹘、党项等少数民族的侵扰。李商隐不仅家世衰微,而且是在牛李两党的夹缝里求生,生活非常压抑,心境异常凄苦,使他成为最典型的感伤主义诗人。也许正是他的遭际和时代的整体衰落等原因造就了他的悲剧性格、气质和心态。而这些因素又成全了他,让他在表现心灵世界这个领域取得了为唐诗开辟新气象的成就。

李商隐是晚唐骈文名家,今存《樊南文集》绝大部分是四六文,但是李商隐曾经用力学习过韩愈的古文,而且取得了不错的成绩。虽然李商隐不写传奇小说,但是晚唐时代传奇小说的文风也对他产生了重要影响。李商隐唯一的诗序就是用散文撰写的,相当于一篇传奇小说。这就是《柳枝五首并序》(《全唐诗》卷五四一):

> 柳枝,洛中里娘也。父饶好贾,风波死湖上。其母不念他儿子,独念柳枝。生十七年,涂妆绾髻未尝竟,已复起去,吹叶嚼蕊,调丝擫管,作天海风涛之曲,幽忆怨断之音。居其旁,与其家接故往来者,闻十年尚相与,疑其醉眠梦断不娉。余从昆让山,比柳枝居为近,他日春曾阴,让山下马柳枝南柳下,咏余《燕台诗》。柳枝惊问:"谁人有此?谁人为是?"让山谓曰:"此吾里中少年叔耳。"柳枝手断长带,结让山为赠叔乞诗,明日,余比马出其巷。柳枝丫鬟毕妆,抱立扇下,风障一袖,指曰:"若叔是?后三日,邻当去溅裙水上,以博山香待,与郎俱过。"余诺之。会所友有偕当诣京师者,戏盗余卧装以先,不果留。雪中让山至,且曰:"为东诸侯取去矣。"明年,让山复东,相背于戏上,因寓诗以墨其故处云。

> 花房与蜜脾,蜂雄蛱蝶雌。同时不同类,那复更相思。(其一)
> 本是丁香树,春条结始生。玉作弹棋局,中心亦不平。(其二)
> 嘉瓜引蔓长,碧玉冰寒浆。东陵虽五色,不忍值牙香。(其三)
> 柳枝井上蟠,莲叶浦中干。锦鳞与绣羽,水陆有伤残。(其四)
> 画屏绣步障,物物自成双。如何湖上望,只是见鸳鸯。(其五)

这篇诗歌约作于大和末至开成初年,诗序是以李商隐自己的亲身经历为基础构造的一个浪漫爱情故事。李商隐、堂兄李让山、柳枝是这个故事的三个主要人物,其中堂兄是一个线索人物,柳枝是核心人物,她是洛阳某里巷的姑娘,她的父亲特别热衷做生意,但其父不幸在湖上遇到风波而死。她的母亲不怜爱其他的儿女,唯独爱柳枝。柳枝十七岁了,对女孩家化妆打扮的事还是很马虎,常常是没有梳妆完毕,就去做她喜爱的其他事情,尤其擅长以叶树吹奏乐曲,音调非常优美动听,弹琴吹箫奏笛,能作天海风涛般气势磅礴的雄浑之曲,有时又奏出幽怨凄厉的低沉之音。她家附近与其家有十几年交往的亲戚朋友和乡邻,都怀疑柳枝因为醉梦颠倒,生活情绪与旁人不同,所以无人愿意来娶这位喜爱音乐却有点疯癫不守规矩的女孩。而李商隐的堂兄让山,就住在柳枝家旁边(按:这说明让山住在柳枝附近的洛阳某地,而李商隐与让山同里,为什么不知道柳枝?要通过让山的沟通呢?这是诗序中比较明显的漏洞)。在一个阴沉的春日,让山在柳枝门前南边柳树下,吟诵李商隐的《燕台诗》(按:这是故事最关键的情节,可以看出是有意虚构的以诗为媒,这组诗现代的博学者都理解困难,而一个十七岁的商人女儿竟然能听懂,也是令人疑惑的。李商隐之所以这样写,目的是为了说明柳枝的理解力和精神追求。她对爱情的追寻,在音乐与诗歌里找到了微妙的沟通渠道)。柳枝惊问:"谁人有此?谁人为是?"(按:柳枝惊问诗的作者,说明《燕台诗》激起了柳枝强烈的感情共鸣,并产生了对作者的钦慕,说明诗歌中的情绪与柳枝平日里吹奏的音乐曲调有微妙的相通,柳枝显然对诗歌中绮丽凄怨、缠绵悱恻的爱情遭遇有真切的理解,可能她的灵心与诗歌作者"灵犀相通"。)让山说是他同里的堂弟所作,因此柳枝手断长带,结交让山去向他堂弟求诗。(按:这是柳枝做出的一生中最大胆的决定,结交作者,企求更多的这样哀怨缠绵的诗歌,来满足精神上的追求,表现出柳枝泼辣的性格和晶莹透明的心灵。)第二天,李商隐和堂兄并马来到柳枝所居住的里巷。柳枝精心打扮,双臂交叉站在门口,用一面袖子遮着自己的脸。这个打扮是精心计划的,表现了一个渴求爱情的情窦初开的少女小家碧玉的情态,一方面有大胆的对爱情的追求,另一方面,又保持着羞涩矜持的娇态。她指着李商隐说:"你是让山的堂弟?三天后,邻居会去水边溅裙祈福消灾,我跟你约会,以博香山待,请你一起去。"(按:虽然没有对义山进行描写,从柳枝的话语中,可以看出她发出邀约时,对义山的容貌和才华是相当认可的,觉得眼前的这位诗人,就是自己的梦中情人,因此要和他私订终身。在那个时代,对一见钟情的情人做出这样的决定,需要多么巨大的勇气和精神动力。)李商隐欣然答应。(按:说明义山对柳枝也是倾心相许。)可是,事情突出发生了转折,李商隐竟然因为一个朋友盗走了行李先行去了京城,不得不离开洛阳。(按:一场戏剧性的恶作剧使他和柳枝的重要约会化为泡影,也可能是义山故意这样写,来增强故事传奇性的悲剧色彩,为什么柳枝多年不嫁,好容易等到心仪的郎君出现,竟因为一次不可知的失约,而匆匆嫁给一位有权有势的"诸侯",放弃自己内心的精神追求呢?)寒冬的一个大雪纷飞的日子,让山突然前来告诉李商隐说:"柳枝已经被一个大官娶走了。"第二年,让山又要东去洛阳,李商隐与他在戏上分别,因托他将自己所写的五首绝句带回去,写在柳枝曾经居住的地方。李商隐的赋诗追念,表达他对可遇而不可求的爱情的追恋,哀怨命运的不可捉摸。

  以上是这篇诗序的基本故事情节,我们可以看到,李商隐和杜牧虽然都关注爱情,关注女性的悲剧命运,但是两人有许多差别。首先,李商隐不同于杜牧从重大历史事件中取材,不同于杜牧从与己相关的朋友的生活中取材,而是从最震撼心灵的个人遭际中取材。其次,杜牧的叙述带有史笔色彩,简洁明晰,而李商隐则运用含糊其词的方法,将故事写得扑朔迷离。第三,杜牧是诗长序短,序作为背景,诗则详细描写、议论和抒情,显得直露而情真。而李商隐则是序长诗短,诗歌正如纪昀所说:"五首皆有《子夜》《读曲》之遗。"①即具有乐府情歌的特色。五首绝句,都是注重内心情感的抒发,对本事则采取隐晦的处理,引发后代各种猜测和歧解。②

  综上所述,通过这三篇作品,我们可以看到晚唐时代并称"小李杜"的两位诗人,在处理相同题材的诗歌内容时,由于使用不同的表达方法,其诗歌表现出决然不同的风格特征,多少与两位诗人对爱情、对不幸女性悲剧命运的理解与体验深浅有关。杜牧多从时事变幻莫测的现实角度看问题,情真而直露;而李商隐则从心灵的体验着手,表现对与自己相关的女性悲剧命运的理解,情真且深沉。杜牧的诗歌与诗序表现出简洁明晰、风流洒脱、清润秀美的特色,而李商隐的诗序与诗歌则表现出委婉曲折、哀怨缠绵、朦胧绵邈的格调。两位诗人的作品都深受晚唐时代传奇小说的影响,他们用自己的生命为唐诗撰写了又一段传奇。

第三节 崇尚隐逸,萧散自然
——许浑的诗序

  许浑是晚唐七律名家,尽管他的诗歌从反映时代沧桑巨变的历史内容看,深度比不上杜牧和李商隐,然而其圆润流美的韵律和格调,似乎不逊色于小李杜。从诗序的角度看,他是晚唐时期为七律一体制作短小诗序最多的诗人,而且在诗序中明确注解了写作背景和作意,使他的诗歌主旨明晰,没有李

---

① 转引自刘学锴、余恕诚《李商隐诗歌集解》(增订重排本)第一册,第119页。中华书局,2004年11月版。
② 同上书,第117—121页的"笺评"部分。

商隐诗歌那样的晦涩难解,因此很值得研究。

(一) 许浑诗序分类的基本情况

许浑(788?—858?)①,字用晦,一字仲晦,祖籍湖北安陆,寓居润州丹阳,遂为丹阳人,高宗朝宰相许圉师六世孙。他是晚唐时代比杜牧、李商隐大二十多岁的著名诗人。家道中落,但劳心苦学,文宗大和六年登进士第,开成中授当涂尉,摄当涂令,移摄太平令。会昌中,以监察御史为岭南从事,府罢北归。宣宗大中三年谢病东归,除润州司马。后历任虞部员外郎,睦州、郢州刺史,大中十二年三月后卒,享年约七十岁。他的诗集是自己晚年在京口丁卯涧村舍编辑的,命名为《丁卯集》。唐末韦庄《题许浑诗卷》:"江南才子许浑诗,字字清新句句奇。十斛明珠量不尽,惠休虚作碧云词。"(《全唐诗》卷六九七)可见许浑在晚唐诗坛具有很高的声誉。

许浑的诗序都保存在《全唐诗》中,具体情况见表24:

表24

类别 \ 出处	《全唐诗》
酬赠诗序	6
赠别诗序	4
留别诗序	3
追忆诗序	3
独特经历诗序	3
唱和诗序	3
合计	22

第一类,酬赠诗序:《题勤尊师历阳山居并序》(《全唐诗》卷五三三)、《贺少师相公致政并序》《酬钱汝州并序》《酬邢杜二员外并序》(《全唐诗》卷五三五)、《寄献三川守刘公并序》(《全唐诗》卷五三六)、《赠萧炼师并序》(《全唐诗》卷五三七)。第二类,赠别诗序:《送郭秀才游天台并序》(《全唐诗》卷五三三)、《赠李伊阙并序》(《全唐诗》卷五三四)、《燕饯李员外并序》(《全唐诗》卷五三五)、《送从兄别驾归蜀并序》(《全唐诗》卷五三七)。第三类,留别诗序:《访别韦隐居不值并序》(《全唐诗》卷五三四)、《别张秀才并序》(《全唐诗》卷五三四)、《留别赵端公并序》(《全唐诗》卷五三五)。第四

---

① 许浑的生卒年有如下几种说法:(1) 闻一多《唐诗大系》定为(791?—858?),谭优学在《唐才子传校笺·许浑传》(第三册)中说"大致可信",赞同此说。见该书231—243页。(2) 罗时进定为(788?—858?),见增订注释《全唐诗》(第三册)第1327页。本文取罗说。

类,追忆诗序:《别表兄军倅并序》《重游练湖怀旧并序》(《全唐诗》卷五三四)、《题卫将军庙并序》(增补新注《全唐诗》第三册)。第五类,独特经历诗序:《汉水伤稼并序》(《全唐诗》卷五三五)、《下第有怀亲友并序》(《全唐诗》卷五三六)、《听歌鹧鸪辞并序》(《全唐诗》卷五三四)。第六类,唱和诗序:《和人贺杨仆射致政并序》(《全唐诗》卷五三四)、《和李相国并序》(增补新注《全唐诗》第三册)、《酬和杜侍御并序》(《全唐诗》卷五三六)。

(二) 许浑诗序的艺术特点

1. 酬赠诗序。许浑的酬赠诗序中有两篇是送给道士的,颇能体现出他的人生意趣。如《题勤尊师历阳山居并序》:

> 师即思齐之孙,顷为故相国萧公录用。相国致政,尊师亦自边将入道。因赠是诗。

> 二十知兵在羽林,中年潜识子房心。
> 苍鹰出塞胡尘灭,白鹤还乡楚水深。
> 春坼酒瓶浮药气,晚携棋局带松阴。
> 鸡笼山上云多处,自劚黄精不可寻。

这位"尊师"是盛唐时期勤思齐将军的孙子,在穆宗朝,被宰相萧俛录用,文宗初年萧俛致仕,勤尊师就自边将入道了,隐居在历阳(今安徽和县)的鸡笼山。勤尊师的经历虽然简略,但其中包含了很多历史内容,涉及三个朝代,又与萧俛的去留相关。诗序只交代赠诗的背景和原因,没有叙写具体的情事,像引子一样,导入诗歌。诗歌前四句概述勤尊师的一生:二十岁就进入了羽林军,中年时期结识了像张良一样的萧俛,并随他到边塞作战戍边,晚年回到故乡隐居,犹如白鹤回到楚水深处。许浑将勤尊师的经历描写得清晰而简略,没有将他参加的那些出塞作战的动人故事点明一二。显然许浑的兴趣不在此,而对勤尊师的隐居生活非常关注。后四句就写隐居的乐趣:春天打开酝酿了一个冬天的药酒,傍晚携带棋局从松荫归来。鸡笼山上白云缭绕,尊师在白云生处采掘黄精,很难寻找他的踪迹。从诗序到诗歌,都围绕尊师的人生经历展开,但不难看出许浑赠诗和序的目的是表达对隐居生活的浓厚兴趣,晚唐时代诗人和道士、僧人交往大多是追求这种闲云野鹤般的生活情趣。从诗歌来看,许浑仿佛在竭力隐藏什么,而关注那些概括性的甚至是类型化的生活模式。喜用模糊概括性的词汇,将具体情事隐去或略去,追求一种典型化的生活情趣,是许浑诗歌的特色。

又如《赠萧炼师并序》：

> 炼师,贞元初①自梨园选为内妓,善舞《柘枝》,宫中莫有伦比者,宠锡甚厚。及驾幸奉天,以病不获随辇,遂失所止。洎复宫阙,上颇怀其艺,求之浃日,得于人间。复闻神仙之事,谓长生可致,乞奉黄老。上许之,诏居嵩南洞清观。迨今八十余矣,雪肤花颜,与昔无异,则知龟鹤之寿,安得不由所尚哉!因赋是诗,题于院壁。

曾试昭阳曲,瑶斋帝自临。红珠络绣帽,翠钿束罗襟。
双阙胡尘起,千门宿露阴。出宫迷国步,回驾轸皇心。
桂殿春空晚,椒房夜自深。急宣求故剑,冥契得遗簪。
暗记神仙传,潜封女史箴。壶中知日永,掌上畏年侵。
莫比班家扇,宁同卓氏琴。云车辞凤辇,羽帔别鸳衾。
网断鱼游藻,笼开鹤戏林。洛烟浮碧汉,嵩月上丹岑。
露草争三秀,风篁共八音。吹笙延鹤舞,敲磬引龙吟。
旌节纤腰举,霞杯皓腕斟。还磨照宝镜,犹插辟寒金。
东海人情变,南山圣寿沈。朱颜常似渥,绿发已如寻。
养气齐生死,留形尽古今。更求应不见,鸡犬日骎骎。

这篇诗序与诗歌接近杜牧的传奇题材,诗序叙述萧炼师的传奇经历,相当于一篇人物传记:萧炼师建中初从梨园歌女选为皇宫内妓,估计年龄在十五六岁②,得到德宗的宠幸。建中四年,爆发内乱,德宗逃往奉天,萧炼师由于生病,没有随驾前往,而是流落民间。德宗回宫后,非常思念她的歌舞表演,派人四处寻找,十天后终于找回。后来萧炼师崇尚神仙黄老之道,要求出道,德宗允许她居住在嵩山南面的洞清观。会昌末年,萧炼师虽然八十多岁了,但还是"雪肤花颜,与昔无异"。因此许浑感慨地说:"则知龟鹤之寿,安得不由所尚哉!"这是许浑赠诗的原因,也许许浑与这位炼师并没有什么深交,他的赋诗只是表现他对炼师生活的一种精神向往。与杜牧从杜秋娘、张好好身上挖掘人世沧桑、命运无常的感慨不同,许浑感兴趣的是炼师晚年修道的成功。

---

① 这里时间可能有错误,"贞元初"应当是"建中初"。因为后面叙述德宗"幸奉天"发生在建中四年,这时萧炼师已经"失所止"了。
② 萧炼师可能生于代宗大历初,大历后期十一二岁左右选入梨园,德宗即位,即将她从梨园旧人中选为内妓,应该年龄在十五六岁。到武宗会昌末年(846),正好八十岁。许浑在序中说萧炼师年八十余,说明这首诗和诗序写于会昌末或大中初,此时许浑五十八岁左右。当是他晚年的作品。

许浑的这首二十韵五言排律,沿着诗序的线索,运用大量的道教典故,将萧炼师一生的经历作了叙述,主要笔墨集中在炼师"洛烟浮碧汉,嵩月上丹岑"之后的生活情事。露草争秀,凤箎八音,吹笙敲磬,鹤舞龙吟,手持旄节,饮仙液琼浆。尽管"东海人情变,南山圣寿沈",但是她依然"朱颜常似渥,绿发已如寻"。对于萧炼师的"养气齐生死,留形尽古今",许浑充满了浓厚的兴趣。这说明尽管题材内容相近,但由于作家的思想境界有高下,其作品必然深浅有别。当然,许浑的这首诗歌和诗序还是比较真实地表露出他内心的追求,对认识晚唐时代诗人崇道慕仙有一定的意义。

许浑的酬赠诗序有几篇是送给地位较高的官员的,带有颂敬的应酬性。如《贺少师相公致政并序》:

> 少师相公未及悬车之年,二表乞罢将相,征于近代,更无比肩。余受恩门馆,窃抒长句寄献。

> 六十悬车自古稀,我公年少独忘机。
> 门临二室留侯隐,棹倚三川越相归。
> 不拟优游同陆贾,已回清白遗胡威。
> 龙城凤沼棠阴在,只恐归鸿更北飞。

这位"少师相公"就是萧俛,穆宗长庆元年拜相,敬宗宝历二年以少保分司东都,文宗大和元年授检校左仆射,守太子少师,俛称疾辞官,诏许致仕。则此诗当作于大和元年。据诗序,萧俛当时还只有六十岁,是两次上表请求罢去将相职务才被允许的。这在近代是不多见的,由于许浑曾经得到萧俛的赏识,所以对恩师的致仕要赋诗献颂。诗歌首联说萧俛六十岁就产生了"忘机"的念头,其中也许含有隐衷,但许浑故意掩饰了。次联以功成身退的留侯张良和范蠡喻萧俛。三联用陆贾和胡威的典故正反对比,强调萧俛的两袖清风、廉洁清白。末联用甘棠召公作比,颂扬萧俛的惠政和遗爱,希望永远这样逍遥山野,啸咏终年。还是将那些涉及时事评价的内容省去,以一种粉饰的笔墨来抒写隐居生活的乐趣。

又如《寄献三川守刘公并序》:

> 余奉陪三川守刘公宴言,尝蒙询访行止,因话一麾之任,冀成三径之谋。特蒙俯鉴丹诚,寻计慰荐。属移履道,卧疾弥旬,辄抒二章寄献。

> 三川歌颂彻咸秦,十二楼前侍从臣。休闲玉笼留鸂鶒,早开金埒纵麒麟。
> 花深稚榻迎何客,月在膺舟醉几人。自笑东风过寒食,茂陵寥落未知春。

这首诗作于大中七年,许浑当时任睦州刺史。河南尹刘公,曾经寻访许浑的行止,因此谈到刺史的任职情况,并希望一道归隐。许浑此时正在洛阳养病,为刘公的丹诚所感,因此寄赠的这首诗。诗歌一方面回忆刘公当年在朝廷任职的情况,另一方面写自己的病情、与刘公的友谊。完全是一种应酬性的文字,主要的还是表达归隐的愿望。

再如《酬钱汝州并序》:

> 汝州钱中丞以浑赴郢城,见寄佳什,恩怜过等,宠饰逾深。虽吟咏忘疲,实楷模不及。辄率荒浅,依韵献酬。

> 白雪多随汉水流,谩劳旌旆晚悠悠。笙歌暗写终年恨,台榭潜消尽日忧。
> 鸟散落花人自醉,马嘶芳草客先愁。怪来雅韵清无敌,三十六峰当庾楼。

这首诗作于大中九年,许浑任郢州刺史时。因为钱中丞先寄来诗篇慰勉,许浑觉得"恩怜过等,宠饰逾深",大约诗中有赞美许浑诗歌成就的话,所以许浑说"虽吟咏忘疲,实楷模不及",因此依韵献酬。诗中说"笙歌暗写终年恨,台榭潜消尽日忧",具体所指难详,说明许浑晚年的归隐实在是有某种原因,由于他的诗歌总是隐约其词,故显得难以捉摸。但诗中主要内容还是表达归隐嵩山的人生旨趣,要"怪来雅韵清无敌,三十六峰当庾楼"。

2. 赠别诗序。许浑的赠别诗及序也表达了对亲人或友人的深情。一般是序短小,交代写作原因,诗歌咏叹抒情。如《送从兄别驾归蜀并序》:

> 从兄彦昭与桂阳令韦伯达,贞元中俱为千牛。伯达官至王府长史,长庆中非罪受谴。前年会赦,复故秩,诏未及而已殁。从兄自蜀而南,发旅榇,归葬涂上,既而西旋。因成十韵赠别。

> 闻与湘南令,童年侍玉墀。家留秦塞曲,官谪瘴溪湄。
> 道直奸臣屏,冤深圣主知。逝川东去疾,霈泽北来迟。
> 青汉龙髯绝,苍岑马鬣移。风凄闻笛处,月惨罢琴时。
> 客路黄公庙,乡关白帝祠。已称鹦鹉赋,宁诵鹡鸰诗。
> 远道书难达,长亭酒莫持。当凭蜀江水,万里寄相思。

此诗大约写于文宗开成三年,许浑任当涂尉时。诗序虽然不长,却包含了一段并不短暂的历史和不平凡的往事,充满对无辜遭非罪者的惋惜,也包含对从兄的惜别深情,颇能代表许浑情感的另一面。诗序以简省的笔墨叙事,作为抒情的背景,诗歌则充满无限的咏叹情调。前四句叙韦伯达的遭遇,也写从兄与他的情谊深厚。接着四句写韦伯达未能北返就命丧南方。再四句写韦伯达死后从兄凄清的思念:"风凄闻笛处,月惨罢琴时。"虽用典,却别有一番况味。最后写从兄返蜀的一路景象,表达"当凭蜀江水,万里寄相思"的惜别深情。

再如《燕钱李员外并序》:

  李群之员外从事荆南尚书杨公,诏征赴阙。俄为淮南相国杜公辟命,自汉上舟行至此郡。于白雪楼宴罢解缆,阻风却回,因赠。

  病守江城眼暂开,昔年吴越共衔杯。
  膺舟出镇虚陈榻,郑履还京下隗台。
  云叶渐低朱阁掩,浪花初起画樯回。
  心期解印同君醉,九曲池西望月来。

诗作于大中八年许浑任郢州刺史时。诗序交代的情景比较独特,李群之赴淮南相公杜悰之辟,从汉水舟行经过郢州,在白雪楼上宴罢登舟,却遇上大风,只得回岸。这就是许浑赠别赋诗的原因,要是在盛唐或中唐时代,这样的赠别诗序一定会有宴会场景和离别前景色的描写,而许浑完全略去了这些东西,只留下简单的情事叙述,情景的描写压缩到诗句中。首联回顾与李群之的交谊及自己"病守江城"的苍凉老境,友人的到来使得心情忽然开朗起来;次联叙述友人的这次行程;三联描写白雪楼宴会的景色"云叶渐低朱阁掩,浪花初起画樯回",并点明"阻风却回"的情境;尾联抒发自己想解印归隐与君同醉,希望与友人"九曲池西望月来",深情的期待,也真挚动人。

许浑对隐居逸游的向往常常表现在赠别诗及序中。如《送郭秀才游天台并序》:

  余尝与郭秀才同玩朱审画《天台山图》,秀才因游是山,题诗赠别。

  云埋阴壑雪凝峰,半壁天台已万重。人度碧溪疑辍棹,僧归苍岭似闻钟。
  暖眠鸂鶒晴滩草,高挂猕猴暮洞松。曾约共游今独去,赤城西面水溶溶。

诗序很短,却交代了赠别的原因,许浑曾经跟郭秀才共同观赏唐代著名画家朱审的《天台山图》,大概都产生了同游天台的愿望,郭秀才要去游天台了,许浑由于公务不能前往,因此赋诗赠别。诗中展开美妙的想象,描写了天台山的高大、奇幻景象,想象友人的行止和观赏到的景色,并对自己不能同游表示遗憾。最后一句"赤城西面水溶溶"含有无限的向往之情。诗歌韵律优美,虚词盘旋照应其间,写景与抒情紧密结合,颇见许浑的性情。

又如《赠李伊阙并序》:

前伊阙李师晦侍御辞秩归山,过余所止,醉图一室于屋壁,亦招隐之旨也。因而有赠焉。

桐履如飞不可寻,一壶双笈峄阳琴。
舟横野渡寒风急,门掩荒山夜雪深。
贫笑白驹无去意,病惭黄鹄有归心。
云间二室劳君画,水墨苍苍半壁阴。

这位李侍御辞官归隐,拜访许浑,并乘酒醉在墙壁上画嵩山的景象,以独特的方式表达了招隐的意思,许浑因此赠诗话别。前四句叙写李侍御归隐情景,他穿着轻便鞋,背着酒壶和一张琴。在寒冬风雪交加的夜晚忽然造访,"舟横野渡寒风急,门掩荒山夜雪深",非常富有诗情画意。后四句写自己因为家贫还不能归隐,但心里十分向往,因此感谢李君在墙上画出嵩山那半壁阴阴的美妙图像。

3. 留别诗序。"留别"是作者赋诗赠送友人之后,自己离别而去,情境与一般的送别友人有些不同。许浑是明确在诗序中写下"留别"二字的诗人。如《访别韦隐居不值并序》:

余行至双岩溪访元隐居,已榜舟诣开元寺水阁,见送棹回,已晚,因题是诗留别。

犬吠双岩碧树间,主人朝出半开关。
汤师阁上留诗别,杜叟桥边载酒还。
栎坞炭烟晴过岭,蓼村渔火夜移湾。
故乡芜没兵戈后,凭向溪南买一山。

这是一首寻隐士不遇,表达对隐居生活向往之情的诗歌,当作于许浑任当涂令期间。他划船去双岩溪拜访元隐居不遇,当看见元隐居回来时,自己已到开元寺水阁了,为时已晚,因此题诗留别。首联讲元隐居早出晚归的生活习惯,并点明自己的不遇;次联写自己题诗留别后,见元隐居买酒回来了;三联想象元隐居的隐居生活情景;尾联表达向溪南买山归隐的愿望。这种寻人而不遇的情境,往往是诗歌情思的最好触媒,兵戈之后许浑向往的归隐是他心境的真切流露,在晚唐时代具有普遍性。

又如《留别赵端公并序》:

> 余行次锺陵,府中诸公宴饯赵端公。晓赴郡斋,一约余来,且整棹,因留别。

> 海门征棹赴龙泷,暂寄华筵倒玉缸。
> 箫鼓散时逢夜雨,绮罗分处下秋江。
> 孤帆已过滕王阁,高榻留眠谢守窗。
> 却愿烟波阻风雪,待君同拜碧油幢。

这首诗作于许浑从润州乘船赴岭南节度使幕府的途中。当他舟次南昌时,正好碰到府中诸公在设宴饯别赵端公。因此他晓赴郡斋,应约前往。在筵席过后,返回舟中时,赋诗留别赵端公。当时赵端公因为下雨未能立即前往自己的目的地,这实际上是客中送客。首联写自己从润州赴岭南,经过洪州时遇到饯别赵端公的宴会,因此豪饮美酒;次联说宴阑人散却下起了大雨,在与艳丽的美女分别后,乘舟南下;三联讲自己的船只已经走过了滕王阁,而友人还留在洪州高榻醉眠;尾联抒发自己的愿望,希望风雪阻挡行程,能在绿色的军营中与赵端公一醉方休。由于许浑文风过于简约,无论是诗序还是诗歌,都有意旨模糊不清的地方,这与许浑的诗歌追求概括性的叙述和描写有关。但是诗中的情感还是比较真诚的,尤其值得称道的是他娴熟的组织词语的技巧,虚词穿插其间,使诗句有一种荡漾生姿的独特韵味。

再如《别张秀才并序》:

> 余与张秀才同出关至陕府,余取南道止洛下,张由北路抵江东,因幕中宴饯,遂赋诗以别。

> 不知何计写离忧,万里山川半旧游。
> 风卷暮沙和雪起,日融春水带冰流。
> 凌晨客泪分东郭,竟夕乡心共北楼。
> 青桂一枝年少事,莫因鲈鲙涉穷秋。

这首诗也是客中送客的产物,许浑和张秀才从京城同出潼关来到陕西观察使府。在幕府中宴别后,许浑由南道去洛阳,张秀才又北路去江东,因此许浑赋诗留别,实际上也是赠别。首联抒发离别的忧愁;次联描写离别时的景象,虽然已经是春天,但是风沙夹着雪花在飞舞,春水还浮着残冰,寒气凛凛,离别实在伤怀;三联想象分别后的彼此思念,含泪在东郭分手后,北楼上将永远凝聚着思念故乡的心情;尾联运用张翰的典故慰勉友人不要轻易归隐,要积极进取。这是许浑很少的劝人不要归隐的诗歌,可能作于年青的时候。诗歌圆润流美,写景如画,取得了较高的艺术成就。

4. 追忆诗序。追忆是一种心理现象,对诗人来说,丰富的生活积累,往往使他在某种情景或际遇下,展开追怀往昔的联想,因而写出情思真切的诗歌。如《题卫将军庙并序》(增补新注《全唐诗》第三册):

> 将军名逖,阳羡人。少习诗书,学弓剑,有武略。二十七游并、汾间,遇神尧皇帝始建义旗,逖以勇艺进,备行列。洎擒窦建德,逖时挟枪剑,前突后翼,太宗顾而奇之。天下既定,录其功,拜将军宿卫。以母老且病,乞归侍残年,辞旨哀激,诏许之。既而以孝敬睦闺门,以然信居乡里。及卒,邑人怀其贤,庙于荆溪之湄。以平生弓甲,悬东西庑下,岁时祠祭,颇福其土焉。文士王敖撰碑,辞实详备,惜乎国史阙书其人,因题是诗于庙壁。

> 武牢关下护龙旗,挟槊弯弧马上飞。
> 汉业未兴王霸在,秦军才散鲁连归。
> 坟穿大泽埋金剑,庙枕长溪挂铁衣。
> 欲奠忠魂何处问,苇花枫叶雨霏霏。

这首诗歌作年不易确定,因为与隐居生活相关,可能作于晚期。诗序实际上是卫逖将军的一个小传,这位阳羡的将军,"少习诗书,学弓剑,有武略",以作战勇猛得到唐高祖李渊和太宗李世民的赏识,天下大定后在皇宫担任宿卫。因母老病,乞归侍亲,最终得到皇帝的允许。回到乡里后,"以孝敬睦闺门,以然信居乡里",乡人怀念他的贤德,为他立庙,并将他生前所使用的弓甲悬挂在廊庑下,岁时祭祀,十分灵验。由于国史阙载卫将军的事迹,因此许浑要题诗歌颂。诗歌前四句刻画了卫将军武力过人的飒爽英姿和功成身退的品质;后四句说将军的享庙在长溪大湖边,享受岁时祭奠,在"苇花枫叶雨霏霏"的季节献上对将军忠魂的敬意。诗歌词句铿锵,气势飞扬,别具风采。

又如《重游练湖怀旧并序》:

> 余尝与故宋补阙次都秋夕游永泰寺后湖亭,今复登赏,怆然有感,因赋是诗。

> 西风渺渺月连天,同醉兰舟未十年。
> 鹏鸟赋成人已没,嘉鱼诗在世空传。
> 荣枯尽寄浮云外,哀乐犹惊逝水前。
> 日暮长堤更回首,一声邻笛旧山川。

题中所说的练湖在丹阳西北,所怀念的友人宋补阙因为触怒会昌权臣李德裕,被贬官致死。诗序中回忆自己曾经与宋补阙在秋夜游览过永泰寺后湖亭,现在独自登赏,因此"怆然有感"。首联写西风渺渺、湖月连天的景象,勾起对十年前与友人同舟游赏的怀念,不言感慨而情含景中。次联悲叹友人的不幸去世,运用顿荡曲折的遮没句法,宋补阙就像当年的贾谊贬官之后,《鹏鸟赋》刚写完,人已经不在了。而聚会时所作的诗歌,空自流传,将生前和死后对举,满含惋惜和悲慨。三联推进一步,命运的荣枯如同浮云,变幻莫测,而自己的悲伤还如同眼前的流水无穷无尽。尾联说日暮独自行走在长堤上,听到邻居的笛声,自然产生当年向秀怀念嵇康和吕安的悲痛心情,友人已去,山川依旧,人何以堪!在许浑的众多诗作中,这是一首感慨深沉的佳作。

5. 独特经历诗序。许浑的独特经历中,最有感触的是年轻时期下第的感受,在他人的欢笑中默默承受痛苦的煎熬。《下第有怀亲友并序》:

> 余下第,寓居杜陵,亲友间或登上第,或遂燕居,或抵湘沅,或游鄜畤,因抒长句。

> 万山晴雪九衢尘,何处风光寄梦频。
> 花盛庾园携酒客,草深颜巷读书人。
> 征帆又过湘南月,旅馆还悲渭水春。
> 无限别情多病后,杜陵寥落在漳滨。

此诗作于文宗大和二年,许浑落第后寓居杜陵,又患了病,听到亲友中间或有人登上第,或者回家闲居,或者远游潇湘,或近游廊畔时,都会引起内心的起伏和情感波动,因此写作这首诗歌。首联写长安春景,万山千岭覆盖着白雪,京城四通八达的街道飘着奔走的车马扬起的灰尘,而我的思乡之梦却无处寄托。繁花盛开我只能携酒自饮,在草深的陋巷闭门读书。三联说亲友们的征帆已经到了潇湘之南,而我不得不在渭南的旅馆悲叹渭水的旖旎春光;尾联写自己离别又遭疾病,就像当年刘桢卧疾在漳江之滨,多少痛苦,多少无奈,一起涌上心头。而及第之后,又是别样的一种快乐心情,同样是春天,但景物仿佛全换了一种色彩。《及第后春情》:"世间得意是春风,散诞经过触处通。细摇柳脸牵长带,慢撼桃株舞碎红。也从吹幌惊残梦,何处飘香别故丛。犹以西都名下客,今年一月始相逢。"

许浑还有一首独特的听歌女唱曲的诗歌。就是《听歌鹧鸪辞并序》:

余过陕州,夜宴将罢,妓人善歌鹧鸪者,词调清怨,往往在耳,因题是诗。

南国多情多艳词,鹧鸪清怨绕梁飞。
甘棠城上客先醉,苦竹岭头人未归。
响转碧霄云驻影,曲终清漏月沉晖。
山行水宿不知远,犹梦玉钗金缕衣。

他在经过陕州时,夜宴将罢,听到歌女唱教坊曲《山鹧鸪》,那词调清怨凄苦,老是缭绕耳际,因此题诗抒怀。首联说《山鹧鸪》是南国的情歌艳曲,词调清怨却又余音绕梁,不绝如缕;次联运用典故表现陕州的旅客心已经醉了,而苦竹岭头的行人还未归来;三联说歌女的高亢吟唱响彻云霄,曲终唯闻清漏滴沥的声音,唯见月光渐渐昏暗下去;尾联写自己山行水宿不知走了多久,还时时梦见那歌女唱着凄怨的歌声,仿佛在诉说着心事,要珍惜青春的美好时光。这是许浑描写音乐的佳作,那歌曲的情调、歌女的形象,成为永远美好的追忆。

综上所述,许浑是晚唐时代为七律一体制作诗序最多的诗人。诗序一般很短小,点明作诗的背景或原因,很少抒发感概。但对一些核心的情事,往往模糊带过,因而导致理解上的困难。由于七律受体制的局限,叙述不能像古体诗那样展开,总是大跨度地进行对比描述,因而总体上也呈现出概括性模糊性特征。虽然用典和词句都不像李商隐那样婉曲深邃,但是要完全理解许浑的诗歌有时也并不容易。这与他有意隐去一些内容有关。从许浑的诗序来看,已经完全没有中唐时代诗人们那种神采飞扬的群聚赋诗情景的展露,而是过分追求私人化的情感空间,挖掘自己内心的感受,与李商隐、杜牧处于一种相同的主观化、心灵化的趋势之中。从诗序与诗歌关系来看,存在序轻诗重的情况,许浑的诗序可能是他自编诗集时所加的,大概是将类似李白、杜甫以来的长题析出来当作诗序。诗序只是作为一个引子,一个线索,诗歌才是抒情言志的主体。当然也因为有这些诗序,许浑的诗歌总体上看才显得主旨明晰,诗序的简明扼要与诗歌的珠圆玉润形成鲜明的对比。

第四节 愤世嫉俗,啸傲江湖
——皮日休、陆龟蒙的诗序

一、皮日休的诗序

皮日休(834?—883?),字袭美,一字逸少,襄阳人。自号鹿门子,又号醉吟先生。隐居于襄阳鹿门山。唐懿宗咸通八年进士及第,十年任苏州刺史崔璞幕府判官,与陆龟蒙往来唱和,时称"皮陆"。唐僖宗乾符四年(877)入长安,任著作郎、太常博士等职。广明元年(880)赴毗陵副使任途中,参加黄巢起义军,任翰林学士三年多。黄巢兵败退出长安后下落不明,约卒于中和三年(883)。① 皮日休是晚唐时代提倡美刺比兴,追求刚健质朴风格的现实主义诗人,对诗歌有其独特的观点。这些观点多保留在他的诗序中,其中乐府诗及唱和诗的理论值得重视。

(一) 皮日休诗序分类的基本情况

皮日休的诗序全部收在《全唐诗》中,如表25所示:

---

① 这是陶先淮的说法,见增订注释《全唐诗》第四册第418页。而梁超然在《唐才子传校笺·皮日休传》中考证得出不同的结论,综述如下:皮日休(840—880),复州竟陵人,襄阳鹿门是其隐居之地。咸通四年离襄阳鹿门外出漫游,至鄂州经江夏至湖湘,转江西登庐山至九江济江而北,经天柱山游霍山,是年冬寓别墅于寿州东。咸通七年应举不第,回到寿州别墅编《文薮》,本年曾至扬州谒令狐绹,至常州谒杨假。咸通八年中进士第,留京师。咸通九年应宏词不第,离京东游,自华山、荆山,直至扬州、苏州。咸通十年应辟入苏州刺史崔璞幕,与吴郡诗人陆龟蒙结识,相互酬唱。咸通十三年入为著作局校书郎,乾符四年迁太常博士。乾符五年随高骈军,出常州、润州一带。乾符六年陷黄巢军中。广明元年黄巢攻占长安,日休为翰林学士,为黄巢制作谶语,不称巢意,被杀。享年四十岁。梁说成于1990年之前,陶说在其后,本书取陶说。

表 25

类别 \ 出处	《全唐诗》
独特观念诗序	9
独特经历诗序	1
留别诗序	1
追忆诗序	2
游历诗序	2
合计	15

第一类,独特观念诗序:《补周礼九夏系文并序》《七爱诗并序》《正乐府十篇并序》(卷六〇八)、《添鱼具诗并序》《酒中十咏并序》《茶中杂咏并序》(卷六一一)、《五贶诗并序》《开元寺佛钵诗并序》(卷六一三)、《杂体诗并序》(卷六一六)。第二类,独特经历诗序:《三羞诗三首并序》(卷六〇八)。第三类,留别诗序:《二游诗并序》(卷六〇八)。第四类,追忆诗序:《追和虎丘寺清远道士诗并序》(卷六〇八)、《伤进士严子重诗并序》(卷六一四)。第五类,游历诗序:《太湖诗并序》(卷六一〇)、《寄题镜岩周尊师所居并序》(卷六一四)。

(二) 皮日休诗序的艺术特点

1. 独特观念诗序。皮日休是晚唐时代著名的现实主义诗人,对诗歌有他独到的见解。尽管这些见解不一定恰切,但他努力实践自己的创作理论,却是值得注意的诗学现象。其中最重要的是对乐府诗的看法,他继承了白居易、元稹的理论,做了进一步的发挥。如《正乐府十篇并序》:

> 乐府,盖古圣王采天下之诗,欲以知国之利病,民之休戚者也。得之者,命司乐氏入之于埙篪,和之以管钥。诗之美也,闻之足以劝乎功;诗之刺也,闻之足以戒乎政。故《周礼》太师之职,掌教六诗。小师之职,掌讽诵诗。由是观之,乐府之道大矣。今之所谓乐府者,唯以魏晋之侈丽,陈梁之浮艳,谓之乐府诗,真不然矣。故尝有可悲可惧者,时宣于咏歌。总十篇,故命曰正乐府诗。

这篇诗序实际上是十首乐府诗歌的总序,相当于《毛诗大序》的性质。之所以称为"正乐府",是因为皮日休将这种歌咏"可悲可惧"的现象,反映现实民生的乐府诗,与魏晋、陈梁时代那种"侈丽""浮艳"的乐府诗相区别。他认为这种诗歌才继承了《诗经》的现实主义传统,因为古代乐府的设立,就是为了"采天下之诗,欲以知国之利病,民之休戚者"。通过配乐的演唱,取得"闻之足以劝乎功""闻之足以戒乎政"的美刺效果。显然,皮日休的看法是对白居易"为君、为臣、为民"说的继承,强调讽谏功能,而反对那种风花雪月、轻歌曼舞的单纯娱乐功能。在晚唐那个儒学衰微、朝纲不振、叛乱频仍的年代,强调现实民生,要求恢复古道,自然具有重要的意义。这十首诗歌的题目分别是:《卒妻怨》《橡媪叹》《贪官怨》《农父谣》《路臣恨》《贱贡士》《颂夷臣》《惜义鸟》《诮虚器》《哀陇民》,反映的社会生活面虽然不及白居易《新乐府五十首》那样广阔,但是切中晚唐时代的社会弊病。晚唐民生的凋敝显然远比中唐时代严重,如戍守河湟的士卒一半死在边塞,其家无衣无食,妻子还要承受官吏的盘剥。米贵如玉,饿殍遍地的惨状让人心催泪下。又如那位靠拾橡子谋生的黄发媪,因为稻子都交了官租,不得不"自冬及于春,橡实诳饥肠",而官府却是"如何一石余,只作五斗量。狡吏不畏刑,贪官不避赃。农时作私债,农毕归官仓",简直是暗无天日!再如那些贪官是"素来不知书"的无能之辈,他们"愚者若混沌,毒者如雄虺",在欺压百姓、搜刮民脂民膏方面特别"有才"。因此作者发出这样的感叹:"胥徒赏以财,俊造悉为吏。天下若不平,吾当甘弃市。"此外,一一写出农夫、贱士、路臣、陇民的状况,表达了士大夫为民请命的正义呼声,具有振聋发聩的意义,闪耀着现实主义的斗争锋芒。

皮日休具有士大夫强烈的补衮意识,也表现在诗歌方面,如《补周礼九夏系文并序》:

> 《周礼》,钟师掌金奏。凡乐事,以钟鼓奏《九夏》。案郑康成注云:"夏者,大也。乐之大者,歌有九也。《九夏》者,皆诗篇名也,颂之类也。此歌之大者,载在乐章。乐崩,亦从而亡。是以颂不能具也。"呜呼!吾观之《鲁颂》,其古也亦久矣。《九夏》亡者,吾能颂乎?夫大乐既去,至音不嗣,颂于古,不足以补亡;颂于今,不足以入用,庸可颂乎?颂之亡者,俾千古之下,郑卫之内,窈窈冥冥,不独有《大卷》(黄帝乐名)之音者乎?

皮日休的《九夏歌九篇》实际上是模仿《诗经》的颂体诗,其序文《全唐诗》作为诗序收录。文中考证《周礼》中所演奏的《九夏》是颂体,与《诗经·鲁颂》一样是历史悠久的古诗。他要在"大乐既去,至音不嗣"的情况下,补写《九夏》颂诗,与郑卫之音相对抗,恢复古道的精神是可嘉的。但无奈应用古体颂诗的历史条件已经丧失,皮日休的努力不会有什么实际效果。这也说明在

晚唐时代,这种补衮意识只是一厢情愿的徒劳之举。如其中一篇是这样:

> 王夏之歌者,王出入之所奏也。四章,章四句。

> 爞爞皎日,欻丽于天。厥明御舒,如王出焉。
> 爞爞皎日,欻入于地。厥晦厥贞,如王入焉。
> 出有龙旂,入有珩珮。勿驱勿驰,惟慎惟戒。
> 出有嘉谋,入有内则。繄彼臣庶,钦王之式。

前面文字相当于《诗经》的"小序",诗歌完全模仿《诗经》的格式,晦涩难懂,似乎是仿制出来的古董,文字没有鲜活的生命力,其影响不大是可以理解的。

皮日休的诗序中,最有价值的是《杂体诗并序》:

> 案《舜典》:"帝曰:'夔!命汝典乐,教胄子。'""诗言志,歌永言"在焉。《周礼》:"太师之职,掌教六诗。"讽赋既兴,风雅互作,杂体遂生焉。后系之于乐府,盖典乐之职也。在汉代,李延年为协律,造新声。雅道虽缺,乐府乃盛。铙歌鼓吹、拂舞、予、俞,因斯而兴。词之体不得不因时而易也。古乐书论之甚详,今不能备载,载其他见者。案《汉武集》:元封三年,作柏梁台,诏群臣二千石,有能为七言诗者,乃得上坐。帝曰:"日月星辰和四时。"梁王曰:"骖驾驷马从梁来。"由是联句兴焉。孔融诗曰:"渔父屈节,水潜匿方。"作郡姓名字离合也。由是离合兴焉。晋傅咸有回文反复诗二首,云"反复其文者,以示忧心展转也","悠悠远迈独茕茕"是也。由是反复兴焉。晋温峤有回文虚言诗云:"宁神静泊,损有崇亡。"由是回文兴焉。梁武帝云:"后牖有朽柳。"沈约云:"偏眠船舷边。"由是迭韵兴焉。《诗》云:"蟏蛸在东。"又曰:"鸳鸯在梁。"由是双声兴焉。《诗》云:"维南有箕,不可以簸扬;维北有斗,不可以挹酒浆。"近乎戏也,古诗或为之,盖风俗之言也。古有采诗官,命之曰"风人"。"围棋烧败袄,看子故依然",由是风人之作兴焉。《梁书》云:"昭明善赋短韵,吴均善压强韵。"今亦效而为之,存于编中。陆生与余,各有是为,凡八十六首。至如四声诗、三字离合、全篇双声迭韵之作,悉陆生所为,又足见其多能也。案齐竟陵王《郡县》诗曰:"追芳承荔浦,揖道信云丘。"县名由是兴焉。案梁元《药名》诗曰:"戍客恒山下,当思衣锦归。"药名由是兴焉。陆与予亦有是作。至如鲍昭之《建除》,沈炯之《六甲》、《十二属》,梁简文之《卦名》,陆惠晓之《百姓》,梁元帝之《鸟名》、《卦兆》,

蔡黄门之《口字》，古《两头纤纤》、《藁砧》、《五杂组》已降，非不能也，皆鄙而不为。噫！由古至律，由律至杂，诗之道尽乎此也。近代作杂，体唯刘宾客集中有回文、离合、双声、迭韵。如联句则莫若孟东野与韩文公之多，他集罕见。足知为之之难也。陆与予窃慕其为人，遂合己作，为杂体一卷，属予序杂体之始云。

这是皮日休的一卷杂体诗（组诗共14题，40首）的总序，集中表现了他对诗歌的理解，也是他诗歌创作实践的理论总结，具有很强的诗史意识。最早的"杂体诗"概念应该是南朝梁代诗人江淹提出的，他就写了著名的《杂体诗三十首并序》，他所谓的"杂"是指乐府诗和当时流行的赠酬、公宴、旅行、征戍、咏怀等之外的无法命名的诗歌的总称，主要倾向是抒情性，类似于咏怀之作。这说明在江淹的时代，就存在无法命名的诗歌门类，这是诗歌创作繁荣的一种表征。唐诗经过近三百年跌宕起伏的发展历程，到皮日休的时代，虽然波澜壮阔的高潮已经成为过去，但是微波涟漪的余响还在继续。有强烈复古精神又不甘心单纯模仿的皮日休，开始了探索诗歌创作的新路。如果说前面论述的恢复古道或补阙之类的仿拟《诗经》的作品，可以算作继承传统的话，那么，以杂体诗为代表的诗歌创作，则代表了他的创新。首先，他通过文献考证，认为"讽赋既兴，风雅互作，杂体遂生"，即杂体诗具有很古老的文化渊源，实际上"杂"就是对传统的革新。他通过考察乐府诗的发展得出结论："词之体不得不因时而易也。"即强调"杂"是一种必然的艺术创新。其次，皮日休沿着诗史发展的顺序，详细考察了"联句""离合""反复""回文""迭韵""双声""风人之作"等诗体形式形成的过程，说明每一种新的诗歌体式都是诗人在某种独特情境和条件下的艺术创造。再次，他和陆龟蒙有"四声诗、三字离合、全篇双声迭韵之作"等。最后，他总结说："由古至律，由律至杂，诗之道尽乎此也。"单纯从诗歌形式的发展方面来看，这个结论或许是正确的，但我认为这种"尽乎此"的诗道，未必是诗歌发展的极致，倒像是诗歌发展走进了难以自我超越的狭窄胡同，又回到了扬雄当年所说的"雕虫小技"上去了。晚唐诗歌没有在这种理论指导下走向繁荣，这一理论没有生命力。但是，这种文字游戏的诗歌理论和创作方式，对喜爱闲情逸致的文人却具有强烈的吸引力。这也是对诗人创作才能和技巧的一种考验和挑战，在宋代之后成为文人诗歌创作的一种重要类型。从这个意义上讲，皮日休的这些诗歌和理论对后代诗人也产生了重要的影响。但从皮日休的诗歌具体内容来看，不完全是小结裹式的东西，有的诗歌具有比较深刻的感慨，有的诗歌则形式新颖，很有韵味，我们不妨来看几首。如《苦雨杂言寄鲁望》："吴中十日涔涔雨,歊蒸庳下豪家苦。可怜临顿陆先生,独自翛然守环堵。儿饥仆病漏空厨,无人肯典破衣裾。蜾蠃时时上几案,蛙黾往往跳琴书。桃花米斗半百钱,枯荒湿坏炊不然。两床苴席一素几,仰卧高声吟太玄。知君志气如铁石,瓯冶虽神销不得。乃知苦雨不复侵,枉费毕星无限力。鹿门人作州从事,周章似鼠唯知醉。府金廪粟虚请来,忆著先生便知愧。愧多馈少真徒然,相见唯知携酒钱。豪华满眼语不信,不如直上天公笺。天公笺,方修次,且榜鸣篷来一醉。"这首诗以调侃的语调,描写了陆龟蒙的生活境况和安贫乐道的精神,既有时代风云的影子,又见文人的操守和品性,形式上运用杂言歌行体,富于顿宕曲折的风调美。又如《奉和鲁望晓起回文》:"孤烟晓起初原曲,碎树微分半浪中。湖后钓筒移夜雨,竹傍眠几侧晨风。图梅带润轻沾墨,画薜经蒸半失红。无事有杯持永日,共君惟好隐墙东。"这首回文诗韵律优美,展现了隐士的生活情趣,很适合文人的口味。再如《夜会问答十》其一:"寒夜清,帘外迢迢星斗明。况有萧闲洞中客,吟为紫凤呼凰声。"其四:"莲花烛,亭亭嫩蕊生红玉。不知含泪怨何人,欲问无由得心曲。"其六:"忆山月,前溪后溪清复绝。看看又及桂花时,空寄子规啼处血。"其十:"月下桥,风外拂残衰柳条。倚栏杆处独自立,青翰何人吹玉箫?"已经接近词的境界和格调了。这些都可以看出皮日休在探索诗歌艺术发展道路方面所做的努力。

皮日休的诗歌观念中有追求"真纯"的内涵,如《七爱诗并序》:

> 皮子之志,常以真纯自许。每谓立大化者,必有真相,以房杜为真相焉;定大乱者,必有真将,以李太尉为真将焉;傲大君者,必有真隐,以卢征君为真隐焉;镇浇俗者,必有真吏,以元鲁山为真吏焉;负逸气者,必有真放,以李翰林为真放焉;为名臣者,必有真才,以白太傅为真才焉。呜呼!吾之道,时耶,行其事也,在乎爱忠矣;不时耶,行其事也,亦在乎爱忠矣。苟有心歌咏者,岂徒然哉!

这是他言志的重要作品,"常以真纯自许",表现了他的人生追求,或者说表现了他的人生精神境界。在皮日休最心仪的唐代士人中,他选择了六种人生模式。一是"纵横握中算,左右天下务"的"真相"房玄龄和杜如晦,他们任职"黄阁三十年,清风一万古",取得了"巨业照国史,大勋镇王府"的勋绩。二是"一战取王畿,一叱散妖氛"的真将李太尉,他建立了"巍巍柱天功,荡荡盖世勋",是"动合惊乾坤"的大丈夫。皮日休认为圣天子的重要标准是拥有忠贞的大臣,显然这是晚唐时代最缺乏的两类忠贞而有才能的大臣。三是傲大君的"真隐士"卢鸿,他高卧嵩山,征召三次才一到朝廷,却"坦腹对宰相,岸帻揖天子。建礼门前吟,金銮殿里醉",他蔑视功名利禄,鄙视荣华富贵,在心中建立起圣洁的羲皇世界;他"放旷书里终,逍遥醉中死",追求与自然同化的境界。因此他在终唐之世,"高名无阶级,逸迹绝涯涘",是皮日休心中最敬仰的高士。四是"清介如伯夷"的百姓父母官元鲁山,他是镇浇俗的真吏,三年任河南鲁山县令,"清慎各自持","一室冰檗苦",清贫廉洁,退隐之后依然过着"鸡黍匪家畜,琴尊常自怡。尽日一菜食,穷年一布衣"的自适自乐的恬淡生活,他"清似匣中镜,直如琴上丝"的品性永远值得景仰。五是"口吐天上文"的酒星李白,他负逸气真放旷,生性傲岸,心地澄澈。被天子召见时,"天子亲赐食,醉曾吐御床,傲几触天泽",被放逐后,又"海岳甘自适",他"五岳为辞锋,四溟作胸臆"的惊天才华值得敬佩。六是"逸才生自然"的白太傅,他为名臣有真才,"立身百行足,为文六艺全",既能创作典诰诗篇,又能撰写大量讽谏乐府,还能"忘形任诗酒,寄傲遍林泉",他"处世似孤鹤,遗荣同脱蝉"的通脱态度,是可以作为士人龟镜的。这六种人就是皮日休心中崇拜敬仰的榜样,他呼唤晚唐时代能有这样的人才来担当拯救危难的历史重任,呼吁士人恢复忠贞节爱的操守,以挽救世风的颓败。

另外,他的《酒中十咏并序》中说他自己"性介而行独,于道无所全,于才无所全,于进无所全,于退无所全,岂天民之蠢者邪?"这当然是反语。他进而通过征引文献,得出"于物无所斥,于性有所适,真全于酒者也"的结论,因此作酒中十咏,取古人初终必全之义。他又作《茶中杂咏并序》,考证饮茶的起源,指出唐朝陆羽之前"称茗饮者必浑以烹之,与夫瀹蔬而啜者无异",到陆羽著《茶经》之后,才"分其源,制其具,教其造,设其器,命其煮,俾饮之者除痟而去疠,虽疾医之不若也"。因此他要继陆羽《茶歌》之后,咏各种茶具,来弥补陆羽的遗憾。茶与酒,是古代文人最喜爱的两种饮品。皮陆唱和,将茶、酒真正引入文人的创作之中,为宋人吟咏琴棋书画、文房四宝等风气的形成奠定了基础,为这些茶酒用具的诗化,积累了艺术经验。

2. 独特经历诗序。皮日休是晚唐时代具有内省精神的诗人,继承了杜甫、元结、白居易关心民瘼的精神,写出了许多反映严酷现实的诗篇,并在诗中解剖自己的灵魂,具有震撼人心的力量。如《三羞诗三首并序》其一:

> 丙戌岁,日休射策不上,东退于肥陵。出都门,见朝列中论犯当权者,得罪南窜。卯诏辰发,持法吏不容一息留私室。视其色,若将厌禄位,悔名望者。皮子窥之,憪然泣,蚴然羞。故作是诗以贶之。

> 吾闻古君子,介介励其节。入门疑储宫,抚己思铁钺。
> 志者若不退,佞者何由达。君臣一殽膳,家国共残杀。
> 此道见于今,永思心若裂。王臣方謇謇,佐我无玷缺。
> 如何以谋计,中道生芽蘖。宪司遵故典,分道播南越。
> 苍惶出班行,家室不容别。玄鬓行为霜,清泪立成血。
> 乘遽剧飞鸟,就传过风发。嗟吾何为者,叨在造士列。
> 献文不上第,归于淮之汭。蹇蹄可再奔,退羽可后歇。
> 利则侣轩裳,塞则友松月。而于方寸内,未有是愁结。
> 未为禄食仕,俯不愧梁粝。未为冠冕人,死不惭忠烈。
> 如何有是心,不能叩丹阙。赫赫负君归,南山采芝蕨。

题中"丙戌岁",即咸通七年,皮日休应进士举落第回到寓居的寿州。在出长安都门时,看到有官员得罪当权者南贬,卯时下诏辰刻就必须出发,不准在京城停留片刻,非常严酷。而被贬者仿佛对名禄已经厌倦,后悔当初不该追求功名。这对因为追求名禄而落榜的皮日休触动很大,他今日的遭遇焉知不是自己将来的明天?因此他深感忧愁和羞愧,要赋诗赠送这位不知名也不相识的遭贬者。这次独特的经历和感受,就是皮日休日后归隐的情感基础。被贬者本人的情感并不重要,重要的是皮日休从特殊的个案现象中,概括出了追求功名者必然的宿命,因而具有普遍意义。诗歌将诗序中的事件作为引子加以深入挖掘,上升到一个高度,说"志者若不退,佞者何由达。君臣一殽膳,家国共残杀",这样的悲剧现在看到了,因此"永思心若裂"。接着具体描述那位贬者的遭遇:"苍惶出班行,家室不容别。玄鬓行为霜,清泪立成血。乘遽剧飞鸟,就传过风发。"生动形象,真切而沉痛。于是皮日休感慨起来,同时又为自己的落第庆幸,因为毕竟还能够"利则侣轩裳,塞则友松月"。但是又非常羞愧:"未为冠冕人,死不惭忠烈""赫赫负君归,南山采芝蕨"。心情是比较愤激和愁苦的。

其二:

> 日休旅次于许传舍,闻叫咷之声动于城郭。问于道民,民曰:"蛮围我交趾,奉诏征许兵二千征之,其征且再,有战皆没,其哭者,许兵之属。"呜呼!扬子不云:"夫朱崖之绝,捐之之力也,否则介鳞易我衣裳。"其是之谓耶?皮子为之内疚曰:"吾之道,不足以济时,不可以备位。又手不提桴鼓,身不被兵械。恬然自顺,怡然自乐,吾亦许师之罪人耳。"作诗以吊之。

南荒不择吏,致我交阯覆。绵联三四年,流为中夏辱。
懦者斗即退,武者兵则黩。军庸满天下,战将多金玉。
刮则齐民痛,分为猛士禄。雄健许昌师,忠武冠其族。
去为万骑风,住作一川肉。昨朝残卒回,千门万户哭。
哀声动闾里,怨气成山谷。谁能听昼鼙,不忍看金镞。
吾有制胜术,不奈贱碌碌。贮之胸臆间,惭见许师属。
自嗟胡为者,得蹑前修躅。家不出军租,身不识部曲。
亦衣许师衣,亦食许师粟。方知古人道,荫我已为足。
念此向谁羞,悠悠颍川绿。

这首诗类似于杜甫的《兵车行》题材,许州的百姓因为征兵讨伐围困交阯的南蛮,家破人亡、妻离子散。"昨朝残卒回,千门万户哭。哀声动闾里,怨气成山谷",因此皮日休想起了当年扬雄的名言,对南蛮没有必要动武征讨。同时他又为自己的"道""不足以济时,不可以备位"而深感羞愧,认为许州人民的灾难自己也有责任。由此可见皮日休的社会责任感是多么强烈,"吾有制胜术,不奈贱碌碌。贮之胸臆间,惭见许师属",这"惭"就是因为"亦衣许师衣,亦食许师粟"。从这首诗可以看到皮日休继承了杜甫、韩愈、白居易等现实主义诗人以天下为己任的担当精神。

其三:

> 丙戌岁,淮右蝗旱。日休寓小墅于州东,下第后,归之。见颍民转徙者,盈途塞陌。至有父舍其子,夫捐其妻,行哭立句,朝去夕死。呜呼!天地诚不仁耶?皮子之山居,槲有袭,镬有炊,晏眠而夕饱,朝乐而暮娱。何能于颍川民,而独享是为?将天地遗之耶?因羞不自容,作诗以唁之。

天子丙戌年,淮右民多饥。就中颍之汭,转徙何累累。
夫妇相顾亡,弃却抱中儿。兄弟各自散,出门如大痴。
一金易芦卜,一缣换凫茈。荒村墓鸟树,空屋野花篱。
儿童啮草根,倚桑空嬴嬴。斑白死路傍,枕土皆离离。
方知圣人教,于民良在斯。厉能去人爱,荒能夺人慈。
如何司牧者,有术皆在兹。粤吾何为人,数亩清溪湄。
一写落第文,一家欢复嬉。朝食有麦饘,晨起有布衣。
一身既饱暖,一家无怨咨。家虽有畎亩,手不秉镃基。
岁虽有札瘥,庖不废晨炊。何道以致是,我有明公知。

食之以侯食,衣之以侯衣。归时恤金帛,使我奉庭闱。
抚己愧颍民,奚不进德为。因兹感知己,尽日空涕洟。

第三首诗写咸通七年淮河沿岸地区遭受蝗虫干旱之灾,流民成群结队迁徙逃难,抛妻弃子,哭声遍地,惨不忍睹。自己却衣食不愁,生活恬静安逸,"晏眠而夕饱,朝乐而暮娱",因此羞愧地自问:"何能于颍川民,而独享是为?将天地遗之耶?"在诗中,他描写了晚唐时代大灾之年典型的民生凋敝状况:"一金易芦卜,一缣换凫茈。荒村墓鸟树,空屋野花篱。儿童啮草根,倚桑空羸羸。斑白死路傍,枕土皆离离。"而自己呢,"朝食有麦饘,晨起有布衣。一身既饱暖,一家无怨咨。家虽有畎亩,手不秉镃基。岁虽有札瘥,庖不废晨炊"。通过鲜明的对比,实际上是告诉整个上层的统治者,要反思"何道以致是",要体惜民情,关怀民生。皮日休的眼泪是苦涩的、悲伤的、惭愧的,也是真诚的,在那个时代闪耀着人道主义的光辉。

3. 追忆诗序。《追和虎丘寺清远道士诗并序》:

圣人为《春秋》,凡诸侯有告则书,无告则不书,盖所以惩其伪而敦其实也。夫怪之与神,虽曰不言,在传则书之者,亦摭其实而为之也。若然者,神之与怪果安邪?噫!圣贤有不得其志者,则必垂之于言也。大则为经诰,小则为歌咏。盖不信于当时,则取诉于后世。抑鬼神有生不得其志者,死亦然邪?若凭而宣之,则石言乎晋,物叫于宋是也。若梦而辩之,则良夫有昆吾之歌,声伯有琼瑰之谣是也。自兹已后,人伦不修,神藻益炽。在君人者,悟之则为瑞,逆之则为妖;其冥讽昧刺,时出于世者,则与骚人狎客,往往敌于忽会焉。虎丘山有清远道士诗一首,其所称自殷周而历秦汉,迄于近代,抑二千年,末以鬼神自谓,亦神怪之甚者。格之以清健,饰之以俊丽,一句一字,若奋若搏,彼建安词人傥在,不得居其右矣。颜太师鲁公爱之不暇,遂刻于岩际,并有继作。李太尉卫公,钦清远之高致,慕鲁公之素尚,又次而和之,颜之叙事也典,李之属思也丽,并一时之寡和。又幽独君诗二首,亦甚奇怆。予嗜古者,观而乐之,因继而为和答。幽独君一篇,不知孰氏之作,其词古而悲,亦存于篇末。《太玄》曰:大无方,易无时,然后为鬼神也。噫!清远道士果鬼神乎?抑道家者流乎?抑隐君子乎?词则已矣,人则吾不知也。

成道自衰周,避世穷炎汉。荆杞虽云梗,烟霞尚容窜。
兹岑信灵异,吾怀惬流玩。石涩古铁鈒,岚重轻埃漫。

> 松膏腻幽径,蓣沫著孤岸。诸萝幄幕暗,众鸟陶匏乱。
> 岩罅地中心,海光天一半。玄猿行列归,白云次第散。
> 蟾蜍生夕景,沆瀣余清旦。风日采幽什,墨客学灵翰。
> 嗟予慕斯文,一咏复三叹。显晦虽不同,兹吟粗堪赞。

这篇诗序和诗歌当作于咸通十年,皮日休任苏州刺史从事时。开篇即从《春秋》记录怪与神说起,指出"圣贤有不得其志者,则必垂之于言也。大则为经诰,小则为歌咏。盖不信于当时,则取诉于后世",这实际上接近韩愈的"不平则鸣",揭示了经诰和诗歌产生的基本原因:抒发心中的愤懑,期待将来的知音。然后突然一转,说:"抑鬼神有生不得其志者,死亦然邪?"引用古书中的一些记载,印证这些奇怪的故事,最后落到清远道士的这首自称是鬼神所作的诗歌上来。皮日休是一个具有强烈复古思想的现实主义诗人,当然是不相信有鬼神的,但是虎丘清远道士的这首自称神怪的诗歌,清健俊丽,由于"自殷周而历秦汉,迄于近代,抑二千年",引起了他强烈的兴趣,加上颜真卿的刻石,李德裕的继和,还有"幽独君"的二诗,这更激起皮日休要追和前人的创作欲望。其诗描写石壁上古诗情状是"石涩古铁锃,岚重轻埃漫。松膏腻幽径,蓣沫著孤岸。诸萝幄幕暗,众鸟陶匏乱。岩罅地中心,海光天一半。玄猿行列归,白云次第散",苍劲雄奇,有韩愈古诗的奇崛。而"风日采幽什,墨客学灵翰"之句,则表现了追慕古代乐府诗传统、反映现实的战斗精神。总体上看,皮日休的追和之作含有比较深沉的人生命运方面的感慨。

4. 游历诗序。皮日休在任苏州刺史崔璞幕府判官其间,经常与陆龟蒙一起唱和,唱和的内容非常广泛,但是似乎这两位诗人并没有在一起游历过,皮日休的诗歌记录的是自己的旅游经历,比较有代表性的是他的《太湖诗并序》:

> 余顷在江汉,尝耦鹿门,洞湖,然而未能放形者,抑志于道也。尔后以文事造请,于是南浮至二别,涉洞庭,回观敷浅源,登庐阜,济九江,由天柱抵霍岳。又自箕颍转樊邓,陟商颜,入蓝关。凡自江汉至于京,千者十数侯,绕者二万里。道之不行者,有困辱危殆;志之可适者,有山水游玩,则休戚不孤矣。咸通九年,自京东游,复得宿太华,乐荆山,赏女几,度辕辕,穷嵩高,入京索,浮汴渠至扬州。又航天堑,从北固至姑苏。噫!江山幽绝,见贵于地志者,余之所到,不翅于半。则烟霞鱼鸟,林壑云月,可为属厌之具矣。尚枨然于志者,抑古圣人所谓独行之性乎?逸民之流乎?余真得而为也。尔后闻震泽、包山,其中有灵异,学黄老徒乐之,多

不返,益欲一观,豁平生之郁郁焉。十一年夏六月,会大司谏清河公忧霖雨之为患,乃择日休,将公命,祷于震泽,祀事既毕,神应如响。于是太湖之中,所谓洞庭山者,得以恣讨,凡所历皆图籍称为灵异者,遂为诗二十章,以志其事,兼寄天随子。

这篇诗序非常重要,是考证皮日休生平履历的重要资料,实际上也是一组诗歌(总共20首)的总序,应该创作于诗歌之后。序中详细记录了他在隐居鹿门山期间,因为"以文事造请"而游历大别山、庐山、天柱山的经历。咸通九年进士及第后,他又从京城出发,游太华、荆山、嵩山直至扬州,"江山幽绝,见贵于地志者,余之所到,不翅于半"。这些描写都说明皮日休是一个喜欢游历名山大川的诗人,到太湖时,因霖雨之患向震泽神灵祈祷,公务结束后,才得以观赏湖光山色。因此将所历的太湖景致写入诗歌,并寄给陆龟蒙欣赏。这组诗模仿谢灵运、韩愈山水诗的痕迹比较明显,也可以作为皮日休晚年古体诗的代表作。具体表现为:突出纪实性描写,善于运用生僻词汇,押险韵(即所谓的"强韵"),古朴凝重,具有汉大赋的铺陈堆垛特色。如《初入太湖(自胥口入,去州五十里)》:"闻有太湖名,十年未曾识。今朝得游泛,大笑称平昔。一舍行胥塘,尽日到震泽。三万六千顷,千顷颇黎色。连空淡无颣,照野平绝隙。好放青翰舟,堪弄白玉笛。疏岑七十二,嵸嵸露矛戟。悠然啸傲去,天上摇画艦。西风乍猎猎,惊波罨涵碧。倏忽雷阵吼,须臾玉崖坼。树动为蜃尾,山浮似鳌脊。落照射鸿溶,清辉荡抛掷。云轻似可染,霞烂如堪摘。渐暝无处泊,挽帆从所适。枕下闻澎湃,肌上生瘆瘆。讨异足遭回,寻幽多阻隔。愿风与良便,吹入神仙宅。甘将一蕴书,永事嵩山伯。"中间写太湖景色的部分,令人想起韩愈描写洞庭湖的诗歌。又如《雨中游包山精舍》:"松门亘五里,彩碧高下绚。幽人共跻攀,胜事颇清便。翼翼林上雨,隐隐湖中电。薜带轻束腰,荷笠低遮面。湿屦黏烟雾,穿衣落霜霰。笑次度岩窒,困中遇台殿。老僧三四人,梵字十数卷。施稀无夏屋,境僻乏朝膳。散发抵泉流,支颐数云片。坐石忽忘起,扪萝不知倦。异蝶时似锦,幽禽或如钿。箨笋还戛刃,枅桐自摇扇。俗态既斗薮,野情空眷恋。道人摘芝菌,为予备午馔。渴兴石榴羹,饥惬胡麻饭。如何事于役,兹游急于传。却将尘土衣,一任瀑丝溅。"移步换景,依游踪线索逐一叙事描写,颇同韩愈《山石》的写法。再如《桃花坞》:"夤缘度南岭,尽日穿林樾。穷深到兹坞,逸兴转超忽。坞名虽然在,不见桃花发。恐是武陵溪,自闭仙日月。倚峰小精舍,当岭残耕垡。将洞任回环,把云恣披拂。闲禽啼叫窕,险狄眠硨砙。微风吹重岚,碧埃轻勃勃。清阴减鹤睡,秀色治人渴。敲竹斗铮拟,弄泉争咽嗢。空斋蒸柏叶,野饭调石发。

空羡坞中人,终身无履袜。"《明月湾》:"晓景澹无际,孤舟恣回环。试问最幽处,号为明月湾。半岩翡翠巢,望见不可攀。柳弱下丝网,藤深垂花鬘。松瘿忽似狖,石文或如戲。钓坛两三处,苔老腥鳊斑。沙雨几处霁,水禽相向闲。野人波涛上,白屋幽深间。晓培橘栽去,暮作鱼梁还。清泉出石砌,好树临柴关。对此老且死,不知忧与患。好境无处住,好处无境删。赧然不自适,脉脉当湖山。"显然可以从诗中找到谢灵运山水诗的影子。从皮日休的这些诗歌可以看出,他是具有复古精神的,但是在晚唐时代,这样的古体诗已经不能提起更多诗人的兴趣,除了他的同道陆龟蒙感兴趣外,实际对其他诗人影响不大,大概因为多数诗人才力不够,兴趣在短小的五律和绝句,不喜欢创作这种苍劲古朴的诗歌,皮日休的复古诗歌成为那个时代孤芳自赏的独鸣绝响。

综上所述,皮日休的诗序和诗歌具有以下几方面的特点:(1) 皮日休诗序表述了他的乐府诗理论,大致与白居易、元稹的看法相同,只是更加强调一个"正"字,可以看出他具有强烈的恢复儒家正道的复古精神,他的乐府诗反映现实民生就是这种思想观念指导下的产物,在晚唐时代具有重要的现实意义;(2) 皮日休对人生的看法又有比较消极的一面,现实境况的危难固然能够激起他的补衮意识,但是社会环境整体上的衰落,又让他向往隐逸,追求闲适境界,表现在诗歌中就是热衷于所谓"杂体诗"的创作,并认为这是诗歌创新的必由之路;(3) 皮日休也像晚唐其他诗人一样,喜爱带有传奇色彩的题材,甚至追和所谓神怪的诗歌,实际上是为了抒发自己心中的愤懑情怀;(4) 皮日休诗歌追摹谢灵运、韩愈的雄奇险怪风格,在他的山水诗中表现得比较明显,但是这在晚唐时代是不合时宜的,因而没有产生更大的影响,但是他孜孜不倦地探索诗歌艺术发展的方向值得肯定。皮日休的诗歌无疑是晚唐时代诗歌最后的辉煌。

二、陆龟蒙的诗序

陆龟蒙(?—881),字鲁望,苏州吴县人。举进士不第,隐居吴县甫里,自号江湖散人,又号天随子、甫里先生。咸通十年,结识皮日休,相与唱和,后编唱和诗为《松陵集》。咸通乾符间,张搏为湖州、苏州刺史,辟为从事。乾符四年,往依湖州刺史郑仁规。乾符六年,卧病笠泽(松江),自编其诗文为《笠泽丛书》。及李蔚、虞携当国,召拜其为拾遗,诏方下,病卒。光化中(900),赠右补阙。[①] 陆龟蒙是晚唐时代既愤世嫉俗又具有隐士风度的诗人,

---

① 这是周颂喜在增订注释《全唐诗》中陆龟蒙小传里钩稽的生平事迹,见该书第四册第499页。而梁超然在《唐才子传校笺·陆龟蒙传》中考证陆龟蒙卒于中和二年(882)。见第三册第515页。

《唐才子传》中说他"不喜与流俗交,虽造门亦罕纳。不乘马,每寒暑得中,体无事,时放扁舟,挂蓬席,斋束书茶灶笔床钓具,鼓棹鸣榔,太湖三万六千顷,水天一色,直入空明"①。他的生活任性自适,亦有诗意。

(一) 陆龟蒙诗序分类的基本情况

陆龟蒙也是晚唐时代创作诗序较多的诗人,其诗序都收在《全唐诗》中。具体情况如下表所示:

表 26

类别 \ 出处	《全唐诗》
独特观念诗序	10
独特经历诗序	3
酬赠诗序	3
追忆诗序	2
游历诗序	1
合计	19

第一类,独特观念诗序:《补沈恭子诗并序》(增补新注《全唐诗》第四册)、《渔具诗并序》《樵人十咏并序》《添酒中六咏并序》(卷六二〇)、《五歌并序》(卷六二一)、《江湖散人歌并序》(增补新注《全唐诗》第四册)、《祝牛宫辞并序》(卷六二一)、《迎潮送潮辞并序》《问吴宫辞并序》(卷六二一)、《自遣诗三十首》(增补新注《全唐诗》第四册)。第二类,独特经历诗序:《句曲山朝真词二首》(增补新注《全唐诗》第四册)、《鹡鸰诗并序》(卷六二四)、《白鸥诗并序》(卷六二五)。第三类,酬赠诗序:《丁隐君歌并序》(卷六二一)、《小鸡山樵人歌》(增补新注《全唐诗》第四册)、《二遗诗并序》(卷六二四)。第四类,追忆诗序:《庆封宅古井行并序》(卷六二一)、《和过张祜处士丹阳故居并序》(卷六三一)。第五类,游历诗序:《四明山诗并序》(卷六二二)。

(二) 陆龟蒙诗序的特点

1. 独特观念诗序。虽然陆龟蒙与皮日休并称"皮陆",但是除了唱和诗表现出相同的兴趣爱好之外,由于两人的生活道路不同,所以是不同类型的诗人。皮日休以天下为己任,想振兴诗道、重振士风,有很强的复古精神和补

---

① 傅璇琮主编《唐才子传校笺·陆龟蒙传》第三册第 512—513 页。

衮意识,因而是属于儒家思想范畴的现实主义诗人。而陆龟蒙进士落第之后就真正归隐了,隐居生活成为他诗歌的主要内容。虽然他并没有逃避这个社会,也没有完全忘却民生,但他是一个典型的隐逸诗人。他的诗序中虽然没有皮日休那样强调乐府诗歌反映现实民生的理论,但对生活中闲情逸致的表述超过了皮日休,表现出他作为隐士的特点。如《江湖散人歌并序》:

散人者,散诞之人也。心散,意散,形散,神散。既无羁限,为时之怪民。束于礼乐者外之曰:此散人也。散人不知耻,乃从而称之。人或笑曰:彼病子散而目之,子反以为号,何也?散人曰:天地,大者也,在太虚中一物耳。劳乎覆载,劳乎运行。差之晷度,寒暑错乱。望斯须之散,其可得耶?水土之散,皆有用乎?水之散,为雨,为露,为霜雪。水之局,为湇,为洳,为潢污。土之散,封之可崇,穴之可深,生可以艺,死可以入。土之局,埙不可以为埏,甓不可以为盂。得非散能通于变化,局不能耶?退若不散,守名之筌;进若不散,执时之权。筌可守耶?权可执耶?遂为散歌、散传,以志其散。

这篇诗序可以作为陆龟蒙的自叙传,他"心散,意散,形散,神散",是不被礼乐束缚的"散人",他不仅不以为耻,而且大为快乐,因为"散"之用大矣!例如,水之散,可以自由变幻成雨露霜雪,尽展千姿百态,而局促汇聚的水则只能成为湖沼淤地,藏污纳垢,成为毫无生气的死水;土之散,可以堆积成崇山峻岭,可以挖掘成深沟巨穴,可以生长繁育万物,展现勃勃生机,而将土抟结之后则只能成为一样的器皿,"埙不可以为埏,甓不可以为盂"。由此可见,人生也是如此,如果出世不散,那就会像鱼儿生活在名利的筌笼之中,如果入世不散,那就会拘泥于时世而不知权变,其结果都是对自然天性的扼杀。因此,"散"才是人生自由自在的真谛,做一个"江湖散人"是人生的最佳选择。这种思想自然影响他的诗歌观念,使他不崇拜教条,没有精神束缚,能够任性发挥,使他能够以独特的面目在晚唐诗坛上大放异彩。诗序作为理论基础,诗歌将自己的形象志趣展露无遗,请看散人是这样的形象:"江湖散人天骨奇,短发搔来蓬半垂。手提孤筇曳寒茧,口诵太古沧浪词。词云太古万万古,民性甚野无风期。"相貌、装扮、语言都与众不同,崇尚上古时代的淳朴拙野,因为"多方恼乱元气死,日使文字生奸欺。圣人事业转销耗,尚有渔者存熙熙"。他认为"奴颜婢膝真乞丐,反以正直为狂痴",其性格具有这样的特点:"所以头欲散,不散弁峨巍。所以腰欲散,不散珮陆离。行散任之适,坐散从倾欹;语散空谷应,笑散春云披;衣散单复便,食散酸咸宜;书散浑真草,酒散甘醇醨;屋散势斜直,树散行参差;客散忘簪屦,禽散虚笼池。""散"成为他性格里光辉夺目的内核,然而生在"四方贼垒犹占地,死者暴骨生寒饥"的末世,散人也不能完全忘却人间世事,因此只好"江湖散人悲古道,悠悠幸寄羲皇傲。官家未议活苍生,拜赐江湖散人号"。

这位江湖散人对自己的隐居渔樵生活怀有无比的兴趣,在诗序和诗歌中展现了隐士的生活状态和精神境界。如《渔具诗并序》:

> 天随子渔于海山之颜有年矣。矢鱼之具,莫不穷极其趣。大凡结绳持纲者,总谓之网罟。网罟之流曰罛、曰罾、曰㝉。圆而纵舍曰罩,挟而升降曰罟。缗而竿者总谓之筌。筌之流曰筒、曰车。横川曰梁,承虚曰笱。编而沈之曰箪,矛而卓之曰矠。棘而中之曰叉,镞而纶之曰射,扣而骇之曰根,以薄板置瓦器上,击之以驱鱼。鲤鱼满三百六十岁,蛟龙辄率而飞去。置一神守之,则不能去矣。神,龟也。列竹于海澨曰沪,吴之沪渎是也。错薪于水中曰篧。所载之舟曰舴艋,所贮之器曰笭箵。其他或术以招之,或药而尽之。皆出于《诗》《书》杂传及今之闻见,可考而验之,不诬也。今择其任咏者,作十五题以讽。噫,矢鱼之具也如此,予既歌之矣。矢民之具也如彼,谁其嗣之?鹿门子有高洒之才,必为我同作。

捕鱼钓鱼是隐士生活的重要内容,陆龟蒙所表现的已经不同于孟浩然、张志和等隐士诗人诗中的那种与天地同和的悠然自乐情趣,他们或者"垂钓坐磐石,水清心亦闲"(孟浩然《万山潭》),或者"青箬笠,绿蓑衣,斜风细雨不须归"(张志和《渔歌子》)。而陆龟蒙对捕鱼的器具有很深的研究,"莫不穷极其趣",各种器具如渔网、鱼筌之类,各种捕鱼的手段如矠鱼、叉鱼、射鱼、驱鱼、神龟守鱼,等等,无不有将鱼类捕尽杀绝的倾向。这让人想起杜甫《观打鱼》诗中的感叹:"吾徒胡为纵此乐?暴殄天物圣所哀。"也让人想起韩愈《叉鱼诗》中描写的"血浪凝犹沸,腥风远更飘"那种鱼群惨遭杀戮的景象。杜甫、韩愈诗中充满对鱼群灾难的同情,可能带有比兴意味。陆龟蒙的这些诗歌难道仅仅是描述捕鱼吗?他说:"术以招之,或药而尽之。皆出于《诗》《书》杂传及今之闻见,可考而验之,不诬也。"原来,捕鱼自古至今有一个悠久的传统,他歌咏渔具的目的是为了比兴,引出对"矢民之具"的关注,历代统治者对广大百姓何尝不是像捕鱼一样竭泽而渔呢?通过隐士的生活情趣产生联想,意图指向现实人生,我认为是这组诗歌创作的旨趣所在。不妨来看几首诗歌印证一下这个判断。如《药鱼》:"香饵缀金钩,日中悬者几。盈川是毒流,细大同时死。不唯空饲犬,便可将贻蚁。苟负竭泽心,其他尽如此。"这哪里是写隐士的生活,分明是暗示统治者荼毒生灵、竭泽而渔的手段非常残忍。《篸(吴人今谓之丛)》:"斩木置水中,枝条互相蔽。寒鱼遂家此,自以为生计。春冰忽融冶,尽取无遗裔。所托成祸机,临川一凝睇。"寒鱼以为藏身之所的地方竟然是灾难的根源,令人惊悚哀叹。又如《叉鱼》:

春溪正含绿,良夜才参半。
持矛若羽轻,列烛如星烂。
伤鳞跳密藻,碎首沉遥岸。
尽族染东流,傍人作佳玩。

《射鱼》:

弯弓注碧浔,掉尾行凉汜。
青枫下晚照,正在澄明里。
抨弦断荷扇,溅血殷菱蕊。
若使禽荒闻,移之暴烟水。

叉鱼、射鱼的血腥场面,仿佛有韩愈诗歌的影子,而其主旨落在"尽族染东流,傍人作佳玩""若使禽荒闻,移之暴烟水"两联里,前两句说鱼群的悲惨结局成为"旁人"的佳玩,那是比死亡更不幸的悲剧;后两句则直接对"暴烟水"的"禽荒"者进行斥责。此外,《网》《罩》《罶》《鱼梁》《筌箸》《鸣桹》等,都是借捕鱼来比兴对百姓斩尽杀绝的恐怖手段,寓含深刻的讽刺鉴戒。

由渔而樵,是隐士生活的又一重要内容,因此陆龟蒙自然联想,写出了《樵人十咏并序》:

环中先生谓天随子曰:"子与鹿门子应和为渔具诗,信尽其道而美矣。世言樵渔者,必联其命称,且常为隐君子事。《诗》之言错薪,《礼》之言负薪,《传》之言积薪,《史》之言束薪,非樵者之实乎?可不足以寄兴咏,独缺其词耶?"退作十樵,以补其阙漏,寄鹿门子。

诗序借环中先生的话,引出隐者的渔樵生活,然后印证以文献记载中的"错薪""负薪""积薪""束薪"之说,为了"补其阙漏"而作这组诗歌。诗中表现出隐居生活的情趣和隐士的人格。如《樵家》:

草木黄落时,比邻见相喜。
门当清涧尽,屋在寒云里。
山棚日才下,野灶烟初起。
所谓顺天民,唐尧亦如此。

《樵叟》:

自小即胼胝,至今凋鬓发。
所图山褐厚,所爱山炉热。
不知冠盖好,但信烟霞活。
富贵如疾颠,吾从老岩穴。

《樵径》:

石脉青霭间,行行自幽绝。
方愁山缭绕,更值云遮截。
争推好林浪,共约归时节。
不似名利途,相期覆车辙。

《樵歌》:

纵调为野吟,徐徐下云磴。
因知负樵乐,不减援琴兴。
出林方自转,隔水犹相应。
但取天壤情,何求郢人称。

樵家门当清溪,屋隐白云,每当夕阳西下的时刻,简陋的山棚里就升起袅袅炊烟,比邻的农家相互串门闲聊,简直是上古唐尧时代生活的再现。而主人樵夫,自小到老都生活在大山里,过着"所图山褐厚,所爱山炉热"的简朴生活,不知道做官的好处,只相信这烟霞的生活,谈富贵就头痛,真是让人羡慕啊。他走在青霭弥漫的狭窄石径上,万山重叠,云遮雾绕,森林如海,山风过处,松涛阵阵,浑浩壮观,多么美妙的境界,在这里绝对没有名利场上那种相互倾覆的可悲遭遇。更妙的是,在晚霞满天青岚升起的时候,樵夫担柴回家,展开那纵恣的带着野性的歌喉唱起了《樵歌》,仿佛从云梯中走下来,山谷里荡漾着回声,隔水的山林里还有应和的歌唱,天地之间其乐无穷! 显然这组诗歌与前面一组有重大的差别,如果说前者重在讽刺,那么这组就重在赞美,要用隐居采樵那种自由自在、闲适悠然而富有诗意的生活情趣,来展现自己内心的精神追求。

隐居生活除了渔樵,就是饮酒了,陆龟蒙除了和皮日休《酒中十咏》外,又作《添酒中六咏并序》:

> 鹿门子示予《酒中十咏》,物古而词丽,旨高而性真,可谓穷天人之际矣。予既和而且曰:昔人之于酒,有注为池而饮之者,象为龙而吐之者,亲盗瓮间而卧者,将实舟中而浮者,可为四荒矣。徐景山有酒枪,嵇叔夜有酒杯,皆传于后代,可谓二高矣。四荒不得不刺,二高不得不颂,更作六章,附于末云。

这六首诗歌是讽刺和赞美的结合,可以看作是陆龟蒙在唱和这种形式下,对题材进行更深层次的开掘。值得注意的是他将两种人生方式进行对比,于鲜明的对照中表现了自己的生活理想,是他不能忘怀现实人生的重要证据。如《酒池》:"万斛输曲沼,千钟未为多。残霞入醌齐,远岸澄白鹅。后土亦沉醉,奸臣空浩歌。迩来荒淫君,尚得乘余波。"《酒龙》:"铜雀羽仪丽,金龙光彩奇。潜倾邺宫酒,忽作商庭醨。若怒鳞甲赤,如酣头角垂。君臣坐相灭,安用骄奢为。"这是通过咏叹历史上纣王和曹操的荒淫来进行讽谏,一方面指出宫廷沉溺酒饮就会带来"奸臣空浩歌""君臣坐相灭"的可悲结局,另一方面又不无所指地说"迩来荒淫君,尚得乘余波""安用骄奢为",劝诫当局者的用意非常明显。又如《酒瓮》:"候暖麹糵调,覆深苫盖净。溢处每淋漓,沉来还瀎潏。常闻清凉酎,可养希夷性。盗饮以为名,得非君子病。"《酒船》:"昔人性何诞,欲载无穷酒。波上任浮身,风来即开口。荒唐意难遂,沉湎名不朽。千古如比肩,问君能继不。"对钻进酒瓮的盗饮和沉湎酒船以求不朽的这种荒唐举动,陆龟蒙坚决反对,认为是君子应该摈弃并引以为戒的。而他心目中真正赞赏的是徐邈借酒清谈:"景山实名士,所玩垂清尘。尝作酒家语,自言中圣人。奇器质含古,挫糟未应醇。唯怀魏公子,即此飞觞频。"(《酒枪》)又钦慕嵇康能够真正傲然独立于天地之间:"叔夜傲天壤,不将琴酒疏。制为酒中物,恐是琴之余。一弄广陵散,又裁绝交书。颓然掷林下,身世俱何如。"(《酒杯》)将饮酒与人格联系在一起,是陆龟蒙对酒的更深一层理解,也可以看出他性格中光辉闪耀的内核。

陆龟蒙非常重视民歌的创作,继承了乐府诗的传统。如《五歌并序》:

> 古者歌永言。《诗》云:"我歌且谣。"传曰:"劳者愿歌其事。"吾言之拙艰,不足称咏且谣,而歌其事者,非吾而谁?作《五歌》以自释意。

诗序虽短小,却表达了陆龟蒙自觉继承乐府诗歌"劳者歌其事"的优良传统,运用民歌形式抒写隐居生活情趣,为乐府诗开辟了新的领域。如《放牛》:"江草秋穷似秋半,十角吴牛放江岸。邻肩抵尾乍依隈,横去斜奔忽分散。荒陂断堑无端入,背上时时孤鸟立。日暮相将带雨归,田家烟火微茫湿。"生动形象地描写出一幅江南水乡深秋放牧图,非常富有诗意:牛背上孤鸟站立,暮雨潇潇,牛儿三三两两,回到田家烟火湿润的微茫中去。又如《水鸟》中描写水鸟"精神卓荦背人飞,冷抱蒹葭宿烟月";《食鱼》中描写农家"呼儿舂取红莲米,轻重相当加十倍。且作吴羹助早餐,饱卧晴檐曝寒背"的简朴生活;《雨夜》中描写"屋小茅干雨声大,自疑身著蓑衣卧。兼似孤舟小泊时,风吹折苇来相佐……背壁残灯不及萤,重挑却向灯前坐"的雨惊残梦的感受,《刈获》中描写由于"凶年是物即为灾,百阵野凫千穴鼠。平明抱杖入田中,十穗萧条九穗空"而担心收成的愁绪;等等,都真切自然,富于泥土气息,也写出了隐居生活的忧虑,说明诗意的境界中也存在着深刻的矛盾。

这种矛盾心态在《自遣诗三十首》中有真切表露:

> 自遣诗者,震泽别业之所作也。故疾未平,厌厌卧田舍中。农夫日以耒耜事相聒,每至夜分不睡,则百端兴怀搅人思,益纷乱无绪。且诗者,持也。谓持其性情,使不暴去。因作四句诗,累至三十绝,绝各有意。既曰自遣,亦何必题为?

这组诗及诗序有模仿陶渊明《饮酒并序》的倾向,只是诗歌形式变成了七绝体裁。这三十首诗的创作背景是作者生病卧居田舍中,农夫们每天来谈论田间地头的农事,直到夜分还不睡觉,陆龟蒙于是"百端兴怀搅人思,益纷乱无绪"。这百感交集的内容非常丰富,有时间流逝的沧桑之感:"五年重别旧山村,树有交柯犊有孙。更感下峰颜色好,晓云才散便当门。"也有疾病的折磨:"雪下孤村淅淅鸣,病魂无睡酒来清。心摇只待东窗晓,长愧寒鸡第一声。"有陈思王那样的怀才不遇之悲:"多情多感自难忘,只有风流共古长。座上不遗金带枕,陈王词赋为谁伤。"有陶渊明式的感慨:"渊明不待公田熟,乘兴先秋解印归。我为余粮春未去,到头谁是复谁非。"也有宋玉那样的感伤:"月淡花闲夜已深,宋家微咏若遗音。重思万古无人赏,露湿清香独满襟。"还有天意难明的惆怅:"强梳蓬鬓整斜冠,片烛光微夜思阑。天意最饶惆怅事,单栖分付与春寒。"更有嫦娥一样的孤独感:"古往天高事渺茫,争知灵媛不凄凉。月娥如有相思泪,只待方诸寄两行。"也有人不如鸟的羁愁:"一派溪随筝下流,春来无处不汀洲。漪澜未碧蒲犹短,不见鸳鸯正自由。"总之是"持其性情"的心志和情感的表白,体现了陆龟蒙对诗歌抒情本质的理解,吟咏性情,保持纯真的赤子之心,才能算是一个真正的诗人。

另外,陆龟蒙还模仿楚辞的九歌体,作《迎潮送潮辞并序》:"余耕稼所在松江,南旁田庐,门外有沟通浦溆,而朝夕之潮至焉。天弗雨则轧而留之,用以涤濯灌溉,及物之功甚巨。其赢壮迟速,系望晦盈虚也。用之则顺而进,舍之则黜而退,有类乎君子之道。玩而感之,作迎潮送潮词二首,聊寄声于骚人之末。"又作《问吴宫辞并序》:"甫里之乡曰吴宫,在长洲苑东南五十里,非夫差所幸之别馆耶?披图籍不见其说,询故老不得其地。其名存,其迹灭。怅然兴怀古之思,作问吴宫辞云。"前者描写了故乡迎潮、送潮的风俗习惯,有浓浓的吴地风味。后者则通过寻访吴宫故地来寄托怀古的思绪,都可以作为新民歌来读。

2. 独特经历诗序。陆龟蒙一生没有皮日休那样长时间的四处漫游经历,也没有体验过时代风云变幻的农民起义斗争,总体上比较平淡,但是生命总是有一些感触深刻的瞬间,陆龟蒙的独特经历往往与他的隐居生活紧密相关。如《鹗鸩诗并序》:

> 客有过震泽,得水鸟所谓**鹗鸩**者贶予。黑襟青胫,碧爪丹嘴,色几及项,质甚高而意甚卑戚,畏人。予极哀其野逸性,又非以能招累者,而囚录笼槛,逼迫窗户,俯啄仰饮,为活大不快,真天地之穷鸟也。为之赋诗,拟好事者和。

诗序交代创作诗歌的缘由,一个朋友游太湖,送给陆龟蒙一只**鹗鸩**水鸟,"黑襟青胫,碧爪丹啄,色几及项,质甚高而意甚戚,畏人"。陆龟蒙对这只野性遭到戕害的水鸟非常同情,他以隐士的眼光看待这只"囚录笼槛,逼迫窗户,俯啄仰饮,为活大不快"的水鸟,认为它"真天地之穷鸟也",显然是隐射困顿于人间追求功名利禄而丧失本性的士人。诗曰:"词赋曾夸鹦鹉流,果为名误别沧洲。虽蒙静置疏笼晚,不似闲栖折苇秋。自昔稻粱高鸟畏,至今珪组野人仇。防徽避缴无穷事,好与裁书谢白鸥。"首联说**鹗鸩**因为享有鹦鹉一样的盛名,文人词赋中也经常歌咏,因此遭到捕捉,不得不离别沧洲。次联写现在的金丝笼子生活,没有当时栖息芦苇那样自由自在。三联说往昔为了口食不得不躲避高空盘旋的猛禽,而现在生活在高官厚禄者中间又遭到野人的仇视。尾联寄语昔日的好友白鸥要警惕缯丝徽索的威胁，要落到我这样的地步就没有自由了。陆龟蒙移情于鸟，显然是寄托了对命运不能自主者的悲慨。

这样的感慨在《白鸥诗并序》中更进了一步：

> 乐安任君，尝为泾尉。居吴城中，地才数亩，而不佩俗物。有池，池中有岛屿。池之南西北边合三亭，修篁嘉木，掩隐隈隩，处其一，不见其二也。君好奇乐异，喜文学名理之士，所得皆清散凝莹。袭美知而偕诣。既坐，有白鸥翩然，驯于砌下，因请浮而玩之。主人曰："池中之族老矣，每以豪健据有，鸥之始浮，辄逐而害之，今畏不敢入。"吁，昔人之心蓄机事，犹或舞而不下，况害之哉？且羽族丽于水者多矣，独鸥为闲暇，其致不高耶？一旦水有鲸鲵之患，陆有狐狸之忧，俦侣不得命啸，尘埃不得澡刷，虽蒙人之流赏，亦天地之穷鸟也。感而为诗，邀袭美同作。

这篇诗歌和诗序的主角变成了上面诗中的白鸥，白鸥与"机心"的典故紧密相连，是一种善于躲避祸害又喜欢亲近人类的水鸟。泾县尉任君家的池塘中有一个岛屿，池南西北有三座亭子，"修篁嘉木，掩隐隈隩"，清幽宜人，他喜欢和"清散凝莹"的人来往，因此陆龟蒙和皮日休得以一同造访，他们发现任君养有一只翩然翻飞的白鸥，驯于砌下，当要求任君让白鸥在水池中游玩时，任君的一席话让陆龟蒙深有感触，池中的老鱼大虾竟然攻击白鸥，使它不敢下水浮游。白鸥是一种有高雅气质的水鸟，但"一旦水有鲸鲵之患，陆有狐狸之忧，俦侣不得命啸，尘埃不得澡刷，虽蒙人之流赏，亦天地之穷鸟也"。陆龟蒙仿佛在制作一个新版的白鸥与机心的故事，实际上隐射的是士人失却本性的悲哀命运。诗曰："惯向溪头漾浅沙，薄烟微雨是生涯。时时失伴沉山影，往往争飞杂浪花。晚树清凉还鸂鶒，旧巢零落寄蒹葭。池塘信美应难忘，针在鱼唇剑在虾。"这是一只以另一种形式被囚禁的穷鸟。它本来居住在溪头的浅沙滩，在薄烟微雨中过着自由自在的生活，有时同伴走失只好从黑沉沉的山旁飞过，有时又成双作对的在浪花丛中翱翔。如今晚树清凉只属于鸂鶒，旧巢已经零落还扎在芦苇丛里，本来这里的池塘是它生活的好地方，但怎么也没想到"针在鱼唇剑在虾"，竟然无处容身。这只白鸥就是诗人命运的缩影，在晚唐那个时代，品行高洁者还能有更好的遭遇吗？悲伤成为时代的情感基调。

3. 酬赠诗序。陆龟蒙的酬赠诗歌也与隐居生活相关，而且带有传奇倾向。如《丁隐君歌并序》：

隐君,姓丁氏,字翰之,济阳人也。名飞举,读老子庄周书,善养生,能鼓琴。居钱塘龙泓洞之左右,或曰憩馆耳。别业在深山中,非得得行不可适。到其下,畜妻子,事耕稼,如常人。余尝南浮桐江,途而诣龙泓憩馆。获见,纶巾布裘,貌古而意澹。好古文,乐闻歌诗。见待加厚,因曰:"他时愿为山中仆。"丁笑而不应。问之年,曰:"七十二。"当咸通丙午岁,逮今十四年矣。雷平道士葛参寥话与翰之熟,至今齿发不衰,气力益壮。疏繁导蒙,灌溉剡铭,皆自执缏缶斤劚辈。升高望远,不翅履平地。时时书细字,作文纪事,皆有楷法意义。夜半山静,取琴弹之,奏雅弄一二而已。少睡,寡言语。与人相接,礼简而情至。周旋累年,未尝有罢倦之色,不唯疾病也,非养生之效欤?又不见其有所服饵。或问之,对曰:"治心修身之外,复有何物?"予始嘉其遁世,又闻其老而益精,又悦其治心修身之说。孔子所谓乐而寿者,斯人也欤?既乐而寿,则仁智充乎其内。充乎其内者,非有德者欤?有德而不耀于世者,非隐君子欤?乃作丁隐君歌,以寄其声云。①

诗序就像是一篇传奇人物小品,这位名叫丁翰之的济阳隐君子,居住在钱塘龙泓洞的深山别墅中,他既"读老子庄周书,善养生,能鼓琴",又"畜妻子,事耕稼,如常人",还"好古文,乐闻歌诗"。陆龟蒙南游桐江时曾经见到过他,那时丁已经七十二岁。十四年后,据友人葛参寥说,至今丁隐君还是"齿发不衰,气力益壮","升高望远,不翅履平地",并"时时书细字,作文纪事,皆有楷法"。更有甚者,他"夜半山静,取琴弹之,奏雅弄。少睡,寡言语。与人相接,礼简而情至"。陆龟蒙的理想隐居生活就是这样的"乐而寿",因此"予始嘉其遁世,又闻其老而益精,又悦其治心修身之说",作诗相赠,为他立传。诗曰:"华阳道士南游归,手中半卷青萝衣。自言遘客持赠我,乃是钱塘丁翰之。连江大抵多奇岫,独话君家最奇秀。盘烧天竺春笋肥,琴倚洞庭秋石瘦。草堂暗引龙泓溜,老树根株若蹲兽。霜浓果熟未容收,往往儿童杂猿狖。去岁猖狂有黄寇,官军解散无人斗。满城奔迸翰之闲,只把枯松塞圭窦。前度相逢正卖文,一钱不直虚云云。今来利作采樵客,可以抛身麋鹿群。丁隐君,丁

---

① 诗序中有"当咸通丙午岁,逮今十四年矣"的句子。周颂喜认为:因为"咸通"无"丙午"年,当是"壬午(862)"之误,下推十四年,即乾符三年,这是此诗的作年。(按:这样算实际上下推了十五年,详序意,十四年是从那时到现在连着算的,不应该将那一年除掉。)(见增订注释《全唐诗》第四册第539页)也有另一种可能,"丙午"为"丙戌(866)"之误,下推十四年是乾符六年,此时正是黄巢起义最激烈的时候,如果是乾符三年所作,则应该是王仙芝起义最猛烈,黄巢刚刚起义响应,其影响在乾符五年宋威杀王仙芝之后。其诗中有"黄寇"字样,当是黄巢起义声势最大时候所作。

隐君,叩头且莫变名氏,即日更寻丁隐君。"诗序重在纪实,突出人物的传奇色彩,而诗歌重在展现丁隐君生活的优美环境和情趣,特别突出在黄巢起义激烈而"官军解散无人斗"的时候,"满城奔迸翰之闲,只把枯松塞圭窦",因而表现出对丁隐君的羡慕和对隐居生活的向往。

又如《二遗诗并序》:

> 二遗者何?石枕材、琴荐也。石者何?松之所化也。松者何?越之东阳也。东阳多名山,就中金华为最。枝峰蔓壑,秀气磅礴者数百里。不啻神仙登临,草木芬怪。永康之地,亦蝉联其间,中饶古松,往往化而为石。盘根大柯,文理曲折,尽为好事者得而致于人间,以为耳目之异。太山羊振文得枕材,赵郡李中秀得琴荐,皆兹石也。咸以遗予,予以二遗之奇,聊赋诗以谢。

这首诗歌是对友人赠送礼物的回赠,是比较罕见的吟咏化石的作品。这两样古松化石所做的枕材和琴荐,都产自越之东阳,那里"枝峰蔓壑,秀气磅礴者数百里",又"中饶古松,往往化而为石。盘根大柯,文理曲折",成为文人雅士搜寻的艺术佳品。友人慷慨相赠这样珍贵的宝物,因此陆龟蒙要赋诗抒发感慨并致以谢意。诗曰:"谁从毫末见参天,又到苍苍化石年。万古清风吹作籁,一条寒溜滴成穿。闲追金带徒劳恨,静格朱丝更可怜。幸与野人俱散诞,不烦良匠更雕镌。"首联写松树由幼苗长成参天大树,再经过亿万年的沧桑巨变形成奇异的化石;次联说当年曾经在清风吹拂下发出天籁的乐声,后来在亿万年的寒泉雕琢下形成这样的珍品;三联写这些化石珍奇有的被达官贵人用来作为装饰品,有的被用来支架琴弦弹出美妙的乐曲;尾联说幸好这两块能够作为野人散漫放诞的玩赏物品,不需要能工巧匠挖空心思的雕琢,使他们得以保存原本的形貌。诗序与诗歌都着眼于隐士生活,强调自然本真的个性品质,表现了陆龟蒙一贯重视散诞人格的精神追求。

4. 追忆诗序。晚唐时代诗人们不仅追怀自己的人生经历,而且展开了对历史经验的追忆,因此大量的咏史诗涌现。人们在历史中努力发掘对现实人生有价值的东西,作为影射劝谏的工具,期望引起强烈的关注。陆龟蒙虽然是隐士,但他对现实也有比较真切的关怀。如《庆封宅古井行并序》,前文已有论述。

陆龟蒙还有一首追和前人诗作的诗歌,就是《和过张祜处士丹阳故居并序》:

张祜,字承吉。元和中,作宫体小诗,辞曲艳发。当时轻薄之流,能其才,合噪得誉。及老大,稍窥建安风格,诵乐府录,知作者本意,短章大篇,往往间出。谏讽怨谲,时与六义相左右。善题目佳境,言不可刊置别处,此为才子之最也。由是贤俊之士,及高位重名者,多与之游。谓有鹄鹭之野,孔翠之鲜,竹柏之贞,琴磬之韵。或荐之于天子,书奏不下。亦受辟诸侯府,性狷介不容物,辄自劾去。以曲阿地古澹,有南朝之遗风,遂筑室种树而家焉。性嗜水石,常悉力致之。从知南海间罢职,载罗浮石筍还。不蓄善田利产为身后计。死未二十年,而故姬遗孕,冻馁不暇。前所谓鹄鹭孔翠竹柏琴磬之家,虽朱轮尚乘,遗编尚吟,未尝一省其孤而恤其穷也。噫,人假之为玩好,不根于道义耶?惧其怨刺于神明耶?天果不爱才,没而犹谴耶?吾一不知。友人颜弘至行江南道中,访其庐,作诗吊而序之,属余应和。余汩没者,不足哀承吉之道,邀袭美同作。庶乎承吉之孤,倚其传而有怜者。

胜华通子共悲辛,荒径今为旧宅邻。
一代交游非不贵,五湖风月合教贫。
魂应绝地为才鬼,名与遗编在史臣。
闻道平生多爱石,至今犹泣洞庭人。

这是一首唱和诗序,充满对中唐诗人张祜的无限追忆,相当于张祜的传记。张祜年轻时擅长"作宫体小诗,辞曲艳发",轻薄之流特别喜爱这些诗歌,他因此名声大振。中年之后张祜学习建安风格,创作乐府诗,短章大篇,往往间出,虽然诗中充满"谏讽怨谲,时与六义相左右",但是被高位重名者赞赏为"有鹄鹭之野,孔翠之鲜,竹柏之贞,琴磬之韵"的品性。然而这样的才能并没有得到天子的亲睐,张祜不得不"受辟诸侯府","狷介不容物"的个性最终导致他退隐田园。由于张祜"不蓄善田利产为身后计",所以他死后不到二十年,妻子和遗腹子就"冻馁不暇",先前交往的达官贵人没有一个愿意接济他的遗孤。陆龟蒙因此产生了强烈的感慨:"人假之为玩好,不根于道义耶?惧其怨刺于神明耶?天果不爱才,没而犹谴耶?"既有对张祜"性嗜水石"而不根道义的质疑,也有对才子不得天命支持的感慨。诗中对张祜"一代交游非不贵,五湖风月合教贫"的遭际深表遗憾,对他的才华深表惋惜,说"魂应绝地为才鬼,名与遗编在史臣"。同时对他酷爱奇石、不蓄产业致使遗孤生活的困窘表示怜悯。张祜身上具有隐士的品性,这是陆龟蒙崇尚他的原因,张祜又是那个时代的怀才不遇者,且遭受世态炎凉和不公正的待遇,这是陆龟蒙同情他的原因。

综上所述,陆龟蒙的诗序和诗歌具有以下几方面的艺术特点:(1)虽然陆龟蒙与皮日休并称"皮陆",但是他们二人的诗歌具有不同的艺术风格,从诗序角度看,陆龟蒙在诗序中主要描写与隐居生活相关的人和事,带有强烈的隐逸色彩;(2)陆龟蒙的诗序中展现了他"散诞"性格的审美内涵,追求人格独立和心灵的自由自在,对戕害原始本真的情事充满愤恨,希望过上恬静安乐的田园生活;(3)陆龟蒙也没有完全忘却人世,他在诗序和诗歌中对世态炎凉和动乱杀戮充满了愤慨,许多诗歌就是在百感交集的状态下创作的;(4)陆龟蒙所生活的晚唐时代是传奇流行的时代,他自然也深受影响,表现在诗序中,就是对传奇题材的关注,不同于杜牧、李商隐关注爱情题材,也与皮日休关注社会现实矛盾冲突相异,他关注的还是与隐士有关的生活情趣;(5)陆龟蒙的唱和诗歌需要适应皮日休原诗,所以采用古体诗歌形式,除此之外,他的诗歌往往运用绝句和律诗形式,且带有较强的民歌风格。总之,陆龟蒙的诗序和诗歌为唐诗增添了最后一抹霞光。

第五节　晚唐诗序与传奇小说

一、晚唐诗序与诗歌广泛关注传奇色彩的爱情题材

晚唐诗歌的一个重要内容是大量描写艳情或爱情题材,这与晚唐时代整体社会氛围有关。像当时著名的诗人李商隐、杜牧、温庭筠、韩偓等,都写有一定数量的艳情诗(当然,其中也有一些可以称之为爱情诗),当诗歌所写内容具有一定的传奇性时,则会附上一篇简短的诗序,交代写作背景或提示主要情节内容。如杜牧的《杜秋娘诗并序》(《全唐诗》卷五二〇):

> 杜秋,金陵女也。年十五为李锜妾,后锜叛灭,籍之入宫,有宠于景陵,穆宗即位,命秋为皇子傅姆,皇子壮,封漳王。郑注用事,诬丞相欲去己者,指王为根。王被罪废削,秋因赐归故乡。予过金陵,感其穷且老,为之赋诗。

这篇诗序是杜秋娘的一个小传。诗歌是以杜秋娘命运变迁为中心,书写的是晚唐中后期的一段传奇的宫廷史,也可以说是用诗歌写成的历史传奇。杜秋娘经历了由藩镇侍妾、皇帝宠姬到皇子保姆再到放逐老妇的变化,她的每根白发都充满的人生无常的悲剧色彩,是历史造就了杜秋娘的悲剧,也可以说

杜秋娘见证了那一段带有悲剧色彩的荒唐的宫廷历史。诗序与诗歌可以说相互印证,相得益彰。

又如许浑的《赠萧炼师并序》也涉及一些修道修仙题材,前文已及。再如李商隐的《柳枝五首并序》也讲述了浪漫爱情故事等。还有罗虬的《比红儿诗并序》,都体现了晚唐人独特的审美取向。

二、传奇小说对诗序的影响

唐代传奇小说的兴盛,宋人赵彦卫《云麓漫钞》认为与当时进士考试"温卷"有关①。但陈寅恪认为这与"古文运动"有关,他说:"今日所谓唐代小说者,亦起于贞元元和之世,与古文运动实同一时,而其时最佳小说之作者,实亦即古文运动之中坚人物是也。"②并认为唐人小说是一种新兴的文体,"其优点在便于创造,而其特征则尤在备具众体也"③。二者都有一定的真理性,但都有一些缺陷,实际上唐人小说还受民间文学及佛道传播的影响,是在六朝志怪和史传文学基础上发展起来的,同时与诗歌的关系也很密切。④ 传奇小说最大的特点就在它具有新颖曲折的故事情节和生动独特的人物形象,容易产生惊悚震撼的艺术效果,能够在不同阶层的受众之间广泛传播。传奇与诗体的结合较早,初唐时期的《游仙窟》就是采用散文与诗歌交杂的体制,到中唐时期白居易的《长恨歌》与陈鸿的《长恨歌传》,元稹的《莺莺传》与李绅的《莺莺歌》也都是相互映衬,韩愈写《石鼎联句诗序》则将传奇与诗序结合起来,开创了新的风气。在晚唐时代,传奇再次兴盛繁荣,而诗歌也追求艳情与传奇,因此传奇小说就很自然地渗透进入诗序之中,这就是在骈文复炽的背景下,诗序依然保持散体的根本原因。总体上看,传奇对诗序的影响有以下几个方面。

首先,晚唐诗序很多本身就是传奇,如上举罗虬的《比红儿诗序》就被收入五代人王定保的《唐摭言》,后被收入宋代李昉编的大型类书《太平广记》⑤,还有像许浑的《赠萧炼师并序》《题卫将军庙并序》、杜牧的《杜秋娘诗并序》等,也都可以看作是一代历史传奇。

其次,晚唐喜以传奇笔法写诗序。传奇笔法就是虚构故事情节和传神刻

---

① [宋]赵彦卫著,张国星校点《云麓漫钞》卷八说:"唐之举人,先藉当世显人,以姓名达之主司,然后以所业投献,逾数日又投,谓之'温卷',如《幽怪录》、'传奇'等皆是也。盖此等文备众体,可以见史才、诗笔、议论。"第82—83页,辽宁教育出版社,1998年12月版。
② 陈寅恪《元白诗笺证稿》第2页。
③ 同上书,第4页。
④ 参程毅中《唐代小说史》第十一章"余论"部分,第346—359页,人民文学出版社,2003年5月版。
⑤ 参[宋]李昉等编《太平广记》卷三百七十三"罗虬"条。

画人物的方法,像李商隐的《柳枝五首并序》就是典型的传奇笔法,尽管以自己的经历为线索,但是其中显然充满了虚构,留下很多空白,令人悬想。许浑的《题卫将军庙并序》(增补新注《全唐诗》第三册)亦是一例。

再次,有时诗人们为了寄托自己的人生理想,将现实生活中的真人也写得像小说中的传奇人物,前面所举的李商隐、杜牧等诗序及陆龟蒙的《丁隐君歌并序》已经具有这种倾向,前文已及。

综上所述,我们得出以下几点结论:

(1)晚唐时代,唐王朝整体上处于衰落时期,中央对地方基本上失去影响力,没有中唐时期那样既有较高官位又能掌握文柄的轴心作家,重要作家都在地方幕府任职或主要在幕府任职。虽然幕府也经常有宴会,但是盛唐那样的豪兴,中唐那样的理性已经不存在了。文人们对赠送诗序似乎已经失去兴趣,更重要的原因可能是时代没有为士人提供展现才华的机会和政治出路,因此文人普遍缺乏进取精神,对诗序制作缺乏激情,导致诗序的整体衰落。

(2)晚唐时代,诗序显然受到传奇的影响,不仅题材带有传奇性,而且情调、结构、语言、意蕴都带有传奇色彩。因此初唐流行的宴会诗序、盛唐、中唐流行的赠别诗序退潮后,富有传奇意味的追忆诗序和独特经历诗序大放光彩,诗人们尤其热衷爱情题材。

(3)晚唐时代,诗歌体裁发生了重大的变化,短小的绝句和律诗(主要是五律)成为诗人选择的主要体式。由于出现了群体宴会赠别向诗人之间的双向酬赠或邀约唱和的转变,诗歌收敛到私人化的情感空间,呈现出主观化、心灵化的趋势,甚至追求朦胧、隐约的意蕴。而诗序正是使诗歌主旨明晰的标志。因此在这种创作取向的制约下,诗序逐渐失去作用。

(4)正是在这样的时代环境下,许浑为七律一体大量制作诗序,皮日休写作反映现实民生方面的诗序,陆龟蒙的诗序描写隐士生活,就成为特别值得关注的现象,也是诗序这种文体在唐代最后的艺术光彩,值得珍视。

附录1　试论元稹的文学思想
——以《故工部员外郎杜君墓系铭并序》为中心

元稹,字微之,中唐新乐府派著名诗人,与白居易并称"元白"。他的文学思想集中体现在《唐故工部员外郎杜君墓系铭并序》中,此文由他精心结撰,"叙曰:予读诗至子美而知小大之有所总萃焉"。叙即"序",是一种文体名称,起源很早,大约在春秋末至战国初期产生,是整理文献时,按照一定的次序,编排文献,说明写作情况、意旨的一种实用文体。后来,除一般的书籍、文集之外,有些单篇的赋、诗歌、散文前面都有"序"。元稹的这篇"序"既是一篇精美的"墓志铭"序,又是一篇理论价值极高的诗论。因为杜甫一生只是在诗歌艺术创造方面做出了划时代的贡献,并没有赫赫战功或者从政方面的业绩。所以,此篇"序"主要评价杜甫的诗歌成就,与墓主的实际情况非常契合。他用"总萃"一词来归纳杜甫的成就,认为杜甫是诗歌发展的集大成者,这一诗史判断非常准确。

一、元稹的诗史观念

一般文学史都认为诗歌产生于民间,是在劳动人民的生产劳动中创造的。元稹却认为最早的诗歌产生于尧舜时代的君臣唱和。他说:"始尧、舜时,君臣以赓歌相和。"据《尚书》记载,舜继尧为帝后,天下大治,于是作歌曰:"股肱喜哉!元首起哉!百工熙哉!"大臣皋陶乃赓歌(接着续歌,应和)曰:"元首明哉!股肱良哉!庶事康哉!"又曰:"元首丛脞(细碎、烦琐)哉!股肱惰哉!万事堕哉!"从上面的诗歌看来,舜的三句诗描述了天下大治的背景下,股肱大臣到百工熙乐和睦的太平景象,流露出他作为元首的喜悦之情。而皋陶的和诗,一首赞美元首和大臣的英明、贤良及政事顺畅,另一首则有进谏意义,说如果元首喜欢细碎烦琐,不思奋进,贪图享受,那么股肱大臣就会懒惰,结果就会导致万事毁坏、不堪收拾。元稹是主张诗歌要有干预生活的进谏功能,故以尧舜君臣赓歌作为诗歌的起点。这里含有元稹的诗学理想。

沿着"干预社会生活"这条主线,元稹展开了对历代诗歌的评价。他说:"是后诗人继作,历夏、殷、周千余年,仲尼缉拾选练,取其干预教化之尤者三百,其余无闻焉。"这是对《诗经》的总体评价。元稹认为,《诗经》三百首,经过孔子的精心研究、编辑、整理、挑选、删除,所剩下的全部是有关政治教化的最好作品。此说继承了司马迁提出的"孔子删诗"观点,后代一般认为不可信。元稹之所以这样说,还是为了突出他的诗学见解,即主张诗歌要有干预生活、反映现实、直面人生的实用功能。由此可见中唐时代的人们对《诗经》价值的判断,也可以看出当时的诗学观念。值得注意的是,这在当时是有普遍意义的,否则"新乐府"运动就不会有那么多同声相应的唱和者。

接着,他评论了屈原等骚体诗人的作品。他说:"骚人作而怨愤之态繁,然犹去风雅日近,尚相比拟。"这是评论以屈原为代表的诗人及其作品。对屈原的评价,可以看作一种诗学理论的试金石。司马迁曾高度赞美屈原,此后的人们对屈原的评价出现了对立情况:一种认为《离骚》取得了很高的成就,《诗》《骚》并列为中国古代诗歌的两大源头,可以与日月争光;一种则认为屈原露才扬己,从班固到颜之推,再到王通、王勃都否定屈原。杜甫、李白是推崇屈原的,元稹的评价稍稍折中,一方面认为屈词"态繁",略显不满,另一方面,又说其与《诗经》很接近,还可以相互比拟。我认为,元稹认为可比拟的不是《离骚》的惊采绝艳、自铸伟词,而是其中包含大量的以刺世事的谏诤内容,符合他的诗歌价值观。那么,秦汉诗歌又会怎样呢? 元稹说:"秦汉以还,采诗之官既废,天下俗谣、民讴、歌颂、讽赋、曲度嬉戏之词,亦随时间作。"这里要特别注意,元稹大概是第一个将秦汉连在一起论述的人,而且将民歌民谣与颂歌、讽谏性诗歌及娱乐游戏的唱词结合起来,表现了他对俗文学的关注。这与他和白居易、李绅、刘禹锡等诗人重视民歌创作相关,正是由于通脱的观念,才使他们能够在中唐时期尝试被称为卑俗的"词"体创作。元稹的集中虽然没有词,但是在他的观念中是重视并赞赏"词"的。从上面的叙述中不难看出,元稹更看重的是"采诗"讽谏之类的民歌和刺诗,而采诗制度的破坏,多少是令人遗憾的。因此在元和初年,他和白居易一起,大力提倡新乐府诗,力图恢复先秦时代的诗歌讽谏传统。接着说:"逮至汉武赋《柏梁》,而七言之体具。苏子卿、李少卿之徒,尤工五言。虽句读文律各异,雅郑之音亦杂,而词意简远,指事言情,自非有为而为,则文不妄作。"这是论述汉代文人创作。从体裁来看,元稹认为,文人创作有七言、五言的区别。现代学者一般都认为《柏梁》诗和苏、李赠答诗是伪作。但元稹和韩愈等人都相信苏李是五言诗的开创者,这可能是他们疏于考辨。而另一方面,我们也可以看出唐人受梁代萧统编《文选》的影响。请注意,元稹强调五言诗虽然文字、音韵、格律不同,内容方面也存在"雅郑"间杂的情况,但是在总体上还是有"词意简远"的"指事言情"特点,并且是"有为"之作。

建安文学是中国古代文学发展史上最为辉煌的一页，唐人为了复古多推崇建安风骨，元稹当然也不例外，从他对建安文学的认识可以看出他的取舍和偏重。他说："建安之后，天下文士遭罹兵战，曹氏父子鞍马间为文，往往横槊赋诗，故其遒壮抑扬、冤哀悲离之作，尤极于古。"这里评价以"建安三曹"为代表的建安诗歌，令人想起刘勰所概括的"建安风骨"。《文心雕龙·时序》："观其时文，雅好慷慨，良由世积乱离，风衰俗怨，并志深而笔长，故梗概而多气也。"钟嵘《诗品》论曹植曰："骨气奇高，词采华茂；情兼雅怨，体被文质，粲溢古今，卓尔不群。"推为上品中耀眼的巨星，赞扬备至。然而，颜之推却提出相反的看法，他在《颜氏家训》中批评道："自古文人多陷轻薄：屈原露才扬己；曹植悖慢犯法；谢灵运空疏乱纪。"这位严守儒家中庸观念的理论家，以"轻薄"作为这些著名文人的缺点，虽然主要目的是告诫家人弟子不要陷入文人式的轻薄，以防招致悲剧命运，但是他的判断却击中了一些文人的致命伤。后代也有对这种观点的回应，王勃就是其中著名的一位。他在《上裴侍郎启》中说："自微言既绝，斯文不振，屈(原)宋(玉)导浇源于前，枚(乘)马(司马相如)张淫风于后；魏文(曹丕)用之而中国衰，宋武(刘裕)贵之而江东乱；虽沈(约)谢(灵运)争骛，适先兆齐梁之危；徐(陵)庾(信)并驰，不能免周陈之祸。"不仅把文人而且连文学也彻底否定了，这显然是偏激的文学观念。初唐陈子昂对建安风骨十分向往，并将其作为振兴唐诗的一个美学理想提出来，从此得到广泛的认同。陈子昂《东方左史虬修竹篇序》："文章道弊五百年矣。汉魏风骨，晋宋莫传。"李白《古风·大雅》："自从建安来，绮丽不足珍。"韩愈《荐士》："建安能者七，卓荦变风操。"相较上引诸家评论，可以看出元稹是继承陈子昂以来肯定"建安风骨"诗歌艺术风貌及诗学传统的。但元稹的评论有自己的特点：首先，元稹关注曹氏父子"鞍马间为文"的创作背景，标举的是"横槊赋诗"的气概和在刀光剑影的社会动荡中所表现的怨愤、悲伤、离别之作；其次，元稹欣赏的是三曹诗歌遒劲健举、抑扬顿挫的风格特征；再次，元稹认为曹氏父子的作品达到了"极于古"的艺术成就。这些都反映了元稹的复古诗学思想，要求诗歌反映社会现实和真实的人生，这实际上就是汉乐府精神。元稹赞美杜甫正是在这样的理论基础上。这与同时代的白居易、韩愈等人观点相似，说明中唐时代具有一股强大的复古思潮。

对于晋朝诗歌，元稹认为："晋世风概稍存。"什么是"风概稍存"呢？我们知道晋代著名诗人有：太康之英陆机、元嘉之雄谢灵运(颜延之为辅)、陶渊明、鲍照、谢朓等。韩愈《荐士》曾评论说："逶迤抵晋宋，气象日凋耗。中间数鲍(照)谢(灵运)，比近最清奥。"而元稹却认为，晋代的诗歌还能够稍稍保存建安诗歌的风格和气概，总体上是值得肯定的。这与韩愈不同，这是元稹能够正确评价杜甫的前提,因为元稹认识到晋宋诗歌的价值,又能看到杜甫对晋宋诗歌的艺术继承,所以才能得出比较允当的结论。

元稹最有特色的观点表现在对南朝诗歌的评论上,与陈子昂、李白、韩愈等人全盘否定不同,元稹是有条件的否定。他说:"宋、齐之间,教失根本,士以简慢、歘习、舒徐相尚,文章以风容色泽、放旷精清为高,盖吟写性灵、流连光景之文也,意气格力无取焉。"这里的"教"是指儒家思想、政治教化。宋齐梁陈时代,儒家思想衰微,玄风和佛教盛行,所以元稹说"教失根本"。而此时的士人状态是"简慢",惰废轻忽,不遵礼度;"歘习",近习,狎邪放荡;"舒徐",缓慢,散漫拖沓。追求"风容""色泽",即文章追求形式优美,辞藻华丽;崇尚"放旷"(放浪旷达)"精清"(精致清新);要求抒写"性灵"(指个人的性情)。因此出现大量描写景物、美女的"流连光景"的文章,骈文流行,宫体泛滥,当然作品缺乏"意气格力",没有健康的积极内容,风格柔靡婉媚,缺少劲健的骨力。元稹的这一评价是有文献依据的。我们知道魏晋南北朝时期,是"人的觉醒,文的自觉"时代。"人的觉醒"主要体现在对个体生命价值的体认,要求摆脱儒家经学思想的桎梏,追求心灵的自由,加上文人经常惨遭杀戮,因而对人生无常的幻灭感有深切认识,遂滋生出生命短暂,需及时行乐的消极思想。进入南朝后,朝代更替如白云苍狗,时势变化莫测,更强化了士人的悲哀情绪,反映到文学作品中就是元稹提到的这些文学现象。"文的自觉"主要表现在对文章价值的认识上,文体分类意识增强了,强调文章的审美娱乐功能,经历了"文章乃经国之大业"到"为耳目之玩"的变化过程,形成了"美文"概念,而且将为文与为人分开对待。对文章之"美"的认识有一个复杂的辩证发展过程。三国时期曹丕《典论·论文》提出"诗赋欲丽"的观点,西晋陆机《文赋》进一步发展为:"诗缘情而绮靡,赋体物而浏亮。"而同时期的挚虞《文章流别论》却批评今文"丽靡过美"。葛洪《抱朴子·钧世》也说今世文"清富赡丽"。认为文辞过分超过了内容,是不妥当的。进入南朝后,人们对文章的形式美更加重视。如梁代沈约《谢灵运传论》提出了美文的标准,"英辞润金石""清辞丽曲""以情纬文,以文被质""缀响联辞,波属云委""五色相宣,八音协畅"。《文心雕龙·神思》也说:"吟咏之间,吐纳珠玉之声,眉睫之前,卷舒风云之色。"萧子显《南齐书·文学传论》更说:"文成笔下,芬藻丽春。"萧统《文选·序》略作折中,其标准是:"综缉辞采,错比文华""事出于沉思,义归乎翰藻"。到萧绎却又走向了极端,他的《金楼子·立言》说:"文者,惟须绮縠纷披,宫徵靡曼,唇吻遒会,情灵摇荡。"元稹对美文概念的形成过程是非常清楚的,他也不十分反对美文,但是这种时代的文学思潮毕竟走向了过分强调形式的极端境地。因此他也表明了自己的看法,他说:

"陵迟至于梁陈,淫艳刻饰,佻巧小碎之词剧,又宋齐之所不取也。"上面引用的有关梁代文论家的论点,恰好证明了元稹的判断,中唐时代诗人继承初唐以来对六朝文风的批判,大体都是全盘否定,而且认为一代不如一代。他们强烈反对雕刻、典饰、华丽、工巧的骈文及讲究声律、内容空泛的永明体诗歌。

  历史的脚步终于进入了唐朝。唐朝文学无疑是辉煌灿烂的,唐人自己也这样无比自豪地认为。元稹认为"唐兴,官学大振,历世之文,能者互出"。官学,指国家的学校教育。据史书记载,唐代建立后,官办学校教育有很大发展,如唐高宗时期国子监(中央最高学府)最多有学生八千人,地方州县有学生六万多人。学生有统一的课本《五经正义》,孔颖达于高宗永徽四年编成,次年通行全国。从此,儒家思想重新回到统治地位。从初唐到中唐时期,诞生了大量的文人和诗人。文人有"文章四友""燕许大手笔"等,诗人如初唐四杰、王孟山水诗派、高岑边塞诗派、李白杜甫等等,可谓人才辈出、群星灿烂。众多的文人诗人取得了哪些重要的艺术成就呢?有必要加以概括。首先是律诗方面:"沈(佺期)、宋(之问)之流,研练精切,稳顺声势,谓之为律诗。"稳顺,妥帖和顺。声势,即声律,指诗歌语言声调的高低长短变化配合。律诗分五律和七律两种。这是唐代成熟的新诗体,也称近体诗,脱胎于梁陈时期的永明体诗歌。永明体诗八句,讲求"四声八病",非常烦琐,而唐代律诗只讲究"平仄粘对",相对简约。

  沈、宋是高宗、武则天时期的宫廷诗人,才华出众,大量写作宫廷应制诗,钻研诗歌格律,追求对仗工整,用语妥帖得体,声调宛转悠扬,风格平稳雅正,但泯灭个性色彩,显得空洞单一,缺少变化。但他们对律诗定型做出了贡献。元稹是中唐时期的复古文学家中最重视格律诗的人,这一点与韩愈不同。韩愈的复古追求的是汉魏古体,而排斥近体诗,虽然他也大量创作近体诗,但他的诗论强调的是"古诗"。元稹和白居易比较通脱,一方面他们和韩愈一样,要求回归《诗经》、汉魏乐府诗传统,要求直面现实人生,"惟歌生民病,愿得天子知",主张"文章合为时而著,歌诗合为事而作"。另一方面,他们又积极探索新形式的格律诗,大量创作长篇排律,开创相互唱和的新风气,在当时引起广泛的影响,以致被后世称为"元和体"。在重视格律诗这一点上,元稹与杜甫有高度的契合。"由是而后,文变之体极焉。然而莫不好古者遗近,务华者去实,效齐梁则不逮于魏晋,工乐府则力屈于五言,律切则骨骼不存,闲暇则纤秾莫备。"这几句是批评当时学习以往诗歌传统的缺陷,为赞美杜甫作铺垫,但具体所指却不是十分清楚,需要细加辨析。其中"文变之体"是指:元稹时代的文章体式分散文、骈文,前者占主流,后者在古文运动中声势渐小,文人之间的实用文体都变成了散文,只有朝廷的制诰类庄重文体还在运用骈文;诗歌体式有五古、七古、乐府、新乐府、五律(五排)、七律(七排)、五绝、七绝、六绝、短律。后世所有的诗体,中唐时期以前已经全部完成并形成了基本规范。"好古者遗近"是指:推崇古体诗而不喜欢近体诗的人,隐约指以韩愈为代表的复古诗派,即"韩孟诗派",这个诗派文人集团人员众多,以韩愈为中心,声势浩大,占据重要的地位,也取得了很高的成就,对扭转当时的社会风气,尤其是士人气骨、情操方面有重要作用。因为这一派源于朝廷要员而下的诗人群体,从李华、独孤及、萧颖士、权德舆、梁肃直接到韩愈,有很强的艺术传承体系。元稹、白居易与这派诗人艺术趣味大相径庭,也很少交往。"务华者去实",即追求华丽文词而缺少内容实质。剩下的几句说:学习齐梁宫廷诗风的人,没有达到魏晋的水平,也就是缺乏"建安风骨";专工乐府的人,则没有达到魏晋五言古诗的成绩;追求格律的人,又忽视了骨力、气格方面的深层内涵;而那些抒写闲适情怀的人,又没有文采,缺少修饰,显得淡而无味。

总之,没有一个诗人能取得全面的成就。这为下面评价杜甫做好了最后铺垫。杜甫的伟大之处就在于他能在一个需要伟大旗手的时代,取得了能够代表时代的重要成就,成为诗歌历史发展的一座新的里程碑。而且杜甫以开阔通脱的胸襟,海纳百川,全面继承、吸收前代诗歌的艺术成就,推陈出新,开创了唐诗的新境界,成为诗歌史上不可逾越的高峰。

二、元稹对杜甫的评价

元稹认为,"至于子美,盖所谓上薄风、骚,下该沈、宋"。这两句是时间跨度大、风格差异大的两类诗歌。《诗经》是中国古代第一部诗歌总集,也是现实主义诗歌传统和风格的奠基之作,具有深远的历史意义,成为温柔敦厚的最高典范。《离骚》为代表的则是想象奇特、意境恢宏、辞采瑰丽,是浪漫主义诗歌的典范。沈宋律诗又是唐代确立的新的艺术规范,对仗工稳、韵律精严、声情兼备、格调新颖。杜甫诗歌兼有古典诗歌和现代诗歌的艺术风貌,既全面继承诗骚传统又具有当代品格。"古傍苏、李,气吞曹、刘。""苏"指西汉苏武,传说他在匈奴被扣留19年之后,回国时与投降匈奴的名将李陵告别,赠给李陵四首诗,都是五言抒情诗,李陵也回赠三首。七首诗都收入《文选》,因此唐人一般都认为这是文人五言抒情诗的开山之作。曹、刘指建安时代两位杰出诗人曹植和刘桢,两人的诗歌都具有骨气和辞采交融之美,钟嵘赞美曹植"骨气奇高,辞采华茂,情兼雅怨",刘桢是"真骨凌霜,高风跨俗"。杜甫的五言古诗取得了境界浑融、骨力健举、气势充沛、情感苍茫的艺术成就,达到了古体诗所能达到的最新境界,即在大气磅礴的境界中包含沉郁顿挫、茫无涯际的情思。"掩颜、谢之孤高,杂徐、庾之流丽,尽得古今之体势,而兼人人之所独专矣。"颜延之,刘宋时期著名诗人,其诗以"错采镂金、雕绘满眼"为特色,注重用典和刻画,是最早"以学问为诗"的代表,诗歌表现了他孤傲高洁的品性,钟嵘赞美他是"经纶文雅才"。谢灵运,袭封康乐公,后贬永嘉太守,孤傲悲愤,后因谋反罪被诛,享年四十九岁。谢灵运诗被同时代的鲍照认为是"初发芙蓉,自然可爱",钟嵘赞美道:"若人兴多才高,寓目辄书,内无乏思,外无遗物,其繁富宜哉! 然名章迥句,处处间起,丽典新声,络绎奔会。譬犹青松之拔灌木,白玉之映尘沙,未足贬其高洁也。"徐陵,梁陈时期诗人,《玉台新咏》的编者,著名的宫体诗人。庾信,梁陈时期著名宫体诗人,入北周被扣留不返,暮年诗赋多乡关之思,浑涵苍茫,沉郁悲壮,为杜甫所赞赏。两人诗歌格调虽然不高,但是雕镂秀美,描摹精细,明艳婉转,声色动人,艺术上也有可取之处。杜甫作诗抱着"不薄今人爱古人,清词丽句必为邻"的通脱态度,具有"别裁伪体亲风雅,转益多师是汝师"的气魄,尽管他告诫自己"恐与齐梁作后尘",但是他还是能够吸取徐陵和庾信诗赋艺术中的合理成分,融化为自己诗歌的血肉。杜甫诗歌格律精严、用词锤炼、藻饰精美、用典深厚都得益于对庾信等人的学习。这才是一种真正的大家气象。杜甫熟知古今诗歌艺术体裁的特点,擅长融会各人的独特专长,成为汇纳百川的大海。最后元稹总结说:"使仲尼考锻其要旨,尚不知贵其多乎哉? 苟以为能所不能,无可不可(一作"以其能所不能,无可无不可"),则诗人以来,未有如子美者!""其多乎"出《论语·子罕》:"吾少也贱,故多能鄙事。君子多乎哉? 不多也。"孔子的这些话实际上说得很心酸,所以又说:"吾不试,故艺。"杜甫的一生也是栖栖惶惶的一生,在政治上一无作为,生活上穷困潦倒,最终客死他乡。但是他在诗歌艺术上呕心沥血,苦苦追求,专精独诣,练就多种艺术腕力,使他成为无诗体不擅长的多面手。这就是元稹眼中的集大成诗人杜甫的形象! 他对杜甫做出如此高的评价,是中国诗歌史上的第一次,至今仍然闪耀着真理性的光辉!

元稹为了强调突出杜甫的诗史地位,又提出了著名的"李杜优劣"论。他说:"时山东人李白,亦以奇文取称,时人谓之李杜。予观其壮浪纵恣,摆去拘束,摹写物象,及乐府歌诗,诚亦差肩于子美矣。"这是评价李白诗歌。"差肩"即比肩,并列的意思。这里有几点值得注意:第一,李白不是"山东"人,可能因为李白曾经隐居山东,号"竹溪六逸"。第二,李白和杜甫在中唐时期并称"李杜",写作这篇文章时,杜甫去世43年,李白去世51年,说明他们的诗歌艺术成就得到了时代的认同。第三,李白诗歌特点是浪漫主义的,元稹认为是"壮浪纵恣",天马行空,无拘无束,描写景物,真切动人。李的乐府歌诗也不错,可与杜甫比美。

但是元稹接着说:"至若铺陈终始,排比声韵,大或千言,次犹数百,词气豪迈,而风调清深,属对律切,而脱弃凡近,则李尚不能历其藩翰,况堂奥乎!"这是引起研究者非议最甚的一段话。一般学者认为,元稹这段评论有失偏颇,仅体现他个人的艺术趣味和审美理念。元稹是持"李劣杜优"论者,一方面,他也认识到李白诗歌的价值,另一方面,他认为杜甫诗歌的成就更高,所以用李白来衬托杜甫。实际上,元稹是就自己的艺术嗜好来评价的,所以只是一种总体上笼统的判断。元稹有他具体的审美标准,但他的评价不如韩愈准确,韩愈主张李杜并尊,认为李白和杜甫诗歌作为盛唐时代杰出的代表,作为一种整体的艺术象征,同样为唐诗的发展开辟了艺术坦途,不能也不应该强分优劣。李白是浪漫主义风格的代表,代表了盛唐文化精神和神韵;杜甫是现实主义风格代表,代表的是艺术的锤炼和博大精深。从文体角度来看,李白是古典风格的总结者,杜甫是新风格新规范的建立者,两者都以独特的艺术风貌为后世树立了难以企及的典范。但是有很多人反对元稹的观点。如韩愈《调张籍》说:"李杜文章在,光芒万丈长。不知群儿愚,哪用故谤伤。蚍蜉撼大树,可笑不自量。"金代元好问《论诗三十首》也说:"排比铺张特一途,藩篱如此亦区区。少陵自有连城璧,争奈微之识碔砆。"清代潘德舆《养一斋诗话》回应元好问的论点,他说:"微之少游(秦观),尊杜至极,无以复加。而其所以尊之之由,则徒以其包众家体势姿态而已。于其本性情,厚人伦,达六义,绍三百者,未尝一发明也,则又何足以表洙泗(指孔子)无邪之旨,而允为列代诗人之称首哉!元遗山云:少陵自有连城璧,争奈微之识碔砆。所见远矣。"当然也有同意元稹观点的人,如清代王鸣盛《蛾术编》就说:"(元稹)评李、杜优劣,精妙之至。盖杜之胜李,全在铺陈排比,属对律切也。千古公论,至微之始定。"到底杜甫为什么是"连城璧",他和李白谁优谁劣,这是一个难题,牵涉很多问题。但是,元稹评论的依据我们必须有所交代。

三、元稹推崇杜甫的原因及其意义

元稹写作此文的原因有客观和主观两个方面。客观方面,元稹当时因得罪宦官贬官江陵士曹参军,正碰上杜甫的孙子杜嗣业迁其祖父杜甫的灵柩回到故乡河南偃师安葬,而嗣业恳求元稹作序与铭,元稹不便推辞嗣业的请求,因此精心撰写这篇文章。更重要的主观原因是:元稹喜爱杜甫的诗歌,并接受了杜甫的创作方式。

元稹为什么偏偏喜爱杜甫呢?

元稹喜爱杜甫起于青年时代母舅郑云逵的奖掖。① 元和元年元稹制举登第,授右拾遗,官职与杜甫相同,为人处事极言直谏,疾恶如仇,对政治弊端、生民疾苦非常关切,理想类似杜甫"致君尧舜上,再使风俗淳"。正在这时,有人以陈子昂《感遇》诗相示,吟诵之后,也怀着深切的历史责任感写了《寄思玄子》诗二十首。这组诗得到京兆尹郑云逵的赞赏,说:"使此儿五十不死,其志义何如哉!惜吾辈不见其成就。"元稹从此更加"勇于为文"。正是在这时,元稹读到了杜甫的诗歌数百首,"爱其浩荡津涯,处处臻到,始病沈宋之不存寄兴,而讶子昂之未暇旁备矣"。当时与元稹同样爱好杜甫的还有杨巨源、白居易、李绅,因此形成了一种风气,认为诗歌创作应当以杜甫为榜样。

元稹具有自觉继承诗骚汉魏乐府现实主义精神的文学思想。他在《乐府古题序》中这样表述:"自风雅至于乐流,莫非讽兴当时之事,以贻后代之人,沿袭古题,美刺见事,犹有诗人引古以讽之义也。曹、刘、沈、鲍之徒,时得如此,亦复稀少。近代唯诗人杜甫《悲陈陶》《哀江头》《兵车》《丽人》等,凡所歌行,率皆即事名篇,无复依傍。予少时与乐天、李公垂辈谓是为当,遂不复拟赋古题。"由此可见,元稹喜爱并选择杜甫作为学习的榜样,是对乐府发展史进行总结,结合当时的社会现实状况,融合自己的思考后确定的,也是因为认可杜甫诗歌强烈的关注现实精神和批判精神。

元稹非常重视长篇排律的创作,有引领一代诗歌风向的自豪感,这是他重视杜甫的另一原因。《上令狐相公诗启》中说:"稹与同门生白居易友善,居易雅能为诗,就中爱驱驾文字,穷极声韵,或为千言,或为五百言律诗,以相投寄。小生自审不能以过之,往往戏排就韵,别创新词,名为次韵相酬,盖欲以难相挑耳。江湖间为诗,复相仿效,力或不足,则至于颠倒语言,重复首尾,韵同意等,不异前篇,亦自谓元和诗体。而司文者考变雅之由,往往归咎于稹。"这种长篇排律是杜甫晚年所致力的一种诗体,需要很深的诗歌修养和高超的艺术技巧,元稹和白居易的大量唱和这种长篇排律,引来很多人的仿效,形成一种风尚。能否在将来为诗史认可,元稹没有十分的把握。但是,元

---

① 据《旧唐书·郑云逵传》,郑云逵是荥阳人,大历初年举进士,性果诞敢言,客游两川时,以善谋划得到朱泚的赏识,被表为节度掌书记,检校祠部员外郎,娶朱泚弟朱滔女。后朱滔取代朱泚并谋反,郑云逵弃其妻女投奔德宗,被德宗超拜为谏议大夫。奉天之难,云逵奔赴行在,为李晟行军司马,显示出他的军事才能。后迁刑部、兵部侍郎,迁御史中丞,充顺宗山陵桥道置顿使。元和元年拜右金吾大将军,改京兆尹。元和五年卒。见《旧唐书》第十一册,第3770页。(按:郑云逵是德宗、顺宗、宪宗三朝重臣,地位高,资历老,声望隆。他是元稹的母舅,对元稹的影响是很深远的。元稹元和元年制举第一不可能与此没有关系,特别是郑云逵的奖掖对元稹任拾遗时期的讽喻诗写作有重要影响。郑云逵元和五年卒后,元稹的贬官江陵即与失去朝中保护有关。)

白的唱和诗风格确实没有成为诗歌发展的主流。由此可见,仅仅以自己的个人嗜好来引领一代诗风是不切实际的,如果仅以个人的嗜好来评价李杜这样的一流诗人,那么其评价稍有偏颇也就不可避免,这是元稹文学思想中的一大缺陷。

综上所述,我们认为:元稹是中唐元和时期重要的诗人兼诗学批评家,他不仅在新乐府创作、文体改革等方面做出了重要成绩,而且在乐府诗歌理论和复古诗学理论建设方面均有重要的建树。尽管对李白的评价有失偏颇,但他对杜甫的评论却不乏真知灼见,为杜甫诗歌经典地位的建立做出了重要贡献,对后代影响深远,至今仍闪耀着真理的光辉。元稹的文学思想全面细致准确,既有广泛的包容性又有鲜明的独特个性,其核心观念是要求文学具有积极干预生活反映现实的战斗精神,属于现实主义文学思想范畴,具有重要的文学史意义。

参 考 文 献

[1] 元稹.元稹集 [M].北京:中华书局,1982.
[2] 阎若璩.尚书注疏 [M].北京:北京大学出版社,1999.
[3] 范文澜.文心雕龙注 [M].北京:人民文学出版社,1958.
[4] 周振甫.诗品译注 [M].北京:中华书局,1998.
[5] 王利器.颜氏家训集解 [M].北京:中华书局,1993.
[6] 郭绍虞.历代文论选 [M].上海:上海古籍出版社,2001.
[7] 瞿蜕园、朱金城.李白集校注 [M].上海:上海古籍出版社,1980.
[8] 钱仲联.韩昌黎诗系年集释 [M].上海:上海古籍出版社,1994.
[9] 郭绍虞.清诗话续编 [M].上海:上海古籍出版社,1983.

【原载《宁波大学学报》2011 年第 6 期】

附录2 读《津阳门诗并序》

郑嵎,字宾光,两《唐书》无传,生平事迹不详。据元代辛文房《唐才子传》知他是大中五年李郜榜进士。又据五代孙光宪《北梦琐言》得知他与李都、崔雍、孙瑝齐名,在士子中名气很大,当时有谚曰:"欲得命通,问瑝嵎都雍。"郑嵎仅存《津阳门诗并序》(《全唐诗》卷五六七)一首,这是晚唐时代大量文献毁灭后幸存的硕果之一,因为此诗是一首以盛唐时代李隆基与杨贵妃婚姻爱情为主线,并且描写历史盛衰,总结历史经验教训的规模宏大的史诗。但是,长久以来此诗被白居易《长恨歌》的光辉所掩盖,不为人们所熟知。其实,此诗中丰富的"自注"记录了大量的史实材料,表现了晚唐人对盛唐由盛转衰的冷静思考,具有强烈的历史意识。它主旨明晰,不像白诗那样主旨模糊难测。因此,对这首诗进行研究也具有重要的文学史意义,可以作为考察李杨爱情故事演变诸文体的一个独特环节。

一

此诗属于唐代诗歌与序文并存的作品。序文着眼于当下情境,交代了创作此诗的相关背景。序曰:

> 津阳门者,华清宫之外阙,南局禁闱,北走京道。开成中,嵎常得群书,下帷于石瓮僧院,而甚闻宫中陈迹焉。今年冬,自虢而来,暮及山下,因解鞍谋餐,求客旅邸。而主翁年且艾,自言世事明皇,夜阑酒余,复为嵎道承平故实。翌日,于马上辄裁刻俚叟之话,为长句七言诗,凡一千四百字,成一百韵止,以门题为之目云耳。

津阳门是建筑在陕西临潼骊山北麓的华清宫宫殿群的北门,有大道直通京城长安。郑嵎登进士第之前,开成年间曾寄宿在石瓮寺读书,这石瓮寺在华清宫东面,开元中以建造华清宫余材修缮而成。宋敏求《长安志》云:"福严寺,《两京道里记》曰:'在县东五里南山半腹临石瓮谷,有悬泉激石成臼,似瓮形,因以谷名石瓮寺。'"读书期间,郑嵎得知华清宫中曾经发生过的故事并游览了古迹,对那段由盛转衰的辉煌又惨烈的历史印象深刻。大中四年冬天,郑嵎从故乡虢州灵宝市出发,沿临潼过骊山而下,赴京参加来年春天的进士考试。傍晚住宿在山下的一家旅店,一位年近花甲的主翁热情接待了郑嵎,老人须发皆白,自言曾经侍奉过玄宗皇帝,在酒席将结束的时候,老人讲起了承平盛世的往事。第二天清晨,郑嵎离开酒店,在马背上将老人讲述的故事写成这首长达100韵1400字的七言古诗。(按:这位主翁序中称年近六十岁,而诗中又说"开元到今逾十纪",则此翁至少有一百二十多岁,显然这是虚构的幻笔,目的不过是要突出故事讲述者的传奇人生经历。)从诗序来看,此诗创作的触媒是老人讲述的特殊见闻触动了郑嵎先前石瓮寺读书的记忆,因而产生了昔盛今衰的感慨,加上曾经读过杜甫、白居易相关题材的诗作及大量的关于明皇与贵妃的野史,所以情不自禁地要写出这段为历史烟尘掩埋了近一个世纪的故事,既为当下也为未来提供借鉴。

二

这首诗从结构上看分成三大段,开头十韵(从开头到"我自为君陈昔时")为第一大段;中间八十二韵(从"平时亲卫号羽林"到"鸳鸯瓦碎青琉璃")为第二大段;最后八韵(从"今我前程能几许"到结尾)为第三大段。可以说是一首构思完整、规模宏大的叙事诗,也是在晚唐时代诗人们普遍感慨现实、追怀往昔并喜爱咏史怀古的氛围感染下创作的一首长篇叙事史诗。

第一段(10韵),郑嵎自叙在严寒的冬天,自虢而下,泥泞难行、人困马饥之时,夜宿山下酒肆,得到主翁的热情接待,主翁主动向他陈述当年的"豪盛"光景。这个开头与诗序交相呼应,拉开了故事叙述的序幕。

第二段分为八个小节:

(12韵)主翁回忆十五岁当玄宗羽林禁卫军士兵时,随皇帝、诸王、嫔妃们射猎渭水之滨的情景。"羽林六军各出射,笼山络野张罝维。雕弓绣鞴不知数,翻身灭没皆蛾眉。赤鹰黄鹘云中来,妖狐狡兔无所依。人烦马殆禽兽尽,百里腥膻禾黍稀。"不仅宝马装饰华丽,武器精良,而且人马杂沓,规模宏大,杀猎甚众,四处腥膻,百里之内老百姓的庄稼被践踏殆尽。写出了明皇骄矜自得只顾自己豪奢享乐而不惜民力的特点。

(4韵)描写每年冬天十一月在华清宫避寒时,后宫美人洗浴淫乱奢靡的情景。"暖山度腊东风微,宫娃赐浴长汤池。刻成玉莲喷香液,漱回烟浪深透迤。犀屏象荐杂罗列,锦衾绣雁相追随。破簪碎钿不足拾,金沟残溜和缪缭。"可与杜甫《自京赴奉先县咏怀五百字》中描写的想象之境加以对照:"瑶池气郁律,羽林相摩戛。君臣留欢娱,乐动殷胶葛。赐浴皆长缨,与宴非短褐。……中堂舞神仙,烟雾蒙玉质。暖客貂鼠裘,悲管逐清瑟。劝客驼蹄羹,霜橙压香橘。"杜诗这段对上层统治者极尽奢靡烂之能事的描写,是为了与"朱门酒肉臭,路有冻死骨"的严峻现实进行对比,预感到将会出现巨大的社会危机。白居易《长恨歌》也有类似的描写:"春寒赐浴华清池,温泉水滑洗凝脂。侍儿扶起娇无力,始是新承恩泽时。"白诗着力刻画杨妃出浴的娇媚情态,表现明皇对她的恩宠,有理想化、典型化的特点。而郑嵎的描写显然更为客观,也带有一点夸张的成分,不单是杨妃奢华淫靡,而且一大群宫女都是这样的淫浪,这就更见问题的严重性了。

(12韵)描写明皇因宠幸杨妃而肆意滥赏杨氏一门,导致诸杨生活腐败淫靡。尤其描写虢国夫人的"八姨新起合欢堂,翔鹍贺燕无由窥。万金酬工不肯去,矜能恃巧犹嗟咨。四方节制倾附媚,穷奢极侈沾恩私。堂中特设夜明枕,银烛不张光鉴帷"等诗句。如果联系作者的自注"虢国创一堂,价费万金。堂成,工人偿价之外,更邀赏伎之直。复受绛罗五千段,工者嗤而不顾。虢国异之,问其由。工曰:某平生之能,殚于此焉。苟不知信,愿得蝼蚁、蜥蜴、蜂虿之类,去其目而置堂中,使有隙,失一物,即不论工直也。于是又以缯彩珍贝与之。山下人至今话故事者,尚以第行呼诸姨焉",其奢靡简直到了登峰造极的地步。这段与杜甫《丽人行》和白居易《长恨歌》相关描写有继承也有新变。杜诗描写长安三月曲江丽人游春情景,主要突出"椒房亲"的外戚杨氏三姐妹"态浓意远淑且真,肌理细腻骨肉匀。绣罗衣裳照暮春,蹙金孔雀银麒麟。翠为匐叶垂鬓唇,珠压腰衱稳称身"的姿态服饰之美,"紫驼之峰出翠釜,水精之盘行素鳞。犀箸厌饫久未下,鸾刀缕切空纷纶。黄门飞鞚不动尘,御厨络绎送八珍"的饮食之精,及"杨花雪落覆白蘋,青鸟飞去衔红巾"所暗示的杨国忠与堂妹虢国夫人暧昧私情的无耻行径,可以说是极尽讥讽之能事。正如浦起龙所说:"无一语讥刺,描摹处,语语讥刺;无一慨叹声,点读处,声声慨叹。"白居易的《长恨歌》写明皇因宠幸贵妃而恩及杨氏一门是"兄弟姊妹皆裂土,可怜光彩生门户。遂令天下父母心,不重生男重生女"。而郑嵎的诗歌则与白诗异趣,遥承杜诗,将杨氏一门穷奢极欲的具体表现刻画出来,令人触目惊心,让人感到杜诗所写"况闻内金盘,尽在卫霍室"的传闻事实尽在目前,令人齿冷愤恨。郑诗展现了白诗竭力淡化和省略的东西,其主题当然也随之发生转变,看了白诗或许沉迷于李、杨爱情的甜蜜遐想之中,而看了杜诗和郑诗则心情激愤拍案而起。这是反思历史的讽喻意识的表露,也可以看出晚唐时代已经抹去了盛唐的豪情逸兴,也减少了中唐时代的浪漫幻象,因而变得真实峻切。

(16韵)描写明皇梨园宴乐的情景:"瑶光楼南皆紫禁,梨园仙宴临花枝。迎娘歌喉玉窈窕,蛮儿舞带金葳蕤。三郎紫笛弄烟月,怨如别鹤呼羁雌。玉奴琵琶龙香拨,倚歌促酒声娇悲。饮鹿泉边春露晞,粉梅檀杏飘朱墀。金沙洞口长生殿,玉蕊峰头王母祠。"将杜诗"中堂舞神仙""乐动殷胶葛""悲管逐清瑟"和白诗"骊宫高处入青云,仙乐风飘处处闻。缓歌慢舞凝丝竹,尽日君王看不足"的概貌描写进一步展现出真切的细节来。梨园仙宴,花灯璀璨,美女如云,婀娜多姿;三郎紫笛节奏清亮,如清泉流淌,迎娘歌喉婉转动听,似黄莺脆鸣,蛮儿舞姿劲健飞腾,如疾风莫测,玉奴琵琶快慢低昂,似暴雨倾盆。要是到了明皇诞辰的千秋节,那更是举国欢庆,喧阗非凡,除了音乐歌舞还有千姿百态的杂技表演,既真实再现了大唐盛世舞乐文化空前的盛况,也表现了盛世光环掩盖下的空前奢靡与浪费。和尚道士也掺和其中,弄得乌烟瘴气,也加进了民间传说明皇游月宫偷取月宫仙曲情节,让诗歌富有传奇性,但决不会像白诗那样引起歧义,讥刺的兵锋始终指向唐玄宗的荒淫误国。

(7 韵)写明皇不听贤相张九龄的逆耳忠言而宠信安禄山,最终导致安史之乱爆发。"禄山此时侍御侧,金鸡画障当罘罳。绣裪衣裸日员颙,甘言狡计愈娇痴。诏令上路建甲第,楼通走马如飞輣。大开内府恣供给,玉缶金筐银簏箕。异谋潜炽促归去,临轩赐带盈十围。忠臣张公识逆状,日日切谏上弗疑。汤成召浴果不至,潼关已溢渔阳师。"言辞充满对安禄山这个野心家、阴谋家的憎恶,对贤相张九龄的敬仰和对明皇昏聩不悟的惋惜。

(7 韵)写潼关失守之后,明皇率六军仓皇西逃,在马嵬坡突遇兵变,被迫缢杀杨贵妃,还特地点出对张九龄的奠祭,以表达明皇的悔恨心情。"马嵬驿前驾不发,宰相射杀冤者谁。长眉鬒发作凝血,空有君王潜涕洟。青泥坂上到三蜀,金堤城边止九旗。移文泣祭昔臣墓,度曲悲歌秋雁辞。"较白诗"六军不发无奈何,宛转蛾眉马前死"的描写和杜诗"不闻夏殷衰,中自诛褒妲"(《北征》)的评论,更显历史的真实性。

(12 韵)写收复两京之后,玄宗在返回长安途中进入华清宫,让高力士重新安葬贵妃,并通过宫殿凄凉荒芜景象的描写来表达玄宗的苍凉感慨和对贵妃的无穷思念。"花肤雪艳不复见,空有香囊和泪滋。銮舆却入华清宫,满山红实垂相思。飞霜殿前月悄悄,迎春亭下风飔飔。雪衣女失玉笼在,长生鹿瘦铜牌垂。象床尘凝罨飒被,画檐虫网颇梨碑。碧菱花覆云母陵,风篁雨菊低离披。真人影帐偏生草,果老药堂空掩扉。"较白诗"夕殿萤飞思悄然,孤灯挑尽未成眠。迟迟钟鼓初长夜,耿耿星河欲曙天。鸳鸯瓦冷霜华重,翡翠衾寒谁与共"的辗转反侧的诗意描写,郑诗更显真切。

(12 韵)描写开元盛世的百年之后,尤其是会昌毁佛之后,华清宫遭遇的陵谷变迁:"石鱼岩底百寻井,银床下卷红绠迟。当时清影荫红叶,一旦飞埃埋素规。韩家烛台倚林杪,千枝灿若山霞摛。昔年光彩夺天月,昨日销熔当路岐。龙宫御榜高可惜,火焚牛挽临崎岖。孔雀松残赤琥珀,鸳鸯瓦碎青琉璃。"大有昔盛今衰的感慨,历史的"豪盛"与眼前的凄凉形成鲜明的对比,令人不胜唏嘘。

第三段(8韵),写作者对前途的感慨,既深感个人前途难卜,又对当下宣宗皇帝充满期待,祝愿主翁"两逢尧年",安慰他要颐养天年享受太平,并以杯酒话别。作者以一首旅行诗首尾呼应的格式,将百年沧桑的历史镶嵌其中,表达了对历史的苍茫感慨,也总结了历史的经验教训。

总体上看,虽然其艺术性比不上杜甫的相关作品,也难以与白居易、元稹等人相似题材的诗歌比肩。但是,作者在自注中记录了大量较确切的历史事实,使诗歌讽刺的笔锋始终指向皇帝"荒淫必误国"这个核心,主旨明晰,也是其优点。另外,诗中表达了晚唐诗人虽深感日落黄昏的时代悲凉,但仍然真诚期待中兴的良好愿望,也是值得尊重的。

三

本诗在艺术表现上也有一些突出的特点,郑嵎诗歌创作的水平也可以从此诗看出来,或者说本诗代表了郑嵎的最高水平。因为整个晚唐几乎是律诗和绝句的时代,郑嵎写作超越杜牧、李商隐甚至白居易、杜甫的七古长篇,颇能显示其气魄,可惜他其余的作品已经遗佚,无法整体地论述其诗歌成就。单就这孤篇来看,有如下的艺术特点。

(一)继承杜甫诗歌的现实主义精神,讽喻唐玄宗荒淫误国的主题鲜明突出

揭露盛唐繁华下尖锐的社会矛盾是杜甫困守长安时期诗歌的重要主题,安史之乱前后,对明皇宠幸贵妃并恩及杨氏一门,进而宠信安禄山,最终导致盛世毁灭的悲剧,在《丽人行》《自京奉赴先县咏怀五百字》《哀江头》《北征》等诗中有深刻的表现。一方面,杜甫写的是"史"诗,他是站在维护大唐国家体制的政治立场,用政治观点来评论当代人物的是与非,所以将杨贵妃比成周幽王的宠姬褒姒、殷纣王的嬖后妲己、夏桀王的嬖妾妹喜等历史上被视为祸水的女宠;另一方面,对于杨贵妃在马嵬坡惨死后,玄宗逃亡蜀郡的悲剧又予以一定的同情,说:"明眸皓齿今何在?血污游魂归不得。清渭东流剑阁深,去住彼此无消息。人生有情泪沾臆,江草江花岂终极?"(《哀江头》)在追寻治乱的根源时,杜甫对诸杨依恃皇帝的恩宠过着奢华淫靡醉生梦死的生活又进行辛辣的讽刺,间接地也对玄宗晚年的昏聩表示谴责,要实现"致君尧舜上,再使风俗淳"的愿望更加迫切。白居易的《长恨歌》显然中心在"情"字

上,结尾"在天愿为比翼鸟,在地愿为连理枝"的爱情理想和"天长地久有时尽,此恨绵绵无绝期"的爱情遗恨是明显的证据。因此对明皇专宠贵妃并无过多指责,倒给人"遂令天下父母心,不重生男重生女"的艳羡感觉,甚至将贵妃进宫的经历由"潜搜外宫"改为"一朝选在君王侧",把公公夺取儿媳的乱伦秽行说成是名正言顺,不惜改变历史真相来对李杨爱情进行回护。对"渔阳鼙鼓动地来""九重城阙烟尘生"的悲剧也采取简略的一笔带过的写法,并未见对杨国忠、安禄山等人的政治批判,因此白居易讽喻的意图弱于歌颂爱情的主题,甚至从根本上看,其主旨就没有讽喻。相比之下,郑嵎诗歌的讽喻倾向鲜明而强烈,较杜甫更为广泛深刻全面,杜甫写的是当时历史,自然对有些还活着的当事人(像唐明皇、杨国忠等)必须采取隐晦的手法,像华清宫避寒的歌舞场面,杜甫没有亲身经历,所以也只能是想象性的描写,加上历史与民间传说相结合的叠加效应,所以处于晚唐的郑嵎在占有材料方面显然更为全面,评价也更为客观。郑嵎通过亲历者的讲述,对开元盛世的斗鸡、射猎、游宴、歌舞等都进行了讽刺,如射猎渭滨,不仅规模空前,而且羽林与宫娥齐上阵,更有甚者将方圆百里之内的庄稼践踏殆尽。又如赐浴华清池温汤的描写,就不再只突出贵妃一人,而是遍及整个后宫嫔妃;泉水从雕刻的玉莲花蕊中喷射香液,可见浴池建筑的精美,漱洗时烟雾缭绕,浪花四溅,回廊深深,逶迤伸展,可见洗浴者众多,场面宏大;用犀牛角和象牙装饰的屏风杂陈罗列,绣有野凫和大雁的锦绣床褥的房间里出浴美人在嬉戏追闹,破损的玉簪和弄碎的金钿随地丢弃,真丝巾帕与五彩缨络和着化妆的剩脂残水漂浮在金光闪闪的沟渠。令人想起杜牧《阿房宫赋》中描写的宫中美女梳洗时"渭水涨腻弃脂水"的景象。再如由于"上皇宽容易承事",所以"十家三国争光辉",导致了明皇无节制的恩赐滥赏,尤其是杨贵妃的八姐虢国夫人,这位"却嫌脂粉污颜色,淡扫蛾眉朝至尊"的妖媚妇人,依仗贵妃专宠和堂兄为相而为所欲为。她不仅势倾朝野,而且富可敌国,为建造合欢堂而一掷万金,地板和墙壁的严密合缝甚至爬不进一只蚂蚁,可见精雕细刻何其工致!而建造的工匠竟然对五千匹锦缎的工钱嗤而不顾。在堂中特设西川节度使进贡的夜明枕,晚上放射的光芒,照亮一室,以致掩盖了银烛的光亮,使宝镜和帐帷熠熠生辉,其奢华真是无与伦比!还有宠信安禄山而不听张九龄的忠谏,竟为他在御侧特设"金鸡画障",每坐及宴会,必令禄山坐于御座侧,赐其箕踞;又让贵妃收禄山为义子,为他举办洗礼,让宫女们以锦缎绷带行襁褓之戏,上亦呼之禄儿,每入宫,必先拜贵妃,然后拜上;还在亲仁里南陌为禄山建甲第,极尽奢华,不仅楼阁相连,阁道可以走马,而且筹筐簁箕釜缶之具,都是金银铸造。这些不见于杜诗和白诗中的内容,郑嵎一概如实写出,更见深刻,也更为警醒。

(二) 强烈的历史意识

诗歌与历史互证本是中国古典诗歌的一种传统,古人有所谓的"六经皆史"的说法,《诗经》中存在大量根据史料创作的篇目,已经成为常识。但是到魏晋南北朝进入"文的自觉"阶段以后,诗歌渐渐脱离经学、史学的束缚,朝言情绮靡独抒性灵的方向发展,诗歌远离历史,偏重于抒情与想象。然而,机缘也有凑巧,到了唐代中后期,由于大量历史题材重新进入诗歌,特别是从杜甫大量写作当代历史事实的诗歌以来,不仅咏史怀古诗歌的数量大增,而且长篇叙事诗史也不断涌现,像杜甫的《北征》、白居易的《长恨歌》、元稹的《连昌宫词》、韩愈的《永贞行》、杜牧的《杜秋娘诗并序》、李商隐的《行次西郊作一百韵》、郑嵎的《津阳门诗并序》等,都可以称之为一代史诗。史诗的重要内涵就是"历史意识",即通过对古代或当代历史的书写,表达作者的史识。史识不仅仅是对历史事实的回顾与评价,还要在征实的基础上总结历史经验,为当代提供借鉴。面对大唐开天盛世由盛转衰的这段历史,中晚唐诗人更是投注了深情而理智的目光,仅以李、杨婚姻爱情为吟咏对象的诗歌就多达几百首,其中以本文探讨的几篇规模最大,影响也最深远。如果说杜甫相关作品书写的是当代史,属于时事评论的话,那么白居易、元稹等人的相关作品则对那段历史作了较为冷静的判断,揭示了更为本质的内涵,总结了历史的经验教训。到了郑嵎,则在历史文献与民间传说产生累积叠加效应的基础上,历史意识更为强烈集中、全面深刻。他在这篇长诗中添加四十多条"自注"就是这种历史意识的表现。如果说白居易的《长恨歌》是以安史之乱前后的历史作为背景而重点突出李杨之间的所谓帝王爱情的话,那么郑嵎的《津阳门诗并序》则是以李杨婚姻爱情为主线而全面深刻地展现整个时代的历史进程。

这些"自注"有的是关于楼阁建筑物的,如"观风楼",自注曰:"在宫之外东北隅,属夹城而连上内,前临驰道,周视山川。宝应中,鱼朝恩毁之以修章敬,今遗址尚存,唯斗鸡殿与球场迤逦尚在。"可与《类编长安志》相印证。又如"石瓮寺",自注曰:"开元中以创造华清宫余材修缮。佛殿中玉石像,皆幽州进来,与朝元阁道像同日而至,精妙无比,扣之如磬。余像并杨惠之手塑。肢空像皆元伽儿之制,能妙纤丽,旷古无俦。红楼在佛殿之西岩,下临绝壁,楼中有玄宗题诗,草、八分每一篇一体。王右丞山水两壁,寺毁之后,皆失之矣。"则建置与毁坏都一目了然。再如华清宫玉莲汤池,自注曰:"宫内除供奉两汤池,内外更有汤十六所。长汤每赐诸嫔御,其修广与诸汤不侔。甃以文瑶宝石,中央有玉莲捧汤泉,喷以成池。又缝缀绮绣为凫雁于水中,上时于其间泛极镂小舟以嬉游焉。"

有的是关于人物故事的,如"三郎紫笛""玉奴琵琶",自注曰:"上皇善吹笛,常宝一紫玉管。贵妃妙弹琵琶,其乐器闻于人间者,有逻逤檀为槽,龙香柏为拨者。上每执酒卮,必令迎娘歌《水调曲遍》,而太真辄弹弦倚歌,为上送酒。内中皆以上为三郎,玉奴乃太真小字也。"就把明皇与贵妃紫笛琵琶珠联璧合的知音关系揭示出来。又如玄宗月宫偷曲的民间传说,自注曰:"叶法善引上入月宫,时已深秋,上苦凄冷,不能久留。归,于天半尚闻仙乐。及上归,且记忆其半,遂于笛中写之。会西凉都督杨敬述进《婆罗门曲》,与其声调相符,遂以月中所闻为之散序,用敬述所进曲作其腔,而名《霓裳羽衣法曲》。"这对清代《长生殿》中《游月宫》一曲影响较大。再如神异的"白鹦鹉"和"白鹿",自注曰:

> 太真养白鹦鹉,西国所贡,辨惠多辞,上尤爱之,字为雪衣女。上尝于芙蓉园中获白鹿,惟山人王旻识之,曰:"此汉时鹿也。"上异之,令左右周视之,乃于角际雪毛中得铜牌子,刻之曰"宜春苑中白鹿"。上由是愈爱之,移于北山,目之曰仙客。上止华清,罿飒公主尝为上晨召,听按《新水调》。主爱起晚,遽冒珍珠被而出。及寇至,仓皇随驾出宫,后不知省。及上归南内,一旦再入此宫,而当时罿飒之被,宛然而积尘矣。上尤感焉。温泉堂碑,其石莹彻,见人形影,宫中号颇梨碑。

这显然是根据民间传说加以说明的。还有关于宗教方面的,如自注:

> 上颇崇罗公远,杨妃尤信金刚三藏。上尝幸功德院,将谒七圣殿,忽然背痒,公远折竹枝化作七宝如意以进。上大喜,顾谓金刚曰:"上人能致此乎?"三藏曰:"此幻术耳。僧为陛下取真物。"乃于袖中出如意,七宝炳耀,而公远所进,即时复为竹枝耳。后一日,杨妃始以二人定优劣。时禁中创小殿,三藏乃举一鸿梁于空中,将中公远之首,公远不为动容,上连命止之。公远飞符于他处,窃三藏金栏袈裟于箧中,守者不之见。三藏怒,又咒取之,须臾而至。公远复噀水龙符于袈裟上,散为丝缕以尽也。

展现出佛教对玄宗和贵妃的影响。也有节日风俗的自注,如:"上始以诞圣日为千秋节,每大酺会,必于勤政楼下使华夷纵观。有公孙大娘舞剑,当时号为神妙。又设连榻,令马舞其上。马衣纨绮而被铃铎,骧首奋鬣,举趾翘尾,变态动容,皆中音律。又命宫妓梳九骑仙髻,衣孔雀翠衣,佩七宝璎珞,为《霓裳羽衣》之类。曲终,珠翠可扫。其舞马,禄山亦将数匹以归,而私习之。其后田承嗣代安,有存者。一旦于厩上闻鼓声,顿挫其舞。厩人恶之,举箠以击之。其马尚为怒未妍妙,更因奋击婉转,曲尽其态。厮恐,以告,承嗣以为妖,遂毙之,而舞马自此绝矣。"可见当年繁华奢靡的节日气氛。加上前引自注中杨氏奢华生活及安禄山阴险狡诈,简直就是一部盛唐时代的宫廷生活简史。以致《柳亭诗话》说:"读此,觉《明皇杂录》、《天宝遗事》诸书尚有挂漏。"(转引自《唐诗汇评·下册》第2563页)正是这些活生生的历史事实构成了《津阳门诗并序》主要内容。结尾部分还写到当时史事,如"大中五年,沙洲民众首领张义潮以所收复的瓜、沙、鄯、河等十一州归唐",就表现了对宣宗皇帝有所作为的期待,可见他详细记录开天之际的史事,是为了给当今皇上提供借鉴和训诫。

(三) 结构严谨,语言生动凝练

本诗以行旅历程为基本构架,以与酒店老翁相遇、老翁讲述开天往事、天明与老翁离别为线索,构成首尾呼应、结构完整的叙事诗。本诗可以说是郑嵎呕心沥血之作,语言凝练,富于艺术表现力。如描写渭滨射猎、温汤洗浴、虢国奢华、安禄山觐见、马嵬缢杀贵妃、华清宫毁坏等场面或情境,都堪称"如画",像"枯肠渴肺忘朝饥""渐觉春色入四肢"写饥饿感及酒力发热后四肢回暖感,"刻成玉莲喷香液,漱回烟浪深透迤"写后宫群妃洗浴景象,"蓬莱池上望秋月,无云万里悬清辉。上皇夜半月中去,三十六宫愁不归"写明皇夜半游月宫的神幻景象,"马知舞彻下床榻,人惜曲终更羽衣"写人与马陶醉在歌舞境界中的感受,"长眉鬓发作凝血,空有君王潜涕洟"写玄宗失去爱妃的绞绞痛楚,"花肤雪艳不复见,空有香囊和泪滋。銮舆却入华清宫,满山红实垂相思"写玄宗幸蜀归来物是人非的痛苦心态,"龙宫御榜高可惜,火焚牛挽临崎岖。孔雀松残赤琥珀,鸳鸯瓦碎青琉璃"写会昌毁佛后华清宫的残破景象,等等。平心而论,这些都是形象生动、感情富于表现力的佳句,像玄宗重游华清宫思念贵妃的描写,我认为可以与白居易诗歌相关诗句媲美。

郑嵎《津阳门诗并序》之不受重视,与历代对它的评价有关,主要的评价有以下四条:(1) 明代杨慎《升庵诗话》认为"其(叙)事皆与杂录小说符合,然其诗警策清越不及元、白多矣"。(2) 王世贞《艺苑卮言》认为此诗"卑冗"之极与卢仝《月蚀》的"怪俗"一样,是"俱不足法"的。(3) 翁方纲《石洲诗话》认为"只作明皇内苑事实看,不可以七古格调论之"。(4)《读雪山房诗序例》则认为"此篇正恨其读之不响"。不可讳言,郑嵎此诗确实存在这些缺点,但是作为唐代七古第一长篇,其以史为诗和保存一代信史的努力,也是应该肯定的。

【原载《古典文学知识》2016年第2期】

主要参考文献

1. 周易译注 黄寿祺 张善文撰 上海古籍出版社 1989 年版
2. 考工记图 [清]戴震撰 商务印书馆 1955 年版
3. 孟子译注 杨伯峻撰 中华书局 1960 年版
4. 尔雅译注 胡奇光 方环海撰 上海古籍出版社 1999 年版
5. 毛诗原解 [明]郝敬撰 丛书集成初编本
6. 历代诗经论说述评 冯浩菲著 中华书局 2003 年版
7. 史记 [汉]司马迁撰 中华书局 1959 年版
8. 汉书 [汉]班固撰 中华书局 1962 年版
9. 说文解字 [汉]许慎撰 天津古籍出版社 1991 年版
10. 楚辞补注 [宋]洪兴祖撰 中华书局 1983 年版
11. 张衡诗文集校注 [汉]张衡撰 张震泽整理 上海古籍出版社 1986 年版
12. 昭明文选 [梁]萧统编 [唐]李善注 京华出版社 2000 年版
13. 通典 [唐]杜佑撰 中华书局 1984 年版
14. 全唐文 [清]董诰等编 中华书局 1982 年版
15. 全唐文补编(上、中、下) 陈尚君辑校 中华书局 2005 年 9 月版
16. 全唐诗 [清]彭定求等编 中华书局 1960 年版
17. 全唐诗外编 王重民 孙望 童养年 辑录 中华书局 1982 年版
18. 增订注释全唐诗 陈贻焮主编 文化艺术出版社 2001 年 5 月版
19. 唐人选唐诗新编(增订本) 傅璇琮等编撰 中华书局 2014 年版
20. 全唐诗补编 陈尚君著 中华书局 1992 年版
21. 全唐文补遗 吴钢主编 三秦出版社 1999 年版
22. 唐代墓志汇编 周绍良主编 上海古籍出版社 1992 年版
23. 唐代墓志汇编续集 周绍良主编 上海古籍出版社 2000 年版
24. 瀛奎律髓汇评 [元]方回选评 李庆甲集评校点 上海古籍出版社 2005 年版
25. 唐音 [元]杨士弘编 四库全书本
26. 唐诗品汇 [明]高棅选编 上海古籍出版社 1982 年影印明汪宗尼校订本
27. 唐诗别裁 [清]沈德潜编 中华书局 1975 年影印教忠堂重订本
28. 唐宋诗醇 [清]爱新觉罗·弘历编 四库全书本
29. 唐文粹 [宋]姚铉编 四部丛刊本
30. 万首唐人绝句 [宋]洪迈编 文学古籍刊行社 1955 年影明嘉靖刻本

31. 文苑英华 [宋]李昉等编 中华书局 1962 年影宋本
32. 王子安集注 [唐]王勃撰 [清]蒋清翊注 上海古籍出版社 1995 年版
33. 盈川集 [唐]杨炯撰 四部丛刊本
34. 幽忧子集 [唐]卢照邻撰 四部丛刊本
35. 骆临海集笺注 [唐]骆宾王撰 [清]陈熙晋笺注 上海古籍出版社 1985 年版
36. 陈伯玉文集 [唐]陈子昂撰 四部丛刊本
37. 王维集校注 [唐]王维撰 陈铁民校注 中华书局 1997 年版
38. 孟浩然集校注 [唐]孟浩然撰 徐鹏校注 人民文学出版社 1989 年版
39. 李太白全集 [唐]李白撰 [清]王琦注 中华书局 1977 年版
40. 李白集校注 [唐]李白撰 瞿蜕园 朱金城校注 上海古籍出版社 1980 年版
41. 高适诗集编年笺注 [唐]高适撰 刘开扬笺注 中华书局 1981 年版
42. 岑参集校注 [唐]岑参撰 陈铁民 侯忠义校注 上海古籍出版社 1981 年版
43. 杜诗详注 [唐]杜甫撰 [清]仇兆鳌注 中华书局 1979 年版
44. 杜诗镜铨 [唐]杜甫撰 [清]杨伦注 上海古籍出版社 1998 年版
45. 韩昌黎诗系年集释 [唐]韩愈撰 钱仲联集释 上海古籍出版社 1984 年版
46. 韩集校诠 [唐]韩愈撰 童第德注 中华书局 1986 年版
47. 韩愈全集校注 [唐]韩愈撰 屈守元 常思春主编 四川大学出版社 1996 年版
48. 韩昌黎文集注释 [唐]韩愈撰 阎琦校注 三秦出版社 2004 年版
49. 刘禹锡全集编年校注 [唐]刘禹锡撰 陶敏 陶红雨校注 岳麓书社 2003 年版
50. 柳宗元集 [唐]柳宗元撰 中华书局 1979 年版
51. 白居易集笺校 [唐]白居易撰 朱金城笺校 上海古籍出版社 1988 年版
52. 元稹集 [唐]元稹撰 中华书局 1982 年版
53. 三家评注李长吉歌诗 [唐]李贺撰 [清]王琦等评注 中华书局上海编辑所 1962 年版
54. 樊川诗集注 [唐]杜牧撰 [清]冯集梧注 中华书局上海编辑所 1959 年版
55. 贾岛集校注 [唐]贾岛撰 齐文榜校注 人民文学出版社 2001 年版
56. 孟郊诗集笺注 [唐]孟郊撰 郝世峰笺注 河北教育出版社 2002 年版
57. 刘长卿诗编年笺校 [唐]韦应物撰 储仲君 中华书局 2002 年版
58. 韦应物诗集系年校笺 [唐]韦应物撰 孙望校笺 中华书局 2002 年版
59. 李商隐诗歌集解 [唐]李商隐撰 刘学锴 余恕诚著 中华书局 2004 年增订本
60. 李商隐文编年校注 [唐]李商隐撰 刘学锴 余恕诚 中华书局 2002 年版
61. 温飞卿诗集笺注 [唐]温庭筠撰 [清]曾益 等笺注 上海古籍出版社 1980 年版
62. 郑谷诗集笺注 [唐]郑谷撰 严寿澂、黄明、赵昌平笺注 上海古籍出版社 1991 年版
63. 韩偓诗注 [唐]韩偓撰 陈继龙注 学林出版社 2001 年版
64. 韦庄集 [唐]韦庄撰 向迪琮校订 人民文学出版社 1958 年版
65. 资治通鉴 [宋]司马光撰 中华书局 1956 年点校本

66. 隋书 [唐]魏徵等撰 中华书局 1973 年点校本
67. 旧唐书 [五代]刘昫等撰 中华书局 1975 年点校本
68. 新唐书 [宋]欧阳修 宋祁等撰 中华书局 1975 年点校本
69. 唐会要 [宋]王溥撰 中华书局 1955 年用商务印书馆国学基本丛书本
70. 唐代政治史述论稿 陈寅恪撰 生活·读书·新知 三联书店 1973 年版
71. 隋唐制度渊源略论稿 陈寅恪撰 生活·读书·新知 三联书店 1956 年版
72. 金明馆丛稿初编、二编 陈寅恪撰 生活·读书·新知 三联书店 2000 年版
73. 元白诗笺证稿 陈寅恪撰 生活·读书·新知 三联书店 2000 年版
74. 隋唐五代史 吕思勉著 上海古籍出版社 2005 年校排版
75. 中国制度史 吕思勉著 上海教育出版社 1985 年版
76. 中国史学思想通史(隋唐卷) 牛润珍等著 黄山书社 2004 年版
77. 唐朝文化史 徐连达著 复旦大学出版社 2004 年版
78. 本事诗 [唐]孟棨撰 历代诗话续编本
79. 隋唐嘉话 [唐]刘𫗧撰 中华书局 1979 年版
80. 贞观政要 [唐]吴兢撰 岳麓书社 1994 年版
81. 唐摭言 [五代]王定保撰 中华书局上海编辑所 1959 年版
82. 北梦琐言 [宋]孙光宪撰 上海古籍出版社 1981 年版
83. 唐语林校证 [宋]王谠撰 周勋初校证 中华书局 1987 年版
84. 唐诗纪事校笺 [宋]计有功撰 王仲镛校笺 巴蜀书社 1989 年版
85. 欧阳修全集 [宋]欧阳修撰 中华书局 2001 年版
86. 程氏经说 [宋]程颐撰 四库全书本
87. 考古编 [宋]程大昌撰 丛书集成初编本
88. 诗传遗说 [宋]朱鉴撰 四库全书本
89. 群书考索 [宋]章如愚撰 四库全书本
90. 登科记考 [清]徐松撰 中华书局 1984 年版
91. 唐才子传校笺 [元]辛文房撰 傅璇琮主编 中华书局 1987、1989 年版
92. 文献通考 [元]马端临撰 浙江古籍出版社 1988 年版
93. 唐音统签 [明]胡震亨撰 上海古籍出版社 2003 年版
94. 唐代诗人丛考 傅璇琮撰 中华书局 1980 年版
95. 唐诗大辞典 周勋初主编 江苏古籍出版社 1990 年版
96. 先秦汉魏晋南北朝诗 逯钦立辑校 中华书局 1983 年版
97. 全上古三代秦汉三国六朝文 [清]严可均编 中华书局 1983 年版
98. 唐宋八大家文钞 [明]茅坤编 商务印书馆 1936 年丛书集成初编本
99. 十三经注疏 李学勤主编 北京大学出版社 2000 年版
100. 文心雕龙注 [梁]刘勰撰 范文澜注 人民文学出版社 1958 年版
101. 诗式校注 [唐]皎然撰 李壮鹰校注 齐鲁书社 1986 年版
102. 文镜秘府论校注〔日〕弘法大师原撰 王利器校注 中国社会科学出版社 1983

年版

103. 六一诗话 [宋]欧阳修撰 历代诗话本
104. 苕溪渔隐丛话 [宋]胡仔撰 人民文学出版社 1981 年版
105. 岁寒堂诗话 [宋]张戒撰 历代诗话续编本
106. 沧浪诗话校释 [宋]严羽撰 郭绍虞校释 人民文学出版社 1961 年版
107. 对床夜语 [宋]范晞文撰 历代诗话续编本
108. 麓堂诗话 [明]李东阳撰 历代诗话续编本
109. 升庵诗话 [明]杨慎撰 历代诗话续编本
110. 艺苑卮言 [明]王世贞撰 历代诗话续编本
111. 诗薮 [明]胡应麟撰 上海古籍出版社 1958 年版
112. 诗源辩体 [明]许学夷撰 人民文学出版社 1987 年版
113. 唐音癸签 [明]胡震亨撰 中华书局上海编辑所 1959 年版
114. 诗镜总论 [明]陆时雍撰 历代诗话续编本
115. 姜斋诗话 [清]王夫之撰 人民文学出版社 1961 年版
116. 载酒园诗话 [清]贺裳撰 清诗话续编本
117. 围炉诗话 [清]吴乔撰 清诗话续编本
118. 原诗 [清]叶燮撰 清诗话本
119. 带经堂诗话 [清]王士禛撰 人民文学出版社 1963 年版
120. 说诗晬语 [清]沈德潜撰 清诗话本
121. 瓯北诗话 [清]赵翼撰 人民文学出版社 1963 年版
122. 陔余丛考 [清]赵翼撰 河北人民出版社 1990 年版
123. 文史通义 [清]章学诚撰 叶瑛校注 中华书局 1985 年版
124. 钦定四库全书总目(整理本) 中华书局 1997 年版
125. 毛诗稽古编 [清]陈启源撰 《皇清经解》庚申补刊本
126. 读史方舆纪要 [清]顾祖禹撰 中华书局 1956 年版
127. 读雪山房唐诗序例 [清]管世铭撰 清诗话续编本
128. 昭昧詹言 [清]方东树撰 人民文学出版社 1961 年版
129. 艺概 [清]刘熙载撰 江苏古籍出版社 2001 年版
130. 岘佣说诗 [清]施补华撰 清诗话本
131. 刘熙载文集 [清]刘熙载撰 江苏古籍出版社 2001 年版
132. 人间词话 王国维撰 人民文学出版社 1960 年版
133. 石遗室诗话 陈衍撰 人民文学出版社 2001 年版
134. 文章辨体序说 [明]吴讷著 于北山校点 人民文学出版社 1998 年版
135. 文体明辨序说 [明]徐师曾著 罗根泽校点 人民文学出版社 1998 年版
136. 唐音审体 [清]钱良择撰 清诗话本
137. 论文偶记 [清]刘大櫆著 人民文学出版社 1998 年版
138. 初月楼古文绪论 吴德旋著 人民文学出版社 1998 年版

139. 春觉斋论文 林纾著 舒芜校点 人民文学出版社 1998 年版

140. 文章例话 周振甫撰 中国青年出版社 1983 年版

141. 诗词例话 周振甫撰 中国青年出版社 1962 年版

142. 中国修辞学史 周振甫撰 商务印书馆 2004 年版

143. 中国文章学史 周振甫撰 江苏教育出版社 2005 年版

144. 周振甫讲古代散文 周振甫撰 江苏教育出版社 2005 年版

145. 中国古代文体学论稿 郭英德著 北京大学出版社 2005 年版

146. 中国文章论〔日〕佐藤一郎著 上海古籍出版社 1996 年版

147. 白话文学史 胡适著 新月出版社 1928 年版

148. 胡适全集 胡适著 安徽教育出版社 2003 年版

149. 唐诗杂论 闻一多撰 古籍出版社 1956 年用开明书店纸型重印

150. 神话与诗 闻一多撰 古籍出版社 1956 年用开明书店纸型重印

151. 美学散步 宗白华撰 上海人民出版社 1981 年版

152. 谈艺录 钱锺书撰 中华书局 1984 年版

153. 管锥编 钱锺书撰 中华书局 1979 年版

154. 唐诗综论 林庚撰 人民文学出版社 1987 年版

155. 程千帆诗论选集 张伯伟编 山西人民出版社 1990 年版

156. 歌德谈话录 爱克曼辑录 朱光潜译 人民文学出版社 1978 年版

157. 文艺对话集〔古希腊〕柏拉图著 朱光潜译 人民文学出版社 1963 年版

158. 拉奥孔〔奥〕莱辛著 朱光潜译 人民文学出版社 1979 年版

159. 艺术哲学〔法〕丹纳著 朱光潜译 安徽文艺出版社 1991 年版

160. 文艺心理学 朱光潜著 安徽教育出版社 1987 年版

161. 中国思想史 葛兆光著 复旦大学出版社 2001 年版

162. 隋唐五代文学思想史 罗宗强著 中华书局 2003 年版

163. 唐代文学史(上、下) 中国社会科学院文学研究所总纂 人民文学出版社 1995 年版

164. 中国文学精神 徐复观著 上海书店出版社 2004 年版

165. 中国艺术精神 徐复观著 华东师范大学出版社 2001 年版

166. 中国文论:英译与评论〔美〕宇文所安著 王柏华 陶庆梅译 上海社会科学院出版社 2003 年版

167. 他山的石头记〔美〕文所安著 田晓菲译 江苏人民出版社 2003 年版

168. 追忆〔美〕宇文所安著 郑学勤译 生活·读书·新知三联书店 2002 年版

169. 诗与欲望的迷宫〔美〕宇文所安著 程章灿译 生活·读书·新知三联书店 2003 年版

170. 初唐诗〔美〕宇文所安著 贾晋华译 生活·读书·新知三联书店 2004 年版

171. 盛唐诗〔美〕宇文所安著 贾晋华译 生活·读书·新知三联书店 2004 年版

172. 唐诗风貌 余恕诚著 安徽大学出版社 1997 年版

173. 诗国高潮与盛唐文化 葛晓音著 北京大学出版社 1998 年版
174. 赵昌平自选集 赵昌平著 广西师范大学出版社 1997 年版
175. 中国诗学思想史 萧华荣著 华东师大出版社 2004 年版
176. 唐诗学史稿 陈伯海主编 河北人民出版社 2004 年版
177. 中国散文中(上、中、下) 郭豫衡著 上海古籍出版社 1999 年版
178. 中国文学批评史(上、中、下) 王运熙 顾易生主编 上海古籍出版社 2002 年版
179. 中国古典诗歌要籍丛谈 王学泰著 天津古籍出版社 2004 年版
180. 周勋初全集 周勋初著 江苏古籍出版社 2001 年版
181. 唐宋文举要 高步瀛著 上海古籍出版社,1982 年版。
182. 中国美学史论集 宗白华著 安徽教育出版社 2000 年版
183. 程俊英教授纪念文集 华东师范大学出版社 2004 年版
184. 中国文学批评通史 王运熙 顾易生主编 上海古籍出版社 1996 年版
185. 二十五史精华 岳麓书社 1989 年版
186. 朱自清说诗 朱自清著 上海古籍出版社 1998 年版
187. 中国历史地理概论 王育民著 人民教育出版社 1988 年版
188. 马克思恩格斯选集 马克思 恩格斯著 人民出版社 1966 年版
189. 中国古代文体形态研究(增订本) 吴承学著 中山大学出版社 2002 年版
190. 唐诗鉴赏辞典 萧涤非等撰 上海辞书出版社 1983 年版
191. 中文大辞典 林尹、高明主编 中国文化学院 1982 年北京重印本
192. 辞源(一卷本) 商务印书馆 1988 年版
193. 汉语大词典(缩印本) 汉语大词典出版社 1997 年版

后　　记

金风玉露,丹桂飘香,锦绣江南到处都是一片繁忙的秋收景象。寒来暑往,几度春秋。我的拙著《唐代诗序及其文化意蕴研究》终于要付梓了,不禁感慨苍茫!一本书的最后,照例要写一篇后记。这里,我只想交代这本书撰写的历程,并对关心我学术成长及关注本书的先生和朋友们表达我深深的谢意。

2006年的初夏,我跟随业师余恕诚先生读博已经一年,需要确定博士论文选题,那时,我追随先生读书已经有八年之久,所以先生对我非常信任,让我自己确定题目,我想找一个具有挑战性且有发展空间的题目,但苦于才疏学浅,功底薄弱,一直如坠茫茫大雾之中,找不到方向和着力点。正好此时北京大学的葛晓音先生来安师大参加纪念曹道衡先生的学术会议,我对葛先生非常钦佩,在她的弟子刘宁博士的引荐下,我于芜湖铁山宾馆拜见了仰慕已久的葛师,我们聊了两个多小时,葛师针对我的学术特长及基础,给我命题《唐代诗序研究》,并嘱咐我一定要将《全唐诗》《全唐文》、两唐书等基本文献摸几遍,将唐代诗序的准确数量调查清楚,然后再构思论文的框架,力争提炼出一些有价值的学术见解,而且最好上溯至先秦时代,弄清"诗序"一体的渊源及其流变。

古人云:"与君一席话,胜读十年书。"葛师高瞻远瞩,一番点拨让我茅塞顿开,大有云散天开豁然开朗之感,此后一年多的时间,我埋头书斋,认真清理诗序的流变历程,分阶段有目的地撰写出一批单篇论文,如《序体溯源及先唐诗序的流变历程》(载《学术月刊》2008年1期)、《论陈子昂的诗序》(载《文学评论丛刊》2009年2期)、《论唐代帝王的诗序》(载《文学评论丛刊》2010年1期)、《王勃诗序研究》(载《中国文学研究》2010年2期)等。在撰写博士论文期间,业师刘学锴先生还劝我从"诗序与诗歌""诗序与诗人""诗序与诗论"三个层面,对唐代诗序展开全面研究;业师丁放先生当时正在研究盛唐诗坛,让我关注唐代帝王及宰辅们的诗序对当时文坛及文人的影响;《文学遗产》主编陶文鹏先生指导我多多关注诗序的艺术特征;余师更是全面把关,还送给我四字箴言:"守正出新。"我当然不敢怠慢,有这么多先生的真诚关怀和鼓励,我热血沸腾,奋力前行,焚膏继晷,终于在2008年5月,完成了36万字的《唐代诗序研究》。论文通信评委首都师大的邓小军先生、南京师大的钟振振先生都对论文予以很高的评价，答辩时武汉大学的尚永亮先生、复旦大学的骆玉明先生，安徽师范大学的丁放先生、胡传志先生对论文提出了很多中肯的意见，论文顺利通过答辩，并获得"优秀"等级。

两年后，我以《唐代诗序及其文化意蕴研究》为题，申报教育部社科规划基金项目及国家社科基金后期资助项目，先后获得批准。我在博士论文基础上，进一步拓展研究视野，在中唐诗序部分投入更多的精力，并且对初唐、盛唐、中唐诗序的文体特征及其与时代文风变化的关系、诗歌与诗序的关系等方面，作了更加深入的思考，终于在2015年底完成课题，2016年7月顺利结项，成果获得在北京大学出版社出版的机会。

仿佛只是一转眼，十年飞逝而过，其间人事沧桑，发生了很多难以逆转的变化。首先是业师余恕诚师遽归道山，我流下了悲伤的眼泪，先生对我从学术研究到日常教学甚至生活细节等方面，都悉心关怀，引导并扶持我一步步前进，他在患病期间依然对我的论文一字一句阅读、批改，还向杂志推荐，对恩师的感激无以言表。而今斯人已去，杏坛空寂，不闻馨咳，仰望赭山明月，俯瞰松荫匝地，唯有"揖清芬"而已，不禁涕泪涟涟，姑且用拙著祭奠恩师永远的英灵啊！其次，刘学锴师、葛晓音师、陶文鹏师，都成了白发苍苍的老者，连丁放师、胡传志师也都两鬓苍然了，我不禁感到时间雕刻的力量和生命流逝的无情，唯有与时间赛跑，留下一点学术的印记。在此，谨向为本书付出辛劳的各位先生表达我由衷的敬意与深深的感谢！尤其要感谢丁放师，我与他相识最早，1990年我在安徽教育学院读专升本时，他担任我的唐宋文学老师，他的渊博、宽厚、诚恳，让我从一个酷爱文学理论的学生成长为终生从事唐宋文学研究的学者，他指导我的本科毕业论文《论苏轼词的艺术成就》，主持我硕士论文《李商隐诗歌虚词艺术研究》的答辩，指导我研究唐代诗序，关心我的职称评审，如今他又慨然为拙著赐序，我无法用言语来形容这一份持续了近三十年的师生情谊，唯有用不断努力的耕耘，来报答丁师对我的无限关怀。还要感谢首都师大的吴相洲先生，南京大学的徐兴无先生，宁波大学的李亮伟先生，《学术月刊》的编辑张曦先生，《古典文学知识》的编辑樊昕先生，他们曾对拙著的前期成果提供帮助或发表的机会。感谢北京大学出版社的编辑蒲南溪老师，她为本书的出版付出了艰辛的劳动。最后，感谢我的妻子，她长年任劳任怨，承担所有的家务，让我有充分的时间来研究课题，书中的每一个字都饱含有她的汗水与希望。

2017年11月5日于花津河畔陋室